Dans Le Livre de Poche
« Lettres gothiques »

Abélard et Héloïse : LETTRES D'ABÉLARD ET HÉLOÏSE
Adam de la Halle : ŒUVRES COMPLÈTES
Alexandre de Paris : LE ROMAN D'ALEXANDRE
Antoine de La Sale : JEHAN DE SAINTRÉ
Benoît de Sainte-Maure : LE ROMAN DE TROIE
Boèce : LA CONSOLATION DE PHILOSOPHIE
Charles d'Orléans : BALLADES ET RONDEAUX
Chrétien de Troyes : EREC ET ENIDE, CLIGÈS, LE CHEVALIER AU LION,
LE CHEVALIER DE LA CHARRETTE, LE CONTE DU GRAAL
Christine de Pizan : LE CHEMIN DE LONGUE ÉTUDE
François Villon : POÉSIES COMPLÈTES
Guillaume de Lorris et Jean de Meun : LE ROMAN DE LA ROSE
Guillaume de Machaut : LE VOIR DIT
Jean d'Arras : MÉLUSINE
Jean Froissart : CHRONIQUES (livres I et II, livres III et IV)
Joinville : VIE DE SAINT LOUIS
Louis XI : LETTRES CHOISIES
Marco Polo : LA DESCRIPTION DU MONDE
Philippe de Commynes : MÉMOIRES
René d'Anjou : LE LIVRE DU CŒUR D'AMOUR ÉPRIS
Rutebeuf : ŒUVRES COMPLÈTES

BEOWULF
LA CHANSON DE LA CROISADE ALBIGEOISE
LA CHANSON DE GIRART DE ROUSSILLON
LA CHANSON DE ROLAND
CHANSONS DES TROUVÈRES
LE CYCLE DE GUILLAUME D'ORANGE
FABLIAUX ÉROTIQUES
LE HAUT LIVRE DU GRAAL
JOURNAL D'UN BOURGEOIS DE PARIS
LAIS DE MARIE DE FRANCE
LANCELOT DU LAC (t. 1 et 2)
LA FAUSSE GUENIÈVRE (LANCELOT DU LAC, t. 3)
LE VAL DES AMANTS INFIDÈLES (LANCELOT DU LAC, t. 4)
L'ENLÈVEMENT DE GUENJÈVRE (LANCELOT DU LAC, t. 5)
LE LIVRE DE L'ÉCHELLE DE MAHOMET
LE MESNAGIER DE PARIS
LA MORT DU ROI ARTHUR
MYSTÈRE DU SIÈGE D'ORLÉANS
NOUVELLES COURTOISES
PARTONOPEU DE BLOIS
POÉSIE LYRIQUE LATINE DU MOYEN ÂGE
PREMIÈRE CONTINUATION DE PERCEVAL
LA QUÊTE DU SAINT-GRAAL
RAOUL DE CAMBRAI
LE ROMAN D'APOLLONIUS DE TYR
LE ROMAN D'ÉNÉAS
LE ROMAN DE RENART
LE ROMAN DE THÈBES
TRISTAN ET ISEUT (Les poèmes français ; La saga norroise)

LETTRES GOTHIQUES
Collection dirigée par Michel Zink

Nouvelles courtoises
occitanes et françaises

Éditées, traduites et présentées par
Suzanne Méjean-Thiolier et Marie-Françoise Notz-Grob

*Ouvrage publié avec le concours
du Centre National du Livre*

LE LIVRE DE POCHE

Dans ce volume, un triple niveau de notes est, le cas échéant, réparti selon l'ordre de lecture sur la double page :
– les notes aux notices, appelées par des astérisques ;
– les notes de l'apparat critique, qui portent le numéro du vers ou de la ligne concernés ;
– les notes à la traduction, signalées par un appel de note, et qui reprennent à 1 à chaque page.

Suzanne Méjean-Thiolier est professeur à l'université de Paris-Sorbonne où elle dirige le Centre d'Enseignement et de Recherche d'oc (CEROC). Après avoir publié en 1978 une thèse intitulée *Les Poésies satiriques et morales des troubadours, du XIIᵉ à la fin du XIIIᵉ siècle* (Paris, Nizet, 670 p.), elle a édité plusieurs ouvrages aux Publications de l'université de Paris-Sorbonne. Un nombre important d'articles, tous consacrés au domaine d'oc, ancien et moderne, ont été publiés dans la revue de recherche du CEROC, *La France latine*.

Marie-Françoise Notz-Grob est ancienne élève de l'E.N.S. (Sèvres), agrégée de Lettres classiques, docteur d'Etat. A travers ses publications se dessinent plusieurs champs d'intérêt : la rhétorique du paysage (sujet de sa thèse d'Etat), le statut de la fiction littéraire entre le réel et le symbolique, et tout ce que comprend le terme de poétique dans son acception fonctionnelle. Elle a été récemment chargée de diriger le Centre de Recherches sur les Cultures d'Aquitaine et d'Europe du Sud (Maison des sciences de l'Homme d'Aquitaine).

© Librairie Générale Française, 1997, pour la traduction,
les présentations et les notes.
ISBN : 978-2-253-06661-3 – 1ʳᵉ publication LGF

Ce volume réunit des textes qui ont en commun, non seulement, et banalement, d'être des récits brefs du XIIIe et du premier XIVe siècle, mais aussi d'être marqués du sceau de cette élégance qu'on dit « courtoise » et d'être, de façon directe ou détournée, le développement narratif de thèmes, de situations, d'une sensibilité propres à la poésie lyrique.

Il a également l'originalité de réunir des textes français et occitans de façon à faire ressortir les différences d'esprit et de ton, mais aussi la continuité entre les deux littératures de la France médiévale. On a placé en tête les textes occitans, non pas qu'ils soient à coup sûr, et encore moins qu'ils soient tous, les plus anciens, mais parce que l'antériorité des troubadours sur les trouvères confère à la langue d'oc une sorte de priorité, s'agissant de nouvelles dont l'enracinement est pour une bonne part dans l'univers lyrique.

Suzanne Méjean-Thiolier, professeur à l'université de Paris IV-Sorbonne, a présenté, édité et traduit les nouvelles en langue d'oc. Marie-Françoise Notz, professeur à l'université de Bordeaux III, s'est chargée de celles en langue d'oïl. Chacune a travaillé avec le tempérament et la tournure d'esprit qui lui sont propres, et aussi dans la perspective la mieux adaptée à la partie qui était la sienne. Plus variés dans leur nature, un peu moins connus, intégrés à un tissu littéraire au maillage très serré, les textes en langue d'oc exigeaient une présentation minutieuse. Très célèbres, très souvent commentés, les textes français appelaient la fraîcheur d'une approche vivante et renouvelée.

Les récits qu'on va lire ne relèvent pas d'un genre littéraire unique, circonscrit et défini. Mais le même esprit les anime, et de tous émane le même parfum ténu et tenace. Leur réunion permet de découvrir une cohérence cachée de l'art littéraire médiéval.

Michel ZINK.

Nouvelles occitanes

Si nous réunissons aujourd'hui dans ce recueil des nouvelles d'oc et d'oïl, ce n'est pas seulement pour rappeler au lecteur que la France médiévale avait deux littératures et que la langue d'oc s'étendait sur un domaine plus vaste que les possessions royales, ce n'est pas seulement pour rendre justice à cette riche diversité, c'est aussi afin de permettre d'assister à la naissance du récit bref.

Ce genre narratif est, dans ses premières apparitions, originaire des pays d'oc, car la nouvelle puise aux sources du lyrisme des troubadours. Elle va s'enrichir, mieux encore, se former des thèmes de la courtoisie, ou plutôt, car l'expression est inexacte, de ceux de la *fin'amor*, « l'amour pur » (mais pas nécessairement éthéré) des chansons d'oc du XIIᵉ et du XIIIᵉ siècle.

Le passage de la lyrique à la nouvelle est marqué par deux moments distincts, non pas tant chronologiquement (ils sont sans doute concomitants), mais par le résultat obtenu. D'un côté les troubadours vont provoquer, pour les plus anciens bien après leur mort, l'apparition de courts récits en prose consacrés à leur biographie, et chargés de perpétuer leur souvenir par-delà les décennies ; il s'agit non seulement d'allécher le public des cours, mais aussi de l'éclairer sur ce qui devient peu à peu, au cours des XIIIᵉ et XIVᵉ siècles, le Cercle des Poètes disparus. Ces biographies ou *vidas*, agrémentées de commentaires (les *razos*) et dues à des jongleurs anonymes dans leur très grande majorité, trouvent l'essentiel de leur matière dans les thèmes poétiques des *cansos* (chansons d'amour), à quoi s'ajoutent des éléments de légendes et, brochant sur le tout, des choses vraies. Ces textes, sentis comme formant un genre à part dès le XIIIᵉ et plus encore au XIVᵉ siècle, sont alors la mise en situation romanesque du poète, qui devient le héros de sa propre existence. C'est en Italie qu'ils connaîtront leur plus grand succès.

Parallèlement, au cours du XIIIe siècle, apparaissent les premières nouvelles d'oc (ou *novas*), écrites en vers cette fois. Elles développent dans un déroulement temporel dramatique des situations conflictuelles qui trouvent leur origine dans les thèmes de la lyrique des troubadours. Elles ne sont pas seulement un dernier avatar des chansons : elles y renvoient parfois explicitement par le jeu de la citation ; elles expriment ainsi, grâce aux poésies qu'elles utilisent, leur vérité éthique et esthétique. Elles justifient l'existence de cette poésie du cœur et de la cour, enseignent en même temps l'art d'aimer et l'art de la poésie. C'est un jeu subtil de miroir et de mémoire.

Et toujours, au centre de ces nouvelles, la dame. *Domna* idéalisée ou Eve malicieuse, femme triomphante ou femme dominée, comme elle l'était si souvent dans la réalité des faits, elle nous offre ses multiples visages dans des œuvres dont l'un des charmes est celui de la diversité.

S. M.-T.

INTRODUCTION

Les nouvelles, ou *novas*, de langue d'oc, moins nombreuses que celles d'oïl, sont de contenus fort divers. Mais, pour l'essentiel, leur dénominateur commun est la civilisation méridionale de la *fin'amor* et du *trobar*, de l'amour et de la poésie ; car l'amour est chant et les troubadours ont donné l'amour à l'Occident. Au centre de ces nouvelles est la dame, parfois passive, parfois agissante, témoignant même, dans le cas de la reine Vasthi, d'un caractère bien trempé. Et quand la dame fait preuve de ruse, comme celle du *Castia Gilos*, elle n'est pas loin d'évoquer une héroïne de fabliau. Bref, ces nouvelles sont souvent un *Miroir des Dames*.

Ces récits sont-ils en prose ou en poésie ? Les deux. Les *vidas* (ou biographies) des troubadours, et plus encore les *razos* (ou commentaires) sont écrites à partir du XIIIᵉ siècle et en prose ; elles ont pour certaines d'entre elles influencé les débuts de la nouvelle en Italie.

Le terme qui les désigne, peut-il apporter quelque élément de réponse quant à l'existence d'un genre de la nouvelle au moyen âge ? On verra qu'il faut se garder d'enfermer la création poétique dans des catégories trop rigoureuses.

Le mot *novas* et ses emplois

Le terme *novas* est toujours utilisé au pluriel ; il entre même dans la catégorie grammaticale de ceux qui peuvent être précédés de l'article indéfini *un, una*, puisque cet article désigne le plus souvent un objet n'existant que sous une forme plurielle : le gibet est dit *unas forcas,* puisqu'il faut deux poutres, ou une fourche, pour le constituer ! A quoi on pourrait ajouter l'exemple français des besicles, *unes besicles,* puisqu'il en faut deux par définition. Sur ce même modèle, *unas novas* ne se conçoit pas au singulier.

Que désigne-t-il alors ? Le sens le plus répandu est celui de « récit », « conte », « histoire », comme en témoigne le dictionnaire de Raynouard[1]. Un troubadour du XIIIe siècle, Peire Bremon, avait ainsi reçu le surnom (ou *senhal*) de *Ricas Novas,* qu'on pourrait traduire par « histoires intéressantes ». Sobriquet de jongleur sans aucun doute, l'expression a pu désigner Peire Bremon pour l'étendue de son répertoire, comprenant, outre le registre proprement lyrique, des récits riches en aventures, intéressants de toute façon pour son auditoire, et qui avaient dû largement contribuer à sa réputation. D'aucuns se sont demandé si « riches nouvelles » ne faisait pas allusion au caractère bavard de Peire, Bremon ajoutant à ses talents de poète celui de colporteur de nouvelles[2]. Mais certains étaient tout naturellement dévolus à ce rôle : messagers, privés ou officiels, crieurs, vrais colporteurs. Il s'agit bien plutôt de la désignation de contes, récits ou chansons de geste faisant partie du répertoire du jongleur.

Un autre troubadour, Guillem Augier, dont la *vida* nous apprend qu'il était jongleur[3], a reçu le sobriquet parallèle de *Novella,* mais celui-là est au singulier. Si les critiques ont rapproché les deux troubadours à cause de la parenté de leurs surnoms, en revanche ils ne semblent pas s'être interrogés sur l'emploi du mot *novella*[4]. Or, curieusement, ce n'est pas ce

---

1. *In Lexique roman,* Slatkine Reprints, Genève, 1977 en 6 vol. ; cf. s.v. *nou,* n° 2. – **2.** «... ce sobriquet désignerait, selon nous, un personnage bavard, et peut-être un peu cancanier. Et il est intéressant de noter que Sordel donne précisément à Bremon, dans son premier sirventes, le qualificatif d'*outrecuidat parlier* (bavard outrecuidant) », Jean Boutière *in Les Poésies du troubadour P.B. R.N.,* Privat, Toulouse, Didier, Paris, 1930, p. XII. – **3.** Boutière, Jean / Schutz, A.-H., *Biographies des troubadours. Textes provençaux des XIIIe et XIVe siècles,* Nizet, Paris, 1964, 635 p. Voir p. 488, n° LXXIII. – **4.** Cf. Cl. Brunel, « Sur l'identité de quelques troubadours », *in Annales du Midi,* LXVI, 1954, p. 249. Monica Calzolari (*Il Trovatore Guillem Augier Novella,* Mucchi, Modène, 1986), reprend l'idée p. 41, en mettant le surnom *Novella* en parallèle avec celui de *Ricas Novas,* mais ne fait aucune différence entre les deux termes. Elle ne semble pas avoir eu connaissance de l'étude d'Erich Müller sur la nouvelle provençale (voir *infra*).

terme qui, en langue d'oc, sera le plus utilisé pour désigner le genre de la nouvelle. Il suffit de se reporter aux dictionnaires. *Novella* semble se cantonner dans le sens de « bruit, rumeur, nouvelle », pour reprendre la définition de Raynouard[1]. Les mots de la même famille ont un sens identique, comme *novellaria, noveletat*, « nouveauté »[2]. Et *novas* est traduit par « nouvelle, conte, histoire »[3]. Il faut évidemment faire la part des choses et se souvenir que toute définition suppose des exceptions, surtout dans la langue médiévale[4]. Mais il n'est pas inutile, en la circonstance, d'établir un rapprochement avec l'usage moderne, celui-ci ayant conservé beaucoup plus de liens avec la langue ancienne que ne le fait le français. Or le grand dictionnaire de la langue méridionale, *Le Trésor du Félibrige*, atteste de la pérennité de cette répartition de sens entre *novella* et *novas*. L'une et l'autre forme ont peu évolué. *Novella* est devenue *nouvello* que le *TDF* traduit par « nouvelle, bruit, rumeur » ; et *novas* est devenue *novo*, traduite par « nouvelle, conte, histoire, roman »[5]. Cette continuité ne peut pas être totalement dépourvue de sens. Dans ces conditions, il n'est pas dit que le surnom du troubadour Augier signifie autre chose que « événement, rumeur ». Et, comme l'a fait remarquer Erich Müller, on ne peut y voir un surnom patronymique puisqu'on attendrait alors une forme masculine *novel*[6].

Dans la *Chronique* de Muntaner apparaît aussi un jongleur nommé En Novellet, mais ce sobriquet, s'il est en relation directe avec le personnage, a dû désigner soit son jeune âge, soit ses débuts dans la carrière, si tant est qu'il ne s'agisse pas tout simplement d'un surnom destiné à le distinguer à l'intérieur d'une fratrie ou d'une autre lignée[7].

1. *Op. cit.*, s.v. *nou*, n° 5. – **2.** *Ibid.*, n°s 6 et 8. – **3.** *Ibid.*, n° 2. – **4.** Ainsi *noellaire* signifie « auteur de nouvelles », donc d'histoires (*ibid.*, n° 9). – **5.** Frédéric Mistral, *Lou Tresor dóu Felibrige ou Dictionnaire provençal-français*, Biblio-Verlag, Osnabrück, 1966, 2 vol. – **6.** Erich Müller, *Die altprovenzalische Versnovelle*, Niemeyer, Halle, 1930, 153 p. ; p. 7. – **7.** Cité par Martín de Riquer, *Los Trovadores. Historia literaria y textos*, Editorial Planeta, Barcelona, 1975, en 3 vol., t. III, p. 1280, n. 2.

Unas novas contar : du mot au genre

Si l'évolution du terme est assez parallèle à celle du mot *nouvelles* en français, encore peut-on relever quelques particularités. Le mot est en relation avec les verbes énonciatifs *dire* et *contar* :

> *Unas novas vos vuelh comtar*

(« je veux vous conter une histoire »)[1],

> *Mi trames sai novas comtar*

(« m'a fait parvenir ici le récit d'une nouvelle »)[2].

> *A vos que et aysi dirai*
> *Unas paucas novas*

(« A vous qui êtes présents je dirai une petite nouvelle »)[3].

L'expression *saber novas* est également très fréquente. Elle constitue une sorte d'antienne dans le *sirventes* de Bertrand de Paris :

> *ni no sabetz las novas de Tristan*

(« et vous ne savez pas l'histoire de Tristan »)[4],

> *ni no sabetz novas de Floriven*

(« et vous ne savez pas l'histoire de Floovant »)[5],

> *ni no sabetz novas del rey Gormon*

(« et vous ne savez pas l'histoire du roi Gormont »)[6].

Dans une étude déjà bien ancienne, Erich Müller avait fait une bonne analyse des emplois du mot *novas*, en montrant fort justement que les auteurs médiévaux, comme celui de *Jaufre*, ont indifféremment recours aux termes *novas* (*Jaufre*, v. 21), *conte* (v. 1), *romanz* (v. 10949)[7]. On trouvera enfin dans un ouvrage récent de Jean-Michel Caluwé, *Du chant à l'enchantement*, quelques excellentes pages de mise au point[8]. Le

---

1. Raimon Vidal de Besalú, début du *Castia Gilos*, cf. *infra*. – **2.** Bertran de Born, *Quan vei pels vergiers*, éd. G. Gouiran, *Le Seigneur-troubadour d'Hautefort. L'œuvre de B. de B.*, Université de Provence, Aix-en-Provence, 1987, str. IV, v. 28, p. 340. – **3.** La nouvelle inconnue, dite de *L'Ecuyer*, cf. P. Meyer *in Daurel e Beton*, Paris, SATF, 1880, p. XCIV-XCVII. – **4.** In *Guordo, ie-us fas un sol sirventes l'an*, v. 19, p. 601 de l'édition de François Pirot, *Recherches sur les connaissances littéraires des troubadours occitans et catalans des XIIᵉ et XIIIᵉ siècles*, Real Academia de Buenas Letras, Barcelona, 1972, 649 p. – **5.** *Ibid.*, v. 53, p. 603. – **6.** *Ibid.*, v. 63, p. 603. – **7.** Erich Müller, *Die altprovenzalische Versnovelle*, Niemeyer, Halle, 1930, 153 p. Cf. p. 11. – **8.** Jean-Michel Caluwé, *Du chant à l'enchantement. Contribution à l'étude des rapports entre lyrique et narratif dans la littérature provençale du XIIIᵉ siècle*, Université de Gand, 1993, 304 p. Voir les p. 182-188.

critique a surtout eu raison d'attirer l'attention sur la relation
étroite entre les *novas* provençales et la lyrique des troubadours :

> Par ailleurs, tout ce qui, dans le domaine provençal, tombe
> sous le dénominateur *novas* est d'une façon ou d'une autre
> mis en regard de la poésie troubadouresque... D'une cer-
> taine façon, *Abril issia* en apporte la preuve puisque le récit
> s'ouvre au grand chant courtois. *Las novas* inaugureraient
> un mouvement «neuf» dans la littérature provençale,
> appelé à relayer et à prolonger la lyrique, donc à se consti-
> tuer dans la permanence de son souvenir[1].

De même, parmi les textes que nous avons retenus, les déno-
minations sont loin d'être homogènes. La nouvelle intitulée
Frayre de Joy est annoncée par son auteur comme une fable, au
même titre que celle de Peire Cardenal *Una ciutatz fo, no sai
cals* («Il était une ville, je ne sais laquelle»), qui, elle, contient
un très clair enseignement moral.

Et pourquoi le récit intitulé *Las Novas del heretge* porte-t-il
ce nom inattendu ? Il s'agit en fait d'un enseignement visant à
mettre en garde un vaste public contre les déviances de l'hérésie
cathare et à présenter un récent converti. Or cet enseignement
n'est même pas illustré sous forme de fable ou de récit de type
apologue, mais c'est un dialogue entre un ancien cathare
nommé Sicart de Figueiras et Izarn, peut-être un dominicain, le
rédacteur du texte[2].

Enfin les *Leys d'Amor* définissent comme *novas rimadas* le
roman de Matfre Ermengau :

> *en novas rimadas majormen, can son longas comal
> romans del breviari d'amors*[3].

Les poètes désignent, quant à eux, par le terme de *novas* des
poésies de contenu narratif, nouvelles et romans. Ainsi, *Flamenca* relevant plus du roman que de la nouvelle, nous ne
l'avons pas retenue ici[4]. Et la forme métrique de ces poésies
narratives est celle des octosyllabes rimant deux à deux. Le

---

1. *Ibid.*, p. 185. – **2.** Cf. l'édition de ce texte par René Lavaud et René Nelli,
Les Troubadours, Desclée De Brouwer, 1960, t. I, p. 764-771. – **3.** Cf. E. Müller,
p. 9 ; il a fait une légère erreur de pagination, cf. l'édition Gatien-Arnoult,
Monumens [sic] *de la littérature romane*, Toulouse, 1841, 3 vol. ; t. I, p. 136-138,
trad. p. 139. – **4.** Cf. l'analyse de Jean-Michel Caluwé, *op. cit.*, p. 278 notamment.

terme de *novas* appliqué à des poésies de contenu différent représenterait une erreur de scribes ou d'écrivains ultérieurs, comme dans le cas de *Las Novas del heretge*[1].

Vidas et *razos* : à la naissance d'un genre

• Qu'appelle-t-on *vidas* et *razos* ?

Il s'agit de textes, généralement courts (quelque deux ou trois pages pour les plus longs) qui ont été composés à partir du XIIIᵉ siècle et jusqu'au XIVᵉ siècle par des rédacteurs anonymes. *Vida*, ou « vie », « biographie », et *razo*, ou « explication », « commentaire », sont écrites comme une présentation des poésies des troubadours, qui sont transcrites à la suite par ces mêmes rédacteurs. L'ensemble constitue ce qu'on appelle un chansonnier. *Vidas* et *razos* sont en prose et, au moins pour les « vies », composées selon un schéma immuable. Il semble bien que l'intention de ces rédacteurs était de susciter l'intérêt du public pour des poètes dont les plus anciens avaient vécu presque un siècle auparavant, temps bien trop long pour la mémoire collective et la transmission orale. Sans doute des jongleurs avaient-ils déjà éprouvé ce besoin de commentaire et d'explication et peut-être même est-ce à eux que l'on doit l'utilisation du mot *razo*. S'il est dit du troubadour Guillem de la Tor qu'il donnait à ses chansons des commentaires plus longs que les chansons elles-mêmes, c'est sans aucun doute qu'il se livrait oralement à une sorte d'explication de texte[2]. Et on a largement démontré que le passage à l'écrit est dû à des jongleurs ou des clercs laïques peu instruits. Un clerc digne de ce nom ne confondrait pas la belle-fille de Guillaume IX avec sa petite-fille, mais, inversement, certaines connaissances géographiques précises révèlent un rédacteur familier des lieux évoqués et donc un grand voyageur, ce qu'était par définition le jongleur[3].

---

1. Telle est du moins la conclusion à laquelle est arrivé Erich Müller, *op. cit.*, p. 10-11. – 2. *Mas quant volia dire sas cansos, el fazia plus lonc sermon de la* rason *que non era la cansos*, éd. Boutière-Schutz, *op. cit.*, p. 236. Nous avons souligné le verbe *dire* qui atteste bien d'une tradition orale, et le mot *razo* déjà utilisé comme terme générique tandis que *sermon* a son sens d'« explication ». – 3. Le rédacteur de la *vida* de Guillaume IX fait d'Aliénor, duchesse de Nor-

Cette tentative de biographie connaît des débuts modestes, puisque les plus anciens troubadours n'ont droit qu'à quelques lignes[1]. Mais au fur et à mesure qu'on avance vers le XIVe siècle, les *razos* s'amplifient. Ainsi le manuscrit *P*, d'origine italienne et achevé en 1310, contient une très forte proportion de biographies (du f° 39 au f° 52) et marque le point de départ d'un développement particulier de la prose d'oc. La *razo* devient alors une unité narrative se suffisant à elle-même, et cette autonomie nouvelle est selon nous à la naissance du genre narratif d'oc, à la naissance des *novas*.

C'est à partir du XIIIe siècle que paroles et musique, jusque-là intimement liées l'une à l'autre, se mettent à vivre séparément ; au moment où la musique devient un art indépendant, pour lequel le support du texte n'est plus vital, apparaissent les premiers chansonniers de langue d'oc et ceux-ci transcrivent les paroles des troubadours musiciens, non point – ou fort peu – leur musique. C'est alors aussi que les poésies des troubadours ont besoin d'être soutenues par des textes de présentation, qui les justifient et les expliquent ; mais le plus souvent ces explications et développements sont le prolongement en prose et la transcription narrative des thèmes et des motifs traités dans ces chansons.

Cette transcription représente déjà une mutation complète si on la compare à l'expérience lyrique. Ce n'est plus le poète qui se met en scène, c'est un autre « je » qui se substitue au « je » lyrique, celui du narrateur. Et, tandis que dans la *canso* le « jeu » pronominal s'établit entre « je » et « elle », dans la *razo* apparaît une nouvelle relation avec « vous », avec l'auditeur-récepteur du récit.

• Le temps et la personne : de l'histoire au discours

La *razo*, qui se constitue peu à peu en genre narratif, organise le temps et l'espace d'une manière rationnelle et finie, comme l'a fort bien montré Elizabeth Wilson Poe dans son étude[2].

---

mandie sa belle-fille. Parallèlement le rédacteur de la *vida* de Daude de Pradas sait que son lieu de naissance est à quatre lieues de Rodez, cf. éd. Boutière-Schutz, *op. cit.*, p. X, note 9.

1. Ainsi en est-il de Cercamon, de Peire de Valeira et aussi de Guillaume IX d'Aquitaine (né en 1071 et mort en 1126). – **2.** Elizabeth Wilson Poe, *From Poetry to Prose in old provençal. The Emergence of the Vidas, the Razos and*

Contrairement à la *canso* organisée autour du « je » lyrique central et sans autre référence temporelle que celle du cycle des saisons[1], la *razo* s'inscrit dans une temporalité au passé, où le troubadour n'est plus « je » mais « il », pourvu d'une identité propre : un prénom suivi de son patronyme ou d'un simple lieu de naissance[2].

A cette troisième personne s'allie le temps de l'aoriste pour constituer le système de la narration pure, mode d'énonciation qui « exclut toute forme linguistique "autobiographique" »[3]. C'est le temps du récit historique, qui établit un lien entre le moment de l'événement passé et celui de la narration présente[4]. Un espace intérieur est ainsi défini, dans lequel se meuvent les héros du récit et ce plan de la narration implique la seule troisième personne. Mais les *razos* ne se limitent pas à l'énoncé historique ; elles mettent en scène un autre plan, extérieur à l'histoire, et qui est celui de la relation entre le récitant-narrateur et son public.

Dans des expressions comme *com vos aves auzit* ou *com ieu vos ai dig*, le recours aux deux personnes *ieu* et *vos* s'accompagne du système temporel du discours, en donnant à ce terme le sens qu'il a chez Benveniste[5]. Or, comme l'a fait remarquer Elizabeth Wilson Poe, le récitant-narrateur fait souvent référence à une *vida* précédente, à la *razo* qui se déroule et au futur poème dont tout ce qui précède n'est finalement que l'annonce[6]. Ce va-et-vient, ce passage d'un plan à l'autre s'accompagne d'une relation complexe entre le récitant et son auditoire telle

---

the Razos de trobar, Summa Publications, Birmingham, Alabama, 1984, 119 p. Voir notamment la très pertinente analyse de la *razo* de Peire Vidal, p. 50-65.

1. Voir l'article de Hans-Christian Haupt, « Autour du début printanier : naissance d'une nouvelle structure syntaxique » *in La France latine*, n° 115, 1992, Paris, p. 155-187. – **2.** La plupart des troubadours sont ainsi désignés : Bertran originaire de Born, Raimbaut originaire de Vaqueiras, etc. Ils peuvent aussi avoir un patronyme : Peire Vidal, ou se contenter d'un sobriquet : Cercamon « Court le Monde ». – **3.** Emile Benveniste *in Problèmes de Linguistique générale*, Gallimard, Paris, 1966, 351 p. Cf. p. 239. – **4.** Cf. son analyse du parfait comme temps du récit : « Le parfait établit un lien vivant entre l'événement passé et le présent où son évocation trouve place. C'est le temps de celui qui relate les faits en témoin, en participant ; ... Le discours exclura l'aoriste, mais le récit historique, qui l'emploie constamment, n'en retiendra que les formes de 3ᵉ personne » *ibid.*, p. 244. – **5.** « ... bref tous les genres où quelqu'un s'adresse à quelqu'un, s'énonce comme locuteur et organise ce qu'il dit dans la catégorie de la personne », *op. cit.*, p. 242. – **6.** Cf. *op. cit.*, p. 55.

qu'on la trouve aussi dans les *novas*. Il y a l'auteur anonyme
dont on rapporte le récit supposé expliquer la poésie, auquel
s'ajoute le récitant explicite, celui qui s'adresse à *vos*,
l'audience muette ; tous deux se meuvent dans le présent-futur
du dialogue. Surtout, le jongleur, par son adresse à l'auditoire,
prend une importance particulière, qui annonce bien son rôle
dans les *novas*. Le but de la structure narrative est alors de
répandre auprès de son public et par l'entremise du jongleur un
enseignement courtois. Mais une autre relation s'impose, celle
du récitant avec son lecteur, puisque, dès le XIIIe siècle, la *razo*
est un texte écrit. Ce lecteur n'a plus à entendre mais à lire un
texte qui lui est indirectement destiné, même si le scribe ne
change rien aux verbe du discours : *auzir*, *dire* ou *comtar*. Deux
novas commencent ainsi :

> *Unas novas vos vuelh comtar*[1]

et

> *A vos que et aysi dirai*
> *Unas paucas novas que ay*
> *Auzidas dire, non a gayre.*

(« A vous qui êtes présents je dirai une petite nouvelle que j'ai
entendu dire il y a peu »)[2].

Le lecteur contemporain se confond alors avec l'auditeur du
XIIIe siècle. On remarquera aussi la mise en valeur de la nouveauté du récit qui apparaît ici sans ambiguïté et constitue
comme une marque du genre ; en revanche le jeu de mots est
beaucoup moins évident qu'en français où « nouvelle » a évidemment les deux sens, tandis que la langue d'oc possède les
deux mots *novas* et *novellas*.

• La *meravilha*

L'histoire, dont le héros est un poète, fait intervenir soudain
dans quelques *razos* le merveilleux ou l'étonnant. C'est d'abord
la folie, celle, plutôt enjouée, de Peire Vidal ou celle, plus
inquiétante, de Guillem de la Tor ; l'étonnant peut confiner à
l'horreur avec le tragique destin de Guillem de Cabestanh. Mais
l'aventure est parfois simplement scabreuse, comme celle de
Gausbert de Poicibot, ou met en évidence, dans un univers plus

---

1. Le début du *Castia Gilos*, cf. *infra*. – 2. La *Nouvelle de l'écuyer*, P. Meyer
op. cit., v. 1-3, p. XCV.

courtois, l'incroyable exigence d'une dame, comme il advint à Rigaut de Barbezieux. Peire Vidal est, de ce point de vue, tout à fait révélateur. Il est comme décalé par rapport à la réalité telle que ses contemporains la perçoivent et telle qu'elle est aussi perçue par l'auditeur témoin. C'est un être imaginatif, d'où l'utilisation abondante du verbe *crezer*; de son personnage se dégage aussi une certaine drôlerie née de son extrême naïveté alliée à une forte assurance.

Mais on peut faire une analyse très proche pour les autres troubadours aux *razos* étonnantes. Tous, à un moment de l'histoire, échappent au monde réel. Et la *razo* tente, en recourant au style biographique, de donner son poids de réalité à un être insaisissable, qui s'échappe sans cesse. Alors que le récitant enracine le héros poète dans le temps et le lieu de son histoire, le merveilleux l'emporte. C'est que, justement, le merveilleux est sa seule vraie réalité, celle de la poésie à laquelle, finalement, après l'aventure, l'auditeur est amené. C'est la poésie qui justifie la démarche ou le destin étonnant du troubadour, mais c'est elle aussi qui justifie l'entreprise périlleuse du narrateur. Et les deux mondes du réel et du magique seront intrinsèquement liés par l'annonce du chant poétique faite au présent-futur, de type *com vos auziretz*. C'est pour amener l'auditeur à la compréhension de la réalité poétique que le récitant lui a fait, à sa manière parfois maladroite, franchir les rives d'un autre monde.

Ce potentiel poétique, la force de certaines images n'allaient pas manquer de susciter des échos au-delà des Alpes, là où justement tant de beaux chansonniers furent copiés.

Razos et *novas* en Italie

De ce qui n'est encore qu'une tentative, parfois maladroite, les conteurs italiens vont faire une véritable création stylistique et donner naissance aux grands recueils de nouvelles. Mais, à la fois, par leur connaissance de la matière provençale et souvent par des séjours dans le Midi de la France, ils ont été redevables d'un grand nombre de sujets et de thèmes à la littérature d'oc.

Pourtant, lorsque les critiques étudient la nouvelle médiévale française, ils omettent en général la relation à l'Italie. Comme le souligne R. Dubuis :

> Il est bien entendu que notre intention n'est nullement de révoquer en doute d'autres influences et de prétendre, par exemple, que les nouvelles italiennes ou les « novas » provençales n'ont rien à faire dans une histoire complète des origines de la nouvelle française. Notre étude n'a pas l'ambition d'être cette histoire-là[1].

Elle est, pour l'élaboration du genre à partir des *razos* et des *vidas*, d'une importance déterminante.

• Les *Cento Novelle Antiche* ou *Novellino* (c. 1281-1300)

De la fin du XIIIe siècle ou du début du siècle suivant, le *Novellino* marque le début du genre de la nouvelle qui eut tant de succès en Italie et dans l'Europe entière. Comme l'indique le titre, une centaine de nouvelles puisent à plusieurs sources : les récits arthuriens, les sujets antiques et provençaux. Le narrateur anonyme a pu récolter ses nouvelles dans la région de la Marche trévisane, région où on recopiait justement des œuvres d'oc et d'oïl et où, finalement, on en vint à élaborer des continuations ou des variations sur ces thèmes venus du monde cisalpin. C'est, en particulier, le chemin que suivirent les légendes carolingiennes[2]. C'est aussi le lieu de copie des biographies des troubadours, dans la première moitié du XIIIe siècle, puisque les manuscrits présentent des traces de langue venète[3]. Ensuite l'auteur du *Novellino* a transporté ses récits à Florence et les a, en quelque sorte, « florentinisés ».

Il y a au moins trois nouvelles d'origine provençale, sans compter celle du jeune roi, Henri au Court Mantel, sur fond de politique féodale et dont la générosité fut proverbiale[4]. On y rencontre Barral des Baux, vicomte de Marseille, héros de la nouvelle XXXII, *Qui conta una novella di messere Imberal dal Balzo* ; mais il est probable que Barral était surtout connu en Italie du Nord pour avoir été podestat de Milan, ce qui illustre

---

1. R. Dubuis, *Les Cent Nouvelles Nouvelles et la tradition de la nouvelle en France au moyen âge*, Publications Universitaires, Grenoble, 1973, p. 3. – 2. Cf. l'étude de Guido Favati, *Il Novellino, testo critico, introduzione e note*, Bozzi, Gênes, 1970, p. 87 et suiv. – 3. *Ibid.*, note 1, p. 83 : « ... *una mescidanza linguistica franco-veneta* ». – 4. Cf. la nouvelle XVIII *Qui parla della grande liberalità e cortesia del re giovane*, p. 166-172.

parfaitement les liens étroits unissant alors le Midi et le domaine
transalpin. La nouvelle dont Guillem de Berguedan est le héros,
lui qui avait offensé toutes les nobles dames de Provence,
s'achève sur un défi de Guillem lancé aux dames désireuses de
le punir de sa mauvaise conduite :

> « *Donne, io vi priego per amore che quale di voi è la più*
> *putta, quella mi dea in prima.* »
>
> *Allora l'una riguarda l'altra : non si trovò chi prima li*
> *volesse dare, e così scampò aquella volta.*

(« "Dames, je vous demande par amour que me frappe en premier la plus putain d'entre vous". Alors elles se regardèrent
l'une l'autre : aucune d'entre elles ne voulut le frapper la première, et ainsi pour cette fois il fut sauvé »)[1].

Ce défi rappelle celui que l'on trouve dans le *Livre*, rédigé
par Geoffroi de La Tour Landry en 1371 *pour l'enseignement
de ses filles*, et qui s'exprime ainsi : « que la plus pute de vous
toutes me frappera la première »[2].

Est aussi évoquée dans la nouvelle LXIV la *vida* de Rigaut
de Barbezieux, même si l'auteur lui a donné le surnom d'un
certain Alamanno[3]. Il nous y offre une description précise de la
cour du Puy-Sainte-Marie, l'actuel Puy-en-Velay, qui avait
acquis une grande notoriété, due notamment au prix de l'épervier récompensant le meilleur d'entre les chevaliers. *La
Chanson de la Croisade albigeoise* y fait même allusion :

> *Qui no sap cosselh prendre, lora qu'el a mestier,*
> *Ja a la cort del Poi no prengua l'esparvier...*

(« celui qui ne sait pas prendre conseil quand il le faut, qu'il ne
compte pas prendre l'épervier à la cour du Puy »)[4],
ainsi que la *vida* du Moine de Montaudon, qui fut fait seigneur
de la cour du Puy avec le privilège de donner l'épervier[5]. Quant
au thème de la nouvelle, c'est exactement celui de la *razo* qu'on
lira ci-après : la vengeance d'une dame qui s'estimait trahie par
Rigaut de Barbezieux et qui ne consentait à lui pardonner qu'à
la condition d'en être priée par cent dames et cent chevaliers.

---

1. *Op. cit.*, p. 225 et cf. note 36. – 2. Edition A. de Montaiglon, *Le Livre du
chevalier de La Tour Landry pour l'enseignement de ses filles*, Paris, Bibliothèque
elzévirienne, 1854. – 3. *... pognamli nome messer Alamanno...*, *op. cit.*, p. 271.
– 4. *La Chanson de la Croisade albigeoise*, édit. E. Martin-Chabot, v. 7954-55 ;
voir le même texte dans « Lettres gothiques », Le Livre de Poche, n° 4520, Paris,
1989, p. 462 [trad. très éloignée]. – 5. Edition Boutière/Schutz, *op. cit.*, p. 307.

> *Allora il cavaliere, il quale era di grande savere, si*
> *pensò che s'aproximava la festa della candellara, che si*
> *facea gran festa al Po di Nostra Dama, là ove la buona*
> *gente venia al mostier.*

(« Alors le chevalier, qui était d'un grand savoir, pensa que la
fête de la Chandeleur approchait et qu'on faisait une grande fête
au Puy-Notre-Dame, là où le beau monde venait à l'église »)[1].

Non seulement l'auteur du *Novellino* nous donne presque mot
à mot le texte de la *razo* provençale, mais il a poussé le souci
d'exactitude jusqu'à traduire en entier la poésie de Rigaut qui
suit et justifie la *razo*. Or cette *canso*, qui devient

> *Altressi come il leofante*
> *quando cade non si può levare...*[2]

est réduite dans la *razo* de *P* à une seule strophe[3]. Mais l'auteur
du *Novellino*, bon connaisseur de l'œuvre de Rigaut, a préféré
ne pas amputer la chanson.

Ce recueil n'est pas le seul, tant s'en faut, à témoigner du rôle
joué en Italie, cette terre d'élection de la nouvelle, par la matière
narrative des *vidas* et *razos*. Un Toscan devait s'employer
mieux encore à recueillir l'héritage narratif méridional.

• Francesco da Barberino (1264-1348)

Ami de Dante et de Guido Cavalcanti, auteur du *Reggimento
e Costumi di Donna*, il a séjourné en Provence de 1309 à 1313
et à la cour de Clément V[4]. Grâce à son œuvre le nom de
beaucoup de troubadours, autrement inconnus, nous a été
conservé. Il utilise aussi des récits qui, d'après ses dires,
seraient empruntés au provençal, mais dont nous ne savons rien.
D'après l'analyse qu'ont faite Antoine Thomas et Erich Müller
des récits du *Reggimento*, les textes de Francesco, qui mêlent
prose et poésie, semblent renvoyer souvent à une nouvelle provençale en vers[5] ; ils partagent avec les *novas* la caractéristique

---

1. Edition G. Favati, *op. cit.*, p. 273-74. – 2. *Ibid.*, p. 274-75. – 3. Voir *infra*
la *razo* en question et les précisions sur le ms. *P*. – 4. Cf. E. Müller, *op. cit.* On
peut aussi se reporter à A. Gaspary, trad. par H. Oelsner, *The History of Early
Italian Literature to the Death of Dante* (avec additions et supplém. biblio.),
Londres, Bell, 1901, p. 196 et suiv. – 5. Cf. A. Thomas, *Francesco da Barberino
et la littérature provençale en Italie au moyen âge*, Paris, Thorin, 1883. Dans les
Documenti d'Amore Barberino utilise la légende du « cœur mangé », cf. *infra* la
vida de Guillem de Cabestanh.

d'être subordonnés à un enseignement et même d'être composés dans cette seule intention[1].

Peire Vidal auteur de nouvelles

L'exemple le plus intéressant peut-être est donné par une nouvelle que Francesco attribue au troubadour Peire Vidal. Une dame de la ville d'Orange, ni très belle, ni très laide, croit jusqu'à la folie aux compliments démesurés que lui font des chevaliers *lausengiers*. Ainsi est amorcé un conflit qui tourne au drame avec la mort de la trop naïve créature, poursuivie comme une pauvre folle par des enfants[2], puis lapidée. Deux questions se posent alors, mais d'intérêt inégal ici. Tout d'abord il est probable que la source de cette nouvelle est à chercher dans un premier état qui aurait été composé en vers et en langue d'oc. Mais l'auteur en est-il bien Peire Vidal ? D'aucuns ont évoqué une confusion possible avec Raimon Vidal, le poète de *Abril issia*. Or, Francesco attribuant à Peire Vidal une deuxième nouvelle, la confusion aurait confiné de sa part à l'obstination[3]. Il n'y a donc pas de raison objective de refuser à Peire Vidal cette paternité. L'intérêt de cette attribution, dont Francesco n'est peut-être pas le premier responsable, est ailleurs. On sait, grâce à ses *razos*, combien la personnalité de Peire Vidal et sa folie supposée ont marqué ses contemporains. Sans aucun doute le thème de la folie, fût-elle féminine, a pu faciliter l'attribution de la nouvelle à Peire, et la réputation du troubadour aura donc laissé des traces durables. Enfin l'art du récit dans cette nouvelle de Barberino peut aussi révéler, en dehors de son talent propre, l'existence déjà bien établie d'une tradition de *novas* versifiées. Car la prose n'est pas encore vraiment littéraire au temps de Peire Vidal et de ses contemporains.

La deuxième nouvelle attribuée par Barberino à Peire Vidal n'est pas moins tragique. Elle met en scène le frère du duc de Bourgogne, ce dernier et son épouse. Le frère du duc ayant embrassé très affectueusement sa belle-sœur, le duc en conçut de la jalousie et fit des reproches à son épouse. Bien que celle-ci

---

1. E. Müller, *op. cit.*, p. 121. – 2. Cette réaction d'exclusion de la part des enfants, trait bien connu de leur psychologie, apparaîtra dans l'œuvre de Jasmin, le poète coiffeur d'Agen, *Maltro l'inoucènto*. – 3. Pour le débat entre K. Bartsch et A. Thomas, cf. E. Müller, *op. cit.*, p. 120.

eût assuré avoir agi par pure courtoisie, rien n'y fit. Et, quelques jours plus tard, ayant placé à sa table son frère et son épouse côte à côte, il leur versa un breuvage empoisonné, dont ils moururent trois jours après[1].

Enfin, puisque les noms de Peire Vidal et de Raimon de Miraval sont liés dans leurs *razos*, rappelons que Francesco attribue à Miraval une nouvelle qui pourrait contenir le point de départ de la légende du cœur mangé dont le héros malgré lui est Guillem de Cabestanh. Il rapporte que le comte de Flandre infligea une mort cruelle à l'un de ses chevaliers nommé Raimbaut à cause d'un soupir que ce dernier avait poussé devant la comtesse tout en servant le comte. D'après l'éditeur de Guillem de Cabestanh il y eut peut-être un drame conjugal à la cour de Flandre en 1175[2].

Ces trois nouvelles ont en commun de mettre en scène des personnages rattachés, directement ou non, à une cour, duc, comte et chevaliers, et connaissant les règles de la *fin'amor*. Elles représentent bien, de ce point de vue, une tradition provençale. Mais un autre élément qui les unit, et qui est étranger, quant à lui, au monde de la *canso* et de la *fin'amor*, c'est la violence. Dans ces trois nouvelles, la mort des héros est le seul dénouement possible et, mise à part la dame d'Orange seule responsable de son destin, les autres meurent par la faute d'un jaloux. Et, pour les trois, le châtiment est sans proportion avec la faute. La dame un peu vaine, trop sensible aux compliments, ne méritait pas d'être lapidée pour autant. Le chevalier du comte

---

1. *Commentaire*, f° 16a, cité par Thomas dans son *Appendice*, p. 177 : *Refert Petrus Vitalis quendam olim fratrem ducis Burgundie venientem de Francia occurrentem sibi ducis uxorem hoc modo amplexando strincxisse, quod intuens dux suspicionem concepit in animo contra fratrem pariter et uxorem. In sero vero inquid uxori : « Unde tibi est talem morem servare ? » Illa quidem respondit : « Ex vestri intuitu frater vester hoc servat ; ego autem paciens non deliqui ». At ille dixit : « Immo penitus deliquisti, cum in ejus faciem nullam injuriam intulisti ». Tunc illa dixit : « Non credo quod decuisset ». Quieverunt verba, et die quadam dux ipse postea invitato fratre ac cum uxore locato, ipsis ambobus paravit occulte venenum et infra triduum defecerunt. Hoc etiam michi semel per partes Burgundie transeunti a quodam sene relatum extitit et probatum.* — 2. Arthur Långfors, *Les Chansons de G. de C.*, Paris, Champion, 1924, p. XVIII : « L'épisode que racontait la nouvelle de Miraval avait peut-être un fondement historique. Il semble bien, en effet, qu'un drame conjugal ait eu lieu à la cour de Flandre en 1175. A cette date le comte Philippe fit supplicier un chevalier qu'il soupçonnait d'être l'amant de la comtesse... » Cf. aussi *infra* la *vida* de Guillem.

de Flandre n'est guère coupable ; quant au frère et à l'épouse du duc de Bourgogne, ils sont innocents. Or une mort tragique clôt chaque récit et le fautif ne semble pas châtié. Dans le cadre de la nouvelle le jeu de la *fin'amor* est infiniment plus périlleux qu'il ne le semblerait à lire les *cansos*, et le *gelos*, le mari jaloux, exerce sans crainte ses prérogatives de maître et seigneur.

Les auteurs disparus

De façon plus générale, Francesco da Barberino nous renseigne indirectement sur les *novas*. Des troubadours, dont les compositions lyriques seules sont restées, ont dû s'essayer aussi au genre de la poésie narrative, et Peire Vidal fut peut-être l'un d'entre eux[1]. Quant à la comtesse de Die, si les faits sont exacts, sa personnalité s'en trouve singulièrement enrichie. Enfin, parmi ceux dont le nom ne nous est même pas parvenu, Francesco cite un Raimbaut le Provençal auquel il attribue deux courtes anecdotes[2]. Toutes deux concernent des personnages méridionaux et commencent de la même façon : «Raimbaut le Provençal raconte que maître Bernart d'Espagne...» et «Raimbaut le Provençal raconte que le comte de Toulouse...»[3].

Ces auteurs dont il ne nous est rien resté ont sans doute été plus nombreux qu'on ne l'a cru, mais seul le témoignage de Francesco en a tiré quelques-uns de l'oubli. Certains d'entre eux semblent avoir été originaires du pays entre Alpes et Rhône, du Dauphiné et de la Provence, région où Barberino a séjourné. Et comme ce qu'on a pu contrôler de ses assertions s'est révélé exact, tout porte à croire qu'il est digne de confiance. Il est tout à fait vraisemblable que cet esprit érudit et curieux ait eu entre les mains un manuscrit inconnu en Italie et contenant des nouvelles. Contrairement à Pétrarque, dont le séjour provençal de 1313 à 1323 fut en fait un séjour italien dans une civilisation italienne, celle d'Avignon et du Comtat Venaissin, Barberino,

---

1. Ainsi en est-il dans le commentaire latin aux *Documenti d'Amore*, autre ouvrage de Francesco, où Raimon de Miraval, que nous connaissons seulement comme poète, est nommé comme auteur narratif, cf. E. Müller, *op. cit.*, p. 133. – 2. Cf. A. Thomas, *op. cit.*, p. 129. – 3. Cf. *Comment.*, fº 18d, éd. A. Thomas, p. 178 : ...*de quo narrat Raembaut provincialis*... ; fº 40c, p. 186 : *Recitat Raymbaut provincialis quod cum comes Tollosanus*...

lui, a été, d'une manière ou d'une autre, au contact direct de la littérature provençale. Comme l'a écrit en son temps Paul Meyer :

> Dès maintenant le commentaire des *Documenti* doit être considéré comme une source précieuse pour l'histoire de la littérature provençale[1].

Qu'un voire plusieurs manuscrits aient été ensuite perdus n'a, au vrai, rien d'étonnant. Et, si fort peu de textes narratifs nous sont parvenus, sans doute est-ce aussi par manque d'intérêt des compilateurs pour une poésie non lyrique.

• Le *Decameron*

Le *Decameron*, cette « épopée des marchands » représente le point de convergence de deux grands courants littéraires : la tradition courtoise et l'anecdote du monde marchand, le fabliau. Dans cette comédie humaine les éléments empruntés sont nombreux.

Le lien avec l'Italie des contes de Boccace ne pouvait échapper à Stendhal, lui qui a pris le soin de traduire, comme on le verra, une longue *razo* provençale, la plus connue, celle du cœur mangé. Nous trouvons dans le *Decameron* le récit de ce cœur mangé, tel qu'on le lit dans la *razo* de Guillem de Cabestanh. Il est même illustré dans l'un des manuscrits de Boccace[2]. Voici la présentation de la nouvelle de Boccace :

> Guillaume de Roussillon tue Guardastagne, amant de sa femme. Il fait manger à la dame le cœur de la victime. En apprenant la vérité, la malheureuse se précipite d'une fenêtre élevée. Elle meurt et partage la tombe de son amant[3].

Comme le fait très justement remarquer Vittore Branca, la scène du meurtre est saisie en trois vers heptasyllabiques, lourds et pesants, puis s'allonge dans un hendécasyllabe :

---

1. P. Meyer, compte rendu de la thèse d'A. Thomas sur Fr. da Barberino, *in Romania*, XIII, 1884, p. 451. – 2. Cf. Vittore Branca, *Boccaccio medievale e nuovi studi sul Decameron*, Sansoni, Florence, 1986, fig. 35, avec la légende : *Il lugubre banchetto di messer Guiglielmo Rossiglione*, reproduction d'une illustration du ms. B.N., cod. ital. 63, f° 158 r. – 3. *Decameron*, traduction J. Bourciez, Garnier, Paris, 1967 ; IVe journée, Filostrate, IX, p. 318-321. Voir aussi dans *Le Livre de Poche*, n° 702, présentation de Ch. Bec, trad. de C. Guimbard, 1994, et nouvelle p. 393 et suiv.

> *Rossiglione smontato*
> *con un coltello il petto*
> *del Guardastagno aprì,*
> *e con le proprie mani il cuor gli trasse.*

(« Roussillon ouvrit de haut en bas la poitrine de Guardastagno avec un couteau, et de ses propres mains il en tira le cœur »)[1].

Quant au geste de désespoir de la dame il s'accompagne du défi devenu célèbre :

> *Ma unque a Dio non piaccia*
> *che sopra a così nobil vivanda*
> *... altra vivanda vada.*

(« Mais qu'à Dieu ne plaise qu'un si noble plat... soit suivi d'un autre »)[2].

Une autre nouvelle, qu'on a pu intituler « Vengeance de reine », évoque « jusqu'aux détails près » le *Roman de Guillaume de la Barre* d'Arnaud Vidal[3]. L'art de Boccace a été, en l'occurrence, de faire tenir dans le cadre d'une brève nouvelle, un long roman versifié. Et dans la VIIe journée la septième nouvelle, dont Louis et Béatrice sont les héros, fait écho à la *vida* de Jaufre Rudel, puisque ce sont des chevaliers au retour des terres lointaines du Saint-Sépulcre qui suscitent dans le cœur de Louis, sans qu'il la voie, un amour invincible pour sa dame : « il fut saisi d'un tel désir de la voir qu'il ne pensait à rien d'autre »[4].

Tous ces éléments empruntés à une tradition, ces références à des faits souvent identifiables ou vraisemblables constituent non seulement une constante mais la condition du récit. Ce qui pourrait être disparate ou hétérogène est transformé par le langage et le rythme propres à Boccace. Les deux courants littéraires qui alimentent son œuvre, celui de la courtoisie, en grande partie venu de Provence, et celui du fabliau, l'anecdote du monde des marchands, s'unissent et convergent pour nous offrir une véritable somme du texte narratif médiéval ou, selon

---

1. IV, 9, 13, présenté et cité par V. Branca, *op. cit.*, p. 82. – 2. IV, 9, 23, présenté et cité également par V. Branca, p. 82. – 3. *Ibid.*, IIe journée, Filomène, VIII, éd. J. Bourciez, *op. cit.*, p. 140-154 : « Le comte d'Anvers, accusé à tort, s'enfuit en exil et laisse ses deux enfants dans deux villes d'Angleterre... son innocence est enfin reconnue... ». Cf. aussi dans Le Livre de Poche, *op. cit.*, p. 185 et suiv. – 4. Voir l'analyse très pertinente de V. Branca, *op. cit.*, p. 128-129.

l'expression de Vittore Branca, « la chanson de geste *dei paladini di mercatura* »[1].

Et dorénavant les nouvelles et contes sont en prose, une prose fort élaborée comme tant d'études l'ont montré. Si les thèmes sont restés, le style souvent maladroit des *razos*, encore trop marquées par leur début oral et jongleresque, est bien oublié.

Les *novas* provençales, une poésie narrative

La poésie, bien plus élaborée que la prose dans le monde d'oc au XIIIe siècle, sera le cadre choisi pour les nouvelles ou récits brefs ; la prose vient plus tard et, comme on l'a vu, par un cheminement particulier, grâce aux rédacteurs des *vidas*. Mais son existence ne va pas sans poser quelques questions ; et tout d'abord celle de son succès très relatif comparé à celui de la poésie lyrique.

• Poésie narrative et poésie lyrique

Incontestablement l'existence d'une poésie narrative moins représentée que les chansons des troubadours met en évidence une disparité de destin. Peut-être faut-il y voir la marque du goût du public méridional plus enclin à écouter des chansons que des récits. Les « chansonniers », ou manuscrits contenant les poésies lyriques, représentent le grand héritage des troubadours et l'élément narratif, comparé à cette abondante floraison, fait figure de parent pauvre. Un critique italien a fait judicieusement remarquer que le manuscrit *P*, qui nous a transmis les *vidas* et les *razos* groupées ensemble, pourrait bien, étant donné son origine, représenter davantage le goût du public des marchands italiens de l'époque que celui du public d'oc[2]. Quant au ms. *R*, celui qui contient le plus grand nombre de nouvelles, il a été récemment localisé dans le Toulousain[3]. Mais on ne se risquerait pas à dire à quel public ce ms. était destiné, même si l'hypothèse d'une relation avec la cour du comte Henri II de Rodez

---

1. *Ibid.*, p. 164. – **2.** Cf. Limentani, *L'Eccezione narrativa. La provenza medievale e l'arte del racconto*, Turin, 1977, p. 4. – **3.** Cf. Fr. Zufferey, *Recherches linguistiques sur les chansonniers provençaux*, Droz, Genève, 1987, p. 132 et pour sa description des pièces non lyriques, p. 105-106 et n. 14.

n'a pas été totalement écartée[1]. De toute façon le fait que *R* contient plus de mille pièces lyriques, avec la musique pour quelques-unes d'entre elles, montre aussi clairement que le domaine lyrique est le champ de prédilection. La relative rareté des textes narratifs d'oc les rend d'autant plus précieux. Tous sont contemporains de l'apogée de la civilisation méridionale, et non de ses débuts, et subissent plus ou moins fortement l'influence de la thématique courtoise. Ils témoignent aussi de l'interpénétration de « genres » différents ; l'épique, le merveilleux ou le fabliau, les didascalies et les allégories : tous ces éléments se rencontrent dans les pièces narratives et démontrent cette évidence que les genres ne se développent pas à l'abri les uns des autres mais s'interpénètrent toujours plus ou moins. On remarquera aussi très vite que les auteurs de nouvelles ont souvent une intention didactique affirmée et n'hésitent pas à assumer le rôle d'éducateurs de leur public. Une telle attitude était aussi assez répandue chez les poètes lyriques, même si tous n'adoptaient pas le ton du clerc s'élevant, et avec quelle violence, contre les vices du siècle comme Marcabru, le sermonneur de folie ainsi qu'il se nommait lui-même[2].

Lorsque, comme dans quelques cas clairement démontrés, l'auteur d'une nouvelle est aussi un poète lyrique, on ne s'étonnera pas qu'il y ait entre des textes en apparence fort différents une interpénétration telle qu'elle donne à l'ensemble de sa création, lyrique et non lyrique, une vraie cohérence. Et on sait d'après les Italiens que bon nombre de troubadours ont été aussi auteurs de nouvelles.

• Des auteurs qui ont un nom

Les nouvellistes que nous connaissons ne sont guère nombreux. Bien que ce ne soit jamais précisé dans les littératures du moyen âge, l'auteur médiéval le plus prolixe se nomme *Anonyme*, selon l'expression d'un médiéviste anglais[3] ! Anonymes

---

1. Pour Fr. Zufferey, la « source rouergate » ne peut être « qu'une source parmi d'autres », *op. cit.*, p. 133, et sa démonstration emporte largement l'adhésion. – **2.** *De nien sui chastiaire / E de foudat sermonaire* (« je suis censeur du néant, sermonneur de folie ») in *Al son desviat, chantaire*, str. VI, v. 31-32, p. 20 de l'éd. J.M.L. Dejeanne, Privat, Toulouse, 1909. – **3.** Selon l'expression de Nygel Wilkins, l'auteur de *Music in the Age of Chaucer*, D.S. Brewer, Cambridge, 1995.

tant d'œuvres, et presque anonymes en vérité tant d'auteurs, dont on ne sait rien que le nom ou le sobriquet. Pourtant il en est trois ou quatre qui échappent au sort le plus commun.

Parmi eux émerge incontestablement la figure de Raimon Vidal de Besaudun, ou Besalú, un Catalan de la première moitié du XIII⁰ siècle. Par son origine il fut au carrefour de l'Espagne et du Midi français. Il fut aussi et surtout un écrivain important par la richesse et la diversité de son œuvre. Auteur d'au moins deux nouvelles en octosyllabes, *Abril issia* et *So fo el tems*[1], mais auteur récemment discuté, et non sans arguments, dans sa paternité du *Castia Gilos*[2], il nous a laissé un traité en prose sur la langue d'oc, l'une de nos premières grammaires, intitulé : les *Razos de trobar*, ou l'art de trouver. Cette illustration de la langue d'oc, qui met en évidence l'existence de celle-ci comme langue littéraire et poétique, eut un grand succès. *Abril issia* fut composé, d'après le dernier éditeur du texte, soit avant 1209 – date qui a sa préférence –, soit au cours de l'année 1213[3]. Son récit est tout à la fois une *laudatio temporis acti*, devenant par ricochet une lamentation sur le temps présent, et un enseignement au jongleur. L'une de ses caractéristiques est sans doute la présence de la cour comme une puissante entité dispensatrice de bienfaits et aussi comme un lieu vivant de poésie et de culture. On ne cesse d'aller d'un centre à l'autre, on y rencontre de nombreux seigneurs, et des plus grands, de Catalogne, d'Aragon et d'ailleurs, comme Uc de Mataplana, seigneur de la Cerdagne catalane, vassal de Pierre II d'Aragon, mort comme lui à la bataille de Muret en 1213, et mécène vanté et admiré. Le seigneur Dauphin d'Auvergne mérite une mention particulière. Non seulement Raimon Vidal nous offre une description de sa cour, mais c'est lui qu'il consulte sur le sort et le rôle de la poésie. Mécène et protecteur des troubadours en son château-citadelle de Montferrand, Dauphin, qui vécut entre 1150 et 1234, a institué une vraie tradition culturelle en Auvergne[4].

---

1. La variante *En aquel temps* du ms. *R* (que nous donnons en édition) étant moins connue, nous conservons ici le titre habituel. – **2.** Il est présenté comme l'œuvre d'un anonyme par son dernier éditeur H. Field, *op. cit.*, p. 193 : *i el nom de l'autor per al qual no hi ha cap justificació interna...* et voir p. 222-224. – **3.** Nous nous contentons de renvoyer à l'analyse de Hugh Field, *Ramon Vidal de Besalú. Obra poètica*, t. I, Curial, Barcelone, 1989, p. 61. – **4.** Sur Dauphin et son rôle voir Fr. de Labareyre, *La Cour littéraire de Dauphin d'Auvergne des*

La deuxième nouvelle, *So fo el tems*, dite du *Jugement d'amour*, présente aussi Uc de Mataplana comme un puissant seigneur, arbitre de casuistique amoureuse. Son dernier éditeur, Hugh Field, juge composite cette nouvelle pour laquelle il a discerné trois états successifs qui s'étendraient chronologiquement entre la première décennie du XIIIe siècle et au-delà de l'année 1252[1]. La première partie du récit, de 725 vers, serait attribuée à Raimon de Miraval[2] ; on savait déjà par les *razos* et les affirmations de Francesco da Barberino que Raimon de Miraval n'était pas seulement un poète lyrique. Raimon Vidal aurait écrit une continuation, révisée par le compilateur de *R* et dont le *terminus ad quem* serait 1289-1326. Enfin un seul manuscrit donnerait une troisième version écrite après 1252.

La particularité de ces deux œuvres narratives, outre les problèmes d'édition qu'elles ont pu poser aux spécialistes, est de contenir un nombre important de citations de poésies lyriques[3]. La relation qui unit ces citations aux textes narratifs peut être complexe : au rôle incontestable de la mémoire, instrument essentiel du troubadour et du jongleur, s'ajoute sans doute un enrichissement dû aux rédacteurs et copistes successifs[4]. De toute façon l'intérêt de ce *corpus* lyrique est qu'il contient les poésies les plus célèbres au XIIIe siècle, devenant ainsi un précieux témoignage de la survivance de cette poésie et des goûts du public. Ce procédé a eu bien des imitateurs à commencer par Jofre de Foixà dans ses *Regles de Trobar* et Matfre Ermengaud dans son *Breviari d'Amor*[5] ; mais le Nord a connu aussi cette vogue avec Jean Renart et son *Roman de la Rose*, qui contient une véritable petite anthologie des trouvères et des troubadours,

XIIe et XIIIe siècles, Clermont-Ferrand, 1976 et Jean Perrel, « Le Troubadour Pons, seigneur de Chapteuil et de Vertaizon, son temps, sa vie, son œuvre », *in La Revue d'Auvergne*, t. 90, nᵒ 464-465, 1976, p. 89-197.

1. Pour l'analyse de détail et la justification des dates on se reportera à la remarquable étude de H. Field, *op. cit.*, t. I, p. 77-83. – **2.** *Ibid.*, p. 115. – **3.** *Ibid.* p. 117 et suiv. pour leur recension et les questions de tradition manuscrite. – **4.** Voir l'article de Don A. Monson, « L'Intertextualité du *Castia Gilos* » in *Revue des Langues romanes*, t. XCVI, 1992, nᵒ 2, p. 301-326. – **5.** H. Field, *op. cit.*, p. 116. Pour l'édition des *Regles de trobar*, cf. Ettore Li Gotti, *Jofre de Foixà, Vers e Regles de trobar*, Modène, 1952 ; pour celle du *Breviari d'Amor*, cf. Peter T. Ricketts, *Le Breviari d'Amor de Matfre Ermengaud*, tome V, Leiden Brill, 1976.

ceux-ci ayant été traduits en langue d'oïl avec – disons-le – des bonheurs divers[1].

Peire Guillem, ou Peire W d'après le manuscrit *R*, nous a laissé un récit didactique et allégorique sur la disparition du *trobar*. Cette nouvelle pourrait s'intituler *Le Dieu d'Amour*, si ce titre n'était un peu réducteur, car il s'agit d'un véritable art d'aimer. L'auteur, sans être anonyme, n'a pas été identifié avec sûreté ; il pourrait s'agir de Peire Guillem de Tolosa dont l'activité poétique s'étend entre 1245 et 1265 ; il reste de ce troubadour une *tenso* avec Sordel et un *sirventes joglaresc*. Comme l'auteur de la nouvelle paraît avoir été un sujet du comte de Toulouse, c'est un argument en faveur de l'identification proposée[2]. Enfin il serait d'origine catalane, étant donné sa connaissance des seigneurs catalans d'une part, quelques renseignements géographiques de l'autre. De toute façon, *Lai on cobra* a été composé avant juillet 1253, moment de la mort du roi Thibaut de Navarre, dont Peire Guillem blâme l'attitude, mais après ce mois de juin 1252 où Alphonse X de Castille, auquel il est fait allusion, est monté sur le trône[3].

L'auteur de la si jolie *Nouvelle du Perroquet*, destinée à châtier les maris jaloux, était Arnaut de Carcassès, c'est-à-dire soit du Carcassès, région de Carcassonne, soit du hameau de Carcassès, près de Limoux dans l'Aude ; en l'absence de document, du moins jusqu'à ce jour, il serait peu vraisemblable de le rattacher à la famille de Ferrande de Carcassès, devenue *faidide* (« bannie ») après avoir été assiégée dans son château vers 1241 par les troupes du chambellan de Saint-Louis, Jean de Beaumont. Arnaut composa dans la première moitié du XIIIᵉ siècle, mais nous ne savons rien d'autre de ce Languedocien.

En revanche, l'auteur du *Roman d'Esther*, nouvelle d'inspiration biblique, nous plonge au sein des très vivantes communautés juives du XIVᵉ siècle. Son auteur, Crescas Caslari, ou du Caylar, était écrivain et médecin, incontestablement érudit, sachant l'hébreu, le grec et le latin.

Crescas était fils de Joseph le lévite Caslari, c'est-à-dire sans

---

1. *Le Roman de la Rose ou de Guillaume de Dole*, édition F. Lecoy, Champion, Paris, 1962. – 2. Voir M.-R. Jung, *Etudes sur le poème allégorique en France*, Francke, Berne, 1971, p. 160. – 3. *Ibid.* p. 160-161. La pièce daterait, d'après M.-R. Jung, du printemps 1253.

doute originaire du Caylar ; comme ce lieu-dit existe dans l'Hérault, près de Lodève, et dans le Gard près de Nîmes, il est évidemment fort difficile de déterminer lequel fut le lieu de naissance du père de Crescas[1]. Mais, en 1327, c'est à Avignon qu'un certain Israel Caslari traduit en hébreu le *Regimen Sanitatis* du Provençal Arnaut de Villeneuve[2] ; cet indice nous porte à croire que les Caslari étaient d'origine provençale. Ils font partie de ces nombreux traducteurs érudits, passant de l'arabe ou de l'hébreu au latin ou bien suivant, comme ici, le mouvement inverse, du latin à l'hébreu. Ils contribuèrent largement au contact entre les civilisations mozarabes d'Espagne, méridionales et hébraïques. Comme un certain nombre d'écrivains des communautés juives du Nord et de l'Est, Crescas a utilisé l'alphabet hébraïque pour transcrire son texte provençal malgré la difficulté d'adaptation d'un alphabet à l'autre, que Paul Meyer a expliquée au siècle dernier[3]. On a un autre exemple de l'utilisation littéraire de la langue hébraïque en pays d'oc grâce au poète Isaac Gorni qui écrivit en hébreu des *sirventes* et tenta d'acclimater la métrique des troubadours[4].

• Des couleurs diverses

Il serait vain de chercher dans la poésie narrative d'oc une homogénéité qu'elle n'a pas. Les thèmes les plus divers y sont traités. Tout au plus pourrait-on, pour quelques pièces, discerner un élément commun qui tient surtout au fait qu'elles ont été composées dans un même milieu, celui de la cour, imprégné par la *fin'amor*. Mais cette diversité n'est pas sans charme et entraîne parfois le lecteur vers des horizons inhabituels.

Abril issia et *So fo el tems* appartiennent tous deux au monde de la *fin'amor*. La première de ces nouvelles ne comporte guère d'action proprement dite et se rattache plutôt au genre de

---

1. Cf. l'introduction de A. Neubauer à l'édition déjà bien ancienne de P. Meyer : « Le Roman provençal d'Esther par Crescas du Caylar médecin juif du XIVᵉ siècle », *Romania*, XXI, 1892, p. 194-227. – 2. Cf. *Arnau de Vilanova, Obres Catalanes. A cura del P. Miquel Batllori*, vol. II, Barcelone, 1947, p. 48-49. – 3. Il a édité le *Roman de la Reine Esther* dans *Romania*, XXI, 1892, p. 194-227. Voir ses remarques p. 201, notamment : « j'ai préféré me conformer à l'usage le plus ordinaire des textes provençaux » puisque : « la notation hébraïque ne permet pas, en ce qui concerne les formes linguistiques, une restitution rigoureusement exacte », p. 201. – 4. Une conférence a été faite à ce sujet par Arié Serper, professeur à l'Université de Jérusalem, en 1976 à l'ambassade d'Israël à Paris.

l'*ensenhamen* ou enseignement, dont le destinataire est ici un jongleur ; il apprend les valeurs et les œuvres du passé au temps où régnait *Cortezia*. Comme l'a judicieusement remarqué Alberto Limentani, la conception que se fait le poète du *trobar* devient le sujet même de son récit[1]. Le personnage du jongleur est alors au centre d'une société courtoise en crise :

> Le jongleur n'a plus sa place dans la nouvelle société...
> La crise d'identité du jongleur est une métaphore de la crise que traverse un certain type de littérature dont il est le porte-parole. C'est exactement ce dont il est question dans *Per solatz revelhar*[2]...

L'art poétique fait écho à la crise morale et historique de la société méridionale et exprime ses interrogations dans le motif du *Ubi sunt ?* « Mais où sont les neiges d'antan ? » ; et cette *laudatio temporis acti* est la reprise en poésie narrative du motif du bon vieux temps chez le troubadour Giraut de Bornelh : « Où se sont enfuis les jongleurs qu'on voyait si bien accueillis ?[3] »

So fo el tems, en revanche, est un Jugement d'amour ou *Judici d'Amor*, comme on l'a parfois appelé. Il raconte l'histoire d'un pauvre chevalier qui se déclare après sept ans de patience mais essuie le refus de sa dame. La nièce de celle-ci, demoiselle, promet au chevalier de lui accorder son amour quand elle le pourra, c'est-à-dire quand elle sera mariée, puisque seule une dame en puissance d'époux peut accéder à la *fin'amor*. Or la dame étant venue à de meilleurs sentiments envers l'amoureux éconduit manifeste son désir de le reprendre et se heurte alors à la nièce désireuse de garder le cœur du chevalier. Débat de casuistique amoureuse donc, puisqu'il s'agit de savoir quelle dame doit l'emporter sur l'autre. On choisira alors Uc de Mataplana comme arbitre du conflit.

Le *Castia Gilos*, traduit généralement par *L'Ecole des Jaloux*, traite d'un thème de fabliau, illustré notamment par la *Bourgeoise d'Orléans*, celui du « mari trompé, battu et content ». La

---

1. A. Limentani, *op. cit.*, p. 56-57. – **2.** J.-M. Caluwé, *op. cit.*, p. 129 et 130. Allusion au troubadour Giraut de Bornelh, chantre du *Ubi sunt ?* et auteur de la poésie *Per solatz revelhar* (« Pour réveiller la joie »). – **3.** Cf. notre étude *Les Poésies satiriques et morales des troubadours*, Nizet, Paris, 1978, p. 240-247 ; cf. aussi J.-Ch. Huchet, « Déclin d'Amor et du Trobar » *in Apogée et déclin*, collection *Cultures et civilisations médiévales*, VIII, Publications de l'Université de Paris-Sorbonne, 1993, p. 193 et suiv.

trame en est simple : la dame injustement soupçonnée par un
mari jaloux a bien le droit de lui donner une cuisante leçon ; ce
vrai thème de fabliau deviendra même comédie de boulevard
grâce à la pièce de Sacha Guitry, *La Jalousie*. Mais le motif de
la jalousie constitue aussi le ressort romanesque de *Flamenca*,
car il appartient également au monde de la cour et de la
fin'amor qui condamne le *gilos*, l'époux jaloux. Peu importe
alors qu'on ait pu relever les invraisemblances du récit, moins
réaliste que le fabliau de la *Bourgeoise d'Orléans*[1]. Il est essentiel de faire entendre la leçon au public de la cour ; le jongleur
est l'éducateur naturel de cette cour, sa fonction est de diffuser
les règles de la *fin'amor* et toute la structure narrative de
l'œuvre va dans ce sens.

   La Nouvelle du Perroquet se rattache aussi à l'univers
courtois et au motif de la jalousie. Mais elle s'ouvre sur le
monde du merveilleux et de la féerie. Le lieu choisi est le *locus
amoenus* traditionnel, celui du verger clos, planté d'un laurier et
d'un pin, symboles de l'amour par leur inaltérable couleur verte.
L'ensemble compose une charmante, mais troublante image du
Paradis terrestre où l'amour adultère des héros retrouve une
innocence première, semblable à celle des *cansos*.

   Le personnage central en est un perroquet magique et un peu
démoniaque, non seulement messager des amoureux mais véritable instigateur de l'intrigue, terrible incendiaire au sens propre
et au sens figuré. Le récitant a entendu le dialogue entre l'oiseau
sorcier et une dame, dialogue poursuivi avec le bel Antiphanor,
fils du roi et amoureux de la dame ; et le perroquet a beau parler
en son latin, c'est-à-dire dans une langue étrangère au commun
des mortels, nul ne s'étonne que la dame et l'amant le comprennent sans peine ! La construction narrative se présente donc
comme une suite de didascalies. Le ressort de l'histoire est
comparable à celui du *Castia Gilos*, puisqu'il s'agit de la
jalousie : la dame, voulant se venger de la jalousie abusive de
son mari, le trompe grâce à l'intermédiaire et à la ruse un rien

---

   1. A. Limentani, *op. cit.*, p. 59, n. 1, fait ainsi allusion au prétexte peu vraisemblable de la guerre pour justifier le départ du mari et du chevalier amoureux.
Mais, à une époque où il y avait toujours une guerre quelque part et où les
femmes n'étaient pas censées se mêler de ce jeu éminemment masculin, l'argument est moins invraisemblable qu'il n'y paraît au premier abord. Au reste, peu
importe en l'occurrence.

satanique du perroquet beau parleur. Le stratagème utilisé par l'oiseau ayant rendu totalement inefficace et inutile la surveillance du mari, la morale de la fable est qu'il ne sert à rien d'enfermer sa femme et qu'au lieu de la faire garder il vaut mieux lui faire confiance. La fin du récit dit bien qu'il s'agit de «châtier les maris qui veulent enfermer leur femme»; on y verra une relation avec les *contraclaviers* de Marcabru, les gardiens mal intentionnés[1]. Si la leçon aux maris jaloux est commune à cette nouvelle et au *Castia Gilos*, on relève que le mot *marit*, caractéristique des poésies morales mais à un bien moindre degré que *molherat*, utilisé par Marcabru, Cercamon ou Bernart Marti, a remplacé celui de *gilos*, propre aux chants d'aube : «Et ai paor que-l gilos vos assatge»[2]. Toujours est-il que l'héroïne récompensera le chevalier qui l'a aidée à se venger du mari trop jaloux, donnant à celui-ci une leçon qui, pour être plus discrète que celle du *Castia Gilos*, n'en est pas moins cuisante.

Une belle histoire, assez peu étudiée jusqu'à présent, la nouvelle de *Frère de Joie et Sœur de Plaisir*, met elle aussi en scène un oiseau magique dans une ambiance de féerie. Elle est selon toute apparence du XIVe siècle. Le texte a été donné comme catalan par Paul Meyer[3], mais Amédée Pagès a bien démontré que «ces narrations en vers... sont en provençal, en un provençal, il est vrai, déjà fort altéré», argumentation reprise par l'éditeur le plus récent[4]. Il nous paraît alors tout à fait justifié d'inclure ce récit dans notre série de nouvelles.

Le rédacteur anonyme commence sa *faula* par une allusion à la langue française qui semble indiquer qu'il la connaissait peut-être assez pour avoir envisagé d'écrire son histoire en français, bien que les Français, eux, ne lui fussent guère sympathiques. Voilà qui nous ferait croire à un auteur d'une certaine envergure. Quelques éléments épars suggèrent des réminiscences du

1. Cf. notre étude, *op. cit.*, p. 277-278. – 2. *Alba* de Giraut de Bornelh, édition A. Kolsen, *Sämtliche Lieder des Trobadors G. de B.*, Slatkine Reprints, Genève, 1976, p. 344. Pour le mot *marit* voir notre étude, *op. cit.*, p. 273. – 3. P. Meyer, «Nouvelles catalanes inédites» in *Romania*, XIII, 1884, p. 265-284. – 4. Amédée Pagès «Poésies provenço-catalanes inédites du manuscrit Aguiló» in *Romania*, tome LIV, 57e année, 1928, Slatkine Reprints, 1975, p. 198; cf. aussi Arseni Pacheco, *Blandín de Cornualla i altres narracions en vers dels segles XIV i XV*, Edicions 62, Barcelone, 1983.

roman courtois français ; et d'abord le nom de l'héroïne, *Sor de Plaser* qui fait songer à la *Sore d'Amor* du *Cligès* ; ensuite le pont de verre d'une fragilité magique n'est pas sans évoquer le Pont sous l'Eau ou le Pont de l'Epée du *Lancelot* de Chrétien de Troyes ; de même l'abondante profusion des biens dans l'épisode final rappelle les tables magiquement garnies des romans arthuriens ; quelques allusions précises au *Livre de l'Amour* d'André le Chapelain[1], le protégé de Marie de Champagne, nous confirment dans l'impression que notre auteur connaissait bien la littérature dite courtoise, latine et d'oïl. Enfin il a adjoint aux protagonistes le personnage de Virgile, réputé magicien au moyen âge, donnant ainsi à sa fable un vague ancrage historique ou, à tout le moins, savant[2].

Le thème, qui est celui de *La Belle au bois dormant*, s'éloigne du champ de la *fin'amor*, même si les acteurs se meuvent dans l'univers chevaleresque et courtois ; il se rattache à la féerie, à une tradition et à un folklore non seulement français mais européens. L'histoire est celle d'une jeune et belle princesse qui garde dans la mort la fraîcheur et la beauté, de sorte que ses parents l'isolent dans une tour au milieu d'un jardin paradisiaque. Un prince passant par là devint si amoureux de la jeune personne qu'elle en attendit un enfant. Une herbe apportée par un geai qui parle – autre oiseau magique – rend la vie à la princesse, mais, devant la violence qui lui a été faite, elle réagit avec la colère qu'on imagine. Heureusement nous savons qu'elle épousera son prince au terme de l'aventure.

C'est là un thème universel, comme on l'a souvent remarqué[3] ; ainsi en Bretagne armoricaine la légende de la princesse Marcassa met en scène l'oiseau magique nommé Dredaine, un jeune homme, Luduenn, qui séduit la princesse endormie et dont elle aura un fils[4]. La version chrétienne de ce thème se trouve dans *La Légende dorée* : Marie-Magdeleine maintint en

---

1. Cet ouvrage fut commencé vers 1185-1187 à la cour de Marie de Champagne, la fille d'Aliénor d'Aquitaine. – **2.** Cf. notre article « Virgile magicien dans la nouvelle *Fraire de Joi e Sor de Plaser* » in *La France latine*, 1995, nᵒ 121, p. 39-53. – **3.** Cf. Arseni Pacheco, *op. cit.*, p. 13, pour quelques remarques très générales, et surtout Esther Zago, « Some Medieval Versions of Sleeping Beauty : Variations on a theme » in *Studi Francesi*, 23ᵉ année, sept.-déc. 1979, p. 417-431. – **4.** Voir Jean Markale, *La Femme celte. Mythe et sociologie*, Payot Paris, 1992, p. 77.

sommeil léthargique une jeune accouchée partie pour la croisade, donnée pour morte et abandonnée sur une île, ce qui
permit à l'enfant de la téter pendant deux ans[1]. Cette universa-
lité de l'histoire, ainsi qu'un problème de datation relevé par
Paul Meyer, ne permettent sans doute pas de relier directement
ce charmant récit à l'épisode équivalent contenu dans le très
long roman de *Perceforest*[2] ; de plus, il a existé dans le folklore
germanique une histoire semblable aux deux précédentes, celle
des *Dornröschen*[3].

Ajoutons que la postérité littéraire de ce thème fut brillam-
ment assurée par l'œuvre de Kleist *Die Marquise von O...* ainsi
que par une nouvelle de Barbey d'Aurevilly *Une histoire sans
nom*. Une variante plus proche du conte de *La Belle au bois
dormant* est celle de Walter Scott dans son poème *Le Mariage
de Triermain*, «fabliau fantastique» non dépourvu d'humour
publié en 1813[4]. L'héroïne assez maléfique, Gyneth, est
endormie par l'enchanteur Merlin et sera réveillée cinq siècles
plus tard par un preux chevalier, Roland de Vaux, mais cette
fois en tout bien tout honneur !

Un autre ensemble narratif est constitué de trois poèmes allégoriques : le *Chastel d'Amors*, la *Cour d'Amour*, tous deux
anonymes, et la nouvelle de Peire Guillem qu'on pourrait intituler, pour parfaire la galerie, le *Dieu d'Amour*. Ces titres, pour
artificiels qu'ils soient, indiquent clairement qu'il s'agit ici de
poésie allégorique, et ils donnent une apparence un peu trom-

---

1. Jacques de Voragine, *La Légende dorée*, Sainte Marie-Magdeleine, Flammarion, Paris, 1967, t. I, p. 459-461. Marie-Magdeleine réveillera la mère au
moment où l'époux, retour de Terre sainte, découvre l'enfant et sa femme sur
l'île et prie ainsi : « "Je sais, oui je sais, et je crois sans aucun doute que vous
qui m'avez donné un enfant et qui l'avez nourri sur ce rocher pendant deux ans,
vous pourriez, par vos prières, rendre à sa mère la santé dont elle a joui auparavant." A ces mots la femme respira... ». – 2. Ed. G. Roussineau, *Perceforest*,
III, Droz, 1993, ch. XLVI, XLVII, LV ; les héros se nomment, moins poétique-
ment, Zellandine, fille du roi Zelland, et Troïlus ; la matière antique s'ajoute au
motif de l'oiseau avec la participation de Zéphyr (un moment changé en oiseau)
et celle de Vénus. Le roman d'oïl serait du XVe siècle, donc tardif (Paul Meyer
op. cit., p. 273-275). L'auteur, à qui le français n'était pas inconnu, a-t-il eu vent
d'une tradition antérieure du *Perceforest* ? C'est une pure conjecture. – 3. Paul
Meyer a déjà signalé cette ressemblance entre l'histoire de Zellandine et de
Troïlus et celle des *Dornröschen* germaniques, *in Romania*, XIII, 1884, p. 275.
– 4. Voir à ce sujet l'étude de Henri Suhamy, *Sir Walter Scott*, éd. de Fallois,
Paris, 1993, p. 168 et 169-170.

peuse d'homogénéité, car aucun d'eux n'est véritablement la suite de l'autre. Il eût été plaisant d'aller au Château d'Amour pour assister à la Cour du Dieu d'Amour en personne, si l'on ose dire. Mais ces récits du XIVᵉ siècle mettent surtout en évidence un certain degré de conceptualisation et d'allégorisation de la *fin'amor*. En fait, seul le *Dieu d'Amour* représente une vraie réussite esthétique. Fallait-il, alors, se dispenser ici d'évoquer les deux autres textes ? Il nous a paru nécessaire, au contraire, de les résumer en contrepoint.

Le *Chastel d'Amors*, court fragment de 180 vers heptasyllabiques, est la description allégorique d'un château invisible, seulement accessible par l'esprit, habité de dames parfaites en l'art de la *fin'amor* et qui constituent aussi les piliers de l'édifice. Comme l'a bien relevé Marc-René Jung, l'allégorie se développe sur plusieurs plans au prix d'une certaine pédanterie un peu maladroite[1]. Les fossés de cet étrange bâtiment sont représentés par la vue, les portes par la parole et les requêtes d'amour constituent les clefs de la citadelle. Les chambres successives composent une sorte de Carte du Pays de Tendre avant la lettre, allant de Salut à Réconciliation ou Discrétion. Jaloux et maris sont tenus à distance et combattus ; proverbes et dictons constituent autant de projectiles destinés à ébranler l'ennemi et les serments sont autant de lances. L'auteur n'a fait, en somme, que développer l'image de la citadelle qu'il trouvait déjà chez les poètes lyriques, surtout les moralistes, mais de façon plus appuyée, en se laissant aller au plaisir du jeu métaphorique. De plus, le climat est nettement plus euphorique que chez un Marcabru peignant le château de Prouesse durement assiégé et donjon abritant aussi Joie et Jeunesse promis à la destruction et au pillage : image de guerre donc, tandis que le *Chastel d'Amors* tient tête hardiment à tout assaillant, mari ou médisant[2]. C'est chez Peire Cardenal qu'on rencontre une construction assez semblable à celle du *Chastel*, puisqu'il s'agit de la forteresse abritant *Caritat* et que le maître des lieux est le Dieu d'Amour[3]. Mais la construction lyrique de Cardenal aboutit à une vision mystique dans laquelle la *fin'amor* n'est plus qu'une étape et non une fin. Sans doute le *Chastel* est-il plus proche des

1. *Op. cit.*, p. 147. – 2. Pour l'image de la citadelle assiégée, voir notre étude, *op. cit.*, p. 472-474. – 3. *Ibid.*, p. 474.

dits que de la nouvelle. Et la nouvelle de la *Cour d'Amour*, par contraste, met en évidence cette parenté[1].

La *Cour d'Amour* est un *romanz* destiné à ceux qui veulent connaître la *fin'amor* et ses arcanes. Elle se présente comme une suite de personnifications rassemblées autour de *Fin'Amors* dans un endroit printanier et paradisiaque comme l'exige la tradition. Ce *locus amoenus* est le seul élément descriptif du texte, car cette Cour est avant tout un lieu de parole : on la prend, on la donne, d'autres s'en emparent ; c'est une suite de didascalies : elles sont la marque du poème et s'imbriquent les unes dans les autres, discours dans le discours, non sans une certaine virtuosité. Ainsi aux discours de *Fin'Amors* et de *Cortesia* succède le dialogue entre dame et amoureux, fait d'historiettes rappelant souvent l'*Art d'Aimer* d'Ovide. Ce dialogue est rapporté par un personnage qui ne se confond pas avec *Cortesia*, et qui est *Cortesa d'Amor* ; ses conseils « pratiques » au soupirant pauvre ou à la dame orientent un peu différemment le texte, qui, non seulement prend des teintes ovidiennes, mais dresse en fait un portrait d'entremetteuse raffinée : elle est le pendant de la Vieille de Jean de Meung ou encore la version courtoise d'Auberée la vieille maquerelle. Prennent aussi la parole *Valors*, la *Baillessa d'Amor*, *Proessa* enfin, qui vante les mérites d'une messagère délurée pour venir à bout des résistances de la dame. Dans *La Nouvelle du Perroquet* aussi l'oiseau rusé et astucieux se charge de persuader la dame de n'être point cruelle. Un motif récurrent est la condamnation des femmes vénales et par là l'auteur entend non seulement la *meretrix* ou la *putana* de Marcabru, mais toutes celles qui succombent à la richesse et dédaignent les soupirants pauvres. A la tenue de la cour proprement dite succèdent divertissements et repas ; la fontaine est musicale, les oiseaux, les jeunes gens, tous chantent, les jongleurs se nomment *Ris* et *Deportz*. Le poème, inachevé, s'arrête sur un appel à la guerre d'Amour et de ses barons contre Orgueil. L'intrusion de personnages auxquels la lyrique ne nous a point habitués, *Cortesa* et *Baillessa d'Amor*, l'absence de certains autres qu'on aurait attendus, comme *Joven* et *Mezura* indiquent assez clairement que l'auteur de ce *romanz*

---

1. Pour la relation avec Baudoin et Jean de Condé, cf. M.-R. Jung, *op. cit.*, p. 147.

a partie liée avec les romans courtois précédents ou contemporains. Les noms de Gauvain, Soredamor, Floire et Blancheflor, Tristan et Iseut, tous héros bien connus et évoqués aussi dans *Jaufre*, rattachent la *Cour d'Amour* au monde romanesque.

Pourtant une certaine déviation de l'idéal courtois apparaît à partir de l'arrivée de la *Cortesa d'Amor*, dont les discours et ceux de ses féaux ne se contentent plus de décrire l'idéal de la *fin'amor* mais bien les moyens d'arriver à ses fins, et surtout quand on est un homme, et plus encore quand on est pauvre. A la vision de la dame idéale, à l'énumération des qualités requises pour être un parfait amant succèdent les conseils pratiques pour la conquête et la possession[1]. On frôle l'univers cynique d'Auberée, qui deviendra celui de la *Celestina*; on peut songer au *De Amore* d'André le Chapelain et à l'amour bicéphale, mais on trouverait aussi chez quelques troubadours, à commencer par Guillaume IX, cette attitude un peu cavalière, c'est le cas de le dire, qui fait de la femme une proie; elle est priée d'être consentante et même flattée lorsqu'elle est choisie par un preux. La *fin'amor* est donc un peu détournée, comme le chantait déjà Marcabru, *Al son desviat, chantaire* (sur une musique détournée, chanteur...). De l'ascèse amoureuse à la recette efficace, cette *Cour d'Amour* est aussi un petit guide pratique.

La nouvelle de Peire Guillem, le *Dieu d'Amour*, est d'une autre nature que les deux précédentes. C'est le récit d'une rencontre. Peire, revenant de Catalogne, d'un lieu dit Castelnou, et passant par Corbière, va rencontrer un superbe chevalier, blond comme il se doit, au vêtement symbolique composé de fleurs, telle une superbe préfiguration du printemps d'Arcimboldo[2]. On a mis en évidence la ressemblance frappante entre le portrait de ce beau personnage et celui de Jaufre, le héros éponyme du roman[3]. Tous deux sont blonds, ce qui est certes banal, puisque le blond est et restera la couleur littéraire jusque dans les romans de Scudéry; dame *Merces* (Miséricorde) est aussi blonde[4]. La description physique de chacun des deux héros, le

---

1. Cf. la pertinente analyse de M.-R. Jung, *op. cit.*, p. 155-156. – 2. La mode en restera pour la description du printemps, par ex. chez le poète gascon d'Astros au XVIIe s. – 3. *Ibid.*, p. 161-162. – 4. Tous les héros littéraires sont donc blonds, et ce, dans le monde méditerranéen, dès l'Antiquité. En Grèce, on y a vu

dieu d'Amour et Jaufre, est une topique, de sorte que le parallélisme établi entre notre poème et le roman de *Jaufre* ne serait pas forcément la marque d'un emprunt, s'il n'y avait dans les deux textes une allusion plus particulière au hâle des deux héros brûlés par le soleil. Après la description féerique du cortège du dieu d'Amour et la présentation très colorée des protagonistes, Peire Guillem, à la fois auteur et acteur, rapporte une conversation sous la forme d'une suite de questions qu'il pose au dieu d'Amour, puis les réponses de ce dernier. Le poème se déroule donc en trois grandes parties : la rencontre et la présentation du cortège et des personnages, les questions de Peire Guillem au beau chevalier et les réponses qui lui sont faites. On remarque combien les discours sont importants dans ce poème, comme ils l'étaient dans le précédent. Mais les éléments merveilleux y sont également nombreux et l'apparentent aux romans contemporains ou antérieurs d'oïl. Ainsi une tente immense abrite les héros et leur permet de deviser agréablement dans un *locus amoenus* ouvert, composé des trois éléments traditionnels : l'eau (la fontaine), le pré (ou jardin, tant il est fleuri) et le bois (pour le chant des oiseaux) ; c'est un décor de pastourelle, qui sera celui des bergeries. Or la tente montée dans ce cadre naturel idéal est magique, car, aussi immense qu'elle soit, elle tient, une fois démontée, pliée dans une bourse, et elle est faite d'une peau de salamandre, symbole du feu et de la renaissance. Le féerique et le magique transforment alors ce qui aurait pu n'être qu'un poème allégorique un peu sec, comme la *Cour d'Amour*, en un récit plein de charme et de vivacité.

Ce n'est plus au merveilleux des romans courtois mais au surnaturel et au sacré que nous convie le *Roman de la Reine Esther*. Il est vrai que les communautés judéo-comtadines ont laissé également des mystères écrits dans une langue qui mêle au provençal des formes hébraïques et qu'on appelle justement le judéo-comtadin[1]. Leur registre étant de tonalité religieuse le

___

l'influence des envahisseurs du Nord. C'est, en tout cas, la couleur aristocratique. Chrétien de Troyes en a donné un exemple très caractéristique : dans son roman d'*Yvain, le Chevalier au lion*, la dame, Laudine, est blonde, mais sa suivante, Lunete est « une avenante brunette », et le diminutif, à la nuance amicale mais aussi condescendante, confirme l'ordre hiérarchique.

1. Ce judéo-comtadin, ou judéo-provençal, remplaça peu à peu l'hébreu qui cessa progressivement d'être parlé à partir du XIIIe siècle, et qu'on lit de moins

choix de Crescas n'a rien d'étonnant. Il a utilisé, parmi d'autres sources sans doute, le *Livre d'Esther*.

Pourquoi avoir retenu cette histoire d'Esther parmi d'autres ? C'est que lors de la *fête des sorts*, ou *purim*, la lecture publique de l'histoire d'Esther constituait le rite essentiel[1] ; la rédaction de ce texte était donc directement liée à la célébration de la « fête des sorts ».

Le sujet est double, d'un côté la triste histoire de la reine Vasthi, de l'autre celle d'Esther prenant la défense des Juifs face à l'oppression religieuse, avec le thème de l'adoration des idoles. Ayant abusé du vin, l'époux de Vasthi, à la suite d'un *gap* malheureux – défi traditionnel de fin de banquet –, veut la faire paraître nue devant sa cour pour témoigner de son exceptionnelle beauté. Nous croyons pouvoir établir un parallèle entre la description insistante du banquet du roi Assuérus, des mets et des boissons qui s'y succèdent, et le banquet joyeux marquant la fête de *purim*, au cours duquel on se permet, justement, de boire avec plus de liberté :

Buvez, enivrez-vous, chantez des cantiques,

Lou veire de vin à la man

Buvez les vins fins après les morceaux gras

Lou meiou, la brescou

Vostre cor refrescou

(« ... le verre de vin à la main... les rayons de miel rafraîchissent votre cœur)[2].

La reine ayant évidemment refusé d'obtempérer malgré la colère de son époux devant une telle rébellion, elle subira un châtiment exemplaire et sera brûlée vive. On comparera le malheur de son destin, né de sa désobéissance, à celui de sainte

---

en moins. Le temps n'est plus où un Isaac Gorni, troubadour du XIIIe siècle redécouvert par Arié Serper, composait en hébreu. Il existe aussi une tradition de pièces farcies, appelées *lis obros* (« les œuvres ») ou *pioutim*, écrites alternativement en hébreu et en provençal ; cf. E. Sabatier, *Chansons hébraïco-provençales des juifs comtadins*, Nîmes, 1874, qui comporte la *Chanson du chevreau*, vrai petit conte du chien qui a mordu le chat qui avait mangé le rat, dont toute l'Europe a conservé le souvenir. C'est seulement en 1815 que Fabre d'Olivet, avec *La Langue hébraïque restituée* en 2 vol., donnera les premiers travaux sur cette langue et en permettra la redécouverte.

1. Cf. Th. et M. Metzger, *La Vie juive au moyen âge*, Office du Livre, Fribourg, 1982, cf. p. 261. Voir aussi Philip Goodman, *The Purim Anthology*, The Jewish Publication Society, New York, 1988. – **2.** Cité par E. Sabatier, *op. cit.*, p. 20.

Christine qui, menée nue, le crâne rasé à travers la ville de Tyr en Italie jusqu'au temple d'Apollon, subit avec patience son martyre et y gagna la sainteté[1] ; ou à celui de lady Godiva qui, elle, sut concilier pudeur et soumission à l'époux. Dans ces deux cas de figure, la vertu d'obéissance l'emporte sur le désir de protéger sa pudeur. C'est l'insoumission à l'autorité maritale qui vaut son châtiment à Vasthi. La justification du supplice, du reste, ne manque pas de piquant ; il est dit que, si la reine n'est pas condamnée, les femmes deviendront si audacieuses qu'elles voudront ensuite porter les braies : *Q'elas voldran portar las braias*. La pauvre Vasthi est bien morte en vain !

Quant à l'obligation faite au peuple juif d'adorer les idoles sous peine d'avoir la tête tranchée, on reconnaît là l'expression du conflit traditionnel entre païens et sectateurs de la vraie foi. Ce conflit est mis en scène dans les mystères et ce n'est pas un hasard si nous en avons une illustration méridionale, géographiquement proche du *Roman de la Reine Esther*, dans le *Mystère de Saint André* écrit en dialecte haut-alpin en 1512[2]. On retrouverait un motif semblable dans le *Roman de Barlam et Jozaphas*, écrit en langue d'oc au XIVe siècle[3].

Cette page d'histoire religieuse a connu un succès certain, car il existe en provençal *La Tragédie de la reine Esther*, publiée en 1774, œuvre de deux rabbins, Mardochée Astruc de l'Isle-sur-Sorgues, et Jacob de Lunel. S'il n'est pas assuré que ces deux auteurs aient connu le poème de Crescas, en tout cas la permanence du thème s'explique par son caractère religieux et sa valeur éducative. Crescas précise lui-même qu'il a voulu faire une œuvre accessible aux femmes et aux enfants, donc écrite en provençal. Le texte étant destiné à la récitation publique, il importait beaucoup qu'il fût composé en langue vulgaire pour être compris des moins savants. Pour les autres, la langue

---

1. Voir Jacques de Voragine, *La Légende dorée*, Garnier-Flammarion, t. I, 1967, p. 470-471. – 2. Voir la thèse de doctorat dactylographiée de Der-Ming Ong, soutenue à l'Université de Paris-Sorbonne en janvier 1995 et intitulée *Edition de deux mystères alpins en moyen occitan : le Mystère de saint Martin et le Mystère de saint André*, 596 p. ; voir p. 322-326, v. 156-210 où le roi Egée veut imposer l'adoration des idoles aux chrétiens et à saint André. – 3. *Barlam et Jozaphas. Roman du XIVe siècle en langue d'oc (B. N., fr. 1049)*, édition critique, traduction, notes et commentaires par Monique Bonnier Pitts, Presses de l'Université de Paris-Sorbonne, coll. de l'Institut de Langue et Littérature d'Oc, n° 5, 1989, 334 p.

hébraïque était évidemment utilisée, même si, à partir du XIIIe siècle, elle se perd comme langue parlée. Et c'est ce que fit Crescas qui composa une liturgie en hébreu contenant l'histoire d'Esther. On a même remarqué que le texte provençal n'était pas seulement la traduction du texte hébreu mais qu'il le simplifiait intentionnellement[1].

Le Roman de la Reine Esther était tout autant destiné à enseigner qu'à divertir. L'érudition de Crescas s'étale tout au long du récit qui suit très fidèlement la tradition biblique telle que la transmet la *Meguila*. Ainsi la topographie de Suse, qui joue dans l'histoire un rôle important pour qui veut comprendre les déplacements des personnages, est tout à fait respectée par notre auteur ; la forteresse, qui abrite le palais du roi et son harem (hors du palais), est séparée par une rivière de la ville proprement dite, plus vaste et moins fortifiée, où se trouve le quartier résidentiel ; le jardin royal qui accueille les invités se situait selon certains commentateurs dans le palais. Quant au thème central du festin, lié à celui de l'ivrognerie d'Assuérus, il est également fidèle à la tradition. En hébreu la racine du mot *vin* étant à la base du mot signifiant « festin », celui-ci désigne plutôt des libations qu'un banquet proprement dit.

Cet enseignement, même s'il s'adresse à des laïcs peu érudits, est donc précis et suit souvent à la lettre les textes dont il s'inspire. Son intérêt ici nous paraît être celui d'un contre-texte, pour utiliser un mot à la mode. Il nous offre le contrepoint nécessaire au monde de la courtoisie et de la *fin'amor*, monde idyllique, onirique même, forcément éloigné de la vie quotidienne, au moins pour le commun des mortels du temps, auxquels il offrait la part indispensable du rêve et du désir. Crescas, lui, révélait à son public la vraie condition féminine du temps : la femme, fût-elle la reine, doit être soumise et obéissante à son maître.

Si l'enseignement à tirer d'*Esther* est bien éloigné de celui des troubadours et de la courtoisie, ce « roman » présente pourtant un point commun avec les œuvres courtoises : dans tous les cas l'auteur se considère moins comme un artiste créateur que comme un maître du savoir, un artisan de l'âme et du beau.

---

1. Cf. l'introduction de A. Neubauer à l'édition de P. Meyer, *op. cit.*, p. 195.

• La construction narrative

La structure des poèmes narratifs les distingue non seulement du genre lyrique mais aussi des premiers récits en prose. La différence la plus notable concerne la voix qui récite.

L'auteur en scène

Lorsque, dans les *cansos* ou chansons d'amour, le troubadour dit « je », ce « je » lyrique n'a pas pour but premier de révéler une identité mais de permettre une identification de la part de l'auditeur : le « je » du poète devient le « nous » de la cour. Et à l'intérieur de la poésie le plus souvent aucune signature ne révèle l'auteur. Le « je » lyrique a valeur généralisante et s'exprime au présent, un présent atemporel.

Si, dans les *Vidas* et *Razos*, l'histoire est racontée de façon impersonnelle, au moins dans la plupart des cas, c'est que le rédacteur s'efface derrière le poète héros du récit ; il n'intervient pas ouvertement, même quand un jugement est émis, du type « il fut bon poète et bon musicien » ; et dès lors qu'il y a trame narrative, c'est le temps du passé qui est utilisé tout au long du récit ; ce rédacteur, si souvent anonyme, donne à la fin de l'histoire la parole au troubadour selon une topique de conclusion qui introduit le temps du présent et l'adresse au public : « et maintenant vous allez entendre quelques-unes de ses chansons », ou encore « et ici sont écrites... » Mais le narrateur ne s'est pas mis lui-même en scène[1].

En opposition avec la poésie lyrique ou les *vidas* en prose, dans les poèmes narratifs l'auteur ne se cache pas ; son apparition peut être discrète, à peine esquissée ; ou bien le poète s'exprime par l'intermédiaire du récitant-jongleur, ou encore il rapporte un fait qu'il a entendu, directement ou non. On voit aussitôt que les modes d'intervention en tant que créateur et même acteur de l'histoire sont assez variées. De même la relation avec le public n'est pas identique à celle qui apparaît dans la poésie lyrique. Dans celle-ci l'auditeur se fait chanteur avec le troubadour et s'identifie pleinement au « je » lyrique ; le poète

---

1. Il n'y a que deux exemples de signatures des *vidas*, celle d'Uc de Saint-Circ, qui affirme tout à la fois l'existence de sa personne d'écrivain et la véracité de ses sources dans une *vida* de Bernart de Ventadour, et celle de Miquel de la Tor, auteur de la *vida* de Peire Cardenal.

ne l'interpelle que fort rarement, souvent du reste dans un contexte satirico-moral qui est comme le revers de la *fin'amor*. Ainsi, par exemple, Marcabru s'adressant directement à son public dans une poésie morale : *Aujatz*[1] (« écoutez ») ou ailleurs : *Escoutatz*, au ton vibrant et impérieux, emprunte à la technique des sermonnaires[2] ; et si Raimbaut d'Orange a utilisé le même interpellatif dans une poésie, il faut préciser que le seigneur troubadour ajoute : *mas no say que s'es* (« mais je ne sais ce que c'est »), témoignant par là qu'il ne s'agit pas d'une *canso* habituelle[3].

La nouvelle allégorique de Peire Guillem, *Lai on cobra*, est présentée, on l'a vu, comme le simple récit d'une aventure survenue à l'auteur, qui joue le double rôle de héros et de témoin. La description des lieux et circonstances ayant précédé cette aventure est faite avec une minutie essentiellement destinée à étayer la véracité des faits : par un beau et clair matin de printemps l'auteur, qui se trouvait donc à Castelnou, veut rejoindre Muret :

> *ieu m'estava a Castelnuo*
> ....
> *et ieu volgui vas mo senhor*
> *anar, que te cort a Murel*

(« je me trouvais à Castelnou... et je voulais aller auprès de mon seigneur, qui tient sa cour à Muret »)[4] ;
et soudain :

> *ab tant vec vos venir de lai*
> *un cavazier*

(« soudain voici venir au loin un chevalier »)[5].

Pour mettre en relief cette arrivée l'auteur utilise deux fois une formule de chanson de geste, *ab tant vec vos*, parallèle à

1. *Aujatz de chan com enans'e meillura* (« Ecoutez comment mon chant progresse et s'améliore »). Premier vers du n° IX de l'édition J.M.L. Dejeanne, Privat Toulouse, 1909, p. 37. – 2. Cette poésie s'adresse aussi au public dès son premier vers : *Dirai vos senes duptansa* (« je vous dirai sans hésiter »). n° XVIII, p. 77 et suiv. *Escotatz* est à la fois le mot-rime et le quatrième vers de chacune des douze strophes de cette longue poésie. Voir aussi l'attaque de : *Dirai vos en mon lati* (« je vous dirai en mon latin »), n° XVII, p. 71. – 3. Raimbaut d'Orange, édition Walter T. Pattison, *The Life and Works of the Troubadour R. d'O.*, University of Minnesota Press, Minneapolis 1952, n° XXIV : *Escotatz, mas no say que s'es / Senhor...* (« Ecoutez, seigneurs, mais je ne sais ce que c'est... »). – 4. V. 6 et 12-13. – 5. V. 24-25.

celle de langue d'oïl *atant es vos*. Peire dépeint directement le cortège et prend souvent le public à témoin des merveilles qu'il aperçoit :

> *dir vos ai a que-l conoscatz*

(« je vous dirai à quoi vous pouvez le reconnaître »)[1],

> *e dirai vos del palafre*
>
> *cals fo, que non mentrai de re*

(« je vous dirai comment était le palefroi, sans mentir sur rien »)[2].

Des expressions comme *fo-m vejaire* (« il m'a semblé ») ou *no sai si, mas ieu no sai si* (« je ne sais », « mais je ne sais ») soulignent l'impuissance à tout décrire, ou quelque merveille comme la longueur des cheveux de la dame qui lui font un manteau. Peire enfin rapporte son dialogue avec les membres du cortège. C'est une technique descriptive simple, au passé, suivie de didascalies.

La nouvelle de *Frayre de Joy e Sor de Plaser* commence à la première personne par le refus de parler français :

> *perque eu no vull parlar frances*

(« c'est pourquoi je ne veux pas parler français »)[3] ; puis elle est présentée comme le résultat d'une commande émanant d'une dame qui voulait une fable simple, « sens cara rima » sans rime riche :

> *Car una dona ab cors gen*
>
> *m'ha fait de prets un mandamen.*

(« car une dame à la noble personne m'a fait une demande de prix... »)[4].

Après ce *topos* de l'œuvre commandée, l'auteur récitant ne disparaît pas pour autant ; il clôt au contraire son récit, toujours à la première personne, en précisant qu'après cette halte auprès de la dame il reprit son errance :

> *E-s eu me'n torney per veser*
>
> *Les corts, e sobre pus lo rey.*

(« Et je repartis pour voir les cours, et surtout le roi »)[5].

Dans *La Nouvelle du Perroquet* l'auteur récitant rapporte une histoire dont il a été le témoin direct, puisqu'il a assisté au discours que le perroquet adressait à la dame :

---

1. V. 28. – 2. V. 59-60. – 3. V. 6. – 4. V. 7-8. – 5. V. 823-24.

> *auzi contendr' un papagay*
> *de tal razo com ye-us dirai*

(« j'entendis un perroquet soutenir un raisonnement que je vous rapporterai »).

Mais il s'efface aussitôt devant le fait merveilleux et le récit se poursuit sans qu'il intervienne autrement. Quelques incises comportant un verbe de croyance ou d'opinion comme *si m'ajut fes* (v. 135), *d'aisso-m crezatz* (v. 245) ou *so m'es vis* (v. 284) tentent bien d'apporter à ce récit fabuleux la caution de l'auteur, mais elles ne suffisent pas à donner une véritable consistance à la fugitive silhouette du récitant. En revanche la morale de l'histoire est bien revendiquée par l'auteur qui signe son propos : *So dis N'Arnaut de Carcassès* (« ainsi a dit Arnaut de Carcassès ») ; mais il s'exprime alors à la troisième personne, introduisant entre lui et son public une distance que l'exorde ne comportait pas. L'utilisation de la troisième personne, opposée au « je » du locuteur de l'exorde, n'est pas une simple contradiction stylistique, ni même, de façon plus intéressante, la remise en cause d'une convention littéraire, comme l'a relevé Alberto Limentani[1]. Les écrivains médiévaux distinguent très régulièrement le « je » du locuteur, qui renvoie à la « réalité de discours » du « il », pronom de la « non-personne »[2] dès lors qu'ils revendiquent leur ouvrage en se nommant comme auteurs[3]. Cette démarche s'explique aussi par le fait de la transmission orale des œuvres ainsi créées : le jongleur, qui, le plus souvent n'est pas l'auteur, ne saurait sans ridicule prétendre l'être en déclamant : « moi, Arnaut... », d'où le recours à la troisième personne pour la signature ; en revanche « je », ne renvoyant qu'à une réalité de discours, peut être adopté par le récitant. De toute façon ici la présence du narrateur est plus que discrète : presque totalement effacée par le récit.

---

1. A. Limentani, « Cifra cortese e contenimento del narrativo nelle "Novas del papegai" », *in Mélanges offerts à Charles Rostaing*, Liège, 1974, t. II, p. 625. – 2. Les deux expressions sont empruntées à Emile Benveniste, *Problèmes de linguistique générale*, NRF Gallimard, Paris, 1966, p. 252 et 256. – 3. On se reportera à l'article très documenté de Chr. Marchello-Nizia, « l'Historien et son prologue : forme littéraire et stratégies discursives » *in La Chronique et l'histoire au moyen âge*, Presses de l'Univ. de Paris-Sorbonne, 1984, p. 13-24 ; voir p. 17.

Le récit emboîté

Plus complexe est la présentation de la nouvelle du *Castia Gilos*. Si le récitant se met en scène dès le premier vers en s'adressant au public d'une manière fort banale, au présent et à la première personne :

Unas novas vos vuelh comtar

(« je veux vous conter une nouvelle »),

en revanche dès le vers suivant :

que auzi dir a .I. joglar

(« que j'ai entendu dire par un jongleur »),

il se présente comme un simple intermédiaire transmettant une histoire ancienne, et fait intervenir un deuxième personnage, un jongleur, qui, lui, pourrait être l'auteur du récit transportant l'auditeur à la cour du roi Alphonse VIII de Castille, mécène et protecteur de troubadours. On remonte le temps : le premier récitant s'efface alors devant ce jongleur présenté au passé (v. 2 : *auzi*, « j'entendis ») et à la troisième personne (v. 28 : *e-l dis*, « et il dit »). Le changement de récitant, c'est-à-dire de personne (passage de « je » à « il ») et de temps (passage du présent au passé) introduit une diachronie et donc une certaine profondeur dans le récit. Grâce au premier récitant l'auditeur est projeté dans un passé prestigieux et assiste à la première audition du *Castia Gilos*. Ce récitant ne reparaîtra plus ; et les deux incises que l'on rencontre ensuite, l'une au v. 390 :

E que-us iri' alre comtan ?

(« et que vous dirais-je de plus ? »),

l'autre au v. 413 :

... segon que-m par

(« à mon avis »)

sont le fait du jongleur de la cour d'Alphonse qui scande ainsi discrètement le récit et, à partir du v. 414, fait en quelque sorte oublier l'histoire proprement dite au profit du roi Alphonse, centre et soleil de la cour. C'est ce dernier, après que le jongleur en a tiré l'enseignement, qui va donner sa caution morale à la nouvelle, lui trouver son nom et réunir dans une même louange la nouvelle et son auteur :

Joglar, per bonas las novelas,
e per avinens e per belas
tenc, et tu que las m'as contadas

(« Jongleur, je tiens ta nouvelle pour bonne, avenante et plaisante, ainsi que toi qui me l'as contée »)[1].

L'intérêt du plan diachronique choisi par l'auteur est qu'il donne à son récit la garantie d'une expérience personnelle fondée sur le souvenir et un récit à la première personne, et enrichie de la caution d'un personnage historique, Alphonse de Castille, reconnu par tous, prédécesseurs et contemporains, comme le mécène idéal.

La nouvelle intitulée *So fo el tems* est de caractère vraiment narratif ; on y entre immédiatement : « ce fut au temps où... » La première personne n'intervient qu'aux vers 8-9 pour une remarque presque marginale :

e car ades son nom no-us dic
estar me'n fa so car no-l sai

(« et si je ne vous dis pas son nom, c'est que je l'ignore »), de même qu'une incise au v. 14 : *so crey* (à ce que je crois). Un peu plus loin, aux v. 34-35, le récitant-auteur se met en scène de façon plus affirmée, se référant à sa bonne mémoire comme *auctoritas* :

e membra-m be qu'en aquel temps
e-l cavaiers fon pros aissi...

(« et je me souviens bien qu'au temps où les chevaliers étaient preux... »).

Parallèlement l'auteur s'adresse à son public : « je ne vous dis pas » au v. 8, « et ne pensez pas » au v. 48, etc. Mais son originalité est surtout d'utiliser dans la première partie de l'histoire des strophes de chansons de troubadours destinées à illustrer des principes de la *fin'amor* ; elles servent donc d'*exempla* et donnent à l'œuvre son poids de référence et d'enseignement. Dans la deuxième partie, en revanche, où abondent les didascalies, le narrateur est davantage présent, puisque non seulement il prétend avoir vu l'arrivée du messager et le festin du seigneur de Mataplana, mais aussi avoir assisté le lendemain à la séance du tribunal présidé par Ugo. Le narrateur, qui se meut dans un présent atemporel, ne se confond pas avec le jongleur-messager qui appartient au passé et au récit proprement dit.

Cette profondeur créée par la diachronie est assez proche de

---

1. Vers 437-439.

celle du *Castia Gilos*. Le parallèle ne s'arrête pas là. On rencontre dans les deux poèmes un personnage historique illustre servant de référence et d'autorité morale : là Alphonse de Castille, ici Ugo de Mataplana. Dans les deux cas la remontée dans le temps a pour but la description et la louange de deux cours idéales et prend tout son sens dans le motif de la *laudatio temporis acti*, dont le troubadour Giraut de Bornelh s'est fait le chantre. Ce n'est pas sans raison que le début du poème *So fo el temps* évoque directement le début de la chanson :

> *Molt era dolz e plazens*
> *Lo temps gais...*

(« qu'il était doux, plaisant et gai le temps... »)[1]
en transformant de la même façon l'exorde printanier en motif du « bon vieux temps », printemps d'une civilisation dont le temps ne peut être que celui d'un passé révolu (prétérit ou imparfait)[2], tandis que *a contrario* le présent du narrateur et des auditeurs est celui d'une société décadente.

Enfin, dans *Abril issia* cette structure narrative par emboîtage est encore plus évidente. Le poète se décrit pensif, déambulant sur la place de Besaudun (ou Besalú), quand il vit venir vers lui un jeune jongleur vêtu à l'ancienne. La nouvelle commence donc par un mouvement animé, de caractère narratif et descriptif avec l'évocation de la cour de Dauphin d'Auvergne ; et, quand ce dernier raconte à son tour une histoire, il entraîne l'auditeur contemporain de Raimon dans un passé plus lointain encore. Enfin, comme un lien qui court d'une nouvelle à l'autre, on retrouve Uc de Mataplana et sa cour. Puis la nouvelle se poursuit par le long discours, sous forme d'*ensenhamen* (enseignement), de Raimon. Au « je » du poète se substitue ainsi celui du jongleur, dont le récit au passé met en scène Dauphin d'Auvergne, personnage historique de référence, qui lui-même introduit un récit dans le récit à valeur d'*exemplum*. On assiste à un véritable emboîtage qui n'est pas sans évoquer les contes orientaux, et on retrouvera, plus développée encore, la même organisation au XIVᵉ siècle avec le roman spirituel de *Barlam et Jozaphas*[3]. Ce type de structure dans les *novas* est donc surtout

---

1. Ed. A. Kolsen, Slatkine reprints, Genève, 1976, p. 408. – **2.** Pour ce motif chez les troubadours voir notre thèse, *op. cit.*, p. 241-254. – **3.** *Op. cit.* Il est truffé d'apologues et de paraboles bibliques.

caractéristique de Raimon Vidal de Besalú, l'auteur des deux
dernières nouvelles, si on admet avec son éditeur le plus récent
que le *Castia Gilos* est anonyme[1].

Le merveilleux

Il est deux nouvelles qui s'apparentent au conte de fées, celle
de *Frayre de Joy* et le *Papagay*. Qu'il s'agisse de la belle
endormie ou de l'oiseau messager d'amour, on en connaît au
moins une variante avec *La Belle au bois dormant* ou le conte
de *L'Oiseau bleu* de Madame d'Aulnoy. Quant à la description
du dieu d'Amour dans *Lai on cobra*, elle évoque celle du Prince
Charmant. Mais cette magie et cette féerie ne sont pas vraiment
destinées aux enfants !

L'oiseau beau parleur

Il apparaît dans les deux nouvelles, puisque Frère de Joie
possède, cadeau de Virgile, un geai de toutes les couleurs, plus
proche du perroquet que du geai, au bec rouge comme ceux, dit
le texte, du pays de Prêtre Jean, le héros mythique, l'empereur
chrétien des terres lointaines, d'Inde ou d'Afrique. Bien entendu
cet oiseau parle : il remplace le chant lyrique du rossignol des
cansos par le discours[2] ; il trouve même l'herbe magique qui
réveillera la belle endormie, et ses raisonnements persuasifs
démontreront à l'héroïne qu'elle doit pardonner à celui qui lui a
fait violence. Cet oiseau messager parle au nom de l'amour et
sert aussi bien son maître que le chat du marquis de Carabas.
Tel qu'il est, il a beaucoup d'émules : du *Chevalier du Papegau*
aux *Merveilles de Rigomer*, sans compter les fées transformées
en oiseaux ou la *Nouvelle de la Dame et des trois papagaulz*[3] ;
les oiseaux, et notamment les perroquets parlants, sont nombreux dans les romans arthuriens. Un oiseau doué de la parole
apparaît dans le roman de *Blandin de Cornouaille* écrit en
langue d'oc[4]. Ajoutons tous les envols d'oiseaux messagers de

1. Voir Hugh Field, *op. cit.* et *supra* p. 31. – 2. J.-M. Caluwé, *op. cit.*, p. 178 :
« L'avènement du perroquet au lieu du rossignol figure emblématiquement le
passage du lyrique au narratif. On assiste à la transformation narrative d'une
situation qui aurait pu être lyrique ». – 3. « La Novella della dama e dei tre
papagalli » par Egidio Gorra, *Romania*, t. XXI, 1892, p. 71-78. – 4. C.H.M. van
der Horst, *Blandin de Cornouaille*, Mouton, La Hague, 1974, p. 67 de l'Introduction.

l'amour dans la poésie lyrique[1] ! Et, quelques siècles plus tard les *Epîtres de l'Amant Vert* témoigneront du goût persistant pour ce volatile tout à la fois exotique et fascinant[2].

Le perroquet, pourtant, n'était pas aussi exotique qu'on pourrait le croire pour les habitants du Midi méditerranéen, habitués au commerce des villes portuaires. Au souvenir littéraire, à celui des *Bestiaires* s'ajoutait quelque tradition d'arbalétriers, comme ce «jeu du Papegay», encore pratiqué de nos jours à Rieux-Volvestre dans la Haute-Garonne, et qui consiste à abattre d'une flèche la silhouette d'un volatile appelé maintenant «poule» et dressée sur une sorte de herse de forme triangulaire hérissée de pointes[3]. «Papagai» a aussi servi de *senhal*, de surnom, pour désigner quelques dames chantées par les troubadours ; *Belhs papagais* était-elle si bavarde[4] ? La réputation de l'oiseau le donne à croire, à moins qu'un certain goût pour les couleurs vives n'ait justifié cet appellatif original. Son éloquence, en tout cas, fait merveille dans la nouvelle auprès de la dame. Il est dit *enrazonatz* («raisonneur», v. 32), *bels parliers* («beau parleur», v. 55), *gen sabetz parlar* («vous savez bien parler», v. 99). Il n'est pas seulement beau parleur, c'est le *deus ex machina* par qui tout est possible. Il tente même de contredire sa nature animale lorsqu'il évoque ses pieds, et non ses pattes, se confondant en quelque sorte avec Icare[5]. Mais son vol est bien celui d'un oiseau.

Il ne se contente pas d'être le messager de son maître, comme tant d'autres oiseaux poétiques également doués de la parole, mais il est l'instigateur du brûlant complot monté contre le mari jaloux. Comme l'écrit fort justement Jean-Michel Caluwé :

---

1. Voir le *corpus* donné par Paolo Savj-Lopez dans son édition : *La Novella del Pappagallo*, Naples, Atti della Reale Accademia, 1900, 21, p. 129-210. – **2.** Ed. J. Frappier, coll. des Textes littéraires français, Lille/Genève, 1948. Jean Lemaire de Belges, grand rhétoriqueur, composa ces *Epîtres* pour consoler Marguerite de Savoie de la mort de son perroquet en 1505 ; il imagina l'oiseau amoureux de sa maîtresse écrivant à Marguerite avant de mourir dans la gueule d'un chien ! – **3.** Pour l'illustration médiévale de ce jeu ancien, cf. J. Porcher, «les Manuscrits à peinture» in *L'Univers des formes. L'Empire carolingien*, Paris Gallimard, 1968, p. 1117. – **4.** Cf. Monica Calzolari, *Il Trovatore Guillem Augier Novella*, Modène, 1986, dans un *planh* : *Quascus plor' e planh son dampnatge*, str. VII, v. 57, p. 93, et dans *Quan vei lo dos temps venir*, str. XIII, v. 57, p. 163 ; il n'est pas sûr que le *senhal* désigne deux fois la même dame. Voir aussi Guiraut de Calanson : *Ara s'es ma razos vouta*, str. IX. – **5.** Au v. 230 il dit *entre mos pes* «entre mes pieds».

« ... il sera le seul véritable actant de l'histoire et c'est lui seul qui orientera l'*aventura* »[1].

Le perroquet a l'idée de la ruse : un incendie détournera l'attention de tous, le temps d'une rencontre amoureuse, et il mettra en œuvre le stratagème ; c'est lui aussi qui, à l'instar du guetteur des *albas*, avertira les amants de la fin de l'incendie, représentation symbolique de leur séparation :

> *Anatz sus e departetz vos,*
> *Que-l focs es mortz...*

(« levez-vous et séparez-vous, car le feu est mort... »).

Etrange oiseau en vérité, un tantinet satanique puisqu'il a le pouvoir de transporter le feu grégeois ; ce feu représente certes les flammes de l'amour, mais l'incendie ravageur qu'il déclenche ajoute à la scène galante un arrière-plan infernal[2].

L'enfant du rêve

Si *Frayre de Joy et Sor de Plaser* illustre la trame de *La Belle au bois dormant*, il faut ajouter que le conte destiné aux petits enfants a omis un détail d'importance : le prince charmant ne s'était pas contenté d'un baiser ! S'il n'a pas pour autant réussi à réveiller la belle, celle-ci met au monde un enfant qui semble littéralement tenir du prodige, étant donné la mort apparente de la demoiselle et son enfermement, luxueux mais réel. Lorsqu'elle se réveille, l'héroïne a bien besoin de l'aide d'un oiseau perspicace et beau parleur pour transformer un abus peu courtois en marque de *fin'amor*. Le mythe de la jeune fille abusée pendant son sommeil a évidemment pour constante un étonnant et prodigieux endormissement. Ici la belle Sor de Plaser a une mort si soudaine et paraît si fraîche que son père la croit – non sans raison – en état de catalepsie. Refusant de l'enterrer, il l'enferme dans une tour au milieu d'un magnifique verger arrosé d'eau qui réunit tous les éléments du jardin enchanté. On retrouve dans cette attitude l'une des grandes craintes de l'homme médiéval, celle d'être enterré vif. Mais l'engrossement de la belle endormie représente une crainte plus précise et plus féminine, la vulnérabilité dans le sommeil et le viol sans violence apparente, qui ne permet pas à la victime de se justifier.

---

1. *Op. cit.*, p. 178. – 2. Pour les oiseaux incendiaires, on se souviendra de Pouchkine et de Stravinski.

Kleist, dans *Die Marquise von O...* fait tomber son héroïne dans
un profond évanouissement ; là encore la venue inexplicable de
l'enfant conduira au scandale, et la marquise sera bien auda-
cieuse de vouloir retrouver le père par les petites annonces.
Après la catalepsie et la perte de connaissance, le somnambu-
lisme ! C'est l'explication donnée par Barbey d'Aurevilly dans
son *Histoire sans nom* où une jeune cévenole est enceinte des
œuvres d'un religieux, qui avait abusé d'elle alors qu'elle était
somnambule[1]. Dans tous les cas l'entourage ne comprend pas et
se désole. Si, pour Barbey d'Aurevilly le dénouement est forcément tragique (l'enfant est mort-né et la jeune victime se suicide), si chez Kleist la détermination de la femme tourne à son
triomphe dans une société qui, pourtant, ne l'aide guère, la nouvelle méridionale, elle, se devait de connaître une fin très courtoise. Malgré les tribulations du héros et les craintes de la jeune
femme séduite, la direction prise par le récit ne laisse guère de
doute : tout finit bien dans l'euphorie générale.

La morale de l'histoire

Si les couleurs et les styles de ces *novas* sont différents, leur
trait permanent et commun est la valeur éducative ; aucune de
ces histoires n'est vraiment gratuite : le divertissement n'est pas
leur seule raison d'être. Le public auquel elles sont destinées,
qui est celui de la cour, celui qui écoute aussi les poésies
lyriques, les *cansos* des troubadours, ce public plus ou moins
restreint d'amateurs éclairés veut aussi être instruit ou, à tout le
moins, retirer quelque profit de ce qu'il a entendu. En tout cas
certains auteurs de nouvelles n'hésitent pas à donner une morale
à leur histoire, même si celle-ci peut sembler surprenante.

• Les valeurs courtoises et l'*auctoritas*

Ces valeurs sont transmises par toutes les nouvelles, à des
degrés divers, car toutes ont un enseignement à donner. Mais
comme le plus grand fléau qui puisse mettre la *fin'amor* en péril

---

1. Publiée chez Lemerre en 1883, cette nouvelle eut un énorme succès. Voir
l'éd. de La Pléiade, *Œuvres complètes*, t. I, p. 267-364 et notes p. 1334. L'histoire
se passe à Bourg-Argental et en Normandie.

est la manifestation de la jalousie, deux nouvelles traitent tout particulièrement de ses méfaits dans l'univers courtois : *Castia Gilos* et le *Papagay*[1]. Si la dame est la joie de la cour, alors nul ne peut se l'approprier pour lui seul, surtout pas l'époux dont le rôle de mécène est d'accueillir au mieux, de divertir ses hôtes et de tirer gloire de son épouse, dont les poètes vantent la beauté et les qualités. Sans doute le rôle était-il difficile à tenir pour le mari puisque, dans les chants d'aube, ou *albas*, les troubadours ne l'appellent pas autrement que « le jaloux », le *gilos*. Or celui qui croit protéger la vertu de sa femme en l'enfermant va au-devant des déceptions et se prépare une rude leçon ; la femme est non seulement rusée, mais parfois cruelle : Eve n'est pas loin, et il convient de ne point trop la défier ; c'est la morale du si beau roman de *Flamenca*[2], c'est également celle d'Arnaut de Carcassès :

> *E per los maritz castïar*
> *Que volo lors molhers garar,*
> *Que-ls laisso a lor pes anar*

(« et pour éduquer les maris qui veulent enfermer leurs femmes, afin qu'ils les laissent en paix »).

C'est enfin celle du *Castia Gilos* :

> *Qu'el mon tan laia malautia*
> *non a, senher, can gilozia*

(« car il n'est pire maladie au monde, seigneur, que la jalousie »).

Seule l'autorité du seigneur et de la dame de la cour pourra permettre d'éviter les ravages de cette jalousie :

> *per qu'ieu, francx rey, vos vuelh pregar,*
> *vos e ma dona la reÿna,*
> *en cuy Pretz e Beutat s'aclina,*
> *que gilozia defendatz*
> *a totz los homes molheratz*
> *que en vostra terra estan.*

(« c'est pourquoi je veux vous prier, noble roi, vous et ma dame

_____

1. Sur ce thème de la jalousie, inépuisable source d'articles pour les critiques, on pourra ajouter l'étude de Dominique Luce-Dudemaine, voir Bibliographie. – 2. Voir l'édition d'Ulrich Gschwind, *Le Roman de Flamenca*, 2 vol., Francke, Berne, 1976.

la reine, devant qui s'inclinent Prix et Beauté, d'interdire la jalousie à tous les hommes mariés de votre royaume »).

Et le désir de mettre en relief la leçon pousse le jongleur à anticiper : c'est le récit d'une catastrophe annoncée.

> *Ar' aujatz, senher, cal desastre*
> *li avenc per sa gilozia.*

(« maintenant écoutez, seigneur, quel désastre lui arriva par sa jalousie »).

Un procédé tout à fait semblable est utilisé par Crescas dans le *Roman d'Esther* :

> *E non vos o tengas a carc*
> *Se mon roman sera plus larc :*
> *Ganren mais otra lo test,*
> *Conta las glozas del prosest,*
> *E car es tot cert e verai,*
> *Per qe ieu ren non laissarai.*

(« Et ne soyez pas ennuyés si mon roman est plus long, car outre le texte il conte en grand nombre les gloses de l'Histoire Sainte, et comme tout est certain et vrai, je n'en omettrai rien »).

Les nouvelles allégoriques, notamment celle de Peire Guillem, ont une valeur didactique et visent à donner à leur public un enseignement sur l'art d'aimer.

Peire Guillem, dans son dialogue avec le dieu d'Amour, révèle que, la cour étant livrée au mal et abandonnée des valeurs courtoises, il cherche la raison de cet effondrement du monde courtois et se demande où ces vertus ont pu se réfugier. La réponse est sans doute à chercher dans l'errance du dieu d'Amour et de sa suite, qui fuient les châteaux pour établir leur campement en pleine nature dans un *locus amoenus* imaginaire. Comme on l'a souvent remarqué, à propos par exemple du *Castia Gilos*, « le renvoi à la cour de Castille, assemblée autour du roi et du jongleur, contribue à l'évocation d'une époque irrémédiablement révolue »[1].

Le motif de la décadence des cours, même s'il correspond évidemment au *topos* du « monde à l'envers », répond selon toute vraisemblance aux grands bouleversements économiques du XIIIe siècle et à la redistribution des pouvoirs en faveur de

---

1. J.-M. Caluwé, *op. cit.*, p. 167.

centres urbains, qui, dans le Midi, avaient du reste conservé leur importance. Au moment où la cour cesse d'être un pôle d'attraction littéraire et économique au profit d'un large développement urbain, certains troubadours vont défendre avec passion l'art de vivre qu'elle symbolisait. D'où l'importance du thème du « bon vieux temps », d'un temps dont on garde le souvenir et le regret : naguère, plutôt que jadis, « un train d'amour régnait ».

Enfin l'art des *novas* est en quelque sorte vivifié et corroboré par l'inclusion de citations de poésies lyriques dans la trame narrative, voire d'allusions plus ou moins voilées. C'est ainsi que deux *senhals* de *Frayre de Joy*, qui concernent un couple secondaire, semblent renvoyer à des vers précis ; la dame s'appelle *Amors mi pays* (« amour me rassasie »), qui tire peut-être son origine d'un vers de Raimbaut de Vaqueiras :

E-m payssia cortes'amors

(« Et amour courtois me rassasiait »)[1].

Et son chevalier servant, *Amor m'esduy* (« amour m'éconduit »), évoque Bernart de Ventadour :

Quar cel sec Amors que-s n'esdui
E cel l'enchaussa qu'ela fui

(« Car Amour suit celui qui s'en écarte et fuit celui qui le pourchasse »)[2].

Ces références aux troubadours sont, le plus souvent, beaucoup moins allusives. Elles jouent le rôle de l'*auctoritas*, la référence mise en valeur par le poète lorsqu'il s'agit de donner un conseil en matière de *fin'amor*, ou de tirer les leçons d'une aventure. L'exemple le plus éclatant de cette irrigation en profondeur de la nouvelle par la poésie lyrique est la nouvelle de Raimon Vidal de Besalú, *So fo el tems*. Les héros ont toujours quelques vers en mémoire afin d'éclairer leur situation, de donner une orientation à leur conduite. Cette *auctoritas* peut même être anonyme, car la mémoire a ses défaillances :

aisi com dis un Castelas,
mas no sabria son nom dir :
« Tal dona no quero servir... »

1. *In No m'agrad' iverns*, str. IV, v. 40 ; l'édit. de J. Linskill adopte la variante plus représentée *e-m paissi' ab n'Engles amors*, p. 243. – **2.** B. de Ventadour, édit. Moshé Lazar, *B. de V. Troubadour du xiiᵉ siècle. Chansons d'amour*, Klincksieck, Paris, 1966, *in Lo Rossinhols*, str. VI, v. 45-46, p. 150.

« ainsi que le dit un Castillan, mais je ne saurais dire son nom :
"Je ne veux pas servir telle dame..." »)[1].

Mais c'est le verbe *membrar* qui annonce le plus souvent les
citations ; le verbe *dire*, lui, introduit la voix du poète de
naguère :

> *anc no saup mot tro que-l membret*
> *que dis En Peire Bremon...*

(« elle ne sut que dire jusqu'à ce qu'elle se souvint de ce que
disait seigneur Pierre Bremon... »)[2].

Et de ce point de vue l'absence du verbe *cantar*, remplacé par
dire, met bien en évidence le rôle nouveau attribué au *corpus*
des troubadours, considéré désormais comme un ensemble
didactique, comme une annonce du *De Amore* d'André le Chapelain ou du *Breviari d'Amor* de Matfre Ermengaud[3]. Le rôle
nouveau d'*auctoritas* dévolu à la poésie lyrique signale aussi
son déclin en tant que genre vivant : le dire a remplacé le chant,
le narratif s'est approprié le lyrique. En comparaison et en
contrepoint, les inclusions lyriques contenues dans le *Roman de
la Rose ou de Guillaume de Dole* sont d'une autre nature,
puisqu'elles n'ont rien perdu de leur musique ; elles sont
chantées par les dames ou les chevaliers de la suite du jeune
héros Guillaume :

> *Une dame s'est avanciee,*
> *vestue d'une cote en graine,*
> *si chante ceste premeraine...*

(« s'est avancée une dame vêtue d'une cote teinte en rouge, et
elle chante cette première chanson... »)[4].

Au reste l'auteur l'a précisé dès le début, c'est une histoire à
chanter et à lire :

> *Il conte d'armes et d'amors*
> *et chante d'ambedeus ensemble* (v. 24-25).

---

1. *So fo el tems*, v. 625-627. – **2.** V. 512-513. – **3.** Matfre Ermengaud représente bien évidemment une démarche différente de celle des *novas* en ce qu'elle
est plus totalement libérée de l'emprise lyrique. Comme l'écrit J.-M. Caluwé,
« Matfré Ermengau se rapporte à l'œuvre des troubadours comme à un fait
d'écriture... L'autorité n'est plus fondée par un *auzir*, comme dans nos quatre
novas, mais par un *legir*. En un certain sens, Matfré Ermengau met fin à la fiction
du chant », *op. cit.*, p. 189-190. Pour l'édition du *Breviari d'Amor* cf. Bibliographie s.v. Peter T. Ricketts. – **4.** *Le Roman de la Rose ou de Guillaume de Dole*,
op. cit., v. 511-513, p. 17.

On ne compte pas, dans ce roman d'oïl, les formules introductives du type « ceste chançon » (v. 1182), « chante la chançon (v. 2512), « chantent ceste chançon » (v. 844), « ceste chançon chanter » (v. 1768) etc., et autres « chançonete novele » (v. 1845, 3417), où l'adjectif *novele* témoigne du fait que l'art lyrique n'est pas encore rejeté dans un naguère nostalgique.

Dans *So fo el tems*, on l'aura remarqué, la démarche est tout autre. On y atteint sans doute un point ultime et aussi le comble du jeu lorsque le poète en vient à se citer lui-même, car alors le cercle est achevé ; le lyrique ramené au narratif le nourrit et s'en nourrit en un constant échange :

> *E aujatz que-n dis eyssamen*
> *Raimon Vidal de Bezaudun*
> *per tolre flac cor et enfrun*
> *als amadors vas totas partz...*

(« et écoutez ce qu'en dit également Raimon Vidal de Besalú pour débarrasser de leur cœur lâche et affligé les amants où qu'ils soient »)[1].

On écoute la parole-autorité du poète et le chant s'est tu.

• Le rôle du poète

Le poète ne se veut donc plus simplement chanteur, il se présente en témoin, direct ou non, d'une époque et d'un art de vivre rejetés dans un merveilleux « il était une fois... », dans le passé lointain d'un ancien art d'aimer. Si le troubadour n'est pas toujours un témoin direct, il a au moins le mérite de donner la parole à un providentiel jongleur qui se trouve sur sa route pour lui transmettre un enseignement sous forme d'histoire. Et cet enseignement sera d'autant plus précieux que le jongleur en question a été lui-même à bonne école et qu'il a fréquenté quelque cour mythique comme celles de l'Espagne. C'est tout le début du *Castia Gilos* : le troubadour rapporte ce qu'il a « entendu dire par un jongleur à la cour du roi le plus savant qui fût jamais ». Et ce jongleur pressait déjà naguère le roi et sa cour de l'entendre, car le message était d'importance :

> *e prec, sie-us platz, que ma razos*
> *si' auzida e entenduda*

---

1. V. 465-68 de *So fo el tems*.

(« et je demande, s'il vous plaît, que mon discours soit écouté et compris »).

C'est que sa fonction est d'éduquer la cour et son expérience lui donne le droit d'enseigner son auditoire. Mieux encore, c'est un lieu commun de l'introduction, une topique du discours que de revendiquer la nécessaire transmission du savoir ; on se souviendra du début des *Fables* de Marie de France :

> *Cil qi sevent de lettreüre*
> *devroient bien metre lor cure*
> *es bons livres et es escris*
> *et es examples et es dis*
> *qe li philosophe trouverent*
> *et escrisent et ramenbrerent ;*
> *par moralité escrisoient*
> *les bons proverbes q'il ooient*
> *qe cil amender s'en peüssent*
> *qi lor entente en bien meïssent...* [1]

La même volonté affirmée d'enseigner et d'éduquer caractérise le *Roman d'Esther* :

> *Mon roman vuelh acomensar*
> *Al fag de Nabocadnessar,*
> *E qant sera tot asomat*
> *Sabres qe Dieu nos a amat.*

(« Je veux commencer mon roman à propos de Nabuchodonosor, et quand il sera achevé, vous saurez que Dieu nous a aimés »).

La leçon à tirer de la punition de Vasthi est une sorte d'enseignement et de mise en garde aux épouses, puisque si son acte n'était pas puni « tous les maris seraient honnis » :

> *Non trobares una de mil*
> *Qe a son marit mais sie umil.*

(« Vous ne trouverez pas une femme sur mille qui soit désormais humble envers son mari »).

Cette « bonne » éducation des femmes ne coïncide guère, évidemment, avec les principes de la *fin'amor* ; gageons pourtant qu'elle représente sûrement un enseignement de base bien plus répandu et appliqué que celui des troubadours, et pas seulement dans la petite société judéo-comtadine.

---

1. *Fables*, ms. Arsenal 3142, f° 256.

C'est partout la même obligation de délivrer son savoir afin d'éduquer la société. Le jongleur du *Castia Gilos* offre donc, lui aussi, la morale de son histoire à la réflexion de l'auditoire ; toute la structure narrative de cette nouvelle, comme celle de *So fo el tems*, tend vers un enseignement, celui de la *fin'amor*, mais aussi, chez Raimon Vidal, vers une réflexion sur l'art poétique.

Ces deux domaines, loin d'être étrangers l'un à l'autre, sont en quelque sorte interactifs, car morale courtoise et lyrisme représentent une même démarche ; le langage poétique crée son esthétique, née elle-même d'une éthique : le beau et le bien s'engendrent mutuellement. Or la poésie des troubadours et sa constituante la *fin'amor*, nées au XIIe siècle, ont bénéficié peu ou prou du vaste courant néoplatonicien[1]. Une interrogation comme celle de Raimon, sur le rôle du jongleur face à la société courtoise, ne peut que déboucher sur des préoccupations éthiques (le «bon vieux temps», la connaissance de la *fin'amor*) et esthétiques[2].

1. On renverra à l'œuvre toujours importante de M.D. Chenu, *Les Platonismes au XIIe siècle*, Vrin, Paris, 1957. – 2. Voir notre ouvrage, *La Poétique des troubadours*, Publications de Paris-Sorbonne, 1994, 439 p.

LES EDITIONS

Pour les *Vidas* et *Razos* des troubadours, a été utilisée l'édition de référence Boutière-Schutz.

Pour le *Roman d'Esther*, nous avons repris l'édition de P. Meyer, *Romania* XXI, p. 194-227 en la complétant et en la corrigeant d'après le ms. MIC 3740 (History Collection, Pourim Parody), the Library of the Jewish Theological Seminary of America, New York, f° 23b-29.

Pour le *Castia Gilos* on a eu recours à l'édition de Nelli-Lavaud, sauf référence précise à celles d'I. Cluzel et de H. Field.

Pour la nouvelle du *Papagay*, l'édition est celle de Nelli-Lavaud, que nous avons complétée d'après les manuscrits existants.

Pour *Frayre de Joy*, nous avons utilisé le ms. *Fa*, complété d'après le ms. *E* (Palma), dont le microfilm nous a été obligeamment communiqué par l'IRHT.

Pour *En aquel temps* nous avons utilisé l'édition de H. Field en prenant pour base les mss. *R* et *a²*.

Pour *Lai on cobra*, le texte est celui de Raynouard, complété de K. Bartsch (*Chrestomathie provençale*, 1868), et revu sur le ms. *R* (B.N., fr. 22543). Courte paraphrase dans G. Azaïs, *Les Troubadours de Béziers*, Genève 1973 [Béziers 1869], p. L-LII.

Voir dans la Bibliographie les références de ces éditions.

BIBLIOGRAPHIE

I. Les éditions

BEC, Pierre, *Arnaut de Carcasses, Las Novas del Papagai*, Eglise-Neuve d'Issac, 1988.

BOUTIÈRE, Jean, *Les Poésies du troubadour Peire Bremon Ricas Novas*, Privat, Toulouse, Didier, Paris, 1930.

BOUTIÈRE, Jean/SCHUTZ, A.-H., *Biographies des troubadours. Textes provençaux des XIIIe et XIVe siècles*, Nizet, Paris, 1964, 635 p.

CALZOLARI, Monica, *Il Trovatore Guillem Augier Novella*, Mucchi, Modène, 1986. Ne dispense pas de l'ancienne édition de Johannes Müller, « Die Gedichte des G.A.N. » *in Zeitschrift für romanische Philologie*, XXIII, 1899, p. 47-78.

CLUZEL, Irénée, *L'Ecole des Jaloux (Castia Gilos)*, édition des *Amis de la Langue d'Oc*, Nizet, Paris, 1958.

FIELD, Hugh, *Ramon Vidal de Besalú, Obra Poètica*, Curial, Barcelone, 1991, 2 vol. Pour *En aquel temps* nous avons utilisé son édition du ms. *R* (t. II). Pour le *Castia Gilos*, *cf.* aussi LAVAUD/NELLI.

HUCHET, J.-Ch., *Nouvelles occitanes du moyen âge*, Flammarion Paris, 1992 [Edition bilingue contenant *Abril issia, En aquel temps, Castia Gilos* et *Las Novas del papagay*].

LANGFORS, Arthur, *Les Chansons de Guilhem de Cabestanh*, Paris Champion, 1924, 96 p.

LAVAUD, René/NELLI, René, *Les Troubadours*, t. II, *Le Trésor poétique de l'occitanie*, Desclée de Brouwer, 1966.

MASSÓ TORRENTS, J., *Repertòri de l'antiga Literatura catalana. La Poesia*, vol. I, Editorial Alpha, Barcelone, 1932, p. 516-524.

MEYER, Paul, *in Romania*, XXI (1892) « Le Roman provençal

d'Esther par Crescas du Caylar médecin juif du XIVe siècle »,
p. 194-227.

in Romania, XIII (1884), « Nouvelles catalanes inédites »,
p. 264-284.

PACHECO, Arseni, *Blandín de Cornualla i altres narracions en vers del segle XIV i XV*, Edicions 62, Barcelone, 1983.

PATTISON, Walter T., *The Life and Works of the Troubadour Raimbaut d'Orange*, Minneapolis, The Univ. of Minnesota Press, 1952.

RIQUER, Martín (DE), *Los Trovadores. Historia literaria y textos*, Editorial Planeta, Barcelone, 1975, en 3 vol.

STENGEL, Edmond, « Studi sopra i Canzonieri provenzali di Firenze e di Roma », *in Rivista di Filologia romanza*, vol. I, 1872, édition de *Las Novas del Papagai* d'après le ms. *J*, p. 36-39.

TOPSFIELD, L.T., *Les Poésies du troubadour Raimon de Miraval*, Nizet, Paris, 1971.

II. Manuels et Dictionnaires

FOUCHÉ, Pierre, *Phonétique historique du Roussillonnais*, Slatkine, Genève, 1980.

JENSEN, Frede, *The Syntax of Medieval Occitan*, Niemeyer, Tübingen, 1986 [trad. française 1994].

MISTRAL, Fr., *Le Trésor du Félibrige (TDF)*, 2 vol., Osnabrück, 1966.

LEVY, Emil, *Provenzalisches Supplement Wörterbuch*, Leipzig, 1894-1924.

RAYNOUARD, Fr.-J.-M., *Lexique roman ou Dictionnaire de la langue des troubadours*, [Paris 1836-1845], Slatkine Reprints, Genève 1977, 6 vol.

VIOLLET-LE-DUC, *Encyclopédie médiévale*, G. Bernage, Interlivres, 1978.

III. Etudes sur le récit bref

BAUMGARTNER, E., *Le Roman aux XIIe et XIIIe siècles dans la littérature occitane* in *Grundriss der romanischen Literaturen des Mittelalters*, IV. I, Heidelberg, 1978, p. 627-644.

CALUWÉ, J.-M., *Du chant à l'enchantement. Contribution à l'étude des rapports entre lyrique et narratif dans la littéra-*

ture provençale du XIIIᵉ siècle, Gand, Universiteit Gent, *Werken uitgegeven door de Faculteit van de Letteren...*, 1993, 304 p.

CLUZEL, Irénée, « Le Fabliau », *in Annales du Midi*, LXVI, 1954, p. 318 et suiv.

DARDANO, Maurizio, *Lingua et Tecnica narrativa nel Duecento*, Rome, 1969.

D'HEUR, J.-M., *Troubadours d'oc et troubadours galiciens-portugais. Recherches sur quelques échanges dans la littérature de l'Europe au moyen âge*, Centre culturel portugais, Paris, 1973, 372 p.

DUBUIS, R., *Les Formes narratives brèves* in *Grundriss der romanischen Literaturen des Mittelalters*, VIII. I, Heidelberg, 1988, p. 178-196.

DUBY, Georges, *Le Chevalier, la femme et le prêtre. Le mariage dans la France féodale*, Paris, Hachette, 1981.

DUMONTIER, Michel, *L'Empire des Plantagenêts. Aliénor d'Aquitaine et son temps*, Copernic, Paris, 1980.

JUNG, Marc-René, *Etudes sur le poème allégorique en France*, Berne, Francke, 1971 (« Les Poèmes allégoriques occitans », p. 122-169.

HUCHET, J.-Ch., *Le Roman occitan médiéval*, PUF, Paris, 1991.

LIMENTANI, Alberto, *L'Eccezione narrativa. La Provenza medievale e l'arte del racconto*, Einaudi, Turin, 1977.

LABAREYRE, Françoise (DE), *La Cour littéraire de Dauphin d'Auvergne des XIIᵉ et XIIIᵉ siècles*, Clermont-Ferrand, 1976.

MÜLLER, Erich, *Die altprovenzalische Versnovelle*, Niemeyer, Halle, 1930, 153 p.

PIROT, François, *Recherches sur les connaissances littéraires des troubadours occitans et catalans des XIIᵉ et XIIIᵉ siècles*, Real Academia de Buenas Letras, Barcelone, 1972, 649 p.

Revue des Langues romanes, « Des *Novas* médiévales aux nouvelles occitanes modernes », t. XCVI, 1992, nᵒ 2.

RIQUER, Isabel (DE), « Les Poèmes narratifs catalans en *noves rimades* des XIVᵉ et XVᵉ siècles », *Revue des Langues romanes, op. cit.*, p. 327-350.

SEMPROUX, *La Nouvelle*, Brepols, Turnhout, 1973 [Typologie des sources du moyen âge occidental].

ZANDERS, Josef, *Die altprovenzalische Prosanovelle. Eine litte-*

rarische historische Kritik deer Trobador-Biographieen, Niemeyer, Halle, 1913.

Les vidas

ALEXANDRE-BIDON, Danièle, « Gestes et expressions du deuil »
in A réveiller les morts, Presses Universitaires de Lyon, 1993.

BRANCA, Vittore, *Boccaccio medievale e nuovi studi sul Decameron*, Sansoni, Florence, 1986.

BRUNEL, Cl., « *La Loba* célébrée par les troubadours Peire Vidal
et Raimon de Miraval » *in Mélanges Hœpffner*, 1949, p. 261-
264.

DUBUIS, R., *Les Cent Nouvelles Nouvelles et la tradition de la
nouvelle en France au moyen âge*, Publications Universitaires, Grenoble, 1973.

EGAN, Margarita, « Razo and Novella », *in Medio Evo Romanzo*,
6, 1979, p. 302-314.

FAVATI, Guido, *Il Novellino, testo critico, introduzione e note*,
Bozzi, Gênes, 1970, 397 p.

FRITZ, Jean-Marie, *Le Discours du fou au moyen âge*, Paris,
P.U.F., 1992, 410 p.

JOLY, Jehanne, « Rêves prémonitoires et fin du monde arthurien », *Fin des temps et temps de la fin dans l'univers
médiéval*, Aix-en-Provence, *Sénéfiance* n° 33, 1993, 545 p.

LECOUTEUX, Claude, *Fées, sorcières et loups-garous au moyen
âge*, Paris, Editions Imago, 1992, 214 p.

HŒPFFNER, Ernest, « Le baiser volé de Peire Vidal » *in
Mélanges Maximilian Krepinsky*, Casopis mod. filol., Prague,
1946, p. 140-145.

LEJEUNE, Rita, « Les personnages de *Castiat* et de *Na Vierna*
dans Peire Vidal » *in Annales du Midi*, LV, 1943, p. 512-
520).

MÉNARD, Philippe, « Les Histoires de loup-garou au moyen
âge » *in Symposium in Honorem prof. M. de Riquer*, Barcelone, 1986, p. 209-238.

MONSON, Don Alfred, *Les Ensenhamens occitans. Essai de définition et de délimitation du genre*, Paris, Klincksieck, 1981.

NEUSCHÄFER, H.J., « Die Herzmäre in der altprovenzalichen
Vida und in der Novelle Boccaccios », *in Poetica*, 2, 1968,
p. 38-47.

THOMAS, A., *Francesco da Barberino et la littérature proven-çale en Italie au moyen âge*, Paris, Thorin, 1883.
Boccaccio und die Novelle, München, 1969.
WILSON POE, Elizabeth, *From Poetry to Prose in old Provençal. The Emergence of the Vidas, the Razos and the Razos de trobar*, Summa Publications, Birmingham, Alabama, 1984, 119 p.

Esther

La Bible, éd. œcuménique Tob, Paris, 1994.
La Bible commentée, Esther, Colbo, Paris, 1989.
FABRE D'OLIVET, *La Langue hébraïque restituée*, Paris, t. I 1815, t. II 1816 ; réédition Dorbon 1931, fac similé du manuscrit.
FUERST, Wesley J., *The Cambridge Bible Commentary, The Book of Ruth, Esther...*, Cambridge University Press, 1975.
MAURON, Marie, *Dictons d'oc et Proverbes de Provence*, For-calquier, 1965.
METZGER, Thérèse et Mendel, *La Vie juive au moyen âge*, Office du Livre, Fribourg, 1982, 320 p.
Reine Esther, Tragediou en vers et en cinq actes, [Nîmes, 1877], CPM Marcel Petit, Raphèle-lès-Arles, 1992.
SABATIER, Ernest, *Chansons hébraïco-provençales des juifs comtadins*, Nîmes, 1874 [plaquette de 22 p.].
SILBERSTEIN-MILNER, Susan, *The Provençal Esther Poem written in Hebrew characters c. 1327 by Crescas de Caylar : Critical Edition*, Université de Pennsylvanie, 1973 [inédit].
VIGUIER, Marie-Claire, « Les Juifs dans le texte occitan : autour de la reine Esther », *in IIIᵉ Congrès international de l'AIEO*, Montpellier, 1992, t. II, p. 569-582.

Frayre de Joy e Sor de Plaser

BURIDANT, Cl., *André le Chapelain, Traité de l'amour*, Paris, Klincksieck, 1974.
ROUSSINEAU, G., *Perceforest*, III, Droz, 1993, ch. XLVI, XLVII, LV.
ROY, Bruno, *L'Art d'Amours. Traduction et commentaire de l'« Ars Amatoria » d'Ovide. Edition critique*, Brill, Leiden, 1974.

Zago, Esther, « Some Medieval Versions of Sleeping Beauty : Variations on a theme » *in Studi Francesi*, 23ᵉ année, sept.-déc. 1979, p. 417-431.

Payen, Jean-Charles, *La Rose et l'utopie*, Editions Sociales, Paris, 1976.

Poirion, Daniel, *Le Roman de la Rose*, Garnier-Flammarion, Paris, 1974.

Castia Gilos

Luce-Dudemaine, Dominique, « La Sanction de la jalousie dans les *novas* du XIIIᵉ siècle », *in La Justice au moyen âge (sanction ou impunité ?)*, Publications du CUERMA, Univ. de Provence (diffusion Jeanne Laffitte, Marseille), 1986, p. 229-234.

Las Novas del Papagay

Coulet, Jules, « Sur la nouvelle du Papagai », *Revue des Langues romanes*, t. 45, 1902, p. 289 et suiv.

Gorra, Egidio, « La Novella della dama e dei tre papagalli », *in Romania*, t. XXI, 1892, p. 71-78.

Limentani, Alberto, « Cifra cortese e contenimento del narrativo nelle "Novas del Papegai" » *in Mélanges offerts à Charles Rostaing*, Liège, 1974, vol. 2, p. 619-636.

Meyer, Paul *in Romania*, XXXI, 1902, p. 169 ; XXXIII, 1904, p. 299.

En aquel temps

Voir *supra* Hugh Field, *Ramon Vidal de Besalú*, pour ses notes et commentaires.

Limentani, Alberto, « L'"io" e la memoria, il mecenate e il giullare nelle "novas" di Ramon Vidal », in *L'Eccezione*, voir *supra*, p. 45 et suiv.

Lai on cobra

Anglade Joseph, *Les Troubadours de Toulouse*, Privat, 1928, p. 144-147.

Jung, Marc-René, voir *supra*.

LES RAZOS
aux origines de la nouvelle italienne

Gausbert de Poicibot
et de ce qu'il vit dans un bordel d'Espagne*

Gausbert de Poicibot, ou Puycibot, était peut-être originaire du Limousin ; il exerça ses talents poétiques aux alentours de 1221, année du mariage d'Eléonore de Castille avec Jacques Ier dit le Conquistador. Si l'on peut accepter ce que rapporte de lui sa biographie, son séjour en Espagne à la cour de Jacques Ier ainsi que son mariage, en revanche la triste mésaven-

Lo monges Gaubertz de Poicibot si fo gentils hom de l'eves-
quat de Lemogas, fils del castellan de Poicibot. E fo mes
morges, quant era enfans, en un mostier que a nom Saint Lunart.
E saub ben letras e ben cantar e ben trobar. E, per voluntat de
5 femna, issi del mostier, e venc s'en a selui on venian tuit aquil
que per cortesia volion onor ni benfait, a-N Savaric de Malleon,
et il li det arnes de joglar, vestirs e cavals ; dont el poi anet per
cortz e trobet e fetz bonas cansos.
   Et enamoret se d'una donzella gentil e bella, e fasia sas
10 cansos d'ella. Et ella no-l volc amar si no se fezes cavalliers e
no la tolgues per moiller. Et el o dis a-N Savaric cum la donzella lo refudava. Don En Savarics lo fetz cavallier e-il donet

* Pour le texte d'oc cf. l'édition des *Biographies des Troubadours*, par J. Bou-
tière-A. H. Schutz, Paris, Nizet, 1964, p. 229-230.

1. Saint-Léonard-des-Chaumes, non loin de la Rochelle, dont Savaric de Mauléon, le protecteur du troubadour, fut l'un des bienfaiteurs d'après l'éditeur de
Gausbert, W.P. Shepard, in *Les Poésies de Jausbert de Puycibot, troubadour du
XIIIe siècle*, C.F.M.A., Paris, 1924, p. IV. Voir aussi la remarquable anthologie
de Martín de Riquer, *Los Trovadores, op: cit.*, t. II, p. 940 et suiv. – 2. D'après
sa *vida*, il fut un puissant baron du Poitou, possédant aussi des terres en Aquitaine.
Né un peu avant 1180 et mort en 1231, il fut tout à la fois un grand seigneur,

Gausbert de Poicibot
et de ce qu'il vit dans un bordel d'Espagne

ture qui lui est prêtée provient sans aucun doute d'une tradition du conte populaire. Il nous est conservé de son œuvre une quinzaine de pièces, essentiellement des chansons d'amour (*cansos*), ainsi qu'une pièce satirique (*sirventes*) contre un jongleur surnommé Gasc.

Le moine Gausbert de Poicibot était gentilhomme de l'évêché de Limoges, fils du châtelain de Poicibot. Et il fut placé comme moine, lorsqu'il était enfant, dans un monastère qui a le nom de Saint-Léonard[1]. Il sut bien les belles lettres et bien chanter et bien composer. Désirant prendre femme, il sortit du monastère et il alla auprès de celui vers lequel venaient tous ceux qui, par courtoisie, désiraient honneur et bienfait : seigneur Savaric de Mauléon[2]; celui-ci lui donna un équipement de jongleur, des vêtements et des chevaux. Aussi alla-t-il ensuite à travers les cours et il composa de bonnes chansons.

Il s'éprit d'une demoiselle noble et belle et la chantait ; mais elle ne voulut pas l'aimer s'il ne se faisait pas chevalier et ne l'épousait pas. Et il dit au seigneur Savaric pourquoi la demoiselle le refusait. C'est pourquoi seigneur Savaric le fit chevalier

---

un poète et un généreux mécène pour les troubadours. Il était seigneur de Mauléon, appelé depuis 1736 Châtillon-sur-Sèvre. Il participa activement aux luttes entre Jean sans Terre et Philippe Auguste, ainsi qu'à la Croisade des Albigeois, aux côtés de Raimon VI de Toulouse. Ce personnage haut en couleur devint gouverneur de Bristol et assista au couronnement de Henri III à Gloucester. Il est la parfaite illustration de la domination des Plantagenêts en Aquitaine et de l'interpénétration des deux cultures. Rappelons à ce sujet que le petit-fils de Simon de Montfort, contre qui Savaric avait lutté, deviendra – quant à lui – *earl* de Leicester.

terra e renda, e tolc la donzella per moiller e tenc la a gran
honor.

15   Et avenc si qu'el anet en Espaingna e la donzella remas. Et
us cavalliers d'Angleterra se entendia en ella, e fetz tant e dis
qu'el la mena via e tenc la longa sason per druda, e pois la laisa
malamen anar. E quant Gaubertz tornet d'Espaingna, el alberga
una sera en la ciutat on ella era. E quan venc la sera, el anet
20 deforas per voluntat de femna et entret en l'alberc d'una paubra
femna, que·l fon dich que laentre avia una bella donzella ; e
trobet la soa moiller. E quant el la vit et ella lui, fo grans dolors
entre lor e grans vergoingna. Ab lei estet la nuit, e l'endeman
s'en anet ab ella e mena la en una morgia, on la fes rendre. Et,
25 per aquella dolor, laisset lo trobar e·l cantar.

Et aici son escritas de las soas cansos.

---

1. C'était bien là le moindre des châtiments si on se souvient que Flamenca
craignait d'être brûlée. Ce conte a peut-être sa source chez Apollonius de Tyr et
dans les légendes des saints, comme le constata Shepard, p. V, note 1.

et lui donna terre et rente ; Gausbert épousa la demoiselle et la tint en grand respect.

Or il advint qu'il partit pour l'Espagne et que la demoiselle resta. Et un chevalier d'Angleterre qui la courtisait dit tant et fit tant qu'il l'emmena et la garda longtemps comme maîtresse, mais ensuite il l'abandonna vilainement. Et quand Gausbert revint d'Espagne, il logea un soir dans la ville où elle se trouvait. Et quand vint la nuit, désirant une femme, il sortit et entra dans la maison d'une pauvresse, car on lui avait dit qu'il y avait là une belle demoiselle ; et il y trouva son épouse. Lorsqu'ils se virent, ce fut pour eux grande douleur et grande honte. Il resta toute la nuit avec elle, et, le lendemain, s'en alla avec elle pour la conduire dans un couvent, où il la fit devenir religieuse[1]. Et, pour la douleur qu'il en eut, il renonça à la poésie et au chant.

Et ici sont écrites quelques-unes de ses chansons.

Guillem de la Tor
et de son épouse morte*

Ce troubadour a composé son œuvre poétique entre les années 1216 et 1233. Cette activité semble s'être déroulée pour l'essentiel en Italie, dans les cours si célèbres d'Este, des Malaspina et des Da Romano. Il nous reste de lui quatorze poésies, pour la majorité des chansons d'amour et, surtout, une pièce d'intérêt historique, sinon littéraire, intitulée *La Treva*, où l'auteur

Guillems de la Tor si fon joglars e fo de Peiregorc, d'un castel q'om ditz la Tor ; e venc en Lombardia. E sabia cansos assatz e s'entendia e chantava e ben e gen, e trobava. Mas, quant volia dire sas cansos, el fazia plus lonc sermon de la rason que
5 non era la cansos.
E tolc moiller a Milan, la moiller d'un barbier, bella e jove, la qual envolet e la menet a Com. E volia li meilz qu'a tot lo mon. Et avenc si qu'ella mori ; don el se det si gran ira qu'el venc mat, e crezet qu'ella se fezes morta per partir se de lui.
10 Don el la laisset dez dias e dez nuoigz sobre-l monimen [...]. E chascun ser el anava al monimen e trasia la fora e gardava la per lo vis, baisan e abrasan, e pregan qu'ella li parles e-ill disses se ella era morta o viva ; e si era viva, qu'ela tornes ad el ; e si morta era, qu'elle li dises qals penas avia ; que li faria tantas
15 messas dire, e tantas elimosnas faria per ella qu'el la trairia d'aquellas penas.

---

* Pour le texte d'oc cf. éd. Boutière-Schutz, p. 236-237.

---

1. Peut-être près de la Tour-Blanche, arrondissement de Ribérac en Dordogne. Cf. Boutière-Schutz, *op. cit.*, p. 238, n. 1 ; M. de Riquer, *op. cit.*, t. II, p. 1171,

Guillem de la Tor
et de son épouse morte

joue le rôle d'arbitre entre les filles de Conrad Malaspina, qui rivalisaient en courtoisie. La légende qui lui est attribuée se réfère au vieux fonds européen des relations avec les morts, dont la nécrophilie qui est en arrière-plan du récit. Là encore l'aventure qu'on lui prête n'a sans doute rien à voir avec la vie de ce troubadour.

Guillem de la Tour fut jongleur, originaire du Périgord, d'un château qu'on appelle La Tour[1] ; et il se rendit en Lombardie. Il savait beaucoup de chansons, avait du talent, chantait bien et agréablement, et savait composer. Mais quand il voulait dire ses chansons, il faisait, pour les commenter, un discours plus long qu'elles.

Il prit pour femme à Milan l'épouse d'un barbier, jeune et belle, qu'il enleva et emmena à Côme. Et il l'aimait plus que tout au monde. Or il arriva qu'elle mourut ; ce dont il eut un si grand chagrin qu'il devint fou et crut qu'elle feignait d'être morte pour se séparer de lui. Aussi la laissa-t-il dix jours et dix nuits sur le tombeau [...][2]. Et, chaque soir, il se rendait au tombeau, l'en sortait, contemplait son visage, l'embrassant et la serrant dans ses bras, et la suppliant de lui parler et de lui dire si elle était morte ou vivante ; il lui demandait, si elle était vivante, de lui revenir, et si elle était morte, de lui dire quelles peines elle avait ; car il lui ferait dire tant de messes et donnerait pour elle tant d'aumônes qu'il la tirerait de ces peines.

---

est plus affirmatif. – 2. Sans doute faut-il, avec les éditeurs, envisager ici une lacune : au bout de dix jours la morte avait été placée dans son tombeau d'où Guillem vint ensuite l'extraire.

Saubut fo en la ciutat per los bons homes, si que li ome de la
terra lo feron anar via de la terra. Et el anet cerquan per totas
partz devins e devinas, si ella mais poiria tornar viva. Et uns
20 escarniers si li det a creire que, si el legia chascun dia lo salteri
e disia .C. e .L. patres nostres e dava a .VII. paubres elemosinas
anz qu'el manges, et aissi fesses tot un an, que non faillis dia,
ella venria viva, mas non manjaria ni beuria ni parlaria. El fo
molt alegres quant el so auzi, e comenset ades a far so que
25 aquest li avia enseingnat ; et enaissi o fez tot l'an entier, que anc
non failli dia. E qant el vit que ren no-ill valia so que a lui era
enseingnat, el se desperet e laisset se morir.

Les notables de la ville l'apprirent, de sorte que les gens du pays le chassèrent. Alors il chercha partout des devins et des devineresses, pour savoir si sa femme pouvait revenir à la vie. Et un mauvais plaisant lui fit croire que, s'il lisait chaque jour le psautier et disait cent cinquante *pater noster*, s'il donnait, avant de manger, des aumônes à sept pauvres, et tout cela pendant une année entière, sans manquer un seul jour, alors elle ressusciterait, mais ne pourrait ni manger, ni boire, ni parler. En entendant cela Guillem fut très joyeux et commença aussitôt à faire ce que l'autre lui avait appris ; il fit ainsi durant l'année tout entière, sans manquer un seul jour. Mais, lorsqu'il vit que ce qu'on lui avait appris ne lui servait à rien, il sombra dans le désespoir et se laissa mourir.

Peire Vidal

Incontestablement ce troubadour toulousain, dont l'activité poétique s'exerça entre les années 1183 et 1204, a suscité de son vivant de vives controverses, dues en grande partie à son caractère fanfaron. Il semble s'être créé un personnage un brin mythomane, un peu fou, revendiquant l'état de chevalier et parlant de son empire ; sa *vida* témoigne de ses affabulations, mais doit aussi les amplifier quand elle le peint en prétendant de l'empire de Constantinople, grâce à son mariage avec une grecque, et transportant son trône avec lui ! L'aventure imaginaire rapportée ici trouve son écho dans un groupe de chansons où Peire évoque le baiser qu'il a dérobé à une dame.

I. Le baiser volé*

Peire Vidal, si com ieu vos ai dig, s'entendia en totas las bonas donas e crezia que totas li volguesson be per amor.

E si s'entendia en ma dona N'Alazaïs, qu'era moiller d'En Barral, lo senhor de Marceilla, lo quals volia meils a Peire Vidal
5 c'az ome del mon, per lo ric trobar e per las ricas folias que Peire Vidal dizia e fazia ; e clamavon se abdui « Rainier ». E Peire Vidal si era privatz de cort e de cambra d'En Barral, plus c'ome del mon.

En Barrals si sabia be que Peire Vidals se entendia en la
10 moiller, e tenia lo-i a solatz, e tuit aquill c'o sabion. E si s'ale-

* Pour le texte d'oc cf. l'édition Boutière-Schutz, *op. cit.*, p. 361-363 ; le ms. de base *E* (in-4° en parchemin copié en Languedoc au XIVᵉ siècle et conservé à la B.N. fr. 1749) a pour particularité de présenter *vidas* et *razos* groupées, ce qui prouve bien qu'on a eu le sentiment qu'elles constituaient un genre particulier. La légende rapportée ici a donné lieu à une abondante critique ; voir notamment E. Hœpffner, « Le baiser volé de Peire Vidal » in *Mélanges Maximilian Krepinsky*, Prague, 1946, p. 140-145.

Peire Vidal

L'histoire de la dame Louve est bien évidemment empruntée au riche fonds traditionnel de la lycanthropie européenne et on reconnaîtra au passage quelque épisode comme Guyot criant au loup. La force de suggestion de cette belle nouvelle se mesure à l'aune de son destin littéraire, puisque le poète espagnol Valle-Inclán s'en est inspiré dans son *Conte d'avril* dont Vidal, devenu Pedro de Vidal, est le héros.

Enfin Peire Vidal est aussi l'un des troubadours les plus importants à la fois par la richesse de son talent poétique et par le nombre de chansons conservées, puisqu'il nous en est parvenu quarante-neuf.

I. Le baiser volé

Peire Vidal, comme je vous l'ai dit, courtisait toutes les nobles dames et croyait que toutes l'aimaient d'amour.

Et il courtisait ma dame Alazaïs, qui était l'épouse de seigneur Barral, le seigneur de Marseille[1] ; et il voulait plus de bien à Peire Vidal qu'à aucun autre au monde, à cause de la belle poésie et des belles folies que Peire Vidal disait et faisait ; et tous deux s'appelaient « Rainier ». Et Peire Vidal, plus que personne, était l'ami intime de seigneur Barral, à la cour et dans ses appartements.

Seigneur Barral savait bien que Peire Vidal était amoureux de son épouse, et lui et tous ceux qui étaient au courant le prenaient

---

1. Cette Alazaïs, ou Azalaïs de Porcelet, fut la première épouse de Raimon Gaufridi Barral, vicomte de Marseille, qui la répudia. Elle mourut vers 1201. La *razo* en fait l'héroïne du baiser volé, mais il faut remarquer, avec M. de Riquer, *op. cit.*, t. II, p. 860 et suiv., que dans les poésies de Peire l'héroïne se nomme dame Vierna, peut-être une belle-sœur de Barral de Marseille, Vierna de Porcelet. A moins que ce ne fût, comme le croyait Rita Lejeune, Vierna de Ganges, épouse du baron de Ganges (« Les personnages de *Castiat* et de *Na Vierna* dans Peire Vidal » in *Annales du Midi*, LV, 1943, p. 512-520).

grava de las folias qu'el fazia ni dizia, e la dona ho prendia en
solatz, si com fazion totas las autras donas en que Peire Vidal
s'entendia ; e cascuna li dizia plazer e-ill prometia tot so que-ill
plagues e qu'el demandava ; et el era si savis que tot ho crezia !
15 E quan Peire Vidal se corrosava ab ela, En Barrals fazia ades la
patz e-ill fazia prometre tot so qu'el demandava.

E quan venc un dia, Peire Vidal si saup qu'En Barrals s'era
levatz e que la dona era tota sola en la cambra. Peire Vidal intra
en la cambra e venc s'en al leit de ma dona N'Alazaïs e troba
20 la dormen. Et agenoilla se davan ella e baiza li la boca. Et ella
sentit lo baizar e crezet qu'el fos En Barrals, sos maritz, e rizen
ela se levet. E garda e vit qu'el era-l fol de Peire Vidal ; e
comenset a cridar e a far gran rumor. E vengron las donzelas de
laïns, quant ho auziron, e demandaron : « Quez es aiso ? » E
25 Peire Vidal s'en issit fugen. E la dona mandet per En Barral e
fes li gran reclam de Peire Vidal, que l'avia baizada. E ploran
l'en prequet qu'el en degues ades penre venjansa. Et En Barrals,
si com valens hom et adregz, si pres lo fait a solatz e comenset
a rire e a repenre la moiller, quar ela avia faita rumor d'aiso
30 que-l fols avia fait. Mas el non la-n poc castiar qu'ela non mezes
en gran rumor lo fait, e sercan et enqueren lo mal de Peire
Vidal ; e grans menasas fazia de lui.

Peire Vidal, per paor d'aquest fait, montet en una nau et anet
s'en en Genoa ; e lai estet tro que pueis passet outra mar ab lo
35 rei Richart. Que-ill fo mes en paor que ma dona N'Alazaïs li
volia far tolre la persona. Lai estet longua sazo e lai fes maintas
bonas chansos, recordan del baizar qu'el avia emblat. E dis, en
una chanso que dis *Ajostar e lasar*, que de leis non avi' agut
negun guizardo,

40 Mas un petit cordo.
Si aigui c'un mati
Intrei dins sa maiso
E-ill baizei a lairo
La boca e-l mento.

---

1. Il s'agit de Richard Cœur de Lion, qui se croisa en 1187 mais ne s'embarqua qu'en 1190. — 2. Cf. édition Avalle, *P. V. Poesie*, Riccardo Ricciardi, Milan, 2 vol., 1960 ; t. I, str. II, v. 24-28, p. 38.

comme un amusement. Il se réjouissait des folies que Peire
faisait et disait, et la dame s'en amusait, comme toutes les autres
dames dont Peire Vidal était amoureux ; et chacune lui disait
des choses plaisantes et lui promettait tout ce qu'il voulait et
demandait ; et il était si sage qu'il croyait tout ! Et quand Peire
Vidal se fâchait avec sa dame, seigneur Barral ramenait la paix
et faisait promettre à son épouse tout ce que Peire demandait.

Or un jour Peire Vidal apprit que seigneur Barral s'était levé
et que la dame était toute seule dans sa chambre. Peire Vidal
entra dans la chambre et s'en vint au lit de ma dame Alazaïs et
la trouva endormie. Alors il s'agenouilla devant elle et baisa ses
lèvres. Elle sentit le baiser, crut que c'était son époux, seigneur
Barral, et se leva en riant. Mais elle regarda et vit que c'était ce
fou de Peire Vidal ; alors elle se mit à crier et à mener grand
tapage. Les demoiselles de la maison accoururent à ses cris et
demandèrent : « Qu'est-ce donc ? » Peire Vidal prit la fuite. Et
la dame fit appeler seigneur Barral et lui fit grande plainte de
Peire Vidal qui l'avait embrassée. En larmes, elle le pria d'en
prendre vengeance. Mais seigneur Barral, en homme de valeur
et habile qu'il était, prit l'histoire en plaisanterie, se mit à rire et
reprit sa femme d'avoir fait du bruit pour ce qu'avait fait le fou.
Mais il ne put la dissuader de monter l'histoire en épingle,
cherchant et demandant à nuire à Peire Vidal ; et elle proférait
de grandes menaces.

De peur, Peire Vidal s'embarqua et alla à Gênes ; il y resta puis
alla outre-mer avec le roi Richard[1]. On lui fit craindre que ma
dame Alazaïs ne voulût le faire enlever. Il resta là-bas longtemps
et y composa maintes bonnes chansons, se souvenant du baiser
qu'il avait volé. Il dit même, dans une chanson intitulée *Ajostar
e lasar*, qu'il n'avait eu aucun cadeau de sa dame,

Si ce n'est un petit cordon.
Et m'est arrivé qu'un matin
J'entrai dans sa maison
Et, comme un voleur, je lui embrassai
La bouche et le menton[2].

45 Et en autre luec el dis :
        Plus onratz   fora c'om natz,
        Si-l bais emblatz   me fos datz
                E gen aquitatz.
    Et en autra chanso el dis :
50   Be-m bat Amors ab las verguas qu'ieu cueill,
        Car una vetz, en son reial cabdueill,
        L'emblei un bais don tan fort mi sove ;
        Ai ! c'a mal trai, qui so c'ama no ve !

    Aisi estet longua sazo outra mar, que non auzava venir ni
55 tornar en Proensa. En Barrals, que li volia aitan de be com vos
    aves auzit, si preguet tan sa moiller qu'ela li perdonet lo furt del
    baizar e lo-i autreget en do. En Barral si mandet per Peire Vidal,
    e si-ll fes mandar grassia e bona volontat a sa moiller. Et el venc
    ab gran alegreza a Marceilla, et ab gran alegreza fo reseubutz
60 per En Barral e per ma dona N'Alazaïs. Et autreget li lo baizar
    en do, qu'el li avia emblat. Don Peire Vidal fes aquesta chanso
    que ditz :
        Pos tornatz sui en Proensa,
    la qual vos auziretz.

---

1. In *Tant me platz*, éd. Avalle, t. I, str. IV, v. 25-27, p. 48. Pour le dernier
vers, la version de *E* diffère de celle d'Avalle. – 2. Allusion à une chanson
de Bernart de Ventadour, éd. M. Lazar, *Can vei la flor*, v. 30-31, p. 88 : *e ja
non er qu'el eis lo ram no colha/que-l bat e-l fer*... («et il coupera toujours lui-
même la branche qui le bat et le blesse»). L'image de l'amoureux qui cueille
des verges pour se faire fouetter apparaît aussi dans *Lai on cobra*, voir la
note 1, p. 373. – 3. In *Plus que-l paubres*, éd. Avalle, str. II, v. 13-16, p. 322-
323. – 4. Ed. Avalle, t. II, p. 367, *incipit*.

Et ailleurs il dit :

> J'eusse été l'homme le plus honoré,
> Si le baiser volé m'avait été donné
> Et doucement acquitté[1].

Dans une autre chanson il dit :

> Amour me bat des verges que je cueille[2],
> Car une fois dans son royal donjon,
> Je lui volai un baiser dont je me souviens si bien.
> Hélas ! qu'il souffre celui qui ne voit pas son amour[3] !

Il demeura ainsi longtemps outre-mer, car il n'osait s'en retourner en Provence. Seigneur Barral, qui l'aimait tant, vous l'avez entendu, pria si bien son épouse qu'elle pardonna à Peire le vol du baiser et lui en fit le don. Seigneur Barral manda Peire Vidal et lui fit transmettre la grâce et la bonne volonté de son épouse. Peire arriva dans une grande allégresse à Marseille, et dans une grande allégresse fut reçu par seigneur Barral et par ma dame Alazaïs. Et elle lui accorda en don le baiser qu'il lui avait volé. Peire Vidal en fit une chanson qui dit :

> Puisque je suis revenu en Provence[4],

et vous allez l'entendre.

II. La Dame Louve*

Peire Vidal per la mort del bon comte Raimon de Toloza si se marri molt e det se gran tristeza. E vestit se de negre, e taillet las coas e las aureillas a totz los sieus cavals, e a si et a totz los sieus servidors fes raire los cabeils de la testa ; mas las barbas
5 ni las onglas non se feiron taillar. Molt anet longua sazo a lei de fol home e de dolen.

Et avenc se, en aquela sazo qu'el anava anaisi dolens, quel reis N'Anfos d'Arago venc en Proensa. E vengron ab lui Blascols Romieus e-N Guarsias Romieus e-N Martis del Canet
10 e-N Miquels de Luzia e-N Sas d'Antilon e-N Guilems d'Alcalla e-N Albertz de Castelveill e-N Raimon Gauseran de Pinons e-N Guilems Raimons de Moncada e-N Arnautz de Castelbon e-N Raimons de Cervera. E trobero Peire Vidal anaisi trist e dolen et anaisi apareillat a lei d'ome dolen e de fol. E lo reis lo
15 comenset a pregar, e tug li autre sei baro qu'eron sei amic espesial, qu'el degues laisar aquesta dolor e degues se alegrar e degues cantar e qu'el degues far una canso, qu'ill portesson en Arago. Tan lo preguet lo reis e-ill sei baro qu'el dis qu'el s'alegraria e laisaria lo dol qu'el fazia e qu'el faria canso e so que-ill
20 plagues.

Et el si amava la Loba de Pueinautier e ma dona Estefania, qu'era de Sardenha. Et aras de novel era enamoratz de ma dona

---

* Ed. Boutière-Schutz, p. 368-369.

---

1. Cette mutilation des chevaux illustre la folie de Peire Vidal, car c'est généralement une marque d'infamie : Thomas Becket, ainsi, se plaint de celui qui « lui avait fait l'injure de couper la queue de son cheval » (*La Vie de saint Thomas Becket*, éd. E. Walberg, Paris, Champion, 1964, p. 152). Quelques siècles plus tard l'extravagant marquis de Brunoy (près de Sénart) teintera de noir les eaux de son canal et ses chevaux en signe de deuil ; il fera aussi porter le deuil à ses domestiques. – **2.** Les signes traditionnels du deuil sont : la couleur noire des vêtements, la barbe et les cheveux qu'on laisse pousser. La marque de la folie de Peire s'observe, en plus du traitement infligé aux chevaux, par le fait de se couper les cheveux (le fou est tonsuré ; cf. Ipomédon dans *La Folie Tristan*, qui se fait tondre pour *ben sembler musart e fol*) ; en revanche, et depuis l'antiquité, se couper les cheveux est, chez les femmes, un acte sacrificiel. Pour les

II. La Dame Louve

Peire Vidal fut infiniment désolé et affligé de la mort du bon comte Raimon de Toulouse. Il s'habilla de noir, et fit tailler la queue et les oreilles de tous ses chevaux[1], et fit raser ses cheveux ainsi que ceux de tous ses serviteurs ; mais ils ne se firent plus couper ni la barbe ni les ongles[2]. Il alla longtemps comme un homme fou de douleur.

Or il advint qu'à l'époque où il s'affligeait de la sorte, le roi Alphonse d'Aragon arriva en Provence. Et vinrent avec lui Blascol Romieu et les seigneurs Guarcia Romieu, Martin del Canet, Miquel de Luzia, Sans d'Antillon, Guillem d'Alcalla, Albert de Castelviel, Raimon Gauceran de Pinos, Guillem Raimon de Moncada, Arnaut de Castelbon et Raimon de Cerveira[3]. Ils trouvèrent Peire Vidal ainsi triste et désolé et dans l'état d'un homme affligé à la folie. Et le roi le pria, ainsi que tous les autres barons qui étaient ses amis intimes, d'abandonner sa douleur, de se réjouir et de chanter et de composer une chanson qu'ils rapporteraient en Aragon. Le roi et ses barons le prièrent tant qu'il dit qu'il se réjouirait et abandonnerait la douleur qu'il manifestait, et qu'il ferait une chanson et tout ce qu'il plairait au roi.

Or Peire aimait la Louve de Pennautier[4] et ma dame Stéphanie, qui était de Cerdagne[5]. Et il était à nouveau amoureux

---

marques du deuil, voir l'article de Danièle Alexandre-Bidon, « Gestes et expressions du deuil » in *A réveiller les morts*, Presses Universitaires de Lyon, 1993, p. 126 ; Jehanne Joly « Rêves prémonitoires et fin du monde arthurien », *Fin des temps et temps de la fin dans l'univers médiéval*, Aix-en-Provence *Sénéfiance* n° 33, 1993, p. 268 ; Jean-Marie Fritz, *Le Discours du fou au moyen âge*, Paris P.U.F., 1992, p. 39-40. – 3. Tous ces noms sont ceux de personnages historiques, aragonais et catalans, qui figurent dans la suite d'Alphonse II d'Aragon et de Pierre II le Catholique, son fils. Cf. M. de Riquer, *op. cit.*, t. II, p. 898, n. 3. – 4. Loba était un prénom féminin au temps de Peire Vidal ; cf. Cl. Brunel, « *La Loba* célébrée par les troubadours Peire Vidal et Raimon de Miraval » in *Mélanges Hœpffner*, 1949, p. 261-264. On verra ci-dessous que Raimon de Miraval a chanté aussi la Loba de Pennautier (ou Pueinautier). – 5. Stéphanie de Son, épouse de Bernat de Llo. Llo est aujourd'hui en Cerdagne française. Cf. M. de Riquer, *op. cit.*, t. II, p. 902, n. 49-50. Cf. aussi Avalle, *op. cit.*, t. I, p. 55.

Raimbauda de Biol, qu'era moiller d'En Guilem Rostanh,
qu'era senher de Bioill. Bioils si es en Proensa, en la montanha
25 que part Lombardia e Proensa. La Loba si era de Carcases, e
Peire Vidal si se fazia apelar Lop per ela e portava armas de
lop. Et en la montanha de Cabaretz si se fes cassar als pastors
ab los mastis e ab los lebrers, si com hom fai lop. E vesti una
pel de lop per donar az entendre als pastors et als cans qu'el fos
30 lop. E li pastor ab lur cans lo casseron e-l bateron si en tal guiza
qu'el en fo portatz per mort a l'alberc de la Loba de Pueinautier.

Quant ela saup que aquest era Peire Vidal, ela comenset a far
gran alegreza de la folia que Peire Vidals avia faita, et a rire
molt, e-l marit de leis autressi. E reseubron lo ab gran alegreza ;
35 e-l maritz lo fes penre e fes lo metre en luec rescos, al meils
qu'el saup ni poc. E fes mandar pel metge e fes lo metgar, entro
tant qu'el fo gueritz.

E si com ieu vos ai comensat a dire de Peire Vidal que avia
promes al rei e a sos baros de cantar et de far chansos, quan fo
40 gueritz, lo reis fes far armas e vestirs a si et a Peire Vidal ; et
genset se molt fort ; e fes adonx aquesta chanso, la cal vos
auziretz, que ditz :

> De chantar m'era laisatz
> Per ira e per dolor...

---

1. Département des Alpes-Maritimes, près de la frontière franco-italien-
ne. – 2. Cf. l'article de Ph. Ménard, « Les Histoires de loup-garou au moyen
âge » in *Symposium in Honorem prof. M. de Riquer*, Barcelone, 1986, p. 209-238.
Si l'auteur traite des croyances relatives aux vrais loups-garous, il fait également
référence au déguisement (p. 213 et note 13, p. 231-232) avec renvoi au *Livre
des Légendes* de Le Roux de Lincy (Paris, 1836, p. 198) pour un cas tout à fait
parallèle à celui de Peire Vidal. Cf. aussi Claude Lecouteux, *Fées, sorcières et
loups-garous au moyen âge*, Paris, Editions Imago, 1992. – 3. Ed. Avalle, t. I,
p. 62, v. 1-2.

de ma dame Raimbaude de Beuil, épouse de Guillem Rostanh, qui était seigneur de Beuil. Beuil est en Provence, dans la montagne qui sépare la Lombardie de la Provence[1]. La Louve était du Carcassès, et Peire Vidal se faisait appeler Loup pour elle et portait un loup dans ses armoiries. Et même il se fit chasser dans la montagne de Cabaret par les bergers, avec leurs mâtins et leurs lévriers, comme on chasse le loup. Et il avait vêtu une peau de loup pour faire croire aux bergers et aux chiens qu'il était un loup[2]. Et les bergers avec leurs chiens le chassèrent et le battirent de telle sorte qu'il fut emporté pour mort à la demeure de la Louve de Pennautier.

Quand elle sut que c'était Peire Vidal, elle commença à manifester une grande joie de la folie que Peire Vidal avait faite, et à en rire beaucoup, et son mari également. Et ils le reçurent gaiement, et le mari le fit porter et déposer dans l'endroit le mieux caché qu'il pût et sût trouver. Et il fit appeler le médecin et le fit soigner jusqu'à sa guérison.

Comme je vous l'ai dit, Peire Vidal avait promis au roi et à ses barons de chanter et de composer des chansons, aussi, quand il fut guéri, le roi fit faire des armes et des vêtements pour lui-même et pour Peire ; et Peire en devint très beau ; et alors il fit cette chanson, que vous allez entendre, et qui dit :

J'avais cessé de chanter
de chagrin et de douleur[3]...

Raimon de Miraval
ou le trompeur trompé*

Raimon de Miraval a composé ses poésies entre 1191 et 1229. Ce chevalier de la région de Carcassonne qui resta fidèle aux comtes de Toulouse au
moment de la Croisade contre les Albigeois, le paya de la perte de son
château. Il semble avoir trouvé refuge, comme tant d'autres, en Espagne et
aurait passé la fin de sa vie à Lérida. Il eut de son temps la réputation d'un
excellent musicien et a laissé quarante-quatre poésies d'attribution sûre. Il
nous est présenté comme la victime de son orgueil et aussi d'une vengeance

Vos aves entendut d'En Raimon de Miraval com el saup
enguanar la Loba e remaner ab leis em patz. Mas ara vos dirai
com N'Alazaïs de Boisazo l'enguanet, e un' autra apres qu'era
sa vezina, c'avia nom N'Esmenjarda de Castras, e-ill dizia hom
5 « la Bela d'Albuges ». Abdoas eron de l'evescat d'Albuges :
N'Alazaïs si era d'un castel quez a nom Lombertz, moiller d'En
Bernart de Boisazo ; N'Aimenguarda si era d'un borc quez a
nom Castra ; moiller era d'un ric vasvasor qu'era fort de tems.
Raimons de Miraval si s'enamoret de N'Alazaïs de Boisazo,
10 qu'era joves e gentils e bela, e fort volontoza de pretz e d'onor
e de lauzor ; e quar ella conoisia qu'En Miravals li podia plus
dar pretz e honor que nuils hom del mon, si fo molt alegra, quar
vit qu'el li volia ben ; e fes li totz los bels semblans e dis li totz

---

* Texte d'oc éd. Boutière-Schutz, p. 392-395.

1. Alazaïs ou Azalaïs de Boissezon, près de Castres dans le Tarn, épouse du
seigneur de Lombers, de l'arrondissement d'Albi dans le Tarn. D'après Topsfield,
op. cit., un Bernart de Boissezon de Lombers « figure dans des documents datant
d'entre 1156 et 1202 », p. 39. Cette même Alazaïs de Boissezon est la dédicataire

Raimon de Miraval
ou le trompeur trompé

féminine un peu cruelle. Ici, comme ailleurs, ce qui peut transparaître de la personnalité du poète dans son œuvre – ainsi en est-il du thème de l'amoureux inquiet et de ses contradictions – aura été utilisé par le rédacteur anonyme de la nouvelle. On remarquera enfin la réputation de galanterie de Pierre II d'Aragon qui ne serait venu combattre devant Muret – où il trouva la mort – que pour les yeux d'une belle de Toulouse !

Vous avez entendu, comment Raimon de Miraval sut tromper la Louve puis rester en paix avec elle. Mais je vous dirai maintenant comment dame Alazaïs de Boissezon le trompa, et une autre ensuite, qui était sa voisine, dont le nom était Ermengarde de Castres mais qu'on appelait « la Belle de l'Albigeois »[1]. Toutes deux étaient de l'évêché d'Albi ; dame Alazaïs était d'un château qui a le nom de Lombers, épouse de seigneur Bernart de Boissezon ; dame Ermengarde était d'un bourg qui a le nom de Castres ; elle était l'épouse d'un riche vavasseur qui était fort âgé.

Raimon de Miraval s'énamoura de dame Alazaïs de Boissezon, qui était jeune, noble et belle, et fort désireuse d'obtenir prix, honneur et louange ; et comme elle savait que seigneur Miraval pouvait lui donner plus de prix et d'honneur que nul autre homme au monde, elle fut très joyeuse de voir qu'il était amoureux d'elle ; et elle lui fit tous les beaux semblants et lui

d'une poésie de Guillem Augier Novella in *Quan vei lo dos temps venir*, str. XII, v. 53-54 de l'édition M. Calzolari, Modène, 1986, p. 163. Quant à Ermengarde, voisine de Miraval, on ne sait rien d'elle.

los bels plazers que dona deu far ni dire a nuill cavalier ; et el la
15 enanset en cantan et en comtan, aitan com poc ni saup ; e fes de
leis maintas bonas chansos, lauzan son pretz e sa valor e sa
cortezia ; e mes la en si gran honor que tuit li valen baro
d'aquela encontrada entendion en ela : lo vescoms de Bezers e-l
coms de Toloza e-l reis Peire d'Arago, als cals Miravals l'avia
20 tan lauzada que-l reis, senes vezer, n'era fort enamoratz e l'avia
mandat sos mesatges e sas letras e sas joias ; et el eis moria de
volontat de leis vezer. Don Miravals se penet que-l reis la
vengues vezer, e-n fes una cobla, en la chanso que ditz *Ar ab la
forsa del freis* :

25   S'a Lumbertz corteja-l reis,
         Per tostems er jois ab lui ;
         E si tot s'es sobradreis,
         Per un be l'en venran dui :
         Que la cortezi'e-l jais
30   De la bella N'Alazaïs
         E-l fresca colors e-ill pel blon
         Faun tot lo setgle jauzion.

Don lo reis s'en venc en Albuges et a Lombertz per ma dona
N'Alazaïs ; e-N Miravals venc ab lo rei, preguan lo qu'el li
35 degues valer et ajudar ab ma dona N'Alazaïs. Fort fo ereubutz
et onratz lo reis e vegutz volentiers per ma dona N'Alazaïs. E-l
reis, ades que fo asetatz apres d'ela, si la prequet d'amor ; et ella
li dis ades de far tot so qu'el volia. Si que la nueit ac lo reis tot
so que-ill plac de leis. E l'endema fo saubut per tota la gen del
40 castel e per tota la cort del rei. E-N Miraval, que atendia esser
ricx de joi per los precx del rei, auzit aquesta novella. Fo-n tritz

1. Le vicomte de Béziers serait Raimon-Rogier Trencavel, vicomte de Béziers
et de Carcassonne ; le comte de Toulouse est Raimon VI ; le roi d'Aragon est
Pierre II, « beau chevalier et type authentique de grand seigneur loué par les
troubadours », L.T. Topsfield, *op. cit.*, p. 28. – 2. M. de Riquer, *op. cit.*, t. II,
p. 997, fait remarquer qu'il y a peut-être ici rappel d'un passage de la *Chronique
de Guillaume de Puylaurens*, le chapelain de Raimon VII, selon lequel Pierre II,
au moment de venir devant Muret, aurait persuadé une dame de Toulouse qu'il
guerroyait pour elle. Cf. aussi L.T. Topsfield, *Les Poésies du troubadour R. de
M.*, Nizet, Paris, 1971, p. 29 : « La veille de la bataille de Muret, ce prince affirma
dans une lettre à l'adresse d'une belle Toulousaine qu'il n'y était venu que pour
l'amour d'elle ». – 3. Cf. l'édition de L.T. Topsfield, *in Er ab la forza*, str. VI,
v. 41-48, p. 235. Notons que Miraval a repris à la rime tous les mots en *-on* qui

dit tous les propos plaisants qu'une dame doit faire ou dire à un chevalier ; et lui, il l'exalta par ses chansons et ses récits autant qu'il put et sut le faire ; et il fit à son sujet maintes bonnes chansons, louant son prix, sa valeur et sa courtoisie ; et il la mit en si grand honneur que tous les valeureux barons de cette contrée étaient amoureux d'elle : le vicomte de Béziers, le comte de Toulouse et le roi Pierre d'Aragon[1], auprès desquels Miraval l'avait tant louée que le roi, sans l'avoir vue, en était fort amoureux et lui avait envoyé messagers, lettres et cadeaux ; et il mourait du désir de la voir[2]. C'est pourquoi Miraval se donna de la peine pour que le roi vînt la voir ; et il composa à ce sujet une strophe, dans la chanson intitulée *Ar ab la forsa del freis* :

> Si à Lombers le roi courtise,
> Pour toujours la joie sera avec lui ;
> Et, bien qu'il soit d'une très grande adresse,
> Pour un bien deux lui en viendront,
> Car la courtoisie et la joie
> De la belle Alazaïs
> Et sa couleur fraîche et ses cheveux blonds
> Rendent joyeux le monde entier[3].

Alors le roi vint en Albigeois, à Lombers pour ma dame Alazaïs ; et seigneur Miraval vint auprès du roi, le priant de bien vouloir lui porter aide et secours auprès de ma dame Alazaïs. Le roi fut très heureux et honoré, et ma dame Alazaïs le reçut aimablement ; et, dès qu'il fut assis auprès d'elle, le roi la requit d'amour ; et elle lui dit aussitôt de faire tout ce qu'il voulait. De sorte que, cette nuit-là, le roi obtint d'elle tout ce qu'il lui plut. Et le lendemain tous les gens du château et toute la cour du roi le surent. Et seigneur Miraval, qui s'attendait à être riche de joie grâce aux prières du roi, apprit la nouvelle. Il en fut triste et

---

se trouvent dans *Can vei la lauzeta mover* de Bernart de Ventadour, soit : *mon, aon, sospira de prion* (Bernart : *sospir de preon*), *rescon, deziron, cofon, son, respon, saber vas on* (Bernart : *no sai on*), *jauzion* ; seuls quatre mots échappent à l'emprunt : *blon, don, ton* et *Raimon*. Il ne peut donc s'agir d'une coïncidence.

e dolens : e vai s'en e laisa lo rei. Longuamen se plais del mal
que la dona l'avia fag e de la felonia que-l reis avia faita de lui.
Don el d'aquesta razo fes aquesta chanso que ditz :

45   Entre dos volers sui pensius,
la cals es escriuta aisi.

Dig vos ai de N'Alazaïs de Boisazo com enguanet Miraval e-l
traï et ausis si mezeissa. Et aras vos vueill dire com N'Aimenjarda de Castras, la cals era dicha « la Bella d'Albuges » – si
50 com ieu vos ai dig en autre luec – l'engùanet e-l traï.

N'Aimenjarda de Castras saup com N'Alazaïs de Boisazo
l'avia enguanat e traït. Si mandet per Miraval, et el venc. E ella
li dis com era dolenta d'aiso que se dizia de N'Alazaïs, e
dolenta de l'ira c'avia del failliment d'ela ; e qu'ela avia cor e
55 volontat de faire esmenda a lui, de se mezeissa, del mal que
N'Alazaïs avia fait de lui. Et el fo leus az enguanar, quan vit lo
bel semblan e-ls avinens digz ab qu'ela li prezentava l'esmenda
del dan qu'el avia pres ; e-l dis qu'el volia volontiers penre
esmenda d'ela del mal que N'Alazaïs avia fait de lui. Et aquesta
60 anet e pres lo per cavalier e per servidor.

En Miravals la comensa a lauzar et a grazir, et a enansar son
pretz e sa honor e sa valor e sa beutat e son joven. E la dona
avia sen e saber e cortezia, e saup guazanhar amicx et amiguas.
En Olivers de Saisac, uns gentils bars d'aquela encontrada, si
65 entendia en ela ; e dizia li de penre la per moiller. En Miravals,
quan vit que l'avia tant montada en pretz e en honor, si volc
aver guizardo ; e si la preguet qu'ela li fezes plazer en dreg
d'amor. Et ella dis que no-ill fari'amor per nom de drudaria,
qu'enans lo volria per marit, per so que lur amors non se pogues
70 mais partir ni rompre, e qu'el degues sa moiller cassar de se, la
cals avia nom ma dona Caudairenca.

────────
1. Cf. éd. Topsfield, *op. cit.*, v. 1, p. 225. – **2.** Frère de Bertran de Saissac,
qui était plus connu de par sa fonction de conseiller de Roger II de Béziers et
qui était aussi seigneur de Miraval. – **3.** L'épouse de Miraval (Caudairenca ou
Gaudairanca, du nom de son père Gaudaira) est nommée dans un *sirventes* (pièce
satirique) de Uc de Mataplana et désignée comme *trobairitz*. On remarquera
combien il est facile à Miraval de répudier son épouse et de se remarier. Sur ce
sujet voir l'étude de G. Duby, *Le Chevalier, la femme et le prêtre. Le mariage
dans la France féodale*, Paris, Hachette, 1981.

chagrin ; et il s'en alla et laissa le roi. Il se plaignit longtemps
du mal que la dame lui avait fait et de la félonie du roi à son
égard. Aussi fit-il là-dessus la chanson intitulée :

> Entre deux désirs je suis songeur[1]...

et elle est écrite ici.

Je vous ai dit, à propos de ma dame Alazaïs de Boissezon,
comment elle trompa et trahit Miraval et se perdit elle-même.
Or maintenant je veux vous dire comment dame Ermengarde de
Castres, qu'on appelait « la belle de l'Albigeois » – comme je
vous l'ai dit ailleurs –, le trompa et le trahit.

Dame Ermengarde de Castres apprit comment dame Alazaïs
de Boissezon l'avait trompé et trahi. Aussi le fit-elle mander, et
il vint. Elle lui dit alors combien elle était affligée de ce qu'on
disait de dame Alazaïs, et affligée aussi du chagrin qu'il avait
de ce qu'elle lui avait manqué ; mais qu'elle avait le désir et la
volonté de lui faire réparation, d'elle-même, du mal que dame
Alazaïs lui avait fait. Et il fut facile à tromper, quand il vit le
beau semblant et les paroles agréables par lesquelles elle lui
offrait la réparation du dommage qu'il avait eu ; et il lui dit qu'il
voulait bien volontiers accepter d'elle la réparation du mal que
dame Alazaïs lui avait fait. Et la dame le prit pour chevalier et
serviteur.

Seigneur Miraval commença à la louer et à la célébrer et à
exalter son prix, son honneur et sa valeur, sa beauté et sa jeunesse. Et la dame avait de l'esprit, du savoir et de la courtoisie,
et savait se gagner des amis et des amies. Seigneur Olivier de
Saissac, un noble baron de cette contrée, l'aimait[2] ; et elle lui
disait de la prendre pour femme. Quand seigneur Miraval vit
qu'il l'avait à ce point élevée en prix et en honneur, il voulut
avoir sa récompense, et la pria de lui faire plaisir en droit
d'amour. Elle lui dit qu'elle ne lui donnerait pas son amour en
tant que maîtresse, qu'elle le voulait plutôt pour mari, afin que
leur amour ne pût jamais ni s'éloigner ni se briser, et qu'il
devait d'abord chasser son épouse, qui s'appelait ma dame Gaudairenca[3].

Don Miravals fo fort alegres, quant auzit qu'ela-l volia per
marit ; et anet s'en al sieu castel, e si dis a sa moiller qu'el no
volia moiller que saubes trobar ; que asatz avia en un alberc
75 d'un trobador, e qu'ela s'apareilles d'anar a l'alberc de son
paire, qu'el no la tenria plus per moiller. Et ella entendia en un
cavalier, quez avia nom Guilem Bremon, don ella fazia sas
dansas. Quant ella auzit so que Miraval li dis, feis se fort irada,
e dis qu'ela volia mandar per sos parens e per sos amicx. E
80 mandet per En Guilem Bremon que la vengues penre, qu'ela
s'en volia anar ab lui e penre per marit. Guilems Bremons,
quant auzit la novela, fo molt alegres ; e pres cavaliers e monta
a caval e venc s'en al castel de Miraval e deisendet a la porta.
E Na Caudairenca ho saup, e dis a-N Miraval que-ill sei paren
85 e-ill sei amic eron vengut per lei, e qu'ela volia anar ab lor.
Miravals fo fort alegres, e sa moiller plus. La dona fo apareil-
lada d'anar ; e Miravals la mena fora e troba En Guilem Bremon
e los companhos ; e reseup los molt fort. Can la dona volc
montar a caval, si dis a Miraval que, pueis que la soa volontatz
90 era qu'el se volia partir d'ela, que la des a-N Guilem Bremon
per moiller. Miraval dis que volontiers, s'ela ho volia. En
Guilem se trais enan e pres l'anel per espozar. En Miravals la-ill
dona per moiller, et anaisi la-n mena via.

En Miravals, quant ac partida la moiller de si, anet s'en a ma
95 dona N'Aimenjarda, e si-ll dis qu'el avia fait lo sieu comandamen, que sa moiller avia laisada e maridada, e qu'ela degues
faire e dire so qu'ela l'avia promes. E la dona si dis qu'el avia
ben fait, e que s'en anes a son castel e que fezes son apareillamen de leis recebre e de venir per ela, quar ela mandaria tost
100 per el.

Miravals s'en anet e fes son apareillamen de leis recebre e de
venir per ela e de far grans nosas. Et ella manda per N'Olivier
de Saisac ; et el venc tost. Et ella li dis com ella avia cor e
volontat de far tot so qu'el volia, de marit penre lui. Et el fo lo
105 plus alegres hom del mon. Et ordeneren si lur fait que lo ser l'en

---

1. On ne sait rien de ce Guillem Bremon, peut-être d'origine catalane selon
les biographes, *op. cit.*, p. 383, n. 4. – 2. Après avoir préparé la cérémonie et
les festivités, Miraval ira chercher sa future épouse pour la ramener en cortège.

Quand il entendit qu'elle le voulait pour époux, Miraval en fut tout joyeux ; il s'en alla à son château et dit à son épouse qu'il ne voulait pas d'une épouse qui sût composer ; qu'il suffisait d'un troubadour dans une maison, et qu'elle se préparât à retourner chez son père, car lui-même ne la garderait plus pour épouse. Or elle aimait un chevalier, qui s'appelait Guillem Bremon, sur qui elle composait ses « danses »[1]. Quand elle entendit les paroles de Miraval, elle feignit d'être fort en colère et dit qu'elle voulait faire mander ses parents et ses amis. Et elle fit mander seigneur Guillem Bremon afin qu'il vînt la chercher, car elle voulait s'en aller avec lui et le prendre pour mari. Guillem Bremon fut très joyeux de la nouvelle ; il prit avec lui des chevaliers, monta à cheval, vint au château de Miraval et descendit de cheval à la porte. Dame Gaudairenca le sut, et dit à seigneur Miraval que ses parents et ses amis étaient venus pour elle, et qu'elle voulait s'en aller avec eux. Miraval en fut très joyeux, mais sa femme encore plus. La dame fut préparée pour le voyage ; et Miraval la mena hors l'enceinte et trouva seigneur Guillem Bremon et ses compagnons ; et il les reçut fort bien. Au moment de s'apprêter à monter, la dame dit à Miraval de la donner pour épouse à seigneur Guillem Bremon, puisqu'il voulait se séparer d'elle. Miraval dit que c'était volontiers, si elle le désirait. Alors seigneur Guillem s'avança et prit l'anneau d'épousailles. Seigneur Miraval lui donna Gaudairenca pour épouse, et c'est ainsi que Guillem l'emmena.

Seigneur Miraval s'étant ainsi séparé de son épouse, s'en alla auprès de ma dame Ermengarde, et il lui dit qu'il avait accompli son ordre, qu'il avait laissé son épouse et l'avait mariée, et qu'elle devait donc faire et dire ce qu'elle lui avait promis. La dame lui dit qu'il avait bien fait, et qu'il devait aller à son château se préparer à la recevoir et puis revenir auprès d'elle, car elle le ferait bientôt mander.

Miraval s'en alla faire ses préparatifs pour la recevoir, pour aller la chercher, puis célébrer de grandes noces[2]. Mais elle fit mander seigneur Olivier de Saissac qui vint aussitôt. Et elle lui dit qu'elle avait le désir et la volonté de faire tout ce qu'il voulait et de le prendre pour mari. Et il en fut l'homme le plus joyeux du monde. Ils firent si bien qu'il l'emmena, le soir

mena via al sieu castel, e l'endema l'espoza ; e fes grans nosas
e grans cortz.

La novela venc a-N Miraval que la dona avia pres N'Olivier
de Saisac per marit. Fort fo dolens e tritz qu'ela li avia fait sa
110 moiller laisar, e qu'ela l'avia promes que-l penria per marit, e
qu'el avia fait far l'apareillamen de las nosas ; e dolens de
N'Alazaïs de Boisazo, del mal que fes ab lo rei d'Arago. E si
perdet tot joi e tot alegrier e tot solas, e cantar e trobar ; et estet
si com hom esperdutz ben dos ans. E maint cavalier trobador
115 s'en derezion de lui, de las mensonjas que las donas avion faitas
de lui.

Mas una gentil joves dona, que avia nom ma dona Bruneisens
de Cabaretz, moiller d'En Peire Rotgier de Cabaretz, qu'era
envejoza de pretz e d'onor, si-l mandet saludan e confortan, e
120 preguan qu'el se degues alegrar per amor de leis ; et qu'el
saubes per veritat qu'ela l'anaria vezer, s'il no venia ves leis, e
li faria tan d'amor qu'el conoiseria be qu'ela no-l volia
enguanar. E d'aquesta razo si fes aquesta chanso que vos auziretz :

125   Ben aia-l mesatgier.

1. Peire Rogier de Cabaret était viguier de Carcassonne en 1204 et le plus
proche voisin de Miraval. On ignore le nom de son épouse. – 2. *Ibid.*, v. 1,
p. 273.

même, dans son château et l'épousa le lendemain ; et il fit de grandes noces et tint de grandes cours.

La nouvelle parvint à seigneur Miraval que la dame avait pris seigneur Olivier de Saissac pour mari. Il fut très affligé et attristé de ce qu'elle lui avait fait abandonner sa femme, lui avait promis de l'épouser, et de ce qu'il avait tout préparé pour les noces ; il était aussi affligé du mal que ma dame Alazaïs de Boissezon avait fait avec le roi d'Aragon. Il en perdit toute joie, toute allégresse et tout divertissement, et le chant et la composition ; ainsi demeura-t-il comme un homme éperdu pendant deux ans au moins. Et maints chevaliers troubadours se riaient de lui et des mensonges que les dames lui avaient faits.

Mais une noble et jeune dame, qui s'appelait dame Brunessen de Cabaret, épouse de seigneur Pierre Roger de Cabaret[1], et qui était désireuse d'acquérir prix et honneur, lui envoya un messager pour le saluer et le réconforter, le priant d'être joyeux pour l'amour d'elle, et lui faisant savoir qu'en vérité elle irait le voir, s'il ne venait pas à elle, et qu'elle lui donnerait tant de marques d'amour qu'il saurait bien qu'elle ne voulait pas le tromper. Et il fit là-dessus cette chanson que vous allez entendre :

Qu'il soit béni le messager[2]...

Guillem de Cabestanh
le cœur mangé*

Guillem de Cabestanh (ou Cabestany dans les Pyrénées-Orientales), poète du Roussillon, dont l'activité se situe aux alentours de l'an 1212, année de la bataille de Las Navas de Tolosa, se confond sans doute avec le Guilhem de Cabestany qui combattit à Las Navas aux côtés du troisième époux de Soremonde, Adhémar de Mosset**. Sept chansons peuvent lui être attribuées avec certitude.

Guillem est incontestablement le héros du récit le plus connu de ces *Vies* de troubadours, puisé qu'il est au folklore européen ; *Blanche-Neige* en est un avatar, et le triste *Roman du châtelain de Coucy et de la dame du Fayel* traite du même canevas. Le succès de cette *Vie* se mesure à l'aune de son destin : adaptée par Boccace dans le *Decameron***, elle a été traduite par

Mon segnor Raimon de Rosillion fo un valenz bar, aisi com sabetz. Et ac per moller ma dopna Margarida, la plus bella dopna c'om saubes en aqel temps, e la mais presiada de totz bons pretz et de totas valors et de tota cortesia.

---

* Pour le texte d'oc (ms. *P*) cf. éd. Boutière-Schutz, p. 544-549. ** Déjà veuve d'Ermengaud de Vernet, Soremonde se remaria en 1197 (soit un an après la mort d'Alphonse d'Aragon) avec le protecteur de Guillem, Raimond de Castel-Roussillon, lui-même veuf, puis une troisième fois avec Adhémar de Mosset. Etant donné ces péripéties conjugales, Soremonde ne peut avoir été la triste héroïne de notre récit. *** Boccace dans le *Decameron*, IXᵉ nouvelle de la IVᵉ journée. Francesco da Barberino, dans les *Documenti d'Amore*, attribue ce destin tragique à un certain Raembaud qui, pour avoir soupiré d'amour, aurait provoqué la vengeance du comte Philippe de Flandre, protecteur de Chrétien de Troyes, vengeance à laquelle nous avons fait allusion dans l'Introduction, *supra* p. 23, note 5 et p. 25. **** Contrairement à ce que rapporte Sanzia, il n'est pas question dans *La Châtelaine de Vergy* de cœur mangé : se croyant trahie, la châtelaine meurt de douleur et, devant son corps inanimé, son amant se perce le cœur de désespoir. La trahison venait de la duchesse, jalouse d'avoir été repoussée, et le duc, son époux, découvrant les conséquences de cette vilenie, la transperce de son épée. Cf. l'édition de R.E.V. Stuip, *La Chastelaine de Vergi, édition critique du ms. BN, f. fr. 375...*, La Haye-Paris, 1970.

Guillem de Cabestanh
le cœur mangé

Stendhal dans son ouvrage *De l'amour*. Faut-il enfin rappeler que Barbey d'Aurevilly, dans ses *Diaboliques*, s'est souvenu de cette histoire, attribuée à la duchesse d'Arcos de Sierra-Leone, en ajoutant encore à l'horreur? C'est la version de la *Châtelaine de Vergy***** que Sanzia et son amant Esteban ont lue : « La pensée de Gabrielle de Vergy, dont nous avions lu, Esteban et moi, tant de fois l'histoire ensemble, avait surgi en moi. Je l'enviais !... Je la trouvais heureuse d'avoir fait de sa poitrine un tombeau vivant à l'homme qu'elle avait aimé. Mais la vue d'un amour pareil rendit le duc atrocement implacable. Ses chiens dévorèrent le cœur d'Esteban devant moi. Je le leur disputai, je me battis avec ces chiens. Je ne pus le leur arracher... »

Traduction de Stendhal[1]

Monseigneur Raymond de Roussillon fut un vaillant baron, ainsi que le savez, et eut pour femme madona Marguerite, la plus belle femme que l'on connût en ce temps, et la plus douée de toutes belles qualités, de toute valeur et de toute courtoisie[2].

---

2. Les variantes graphiques (ici *dopna/dompna*) sont courantes à l'intérieur d'un même ms.

---

1. In *De l'amour*, chapitre LII, *La Provence au XII⁰ siècle*, éd. de 1853, p. 167-173 ; cette traduction a été reprise dans les *Biographies des Troubadours*, *op. cit.*, p. 550-555. Pour les erreurs de traduction, Boutière-Schutz ont relevé surtout les deux contresens portant sur l'intervention au discours direct du récitant, cf. *infra*. – **2.** Il s'agirait, en fait, de Soremonde de Peiralada ou Peralada, canton de Rivesaltes près de Perpignan ; elle et son époux, Raimon de Castel-Roussillon, sont des personnages historiques : leur contrat de mariage date de 1197, cf. Arthur Långfors, *Les Chansons de G. de C.*, Paris, Champion, 1924, p. XVII et p. 51.

5   Avenc si qe Guillelm de Castaing, qe fu fil d'un paubre
cavalier del castel de Castaing, venc en la cort de mon segnor
Raimon de Rossillion, e se presentet a lui, se-il plasia qe el fos
vaslet de sa cort. Mon segnor Raimon, qe-l vi bel ez avinenz, e
li semblet de bona part, dis li qe ben fos el vengutz e qe demores
10 en sa cort. Aisi demoret con el, e saup si tan gen captener qe
pauc e gran l'amavon. E-s saup tan ennansar qe mon segnor
Raimon *volc qe fos doncel de ma dompna Margharida*, sa
molher ; ez enaisi fo fait. Adonc s'esforzet Guillem de mais
valer et en ditz e en faitz.

15   Mais, ensi com sol avenir d'amor, venc c'Amors volc assalir
ma dompna Margarida de son assaut et escalfet la de pensamen.
Tan li plasia l'afar de Guillelm e-l dich e-l semblantz qe non se
poc tenir un dia qe-l no-l dizes : « Ara-m digatz, Guillelm, s'una
dopna te fasia semblan d'amor, auzarias la tu amar ? » Guillelm,
20 qe se n'era perceubutz, li respondet tot franchamen : « S'ieu, ma
dopna, sol saupes qe-l semblanz fosson vertadier. – Per saint
Johan, fetz la dopna, ben avetz respondut a gisa de pro ; mas
eras te volgl proar se tu poras saber e conoisser de semblanz cal
son vertadier o cal non. » Cant Guillelm ac entendudas las
25 parolas, respon li : « Ma dompna, tot aisi con vos plaira sia. » E
commenset a pensar, e mantenant li moc Amors esbaralla, e
l'intret el cor tot de preon lo pensamen c'Amors tramet als
sieus. De si enan fo dels servenz d'Amor e comencet de trobar
cobletas avinenz e gaias, e danzas e cansos d'avinent cantar. A
30 totz era d'asautz, e plus a lei per cui el cantava. Et Amors, qe
rend a sos servenz sos gasardos can li ven a plaser, volc rendre
de son servisi lo grat. Vai destregnen la dompna tan greumen de
pensamen d'amor e consire qe jorn ni noic non podia pausar,
pensan la valor e la proessa q'era en Guillelm pausada e messa
35 tan aondosamen.

Un jorn avenc qe la dompna pres Guillelm e-l dis : « Guillelm, era-m digatz, es tu ancara aperceubutz de mos semblanz,
si son verais o mensongiers ? » Guillelm respon : « Dompna,

---

1. Nous avons respecté les archaïsmes de l'auteur. – 2. La graphie a été
conservée.

Il arriva ainsi que Guillaume de Cabstaing, qui fut fils d'un pauvre chevalier du château Cabstaing, vint à la cour de monseigneur Raymond de Roussillon, se présenta à lui et lui demanda s'il lui plaisait qu'il fût varlet de sa cour. Monseigneur Raymond, qui le vit beau et avenant, lui dit qu'il fût le bienvenu et qu'il demeurât en sa cour. Ainsi Guillaume demeura avec lui et sut si gentiment se conduire que petits et grands l'aimaient ; et il sut tant se distinguer que monseigneur Raymond voulut qu'il fût donzel de madona Marguerite, sa femme ; et ainsi fut fait. Adonc s'efforça Guillaume de valoir encore plus et en dits et en faits. Mais ainsi comme il a coutume d'avenir en amour, il se trouva qu'Amour voulut prendre madona Marguerite et enflammer sa pensée. Tant lui plaisait le faire de Guillaume, et son dire, et son semblant, qu'elle ne put se tenir un jour de lui dire : « Or ça, dis-moi, Guillaume, si une femme te faisait semblant d'amour, oserais-tu bien l'aimer ? » Guillaume, qui s'en était aperçu, lui répondit tout franchement : « Oui, bien ferais-je, ma dame, pourvu seulement que le semblant fût véritier[1]. – Par saint Jean ! fit la dame, bien avez répondu comme un homme de valeur ; mais à présent je te veux éprouver si tu pourras savoir et connaître, en fait de semblans[2], quels sont de vérité et quels non. »

Quand Guillaume eut entendu ces paroles, il répondit : « Ma dame, qu'il soit ainsi comme il vous plaira. »

Il commença à être pensif, et Amour aussitôt lui chercha guerre ; et les pensers qu'Amour envoie aux siens lui entrèrent dans le tout profond du cœur, et de là en avant il fut des servans d'Amour et commença à trouver de petits couplets avenans et gais, et des chansons à danser et des chansons de chant plaisant, par quoi il était fort agréé, et plus de celle pour laquelle il chantait. Or Amour, qui accorde à ses servans leur récompense quand il lui plaît, voulut à Guillaume donner le prix du sien ; et le voilà qui commence à prendre la dame si fort de pensers et de réflexions d'amour que ni jour ni nuit elle ne pouvait reposer, songeant à la valeur et à la prouesse qui en Guillaume s'était si copieusement logée et mise.

Un jour, il arriva que la dame prit Guillaume et lui dit : « Guillaume, or ça, dis-moi, t'es-tu à cette heure aperçu de mes semblans, s'ils sont véritables ou mensongers ? » Guillaume

si-m vallia Dieus, de l'ora en sai qe fui vostre servire, no-m poc
40 entrar el cor nul pensamen qe non fossatz la mielz c'anc nasqes
e la mais vertadiera ab ditz et ab semblanz. Aiso crei e creirai
tota ma vida.» Et la dopna respos : «Guillelm, eu vos dic, se
Deus m'enpar, qe ja per me non seres galiatz ne vostre pensamen non er en bada.» Et tes lo braz e l'abraset dousamen, inz
45 en la zambra on ill eron amdui assis, e lai comenseron lor
drudaria.

Et duret non longamen, qe lausiniers, cui Dieus aïr, commen-
seron de s'amor parlar, ez anar devinan per las chansos qe
Guillelm fasia, disen q'el s'entendia en ma dompna Margarida.
50 Tan anneron disen, e jus e sus, c'a l'aurella de mon segnor
Raimon venc. Adonc li saup trop mal, e trop greu fo iratz, per
so c'a perdre li avinia son compagnon qe tant amava, e plus de
l'onta de sa molher.

Un jorn avenc qe Guillelm era anat a esparvier ab un escuier
55 solamen. Et mon segnor Raimon lo fetz demandar on era ; et un
valletz li dis c'anatz era a esparvier ; et sel qe-l sabia li dis : «En
aital encontrada.» Mantenent se vai armar d'armas celadas e si
fetz amenar son destrier, e a pres tot sol son chamin vas cella
part on Guillelm era annat. Tan chavalquet qe trobet lo. Cant
60 Guillelm lo vi vengut, si s'en donet merveilha e tan tost li venc
mals pensamens. E-il venc a l'encontra e-il dis : «Senher, ben
siatz vos vengutz. Com es aisi sols ?» Mon sengnor Raimon
respondet : «Guillelm, qar vos vauc qeren per solazar mi a vos.
Et avetz nient pres ? – O ieu, sengner, non gaire, car ai pauc
65 trobat ; et qi pauc troba non pot gaire penre, so sabetz vos, si
co-l proverbi ditz. – Laissem oimais aqest parlamen estar, dis
mon segnor Raimon, et digatz mi ver, per la fe qe-m devetz, de
tot aiso qe-us volrai demandar. – Per Deu, senher, ditz Guillelm,
s'aiso es de dir, be-us dirai. – Non voill q'i-m metatz nul
70 escondit, so dis mon senhor Raimon, mas tot enteramen me
diretz d'aiso qe-us demandarai. – Senher, pois qe-us platz,
demandatz mi, so dis Guillelm, si vos dirai lo ver.» Et mon

répond : « Madona, ainsi Dieu me soit en aide, du moment en
ça que j'ai été votre servant, il ne m'a pu entrer au cœur nulle
pensée que vous ne fussiez la meilleure qui onc naquit et la plus
véritable et en paroles et en semblans. Cela je crois et croirai
toute ma vie. » Et la dame répondit :

« Guillaume, je vous dis que si Dieu m'aide que ja ne serez
par moi trompé, et que vos pensers ne seront pas vains ni
perdus. » Et elle étendit les bras et l'embrassa doucement dans
la chambre où ils étaient tous deux assis, et ils commencèrent
leur druerie ; et il ne tarda guère que les médisants, que Dieu ait
en ire, se mirent à parler et à deviser de leur amour, à propos
des chansons que Guillaume faisait, disant qu'il avait mis son
amour en madame Marguerite, et tant dirent-ils à tort et à
travers que la chose vint aux oreilles de monseigneur Raymond.
Alors il fut grandement peiné et fort grièvement triste, d'abord
parce qu'il lui fallait perdre son compagnon-écuyer qu'il aimait
tant, et plus encore pour la honte de sa femme.

Un jour, il arriva que Guillaume s'en était allé à la chasse à
l'épervier avec un écuyer seulement ; et monseigneur Raymond
fit demander où il était ; et un valet lui répondit qu'il était allé à
l'épervier, et tel qui le savait ajouta qu'il était en tel endroit.
Sur-le-champ Raymond prend des armes cachées et se fait
amener son cheval, et prend tout seul son chemin vers cet
endroit où Guillaume était allé : tant il chevaucha qu'il le
trouva. Quand Guillaume le vit venir, il s'en étonna beaucoup,
et sur-le-champ il lui vint de sinistres pensées, et il s'avança à
sa rencontre et lui dit : « Seigneur, soyez le bien arrivé.
Comment êtes-vous ainsi seul ? » Monseigneur Raymond
répondit : « Guillaume, c'est ce que je vais vous cherchant pour
me divertir avec vous. N'avez-vous rien pris ? – Je n'ai guère
pris, seigneur, car je n'ai guère trouvé ; et qui peu trouve ne peut
guère prendre, comme dit le proverbe. – Laissons là désormais
cette conversation, dit monseigneur Raymond, et, par la foi que
vous me devez, dites-moi vérité sur tous les sujets que je vous
voudrai demander. – Par Dieu ! seigneur, dit Guillaume, si cela
est chose à dire, bien vous la dirai-je. – Je ne veux ici aucune
subtilité, ainsi dit monseigneur Raymond, mais vous me direz
tout entièrement sur tout ce que je vous demanderai. – Seigneur,
autant qu'il vous plaira me demander, dit Guillaume, autant

senhor Raimon demandet Guillelm : « Si Dieus e fes vos vallia,
avetz dopna per cui cantatz ni per cui amor vos destringna ? »
75 Guillelm respon : « Seigner, e com canteria, s'amor no-m des-
trignia ? Sapchatz de ver, mon segnor, c'amor m'a tot en son
poder. » Raimon respon : « Ben o voill creire, q'estiers non
pogratz tan gen chantar ; mas saber voill, si a vos platz : digatz
qi es vostra domna. – Ai ! segnier, per Dieu, dis Guillelm,
80 garatz qe-m demandatz, si es raisons c'on deia descelar s'amor !
Vos m'o digatz, qe sabes q'En Bernard de Ventadorn dis :

> D'una ren m'aonda mos senz :
> C'anc nulz hom mon joi no-m enqis,
> Q'eu volentier non l'en mentis ;
85 > Qar no-m par bons ensegnamenz,
> Anz es follia es enfança,
> Q'i d'amor a benenanza
> Q'en vol son cor ad ome descobrir,
> Se no l'en pod o valer o servir.

90 Mon segnor Raimon respon : « Eu vos plevisc q'ie-us en
valrai a mon poder. » Tan li poc dir Raimon qe Guillelm li dis :
« Senher, aitan sapchatz q'eu am la seror de ma donna Margarida, vostra molher, et cuig en aver cambi d'amor. Ar o sabetz,
eu-s prec qe m'en valhatz, o qe sivals no m'en tengatz damp-
95 nage. – Prenez man e fes, fetz Raimon, q'eu vos jur e-us plevisc qe-us en valrai tot mon poder. » Et aisi l'en fianset. Et qant
l'ac fianzat, li dis Raimon : « Eu voill c'anem in qua lai, car
prop es de qi. – E-us en prec, fetz Guillelm, per Dieu. » Et
enaisi prenneron lor cami vas lo chastel de liei.
100 Et qan foron al chastel, si foron ben acuilliz per En Robert de
Tarascon, q'era maritz de ma dompna Agnes, la seror de ma
dompna Margarida, e de ma dopna Agnes autresi. Et mon
segnor Raimon pres ma dopna Agnes per la man e mena la en
chambra ; e si s'aseton sobra lo lieg. Et mon segnor Raimon
105 dis : « Ara-m digatz, cognada, fe qe-m devetz, amatz vos per

---

1. Cf. éd. Moshé Lazar, *B. de V. Troubadour du XII⁰ siècle. Chansons d'amour*,
Klincksieck, Paris, 1966, in *Ab joi mou lo vers*, str. III, v. 17-24, p. 68. – **2.** Les
éditeurs, *op. cit.*, p. 555, note 4 bis, ont relevé l'erreur de Stendhal, *lo chastel de
liei* signifiant « le château de la dame » ; *liet* est la leçon retenue par Raynouard,
Choix des poésies des troubadours, V, p. 193.

vous dirai-je la vérité. » Et monseigneur Raymond demande :
« Guillaume, si Dieu et la sainte foi vous vaut, avez-vous une
maîtresse pour qui vous chantiez ou pour laquelle Amour vous
étreigne ? » Guillaume répond : « Seigneur, et comment ferais-je
pour chanter, si Amour ne me pressait pas ? Sachez la vérité,
monseigneur, qu'Amour m'a tout en son pouvoir. » Raymond
répond : « Je veux bien le croire, qu'autrement vous ne pourriez
pas si bien chanter ; mais je veux savoir s'il vous plaît qui est
votre dame. – Ah ! Seigneur, au nom de Dieu, dit Guillaume,
voyez ce que vous me demandez. Vous savez trop bien qu'il ne
faut pas nommer sa dame, et que Bernard de Ventadour dit :

> En une chose ma raison me sert,
> Que jamais homme ne m'a demandé ma joie,
> Que je ne lui en aie menti volontiers.
> Car cela ne me semble pas bonne doctrine,
> Mais plutôt folie et acte d'enfant
> Que quiconque est bien traité en amour
> En veuille ouvrir son cœur à un autre homme,
> A moins qu'il ne puisse le servir et l'aider[1] ;

Monseigneur Raymond répond : « Et je vous donne ma foi
que je vous servirai selon mon pouvoir. » Raymond en dit tant
que Guillaume lui répondit :

« Seigneur, il faut que vous sachiez que j'aime la sœur de
madame Marguerite votre femme et que je pense en avoir
échange d'amour. Maintenant que vous le savez, je vous prie de
venir à mon aide ou du moins de ne pas me faire dommage.
– Prenez main et foi, fit Raymond, car je vous jure et vous
engage que j'emploierai pour vous tout mon pouvoir. » Et alors
il lui donna sa foi, et quand il la lui eut donnée Raymond lui
dit : « Je veux que nous allions en son château, car il est près
d'ici. – Et je vous en prie, fit Guillaume, par Dieu. » Et ainsi ils
prirent leur chemin vers le château de Liet[2]. Et quand ils furent
au château, ils furent bien accueillis par *En* Robert de Tarascon,
qui était mari de madame Agnès, la sœur de madame Marguerite, et par madame Agnès elle-même. Et monseigneur Raymond prit madame Agnès par la main, il la mena dans la
chambre et ils s'assirent sur le lit. Et monseigneur Raymond
dit : « Maintenant dites-moi, belle sœur, par la foi que vous me

amor ?» Ez ella dis : «Oc, senher. − Et cui ?» fetz el. «Aqest
no-us dic ieu ges.» Et qe vos vau romanzan ? A la fin tant la
preget q'ella dis c'amava Guillelm de Cabstaing. Aqest dis ella
per zo q'ella vezia Guillelm marrit e pensan, et sabia ben com
110 el amava sa seror ; don ella se temia qe Raimon non crezes mal
de Guillelm. D'aiso ac Raimon gran alegressa. Aqesta rason dis
la dompna a son marit ; e-l marit li respondet qe ben avia fach
et det li parola q'ella poges far o dir tot zo qe fos escampamen
de Guillelm. Et la dopna ben o fetz, q'ella apella Guillelm
115 dinz sa chambra tot sol, et estet con el tant qe Raimon cuidet
qe degues aver d'ella plazer d'amor. E tot azo li plazia, e
commenset a pensar qe so qe li fo dig d'el non era ver. E qe vau
dizen ? La dompna et Guillelm essiron de chambra, e fo aparel-
liat lo sopar, e soperon con gran alegressa. Et pois sopar fetz la
120 dompna aparelliar lo lieg d'els dos prop de l'uis de sa chambra,
e tant feron, qe d'una semblanza qe d'autra, la dompna e Guillelm, qe Raimon crezia qe Guillelm jages con ella. Et
l'endeman, disnaron al castel con gran alegressa, et pois disnar,
s'em partiron con bel comjat e vengueron a Rossillon. Et si tost
125 com Raimon poc, se parti de Guillelm e venc s'en a sa molher
e contet li zo q'avia vist de Guillelm e sa seror.

De zo ac la dompna gran tristessa tota la nuoig ; et l'endeman
mandet per Guillelm e si lo receup mal, ez apellet lo fals e
traïtor. Et Guillelm li clamet merce, si com hom qe non avia
130 colpa d'aiso q'ella l'acassonava, e dist li tot zo com era estat a
mot a mot. Et la dompna mandet per sa seror, e per ella saup
ben qe Guillelm non avia colpa. Et per zo la dompna li dis e-l
comandet q'el degues far una chanson en la qal el mostres qe
non ames autra dopna mas ella. Don el fetz aqesta chanson qe
135 dis :

---

1. Erreur de Stendhal : il faut fermer les guillemets après «je ne vous le dis
pas» et comprendre la suite comme l'intervention du récitant : «mais pourquoi
vous en parler plus longtemps ?» en donnant à *romanzar* le sens de «faire un
roman, allonger le récit». Le contresens de Stendhal est dû au fait qu'il a suivi
le texte de Raynouard. − **2.** Erreur semblable de Stendhal, car c'est une intervention du récitant : «et que dirai-je de plus ?»

devez, aimez-vous d'amour ? » Et elle dit : « Oui, seigneur. – Et qui ? » fit-il. « Oh ! cela, je ne vous le dis pas, répondit-elle ; et quels discours me tenez-vous là[1] ? »

A la fin, tant la pria, qu'elle dit qu'elle aimait Guillaume de Cabstaing ; elle dit cela parce que elle voyait Guillaume triste et pensif, et elle savait bien comme quoi il aimait sa sœur ; et ainsi elle craignait que Raymond n'eût de mauvaises pensées de Guillaume. Une telle réponse causa une grande joie à Raymond. Agnès conta tout à son mari, et le mari lui répondit qu'elle avait bien fait, et lui donna parole qu'elle avait la liberté de faire ou dire tout ce qui pourrait sauver Guillaume. Agnès n'y manqua pas. Elle appela Guillaume dans sa chambre tout seul, et resta tant avec lui, que Raymond pensa qu'il devait avoir eu d'elle plaisir d'amour ; et tout cela lui plaisait, et il commença à penser que ce qu'on lui avait dit de lui n'était pas vrai et qu'on parlait en l'air[2]. Agnès et Guillaume sortirent de la chambre, le souper fut préparé, et l'on soupa en grande gaieté. Et après souper Agnès fit préparer le lit des deux proche de la porte de sa chambre, et si bien firent de semblant en semblant la dame et Guillaume, que Raymond crut qu'il couchait avec elle.

Et le lendemain ils dînèrent au château avec grande allégresse, et après dîner ils partirent avec tous les honneurs d'un noble congé et vinrent à Roussillon. Et aussitôt que Raymond le put, il se sépara de Guillaume et s'en vint à sa femme et lui conta ce qu'il avait vu de Guillaume et de sa sœur, de quoi eut sa femme une grande tristesse toute la nuit. Et le lendemain elle fit appeler Guillaume, et le reçut mal, et l'appela faux ami et traître. Et Guillaume lui demanda merci, comme homme qui n'avait faute aucune de ce dont elle l'accusait, et lui conta tout ce qui s'était passé mot à mot. Et la femme manda sa sœur, et par elle sut bien que Guillaume n'avait pas tort. Et pour cela elle lui dit et commanda qu'il fît une chanson par laquelle il montrât qu'il n'aimait aucune femme excepté elle, et alors il fit la chanson qui dit :

Li doutz consire
Qe-m don' Amors soven,
Dompna-m fai dire
De vos mant vers plazen.
140   Pensan remire
Vostre cors car e gen,
Cui eu desire
Mais q'ieu non fatz parven.
Et se tot me deslei
145   De vos, ges non amnei,
Q'ades vas vos soplei
Per francha benvolhenza.
Dompna cui beutat genza,
Mantas vetz oblit mei,
150   Q'eu laus vos e mercei.

Et qant Raimon de Rossillon ausi la chanson que Guillelm
avia facha, el entendet e creset qe de sa molher l'agues facha ;
don lo fetz venir a parlamen ab si, fora del chastel, et talhet li la
testa e mes la en un carnarol, e tras li lo cor del cors e mes lo
155 con la testa. Et annet s'en al chastel, et fetz lo cor raustir et
aportar a la taula a la molher, e fetz lui mangiar a non saubuda.
Et qant l'ac manjat, Raimon se levet sus e dis a la molher qe so
q'el avia manjat era lo cor d'En Guillelm de Cabstaing, e mostret li la testa, e demandet li se era estat bon a manjar. Et ella
160 auzi ço qe-il demandava, e vi e conoc la testa d'En Guillelm.
Ella li respondet e dist li qe l'era estat si bons e saboros qe ja
mais autre manjars ni autres beures no-l tolrian sabor de la
boccha qe-l cor d'En Guillelm li avia lassat. Et Raimon li cors
sobra co l'espasa. Et ella si fug a l'uis d'un balcon, et el venc
165 de cors apres ; e la dompna se laissa caser del balcon jus, et
esmondega si lo col.

_____

152. Les membres de phrase *el entendet... qe* et *l'agues facha* ont été pris par
les éditeurs au ms. *H* ; cf. leur note 94 dans l'apparat critique, p. 550. – **164-
165.** Depuis *et el* jusqu'à *balcon*, leçon de *H*, cf. note 100, p. 550.

_____

1. Cf. éd. Arthur Långfors, *Les Chansons de G. de C.*, *op. cit.*, v. 1-2, p. 13.
Stendhal se contente de traduire les deux premiers vers. Voici la suite : « ... me fait
dire de vous, dame, maint vers gracieux. Dans ma pensée je contemple votre corps

La douce pensée
Qu'amour souvent me donne[1].

Et quand Raymond de Roussillon ouït la chanson que Guillaume avait faite pour sa femme, il le fit venir pour lui parler assez loin du château et lui coupa la tête qu'il mit dans un carnier ; il lui tira le cœur du corps et il le mit avec la tête. Il s'en alla au château ; il fit rôtir le cœur et apporter à table à sa femme, et il le lui fit manger sans qu'elle le sût. Quand elle l'eut mangé, Raymond se leva et dit à sa femme que ce qu'elle venait de manger était le cœur du seigneur Guillaume de Cabstaing, et lui montra la tête et lui demanda si le cœur avait été bon à manger. Et elle entendit ce qu'il disait et vit et connut la tête du seigneur Guillaume. Elle lui répondit et dit que le cœur avait été si bon et si savoureux, que jamais autre manger ou autre boire ne lui ôterait de la bouche le goût que le cœur du seigneur Guillaume y avait laissé. Et Raymond lui courut sus avec une épée. Elle se prit à fuir, se jeta d'un balcon en bas et se cassa la tête.

---

précieux et beau, que je désire plus que je ne le fais voir. Et quand même je m'éloigne à cause de vous, je ne vous renie point, car toujours je m'incline devant vous avec un fidèle amour. Dame, en qui la beauté brille, maintes fois je m'oublie moi-même en vous louant et en vous demandant grâce » (trad. A. Långfors, p. 13-14).

Aiqest mal fo sabutz per tota Catalogna e per totas las terras
del rei d'Aragon, e per lo rei Anfos e per totz los barons de las
encontradas. Gran tristessa fo e grans dolors de la mort d'En
170 Guillelm e de la dompna; q'aisi laidamenz los avia mort
Raimon. Et josteron si li paren d'En Guillelm e de la dompna,
et tuit li cortes chavaliers d'aiqella encontrada, et tuit cil qi eron
amador, e guerrejeren Raimon a foc e a sanc. E-l reis Anfos
d'Aragon venc en aqella encontrada qant saup la mort de la
175 dompna e del chavalier ; et pres Raimon e desfetz li los chastels
e las terras ; et fetz Guillelm e la dopna metre en un monimen
denan l'uis de la gleisa a Perpignac, en un borc q'es en plan de
Rossillion e de Sardagna, lo cals borc es del rei d'Aragon. E fo
sazos qe tuit li cavalier de Rossillion e de Sardagna e de
180 Cofolen e de Riuples e de Peiralaida e de Narbones lor fazian
chascun an annoal. Et tuit li fin amadors e las finas amaressas
pregaven Dieu per las lors armas. Et aisi lo pres lo rei d'Aragon,
Raimon, e deseritet lo e-l fetz morir en la prison, et det totas las
soas possessions als parenz d'En Guillelm et als parens de la
185 dompna qe mori per el. E-l borc en lo cal foron seppellitz
Guillelm e la dopna a nom Perpignac.

---

1. On a vu *supra* que le contrat de mariage de Raimon et de Soremonde datait
de 1197. Or le roi Alphonse d'Aragon étant mort en 1196, il n'a pu punir Raimon qui n'était pas encore marié ! Cf. l'analyse de Långfors, *op. cit.*, p. XVI-
XVII. – 2. En fait Perpignan. Stendhal n'a pas compris le sens de *borc* < germ.
burg. A noter que Boutière-Schutz n'ont pas relevé cette erreur qui fait du château
de Perpignan une bourgade, cf. p. 555, note 7. La citadelle, ou château des rois
de Majorque, fut construite à la fin du XIIIᵉ siècle : elle était en cours vers 1274,
au temps de Jacques Iᵉʳ d'Aragon (le Conquérant, mort en 1276). L'autre château
de Perpignan, le Castillet, fut élevé en 1368 par le roi d'Aragon Pierre IV. – 3. La
traduction de Stendhal pour ce dernier paragraphe est condensée et fait notamment l'économie de tous les noms propres. Il s'agit du Conflent, à l'Est de la
Cerdagne, du pays de Ripoll au Sud de la Cerdagne en Espagne, du pays de
Peralada au Nord de la Cerdagne, ainsi que du Narbonnais.

Cela fut su dans toute la Catalogne et dans toutes les terres du roi d'Aragon. Le roi Alphonse et tous les barons de ces contrées eurent grande douleur et grande tristesse de la mort du seigneur Guillaume et de la femme que Raymond avait aussi laidement mise à mort[1]. Ils lui firent la guerre à feu et à sang. Le roi Alphonse d'Aragon ayant pris le château de Raymond, il fit placer Guillaume et sa dame dans un monument devant la porte de l'église d'un bourg nommé Perpignac[2]. Tous les parfaits amants, toutes les parfaites amantes prièrent Dieu pour leurs âmes. Le roi d'Aragon prit Raymond, le fit mourir en prison et donna tous ses biens aux parents de Guillaume et aux parents de la femme qui mourut pour lui[3].

Rigaut de Barbezieux
ou la fourberie punie*

Rigaut (ou Richart) de Berbezilh (ou Barbezieux) était originaire de la
Charente ; son activité poétique se situe entre 1141 et 1160. Neuf chansons
nous restent, ce qui est peu ; mais ses comparaisons empruntées aux bestiaires, et qui mettent en scène l'éléphant, l'ours, le phénix, le lion, le tigre,
ont contribué à sa réputation et lui ont valu d'être imité. A l'origine de ce

Ben avetz entendut qi fo Ricchautz de Berbesiu et com s'enamoret de la molher de Jaufre de Taonay, q'era bella et gentils e
joves ; et volia li ben outra mesura, et apellava la « Mielz-
de-Dompna », et ella li volia ben cortesamen. Et Ricchautz la
5 pregava q'ella li degues far plaser d'amor, et clamava li merce.
Et la dompna li respondet q'ella volia volentier far li plazer
d'aitan qe li fos onor ; et dis a Ricchaut qe, s'el li volges lo ben
q'el dixia, q'el non deuria voler q'ella l'en dixes plus, ne plus li
fezes con ella li fazia ni dizia.
10 Et aisi estan et duran la lor amor, una dompna d'aqella encontrada, castellana d'un ric castel, si mandet per Ricchaut ; et
Ricchautz si s'en anet ad ella. Et la dompna li comencet a dir
com ella se fasia gran meravilha de so q'el fasia, qe tan lonjamen avia amada la soa dompna, et ella no-l avia fait null
15 plaser en dreit d'amor ; et dis q'En Ricchautz era tal hom de la
soa persona et si valentz qe totas las bonas dompnas li deurion

---

* Il est appelé Richart de Berbezill par Boutière-Schutz (texte d'oc p. 153-
155). Son éditeur italien, Mauro Braccini lui a donné le prénom attesté par les
chartes, cf. *R. de B. Le Canzoni*, Leo S. Olschki, Florence, 1960, p. 6, note 1.

---

1. D'après les éditeurs Boutière-Schutz, un seigneur Gaufridus de Tonai, i.e.
Tonnay-Charente en Charentes-Maritimes, cf. p. 152, note 4. Ce Jaufre de Taonai
se serait embarqué en 1147 pour la seconde croisade et serait mort dans l'expé-

Rigaut de Barbezieux
ou la fourberie punie

récit il y a la plus connue des chansons de Rigaut, *Atressi con l'orifanz*, si célèbre qu'elle fut traduite en langue d'oïl et souvent citée en Espagne et en Italie. Et, à la suite de la *razo* de langue d'oc fut composée une nouvelle du recueil intitulé *Il Novellino* qui inspira quelque peu à son tour une nouvelle catalane du XVᵉ siècle, *Curial e Güelfa*.

Vous avez bien entendu qui fut Rigaut de Barbezieux et comment il devint amoureux de l'épouse de Geoffroy de Tonnay, qui était belle, et noble et jeune[1] ; et il l'aimait au-delà de toute mesure, et il l'appelait « Mieux-que-Dame » ; et elle l'aimait aussi courtoisement. Rigaut la priait de lui faire plaisir d'amour, et lui criait grâce. La dame lui répondit qu'elle voulait volontiers lui faire autant plaisir que son honneur le lui permettait ; et elle dit à Rigaut que, s'il lui voulait le bien qu'il disait, il ne devrait pas vouloir qu'elle lui en dît ou lui en fît plus qu'elle ne faisait ni ne disait.

Leur amour demeurant et durant ainsi, une dame de cette région, châtelaine d'un puissant château, demanda à Rigaut de venir ; et Rigaut y alla. La dame commença à lui dire qu'elle s'étonnait grandement de ce qu'il faisait, lui qui avait si longtemps aimé sa dame, alors qu'elle ne lui avait fait aucun plaisir selon le droit d'amour[2] ; elle dit aussi que seigneur Rigaut était tel de sa personne et si valeureux que toutes les

---

dition à laquelle participa aussi Jaufre Rudel et Guillaume VI Taillefer, comte d'Angoulême, qui fut en relation avec Rigaut ; cf. M. de Riquer, *op. cit.*, t. I, p. 281-283. – 2. Motif qui sera au centre de la nouvelle de Raimon Vidal de Besalú *En aquel temps* : une dame trop inaccessible se voit remplacée par une autre, sensible au désespoir de l'amant.

far volentier plazer; et qe, se Ricchautz se volia partir de soa
dompna, q'ella li faria plaser d'aitan com el volgues comandar,
et disen autresi q'ella era plus bella dompna et plus alta qe non
20 era aqella en qi el s'entendia.

Et avenc aisi qe Ricchautz, per las granz promessas q'ella li
fazia, qe-ll dis q'el s'em partria. Et la dompna li commanda q'el
anes penre comjat d'ella et dis qe nul plazer li faria, s'ella non
saubes q'el s'en fos partiz. Et Ricchautz se parti et venc se a sa
25 dompna en q'el s'entendia; et comenset li a dir com ell l'avia
amada sobre totas las autras dompnas del mon, et mais qe si
meseis, et com ella no li volia aver fach nul plazer d'amor, q'el
s'en volia partir de leis. Et ella en fo trista et marrida, et
commenset a pregar Ricchaut qe non se degues partir d'ella; et,
30 se ella per temps passat non li avia fach plazer, q'ella li volia far
ara. Et Ricchautz respondet q'el si volia partir al pus tost; et
enaissi s'en parti d'ella.

Et pois, qant el ne fo partiz, el se venc a la donna qe-l n'avia
fait partir, et dis li com el avia fait lo sieu comandemen et com
35 li clamava merce, q'ella li degues complir tot so q'ella li ac
promes. El la dompna li respondet q'el non era hom qe neguna
dompna li degues ni far ni dir plazer, q'el era lo plus fals hom
del mon, qant el era partiz de sa dompna, q'era si bella et si gaia
et qe-l volia tant de be, per ditz d'aucuna autra dompna; et si
40 com era partiz d'ella, si se partria d'autra. Et Ricchautz, qant
auzi so q'ella dizia, si fo lo plus trist hom del mon e-l plus
dolenz qe mais fos. Et parti se, et volc tornar a merce de l'autra
dompna de prima; ne aqella no-l volc retener; don ell, per
tristessa q'el ac, si s'en anet en un boschage et fetz se faire una
45 maison et reclus se dinz, disen q'el non eisseria mais de laienz,
tro q'el non trobes merce de sa dompna; per q'el dis en una soa
chanson:

Mielz-de-Dompna, don soi fugitz doz anz.[1]

Et pois las bonas dompnas e-ill cavalier d'aqellas encon-
50 tradas, vezen lo gran dampnage de Ricchaut, qe fu aisi perduz,
si vengen la on Ricchautz era recluz, et pregero lo q'el se deges
partir et issir fora. Et Ricchautz disia q'el non se partria mais,
tro qe sa dompna li perdones. Et las dompnas e-l cavalier s'en

---

1. In *Atressi con l'orifanz*, str. V, v. 50, p. 27 de l'éd. Braccini.

dames de mérite devraient volontiers lui faire plaisir ; et que, si Rigaut voulait se séparer de sa dame, elle lui ferait, quant à elle, tout le plaisir qu'il voudrait, disant aussi qu'elle était plus belle dame et plus noble que celle qu'il aimait.

Et, finalement, Rigaut, à cause des grandes promesses qu'elle lui faisait, dit qu'il se séparerait de la première. Alors la dame lui commanda d'aller en prendre congé et dit qu'elle ne lui accorderait aucun plaisir si elle ne savait pas qu'il s'en était séparé. Et Rigaut s'en alla et vint auprès de la dame qu'il aimait ; et il commença à lui dire combien il l'avait aimée plus que toute autre dame au monde, et plus que lui-même, mais puisqu'elle n'avait voulu lui faire aucun plaisir d'amour, il voulait se séparer d'elle. Elle en fut triste et marrie, et commença à prier Rigaut de ne pas la quitter ; disant que, si autrefois elle ne lui avait pas fait plaisir, elle voulait le faire maintenant. Mais Rigaut répondit qu'il voulait la quitter au plus vite ; et il la quitta.

Et, quand il l'eut quittée, il vint à la dame qui avait provoqué la séparation, et il lui dit qu'il avait accompli son ordre et qu'il lui demandait en grâce d'accomplir tout ce qu'elle avait promis. Mais la dame lui répondit qu'il n'était pas homme auquel une dame dût faire ou dire chose plaisante, car il était le plus fourbe du monde pour s'être séparé de sa dame, qui était si belle et si gaie et qui lui voulait tant de bien, sur les seules paroles d'une autre ; et puisqu'il l'avait quittée, il en quitterait une autre. Quand il entendit ce qu'elle disait, Rigaut devint l'homme le plus triste du monde et le plus malheureux qui fût jamais. Et il s'en alla, et il voulut retrouver grâce auprès de la première dame ; mais elle ne voulut pas le retenir ; il en fut si triste qu'il s'en alla dans un bois et se fit faire une maison et s'y enferma en reclus, disant qu'il n'en sortirait pas tant qu'il n'aurait pas trouvé grâce auprès de sa dame ; c'est pourquoi il dit dans l'une de ses chansons :

Mieux-que-Dame dont je me suis éloigné deux ans[1].

Or les dames de mérite et les chevaliers de ces contrées, voyant le grand dommage subi par Rigaut, ainsi perdu, vinrent là où Rigaut était reclus, et le prièrent de sortir et de quitter cet endroit. Mais Rigaut dit qu'il ne partirait pas tant que sa dame ne lui aurait pas pardonné. Alors dames et chevaliers vinrent trouver

venguen a la domna et pregero la q'ella li degues perdonar ; et
55 la dompna lor respondet q'ella no-n faria ren, tro que .C.
dompnas et .C. chavalier, li qual s'amesson tuit per amor, non
venguesson tuit devant leis, mans jontas, de genolhos, clamar li
merce, q'ella li degues perdonar ; et pois ella li perdonaria, se il
aqest fasian. La novella venc a Ricchaut, don ell fetz aqesta
60 chanson que ditz :

> Atresi com l'olifanz
> Qe, can chai, no-s pod levar,
> Tro qe l'autre, a lor gridar,
> De lor voz lo levon sus,
65 > Es eu voill segre aqel us ;
> Qe mos mesfaitz es tan greus et pesantz
> Qe, se la cort del Poi et lo bobanz
> E los fins precs dels leials amadors
> No-m relevon, ja mais non serai sors,
70 > Que denhessen per mi clamar merce
> Lai on prejars ses merce pro no-m te.

Et qant las dompnas et li cavalier ausiren qe podia trobar
merce ab sa dompna, se .C. dompnas et .C. chavalier, qe
s'amesson per amor, anassen clamar merce a la dompna de
75 Richaut q'ella li perdones, et ella li perdonaria, las dompnas e-l
chavalier s'asembleron tuit et anneron et clameron merce as ella
per Ricchaut. Et la dompna li perdonet.

―――――――
1. *Ibid.*, str. I, v. 1-11, p. 24. – **2.** Cf. Boutière-Schutz, *op. cit.*, p. 598, note 1.
Voir aussi M. de Riquer, *op. cit.*, t. I, p. 287 qui mentionne la nouvelle catalane
du XVᵉ siècle *Curial e Güelfa*. Le texte italien est de C. Segre extrait de *Volga-
rizzammenti del Due e Trecento*, R. de Berbezilh e il « Novellino », nouvelle
LXIV, p. 49.

la dame et la prièrent de lui pardonner ; et la dame leur répondit qu'elle n'en ferait rien tant que cent dames et cent chevaliers, tous s'aimant d'amour, ne viendraient pas devant elle, mains jointes et à genoux, pour lui crier grâce et lui demander son pardon ; s'ils faisaient ainsi, alors elle lui pardonnerait. La nouvelle en vint à Rigaut, qui composa là-dessus la chanson qui dit :

> Tout comme l'éléphant
> Qui, lorsqu'il tombe, ne peut se relever,
> Tant que les autres, par leurs cris
> Et par leur voix ne l'ont pas redressé,
> De même moi je veux suivre son usage ;
> Car ma faute est si grave et lourde
> Que, si la cour du Puy et son faste
> Et les pures prières des amants loyaux
> Ne me redressent pas, jamais je ne serai relevé ;
> Puissent-ils crier grâce pour moi
> Là où la prière sans la grâce ne me sert de rien[1].

Et quand les dames et les chevaliers entendirent que Rigaut pouvait trouver grâce auprès de sa dame, si cent dames et cent chevaliers, qui s'aimeraient d'amour, allaient crier grâce auprès de sa dame pour qu'elle lui pardonne, et qu'alors elle lui pardonnerait, dames et chevaliers tous rassemblés allèrent lui crier grâce pour Rigaut. Et la dame lui pardonna.

Il existe une très libre variante italienne de cette *razo* ; si elle n'est pas issue directement du texte d'oc mais d'une source commune d'après ses éditeurs[2], on remarque pourtant sans peine combien le modèle est proche. On y relève la ruse du chevalier poète qui profite du grand pèlerinage du Puy et de la fête de la Chandeleur pour exécuter l'ordre impossible de sa dame.

NOVAS RIMADAS

CRESCAS DU CAYLAR
Roman de la Reine Esther

Bien que cette nouvelle soit amputée, son double intérêt sociologique et littéraire n'échappera pas au lecteur. La vivacité des descriptions ne manque pas de charme. Nous avons signalé en note à la traduction les difficultés que présente l'établissement du texte* mais aussi les passages du livre d'*Esther*

    Tot tems per aqesta sazon
Dieu nos a be donat razon
De servir lo e de grazir
4 Sos mandamenz e obezir.
    Mon roman vuelh acomensar
Al fag de Nabocadnessar
E qant sera tot asomat
8 Sabres qe Dieu nos a amat.
    Segon qe Daniel nos a contat,
A Nebocadnessar volontat
Venc de far una magestat
12 De se meteus an gran beutat;
E per son fort regiment
Per tot fes far comandament
Qe autre dieu res non pregues,
16 Mes aqela eidola soplegues
Tot om al son de la trompa,

---

* Une réédition de ce texte est actuellement entreprise, dans le cadre d'un Doctorat, par Anne Wanono que nous remercions pour l'aide qu'elle a bien voulu nous apporter.

---

6. Forme hébraïque de *Nabuchodonosor* que Crescas fait rimer en *-sar*.

CRESCAS DU CAYLAR
Roman de la Reine Esther

qui sont évoqués par la version provençale. Celle-ci accorde une place importante à la triste histoire de Vasthi pour l'édification de l'auditoire féminin.

En ce temps Dieu
nous a toujours donné des raisons
de le servir et de rendre grâce
et d'obéir à ses commandements.

Je veux commencer mon histoire
à propos de Nabuchodonosor[1],
et quand elle sera achevée
vous saurez que Dieu nous a aimés.

Selon le récit de Daniel,
Nabuchodonosor eut le désir
de faire faire sa statue
en toute splendeur ;
et il fit ordonner partout
par sa puissante administration
que personne ne priât un autre dieu,
mais que tout homme au son de la trompe
s'inclinât devant cette idole[2],

---

1. Roi de Babylone ; voir *Daniel*, 3 : 1 et suiv. ; « Le roi Nabuchodonosor fit une statue d'or... vous vous prosternerez pour adorer la statue d'or... » – **2.** La forme *eidola* (< *eidolon* grec), contre *idola* (< *idolu* latin) dans les dict., tendrait à indiquer soit que Crescas connaissait le grec, soit que le mot vient directement du grec massaliote.

E se non, fora en colpa :
Ses far d'el nulha enqesta,
20 Mantenent perdes la testa.
Al Juzieus non fon pas festa,
Pero per tot aco non resta :
Amb el non volgon penre guerra,
24 Anz deron dels genols en terra,
Tretoz esteron de genolhonz,
Mes que lo cor tenien alonz.
Aqel pecat fon gran e fort,
28 Car Dieu vol c'on se liur' a mort,
Per qe n'estem toz en balansa ;
Mes Dieu nos donet perdonansa.
   Se vos voles aisi estar
32 E a vos plassa d'escotar,
Auzires una legista
Qe es mot bela e mot genta,
En aqel tems qe s'estalvet
36 E de Aman con nos salvet.
E non vos o tengas a carc
Se mon roman sera plus larc :
Ganren mais otra lo test,
40 Conta las glozas del prosest,
E car es tot cert e verai,
Per qe ieu ren non laissarai.

   Al tems qe-l mont era d'empier
44 Se levet un qe ac nom soudier.

---

33. P. Meyer a proposé *legenda*, mais le texte porte *legista* ce qui signifierait
« texte sacré », lit. « qui a valeur de loi » ; pour respecter la rime on attendrait un
mot en *-enta*, mais Crescas se contente parfois de rimes pauvres, car il n'a pu
adapter parfaitement la métrique romane à la langue hébraïque. – **44.** P. Meyer
n'avait pas compris et avait lu *sodiri* (?), mais une finale en *-ier*, rendue possible
par les caractères hébreux, donne un sens. La racine *sod-* comporte un jeu de
mots, car en hébreu elle désigne ce qui est secret ; or l'histoire d'Esther est celle
d'un renversement du destin des Juifs (promis au massacre puis sauvés) grâce à
l'intervention de l'héroïne qui cache ses origines.

---

1. Là encore allusion précise au *Livre de Daniel* : « les trois jeunes gens dans
la fournaise ». La leçon à tirer du récit, c'est que les Juifs ne doivent pas craindre
de s'exposer à la mort plutôt que de devenir idolâtres. – **2.** Il faut sans doute

et sinon qu'on fût coupable
et que, sans autre enquête,
on eût la tête tranchée.
Ce ne fut pas fête pour les Juifs,
mais on ne s'arrêta pas à cela :
ils ne voulurent pas avoir de querelle avec lui
et mirent genoux en terre,
tous furent à genoux,
mais le cœur n'y était pas.
Ce fut un grand péché,
car Dieu veut qu'on se livre à la mort,
et c'est pourquoi nous sommes tous dans l'incertitude[1] ;
mais Dieu nous accorda son pardon.

Si vous voulez bien
demeurer ici et écouter,
vous entendrez une histoire sacrée[2],
fort belle et bien séante,
qui arriva en ce temps-là,
et comment Dieu nous sauva d'Aman.
Et si mon histoire est plus détaillée qu'on ne l'attend,
n'y voyez pas un excès :
en plus du récit elle raconte avec abondance
les gloses de l'Histoire Sainte[3],
et, comme tout est vrai et certifié,
je ne laisserai rien dans l'ombre.

Au temps où l'empire s'étendait partout[4]
s'éleva un homme au nom plébéien[5].

---

voir dans *legista* une forme tirée de *legir*, « lire un texte sacré, la Loi » : il s'agit d'un commentaire du *Midrach*. – 3. La forme *prosest* est à rapprocher de *prozel*, prose liturgique. Là encore les termes choisis par Crescas ne le sont pas au hasard. – 4. Assuérus (de son nom perse Xerxès) régnait, dit-on, de l'Inde à l'Ethiopie, et son empire aux trois capitales (Suse, Ecbatane et Babylone) englobait la Perse et la Médie. Xerxès Ier était le fils de Darius. Pour la *Septante* il s'agirait d'Artaxerxès. – 5. Etant donnée l'origine plébéienne et bâtarde d'Assuérus, nous comprenons qu'il avait un nom de serviteur, plébéien. Assuérus a aussi pu être un titre signifiant « le chef des chefs » appliqué à d'autres personnages (cf. *The Cambridge Bible Commentary, The Book of Ruth, Esther...*, par Wesley J. Fuerst, Cambridge University Press, 1975, p. 44, note 1).

Mot fon valent e ric et pros,
Denomnet se lo rei Aros ;
E fon senhor e podestat
48 De cent e vint e set comtaz,
E per son fol ardit corage
Ves Dieu fes un gran outrage.
A tot lo mont det mal essemple ;
52 Pres las aizinas del temple
E fes beure en sas aizinas
Santas de Dieu sas alcuvinas.
Penset qe lo tems fos vengut
56 Qe tot lhi fos escorregut.
Aiso se pres en mal comtar
Setanta non saup aportar !
Non cre qe fos ni rei ni comte
60 Qe tant pauc saupes de comte.
Al ters an del sieu coronar
El volc far un gran dinar,
E fes cridar per totas las cors
64 Torneis e jostas e biors :
Caval de pres aver degues,
Qi mialhz o fera, se volgues.
Per terra vengron cavalcadas
68 Vezer aqestas cortz onradas,
Res non se poc azemar

---

46. C'est-à-dire Ahaschverosch ou Assuérus ; cf. la forme *Asveros* dans *La Tragediou de La Reine Esther* composée en 1774 à Carpentras (E. Sabatier, *La Reine Esther*, CPM, Raphèle-lès-Arles, 1992 [Nîmes, 1877], p. 36).

1. «... que la descendante de Sara [i.e. Esther] qui a vécu cent vingt-sept ans, vienne régner sur cent vingt-sept provinces », *Midrach Esther Raba* et *La Bible commentée*, *Esther*, Colbo Paris, 1989, p. 44. Nous désignerons cet ouvrage sous la mention *Esther*, Colbo. – 2. Nous conservons la forme *alcubinas* malgré P. Meyer (p. 217, n. 54 : *concubinas*) puisqu'il s'agit d'une allusion très précise à la disposition du palais d'Assuérus : les femmes qu'il demandait étaient logées dans des alcôves. – 3. Bien qu'*aizina* ait le sens général d'« ustensile » il est évident qu'il s'agit ici des vases sacrés du temple de Jérusalem. Voir le *Livre de Daniel*, 5 : 2, « l'écriture sur le mur » : le roi Belshassar fit boire ses concubines dans les vases d'or enlevés par son père Nabuchodonosor du temple de Jérusalem. A noter que la traduction de la *Bible* (éd. œcuménique Tob, Paris, 1994) garde le mot « ustensiles » : « Les ustensiles en question sont ici des vases ; mais on a préféré leur garder la désignation générale qui s'applique à tous les textes où

Il était très vaillant, puissant et preux ;
il se fit appeler le roi Assuérus,
et fut seigneur et gouverneur
de cent vingt-sept comtés[1],
et son cœur follement hardi
lui fit faire un grand outrage envers Dieu.
Il donna à tous un mauvais exemple ;
il s'empara des coupes du temple
et fit boire ses concubines[2]
dans les saintes coupes[3] de Dieu.
Il pensa que le temps était venu
où tout serait révolu pour lui.
En cela il compta bien mal
il ne sut pas aller jusqu'à soixante-dix[4] !
Je ne crois pas qu'il y eût jamais roi ou comte
qui sût aussi mal compter.
La troisième année de son règne[5]
il voulut faire un grand festin
et fit annoncer par toutes les cours
tournois, joutes et behours[6] :
un cheval de prix récompenserait
le meilleur, s'il le voulait.
On vint par terre en chevauchées
voir ces magnifiques assemblées.
On ne put évaluer

---

reparaît le même mot », note *u*, p. 1718. Ces vases évoquent aussi les coupes
rituelles emplies de vin et que l'on bénit lors des fêtes religieuses ; cf. Th. et
M. Metzger, *La Vie juive au moyen âge, op. cit.*, p. 252. Notons enfin que
Balthazar avant Assuérus avait préparé un banquet orgiaque et profané les vases
sacrés (*Esther*, Colbo, *op. cit.*, p. XXIII). – **4.** P. Meyer, n. 56, p. 217 n'a pas
compris. Il s'agit de la prophétie faite aux Juifs : passé le délai de 70 ans Yahvé
ne prendrait plus sa vengeance. Or Assuérus s'est trompé de trois ans dans son
calcul, comme Balthazar auparavant ! Il a donc cru passé le temps de la vengeance
divine et qu'il pouvait négliger la « prophétie cruciale » : « Si soixante-dix années
passaient sans l'accomplissement de la prophétie de Jérémie, alors Jérusalem
resterait à jamais un champ labouré où seuls les renards trouveraient refuge » in
Esther, Colbo, p. XXIII-XXIV. Sur l'interprétation de ces soixante-dix ans voir
aussi *Daniel*, 9 : 1, « ... le nombre des années qui, selon la parole du Seigneur au
prophète Jérémie, doivent s'accomplir sur les ruines de Jérusalem : soixante-dix
ans ». – **5.** Il avait usurpé le trône et n'y fut solidement établi qu'au bout de trois
ans (*Esther*, Colbo, p. 45 note 2). – **6.** Echange de coups de lance, joute. *Faire
son behours* pour un chevalier signifiait faire son apprentissage.

La gran gent qe venc per mar
Am burs e am galeias.
72 A cascun feron las liuraias
En Susan la gran ciutat.
Non i caupron sol la mitat,
Mas deforas s'estenderon ;
76 Aqi las cors atenderon.
Segon qe l'escrig acerta,
De pobol i ac terra coberta,
Cant lo rei vi la bela gent
80 Dis als bailes : « Aur ni argent
Non me fal ges, senhors, per Dieu ;
Sian ben servitz aqestz romieus.
Non metas nenguna aizina,
84 Ni en sala ni en cozina,
Se non tota d'argent fin,
Tro qe la cort aja pres fin.
Los leiz vuelh qe sian garniz
88 De polpra e de samitz ;
Bels pavilhons ajan las colcas
Per moisalas e per moscas.
En las cambras sian pauzadas
92 Bacinas e selas traucadas
Per tener neta nostra meizon,
Car on non sap de menizon.
E digas me a nostre coac
96 Qe non se movan del foc
Los pairols de tot lo jorn,
E qe tenga tot entort
Astas de capons e de galinas
100 E de totas autras salvazinas.

---

1. Le 1ᵉʳ banquet doit durer 180 jours, chiffre à rapprocher des 120 jours de célébration du *Livre de Judith* (1 :16) ; c'est le temps dont Assuérus avait besoin pour exhiber tous ses trésors (*Esther*, Colbo, p. 46, note 4). Pour le nombre des invités, des archives assyriennes du début du IXᵉ siècle avant notre ère mentionnent, d'après W.J. Fuerst (*op. cit.*, p. 45, note 3-4) 69 574 invités pendant 10 jours ! – 2. P. Meyer (n. 72, p. 217) n'a pas compris. *Liuraia* nous paraît dérivé de *liura* « portion, parcelle de terre » ; les textes confirment que chacun eut sa place pour élever sa tente. Comme on l'a relevé dans l'Introduction, la topographie de Suse est tout à fait respectée par notre auteur : la forteresse qui abrite le palais du roi est séparée par une rivière de la ville proprement dite,

le grand nombre de ceux qui vinrent par mer
avec navires et galères[1].
A chacun on attribua sa parcelle de terre[2]
dans Suse la grande cité.
A peine si la moitié d'entre eux y trouva place,
mais ils s'étendirent dans les faubourgs ;
là les assemblées installèrent leurs tentes[3].
Selon ce qu'affirme le texte,
la terre était couverte de monde.
Quand le roi vit la belle société
il dit à ses baillis : « par Dieu, seigneurs,
que ne manquent ni l'or ni l'argent
et que ces pèlerins soient bien servis.
Ne mettez aucune vaisselle,
en salle ou en cuisine,
qui ne soit de pur argent,
jusqu'à la fin de la cour.
Je veux que les lits soient garnis
de pourpre et de soie ;
que les couches aient de belles tentures
contre les cousins et les mouches.
Que soient placées dans les chambres
des cuvettes et des chaises percées
pour tenir propre notre maison,
on ne sait jamais en cas de diarrhée[4].
Et dites de ma part à notre maître coq
de laisser toute la journée
les chaudrons sur le feu
et d'avoir tout près
broches de chapons et de poules
et de toute autre venaison.

---

beaucoup plus étendue ; quant au jardin royal qui accueille les invités, il se situait
selon certains commentateurs dans le palais, mais il n'est pas exclu qu'Assuérus
ait aussi disposé d'un palais situé hors la ville et réservé aux grandes récep-
tions. – **3.** Il s'agit du verbe *atendar*. – **4.** Le texte donne *menizon*, mais P. Meyer,
note 94, p. 217, remarquait : « *De meinzon* n'a pas de sens... Ou est-ce le fr.
menoison ? » Nous adoptons ce sens, cf. *Trésor de la langue des juifs français
au moyen âge*, par Raphael Levy, Austin, 1964, p. 152, s.v. *menoison* et Raynouard, *Lexique*, s.v. *menazo*.

A tot om lhi sie donat
Bolia, rost o cozinat ;
Demant pastura o civada,
104 Mantenent li sia liurada.
Non vuelh qe a nostre celier
Meta sarralhas botilier.
Aitant cant nostra cort dura
108 Cascu beva ses mezura. »
Los tezauriers s'amatineron,
Tot l'ort del rei encortineron ;
Lai von naisian creissons e berlas,
112 Non i veirias mais aur e perlas.
Dizon : « Mestres, fassam un baile
Qe so qe volrem nos baile. »
Cels qe serviron foron mots,
116 Mais los maestres sobre tots,
Segon qe an dig los glozados,
Mardochai e Aman foron andos ;
Fon lur conselh qe-ls estrangies
120 Venguessan manjar tot premies.
Movon se trompas e tambors
E van per vilas e per borcs.
La vila fon mot abordada.
124 La cort del rei fon asemblada ;
Venon princes, rectos e contes,
Ducs, marques e vescomtes ;
Entran senhors de bon' eira ;
128 A la novela maneira
Meton se a taula per lor teira.
Lo rei se sec en sa cadeira.
Mes om sos pena de la hart
132 Als ciutadans d'estar a part.

_____

1. Le festin, qui dura sept jours, avait lieu dans le parc du palais : « Ce n'étaient
que tentures, blanches, vertes et bleu de ciel... », la *Bible*, trad. par les membres
du rabbinat français, éd. Sinaï, Tel-Aviv, t. I. Le début de *La Tragediou de la
Reine Esther* (sc. 1) y fait aussi allusion. – 2. Cresson de rivière. Désigne aussi
des plantes ombellifères aux racines comestibles. – 3. Fr. Mistral, dans son
poème *Nerto* (Chant I), a utilisé ce nom, *En Mourdacai*, pour désigner « le roi
des médecins, le juif Maître Mardochée ». – 4. Malgré la correction de P. Meyer :
aornada dont il dit en note 123 p. 218 : « est bien douteux », nous rétablissons

Qu'on donne à tous
brouet, rôti ou plat ;
qui demande du foin ou de l'avoine,
qu'il en ait aussitôt.
Je ne veux pas que l'échanson
mette une serrure au cellier.
Que chacun boive sans mesure
tant que dure notre cour. »
Les trésoriers se levèrent matin
et ornèrent le jardin royal de tentures[1] ;
là où poussaient le cresson et la berle[2]
vous ne verriez plus qu'or et perles.
Ils disent : « Maître, choisissons un responsable
afin qu'il nous donne ce que nous voulons. »
Les serviteurs étaient nombreux,
mais, selon les gloses,
au-dessus d'eux il y avait deux maîtres,
Mardochée[3] et Aman ;
leur conseil fut d'inviter
les étrangers à manger en premier.
Trompettes et tambours se mettent en branle
et vont par les villes et les bourgs.
La ville fut prise d'assaut[4].
La cour du roi se réunit ;
y vinrent princes, prélats recteurs[5] et comtes,
ducs, marquis et vicomtes ;
y pénètrent des seigneurs de haute naissance ;
selon la nouvelle façon[6]
ils se mettent à table selon leur rang.
Le roi s'assit sur son siège.
Mais, sous peine de la corde,
on imposa aux citoyens de se trouver à part[7].

---

la forme du texte *abordada*, cf. *TDF* s.v. *abourda* : « prendre à l'abordage »,
« d'assaut », sens qui convient ici. – **5.** Prélats ayant en charge l'administration
du Comtat Venaissin, voir *TDF* s.v. – **6.** P. Meyer, p. 218, n. 128 : « *Novela* est
douteux ; peut-être *nobla* » ; il s'agit en fait d'une allusion au nouveau décret de
Mardochée (*Esther*, Colbo, p. 47). – **7.** Il s'agit du 2e banquet, devant durer
7 jours seulement, et réservé aux habitants (*ciutadans*) de Suse.

Ministreron mortairols ;
Aqels vengron a plens pairols ;
Bueu e mouton venc am pebrada,
136 Amb eruga e am mostarda ;
Deron cabrit en gratonia,
Mujols e lops en gelaria ;
Simple broet det am galina,
140 Am bona salsa camelina.
Aucas venon totas farsidas,
E pueis vengron perdiz rostidas,
Grasses capons lor det en ast
144 Qe avian lonc tems estat a past ;
Cabrols, brufols, cerves salvages
Det am jurvert e am borages.
De gals feizans fes entremes,
148 Anc non fon fag per negun res.
Manjeron tartas per fizica,
Aisi con medicina publica.
En redier det ris am sumac
152 Per confortar lor estomac,
Piment e neulas ben calfadas
Qe semblavan encanonadas.
Per frucha det codons e peras,
156 Aprop manjar, matins e seras,
Lo vin que begron fon aital
Con cascun beu en son ostal,
Qe non lor montet al cervel ;

---

1. *Bons*, ajouté, permet de compléter le vers. — 2. Cette sauce rousse doit son nom (< *camelot* ou *camelin*) à son ingrédient de base, la cannelle, accompagnée de clous de girofle et de gingembre. Voir Du Cange s.v. *camelotum*. — 3. Suc acide extrait des raisins encore verts et servant d'assaisonnement. — 4. Ce passage étant parodique, on ne s'étonnera pas d'une accumulation de plats non *casher* et donc, en fait, impropres à la consommation rituelle. Par définition, le sang ne devant pas séjourner dans le corps de l'animal tué, cette exigence exclut de la consommation toutes les venaisons ou viandes faisandées. Cette tradition humoristique permettait aussi *a contrario* de rappeler les consignes rituelles, rappel d'autant mieux venu que les Juifs ont participé au festin d'Assuérus et ont donc péché ; Mardochée fut le seul à ne rien manger (*Esther*, Colbo, p. 58, note 5). De toute manière, le goût de Crescas pour la description du banquet s'inscrit dans le droit fil de la tradition romanesque médiévale d'oc et d'oïl (cf. *Flamenca*, Chrétien de Troyes, etc.). — 5. N'y a-t-il pas ici encore une intention parodique ou simplement humoristique, *Le Banquet du Faisan* étant une œuvre bien connue

On servit de bons[1] coulis ;
ils furent fournis à pleins chaudrons ;
on servit du bœuf et du mouton à la sauce au poivre,
avec de la roquette et de la moutarde ;
on donna du chevreau en gratin,
des muges et des loups de mer en galantine ;
du simple brouet de geline
avec une bonne sauce cameline[2].
Vinrent des oies farcies
et puis des perdrix rôties,
on offrit de gras chapons à la broche,
qui avaient été longtemps engraissés ;
des chevreuils, des buffles, des cerfs sauvages
donnés avec du verjus[3] et de la bourrache[4].
On fit des entremets de faisans,
jamais on n'en avait encore fait pour personne[5].
Pour médecine, on mangea des tartes
comme remède manifeste.
En dernier on servit du riz au sumac[6]
pour réconforter les estomacs,
des piments et des gaufres bien chaudes
qui ressemblaient à des flûtes[7].
Comme fruits, on donna des coings et des poires.
Après les repas, matin et soir,
le vin qu'on buvait était comme
celui qu'on boit chez soi
et ne montait pas à la tête ;

---

du moyen âge ? Comme elle concernait directement les croisades, un auteur
cultivé comme Crescas pouvait bien en connaître au moins le nom. Cf. M. Pitts,
« Le Banquet du Faisan ou la croisade qui n'eut jamais lieu » in *La France latine*,
n° 120, Univ. Paris-Sorbonne, 1995, p. 63-81. – **6.** Arbuste dont on faisait usage
pour assaisonner les viandes. Son écorce était aussi utilisée en tannerie. – **7.** Ces
gaufres qui sont devenues des beignets dans la tradition moderne, en forme de
tuyau, s'appellent les « oreilles d'Aman ». Là aussi l'intention parodique est
claire.

160 Mais aiso mes vin novel.
　　Galenus o dis : « De l'aiga mais
　　Del vin es causa que ieu m'ais. »
　　　Per tota part Vasti mandet,
164 Las gentils donas envidet ;
　　A totas fes mot bel manjar.
　　Qe lor donet non cal dechar.
　　Tant non se saup estudiar
168 Qe non s'anes enubriar
　　Lo rei al cap de la semana ;
　　El ac del vin la testa vana,
　　En fon verai enrabïat,
172 Tant fort se fon enubriat.
　　Los escudies levan las taulas
　　E los cavaliers movon paraulas.
　　Cascun gabet las donas de son contat.
176 Lo rei lor dis : « Per caritat,
　　Al mont non a tant bela dona
　　Con la regina, ni tant bona ;
　　E promet vos en bona fe
180 Qe vostres olhs en faran fe
　　Q'anc Dieu non fes tant bela res,
　　E mantenent vos la veires. »
　　Sonet sos set cambries majors,
184 Comandet lor : « Anas de cors
　　E menas me ses vestidura

---

174. *Escudies* répété deux fois est sans doute une erreur. Nous corrigeons donc en *cavaliers*, car ce sont eux qui se vantent et vont chercher Vasthi, cf. v. 229 *Los cavaliers.*

---

1. On sait que *metre* a le sens d'« employer, dépenser », cf. Raynouard s.v. Au contraire de P. Meyer, p. 220, n. 160, le sens est satisfaisant, le vin nouveau étant plus léger que du vin vieilli ; mais surtout le vin nouveau pourrait fort bien désigner, en fait, un vin renouvelé à chaque libation, car le vin resté dans une coupe ou un vase d'or, altéré par le métal, n'était pas resservi mais changé (cf. Gaon de Vilna). – **2.** Il peut paraître étonnant qu'on réclame de l'eau à un banquet, mais la tradition juive veut qu'on boive le vin coupé d'eau et non pur. Crescas, médecin, se réfère à Galien pour conseiller la tempérance à ses auditeurs. *Es causa que* indique la nécessité : « il faut se contenter de ». – **3.** Cf. *Livre d'Esther* 1 : 9. Il s'agit donc du 3ᵉ banquet, plus modeste que les deux précédents.

mais cela fit dépenser du vin nouveau[1].
Galien dit : « L'eau ajoutée au vin
doit me convenir[2]. »
    Vasthi fit mander de tous côtés
les nobles dames qu'elle invita[3] ;
pour toutes elle fit faire un très beau banquet.
Inutile de décrire ce qu'elle leur donna.
Le roi ne sut pas être assez attentif
pour éviter l'ivresse
à la fin de la semaine[4] ;
le vin lui affaiblit la tête
et le rendit véritablement enragé,
tant il était ivre[5].
Les écuyers enlevèrent les tables
et les chevaliers se mirent à parler.
Chacun vanta les dames de son comté[6].
Le roi leur dit : « Par la charité,
il n'y a pas plus belle dame au monde
que la reine, ni d'aussi bonne ;
et je vous le promets de bonne foi :
vos yeux témoigneront du fait
que Dieu ne fit jamais aussi belle créature,
vous la verrez sur-le-champ. »
Il appela ses sept principaux chambellans[7]
et leur commanda : « Allez vite
et menez-moi nue

Pour le nom de Vasthi, « elle a le même nom que la déesse élamite Vasti ou
Masti », *Bible* Tob, n. *o*, p. 1681. On peut aussi songer au nom d'Ishtar, autre
désignation de Vénus, ce qui expliquerait sa réputation de beauté. Rappelons que
Vasthi est la fille de Balthazar et la petite-fille de Nabuchodonosor (*Esther*,
Colbo, p. 49, note 9). – **4.** Le 7ᵉ jour, jour sacré, celui de *Chabat*, qui sera aussi
celui de la rébellion de Vasthi et permettra ainsi le retournement de situation :
l'arrivée d'Esther. – **5.** D'après les Grecs, les Perses étaient de grands bu-
veurs. – **6.** Ce *gap* rappelle ceux des chevaliers des romans médiévaux pleins
de forfanterie après boire, comme le sénéchal Keu ; quant au motif de la beauté
incomparable de la reine, il est le thème du *Lai de Lanval*. – **7.** Les sept eunuques
Mehuman, Biztha, Harbona, Bigtha, Abagtha, Zethar et Carcas.

Vasti la bela creatura. »
Van s'en tabussar a la porta
188 Von la regina se desporta ;
Dis : « Ubres leu, que prezent port,
Lo rei se dina aval en l'ort
E tramet vos de s'escudela
192 De calque vianda novela. »
Entran e van mot consiros
Am mal esgart e ferezos,
Vasti los ve mal encaras,
196 E pareisia qe eran irats.
Demandet lor de mantenent :
« Senhors cortes e avinent,
De que nos fes tant orra cara ?
200 Sembla non sias dinatz encara.
— Dona, lo rei vol que nos sigas,
Nulha vestidura non prengas.
Mostrar vol vostra gran clardat ;
204 Per so nos a aisi mandat. »
Cant Vasti ac aiso auzit,
Dis : « Es lo rei tant descauzit ?
Ieu non cre qe sia de menz
208 Qe el non sia issit de senz,
Car aiso non es bel de dir
Qe nulha dona ses vestir
Se deja mostrar en cort.
212 Per qe li digas tot cort
Qe en aiso non meta ponha ;
Trop me seria gran vergonha.
Ben par qe trop aja begut,
216 Qe en aiso en sia vengut.
Mal sembla mon senher avi

---

1. C'est l'explication du passage biblique : « amener la reine Vasthi ceinte de
la couronne royale » ; or le mot *couronne* étant inhabituel en hébreu, il faut
l'interpréter « vêtue de sa seule couronne », détail essentiel pour comprendre
l'attitude de Vasthi, mais que les diverses traductions bibliques laissent ignorer.
L'exigence royale est sans doute née d'une coutume : dans la version grecque
du *Livre d'Esther* (éd. Tob, p. 1927) on lit en note *n* : « Hérodote atteste que ce
spectacle était en usage pour les concubines royales. Cette beauté toute naturelle
n'était plus guère enveloppée de vêtements... » – 2. *Esser (de) mens* = « manquer

Vasthi la belle créature[1]. »
Ils s'en vont frapper à la porte
des appartements où la reine s'amuse ;
ils disent : « Ouvrez vite, car on apporte un présent,
le roi dîne en bas dans le jardin
et vous fait porter
quelque nourriture fraîche de son assiette. »
Ils entrent et vont très soucieux
avec de méchants regards renfrognés.
Vasthi les voit de mauvaise humeur,
et qui semblaient en colère.
Elle leur demanda sur-le-champ :
« Mes gracieux seigneurs,
pourquoi faites-vous une mine si épouvantable ?
On dirait que vous n'avez pas encore dîné.
— Dame, le roi veut que vous nous suiviez,
n'ayez aucun vêtement.
Il veut montrer votre grande beauté ;
c'est pour cela qu'il nous a envoyés. »
Quand Vasthi a entendu
elle dit : « Le roi est-il si grossier ?
Je crois qu'il a vraiment
perdu la raison[2],
car il n'est pas convenable de dire
qu'une dame doive
se montrer nue à la cour[3].
Vous lui direz donc tout court
de ne pas se mettre en peine de cela ;
ce me serait une trop grande honte.
Il semble bien qu'il ait trop bu
pour en être venu à cela.
Il ne ressemble guère à mon aïeul,

---

de ». – 3. On voit la reine s'opposer à la tradition. Ce n'est pas fierté excessive
ou pudeur mais « parce que Dieu l'avait frappée de la lèpre, et avait ainsi ouvert
la voie à sa chute (*Meguila* 12b). La lèpre était le châtiment de son comportement
prétentieux (Manot Halèvi) » *Esther*, Colbo, *op. cit.*, p. 50, note 12.

Qe era tant bon e tant savi,
Que begra de vin per un bou
220 E el non balanzera un ou.
Non me fassa parlar gaire :
Ieu sai ben qi era son paire ;
Vilan de natura semblava,
224 Las egas de mon paire gardava.
Ar li digas torne colgar ;
Non mi cal plus d'aiso pregar.
Sapias per cert, senhors, qu'el muza,
228 Car ieu en cort non venrai nuza. »
Los cavaliers clinan la cota ;
Non volgron far plus de riota.
Lo rei los ve totz sols venir
232 E non se poc plus estenir.
Sa resposta el volc saber
Els li van dir : « Senhor, per ver,
Ela nos a per fols tengus
236 E dis que-l vin vos a mogut.
Paraulas dis folas e pegas :
Vostre paire gardet las egas.
Sapias, senher, non vos blant plus
240 Qe una auria fa son pus. »
Lo rei fon plen de malenconi ;
Dis : « Qe farem d'aqest demoni ? »
E ambe sa gran vilonia
244 Dis a tota sa baronia :

---

1. Nabuchodonosor. – 2. Il s'agit d'une rime traditionnelle renforcée par une opposition imagée qui s'est conservée dans les dictons, comme « qui vole un œuf vole un bœuf » ou « il faut donner un œuf pour avoir un bœuf ». De plus, si l'image du bœuf est comparable à celle de l'outre pleine, le proverbe provençal « vieux bœuf fait sillon droit » n'est peut-être pas absent de l'esprit de Vasthi préoccupée de mettre en avant la démarche assurée et forte de son aïeul. Or *balansar* signifie encore de nos jours « chanceler », cf. *TDF* s.v. *balança* et l'expression de même sens *èstre en balans*. Quant à la construction *non balanzera un ou*, elle représente une construction de la négation assez fréquente, où *óu* est l'équivalent de *miga* ou *ges* et signifie « ne pas du tout » ; cf. chez Raimbaut d'Orange : *No saup de tracïon un ou* (litt. : « il ne sut de la trahison la valeur d'un œuf », soit : « il ignorait tout de la trahison »), in *Ar vei bru*, str. V, v. 38, édit. Walter Pattison, p. 101. De même, *non valer un óu* signifiait « ne rien valoir », cf. Frede Jensen, *The Syntax*, § 908, p. 312. Le passage signifie donc : « il ne chancelait pas de la valeur d'un œuf » ; pour garder le style imagé du

si bon et si sage[1],
qui pouvait boire du vin autant qu'un bœuf
et ne chancelait pas d'un pouce[2].
Qu'il ne me fasse pas parler davantage :
je sais bien qui était son père ;
il paraissait bien un rustre
et gardait les juments de mon père[3].
Dites-lui donc de se mettre au lit ;
ne m'en parlez plus.
Sachez sûrement, seigneurs, qu'il attend en vain,
car je n'irai pas nue à la cour. »
Les chevaliers s'inclinent[4] ;
ils ne voulurent pas lui faire davantage querelle.
Le roi les voit venir tout seuls
et ne peut se retenir.
Il veut savoir sa réponse
et ils lui disent : « Seigneur, en vérité,
elle nous a tenus pour fous
et dit que le vin vous a excité.
Elle dit de folles et sottes paroles :
que votre père a gardé les juments.
Sachez, seigneur, qu'elle ne vous estime pas plus
qu'elle ne l'aurait fait d'un songe[5]. »
Le roi fut empli de colère
et dit : « Que faire de ce démon ? »
Et mû par sa grande vilenie
il dit aux barons réunis :

---

passage nous avons adopté un équivalent plus moderne. – **3.** Allusion à la basse
origine d'Assuérus ; de plus, garder des juments plutôt que des étalons comporte
une note infamante : dans le roman de *Perceval*, de Chrétien de Troyes, la
mauvaise pucelle dit à Gauvain : « plût au ciel que le roncin que vous avez volé
fût une jument !... car votre honte en serait pire ». Comme on le sait, de même,
les rois ne montent jamais de hongre et les miniatures médiévales mettent en
valeur ce détail. – **4.** Littéralement : « baissent la nuque ». P. Meyer a mal lu
(*qelnan* n. 229, p. 221 au lieu de *clinan*), alors qu'en hébreu on peut inverser la
place de la voyelle et qu'il s'agit d'un yod et non de -*e*-. – **5.** Le vers a posé un
problème à P. Meyer (p. 221, n. 240) qui n'a pas lu *auria fa* ; nous proposons
d'interpréter *son* comme substantif (*TDF* s.v. *som* lang. *soun*) et *pus* comme
l'adverbe *plus*. L'image met en relief le mépris de la reine pour un ivrogne et
justifie la colère royale.

« Sapias, barons, per ma corona,
Q'ieu non atrobei mais persona
Qe tant me fezes aïrat. »
248 Mentre tant s'es regirat,
E vol tantost qe dreg s'en diga
Per los savis de la lei antiga,
E dis lor : « Om d'aisi non parta,
252 E tu, notari, m'en fai carta :
De mantenent en ma prezencia
Sapiam de Vasti sa sentencia. »
Cant que lo rei o comandessa
256 Sa volontat era diversa ;
Non ne ac nengun que respondessa,
Car fol fora qi non doptessa,
Car, se sa ira lhi passessa,
260 Sa mort a elz non demandessa.
Razon era qe en eguessa
A mort per so om la neguessa ;
Se dison dreg non fon aucida,
264 Se avia fag com descauzida.
Al rei tantost an respondut :
« De pus qe-l temple fon fondut,
Nostre conselh avem perdut.
268 De part la lei es defendut
De jugar om ci com soliam
Cant eram en Jerusalem
Vai t'en als savis de Moau,
272 Car tostems an estat soau.
En lor terra on an estat
On non agron pauretat.
Per so son tug eis amaestrat
276 Els t'en diran la veritat. »
Aqi foron sos set gramages,

---

1. Entre son amour et la nécessité de juger la reine. – 2. On attendrait sans
doute *de sa mort demandessa*, mais le sens ne paraît pas faire de doute : si le
roi, emporté par sa colère, fait tuer Vasthi, il le regrettera plus tard et en fera
reproche à ses conseillers ; la suite met en lumière le remords du roi : *tenc se
per fol* au v. 355. – 3. P. Meyer, note 263 : « *ausida* m'embarrasse ; il faudrait
auzida... » Il s'agit bien du part. p. *aucida* < *aucir*. Les sages eussent aimé
conseiller la clémence en évitant la sentence de mort (*Esther*, Colbo, p. 51 et

« Sachez, chevaliers, sur ma couronne
que jamais personne ne m'a aussi
fortement mis en colère. »
Et puis, voulant aussitôt que sur ce point
les sages gardiens de l'ancienne loi disent le droit,
se tournant vers eux
il leur dit : « Que personne ne parte,
et toi, notaire, dresses-en l'acte :
sachons sur-le-champ en ma présence
la sentence touchant Vasthi. »
Quoi que le roi ait commandé,
sa volonté était partagée[1] ;
personne n'eût voulu répondre,
car il eût fallu être fou pour ne pas craindre,
une fois sa colère passée,
que le roi ne leur demandât compte de sa mort[2].
La raison voulait que pour son acte elle fût noyée
dans un marais jusqu'à ce que mort s'ensuive ;
s'ils conseillent d'être juste, elle n'est pas tuée[3],
même si elle a agi de façon injurieuse.
Ils ont aussitôt répondu au roi :
« Depuis que notre temple a été détruit,
nous avons perdu notre conseil.
La loi nous interdit
de juger comme nous avions l'habitude de le faire
quand nous étions à Jérusalem.
Va vers les sages de Moab,
car ils ont toujours été bienveillants.
Ils sont restés sur leur terre
où ils n'ont pas connu la pauvreté.
Comme ils sont tous eux-mêmes[4] des maîtres,
ils te diront la vérité. »
Là se trouvaient ses sept sophistes

Meguila 12b), mais la majesté du roi les en empêche : ils se déchargent donc d'une affaire difficile et renvoient Assuérus aux sages de Moab et d'Ammon. – 4. Le texte portant *togeis*, nous conservons la forme *eis* et supprimons le point virgule fautif de P. Meyer à la fin du v. 275.

Celz que sabian totz sos uzages ;
Demandet lor que en volia dreg,
280　Ses far nengun conselh estreg.
Entre aqestos set cavaliers
Respondet un coma parliers,
Aisi con la plus avol cavilha
284　Del carre premiera crenilha.
Segon qe dizon los actos
Cel cavalier avia dos noms :
Aman era son nom en laic,
288　Mes on l'apelavan en ebraic
Memucan, en aqest envit,
Qe vol dir en roman « amanovit » ;
De mal a far era ben aparelhat,
292　En aco era ben talhat,
So nom meteus era garent
Qe el anava mal qerent ;
Per aco ac nom Memucan ;
296　Non lhi sai par se non Acan.
E dis : « Senhors, prenam conselh
Qe donas non prengan espelh.
Se aqest fag non es punit,
300　Totz los maritz seran aunitz
Non trobares una de mil
Qe a son marit mais sie umil.
Non ne aura femna de orre talh
304　Qe son marit preize un alh :
Se es batuda ni ferida,
Veus tantost la brega bastida.
Tornaran s'en a los maritz.
308　Ben en poiran estar marritz.
Encars vos dic saran tant gaias

---

1. Carshena, Shethar, Admatha, Tarshish, Meres, Marsena et Memucan (ou
Memoukhan). – 2. Littéralement : « sans restreindre le conseil ». – 3. Dicton
provençal encore bien connu : *la plus pichoto caviho dóu càrri meno lou mai de
brut* (Mistral, *TDF* s.v. *caviho* ; voir P. Meyer note 284 d'autres ex. de ce
dicton très répandu en oc et oïl. – 4. Il s'agit du nom civil, laïc, complété par
le deuxième nom, religieux. – 5. *En aqest invit* « est peu satisfaisant », n. 289,
p. 222 ; *envit* signifiant « mise » (au jeu), voire « surenchère » (cf. fr. *renvi*), le

qui connaissaient tout le droit coutumier[1].
Il leur demanda de porter un jugement
en conseil pleinier[2].
Parmi ces sept chevaliers
l'un répondit en homme bavard,
de même que la cheville la moins importante du chariot
est celle qui grince en premier[3].
D'après ce que disent les témoins
ce chevalier avait deux noms :
son nom laïc[4] était Aman,
mais, à cause de son outrance verbale[5],
on l'appelait de son nom hébreu Memoukhan,
ce qui en roman veut dire « prêt » ;
car il était bien prêt à faire le mal
et en[6] était bien capable,
son nom même garantissait
qu'il cherchait le mal ;
voilà pourquoi il s'appelait Memoukhan ;
je ne lui connais d'égal qu'Achan.
Il dit alors : « Seigneurs, trouvons le moyen
pour que les dames n'en suivent pas l'exemple.
Si cet acte n'est pas puni,
tous les maris seront déshonorés.
Vous n'en trouverez alors pas une sur mille
qui soit soumise à son mari.
Même le pire laideron ne fera pas plus cas
de son mari que d'une tête d'ail :
pour peu qu'elle soit battue ou frappée
voici aussitôt la querelle bâtie.
Elles se retourneront contre leurs maris
qui pourraient bien s'en trouver marris.
Je vous dis même qu'elles seront si impertinentes

---

terme explique le jeu de mots qui suit. – **6.** Nous proposons une correction
minime *en* pour *e* afin de rétablir la construction. Pour cette symbolique du nom :
« Memoukhan, c'est Aman. Pourquoi est-il appelé Memoukhan ? Parce qu'il était
destiné à être détruit » (*Esther*, Colbo, p. 52-53, note 16).

Qe elas voldran portar las braias.
Ieu dic, senher, qe Vasti mora,
312 E aco ses tota demora.
Sa mort per tot sie renomada.
Ieu dic, senher, qe sie cremada
E qe fassam un decretal
316 Qe sia senhor de son ostal
Tot om, car ben escas,
Sia teunes o sia riscas,
Sia jogador o mal apres ;
320 Gardessa sia con lo pres.
Cascun parle son lengage,
Sia son profieg o son damnage,
Qe non engane sa companha ;
324 Se es de Fransa o d'Espanha,
Car om non sap aqel qi es,
E el non deu parlar frances
Qe om se creirian veraiamenz
328 Q'el fos frances naturalmenz ;
Darian li om molher francesa,
E pueis, apres qu'el l'auria presa,
Sa senhoria seria perduda,
332 Car se tenria per esperduda ;

---

317. Il est écrit *escas*, mais on lira *escatz* : nous avons en hébreu une rime pour l'œil qui ne peut apparaître dans la transcription provençale.

---

1. Dans *La Tragediou de la Reine Esther*, I, 1 : *Leis femmes pourtarien leis causses* (« les femmes porteraient les chausses »). Ceci est à rapprocher du dicton provençal *pourta li braio*, qui signifie « commander son mari », cf. *TDF* s.v. *braio*. Voir aussi *Esaïe*, 3 : 12. Quant au port de l'habit masculin, il était considéré, et pour longtemps encore, comme une transgression : « chose abominable à Dieu, réprouvée et défendue par toutes lois... », lettre de Henri d'Angleterre citée par G. et A. Duby, *Les Procès de Jeanne d'Arc*, Gallimard, 1973, p. 16. – **2.** Si le texte biblique dit seulement que Vasthi ne paraîtra plus, les commentateurs précisent qu'elle fut mise à mort (*Bible commentée*, *op. cit.*, p. 55, note 20). – **3.** En lisant cette évidence « tout le monde vit combien le roi était sot », *Esther*, Colbo, p. 56, note 22. – **4.** La forme *teunes* qui signifie « faible » doit être prise dans le sens de « pauvre », et *riscas* est une variante de *ricas*, « richard, puissant ». Le texte hébreu dit : « du plus petit au plus grand », *Esther*, Colbo, p. 54-55. – **5.** Litt. : « gardée comme on garde un prisonnier ». Le sens général est en harmonie avec les tirades de *La Tragediou de la Reine Esther* : *Et que tous leis chefs de mesoun / Tengoun seis femmes en resoun* (« et que tous les chefs de maison maintiennent leurs femmes dans la raison »). – **6.** « Il envoya des lettres à toutes les provinces du royaume... et à chaque peuple selon sa

qu'elles voudront porter les braies[1].
Je dis, seigneur, que Vasthi doit
mourir et sans délai.
Que sa mort soit proclamée partout[2].
Je dis, seigneur, qu'elle doit être brûlée
et que nous devons faire une décrétale,
à savoir que tout homme soit maître en sa maison[3],
car il convient que ce soit ainsi,
qu'il soit faible ou puissant[4]
joueur ou malappris ;
que cette décrétale soit emprisonnée dans les cœurs[5].
Et que chacun parle sa langue[6],
pour son profit ou son dommage,
afin de ne pas tromper sa compagne ;
ainsi celui dont on ne sait qui il est,
s'il est de France ou d'Espagne,
il ne doit pas parler français,
sinon on le croirait vraiment
français d'origine ;
on lui donnerait une épouse française
et, une fois qu'il l'aurait prise,
il perdrait son autorité,
car elle-même se sentirait découragée[7] ;

---

langue ; elles portaient que tout homme devait être le maître dans sa maison, et qu'il parlerait la langue de son peuple. » Assuérus fit en sorte de respecter la langue de chaque province, sans imposer de langue officielle, « un moyen de gagner la gratitude de ses sujets » (*Esther*, Colbo, p. 56, note 22). On passe ensuite à la nécessité faite au mari d'imposer sa langue à la maison, référence au passage du *Livre d'Esther*, 1 : 22. L'allusion aux problèmes soulevés par le mariage avec des étrangères qui comprennent mal leurs époux s'explique du fait de l'immensité de l'empire d'Assuérus. Mais il y a en arrière-plan une intention plus profonde, car le livre de *Néhémie* se termine par la violente condamnation de ceux qui ont pris des épouses étrangères et dont les fils ne connaissent plus l'hébreu : « Faut-il donc apprendre à votre sujet que vous commettez un aussi grand crime et que vous péchez contre notre Dieu en prenant des femmes étrangères ? » (13 : 27, traduction L. Segond). De même *Esdras*, 10 : 1-17, il faut renvoyer les femmes étrangères. Le livre de *Ruth* s'oppose à cette sévérité. – 7. L'époux, en fait, ne parlerait pas, ou mal, le français, de sorte que, ne comprenant pas ses injonctions, sa femme ne pourrait lui obéir, d'où l'humiliation de l'un et le découragement de l'autre. Ceci rejoint le dicton provençal : *Fau basti' mé de pèiro de soun endré* (« il faut bâtir avec des pierres de son pays »), *Dictons d'oc et Proverbes de Provence* recueillis par Marie Mauron, Forcalquier, 1965, p. 76.

E el n'auria d'aiso gran tort
Se sa molher lh'avia front ;
Mes cant ela lo conoissera,
336 Pueis en ren non s'escuzara.
Per qe volem sia conegut
A son parlar dont es mogut. »
Respondon tots : « Mot es ben dig ;
340 Tantost se meta en escrig. »
Mandet lo rei a un messier :
« Apelas me lo carnacier,
E digas li ses nulha falha
344 Pense de lenha et de palha,
Car dissapte lo ben matin
Vuelh que sia cremada Vasti
En la festa de las juzieuas,
348 Car totas las obras salvas
En aqel jorn lor faria faire,
Aisi car nasqueron de maire. »
Vasti ve mal aqel jostar :
352 Cremada fon ; laissem l'estar.
La cort romanc mot consiroza ;
Cant lo rei ac perdut s'espoza,
Pauzet son vin, tenc se per fol,
356 E de Vasti lo cor di dol.
Non sabia con l'avia perduda,
Ni per om non fon defenduda.
Mes qe aital es dol de molher
360 Cant cel de copde c'om se fier,
Qe la dolor passa tantost.
Pensem d'una autra, cant qe cost ;

---

1. *Lo* renvoie à *lengage* du v. 321, ou annonce *parlar* (v. 338) ; *conoisser* (« connaître ») au sens biblique n'est pas vraisemblable, le mariage ayant déjà eu lieu. — 2. Samedi matin, il s'agit donc du jour de *Chabat* ; or la tradition veut que les femmes doivent tout préparer dans la maison le vendredi pour ne pas avoir à travailler le samedi. Le mauvais exemple de Vasthi et son insubordination troubleraient un jour de prières. La symbolique mystique fait de *Chabat* une fête nuptiale, ce qui peut aussi expliquer l'expression « fête des juives » : le peuple juif reçoit le *Chabat* comme une fiancée accueille son futur époux. On se souviendra aussi que, dans le Comtat, le troisième jour de *Pourim* s'appelait *lou Pourim dei fumo*, le *Pourim* des femmes, car elles cessaient leurs activités et se réunissaient entre elles (voir dans *La Tragediou de la Reine Esther, op. cit.*,

et il subirait un grand préjudice
du fait qu'elle lui ferait front ;
et, même quand elle saura ensuite sa langue[1],
elle ne s'excusera en rien.
C'est pourquoi nous voulons savoir
à sa langue d'où il vient. »
Tous répondent : « C'est fort bien dit ;
que ce soit écrit aussitôt. »
Le roi envoya chercher un messager :
« Appelez-moi le bourreau,
et dites-lui sans faute
qu'il pense au bois et à la paille,
car samedi de bon matin
je veux que Vasthi soit brûlée
pendant la fête des juives[2],
car ce jour-là,
aussi vrai qu'elles sont nées de mère[3],
elle leur ferait faire tout ce qui est à éviter[4]. »
Mauvaise joute pour Vasthi :
elle fut brûlée ; laissons-la.
La cour resta bien soucieuse ;
quand le roi eut perdu son épouse,
il fut désenivré, se tint pour fou
et son cœur souffrit de la mort de Vasthi[5].
Il ne savait pas comment il l'avait perdue,
ni que personne ne l'avait défendue ;
mais la douleur de perdre sa femme
est comme celle qu'on éprouve à se heurter le coude :
c'est une douleur qui passe vite.
Songeons à une autre, quoi qu'il en coûte ;

---

l'introd. de M. Sabatier, p. 12). – **3.** Litt. «de même qu'elles sont nées de leur mère » : c'est une façon d'affirmer la vérité d'un fait ; une autre tournure semblable, très fréquente au moyen âge, désigne l'ensemble des individus : «tous ceux qui sont nés de mère », expression venue des *Evangiles*, *inter natos mulierum*, et qu'on retrouve par exemple dans le *Castia Gilos*, v. 347. – **4.** Cf. *salvar* «exempter » ; là aussi il s'agit d'un sens religieux : l'auteur fait allusion aux *œuvres réservées*, celles qui ne doivent pas être accomplies lors du Chabat : allumer le feu, préparer les repas, etc. Cf. *Esther*, Colbo, p. 50, note 10. – **5.** «Le roi fit ouvertement état de ses regrets », *Esther*, Colbo, p. 57, note 1.

Per qe lo rei ben so passet,
364 E de regina a far penset.
Tot son conselh li van donar
Sos messages fezes anar
Per donzelas a acampar
368 Entro qe-l rei trobes sa par.
Non gardon se es gentil
Son linage o sotil,
Sia juzieua o saraïna,
372 La plus bela sia regina.
Aqest conselh fon gran folia,
Car sol per una qe en volia
En Susan las fazia totas venir
376 Sol per una a retenir,
Es aqelas qe el non volc
S'en tornavan lor morre lonc.
Per so cascun, con o auzia,
380 Sa bela filha escondia ;
Mas ben fon mielhz aconselhat
David, con fon tant refrejat,
Non trobet autra medecina
384 Mes qe on li aguessan una enfantina,
La plus bela que om trobessa ;
Cant que de badas i estessa,
De belas donas s'adautava,
388 Per qe sas costumas gardava.
    Aquel o fes plus saviamenz :
Per tot trames privadamenz.

---

382. Le texte hébreu porte la forme abrégée *Dod* ; il faut le développer en
David pour rétablir le mètre.

---

1. On ne comprend guère pourquoi P. Meyer proposait de remplacer *so* par
s'en : le roi surmonta son deuil. – 2. P. Meyer, n. 370, p. 224, n'a pas lu
sotil. – 3. *Lou moure long* est une expression encore courante en provençal,
l'équivalent de « tirer un long nez ». Les jeunes filles perses ont été humiliées
« en étant amenées au roi pour être ensuite rejetées en faveur d'Esther » et ceci
parce qu'elles « insultaient les filles d'Israël en leur disant qu'elles étaient
laides et que personne ne les regarderait (*Midrach*) », *Esther*, Colbo, p. 58
note 3. – 4. Allusion à la vieillesse de David et au moyen utilisé pour réveiller
ses ardeurs ; cf. *Livre des Rois*, I, 1 : 1-4, David et la Shounamite. « Le roi David
était vieux... et il ne pouvait se réchauffer... Cette jeune fille était fort belle. Elle
soigna le roi et le servit ; mais le roi ne la connut point. » L'auteur mentionne

c'est pourquoi le roi supporta bien l'événement[1]
et songea à faire une autre reine.
Le conseil tout entier lui suggéra
d'envoyer ses messagers
pour réunir des jeunes filles,
jusqu'à ce que le roi eût trouvé sa moitié.
On ne regarderait pas si son lignage
était noble ou de basse origine[2],
si elle était juive ou sarrasine
pourvu que la plus belle fût reine.
Ce conseil fut une grande folie,
car, pour une seule qu'il voulait,
on fit venir à Suse toutes les jeunes filles
pour n'en retenir qu'une seule,
et celles dont il ne voulait pas
s'en retournaient la mine allongée[3].
C'est pourquoi chacun, entendant l'appel à paraître,
cachait sa fille et sa beauté ;
mais David, qui avait si froid,
fut bien plus avisé,
et son seul remède fut
qu'on lui livrât une toute jeune fille,
la plus belle qu'on pût trouver[4] ;
bien que c'eût été en vain pour lui,
il prenait plaisir aux belles dames,
car il en avait gardé l'habitude[5].
    Celui-là agit plus sagement[6] :
partout il envoya les émissaires avec discrétion[7].

---

discrètement l'impuissance de David devenu vieux, qui le rendait inapte à régner
et justifiait ainsi les diverses entreprises pour l'écarter du trône (cf. les prétentions
d'Adonias, I *Rois*, 1 : 5). – **5.** Allusion aux nombreuses épouses et concubines
de David (voir *Samuel* II, 3 : 2-5 et 5 : 13. – **6.** Il s'agit d'Assuérus. Il fut plus
sage que ses conseillers (*supra*, v. 373). – **7.** Il demanda à ses fonctionnaires
d'agir secrètement sans « révéler leur véritable mission... Puis le roi envoya
d'autres fonctionnaires pour les rassembler sans avertissement », *Esther*, Colbo,
p. 58, note 4. Ceci avait aussi pour conséquence d'éviter une déception publique
à chacune des évincées, de sorte que, trompés par ces précautions, les pères
n'hésitaient plus à montrer leurs filles aux émissaires. Dans *La Tragediou de la
Reine Esther*, acte II, sc. 1, il est dit que les jeunes filles sont conduites à Suse
sous la garde de l'eunuque.

En los ostals las regardavan
392 E d'aco non senhor guinhavan;
Per qe nengun non la celava :
Qi avia donzela la mostrava.
Mes cel qe moc lo parlament
396 El fes faire l'ordenament,
Car el volia qe enpereiriz
Fossa del luec vont es noiriz ;
Per ço non vengron en gran pressa
400 D'Anglaterra ne de Gressa :
De Dieu mogron las meravilhas.
En Suzan, denfre las filhas
De las juzieuas, i ac una orfanela
404 Qe era paura e mesquenela,
Mot condela e mot irnela,
C'on apelavan Esterela ;
Fort era tota de bon aire,
408 Mes non avia paire ni maire,
Mes un sieu cozin germa
L'avia presa a sa ma.
Veron aqesta damaizela
412 Qe era verges e piuzela.
De faiso fon mot polida,
Mas un pauc fon escolorida ;
Desobre totas fon plus bela.

---

400. Mauvaise lecture de P. Meyer : *Bressa*.

---

1. Les jeunes filles sont observées chez elles et à la dérobée par les émissaires, de sorte qu'aucun étranger ne peut les lorgner ouvertement, contrairement à ce qui avait d'abord été fait (v. 375-76). – 2. Il s'agit cette fois de Memoukhan. – 3. L'idée en avait été exprimée aux vers 321 et suiv. Grâce au décret de Memoukhan, Esther n'aura pas à dire au roi quelle est son origine, puisque, de toute façon, elle est de Suse. – 4. Tout s'organise selon le dessein caché de Dieu : la décrétale est prise afin qu'Esther fût choisie. – 5. Il n'est pas nécessaire de corriger en *condeta* comme le proposait P. Meyer, la forme *condel* étant relevée par les dict. – 6. Litt. « petite, jeune Esther ». Ce prénom, suivi d'un diminutif en -*ela*, ne se confond évidemment pas avec le mont Estérel, oronyme (cf. Esterre dans les Hautes-Pyrénées), dont la forme féminisée Estérelle a été donnée par Frédéric Mistral à la princesse de son poème *Calendal*, justement parce que cette fée hantait le massif. *Estérelle* n'était pas alors un prénom féminin, et encore moins catholique. Enfin, si la forme *Esterello*, au sens de « jeune Esther », fort rare, avait été encore donnée de son temps, Mistral n'eût pas manqué de le

On observait les jeunes filles chez elles,
ainsi aucun homme ne les lorgnait[1] ;
c'est pourquoi personne ne cachait plus sa fille :
qui en avait une la montrait.
Mais celui qui avait suscité la réunion[2]
fit appliquer la décrétale,
car il voulait que la jeune fille devînt impératrice
du pays où elle avait été élevée[3] ;
c'est pourquoi elles ne vinrent pas en grande foule
d'Angleterre ou de Grèce :
Dieu a suscité ces miracles[4].
Dans Suse, parmi les jeunes juives
il y avait une orpheline,
qui était pauvre et misérable,
mais très gracieuse[5] et vive
qu'on appelait Esterelle[6] ;
elle était d'une fort bonne famille
mais n'avait plus ni père ni mère,
seul un sien cousin germain
l'avait pris sous son aile.
Les émissaires virent cette demoiselle
qui était une jeune fille vierge.
Elle leur montra un fort joli visage[7],
mais un peu pâle ;
elle était la plus belle de toutes.

signaler dans le *TDF* On ajoutera que dans *La Tragediou de la Reine Esther*
seule la forme habituelle de ce prénom est mentionnée ; quant au *piout* (poésie)
pour les jours de *Pourim*, composé en 1767, il n'utilise que la forme *Esther* (voir
Chansons hébraïco-provençales des juifs comtadins, réunies et transcrites par
Ernest Sabatier, Nîmes, 1874, p. 17 et suiv.). En revanche, dans sa note au Chant I
de *Nerte*, Fr. Mistral a rapproché le prénom d'Esther de celui de *Nerto* (« myrte »
en provençal) : « Dans les familles juives de Provence, on le donne aux personnes
qui portent le nom d'Esther. [...] Or, en hébreu, *Hadasa* [deuxième prénom
d'Esther] veut dire myrte, comme *Nerto* en provençal », *Nerto*, Rollet, Avignon,
1966, p. CCXXXV. *Nerto* est encore donné comme l'équivalent d'*Esther* en
provençal dans le livret de Paul Nougier, *Coume te dison ?* (« Comment
t'appelles-tu ? »), Marseille, 1996. – 7. « La jeune fille était belle de taille et belle
de figure », *Esther*, 2 : 7.

416 Prezeron la, van s'en amb ela.
    Anc non fon toza tant lauzada ;
    En nom del rei fon espozada.
    Lo temps non vuelh que vos desnembre :
420 Ela fon preza en dezembre
    Al tems que cas la neu el glas
    E a tot om lo solas plas
    Car am conpania pot jazer :
424 L'un cors am l'autre pren plazer ;
    Qi vol molher adoncs la qeira ;
    Non qeira ges de gran verqeira,
    Ni non la bata ni la feira
428 E a nengun no-n fassa feira ;
    Mantenga la, sie blanca o neira,
    Entro aqel temps qe ponh la neira,
    E tot estiu sol se mantenga,
432 Tro qe l'uvern o lo freg venga.
    Ester fon mesa enfre cambras.
    Peseron lhi de musc e d'ambra ;
    Feron lhi far bons apagimens
436 E lavamenz e escuramens.
    Abanz que lo rei la coronessa
    Doze mes volc se sosjornessa.
    E cant se fon pron sosjornada,
440 Lo rei lhi dis : « Dona delicada,
    De cal terra ses vos nada,
    Qe tant gent es ensenhada ?
    – Senher, aiso non me demandes,
444 E farias ben, qeis comandes

---

1. *Faire feira* soit « faire marché de ». – **2.** L'allusion à la couleur de la femme paraît être ici un souvenir du passage du *Cantique des Cantiques* : « je suis noire et pourtant belle... » ; l'époque du retour de la vermine est évidemment le printemps. L'idée que le coït doit être réservé à l'hiver ou au temps frais proviendrait de la lettre apocryphe d'Aristote à Alexandre, dont il existe une version provençale autrefois éditée par Suchier (voir note 430 de P. Meyer, p. 224-225) ; mais la sagesse populaire s'en est également souvenue : *En tèms d'estiéu, se me vos crèire, / Quito la femo e pren lou vèire !* (« En temps d'été, si tu m'en crois, laisse la femme et prends le verre »), proverbe recueilli par Marie Mauron, *op. cit.*, p. 119. – **3.** « Chaque jeune fille allait à son tour vers le roi Assuérus après avoir employé douze mois à s'acquitter de ce qui était prescrit aux femmes ; pendant

Ayant apprécié sa beauté, ils l'emmenèrent.
Jamais une jeune fille ne fut aussi louée ;
elle fut épousée au nom du roi.
Je ne veux pas manquer de vous dire la saison :
elle fut prise en décembre,
au moment où tombent la neige et la glace
et où tout homme aime l'agrément
d'avoir une compagne dans son lit ;
chacun prend son plaisir avec l'autre.
Qui veut prendre femme doit l'en prier ;
qu'il ne réclame pas une grande dot,
qu'il ne la batte ni ne la frappe
et ne la cède à personne[1] ;
qu'il la garde, qu'elle soit blanche ou noire,
jusqu'au moment où les puces piquent,
et que l'homme reste seul durant l'été,
jusqu'à ce que revienne l'hiver ou le froid[2].
Esther fut placée dans les appartements royaux.
On prit soin d'elle avec du musc et de l'ambre ;
on lui fit faire toilette avec de bons soins apaisants
et des décoctions.
Avant de la couronner, le roi
voulut qu'elle se fût reposée durant douze mois[3].
Et quand elle fut bien reposée,
le roi lui dit : « Charmante dame,
où êtes-vous née
pour être aussi bien apprise ? »
– Seigneur, vous feriez bien de ne pas
me le demander, car, si vous me demandiez de parler[4],

---

ce temps, elles prenaient soin de leur toilette, six mois avec de l'huile de myrrhe,
et six mois avec des aromates et des parfums en usage parmi les femmes », *Livre
d'Esther*, 2 : 12. Ce délai permettait aussi de s'assurer que les jeunes filles
n'étaient pas atteintes de maladie. On remarque le déplacement de personne entre
le *Livre d'Esther* et notre texte, puisque ici seule Esther semble avoir été préparée
selon la coutume. – **4.** Passage difficile ; P. Meyer a proposé *comandes* au lieu
de *comandesses* en commentant : « Vers trop long et obscur », p. 225. Nous
proposons un simple ajout qui a l'avantage de rétablir un sens acceptable : *queis*,
soit *que + si* au lieu de *que* seul.

De dir, ma gent seria em plag ;
Per qe vos dic, senher, se vos plag,
Qe aiso saber vos non volhas,
448 Car de badas i serbeias... »

---

1. *Serbeiar*, « serpenter », fait allusion à la forme des rues du quartier traditionnellement réservé aux Juifs, par exemple en Catalogne. L'utilisation de ce
verbe par Esther est une manière indirecte de révéler son origine à Assuérus.

ma famille en aurait des ennuis ;
c'est pourquoi, seigneur, s'il vous plaît,
je vous demande de ne pas chercher à le savoir,
car vous errez vainement[1]... »

RAIMON VIDAL DE BESALÚ (?)

*Castia Gilos**

L'histoire nous apprend avant tout les dangers de la jalousie conjugale ou plus exactement maritale, *gilos* désignant traditionnellement le mari dans les poésies des troubadours. Or l'épouse n'est plus ici la dame lointaine et

Unas novas vos vuelh comtar
Que auzi dir a .I. joglar
En la cort del pus savi rey
Que anc fos de neguna ley,
5 Del rey de Castela, N'Amfos ;
E qui era condutz e dos,
Sens e valors e cortezia
E engenh de cavalayria ;
Qu'el non era onhs ni sagratz,
10 Mas de pretz era coronatz,
E de sen e de lïaleza
E de valor e de proeza.
E a lo reys fag ajustar
Man cavayer e man joglar
15 En sa cort, e man ric baro.
E can la cort complida fo,
Venc la reŷna Lïanors ;

* Nous suivons l'édition Nelli-Lavaud, *Les Troubadours*, t. II, Desclée de Brouwer, 1966, p. 186-210, revue d'après le ms. *R* (B.N., fr. 22543, f° 132v, col. b-133 col. c), composé dans la région de Toulouse ; cf. Fr. Zufferey, *Recherches linguistiques sur les chansonniers provençaux*, Droz, Genève, 1987, p. 105-133, et H. Field, *op. cit.*, p. 226 et suiv.

13. Nous suivons N.-L. qui restituent toujours la flexion (*reys* pour *rey*).

L'Ecole des Jaloux

toujours muette des *cansos* : elle est le metteur en scène efficace d'une machination qui dupera le mari aveugle et naïf. Partagée entre idéal courtois et thème de fabliau, cette nouvelle a vraiment un ton nouveau.

Je veux vous conter une nouvelle
que j'ai entendu dire par un jongleur
à la cour du roi le plus savant
qui fût jamais dans le monde des croyants,
le roi de Castille, Alphonse[1],
chez qui étaient l'hospitalité, la générosité,
l'esprit, la valeur, la courtoisie
et l'art de chevalerie ;
il n'était ni oint ni consacré[2],
mais couronné de prix,
d'esprit, de loyauté,
de valeur et de prouesse.
Le roi réunit à sa cour
maints chevaliers, maints jongleurs
et maints puissants barons.

Et, lorsque la cour fut au grand complet,
arriva la reine Eléonore ;

---

1. Alphonse VIII de Castille (1155-1214) était le fils de Sanche III de Castille. – 2. On se reportera à ce sujet à l'excellente analyse de H. Field concernant les pratiques du sacre en Espagne, *op. cit.*, p. 199-201. Si les rois wisigoths avaient introduit en Europe les rites de l'onction et de la consécration, ces rites ont été abandonnés peu à peu en Espagne au cours du XIIᵉ siècle, et il semble qu'Alphonse VIII n'ait pas été oint.

Et anc negus no vi son cors :
Estrecha venc en .I. mantelh
20 D'un drap de seda, bon e belh,
Que hom apela sisclato ;
Vermelh ab lista d'argen fo,
E y ac un levon d'aur devis.
Al rey soplega, pueys s'asis
25 Ad una part lonhet de luy.
Ab tan, ve-us .I. joglar ses bruy
Denan lo rey franc, de bon aire,
E-l dis : « Rey, de pretz emperaire,
Ieu soi vengutz aisi a vos,
30 E prec, sie-us platz, que ma razos
Si' auzida et entenduda. »
E-l reys dis : « M'amor a perduda
Qui parlara d'aisi avan,
Tro aia dig tot son talan. »
35   Ab tan lo joglars issernitz
A dig : « Francx reys, de pretz garnitz,
Ieu soi vengutz de mon repaire
A vos, per dir e per retraire
Un' aventura que avenc
40 Sai en la terra don ieu venc,
A .I. vassalh aragones.
Be sabetz lo vassalh, qui es ;

---

30. Forme contractée de *si vos*.

---

1. Eléonore d'Angleterre (1161-1216) était la fille de Henri II Plantagenêt et
d'Aliénor d'Aquitaine, la sœur de Richard Cœur de Lion, de Jean sans Terre et
de Henri au Court Mantel. Elle avait épousé Alphonse VIII en 1170, dont
elle eut onze enfants, parmi lesquels Henri Ier, roi de Castille, et Blanche, la
future épouse de Louis VIII de France et la mère de saint Louis. Cf. *The Plan-
tagenet Encyclopedia*, Londres, 1990 et M. Dumontier, *L'Empire des Plantagenêts. Aliénor d'Aquitaine et son temps*, Copernic, Paris, 1980. – 2. Cette
étoffe de soie pouvait venir de l'Espagne mauresque ; le rouge est la couleur
royale. – 3. Les armes des Plantagenêts sont toujours représentées *de gueules à
trois léopards d'or*. Le fait qu'il s'agit ici d'un lion, et non d'un léopard, serait
signe d'ancienneté selon H. Field, *op. cit.*, p. 203. Mais Michel Pastoureau dans
son *Traité d'héraldique* (Picard, Paris, 1979, p. 143-144) met bien en évidence
le fait que *lion* et *léopard* n'ont de distinction que graphique, le terme « léopard »
étant du reste assez tardif. Il ajoute, et le détail est d'importance, que nous n'avons
« aucun témoignage, écrit ou figuré, des armoiries d'Henri II, si tant est qu'il en

et nul ne vit son corps[1] :
elle vint serrée dans un manteau
fait d'un magnifique drap de soie
qu'on appelle cisclaton ;
il était vermeil[2] avec une lisière d'argent,
et il y avait un lion d'or dessiné[3].
Elle s'inclina devant le roi, et puis s'assit
après s'être un peu écartée de lui.
Alors, sans bruit, se présenta un jongleur
devant le noble roi de bon lignage,
et il lui dit : « Roi, empereur de prix[4],
me voilà venu vers vous
et je vous prie, s'il vous plaît, d'écouter
et d'entendre mon récit. »
Le roi dit : « Celui qui parlera désormais avant
que celui-là n'ait dit tout ce qu'il voulait
aura perdu mon estime. »
　　Alors l'habile jongleur
dit : « Noble roi, plein de mérite,
de chez moi je suis venu
vers vous pour dire et raconter
une aventure qui arriva
là-bas, dans la terre d'où je viens,
à un chevalier aragonais.
Vous savez bien qui est ce chevalier :

---

ait porté », p. 144. Ce fait, ajouté à la grande instabilité des armoiries médiévales
(*ibid.*, p. 239, b : Une véritable difficulté : l'instabilité des armoiries), expliquerait
la présence d'un lion, et non de trois, sur le manteau d'Eléonore. Encore ne
peut-on totalement écarter une autre hypothèse, tout aussi justifiée à notre avis,
et qui serait celle de la mode orientale suggérée par le *cisclaton* ; en effet les
tissus importés d'Orient (et le *cisclaton* en est un, même s'il peut passer par
l'Espagne) ont très souvent pour décoration des lions aux « attitudes quasi héral-
diques » (M. Pastoureau, *ibid.*, p. 139). La présence du lion d'or sur un manteau
à la couleur royale pouvait être simplement une heureuse rencontre avec les
armoiries débutantes des Plantagenêts. – **4.** Les rois d'Espagne étaient ancien-
nement dits *empereurs* lorsqu'ils possédaient au moins deux royaumes. Or, si
Alphonse VII fut le dernier monarque roi de Castille et de Léon méritant, de ce
fait, le titre d'empereur, cette particularité n'était sans doute pas oubliée du temps
d'Alphonse VIII. Il ne s'agit donc pas exactement, comme l'a cru I. Cluzel,
d'« une allusion aux prétentions impériales d'Alphonse » (*op. cit.*, p. 36, n. 7),
mais plutôt d'un parallèle avec l'empereur Frédéric Barberousse dont le fils cadet
Conrad de Rotenburg épousa Bérengère, fille d'Alphonse VIII.

El a nom n'Amfos de Barbastre.
   Ar' aujatz, senher, cals desastre
45 Li avenc per sa gilozia.
Molher bel' e plazen avia,
E sela que anc no falhi
Vas nulh hom, ni anc no sofri
Precx de nulh hom de s'encontrada
50 Mas sol d'un, don era reptada,
Qu'era de son alberc privatz,
D'aquel de son marit cassatz.
Mas Amors tan fort lo sobrava
Per que alcuna vetz pregava
55 La molher son senhor, N'Alvira,
Don ilh n'avia al cor gran ira ;
Pero mais amava sofrir
Sos precx, que a son marit dir
Res per que el fos issilhatz,
60 Car cavayers era prezatz
E sel que·l maritz fort temia,
Car de bona cavalaria
Non ac sa par en Arago.
   – Doncx, dis lo reys, aquest fo
65 Lo cortes Bascol de Cotanda !
   – Senher, oc ! Er'aujatz la randa,
Co·l pres de la bela N'Alvira,
Car res de tot cant hom dezira
Non poc conquerre ni aver,
70 Tro al marit venc a saber,
Que·l disseron siey cavayer
Tug essems en cosselh plenier :
"Senher, per Dieu, trop gran bauzia

---

52. Leçon d'I. Cluzel. Nelli-Lavaud proposent de corriger en *passatz* qui n'est guère satisfaisant.

---

1. Le château de Barbastre en terre aragonaise, sur le Cinca, et à quelque 48 km de Huesca, était une place forte importante dont la réputation est illustrée par la chanson de geste qui porte son nom : *Le Siège de Barbastre*, éd. J.-L. Perrier, CFMA, Paris, 1926. Le seigneur de Barbastre, « celui qui, par droit de possession, pouvait prendre le nom de la ville, était Alphonse Ier de Catalogne-Aragon », H. Field, *op. cit.*, p. 205 ; le nom de Barbastre était d'autant plus il s'appelle seigneur Alphonse de Barbastre[1].

Maintenant écoutez, seigneur, quel désastre
lui advint à cause de sa jalousie.
Il avait une belle et plaisante femme,
et elle n'avait jamais fauté
avec aucun homme, ni jamais souffert
les prières d'aucun homme de sa contrée,
si ce n'est d'un seul, qu'on lui imputait,
un familier de sa maison
qui tenait une terre de son mari[2].
L'amour le dominait tant
que parfois il priait
l'épouse de son seigneur, dame Elvire,
ce dont elle avait en son cœur grand déplaisir,
mais elle préférait souffrir
ses prières plutôt que d'en rien dire à son époux
qui pût le faire exiler ;
or c'était un chevalier estimé
et que le mari craignait fort[3],
car il n'avait pas son pareil
dans tout l'Aragon en fait de bonne chevalerie.
– Donc, dit le roi, c'était
le courtois Bascol de Cotanda[4].
– Oui, seigneur. Maintenant écoutez la fin,
comment il eut les faveurs de la belle Elvire,
car il ne put rien conquérir
ni obtenir de tout ce qu'un homme désire
jusqu'à ce que le mari le sût,
car ses chevaliers le lui dirent
tous ensemble en conseil plénier :
"Seigneur, par Dieu, seigneur Bascol

évocateur pour la cour d'Alphonse VIII que celui-ci avait des droits sur la possession de la ville : un problème diplomatique qui pimentait le nom de Barbastre. – 2. Variante de *cazar*, cf. Lévy, *Petit dict.* : *cazat*, « qui a obtenu une concession à titre viager sur les terres de son seigneur ». – 3. Nous partageons l'opinion de H. Field qui fait justement remarquer qu'Anfos est un couard, p. 232, n. 21. – 4. Ce Bascol (qui signifie « basque » en oc mais « la nuque » en catalan) n'a pu être identifié à ce jour ; quant à *Cotanda*, encore connu comme patronyme en Espagne, entre Sercué et Torla au nord de Barbastro, il présente une consonance aragonaise (cf. A. Zamora Vicente, *Dialectología española*, Madrid, 1979, p. 237-238, à propos de -nt- > -nd-).

Fai en Bascol, que cascun dia
75 Pregua ma dona et enquer.
E dic vos que tan lo-i sofer
Que coguos en seretz, ses falha !"
Et el respos : "Si Dieus mi valha,
Si no m'era a mal tengut,
80 Tug serïatz ars o pendut,
Car non es faitz c'om creire deya,
E tug o dizetz per enveya,
Car sobre totz el val e sap.
Mas ja Dieus no mi sal mon cap
85 Si jamay negus mi retrai
De res que Na Alvira fai,
S'ieu per la gola non lo pen,
Que ja no-n trobara guiren !"
Ab tan, parlet .I. cavayers
90 Fel e vilas e leugiers :
"Senher, cant auretz pro parlat
E vil tengut e menassat,
S'ieus dirai yeu d'aquest afar
Con o poiretz en ver proar,
95 Si ama ma dona o non :
Fenhetz-vos c'al rey de Leon
Voletz anar valer de guerra ;
E si ja podetz d'esta terra
En Bascol traire ni menar,
100 Ve-us mon cors per justizïar ;
Aissi-l vos lieure a prezen."
So dis lo rey : "Et yeu lo pren !"
Ab tan ve-us lo cosselh partit,
Et .I. de sels que l'ac auzit,
105 Per mandamen de son senhor,
Vas l'alberc d'En Bascol s'en cor
E dis-li : " 'N Bascol de Cotanda,
Saluda-us mo senher, e-us manda
Sie-us porra al mati aver,
110 Car de guerra ira valer

---

1. Nous suivons l'interprétation d'I. Cluzel et de H. Field.

commet une trop grande folie, lui qui chaque jour
prie et requiert d'amour ma dame.
Et je vous dis qu'on en supporte tant
de sa part que vous en serez cocu sans faute !"
Et Alphonse répondit : "Aussi vrai que Dieu m'aide,
si cela ne m'était pas imputé à mal,
vous seriez tous brûlés ou pendus,
car ce n'est pas un fait qu'on doive croire,
et vous le dites tous par envie,
car il vaut et sait mieux que vous tous.
Mais que Dieu ne sauve pas ma tête
si je ne fais pendre par la gorge,
sans qu'il trouve aucun garant,
celui qui me rapporte quoi que ce soit
des actes de dame Elvire !"
Alors parla un chevalier
félon, grossier et inconsidéré :
"Seigneur, lorsque vous aurez assez parlé,
injurié et menacé,
je vous dirai, moi, à ce sujet
comment vous pourrez prouver en vérité
s'il aime ou non ma dame :
feignez de vouloir aller porter secours
au roi de Léon qui est en guerre ;
et, si vous pouvez tirer
Bascol hors de cette terre et l'emmener,
je vous livre ma personne pour en faire justice ;
je vous la livre ainsi publiquement."
Le roi dit[1]: "Et je l'accepte !"
Alors voici que la séance du conseil est levée,
et l'un de ceux qui avaient entendu
court, sur l'ordre de son seigneur,
à la demeure de seigneur Bascol
et lui dit : "Seigneur Bascol de Cotanda,
mon seigneur vous salue et vous demande
s'il pourra vous avoir demain matin,
car il ira sans faute porter secours

Al rey de Leon, senes falha."
Et el respos : "Si Dieus mi valha,
Mot voluntiers irai ab luy."
Pueys el dis suavet, ses bruy :
115 "No farai jes, que non poiria."
        E-l messatje, ples de feunia,
Tornet o dir a son senhor :
"Senher, vist ai vostre trachor,
E dis que ab vos anara.
120 Dis, oc ! Mas ja re no-n fara,
Qu'ieu conosc be e say que-l tira."
E-l senher non ac jes gran ira
Can auzi que son cavayers
Ira ab el ses destorbiers,
125 E dis : "Ben pot paor aver
Sel que s'es mes en mon poder
E lieurat a mort per delir,
Que res de mort no-l pot gandir
S'En Bascol va en est viätge ;
130 E ja no-m camjara coratje
Per promessa ni per preguieira."
        Ab tan s'es mes en la carrieira ;
Dis qu'ira En Bascol vezer
C'Amors fai planher e doler ;
135 Et en planhen soven dizia,
Ab greus sospirs, la nueg e-l dia :
"Amors, be-m faitz far gran folor,
Que tal res fas vas mo senhor
Que, s'el sol saber o podia,
140 Res la vida no-m salvaria.
E saber o sabra el ben,
Car ieu non anarai per ren
La on mo senhor anar vol.
E jes aissi esser no sol,
145 C'anc no fes ost qu' ieu no-i anes,
Ni assaut en qu'el no-m menes ;
Et si d'aquest li dic de no,

---

141. Nous conservons la leçon du ms. qui est celle d'I. Cluzel contre Appel et Nelli-Lavaud.

au roi de Léon en guerre."
Et, lui, répond : "Aussi vrai que Dieu m'aide,
j'irai très volontiers avec lui."
Puis, doucement, tout bas, il dit :
"Je ne le ferai pas, car je ne le pourrais."
   Le messager, plein de félonie,
revint le dire à son seigneur :
"Seigneur, j'ai vu votre traître,
et il dit qu'il ira avec vous.
Il le dit, oui ! Mais il n'en fera rien,
car je sais bien que cela lui est pénible."
Mais le seigneur ne fut vraiment pas fâché
d'apprendre que son chevalier
irait avec lui sans aucun embarras,
et dit : "Il peut bien avoir grand-peur
celui qui s'est mis en mon pouvoir et livré
pour être mis à mort,
car rien ne peut le sauver de la mort,
si seigneur Bascol participe à ce voyage ;
et ni promesse ni prière
ne changeront ma volonté."
Alors il s'est mis en route ;
il dit qu'il ira voir Bascol,
qu'Amour fait se plaindre et souffrir ;
en se plaignant, il disait souvent,
nuit et jour, avec de grands soupirs :
"Amour, tu me fais faire une bien grande folie,
car j'agis envers mon seigneur
de telle façon que, si seulement il l'apprenait,
rien ne me sauverait la vie.
Et il pourra bien l'apprendre,
car je n'irai pour rien au monde
là où mon seigneur veut aller.
Or cela ne m'est pas habituel,
car il n'a jamais levé l'armée que je n'y fusse,
ni donné un assaut sans m'y mener ;
et si je lui dis non pour cet assaut,

Sabra be per cal ocaizo
Soi remazutz, a mon vejaire.
150 Mas ieu say com o poirai faire :
Dirai-li que mal ai avut
....
Et enquera no m'a laissat,
Per que metges m'a cosselhat
155 Que-m fassa .I. petit leujar."
    Ab tan s'es fag lo bras lïar
E-l cap estrenher fort ab benda,
E dis que ja Dieus joy no-l renda
Si ja lai va, qui non lo'n forsa,
160 C'Amors, que-l fai anar ad orsa,
Li tol lo talen e-l trasporta.
    Ab aitan sonet a la porta
Lo senhor N'Amfos autamen,
Et hom li vai obrir corren.
165 Dins intra, e-N Bascol saluda :
"Senher, sel Dieus vos fass'ajuda
Que venc sus en la crotz per nos."
Dis lo senhor : "Oc, et a vos,
Bascol, don Dieu gaug e salut.
170 Digatz, e que avetz avut ?
  – Per Crist, senher, gran malautia.
  – E co sera ? Qu'ieu ja volia
Anar en ost. No-y anaretz ?
  – Senher, si m'ajut Dieu ni fes,
175 Be vezetz que no-y puesc anar,
E peza-m mot, si Dieu mi gar."
Dis lo senher : "Oc, et a me,
En Bascol, .II. tans, per ma fe,
Qu'ieu non puesc mudar que no-y an.
180 E vau m'en, a Dieu vos coman.

---

150. Leçon du ms. et d'I. Cluzel contre Nelli-Lavaud (*so*). – **152.** Il faut
supposer une lacune avec I. Cluzel, *avut* n'ayant pas de rime. – **176.** Nelli-Lavaud
attribuent le deuxième hémistiche à Alfonse.

il saura bien, à mon avis,
pour quelle raison je suis resté.
Mais enfin je sais comment je pourrai faire :
je lui dirai que j'ai eu une maladie
....
et qu'elle ne m'a pas encore quitté,
c'est pourquoi le médecin m'a conseillé
une petite saignée."

Alors il s'est fait lier le bras
et serrer bien fort la tête avec une bande,
et demande que Dieu ne lui donne plus aucune joie
s'il va là-bas, sans qu'on l'y force,
car Amour, qui le fait aller au lof[1],
lui ôte le sentiment et l'aliène[2].

Là-dessus le seigneur Alphonse
huche énergiquement à la porte
et on court lui ouvrir ;
il entre et seigneur Bascol le salue.
"Seigneur, que Dieu qui vint pour nous
sur la croix vous vienne en aide."
Le seigneur dit : "Oui, et que Dieu vous
donne à vous, Bascol, joie et santé.
Dites, qu'avez-vous eu ?
– Par le Christ, seigneur, grande maladie.
– Et qu'en sera-t-il ? Je voulais
aller en expédition. N'irez-vous pas ?
– Seigneur, aussi vrai que Dieu et la foi m'aident,
vous voyez bien que je ne peux y aller,
et cela me peine fort, aussi vrai que Dieu me garde."
Le seigneur dit : "Oui, et moi,
Bascol, deux fois plus, par ma foi,
car je ne peux renoncer à y aller.
Je m'en vais et vous recommande à Dieu.

---

1. « Aller au plus près du vent » ; cf. J. Linskill, *The Poems of the troubadour Raimbaut de Vaqueiras*, La Hague, 1964, n. 14, p. 291-92 avec référence au *TDF* de Mistral, l'expression étant restée dans les dialectes modernes, et cité par H. Field, p. 240 n. 52. – 2. I. Cluzel, qui a ainsi interprété *trasporta*, mettait le verbe en relation avec l'expression *trasportat de testa*, « fou, aliéné » (p. 38, n. 13) ; ceci est d'autant mieux venu, comme le relève aussi H. Field (p. 240, n. 53), que Bascol s'est fait envelopper la tête.

    – Senher, et yeu vos a sa maire.”
     Ab tan lo senher de bon aire
    S’en va, e-l cavayers reman.
    E-l bon mati a l’endeman
185 A fag sos cavals enselar,
    E pres comjat, ses demorar,
    Et eys del castel mantenen,
    Iratz e ples de mal talen,
    Car En Bascols es remazutz.
190 Et es a .I. castel vengutz
    .II. legas lonhet d’aqui ;
    E tan tost can lo jorn falhi
    El a son caval esselat
    E pueja, e si a levat
195 Detras si un trotier pauquet.
     Ab tan en la carrieira-s met
    E torna s’en dreg a Barbastre,
    E ditz que bastra mal enpastre,
    La nueg, si pot, a sa molher.
200 Lo caval dels esperos fer
    E broca, tan que al portel
    Es vengutz suau del castel
    Dous la cambra de sa molher.
    Lo caval laissa al trotier
205 E dis : “Amicx, aten m’aisi.”
     Ab tan vai avan e feri
    Un colp suavet de sa man.
    E-l pros dona, ab cor sertan,
    Cant al portel sonar auzi,
210 Dis : “Donzela, leva d’aqui.
    Leva tost sus e vay vezer,
    Donzela, qu’ieu noca y esper
    Cavayer ni home que vengua.
    Ja Dieu, dis ela, pro no-m tengua
215 S’ieu non cre que mo senher sia,
    Que m’asage ma drudaria
    D’En Bascol, car huey no-l segui.”

---

191. Il faut lire le féminin *doas*, de sorte que la restitution d’I. Cluzel *a .ll.*
rend le vers hypermètre.

– Seigneur, et moi je vous recommande à sa mère.”
   Alors le seigneur de bon lignage
s'en va, et le chevalier demeure.
Le lendemain de bon matin
seigneur Alphonse a fait seller ses chevaux,
a pris congé sans tarder,
et sort aussitôt du château,
fâché et de mauvaise humeur,
car seigneur Bascol est resté.
Il est arrivé à un château
distant de deux lieues ;
et aussitôt que le jour tombe,
il selle son cheval
et monte ; il a pris avec lui,
un tout jeune valet.
   Alors il se met en route,
s'en retourne droit à Barbastre,
et se dit que, s'il le peut, il administrera
cette nuit à sa femme un méchant soufflet[1].
Il éperonne son cheval
et pique des deux tant et si bien qu'il arrive
au guichet du château, sans bruit,
du côté de la chambre de sa femme.
Il laisse son cheval au valet
et dit : “Ami, attends-moi ici.”
   Il s'avance alors et frappe
légèrement au guichet.
En entendant frapper au guichet,
l'excellente dame fort courageuse
dit : “Jeune fille, lève-toi,
lève-toi vite, va voir,
jeune fille, car je n'attends
ni chevalier ni personne que ce soit.
Que Dieu m'abandonne, se dit-elle,
si je ne crois pas que c'est mon seigneur
qui met à l'épreuve ma relation amoureuse
avec seigneur Bascol, car aujourd'hui il ne l'a pas suivi.” ·

---

   1. Encore aujourd'hui *basti* a le sens d'« administrer, flanquer » et *emplastre*
celui de « claque, soufflet », cf. *TDF* s.v. *basti* et *emplastre*.

Ab aitant autre colp feri.
"A ! Donzela, leva tost sus !"
220 E dis : "Ja non atendrai pus
C'ades non an vezer qui es."
Lo portel obri demanes ;
Et intret, e dis a l'intrar :
"Donzela, trop m'as fag estar
225 Aisi, que no-m venguest obrir ?
No sabias degues venir ?
– Non, senher, si-m don Dieus bon astre !"
    Ab tan lo senher de Barbastre
Vai enan en guiza de drut ;
230 E ve-l vos dreg al lieg vengut,
Et agenolha-s mantenen,
E dis : "Bela dona plazen,
Ve-us aisi vostr'amic coral,
E per Dieu, no-m tenguatz a mal
235 ....
C'uey ai per vos l'anar laissat
De mo senhor, a qui fort peza.
Mas l'amors, qu'en me s'es empreza,
No-m laissa alhondres anar,
240 Ni de vos partir ni lonhar,
Don ieu sospir mantas sazos.
    – Dïas-me, senher, qui es vos ?
    – Dona, e non entendes qui ?
Ve-vos aisi lo vostr'ami,
245 Bascol, que-us a loncx temps amada."
    Ab tan la dona s'es levada
En pes, et a-l be conogut
Son marit, mas pauc l'a valgut,
E crida tan can poc en aut :
250 "Per Crist, trachor, degun assaut
Don pietz vos prenda no fezetz,
Que pendutz seretz demanes,

---

235. Le vers suivant se trouvant isolé, il faut supposer, avec I. Cluzel, une lacune.

Il frappa alors un autre coup.
"Ah, jeune fille, lève-toi vite !"
Et celle-ci dit : "Je n'attendrai pas plus longtemps
pour aller voir qui c'est."
Elle ouvre aussitôt le guichet ;
et lui entre et dit :
"Jeune fille, tu m'as fait trop attendre ;
que n'es-tu venue m'ouvrir ?
Ne savais-tu pas que je devais venir ?
— Non, seigneur, aussi vrai que Dieu me protège !"
    Alors le seigneur de Barbastre
s'avance à la manière d'un amoureux ;
et le voici venu tout droit jusqu'au lit
et aussitôt il s'agenouille
et dit : "Belle et plaisante dame,
voici votre ami de cœur,
et, par Dieu ! ne m'en tenez pas rigueur
....,
car pour vous aujourd'hui j'ai renoncé à l'expédition
de mon seigneur, et cela lui est fort désagréable.
Mais l'amour qui s'est allumé en moi
ne me laisse ni aller ailleurs,
ni me séparer, ni m'éloigner de vous ;
c'est pourquoi je soupire souvent.
— Dites-moi, seigneur, qui êtes-vous ?
— Dame, ne comprenez-vous pas qui je suis ?
C'est votre ami,
Bascol, qui vous aime depuis longtemps."
Alors la dame s'est levée de son lit ;
elle a bien reconnu
son mari[1], mais il n'en aura guère tiré profit,
car elle crie aussi haut qu'elle peut :
"Par le Christ, traître, vous n'avez livré aucun assaut
qui puisse être pire pour vous,
car sur-le-champ vous serez pendu

---

1. Il faut comprendre que cette scène se déroule dans l'obscurité d'une chambre médiévale ; si Elvire, qui se doutait du stratagème, reconnaît son époux, celui-ci, qui a dû contrefaire sa voix, la croit suffisamment sûre d'avoir affaire à son amant pour ne pas l'identifier.

Que res de mort no-us pot estorser !"
Pren l'als cabelhs, comens'a torser
255 Aitan can pot, ab ambas mas.
Mas poder de dona es vas,
Que de greu maltrag leu se lassa,
E fier petit colp de grieu massa !
E cant ela l'ac pro batut
260 E rosseguat e vil tengut –
Ses tornas, que anc no-l rendet –,
Ieys de la cambra, l'us sarret.
Ar laisset son marit jauzen
Aisi com sel que mal no sen,
265 Que semblan l'es que sia fina.
Ela del tost anar no fina
Vas la cambra del cavayer
C'Amors destrenhi' a sobrier,
E troba so que pus dezira.
270 Ela lo pren, vas si lo tira,
E comta-l tot cossi l'es pres.
Pueys l'a dig : "Bels amicx cortes,
Ara-us don aisi de bon grat
So c'avetz tostemps dezirat,
275 C'Amors o vol e m'o acorda ;
E laissem lo boc en la corda
Estar, sivals entro al jorn,
E nos, fassam nostre sojorn."
Aisi esteron a gran delieg
280 Tro al senh, abdos en .I. lieg,
Que-l dona levet. Issi s'en,
Et escrida tota la gen
A lurs albercx, e comtet lur :
"Aujatz, dis ela, del tafur
285 En Bascol, co-m volc enganar :
Anueg venc al portel sonar
En semblansa de mo senhor.
Intret en guiza de trachor
A mon lieg, e volc me aunir ;

----

1. Le bouc en langue d'oc désigne aussi un imbécile (*TDF s.v. bòchi*).

et rien ne peut vous sauver de la mort !"
Elle le saisit aux cheveux et commence à les tordre
autant qu'elle le peut à deux mains.
Mais la force d'une femme est vite épuisée,
se fatigue rapidement d'un grand effort
et frappe un petit coup avec une grosse massue !
Quand elle l'a suffisamment battu,
rossé et injurié –
sans riposte, car il ne lui rendit aucun coup –
elle sort de la chambre et ferme l'huis.

    Elle laisse son mari tout réjoui
en homme qui ne sent aucun mal,
car il lui semble qu'elle est fidèle.
Elle va vite sans s'arrêter
jusqu'à la chambre du chevalier
qu'Amour tourmentait à l'excès,
et voilà qu'il trouve ce qu'il désire le plus.
Elle le saisit, l'attire à elle
et lui conte tout ce qui lui est arrivé.
Puis elle lui dit : "Cher ami courtois,
je vous donne maintenant de bon gré
ce que vous avez toujours désiré,
car Amour le veut et me l'accorde ;
et laissons le bouc attaché[1]
au moins jusqu'au jour,
et, nous, faisons notre plaisir."

    Ils furent ainsi dans les délices,
tous deux dans le même lit, jusqu'à l'appel de la cloche.
La dame se leva ; elle s'en alla,
appela tous ses gens
dans leurs logis et leur fit son récit :
"Ecoutez, dit-elle, comment le truand
Bascol a voulu me séduire :
cette nuit il est venu hucher au guichet
comme s'il était mon époux.
Il est entré comme un traître
jusqu'à mon lit et a voulu me déshonorer ;

290 Mas yeu m'en saup trop jen guerir :
    Dins en ma cambra l'ai enclaus."
    Tug ne feron a Dieu gran laus,
    E dizon : "Dona, be-us n'es pres,
    Sol c'ades mueira demanes,
295 Car hom non deu trachor sofrir !"

        Ab tan se son anatz garnir,
    E corron tug vas lurs albercx :
    Als us viratz vestir ausbercx,
    Als autres, perpunhs et escutz,
300 Capels, cofas et elms agutz ;
    L'autre-s prenon lansas e dartz ;
    Sempres venon de totas partz
    Candelas e falhas ardens.

        E can N'Amfos auzi las gens
305 Aisi vas si venir garnidas,
    Dedins a las portas tampidas,
    Et escridet : "Senhors, no sia !
    Per Dieu lo filh sancta Maria,
    Que N' Amfos, vostre senhor, so !"
310 Et els trenco ad espero
    Las portas per tan gran poder
    Que fer ni fust no-y poc valer.
    E cant el trencar las auzi,
    Tost en .I. escala salhi
315 E puget en .I.ª bestor,
    E pueis gitet l'escala por.
        Mantenen an tot l'uys trencat

---

309. Nous suivons ici l'amendement d'Appel et d'I. Cluzel, voir la note 2 de la trad.

---

1. Le *chapel* est une sorte de cervelière au bord saillant. Il peut être en cuir ; la *cofa* est une calotte de mailles ou de plaques de fer (cf. Viollet-le-Duc, *Encyclopédie médiévale*, Inter-livres, 1978, p. 265 et 268. – **2.** H. Field conserve la leçon du ms. : *Bascol*, que Cluzel avait corrigée en remplaçant *Bascol* par *Alphonse*. L'argument de l'éditeur anglais est que le mari se faisant passer pour Bascol donne de lui-même l'image négative du menteur jaloux qui déshonore son épouse, argument qui force sans doute le texte, puisque Alphonse, devant l'honnêteté de son épouse, est si joyeux qu'il ne répond pas aux coups qu'elle lui porte. Il est plus vraisemblable de penser que, dans le noir et entendant le bruit des armes, Alphonse a peur d'être pris pour celui qu'il n'est pas et crie son

mais j'ai bien su y échapper :
je l'ai enfermé à l'intérieur de ma chambre."
Tous en firent louange à Dieu,
et dirent : "Dame, bien vous en a pris,
à condition qu'il meure sur-le-champ,
car on ne doit pas souffrir un traître !"

Aussitôt ils sont allés s'équiper
et courent tous vers leurs logis :
vous auriez vu les uns revêtir leurs hauberts,
les autres leurs pourpoints, leurs écus,
leurs chapels, leurs calottes[1] et leurs heaumes aigus ;
d'autres prennent leurs lances et leurs dards ;
des chandelles et des torches ardentes
viennent aussitôt de toutes parts.

Et quand seigneur Alphonse entendit ses gens
venir vers lui ainsi équipés,
de l'intérieur il ferme les portes
et s'écrie : "Seigneurs, non !
Par Dieu, le Fils de sainte Marie,
je suis Alphonse, votre seigneur[2] !"
Mais eux enfoncent en hâte
les portes, avec une telle force
que ni le fer ni le bois ne peuvent s'y opposer.
Et quand il entendit qu'on enfonçait les portes,
il grimpa rapidement à une échelle,
monta dans une échauguette[3]
et puis rejeta l'échelle.

Aussitôt ils ont enfoncé les portes

---

nom comme il va encore le faire aux vers 336-337. – **3.** Cf. *bestourre, bestour*,
s. f. dans le *TDF* : il s'agit d'une petite tour faisant saillie sur le mur (ou le
rempart) auquel elle s'appuie. H. Field précise que cette échauguette pouvait
aussi servir de latrines et la met en parallèle avec le fumier des versions françaises,
op. cit., p. 252, n. 87 ; voir dans *La Borgoise d'Orliens* : *si l'ont sor un fumier
flati*. Voilà qui complète, certes, le portrait du mari peureux caché dans un endroit
peu reluisant ! Mais accéder aux latrines par une échelle mobile et à une bonne
hauteur serait vraiment une nouveauté ! En revanche, on se servait bien d'une
échelle pour atteindre les soupentes ménagées dans l'épaisseur des murs et servant
traditionnellement de resserres à provisions (cf. *La Casa nel Medioevo*, diapo-
sitives Scala, Antella, Florence, 1984, vue n° 11 : miniature de Gentile da
Fabriano, Saint Nicolas ressuscite trois enfants, Pinacothèque du Vatican).

E son vengut al lieg armat,
E cascus tan can pot sus fer,
320 Car cujon lo aqui trober.
E can non l'an laïns trobat,
Son tug corrossos et irat ;
E-l dona n'ac son cor dolen ;
E, mentre l'anavon queren,
325 Vas la bestor fai .I. esgart
E vi l'escal' a una part,
Que sos maritz ac por gitada,
E tornet dir a sa mainada :
"Baros, yeu ai vist lo trachor !
330 Ve-l vos en aquela bestor ;
Dressatz l'escala e pujatz,
E si' ades totz pessejatz,
Que sol no-l laissetz razonar !"
Ab tan N'Amfos pres a cridar :
335 "Baros, e quinas gens es vos ?
Non conoissetz degus N'Amfos,
Lo vostre senhor natural ?
Ieu soi aisel, si Dieu mi sal !
E per Dieu, no-m vulhatz aussir !"
340 E la dona fes .I. sospir ;
Al dissendre, gitet .I. crit
Can tug conegro son marit.
Ar crida, plora, planh e bray :
"Bel senher dos, tan fol assay
345 Co vos auzes anc enardir ?
Car tan gran paor de morir
Non ac mais negus natz de maire.
Bel senher dous, franc, de bon aire,
Per amor Dieu, perdonatz me,
350 E truep, sie-us platz, ab vos merce,
Senher, que yeu no-us conoisia.
Si-m sal lo filh sancta Maria,
Enans me cujava de vos

---

320. Leçon du ms. et d'I. Cluzel qui voit en *trober* (au lieu de *trobar*) un infinitif épique.

et sont arrivés en armes auprès du lit,
et chacun frappe dessus autant qu'il le peut,
car ils pensent le trouver là.
Et comme ils ne l'ont pas trouvé dans le lit,
ils en sont tous fâchés et irrités,
et la dame en a le cœur affligé ;
mais, tandis qu'ils le cherchent,
elle jette un regard vers l'échauguette
et voit à part l'échelle
que son mari avait jetée,
alors elle revient dire à ses gens :
"Chevaliers, j'ai vu le traître !
voyez-le dans cette échauguette ;
dressez l'échelle, montez,
et hachez-le menu tout de suite,
sans le laisser seulement discuter !"
Aussitôt Alphonse se met à crier :
"Chevaliers, quelles gens êtes-vous donc ?
Ne reconnaissez-vous pas, aucun d'entre vous,
Alphonse, votre seigneur légitime ?
C'est moi, aussi vrai que Dieu me protège !
et, par Dieu ! ne me tuez pas !"
La dame pousse alors un soupir ;
et lorsque qu'il descend, elle jette un cri
au moment où tous reconnaissent son mari.
Alors elle crie, pleure et se lamente bruyamment :
"Cher doux seigneur, comment avez-vous jamais
osé une aussi folle entreprise ?
Car jamais aucun être vivant
n'eut autant à craindre la mort !
Cher doux seigneur, noble, de bon lignage,
pour l'amour de Dieu, pardonnez-moi,
et que je trouve auprès de vous, s'il vous plaît, miséricorde,
seigneur, car je ne vous reconnaissais pas.
Aussi vrai que le Fils de sainte Marie me protège,
je croyais qu'au lieu de vous

Qu'En Bascols de Cotanda fos."
355 Et el respos : "Si Dieus mi sal,
No m'avetz fag enueg ni mal
De que-us calha querer perdon.
Mas a me, que-l plus fals hom son,
E-l plus tracher que anc fos natz,
360 Amiga, dona-m perdonatz,
Qu'ieu ai vas mi meteis falhit,
E-l vostre valen cors aunit.
E per colpa e per foldat
Mon bon cavayer adzirat.
365 E per colpa de lauzengiers
M'es vengutz aquest destorbiers
Et aquesta desaventura.
Amiga, dona franqu'e pura,
Per amor Dieu, perdonatz me,
370 E truep ab vos, sie-us plai, merce,
E ajam .II. cors ab .I. cor,
Qu'ieus promet que mays a nulh for
Non creirai lauzengiers de vos,
Ni sera tan contrarïos
375 Nulhs hom que mal y puesca metre.
   — Ara, dis ela, faitz trametre,
Senher, per vostre messatgier.
   — De gaug, dona, e volontier
Ho farai, pus vey c'a vos play.
380 — Senher, oc, et enqueras may :
En Bascol anaretz vezer,
E digatz li que remaner
Vos a fag tro sia gueritz."
   Ab tant es de l'alberc partitz
385 E fai so que ela li manda.
Vezer va Bascol de Cotanda,
E trames per sos cavayers,
C'anc may aitan gran alegriers
Non crec ad home de son dan.

---

1. Expression habituelle, cf. *infra Lai on cobra*, v. 404. – 2. A Bascol : il faut
que le mari lui annonce toutes ses bonnes résolutions, ce qui ne manque pas de

il s'agissait de seigneur Bascol de Cotanda."
Il répondit : "Aussi vrai que Dieu me protège,
vous ne m'avez fait ni peine ni mal
dont il vous faille demander pardon.
Mais c'est à moi, qui suis l'homme le plus faux
et le plus traître qui fût jamais né,
dame mon amie, qu'il faut pardonner,
car j'ai failli envers moi-même,
et j'ai déshonoré votre noble personne.
Dans ma coupable folie,
j'ai haï mon bon chevalier.
Et par la faute des médisants
tout ce trouble et cette mésaventure
me sont survenus.
Amie, dame noble et pure,
pour l'amour de Dieu, pardonnez-moi,
et que je trouve auprès de vous, s'il vous plaît, miséricorde,
et de nos deux cœurs n'en faisons qu'un[1],
car je vous jure que jamais, sous aucun prétexte,
je ne croirai les médisants à votre sujet,
et personne ne saura être
assez hostile pour mettre la fâcherie entre nous.
– Maintenant, seigneur", dit-elle, "faites-le savoir
par votre messager[2].
– Je le ferai, dame, avec plaisir et volontiers,
puisque je vois que cela vous plaît.
– Oui, seigneur, et en plus
vous irez voir seigneur Bascol,
et dites-lui qu'il vous a fait rester
ici jusqu'à ce qu'il soit guéri."
    Alors il a quitté la maison,
et fait ce qu'elle lui commande.
Il va voir Bascol de Cotanda,
et s'est fait annoncer par ses chevaliers[3],
car jamais un homme n'a éprouvé
une aussi grande joie de son infortune.

---

piquant. – **3.** Reprise des termes des v. 376-377. Alphonse fait annoncer sa visite
à Bascol, cf. v. 105-106.

390 E que-us iri' alre comtan ?
    Vas l'alberc tenc de son vassalh.
    En Bascol dreg vas lo lieg salh ;
    E estet suau et en pauza,
    E ac be la fenestra clauza.
395 "Bascol", dis el, "e cossie-us vay ?
    – Per Crist, senher, fort mal m'estai,
    Et agra-m be mestier salutz.
    E cosi es tan tost vengutz ?"
    Dis En Bascols a son senhor.
400 "Bascols, ieu per la vostr'amor
    Soi remazutz, e remanrai,
    Que ja en ost non anarai
    Si vos ab mi non anavatz.
    – Ieu, senher, guerrai si Dieu platz,
405 E pueis farai vos de bon grat
    Tota la vostra volontat."
       Ar s'en tornet vas son ostal,
    E fo ben jauzenz de son mal ;
    E estet be, si Dieu be-m don,
410 Car el tenia en sospeison
    Sela que falhit non avia.
    Mais ela saup de moisonia
    Trop may que el, segon que-m par.
       Per qu'ieu, francx rey, vos vuelh pregar,
415 Vos e ma dona la reÿna,
    En cuy Pretz e Beutat s'aclina,
    Que gilozia defendatz
    A totz los homes molheratz
    Que en vostra terra estan.
420 Que donas tan gran poder an,
    Elas an be tan gran poder,
    Que messonja fan semblan ver,
    E ver messonja eissamen,

---

1. On peut aussi supposer avec Nelli-Lavaud qu'Alphonse court au lit de Bascol, mais notre interprétation a l'avantage de ne pas exiger un changement abrupt de sujet et d'ajouter une note de comédie. – 2. Bascol n'était sûrement pas au lit, même s'il gardait la chambre par précaution, et il a pu entendre venir le cheval d'Alphonse ; enfin le fait d'avoir la fenêtre fermée était une précaution prise en cas de maladie, bien connue au moyen âge : l'air frais était jugé

Et que vous dirais-je de plus ?
Il se dirige vers la demeure de son vassal.
Seigneur Bascol saute dans son lit[1]
et se tient tranquille et sans bouger,
après avoir bien fermé la fenêtre[2].
"Bascol", dit-il, "comment allez-vous ?
– Par le Christ, seigneur, je me sens très mal,
et j'aurais bien besoin de la santé.
Mais comment êtes-vous venu si tôt ?"
dit Bascol à son seigneur.
"Bascol, je suis resté par affection
pour vous, et je resterai,
car je n'irai jamais en campagne
si vous n'y venez avec moi.
– Pour moi, seigneur, je guérirai, s'il plaît à Dieu,
et puis j'accomplirai pour vous de bon gré
toute votre volonté."

Alors Alphonse s'en retourna à sa demeure,
tout joyeux de son malheur,
et c'était juste, aussi vrai que Dieu m'est favorable,
car il avait soupçonné
celle qui n'avait pas commis de faute.
Mais, elle, à mon avis,
elle était beaucoup plus rusée que lui[3].

C'est pourquoi, noble roi, je veux vous prier,
vous et ma dame la reine,
devant qui Prix et Beauté s'inclinent,
d'interdire la jalousie
à tous les hommes mariés
qui résident sur vos terres.
Car les dames ont une telle puissance,
elles ont vraiment un tel pouvoir,
qu'elles donnent au mensonge l'apparence de la vérité
et, de même, à la vérité l'apparence du mensonge,

---

nocif. Ce petit détail doit attester de la vérité de sa maladie auprès d'Alphonse. – **3.** C'est la perfidie naturelle des femmes : « ... et tout ce qu'elle dit traduit la duplicité de son cœur et témoigne du caractère tortueux de son esprit », *dixit* André le Chapelain (*op. cit.*, Livre III, p. 199) qui ne faisait que traduire une opinion alors banale !

Can lor plai ; tant an sotil sen !
425 Et hom gart se d'aital mestier,
Que non esti'en cossirier
Tostemps mais, en dol et en ira ;
Que soven ne planh e-n sospira
Hom que gilozia mante ;
430 May nulh mestier no fara be.
Qu'el mon tan laia malautia
Non a, senher, can gilozia,
Ni tan fola, ni tan aunida.
Que pietz n'acuelh e mens n'evida,
435 Et es ne pieitz apparïans,
C'ades li par que-l vengua dans.
– Joglar, per bonas las novelas,
E per avinens e per belas
Tenc, e tu que las m'as contadas ;
440 E far t'ai donar tals soldadas
Que conoisiras per vertat
Que de las novelas m'agrat ;
E vuelh c'om las apel mest nos
Tostemps may *Castia Gilos*. »
445   Quan lo rey fenic sa razo
Anc non ac en la cort baro,
Cavayer, donzel ni donzela,
Sesta ni sest, ni sel ni sela,
De las novas no s'azautes
450 E per bonas non las lauzes,
E que cascus no fos cochos
D'apenre *Castia Gilos*.

---

441. Leçon d'I. Cluzel, contrairement à ce que dit H. Field, *op. cit.*, p. 262, note 122. Le ms. porte *que* (ce qui redouble la conjonction). Nelli-Lavaud : *qu'es*.

lorsqu'il leur plaît ; tant elles ont l'esprit ingénieux !
Et que tout homme se garde d'un tel agissement,
afin de n'être pas toujours
dans les soucis, la douleur et la fureur ;
car l'homme que la jalousie domine
souvent s'en plaint et en soupire ;
il ne fera jamais rien de convenable.
Car il n'y a pas au monde,
seigneur, une maladie aussi laide que la jalousie,
ni aussi folle, ni aussi honteuse.
Le jaloux reçoit fort mal ses hôtes et a moins de convives,
il en devient piètre compagnon,
car toujours il lui semble qu'il va lui arriver préjudice.
— Jongleur, je tiens ta nouvelle pour bonne,
avenante et plaisante,
ainsi que toi qui me l'as contée ;
je t'en ferai donner un tel salaire
que tu sauras en vérité
que ta nouvelle me plaît.
Et je veux que, parmi nous, on l'appelle
toujours désormais *L'Ecole des Jaloux*[1]. »
    Quand le roi cessa de parler,
il n'y eut à la cour baron,
chevalier, damoiseau ni demoiselle,
ni personne
qui ne fût charmé de cette nouvelle
et ne la célébrât comme bonne,
ni personne qui ne fût désireux
d'apprendre *L'Ecole des Jaloux*.

---

1. La jalousie, maladie de l'époque, est d'autant plus vivement et unanimement condamnée qu'elle fausse le jeu de la *fin'amor*. Elle révèle aussi un amour conjugal trop ardent, or « comme l'enseigne la loi de l'Eglise, celui qui aime sa femme avec trop d'ardeur est considéré comme coupable d'adultère » (André le Chapelain, *op. cit.*, Livre I, p. 109) ; l'auteur du *Traité* établit alors une subtile différence entre l'horrible jalousie conjugale et la légitime inquiétude jalouse de l'amant (p. 107-109).

ARNAUT DE CARCASSÈS
Las Novas del Papagay

Les personnages principaux de cette charmante nouvelle* sont, dans l'ordre d'importance : l'oiseau, le héros amoureux, la dame et, simple évocation, le mari, *lo gelos* (le jaloux). Le héros a un nom à la somptueuse sonorité, grecque peut-être, Antiphanor, qui lui permet d'affirmer son destin aristocratique ; ces noms aux consonances en *-or* sont fréquents dans les romans de chevalerie, d'Anthénor**, assez proche du nôtre, à Lucanor, héros d'une nouvelle du XIVᵉ siècle espagnol***. L'héroïne, elle, est seulement dite *la*

Dins un verdier de mur serrat,
A l'ombra d'un laurier folhat,
Auzi contendr' un papagay
De tal razo com ye-us dirai.
5 Denant una don' es vengutz
E aporta-l de lonh salutz
E a-l dig : « Dona, Dieus vos sal,
Messatge soy, no-us sapcha mal
Si vos dic per que soy aissi
10 Vengutz a vos en est jardi.
Lo mielher cavayer c'anc fos,
E-l pus azautz e-l pus joyos,

---

* Elle est conservée dans cinq mss. : Paris, B.N., fr. 22543 (*R*) au f° 143v°-144 ; Florence, B.N., Conventi soppressi F4. 776 (*J*), f° 11 ; Bibl. Riccardienne 2756, f° 72 (*Fl. Ricc.*) ; Milan, Bibl. Ambrosienne, R. 71 sup. (*G*), f° 127v°-128 ; Modène, Bibl. Estense, étr. α R.4.4. (*D*), f° 216. Seul le ms. *R* est complet pour la version la plus connue, celle qu'ont publiée Lavaud et Nelli (très critique), puis J.-Ch. Huchet. *G* et *J* s'arrêtent tous deux au v. 140. En revanche, *J* et *D* (65 vers plus loin) s'apparentent pour donner tous deux une version entièrement différente. Il s'agit d'un long discours amoureux entre la dame et le chevalier lors d'une rencontre au verger, et qui, dans *J*, fait suite au v. 140. Indépendamment de la question de savoir si cette version de *J* et *D* est, ou non, plus ancienne que celle des autres mss. (cf. P. Savi-Lopez « Il Canzoniere provenzale *J* », in *Studi di Filologia romanza*, 1903,

Arnaut de Carcassès
La Nouvelle du Perroquet

dona ; elle est la dame sans nom, la dame emprisonnée et gardée, parfois à
l'ombre d'un laurier, symbole d'amour éternel, ou d'un pin, arbre habituel
du *locus amoenus*.

Le lieu de l'action est le traditionnel verger clos de murs à l'abri des
indiscrets, mais la dame est surveillée de près par les gardiens du mari
jaloux. Comment la rejoindre au jardin des délices ?

Dans un verger clos de murs,
à l'ombre d'un laurier feuillu,
j'entendis un perroquet soutenir
un raisonnement que je vous rapporterai.
Il est venu devant une dame
et lui apporte saluts de loin
et lui dit : « Dame, que Dieu vous sauve !
Je suis messager. Ne soyez pas fâchée
si je vous dis pourquoi je suis
venu ainsi vers vous dans ce jardin :
le meilleur chevalier qui fût jamais,
le plus agréable, le plus joyeux,

---

t. 19, p. 489), nous remarquerons simplement qu'elle est infiniment moins séduisante
que la version de *R.* ** « Chevalier du Franc-Palais » dans le roman de *Perceforest*,
éd. G. Roussinneau, 3ᵉ partie, 1988. Voir aussi le roi Anthénor dans *Mélusine*,
de Jean d'Arras, éd. Stock, Paris 1991. *** Cf. l'édition A.M. Menchen de
l'*Infante* don Juan Manuel, *El Coude Lucanor*, Editora Nacional, Madrid, 1978.

7. *R* : dis li (nous donnons l'édit. N.-L. enrichie des variantes) – **8.** *G* : nous
sia mal – **12.** *G* : p. cortes

Antiphanor, lo filhs del rey
Que basti per vos lo torney,
15 Vos tramet salutz cen mil vetz
E prega-us per mi que l'ametz ;
Car senes vos no pot guerir
Del mal d'amor que-l fay languir,
E nuilhs metges no-ilh pot valer
20 Mas vos que l'avetz en poder.
Vos lo podetz guerir, si-us platz :
Sol que per mi li trametatz
Joya que-l port per vostr'amor
L'auretz estort de sa dolor.
25 Encara-us dic mays, per ma fe,
Per que-l devetz aver merce :
Car si-us play, morir vol per vos
Mays que d'autra viure joyos. »
Ab tan la dona li respon
30 E a li dig : « Amic, e don
Sai es vengutz, e que sercatz ?
Trop me paretz enrazonatz,
Car anc auzetz dir que dones
Joyas ni que las prezentes
35 A degun home crestïa,
Trop vos es debatutz en va.
Mas car vos vey tan prezentier,
Podetz a mi, en sest verdier,
Parlar o dir so que volres,
40 Que no-y seretz forsatz ni pres.
E peza-m per amor de vos,
Car es tan azautz ni tan pros,
Que m'auzetz dar aital cosselh.
– Dona, et ieu m'en meravelh,
45 Car vos de bon cor non l'amatz.
– Papagay, be vuelh que sapiatz
Qu'eu am del mon lo pus aibit.
– E vos cal, dona ? – Mo marit.

---

14. *R* et *Fl. Ricc.* : *Q. per vos b.* – **17.** *G* : *sufrir* – *J sofrir* – **18-24.** omis dans *R* – **20.** *G* : *un p.* – **24.** *G* : *lor er gariz* – **25-28.** omis dans *G*, *J* : *Que mais ama morir per vos/Que d'autra esser poderos* – **28.** *R* : *per autre vieure* – **31.** *J* :

Antiphanor, le fils du roi
qui donna le tournoi pour vous,
vous envoie cent mille fois ses saluts,
et, par mon truchement, vous prie de l'aimer.
Car sans vous il ne peut guérir
du mal d'amour qui le fait languir,
et aucun médecin ne peut l'aider,
à part vous, qui l'avez en votre pouvoir.
Vous pouvez le guérir s'il vous plaît :
à condition que, par mon truchement, vous lui envoyiez
un bijou que je lui porte en gage de votre amour ;
vous l'aurez délivré de sa douleur.
De plus, je vais vous dire, par ma foi,
pourquoi vous lui devez miséricorde :
c'est que, s'il vous plaît, il préfère mourir pour vous
que de vivre joyeux pour une autre. »
Alors la dame lui dit
en réponse : « Ami, et d'où
venez-vous jusqu'ici, et que cherchez-vous ?
Vous me semblez trop beau parleur
pour avoir osé me dire de donner
des bijoux et de les offrir
à quelque chrétien ;
vous vous êtes efforcé en vain.
Mais puisque je vous vois si avenant,
vous pouvez, dans ce verger,
me parler et me dire ce que vous voudrez,
vous n'y serez ni tué ni prisonnier.
Mais il m'est pénible, pour l'amour de vous,
qui êtes si agréable et si preux,
que vous osiez me donner un tel conseil.
– Dame, et moi, je m'étonne
que vous ne l'aimiez pas de bon cœur.
– Perroquet, je veux bien que vous sachiez
que j'aime l'homme le plus accompli du monde.
– Et qui donc, dame ? – Mon mari.

---

ni q. – **32.** *J* : *molt* – **37.** *J* : *plazentier* – **39-40.** *G* : *Ben podez dir tot zo qeus*
plaz/Qe no serez in forzaz. J : *n. s. mortz ni nafratz* – **42.** *G* : *cortes n., J* : *cortes*
e. – **47.** *G, J* : *ardit*

   – Jes del marit non es razos
50 Que sia del tot poderos :
   Amar lo podetz a prezen,
   Apres devetz seladamen
   Amar aquel que mor aman
   Per vostr'amor, ses tot enjan.
55 – Papagay, trop es bels parliers ;
   Par me, si fossetz cavayers,
   Que jen saupratz dona prejar.
   Mas jes per tan non vuelh laissar
   Qu'ieu no-us deman per cal razo
60 Dey far contr'aissel trassio
   A cuy ay plevida ma fe.
   – Dona, so vos dirai yeu be :
   Amors non gara sagramen,
   La voluntatz sec lo talen.
65 – Vos be dizetz, si Dieus m'ajut :
   Ab tan vos ai yeu doncx vencut,
   Qu'ieu am mo marit may que re
   Que si' el mon, de bona fe,
   E lunh autr' amador no vuelh.
70 Com auzatz dir aital erguelh
   Qu'ieu am la on mos cors non es ?
   – Dona, erguelh non dic yeu ges ;
   Par me que-us vulhatz corrossar.
   Pero si-m voletz escotar,
75 Ja per razo no-us defendretz
   D'Antiphanor que non l'ametz.
   Be-us dic que dreitz es veramen
   Que devetz amar a prezen
   Vostre marit mays qu'autra re ;
80 Apres devetz aver merce
   D'aissel que mor per vostr' amor.
   No vos membra de Blancaflor
   C'amet Floris ses tot enjan,

51. *J : Lui deves a.* – **55.** *J : Molt es gens p.* – **55-76.** omis dans *G* – **60.**
R : contra luy, J : failhszo – **61.** *J : A cui ai dat m'amor e me* – **63.** *J : garda*
– **66.** *J : Doncx es vos ab aitan vencut* – **67-68.** *J : S'om ama ren per bona*
fe/Hieu am mon marit mais que re – **75.** *J : per aisso* – **82.** *G, J : pauc v.*

– Il n'est pas juste que le mari
ait pouvoir sur tout :
vous pouvez l'aimer au vu de tous,
ensuite, vous devez en secret
aimer celui qui meurt en vous aimant,
pour l'amour de vous, et sans tromperie.
– Perroquet, vous êtes trop beau parleur ;
il me semble que si vous étiez chevalier,
vous sauriez bien requérir d'amour les dames.
Mais pourtant je ne veux pas renoncer
à vous demander pour quel motif
je dois trahir ainsi
celui à qui j'ai juré ma foi[1].
– Dame, je vous le dirai volontiers :
Amour ne se préoccupe pas du serment,
la volonté suit le désir.
– Vous parlez bien, aussi vrai que Dieu m'aide :
voici donc que je vous ai vaincu,
car j'aime mon mari plus que tout
au monde, de bonne foi,
et je ne veux aucun autre amant.
Comment osez-vous me dire une telle insolence
d'aimer là où mon cœur n'est pas ?
– Dame, je ne dis aucune insolence ;
il me semble que vous vouliez vous fâcher.
Mais si vous voulez m'écouter,
vous ne saurez raisonnablement vous défendre
d'aimer Antiphanor.
Je vous dis bien qu'il est tout à fait juste
de devoir aimer au vu de tous
votre mari plus qu'aucun autre ;
ensuite vous devez avoir miséricorde
à l'égard de celui qui meurt pour l'amour de vous.
Ne vous souvient-il pas de Blanchefleur
qui aima Floire sans aucune tromperie,

---

1. Ce débat sur l'amour conjugal, la fidélité due à l'époux et la *fin'amor* a été mené par André le Chapelain en deux endroits de son *Traité* (éd. Cl. Buridant, Livre I, p. 106 et Livre II, ch. IX, p. 169) ; toujours la *fin'amor* l'emporte, car elle est différente par essence de l'attachement conjugal.

Ni d'Izeut que amet Tristan,
85 Ni de Tisbe cant al pertus
Anet parlar ab Piramus,
C'anc nulhs hom no l'en poc tornar ?
En lieys vos podetz remirar.
Cal pro-y auretz s'Antiphanor
90 Languis per vostr'amor ni mor ?
Lo dieus d'Amor e sas vertutz
Say que vo'n rendran mals salutz,
Et yeu meteys, que dezir n'ay
De vos tot lo mal que poirai,
95 S'en breu d'ora no m'autreyatz
Que s'el vos ama vos l'amatz.
— Papagay, si Dieus m'acosselh,
Encara-us dic que-m meravelh,
Car vos tan gen sabetz parlar.
100 E pus tant me voletz prejar
D'Antiphanor, vostre senhor,
Ieu vos reclam, pel dieu d'amor,
Anatz vos en, que trop estatz ;
E pregui vos que li digatz
105 Qu'eu m'acordaray en breumen
E ilh mostraray tot mon talen.
E si tant es que-m vuelh amar,
D'aitan lo podetz conortar,
Que pels vostres precx l'amarai
110 E ja de luy no-m partiray.
E portatz li-m aquest anel,
Qu'el mon non cug n'aya pus bel,
Ab sest cordo ab aur obrat,
Que-l prengua per ma amistat.

---

85. *Fl. Ricc. a la porta*, le ms. s'arrête au v. 86 – **87.** *G, J* : *gardar* – **89.** *G* : *antifanor* – **92.** *G* : *vos en rendran malas saluz*, *J* : *mala salut* – **93.** Futur disjoint : *dezirai* < *dezir, dire*, *G* : *qe en dirai*, *J* : *en redirai* – **94.** *G* : *T. lo m. d. v. q. saurai*, *J* : *T. lo m. d. v. qu'ieu sabrai* – **102.** *G* : *Eus reclamaz* – **103.** *J* : *A. a lui*, *R* : *qieus do comiatz*, – **105-109.** ordre différent de *R* : **105.** *acordarai* à la rime, **108.** *J* : *D'aisso* **109.** mis à la place de 106 – **111-122.** omis dans *G* et *J*.

---

1. Cf. Ovide, *Métamorphoses*, IV, 55 et suiv. – **2.** Il s'agit de la porte de la

ni d'Iseut qui aima Tristan,
ni de Thisbé[1] quand au guichet de la porte[2]
elle alla parler à Pyrame,
ce dont jamais personne ne put la détourner[3] ?
En elles vous pouvez trouver modèle.
Quel profit en aurez-vous si Antiphanor
languit et meurt pour l'amour de vous ?
Le dieu d'Amour et ses prodiges,
je sais qu'ils vous en paieront de retour[4],
et moi aussi, car je dirai
de vous tout le mal que je pourrai,
si vous ne m'accordez pas rapidement
de l'aimer s'il vous aime.
— Perroquet, aussi vrai que Dieu me conseille,
encore une fois je vous dis que je m'étonne
que vous sachiez si bien parler.
Et puisque vous voulez tant me requérir d'amour
au nom d'Antiphanor, votre seigneur,
je vous supplie, au nom du dieu d'Amour,
allez-vous-en vite, car vous restez trop longtemps ;
et je vous prie de lui dire
que je me déciderai rapidement
et que je lui ferai connaître mon désir.
Et si tant est qu'il veuille m'aimer,
vous pouvez le réconforter, d'autant plus
que, grâce à vos prières, je l'aimerai
et jamais ne me séparerai de lui.
Et portez-lui de ma part cet anneau,
je ne crois pas qu'il y en ait de plus beau au monde,
avec ce collier d'or façonné,
qu'il le prenne en gage de mon amour[5].

---

ville où elle se rendit de nuit, car leurs parents empêchaient les jeunes gens de
s'aimer. Dans le conte anglo-normand qui leur est consacré (*Piramus et Tisbé*,
circa 1170), les jeunes gens parlent à travers un trou dans la muraille. – 3. Ces
couples bien connus de la littérature d'oïl l'étaient aussi des troubadours (cf. Fr.
Pirot, *Recherches sur les connaissances littéraires des troubadours occitans et
catalans des XIIᵉ et XIIIᵉ siècles*, Barcelone, 1972, p. 449, 533). – 4. *Salutz* est
un jeu de mots sur le genre littéraire. – 5. Dans la *fin'amor* la dame prend souvent
l'initiative de l'envoi des cadeaux traditionnels ; cf. *En aquel temps*, note 1,
p. 292-293. Les héros de romans échangent volontiers leurs anneaux, cf. *Frayre
de Joy*, *Perceforest*, *Mélusine*, etc.

115 E gardatz vos que non estetz :
     En sest verdier m'atrobaretz. »
     Ab tan lo papagay respon.
     « Dona, » fay sel, « si Dieus be-m don,
     Mot a aisi azaut prezen,
120 Et yeu portar l'ay veramen ;
     E car avetz tan bel esgart,
     Saludar l'ay de vostra part.
     Dona, sel Dieus que no mentic
     Vos do d'Antiphanor amic,
125 E-m lays vezer c'abans d'un an
     L'ames de cor ses tot enjan. »
          Ab tan parton lor parlamen.
     De laÿns, car ac gran talen
     De la don'e d'Antiphanor,
130 Del vergier joyos, ses demor,
     Dreg a son senhor es vengutz
     E conta-l com s'es captengutz.
     Premieramen l'a comensat
     Lo gran pretz e la gran beutat
135 De la domna, si m'ajut fes ;
     E d'aisso a fait que cortes.
     Pueys li a dig : « Senher, ja mays
     Non er noiritz tals papagays
     Que tan digua per son senhor
140 Com yeu ay dig per vostr'amor.
     Dins el verdier m'aney suau :
     No volia qu'en mon esclau
     Se pogues metre nulha res ;
     May voli' esser soutz que pres.
145 La dona trobey veramen,
     De vostr'amor li fi prezen ;
     E tramet vos aquest anel
     Qu'el mon non cug n'aya pus bel,
     Ab sest cordo ab aur obrat,

---

116. vers restitué grâce à *R* – **122.** *R* : *saludaray* – **125-130.** leçon différente
de *G* et de *J* : *Lo papagais fo molt joios/Ez issi del vercer coitos* (*J* : *vergier*
cochos)/*Denan* (*J* : *Davan*) *son senhor es vengutz* – **130.** *R* : *lonc d.* – **132.** *J* :

Et ne restez pas plus longtemps :
dans ce verger vous me trouverez. »
Alors le perroquet répond et dit :
« Dame, aussi vrai que Dieu m'est favorable,
voilà un très agréable présent,
et je le lui donnerai sûrement ;
et puisque vous avez eu une si délicate attention,
je le saluerai de votre part.

Dame, que Dieu qui n'a jamais menti
vous donne Antiphanor pour ami
et me fasse voir qu'avant un an
vous l'aimiez de tout cœur sans la moindre tromperie. »
     Ils abandonnent alors leur entretien.

De là, tout à son intention d'aider
la dame et Antiphanor,
du verger, joyeux, sans plus demeurer,
il est allé droit à son seigneur
et lui a raconté comment il s'est conduit.

Il a commencé tout d'abord
par le grand mérite et la grande beauté
de la dame, aussi vrai que ma foi m'aide ;
et en cela il a agi selon la courtoisie.

Puis il lui a dit : « Seigneur, jamais
on n'apprendra à aucun perroquet
à parler pour son seigneur
autant que je l'ai fait pour votre amour.

Dans le verger je vins tout doucement :
je ne voulais pas que quelqu'un
pût se mettre sur ma piste ;
je préférais être libre plutôt que prisonnier.

Je trouvai la dame, en vérité,
je lui fis présent de votre amour ;
et elle vous envoie cet anneau,
je ne crois pas qu'il y en ait de plus beau au monde,
avec ce collier d'or façonné,

E mostrailh – **133-136.** omis dans *R* – **136.** *J* : *fes molt que c.* – **139.** *J* : *Q. fassa tan* – **140.** *J* : *ai fag*, *G* s'arrête là ainsi que *J* dont la leçon est ensuite entièrement différente, comme celle de *D* (voir note * p. 186)

150 Que-ls prendatz per sa amistat.
    E prendetz los per su'amor,
    Que Dieus vo'n do be et honor.
    Mas jes no say per cal razo
    Non prenguam sonh ni ochaizo
155 Que puscam el verdier intrar.
    Jes no vos en say cosselhar ;
    Mas yeu metrai foc a la tor
    Et al solier, per vostr'amor ;
    E can lo focs er abrasatz
160 Poiretz intrar be per espatz,
    Ab vostra dona domnejar
    E lieys tener et abrassar. »
    Antiphanor respon breumen :
    « Tornatz premier al parlamen
165 A lieys parlar, si a vos platz :
    Doncx sestas razos li mostratz. »
    Ab tan parto s'en ambeduy.
    Mot es lo papagays vas luy
    Fizels amicx e ses enjan.
170   Vas lo verdier s'en vay volan.
    La dona trobet sotz un pi,
    Saludet la en son lati :
    « Dona, aisel Dieus que vos fetz
    Vos done so que mays voletz
175 E-us gar de mal e d'encombrier,
    Sol que lo vostre cavayer
    Vulhatz amar tan lïalmen
    Com el fay vos ses falhimen.
    – Papagay, si m'acosselh Dieus,
180 Se trastotz lo mons era mieus,
    Tot lo daria de bon cor
    Per l'amistat d'Antiphanor.
    Mas aquest verdier es trop claus
    E las gardas non an repaus,
185 Devo velhar tro al mati

---

1. Cf. dans l'un de nos plus anciens textes, la *Chanson de sainte Foy : Legir audi sotz eiss un pin/Del vell temps un libre latin...* (« J'entendis lire sous un pin un livre latin des temps anciens »). Le pin, arbre méridional s'il en est,

afin que vous les preniez par amour pour elle.
Prenez-les pour l'amour d'elle,
que Dieu vous en donne bien et honneur.
Mais je ne sais pour quelle raison
nous ne chercherions pas soigneusement l'occasion
de pouvoir entrer dans le verger.
Je ne sais vous conseiller là-dessus ;
mais, moi, je mettrai le feu à la tour
et à la charpente, par amitié pour vous ;
et quand le feu sera allumé,
vous aurez tout loisir d'entrer,
de courtiser votre dame,
de la tenir et de l'embrasser. »
Antiphanor répond rapidement :
« Retournez d'abord à votre rendez-vous
pour lui parler, s'il vous plaît :
faites-lui part de ces propos. »
Aussitôt tous deux se quittèrent.
Le perroquet est bien pour lui
un ami fidèle et franc.
     Vers le verger il s'envole.
Il trouva la dame sous un pin[1],
et la salua en son langage[2] :
« Dame, que le Dieu qui vous a créée
vous donne ce que vous voulez le plus
et vous garde du malheur et des chagrins,
pourvu que vous aimiez
votre chevalier aussi loyalement
qu'il vous aime sans offense.
– Perroquet, aussi vrai que Dieu me conseille,
si le monde entier était à moi,
tout entier je le donnerais de bon cœur
pour l'amour d'Antiphanor.
Mais ce verger est trop bien clos
et les gardes n'ont pas de repos,
ils doivent veiller jusqu'au matin

---

constitue l'un des éléments de la topique médiévale du jardin. – **2.** *En son latin*
est une expression consacrée pour désigner le chant des oiseaux ; le paradoxe est
évidemment qu'ici le perroquet parle comme un humain.

Car lunha nueg non prendo fi.
– Dona, e no-y sabetz cosselh ?
– Ieu no, e no m'en meravelh
Si vos cosselh non y sabetz.
190 – Si fas, dona : ar m'entendetz.
Ieu tornaray vas mo senhor
C'ai laissat cossiros d'amor ;
Encar'anueg l'en menaray,
Al pe del mur l'en aduray.
195 Fuoc grezesc portaray, si-us play,
Ab que metray fuoc al cloquier
E a la tor e al solier.
E cant lo focs sera enpres,
Ilh y corran tug demanes,
200 Que-l voldran per fort escantir.
E vos no metatz lonc albir :
Pessatz de luy e faitz l'intrar ;
Adoncx poiretz ab luy parlar.
E s'aquest cosselhs vos par bos,
205 Ab mal grat qu'en aya-l gilos
Poiretz ab luy'aver delieg
E jazer ab el en un lieg. »
Ab tan la dona ditz : «Platz me,
Et anatz lo querre desse. »
210   Ab tan lo papagays vay s'en
Vas Antiphanor, que l'aten.
Sobre son caval l'a trobat,
De son garnimen adobat ;
Elm et ausberg viest sobre si
215 E caussas de fer atressi ;
Sos esperos d'aur tenc caussatz,
S'espeza sencha a son latz.
E-l papagays li venc denan.
« Senher, fay-s el, al mieu semblan
220 Anueg veiretz aisela re

---

et ils ne s'arrêtent pas une seule nuit.
– Dame, avez-vous quelque projet ?
– Moi, non, et je ne m'étonne pas
que vous n'en ayez pas non plus.
– Mais j'en ai un, dame : maintenant entendez-moi.
Je m'en retournerai vers mon seigneur
que j'ai laissé en souci d'amour ;
de là je l'amènerai dès cette nuit,
je le conduirai au pied du mur.
Je porterai, s'il vous plaît, du feu grégeois
avec lequel je mettrai le feu à la guette[1],
à la tour et à la charpente.
Et quand le feu aura pris,
tous les gens aussitôt y courront,
car ils voudront nécessairement l'éteindre.
Et vous, ne réfléchissez pas trop longtemps :
pensez à lui et faites-le entrer ;
alors vous pourrez lui parler.
Et si ce projet vous paraît bon,
quoiqu'il en déplaise au jaloux[2],
vous pourrez avec lui connaître les délices,
et coucher avec lui dans un même lit. »
Alors la dame dit : « Cela me plaît,
allez le chercher aussitôt. »
    Or donc le perroquet s'en va
vers Antiphanor qui l'attend.
Il le trouve monté sur son cheval
tout équipé de ses armes ;
il porte sur lui heaume et haubert
et aussi les jambières de fer ;
il a chaussé ses éperons d'or,
l'épée ceinte au côté.
Le perroquet vient devant lui.
« Seigneur, dit-il, à mon avis,
cette nuit vous verrez celle

---

1. Au-dessus du donjon une guette permet aux sentinelles d'observer, et la cloche de ce petit beffroi peut donner l'alerte, d'où le nom de *cloquier*. Cf. Viollet-le-Duc, *op. cit.* s.v. *château*, p. 285. – **2.** Comme on sait il s'agit de la désignation traditionnelle du mari.

Que may amatz per bona fe.
Vostra dona-us manda per mi
C'anetz vas lieys tot dreg cami.
Vïatz ! e cavalguatz suau :
225 Lunhs hom no sapcha vostr'esclau,
Ni lunha res, ses devinar,
No puesca saber vostr'afar.
Mas foc grezesc nos fay mestier
En ola de fer o d'assier ;
230 Ieu l'empenray entre mos pes ;
Faitz me-l liurar tost et ades. »
Antiphanor isnelamen
Li'n fay liurar a son talen.
    Tan cavalguero per viguor
235 Que la nueg foro prop la tor.
Las gaitas sono pel cloquier,
L'una va, l'autra s'en enquier.
Devo velhar tro al mati,
Car lunha nueg no prendran fi,
240   Ab tan Antiphanor dissen
E a pauzat son garnimen
De pres son caval, tot entier,
Mas solamen son bran d'assier
Que volc portar senh a son latz ;
245 E no l'es ops, d'aisso-m crezatz,
Car ses temensa, ab cor segur,
Es vengutz tro al pe del mur.
E-l papagays de l'autra part
Intre'el verdier, car trop l'es tart
250 De metre foc, car so senhor
Laisset tot sol senes paor.
Denan la dona venc premiers ;
Aisi com si fos esparviers,
S'anet pauzar denan sos pes,
255 E pueys l'a dig tot en apres :

---

1. Feu artificiel inventé par des moines byzantins au VIe siècle, et dont l'eau augmentait l'activité au lieu de l'éteindre. – 2. Le perroquet se considérant comme un humain parle de ses pieds, non de ses pattes.

que vous aimez le plus de bonne foi.
Votre dame vous demande par mon truchement
d'aller tout droit vers elle.
Promptement ! Et chevauchez en silence :
que nul n'entende le bruit des sabots
et que personne, à moins de le deviner,
ne puisse savoir votre affaire.
Mais il nous faut du feu grégeois[1]
dans un pot de fer ou d'acier ;
je le prendrai entre mes pieds[2] ;
faites m'en vite remettre maintenant. »
Antiphanor rapidement
lui en fait livrer à volonté.

    Ils chevauchèrent avec tant d'ardeur
qu'à la nuit ils furent près de la tour.
Les guetteurs lancent leur appel dans la guette,
l'un va, l'autre s'informe.
Ils doivent veiller jusqu'au matin,
car ils ne cesseront pas une seule nuit.

    Alors Antiphanor descend de sa monture,
et dépose tout son équipement
près de son cheval,
à l'exception de son glaive d'acier
qu'il veut porter ceint au côté ;
mais il ne lui est pas nécessaire, croyez-m'en,
car sans crainte, avec un courage tranquille,
il est venu jusqu'au pied du mur.
Le perroquet entre dans le verger
par un autre côté, et il lui tarde vraiment
de mettre le feu, car il a laissé
son seigneur tout seul et sans peur.
Il vint d'abord devant la dame ;
comme s'il eût été un épervier
il alla se poser à ses pieds,
et puis tout aussitôt lui dit :

« Dona, mo senhor ay laissat
Al portal major dezarmat.
Pessatz de luy e faitz l'intrar,
Qu'ieu vauc lo castel abrandar.
260 – Papagay, per mon essien
Fag n'ay ieu tot l'assermamen.
Las claus del castel ai pres mi :
Vec las vos sus aquest coissi.
Anatz metre foc al castel !
265 Anc may no cug per lunh auzel
Fos aitan ricx faitz assajatz,
Com aquest er, ni comensatz. »
      E-l papagays seladamen
....
270 Delas la tor, prop del terrier,
Lor vay metre foc al solier.
Devas quatre locx s'es empres,
E-l critz se leva demanes :
« A foc ! » crido per cominal.
275 E la dona venc al portal
E a ubert senes comjat
De las gachas e mal lor grat.
Antiphanor intr'el vergier :
En un lieg dejos un laurier
280 Ab sa dona s'anet colcar.
E lunhs homs non o sap contar
Lo gaug que fo entre los dos,
Cal pus fo de l'autre joyos.
Vejaire lor es, so m'es vis,
285 C'aquo sia lor Paradis ;
Grans gaugz es entre lor mesclatz.
E-l focs fo tost azamortatz,
Ab vinagre-l fan escantir.

_____

269. Lacune dans *R* d'un vers rimant en *-men*

_____

1. Le beffroi étant une tour, même réduit à une « guette » au sommet du donjon,
le mot se justifie. – **2.** Les éditeurs, Lavaud et Nelli, ont traduit par « terrasse »,
mais *terrier* désigne en oc et en oïl un rempart fait de terre (cf. Godefroy,
Dictionnaire de l'ancienne langue française, Kraus reprint, 1969 [Paris, 1892],

« Dame, j'ai laissé mon seigneur
devant le portail principal et désarmé.
Songez à le faire entrer,
car pour moi je vais incendier le château.
– Perroquet, et moi à dessein
j'ai tout préparé.
J'ai avec moi les clefs du château :
voyez-les sur ce coussin.
Allez mettre le feu au château !
Jamais, je crois, aucun oiseau
n'a tenté ni commencé
un aussi bel exploit que celui-ci. »
　　Et le perroquet furtivement
．．．．．．．．．．．．．．．．．．．．．．．．．．．．．．．
Du côté de la tour[1], près du rempart[2],
il va mettre le feu à la charpente[3].
Le feu a pris aux quatre coins.
Et le cri retentit aussitôt :
« Au feu ! » crient-ils tous à la fois,
alors la Dame alla au portail
et l'ouvrit sans l'autorisation
des guetteurs et malgré eux.
Antiphanor entre dans le verger :
sur un lit sous un laurier,
avec sa dame il alla se coucher.
Et personne ne peut dire
la joie qu'ils eurent tous deux,
ni des deux lequel fut le plus heureux.
Il leur semble, à mon avis,
que c'est pour eux le Paradis ;
une grande joie est montée entre eux.
Mais le feu fut rapidement étouffé[4],
on l'éteignit avec du vinaigre[5].

s.v. *terrier*). – 3. La charpente du beffroi était, en effet, particulièrement vulné-
rable au feu. – 4. Parallèle évident entre le feu de l'amour et l'incendie du
château, l'un et l'autre rapidement arrêtés. – 5. Comme on l'a dit *supra* l'eau
renforçait l'activité du feu grégeois, d'où l'utilisation du vinaigre.

E-l papagays cuget morir,
290 Tal paor ac de son senhor.
    A l'enans que poc, venc vas lor
    E es se pro del lieg pauzatz
    E a lor dig : « Car no-us levatz ?
    Anatz sus e departetz vos,
295 Que-l focs es mortz tot ad estros. »
    Antiphanor ab cor marrit
    S'es levatz e pueys li a dit :
    « Dona, que-m voldretz vos mandar ?
    – Senher, que-us vulhatz esforsar
300 De far que pros, tan can poiretz,
    En est segle tan can viuretz. »
    Fay se vas el, baiza-l tres vetz.
    Antiphanor s'en torna leu,
    Com filhs de rey, ab son corrieu.
305   So dis N'Arnautz de Carcasses,
    Que precx a faitz per mantas res
    E per los mariz castïar
    Que volo lors molhers garar.
    Que-ls laisso a lor pes anar,
310 .... que may valra,
    E ja degus no-y falhira.

---

310. Cet hémistiche écrit à gauche dans *R*, la partie de dr. laissée blanche

---

1. Lavaud et Nelli ont traduit par « sur son coursier », mais J.-Ch. Huchet par « avec son messager » et nous partageons son interprétation, même si sa justification est un peu laconique : « messager qui renvoie sans doute au perroquet ayant servi de coursier à Antiphanor » (*Nouvelles occitanes du moyen âge*, Flammarion, Paris, 1992, p. 269). Outre le fait que *ab* signifie « avec » et non pas « sur » (qui se dit *sobre*), le mot *corrieu* désigne plutôt un messager qu'un cheval. Cf. le v. 212 : *Sobre son caval*. Certes ce messager n'est pas forcément le

Et le perroquet crut mourir
de peur pour son seigneur.
Aussi vite qu'il le put, il vint vers eux
puis se posa près du lit
et leur dit : « Pourquoi ne vous levez-vous pas ?
Debout et séparez-vous,
car le feu est tout à fait mort. »
Antiphanor d'un cœur affligé
s'est levé et dit :
« Dame, que voudrez-vous m'ordonner ?
– Seigneur, de vouloir vous efforcer
d'agir en preux, autant que vous le pourrez
et aussi longtemps que vous vivrez en ce monde. »
Elle alla vers lui et l'embrassa trois fois.
Antiphanor s'en va vite,
en fils de roi, avec son courrier[1].

    Ainsi conta seigneur Arnaut de Carcassès,
qui a composé des requêtes d'amour pour bien des dames[2]
et aussi pour corriger les maris[3]
qui veulent enfermer leur femme.
Qu'ils les laissent aller à leur gré,
.... cela vaudra mieux,
et personne désormais ne sera en faute à ce sujet.

---

perroquet, mais, comme il est dit aux v. 234-235 : *Tan cavalguero per viguor / Que la nueg foro prop la tor*, et le pluriel désignant forcément Antiphanor et le perroquet, il faut en déduire qu'il accompagne bien le prince sur la route du retour. Le terme « courrier » donne même à penser qu'il ira annoncer au roi le retour de son fils, comme il convient pour un grand personnage. – **2.** Au sens de « personne », et notamment « personne aimée », *rien* (*res* en oc) s'est maintenu en français jusqu'à l'époque classique. – **3.** Les maris courtois ne doivent pas être jaloux des hommages amoureux adressés à leurs épouses. On sait bien que la jalousie du mari est, pour les troubadours, le pire défaut.

Frayre de Joy et Sor de Plaser

Tout contribue au merveilleux de cette nouvelle. On a vu que le thème principal est celui de la Belle au Bois dormant et de l'oiseau messager. Virgile est présenté, selon une tradition médiévale, comme un maître magicien et l'allusion au pays de Prêtre Jean donne au récit une échappée orientale. Sur un fond de féerie et de sortilèges, les deux jeunes héros de cette ravissante histoire se soumettent avec un incontestable savoir aux règles de l'amour courtois.

Ce texte nous est parvenu par deux manuscrits, tous deux catalans. *Fa*, Paris, B.N., esp. 487*, fut édité en son temps par Paul Meyer ; *E*, de Palma

Sitot Francess a bel lengatge   *[Fa fº 1 a]*
No-m pac en re de son linatge,
Car son erguylos ses merce,
E-z erguyll ab mi no-s cove,
5 Car entre-ls francs humils ay apres ;
Per qu'eu no vull parlar frances.
Car una dona ab cors gen
M'a fayt de prets un mandamen,
Qu'una faula tot prim li rim,
10 Sens cara rima e mot prim,

* Le texte commence au fº 1. Ce ms., de la collection Libri, formait la première partie de *Fb*, Carpentras, Inguimbertine, ms. 381. Cf. P. Meyer, « Nouvelles catalanes inédites », *Romania*, 13, 1884, p. 264-284. Pour une étude détaillée de la langue et des thèmes de cette nouvelle, nous renvoyons à notre édition parue dans la collection du CEROC, « Publications de l'Université de Paris-Sorbonne », 1996, sous le titre *Une Belle au Bois dormant médiévale : Frayre de Joy et Sor de Plaser*. ** Le texte commence au fº XL. Nous remercions l'IRHT (CNRS), section romane, pour nous avoir communiqué un microfilm du ms. *E*. *** J. Massó Torrents, *Repertòri de l'antiga Literatura catalana. La Poesia*, vol. I, Editorial Alpha, Barcelone, 1932, p. 516-524 ; l'auteur présente l'œuvre mais ne justifie pas sa lecture du ms. **** *Blandín de Cornualla i altres Narracions en vers dels segles XIV i XV*, Edicions 62, Barcelone, 1983, 1992 ;

Frère de Joie et Sœur de Plaisir

(Biblio. d'Estanislau Aguiló**) a été non pas tant édité que glosé par J. Massó Torrents en 1932***. Les deux mss. ont été repris dans une anthologie catalane****. Les lacunes de *Fa* (éd. P. Meyer) sont complétées par le texte de *E* que nous avons transcrit d'après le ms. Enfin *Fa* comme *E* paraissent bien être des textes provençaux revus par un scribe ou un rédacteur catalan. Il nous semble donc tout à fait justifié de les considérer comme relevant du domaine d'oc.

Bien que les Français aient un beau langage,
je n'aime en rien leur lignage,
car ils sont orgueilleux sans merci,
et l'orgueil ne me convient nullement,
car j'ai été élevé parmi des gens sincères et simples ;
c'est pourquoi je ne veux pas parler français[1].
Une dame de noble allure
m'a donné un ordre de prix :
de lui rimer une nouvelle toute légère,
sans rime riche ni mot subtil,

édition « grand public » sans aucune indication des sources utilisées et parfois fautive.

1. corr. *frances sa* – 9. corr. *quna*

---

1. Si l'allusion à l'orgueil des Français n'est pas en soi originale, un tel préambule n'est pas sans intérêt. Le français est la langue littéraire et l'auteur de cette nouvelle en subissait l'influence, notamment grâce aux romans de chevalerie du temps. Mais, voulant toucher un vaste auditoire, il compose dans sa propre langue et dans un style facile.

Car pus leus, se dits, n'es apresa
Per mans plasenters ab franquesa,
Per mans ensenyats e cortes.
Don faray sos mans, que obs m'es
15 E diray o tot anaxi
Con la dona ha dit a mi,
Que mas ni menys no-n pensaray.

L'emperayre de Gint Senay
Ffo preus e cortes e valents,
20 Amat e temut per ses gents,
E-z hac una fiylla molt beyla,
Ffranca e plazent e noveyla,
Amorosa e de bell tayll.   [fº 1 b]
E car mort vay e say e lay,
25 Sovent trop mays c'obs no seria,
La puncela mori .I. dia
Sobre la taula on menjava
Mentre que-ls juglars escoltava
E-ls menjars eren plus plasents;
30 Per que-l reprover dits sovents :
« Apres gran gauig ve grans dolors
E gauig apres de grans tristors. »
Aco es lo mal e-l be covinables,
Qu'en est mon non ha bes durables,
35 Segons que Deus ha establit.
Apres le plor e-l dol e-l crit
Qui fo tan gran per lo pahis
Que estrany, privat e vezis
Ausia hom planyer e plorar,
40 Per la puncela sospirar,
Vengren abats e archevesques,
Prelats, canonges e avesques
Per la donsela a soterrar,
Qu'evien fayta ja banyar

---

12. corr. *mas* ; corr. *plasers* (P.M.) – 15. *o* ajouté (P.M.) – 24. *e* ajouté dev. *say* (P.M.) – 27. *sobre*, corr. *sobra* – 28. Le texte porte *scoltava*, mais P. Meyer a fait remarquer qu'il fallait suppléer un *e-* initial à tous les mots commençant par *sc-* pour rétablir le mètre. – 37. *tan* ajouté (P.M.)

car elle en sera apprise plus facilement, dit-on,
par maintes personnes plaisantes et sincères,
bien enseignées et courtoises.
C'est pourquoi je ferai sa volonté, car il le faut,
et je conterai
ce que la dame m'a demandé,
sans en penser ni plus ni moins.

   L'empereur de Gint-Senay[1]
était preux, courtois et vaillant,
aimé et respecté de ses sujets,
et il avait une fille très belle,
sincère, plaisante et jeune,
amoureuse et de belle allure.
Et comme la mort va çà et là,
et souvent bien plus qu'il ne serait nécessaire,
la jeune fille mourut un jour
à la table où elle mangeait,
tandis qu'elle entendait les jongleurs
et que les mets étaient les plus agréables ;
c'est pourquoi le proverbe dit souvent :
« Après grande joie vient grande douleur,
et joie après grande tristesse. »
Le bien et le mal ont partie liée,
car en ce monde aucun bien n'est durable
selon la volonté de Dieu.
Après les larmes, la douleur et les cris,
si grands par le pays
qu'on entendait gémir et pleurer
étranger, ami et voisin
pour déplorer la jeune fille,
vinrent les abbés et les archevêques,
les prélats, les chanoines et les évêques
pour ensevelir la demoiselle,
que l'empereur et l'impératrice

---

1. Ou *Jensenay* dans *E*. Le nom pourrait signifier : *gen sen ai* « j'ai l'âme noble ».

45 L'emperayre e l'emperayrits,   [f° 1 v°c]
   Per que-l cors may no fos poyrits,
   Ab balsem e ab mirra molt gen
   Etz ab mout d'autre bon enguen.

   Con lo cors a Deu porteron,
50 Cant plorans lo vas serqueron,
   Plens de conssir ab mal trayre,
   Mas denant tuyt dix l'emperayre
   Que ja sa fiyla no seria
   Soterrada, car no-s tenya
55 Tan bel cors sots terra fos mes ;
   Que no paria ver per res
   Que fos morta tan soptament,
   Car hom trobava en ligent
   Que mantes s'eren fentes mortes
60 Que puys eren de mort estortes,
   E d'altres de lur seny axides
   Qui puys eren vives garides,
   Gentils, de beyll acoyliment.

   E feu la portar beylament
65 En un loc defors la ciutat,
   On hac .I. verger en un prat.   [f° 1 v°d]
   Al mig fo fayta una tor
   Pinxa d'aur ab manta color.
   E entorn del verger corria
70 Un'aigua tal c'om no i podia
   Passar mas per .I. pont de veyre ;
   Prim, cert, era, podets m'en creyre,
   Car fayt fo ab encantament,
   Qu'esters lo payre solament
75 E la mayre, hom no y passava.
   La mayre e-l payre la anava
   Un jorn en cascuna setmana
   Veer lur fiyla con si fos sana.

---

45. *Mas* initial suppr. (P.M.) – **49.** corr. *los sors* – **54.** corr. *tenyia* – **69.** *E* ajouté – **70.** corr. *i no p.* (P.M.) – **75.** *hom* ajouté (P.M.) – **76.** *payre,* corr. *payra* – **77.** *en* ajouté (P.M.)

avaient déjà fait laver,
et fort bien, avec du baume, de la myrrhe
et bien d'autres bons onguents,
afin que le corps ne pourrît pas.

Lorsqu'ils portèrent le corps à Dieu,
lorsqu'en pleurant ils suivirent le cercueil,
pleins de chagrin et de souffrance,
alors l'empereur déclara devant tous
que sa fille ne serait jamais
mise en terre, car il n'était pas d'avis
qu'un si beau corps fût mis en terre ;
il ne lui semblait nullement vrai
qu'elle fût morte si subitement ;
car on trouvait dans les livres
le cas de nombreuses personnes qui avaient paru mortes
et qui ensuite étaient revenues à la vie,
et d'autres qui, privées de leurs sens,
étaient ensuite vivantes et guéries,
gracieuses et faisant bel accueil.

Alors il la fit porter avec tous les égards,
hors de la cité, en un lieu
où il y avait un verger dans un pré.
Au milieu fut construite une tour
peinte d'or et de plusieurs couleurs.
Autour du verger courait
une rivière qu'on ne pouvait franchir
que par un pont de verre[1].
Il était mince, certes, et vous pouvez me croire,
car il fut construit par enchantement,
de sorte que personne n'y pouvait passer,
sinon le père et la mère.
   Le père et la mère allaient
un jour par semaine
voir leur fille comme si elle avait été en bonne santé.

---

1. Ce pont de verre rappellera bien évidemment celui des *Continuations* du roman de *Perceval*.

Lur fiyla era fresca ab clar vis
80 Coma rosa ni flors de lis.
Lay avia molt d'altres flors
E erbes ab bones odors,
Car la obra era plazent ;
E-l vis de la morta tan gent,
85 E-l lit tan bel en que jasia,
E la garlanda que tenia
E-l cap, tan rica e tan cara,   [fº 2 a]
E la boca fresqua e clara,
E les dents e les mans tan blanques,
90 E los xants d'auceylhs per les branques
Tant dols, tant bo per escoltar,
Tostemps volgr'om layns estar,
Oblidant cant que vist agues.
E tot entorn del loch apres
95 Tres legues, aquells qu'en passaven,
E y venien e y gardaven
L'ayga e-l prat e-l pont e la tor,
N'avien al cor tan gran dolsor
Qu'en perdien tot lur viatye,
100 E dizien que dins l'estatye
Era Paradis, pus que defors
Avia tals dolsors de cors
E tant plasent vis de gardar ;
Que say e lay, per terra, per mar
105 Ausien comptar les noveyles
Cavaylers, dones e donseyles,
Qui anaven lo loch veser,
Don avien trop gran plaser ;   [fº 2 b]
Nul temps no s'en volgr'om lunyar ;
110 Mas non ausaven demandar
A nagun hom d'aycel pahis,
Frayres, oncles, neps ne cosis,
De la morta, car dol n'avien,
Mantinent que parlar n'ausien,

---

81. *molt* ajouté (P.M.) – **82.** *E* ajouté (P.M.) – **90.** *los* ajouté (P.M.) – **93.** *que* ajouté (P.M.) – **100.** *est.* écrit *-ty-*, mais *-g* et *-y* peuvent se confondre, cf. v. 142 *segons* écrit *seyons* – **110.** *nom* et dernier jambage barré – **111.** *hom* ajouté

Leur fille, avec son clair visage,
était fraîche comme la rose et le lis.
Il y avait là des fleurs
et des arbres odorants,
car la construction du jardin était agréable ;
et le visage de la morte était si gracieux,
son lit, sur lequel elle était étendue, si beau,
la guirlande, qu'elle portait
sur la tête, si riche et si précieuse,
sa bouche si fraîche et claire,
ses dents et ses mains si blanches,
les chants des oiseaux par les branches
si doux, si bons à entendre,
qu'on aurait voulu toujours demeurer là,
en oubliant tout ce qu'on avait vu auparavant.
Et tout autour de cet endroit,
à trois lieues à la ronde tous ceux qui passaient
par là venaient y contempler
l'eau, le pré, le pont et la tour,
et ils en ressentaient au cœur une telle douceur
qu'ils en abandonnaient leur voyage
et disaient que dans cette demeure
c'était le Paradis, puisque dehors
on ressentait si vite une telle douceur
et qu'on avait une si belle vue à contempler ;
et les chevaliers, les dames et demoiselles
qui, en entendant parler de ce lieu
ici et là par terre et par mer,
venaient le voir,
en éprouvaient un très grand plaisir ;
jamais on n'aurait voulu s'en éloigner ;
mais on n'osait interroger
les gens du pays,
frères, oncles, neveux ou cousins,
au sujet de la morte, car ceux-ci en éprouvaient
une si grande douleur aussitôt qu'ils en entendaient parler,

115 Que tot hom era pres o mort,
   E no-ls plasia desconort
   Dar a negun per la demanda.

    Lo fill del rey de Florianda
   Ausi parlar de la donseyla
120 Con vivent era fresqu'e bella,
   E morta pus beyla .C. tans,
   E con era l'emperi grans
   E-l loch ab encantament fayt ;
   Non fo semblant de nagun playt,
125 Mas justet d'aur una gran soma
   E anet se'n tot sol en Roma
   A Virgili que ladoncs vivia,
   E-z ac son acort que apendria
   D'encantaments, e que passes
130 Lo pont e qu'en la tor entres   [f° 2 v°c]
   Gardar la donseyl' ab plaser,
   Que desirave mays veser
   Que l'emperi de Gint Senay,
   Per que-l *Libre d'Amors* retray
135 Que per veser crexen dolsors,
   E entren pels uylls dins lo cors.

    Tant servit e tant donet d'or
   A Virgili, son mostrador,
   Que Virgili li ensenyet
140 Tant que en un jorn hi entret

---

118. *A* barré devant *lo* – **132.** *desirave*, corr. *desigave ; veser*, corr. *vaser* – **134.** *d'Amors*, corr. *de mors ; retray*, corr. *retran* – **140.** *hi* ajouté pour le mètre

---

1. La douleur des habitants était telle qu'ils tuaient ou enfermaient tous ceux qui parlaient. Oh trouverait un cas similaire dans *Yvain* (éd. D.H. Hult, coll. « Lettres gothiques »), « le mauvais accueil » aux v. 5111-5113 : *Mal veigniés, sire, mal vegniez!/Chest hostel vous est enseigniez/Pour mal et pour honte endurer.* – **2.** Pour *Florianda* cf. l'analyse littéraire de notre éd. – **3.** Pour l'étude du personnage de Virgile magicien voir l'analyse littéraire de notre éd. et notre article « Virgile magicien dans la *nova Fraire de Joi et Sor de Plaser* » La France

que tout homme était alors emprisonné ou tué[1],
mais infliger ce tourment à quiconque
les questionnait ne leur plaisait pas.

Le fils du roi de Floriande[2]
entendit parler de la demoiselle,
combien elle était fraîche et belle lorsqu'elle était vivante
et combien elle était cent fois plus belle morte,
et combien le royaume était grand,
et comment sa demeure était enchantée ;
il ne montra pas sa résolution,
mais il prit avec lui une grosse somme d'or
et s'en alla tout seul à Rome
auprès de Virgile qui vivait là-bas[3],
et il obtint son accord pour apprendre
ses enchantements, afin de passer
sur le pont et d'entrer dans la tour
contempler à loisir la demoiselle
qu'il désirait voir plus
que l'empire de Gint-Senay,
car le *Livre d'Amour* nous dit
que les doux sentiments s'accroissent par la vue
et entrent par les yeux dans le cœur[4].

Il servit si bien Virgile son maître
et lui donna tant d'or[5],
que Virgile l'enseigna suffisamment
pour qu'il pût un jour pénétrer

latine, n° 121, 1995, p. 39-56. – **4.** Le *De Amore* d'André le Chapelain (fin
XIIᵉ-début XIIIᵉ s.), qui est surtout connu au milieu du XIIIᵉ s. ; cf. Livre I, ch. I :
« L'amour est une passion naturelle qui naît de la vue », p. 47 et cf. note 19,
p. 214 pour les références aux textes anciens. Ce rôle capital de la vue dans la
naissance de l'amour faisait que les aveugles ne pouvaient aimer ! (Cf. Livre I,
p. 109). – **5.** Cette allusion médiévale à la cupidité de Virgile se trouve aussi
chez le troubadour Guillem Augier Novella (cf. Aurelio Roncaglia, « Les Troubadours et Virgile » in *Lectures médiévales de Virgile, Collection de l'Ecole
française de Rome, 80*, Palais Farnèse, 1985, p. 275.

Lay on la donseyla jasia,
On, segons que-l *Libre* dizia,
Avia de les jornades .C.

      Lo pont passet asaut e gent,
145 E puyet s'en alt en la tor,
    E cant viu la fresqua color
    E la beutat de la donseyla
    Dix : « Anc ulls non viren tan beyla,
    N'en poch anc Natura ges far,
150 Ni boca dir, ni cor pensar.
    No es morta ges, ans es viva,
    Car persona mort' es esquiva,   [fº 2 vºd]
    E aquesta fa bons saubers
    Al cor e als uyls grans plasers.
155 No-s pogra far si morta fos ;
    Que ja-m mostr'ab sos uyills abdos
    Per semblant c'ab me vuyla parlar. »

      E anech s'el lit acostar
    E humilment se jonoylet
160 Sobr'un siti d'or que y trobet
    On la mayre e-l payre sesien
    Cant lay veser la venien
    Sa plasent, dolsa gardadura :
    « Ay ! gentil, plasent creatura,
165 La plus bela re que anc vis,
    Axi con me mostrats al ris
    Amor e-m fayts als ulls semblant,
    Amessets me, e no ges tant
    Con eu a vos, trop ne diria,
170 E croy raysso e dret seria,
    Que per mi-us destrenyes amor
    Tant con mi per vos, qui ets la flor

---

142. *segons* écrit *seyons* – 158. *s'el*, corr. *mel* – 159. *se*, corr. *me*
– 171. Leçon de *E*, la leçon *mils* étant incompréhensible – 172. Leçon de *E* ;
Fa : *qui sotz* ; *per v.*, corr. *mi* v.

là où gisait la demoiselle,
où, selon ce qu'en disait le *Livre*,
une journée en valait cent.

Il passa habilement et doucement sur le pont,
monta dans la haute tour,
et voyant la fraîche couleur
et la beauté de la demoiselle,
il dit : « Jamais les yeux n'en virent d'aussi belle,
jamais Nature n'en put créer,
ni la bouche en parler, ni le cœur l'imaginer.
Elle n'est pas morte, elle est vivante,
car une morte est repoussante
et celle-ci est agréable
et plaisante au cœur et aux yeux.
Elle ne pourrait l'être si elle était morte ;
car elle montre, il me semble, par ses yeux
qu'elle veut me parler. »

Alors il s'approcha du lit
et humblement s'agenouilla
sur un siège d'or qu'il trouva là,
où le père et la mère s'asseyaient
quand ils venaient voir
son visage plaisant et doux :
« Ah ! noble et plaisante créature,
la plus belle que je vis jamais,
puisque c'est Amour que vous me montrez
dans votre sourire et me faites apparaître dans vos yeux,
puissiez-vous m'aimer, mais pas autant
que je vous aime : ce serait trop dire,
et ce serait mauvaise raison et injustice
qu'Amour vous causât autant d'angoisse
qu'à moi, vous qui êtes fleur

De beutat e de cortezia.
Mays dret d'amor mi semblaria   [Ms. *E*, f° 35]
175 Qu'eu vos ames e vos no me,
Mas sol aytant que per merce
Ssofrissets qu'eu vos ames tant
Per amor com Yseu Tristan,
E que per vos amat moris.
180 Veray Dieu ! eras fos matis,
Anch mays no fou tan breu jorn
Com aquest, mas pel meu sojorn
Breujar ho fayts, qual tort vos ay ?
Eu cuydava esser en may
185 E son enquer als jorns breus ;
Jorn mi fallira, pels torts meus,
A mon joy pendre ; Deu volgues
Que cest jorn tot un anny dures
E qu'eu tots jorns estes ayci
190 De genollons, parlant axi,   [f° 35 v°]
Lonc temps la puncella gardant,
Ses mans tinent, e remirant
La boca, e-l vis e la cara.
Ai ! franca res, plasent e clara,
195 Gentil, plasent, se sabia
Que no-us fos greu, vos baisaria !
Qu'eras m'o poguessets vos dir !
Per foll mi poran tenir
Si-l joy no prenc que Deu me dona ;
200 Baysar l'ay, e si n'es feyllona
No pendray de leys pus plaser.
Deu, e co si poray saber
S'ilh sabra mal ho sabra bo ?

---

186. corr. *pel.* – **187.** corr. *lo v.* pour rétablir la mesure – **189.** corr. *stes* ;
jorns, corr. *orts* avec une surcharge sur le *t* – **196.** corr. *baisar vosia* – **203.** Le
vers étant hypermètre : *Si li sabra mal ho si li sabra bo*, nous proposons cette
correction qui a l'avantage de respecter la syntaxe

---

1. Voici comment se présente la succession des deux mss. utilisés : *Fa* et *E*.
La numérotation des vers est celle de notre texte. *Fa* va de 1 à 173 (soit 173 vers) ;
puis lacune ; reprend de 355 à 771 inclus (soit 416 vers) ; puis *Fa* s'arrête (soit,
en tenant compte des lacunes des v. 547, 591 et 592, un total de 586 vers). *E*

de beauté et de courtoisie.
Mais il me semble que ce serait droit d'amour[1]
si je vous aimais et vous non,
à condition de me permettre par miséricorde
de vous aimer d'autant
d'amour que Tristan aima Iseut
et de mourir pour vous avoir aimée.
Plût à Dieu que ce fût maintenant le matin,
mais jamais le jour ne fut plus court
que celui-ci, et vous l'abrégez
pour mon séjour, quel tort vous ai-je fait ?
Moi qui croyais être en mai
et les jours sont encore brefs[2] ;
pour mes péchés le jour me sera trop court
pour prendre ma joie ; plût à Dieu
que ce jour durât un an
et que je fusse toujours ici
à genoux et parlant ainsi
et regardant longtemps cette jeune fille,
en lui tenant les mains, en admirant
sa bouche, son visage et toute sa figure !
Ah ! Douce dame plaisante et gaie,
Noble et plaisante, si je savais
ne pas vous être insupportable je vous embrasserais !
Si seulement vous pouviez me le dire maintenant !
On pourrait bien me juger fou
de ne pas prendre la joie que Dieu m'offre ;
je l'embrasserai, et si elle en est irritée
je me garderai de prendre un plus grand plaisir.
Eh Dieu ! Comment savoir
si cela lui agrée ou non ?

_____

présente une lacune des 173 premiers vers ; commence de 174 à 686 (soit
512 vers) ; puis lacune des v. 686 à 734 (soit sur 48 vers) ; reprend de 735 à 823
(soit 88 vers ; et, en tenant compte des lacunes des v. 383, 384, 385, 571 et 600,
un total de 547 vers). Nous avons, en conséquence, adopté l'alternance suivante :
v. 1 à 173 : *Fa*, ms. de base ; v. 174 à 354 : *E* ; v. 355 à 771 : reprise de *Fa*
(*unicum* de 686 à 734) ; v. 772 à 823 : *E*. – **2.** Litt. «j'en suis encore aux jours
brefs». C'est une allusion à la plus connue des chansons de Jaufre Rudel, *Lancan
li jorn son lonc en mai* ; voir aussi l'analyse littéraire de notre éd. pour la notion
du temps dans cette nouvelle.

Be qu'el semblant de la fayço
205 Ho poray veser mantinent,
Per qu'hom dits que pesar present
Ho plaser, qu'en la cara par ;
Tant hom no sap de cor forçar
Que mal fayço de ben servent. »

210   Ab tant la baiset douçament
E pux esguardet son dous vis
E fo li semblant c'un dolç ris   [f° 36]
Li fases, e qu'en fos paguada ;
E bayset la altra veguada,
215 Hoc, mas de cent, ans qu'esmogues
La boca ; e delurss ades
Levan suau lo cobertor,
Qu'era d'aur fayt de gran valor
E gent cosit d'estranya guisa,
220 E vi-l gentil cors en camisa
Ab fil d'aur e d'argen cosida,
E parech que l'agues vestida
Per mays plaser a son amich,
E anch mays, per ver vos ho dich,
225 No vi hom cors tant gin format,
Tant dret, tant gras ni tant delgat,
Per raho fo fayt, e per mesura,
Que anch puxs no vench per natura
En far tan asaut ni tan bell ;
230 E tenia al dit un anell
Escrit ab letres que desien
Aycells que legir les sabien :
« Anell suy de Sor de Plaser,
Qui m'aura leys pora aver,   [f° 36 v°]
235 Per amor, ab plazer viven,
Can ach de joy pres complimen. »

---

206. corr. *Per que dits hom*, le vers étant hypermètre – **212.** corr. *fol* ; *dolç*, corr. *dolc* – **214.** corr. *laltra* – **216.** corr. *boga* ; *ades*, corr. *lurs suades* – **229.** corr. *affar* – **234.** début très effacé

Il est vrai que je le verrai aussitôt
à l'expression de son visage,
car on dit que la contrariété
ou le plaisir paraissent aussitôt sur le visage ;
personne ne peut par la force de sa volonté
faire mauvaise figure à un bienfait. »

   Alors il l'embrassa doucement
et regarda son doux visage :
il lui sembla qu'elle lui faisait un doux sourire
et qu'elle en était satisfaite ;
aussi l'embrassa-t-il une nouvelle fois,
oui, plus de cent fois, avant qu'elle ne remuât
les lèvres ; alors aussitôt
levant doucement la couverture
tissée d'or, d'une grande valeur
et cousue d'une façon remarquable,
il vit son beau corps revêtu d'une chemise
cousue de fils d'or et d'argent,
et il semblait qu'elle l'eût passée
pour mieux plaire à son ami,
et jamais, je vous le dis en vérité,
on ne vit un corps si bien sculpté,
si droit, si charnu et si svelte à la fois[1]
il avait été fait avec raison et avec mesure,
car plus jamais Nature
n'en fit de si gracieux ni de si beau ;
et elle avait au doigt un anneau
gravé de lettres qui disaient
pour ceux qui savaient les lire :
« Je suis l'anneau de Sœur de Plaisir[2],
celui qui m'aura pourra l'avoir
par amour avec un plaisir vivant,
quand il aura pris joie parfaite[3]. »

---

1. *Gras e delgat* : cette expression, fréquente chez les troubadours, signifie
que la dame est svelte, mais sans maigreur. – 2. C'est le moment où le nom des
deux héros est révélé. Pour la ressemblance entre le nom de *Sœur de Plaisir* et
celui de la mère de Cligès, *Sore d'amor*, voir notre éd. – 3. Annonce prophétique
de la résurrection de l'héroïne et de son pardon.

Pres l'anell e-l seu lig aqui,
E n'er' ab letres atressi
Qui desia lo nom de luy :
240 « Anell de Frayre de Joy suy,
Qui m'aura leys amaray,
No jes a guisa de vilan,
Mas com a fill de rey presan. »

Puxs s'en partex forsats, sospiran,
245 Soven guardan tench sa via,
Per ço c'or era l'ora e-l dia
Que y devia esser l'emperayre ;
Pero soven, no tardan gayre,
Tornava lay son rich joy pendre,
250 Que no volgra donar ni vendre,
Ne camjar per altre sa via ;
Per ço dits ver tot hom qui-l dia :
« Plaser ama, plaser desira,
Pesar fay regart, plaser guia. »
255 Soven anava e venia
Guardan de la mayre e del payre.   [f° 37]

Soven reguardava la mayre
Sa filla, que vi engruxar
Al terç mes et al quart doblar,
260 Don fortment se maravellet ;
A l'emperayre ho mostret,
Que n'ach maravella mot gran.
Anan pensan, ploran, guardan,
E parlaven abdos ensemps.

265 Al noven mes, si com lo temps
Fo, ach la puncella un fill,

_____

238. corr. *neren ab l. tot atr.* – **243.** corr. *mas si com* pour le mètre – **256.** corr.
del – **264.** corr. *parl. soven abdos* : vers hypermètre – **265.** corr. *E al n. si com
es temps*

Il prit l'anneau et lui mit[1] le sien
qui était aussi gravé de lettres
disant son nom :
« Je suis l'anneau de Frère de Joie,
celle qui m'aura je l'aimerai,
non comme un rustre,
mais comme un fils de grand roi[2]. »

Puis, forcé de la quitter, il s'en alla en soupirant
et en se détournant souvent,
car c'était le jour et l'heure
de la venue de l'empereur ;
mais il ne tarda guère à retourner souvent
là-bas prendre une si précieuse joie d'amour,
car il n'aurait ni donné ni vendu
ni échangé sa route pour une autre[3] ;
c'est pourquoi on dit bien vrai :
« Plaisir aime, plaisir désire,
la réflexion engendre la crainte, mais le plaisir guide. »
Il allait et venait souvent,
prenant soin d'éviter le père et la mère.

La mère contemplait souvent
sa fille qu'elle vit grossir
au troisième mois et doubler au quatrième,
ce qui l'étonna fort ;
elle révéla le fait à l'empereur
qui en fut ébahi.
Ils réfléchissaient, pleuraient en la regardant
et parlaient souvent de cela tous les deux.

Au neuvième mois, quand ce fut le terme,
la jeune fille eut un fils,

---

1. Litt. « choisit ». — **2.** Là encore, l'anneau répond par anticipation au reproche de la jeune femme. — **3.** « L'amant ne peut se rassasier des plaisirs qu'il trouve auprès de celle qu'il aime », dit André le Chapelain, *op. cit.*, règle XXVII, p. 183.

Ses dolor e ses tot perill ;
E lo jorn que la mayre vench
Troba lo fill al braç, que tench
270 La mamella e gent mamet,
Si com Natura ho mostret,
Ses null altre ensenyador ;
E per ço dizon li liguador :
« Natura mays qu'ensenyar mostra,
275 Natura toyll, Natura força,
E fay pauca gran criatura
.... contra natura,   [fᵒ 37 vᵒ]
Ayso es us del gran jest del mon. »
     Guardan çay e lay, aval e amon,
280 Anet la mayre per la tor,
E dizen a l'emperador
Ploran : « Ver Deu, ço co-s pot far ?
Aci per res no pot entrar
Mas auzell ho Esperit Sants !
285 Anch mays no fo null fayts tan grans,
Aco es tota desmesura,
Part raho e contra natura,
E part tot altre penssament.
Anch mays no fo de nulla jent
290 Dona morta que consebes
Infant, e que, morta, viu l'ages ;
Que les vives son a ventura
De mort com an lur criatura.
Glorios Deu, ara-us plagues
295 Que çesta morta viva tornes,
Si com n'a mortes mantes vives,

---

268. corr. *el* – **269.** corr. *trobal ; braç,* corr. *brac* – **277.** début du vers complètement effacé – **286.** corr. *Aco es ses tota desmesura,* afin de rétablir le sens

---

1. Idée reprise aux v. 294-295 : les dangers de l'accouchement, si réels au
moyen âge, lui sont épargnés ; cette naissance est donc, de tous points de vue,
miraculeuse. Faut-il faire pour autant, comme le suggère E. Zago (*op. cit.*, p. 428),
un parallèle avec la Vierge ? A supposer que l'idée n'ait rien de blasphématoire
pour le lecteur médiéval, il est tout de même difficile de faire de Frère de Joie
l'équivalent de Joseph ! – **2.** Pour cette interprétation conjecturale cf. notre étude
de langue, *op. cit.* – **3.** Le *Proverbe au Vilain* dit : *Nature passe norreture* : elle

sans douleur ni danger[1] ;
et le jour où sa mère vint
elle trouva l'enfant dans les bras de sa fille,
à la mamelle et tétant fort bien,
comme Nature le lui avait appris,
sans aucun autre maître.
C'est pourquoi les jeteurs de sort[2] disent :
« Nature montre plus qu'elle n'enseigne,
Nature empêche, Nature force
et fait grandir le petit enfant[3]
.... contre la nature,
C'est l'usage de la grande geste du monde. »
    Regardant partout ici et là, en haut et en bas,
la mère parcourait la tour,
disant en larmes à l'empereur :
« Vrai Dieu, comment est-ce possible ?
Personne ne peut entrer ici
sauf un oiseau ou le Saint-Esprit !
Jamais un tel prodige n'arriva,
ceci est tout à fait démesuré,
sans raison et contre nature,
totalement impensable.
On ne vit jamais nulle part
une dame morte concevoir
un enfant et que, morte, elle l'ait vivant ;
et les vivantes risquent la mort
lorsqu'elles ont leur enfant.
Dieu de gloire, s'il vous plaît,
faites que cette morte revive,
de même qu'il y a de nombreux morts revenus à la vie,

---

est plus forte que l'éducation ; on trouve aussi : *plus trait nature que cent beufs*
(E. Schulze-Busacker, *Proverbes et expressions proverbiales dans la littérature
narrative du moyen âge français*, Champion, Paris, 1985, 1328, p. 252 et 1655,
p. 270). Ce rôle de la nature qui pousse l'enfant à grandir, ce principe vital
évoque évidemment la *naturalis scientia* de Virgile que notre auteur connaît
bien ; on songe aussi au *Roman de la Rose* (cf. v. 19514-19520, éd. D. Poirion,
Garnier-Flammarion, Paris, 1974, p. 517) et à l'étude de J.-Ch. Payen, *La Rose
et l'utopie* (Editions Sociales, Paris, 1976, p. 132), où il est montré que Nature
favorise la survie de l'espèce.

De mortes, son vas esquives ;
Null temps vi hom algu vivir
Tots jorns, veu hom los vius morir,   [f° 38]
300 Mas morts non veu hom negu viure.
Be se faria aitan delliure,
Pus Nostre Senyor ho volgues,
Com volch que morta infant agues
Don feu miracle precios,
305 Mas aquest seria mays bos
E mays de gaug a nos seria. »
    Ploran, oran tot aquell dia,
Estigueren ab gran reguart,
E tant foren de bona part
310 E homils, Deu los feu honor
D'aytant que sobre-l cobertor
La donzella la ma levet,
Quays que dixes – mas no parlet –
« Viva son, no plorets huymay » ;
315 E torneron lur dol en guay.

    Mantinent del loch partiren,
E quan foren defors, ells viren
Venir de luyn un jay volan,
Al bech una erba portan,
320 .... ja cotxos volan,   [f° 38 v°]
Car Frayre de Joy l'enviet.
Anet per tot lo mon e cerquet
Conssell, e metges demandet,
Philosofs e encantadors
325 En corts de reys, d'emperadors,
Contan de senblan la raysos.

    Vergili, qu'aycella saysos
Avia noyrit un bon jay,

---

297. corr. *vasos* – 298. corr. *Mas n. t. non viu h. algu v.* – 301. corr. *bes* – 320. début complètement effacé – 325. corr. *E*

1. Voir le début du texte où le roi croit à la catalepsie de sa fille. – 2. Cette remarque doit être rapprochée des croyances du temps concernant les morts-

morts échappés à leur tombeau[1] ;
jamais on ne vit quelqu'un vivre
toujours, on voit les vivants mourir,
mais personne ne voit les morts vivre.
Si Notre-Seigneur voulait
bien la délivrer,
comme il a voulu, précieux miracle,
qu'elle enfantât morte,
ce nouveau miracle serait encore meilleur
et nous donnerait une plus grande joie. »

  Pleurant et priant tout le jour,
poussés par une grande crainte,
ils montrèrent un si bon caractère
et tant d'humilité que Dieu leur fit honneur,
au point que de sur sa couverture
la jeune fille leva la main,
presque comme si elle disait – mais elle ne parlait pas[2] –
« je suis vivante, ne pleurez plus » ;
et leur douleur devint joie.

  Aussitôt ils partirent,
et quand ils furent sortis ils virent
voler de loin un geai[3]
portant une herbe au bec[4]
.... et volant vite,
c'était Frère de Joie qui l'envoyait.
Lui-même était allé à travers le monde, demandant
conseil et cherchant médecins,
philosophes et enchanteurs,
à la cour des rois et des empereurs,
faisant toujours le même récit.

  Or Virgile avait en ce temps-là
élevé un bon geai,

---

vivants ; on en a un aperçu à travers ce que dit le mauvais plaisant au troubadour
Guillem de la Tor (d'après sa *vida*, cf. *supra* p. 80-81), quand il lui affirme que
sa femme reviendrait de la mort mais ne parlerait pas. – 3. Pour ce mot se
reporter à notre analyse littéraire, *op. cit.* : *gai* ou *papegai* ? – 4. Pour ce rappel
possible du lai d'*Eliduc* voir notre éd.

Qu'era verts e vermells, so say,
330 Blanch, neyre, groch, indis ho blaus,
Avia cresta com a paus,
E-l bech vermells, si com cells an
De la terra de Pestre Johan,
Car aytalls son tots cells de lay.
335 E-l jay anava say e lay
Ffar e dir tot ço c'om volia,
E totes les erbes sabia
E conexia lur vertuts,
E portava breus e saluts
340 E noves, mils qu'altre missatge,
E sabia de tot lenguatge,
E mils que-l mestre encantava.

E car Vergili molt amava   [f° 39]
Ffrayre de Joy, e car tenia,
345 Dits per amor que li daria
Lo pus rich don que anch fos dats,
E det li l'auzell, don payats
Ffo mays que si li des Yelanda ;
E cell li donet Florianda
350 E-l regne tot apres son payre :
« Pus volets que sia emperayre, »
Dix ell, « eu vull que siau reys. »
Per so dix l'actor que dompeys
Sap mays de donar que Larguesa,
355 E d'ensenyament que Franquesa,
E d'armes trop mays qu'Ardiments.

---

329. *e* ajouté pour le mètre – **330.** corr. *neyetz* – **331.** corr. *E y ava*, ce qui restitue le mètre – **336.** corr. *ço que com* avec *que* barré – **339.** *E* ajouté pour le mètre – **350.** le scribe a d'abord écrit *pare* puis ajouté un *y* entre *a* et *r* – **353.** corr. *lector*; *dom peys* – **355.** *enseyament* dans *Fa* à moins d'admettre que la barre du paragraphe serve aussi de barre de nasal.

---

1. Pour la forme *Ielanda*, qui évoque *Zelanda*, voir notre éd. La comparaison avec le royaume d'Irlande est fréquente, par exemple Arnaut de Maruelh (in *Aissi cum selh*, str. V, v. 31) présente Jules César comme un homme de modeste origine, qui n'était point *reis d'Irlanda* (éd. M. de Riquer, *Los Trovadores*, *op. cit.*, t. II, p. 655). – 2. On sait (v. 137-141) que Frère de Joie a renoncé à sa fortune et à son héritage (le geai le fera savoir à Sœur de Plaisir, v. 501-503)

il était vert et vermeil, je le sais bien,
blanc, noir et jaune, bleu indigo,
il avait une crête de paon,
le bec vermeil comme l'ont les geais
de la terre de Prêtre Jean,
car tous ceux de là-bas sont ainsi.
Le geai allait ici et là
pour faire et dire ce qu'on voulait,
et il connaissait toutes les herbes
et leurs vertus,
portait missives et saluts
et nouvelles mieux qu'aucun autre messager,
et il savait toutes les langues
et jetait des enchantements mieux que son maître.

Comme Virgile aimait beaucoup
Frère de Joie et l'avait en estime,
il lui dit par affection qu'il lui donnerait
le plus beau cadeau qu'on fît jamais,
et il lui donna l'oiseau, ce dont Frère de Joie fut plus satisfait
que si Virgile lui avait donné l'Irlande[1] ;
aussi lui donna-t-il le royaume de Floriande
juste après son père :
« Puisque vous voulez que je sois empereur, »
dit Frère de Joie, « je veux, moi, que vous soyez roi[2] ».
C'est pourquoi l'auteur[3] dit qu'alors[4]
Frère de Joie sut mieux que Largesse l'art de donner,
et mieux que Bonté la sagesse
et mieux que Hardiesse l'art des armes[5].

---

pour bénéficier des leçons de Virgile qui n'est pas, comme on l'a vu, totalement
désintéressé ! C'est donc Virgile qui héritera de Floriande après la mort du roi.
Mais, grâce au don du geai, le prince peut épouser la belle et obtenir un puissant
royaume. – 3. « ... l'acteur, c'est à dire le faiseur de ce livre », selon la définition
de l'*Ars amatoria* d'Ovide, traduite par Bruno Roy, Brill, Leiden, 1974, p. 68.
Même sens chez R. Lull, cf. Coromines, *Diccionari*, t. I. – 4. Nous voyons en
dom peys, faute de mieux, une forme adverbiale, variante du *dumpèi* provençal,
cf. l'étude de langue de notre éd. – 5. Allusion évidente au début de l'*Enéide*.
Ces qualités sont celles du parfait chevalier : généreux, sage et courageux, et
conviennent parfaitement à Frère de Joie.

E Frayre de Joy tot bellaments,
Dece que-l jay ac recebut,
Li dix : « Amich, si Deu t'ajut,
360 Sabrias mi consell donar
D'un fayt, lo pus rich e-l pus car   [*Fa*, f° 3 a]
C'om anc nul temps poguessets creyre ? »
El gay li dix : « Senyer tant dire
Me saubrets vos ? – Faray breument. »
365 Tot lo fayt li feu entendent
Si con avets ausit denant.
L'erba mig an' anet sercan,
Ans que l'agues, per mans repayres.

Aycel jorn que-l viu l'emperayres
370 Hi entret dins la tor de pla,
Mes li l'erba sus en la ma
A la donsela, qui-s dresset
Sobre-l lit, e-s meraveylet
Del lit, del loc e del infant,
375 E viu se estar lo gay denant
En una pertxa non trop alta,   [f° 3 b]
E dix li : « Gentil dona azalta,
Ffranca, cortesa, avinent,
Plena de bon enseyament,
380 Saluda-us ceyl de qui etz amada,
Amorosa e gint formada,
Mils que dona que-s ancas fos. »
E enapres, tot en estros,
Li ha trestot lo fayt comptat,
385 Tot anaxi con es estat.
« E pregue-us que no-us sia greu
Mays qu'a nulla dona sots ceu,

---

358. corr. *De ce* en deux mots comme *dom peys* ; jay, corr. *joy* – 360. corr.
sur *E* : *Fa sapries* – 362. corr. *pogues* ; *poguessets*, leçon de *E*, permet de rétablir
un vers trop court ; *creyre* dans les 2 mss. rime avec *dire* – 364. *E* : *saber a vos*
faray, ce qui change le sens du vers – 366. *E* : *hoyrets en avan* – 367. corr. *be*
mig any anet, cf. *E* : *mig an* – 369. *E* : *quel vi l'e.* – 376. corr. *un* – 379. corr.
tot bon – 380. A partir d'ici *E*, f° 39 v°, présente un ordre différent : *Plena de*
tot enseyament,/Dousa, plasent et jen formada,/Cell don ets amada/Mays que
nulla dona sots deu/E pregan que no-us sia greu... E omet donc les vers 382 à

Et aussitôt qu'il a reçu le geai,
Frère de Joie lui dit aimablement :
« Dis-moi, geai, aussi vrai que Dieu t'est favorable,
saurais-tu me conseiller
au sujet du fait le plus rare et le plus précieux
qu'on puisse jamais croire ? »
Le geai lui dit : « Seigneur,
saurez-vous m'en dire tant ? – Je serai bref. »
Et il lui conta toute l'histoire,
telle que vous l'avez entendue précédemment.
Le geai chercha l'herbe pendant au moins six mois
et par maints endroits avant de la trouver.

Puis, le jour où l'empereur l'avait vu,
il entra tout droit dans la tour
et posa l'herbe sur la main
de la demoiselle, qui se dressa
sur son lit et s'étonna
à la vue du lit, du lieu et de l'enfant,
et elle vit se tenant devant elle le geai
sur une perche peu élevée.
Et le geai lui dit : « Noble et gracieuse dame,
sincère, courtoise, aimable,
pleine de bon savoir,
celui qui vous aime vous salue,
dame plus amoureuse et gracieusement faite
qu'aucune autre dame. »
Et ensuite,
il lui conta complètement
tout ce qui s'était passé.
« Et il vous prie de n'être pas la dame
la plus fâchée du monde

---

385 (rimes en -*os* et en -*at*), mais présente le vers manquant dans *Fa, Mays que...*,
dont il faut corriger *sots deu* en *sots ceu* ; il comble la lacune de *Fa*, malgré les
difficultés inhérentes à ce changement de place et qui nous contraignent à corriger
mays que en *mays qu'a* : ce n'est qu'un pis-aller. – 382. *ancas*, corr. *anc* ; *E*
place ici le vers manquant de *Fa* : *Mays que nulla dona sots deu* (pour *ceu*)
– 383. corr. *e apres* ; *estruys* – 387. C'est donc le vers de *E* légèrement modifié

Cant se plevi de vos aytan,
Car ell per vos ha mal trayt gran
390 Cent tants que d'amor te en comanda.
Qu'el mon no ha pauca ni granda
Terra qu'el no aia sercada ;
E per vos la mar n'a passada
Mas de tres vets per tot lo mon,
395 E metges e savis que y son
Ha demandats per vostre mal.
– Ja no diray que Deus vos sal
Vos ni lui, N'auzell, per ma fe,
Per so car anc gauset de me   [f° 3 v°c]
400 Rependre ses lo meu voler ;
Mas si-l mal sofris ab plaser
Que-l joy d'amors li dones
E mon causiment atendes,
Axi-l tengra eu per gentil.
405 Que-l mon no ha dompne tan vil
C'om dege pendra ni tocar
Re del seu sens luy demandar ;
C'aytal fait forsat no so bo,
Ne tant no saubrets de rayso,
410 En gay, qu'eu per dret no-us gazany
D'amor qu'un anelet d'estany
Dat per amor no vayla mays
Que d'aur emblats ab fis balaxs.
Entre-ls leyals anamorats
415 Nagus dons no es comparats
Ab ceyll d'amor, car dons c'om dona
Sens deman ha valor mays bona
Que ceyll que-s dona per querer ;
Mas don d'amor no fay plaser
420 Ne val, pus sens deman se do.

---

388. *Cant*, corr. *con*, d'après *E* qui est meilleur : *Can s'auset de vos plevir
tan* – **396.** *vostre*, corr. *vostra* – **397.** corr. *saul* pour la rime – **403.** *atendes*,
corr. *adendes* – **406.** cf. *E* : *dega* – **407.** *a* barré devant *luy* – **408.** *no so*, corr.
nos – **411.** corr. *Doma*, cacographie, leçon de *E* – **412.** corr *donat* (P.M.)
– **416.** *car*, corr. *ca*

quand il s'est à ce point engagé envers vous,
car il a souffert pour vous
cent fois plus de peine que ne l'exige l'amour[1].
Il n'y a pas de terre dans le monde,
grande ou petite, qu'il n'ait parcourue ;
et pour vous il a passé plus de trois fois
la mer de par le monde,
et il a consulté pour votre maladie
tous les médecins et les savants du monde.
– Je ne vous dirai pas : Dieu vous sauve !
ni à vous ni à lui, seigneur oiseau, par ma foi,
car il a osé prendre quelque chose
de moi sans ma volonté ;
mais s'il avait supporté de bon gré le mal
qu'amour lui donnait
et s'il avait attendu mon consentement,
alors je le tiendrais pour noble.
Car il n'y a pas au monde une dame assez vile
pour qu'on puisse rien prendre ou toucher
qui soit à elle sans le lui demander ;
de tels actes de force ne sont pas bons.
Et vous ne saurez m'opposer suffisamment de raisons,
seigneur geai, que je ne puisse vous prouver
qu'en droit d'amour un anneau d'étain
donné par amour vaut mieux
qu'un anneau d'or orné de purs rubis, mais volé.
Entre des amoureux loyaux,
aucun don n'est comparable
à celui de l'amour, car un don accordé
sans avoir été demandé a plus de valeur
que celui qui est donné sur une requête ;
en revanche le don d'amour ne cause aucun plaisir
et n'a point de valeur lorsqu'il est pris sans avoir été demandé[2].

---

1. P. Meyer interprète : « que ne comporte le fief qu'il tient d'amour » ; littéralement : « cent fois plus de peine qu'il n'en tient en dépôt de l'amour », i.e.
que l'amour ne lui en réservait. – **2.** La dame fait la distinction entre un don
spontanément accordé et ce qui est dérobé, et non point, en fait, donné. Elle obéit
en cela à la règle V du *De Amore* : « Ce que l'amant obtient sans le gré de son
amante n'a aucune saveur », *op. cit.*, p. 182. On notera l'énergique protestation
de la dame qui a un caractère fortement marqué.

Anc valents ne cortes no fo   [f° 3 v°d]
Qui dona toca sens deman ;
Ne dona valent ne presant
Fo que·s lexas de man tocar.
425 Ne hom d'amor ses esperar
No pot viure entre·ls fins aymans.
Be mal m'esperara .VII. ans
Que sol .I. jorn esperar no·m volc
E mon car puncelatge·m tolc ;
430 Que res non val emblats ni tolts,
Ne forsats ne venduts per solts,
Mas per drets d'amor oltrejats.
— Dompna covinents, no vullats,
Si·us play, vostre dret tan menar
435 C'a tort lo poriets blasmar ;
Car la vostr' alta senyoria
Es tan alta que dret seria
C'om ne moris per vostr'acort.
Mas pus Deus perdonet sa mort
440 E hom perdon'al anamich,
Be devets vos a vostr'amich
Perdonar, qu'en re no·us es fals,
Ans vos es e fins e leyals   [f° 4 a]
Plus que nul aymant a s'aymia.
445 Si ben ets la gensor qui sia
E la pus alta de linatge :
Be devets vos son fi coratge
Pendra per la vostra ricor,
E la franquesa per l'onor,
450 E l'ardiment per la noblesa.
Pero si agues tal causa presa
De vos que·s pogues esmendar,

---

424. corr. *no fo* pour le mètre – **425.** corr. *de amor* – **434.** corr. *dret menar* (P.M.) – **440.** cf. *E : enemich* – **441.** *vostr' am.*, corr. *vostra am.*, le *a-* étant sans doute dû à l'initiale suivante – **450.** corr. *noblea* d'après *E*, ce qui rétablit la rime avec *presa* ; de même *franquea* – **452.** corr. *de nos*

---

1. Ceci peut stigmatiser la conduite d'une femme légère (cf. aux v. suiv. l'allusion à l'objet vendu), mais nous avons en filigrane une allusion plus précise au viol ; or la femme violée était à ce point déconsidérée qu'elle échouait parfois

Jamais il n'a eu mérite ni courtoisie
celui qui touche une dame sans qu'elle l'ait demandé ;
et jamais dame n'eut mérite ni prix
pour s'être laissé toucher par des mains non autorisées[1] ;
et un homme ne peut vivre parmi les amants parfaits
s'il ne sait attendre en fait d'amour.

Il aura bien du mal à m'attendre sept ans
celui qui n'a pas voulu m'attendre juste un jour[2]
et m'a enlevé ma précieuse virginité ;
car un objet volé ou dérobé, pris de force
ou vendu pour de l'argent ne vaut rien,
mais il doit être octroyé par droit d'amour.

– Dame avenante, s'il vous plaît,
ne défendez pas tant votre droit,
car vous pourriez blâmer à tort votre ami ;
certes votre haute seigneurie
est si haute qu'il serait juste
qu'on mourût pour obtenir votre accord,
mais puisque Dieu nous a pardonné sa mort,
puisqu'on pardonne à son ennemi,
vous devez bien pardonner à votre ami
qui ne vous trahit en rien,
mais est sincère et loyal envers vous
plus qu'aucun autre amant envers son amie.

Certes vous êtes bien la plus noble qui soit
et du plus haut lignage :
vous devez bien accepter son grand courage
pour votre haut rang,
et sa franchise pour votre honneur,
et sa hardiesse pour votre noblesse[3].
Pourtant s'il vous avait pris une chose
dont il pût vous dédommager

---

dans un bordel lorsqu'elle était célibataire, parfois au couvent lorsqu'elle était mariée, cf. Jacques Rossiaud, *La Prostitution médiévale*, Flammarion, Paris, 1988, p. 43 et note 13, p. 244-245. – 2. Les mêmes chiffres apparaissent dans *En aquel temps*, v. 190-191 : « car tout ce qu'il avait fait en sept ans, il l'avait perdu en un jour... » Sept ans représentent, du point de vue féminin s'entend, la durée idéale du service amoureux avant que le soupirant n'obtienne satisfaction. – 3. *Coratge, franquesa* et *ardiment* reprennent presque mot à mot les termes des v. 354-356 (*larguesa, franquesa, ardiments*).

Ne rendra, no-us fera clamar
Merce, ans far' al vostra man,
455 Car disets que pres sens deman
De vos so que pus desirava ;
[Si ausiets com vos clamava
Merce, mans juntas homilment,]
Plorant, sospirant e disent :
460 "Ay ! Gentil, plazent creatura,
Pus bela que anc formes Natura,
Fflor de jovent on joy reviu",
Non avets lo cor tan esquiu
Que no-us en preses piatat ;
465 E vos, qu'ab ris de joy trempat,
E-z als beylls uylls azaut gardant,
Li faziets d'amor semblan   [f° 4 b]
Per que fo del joy pendra prests ;
E no es nul hom tan pauc trets
470 Que no feses tot atretal.
Le savis dits : "En corts reyal
Qui so que desira no pren
Cant pot, apres pauc s'en repen,
E no y pot tota hora tornar" ;
475 So feits vos que-us veyem preyar,
Sol aytant qu'el, vostra plaser,
Vos pusc'ab joy viva veser,
Pus mort'ab gran trabayll vos vi.
– Ja no veuray ell, ni ell mi,
480 Ab mon grat, N'auseyll, per ma fe.
– Si farets ! – No fare per re !
– Si farets. – E qui m'en forsara ?
– Amor, qui mays de poder ha
Ab los valents que malvolensa.
485 Si ben avets prets e valensa
E tot quant a pros domna tany,
Ja, si merce de vos sofrany,

---

454. corr. *faral* – 455. corr. *dien* – 458. ce vers et le précédent rétablis d'après
E ; *Fa* : Merce, mans juntes clamava / Plorant, sospirant e disent – 463. corr.
Ja – 465. corr. *v vos* – 470. corr. *fes* (P.M.)

ou qu'il pût vous rendre, il ne vous laisserait pas demander
justice mais accomplirait votre volonté.
Vous dites qu'il a pris de votre personne,
sans le demander, ce qu'il désirait le plus ;
si vous l'aviez entendu en appeler humblement
à votre miséricorde, mains jointes,
pleurant, soupirant et disant :
"Hélas ! noble et plaisante créature,
la plus belle qu'ait jamais formée Nature,
fleur de jeunesse, en qui joie revit",
votre cœur n'est pas si cruel
que vous n'eussiez eu pitié de lui ;
vous, avec votre sourire empreint de joie
et vos beaux yeux charmants le regardant,
vous lui donniez apparence d'amour,
si bien qu'il fut prêt à prendre joie d'amour ;
et il n'est aucun homme tant soit peu incité
qui n'eût agi de même.
Le sage dit : "En cour royale,
qui ne prend ce qu'il désire
quand il le peut, s'en repent peu après,
et n'en peut pas toujours retrouver l'occasion[1]" ;
faites donc en sorte que nous vous voyions prier
pour qu'il puisse, selon votre volonté,
seulement vous voir vivante et en être joyeux,
puisqu'il vous a vue morte et en eut tant de peine.
— Je ne le verrai pas plus qu'il ne me verra
de mon plein gré, seigneur oiseau, par ma foi.
— Vous le ferez. — Je ne le ferai pas.
— Vous le ferez. — Et qui m'y forcera ?
— Amour, qui a plus de pouvoir
sur les valeureux que malveillance.
Bien que vous possédiez prix et valeur
et tout ce qui est nécessaire à une dame de mérite,
si miséricorde vous fait défaut,

---

1. On rapprochera ce passage du *Proverbe au Vilain* : *Qui avant prent, ne
s'en repent*, op. cit., p. 24.

No serets del tot acabada.   [f° 4 v°c]
E sabets que per una errada
490 Son mantes dones confondudes,
E mantes bones corts perdudes
Per un vil ab .I. fals conseyll,
E mil ardits per un volpeyll.
E sabets be que, luny o pres,
495 An mil mals anans que .I. bes.
Mas eu faray un bell retrayt :
Que anc may no fo servici fayt
Tan ric, tan car ni tan precios,
Con vostre amich ha fayt per vos.
500 – Servici qual ? – Eu lo-us diray :
Tot un regisme qui val may
Que ceyl de Fransa ha donat
Per vos garir, don n'a mal grat
Cant vos ha renduda la vida. »
505   Ella, sitot s'ere marrida,
Un pauc son fel li adousi,
Dix humilment : « En gay, e qui
Es aycel a qui eu tant cost,
Ne qual nom ha ? Digats m'o tost.
510 – Gentil dona, be pres l'avets.   [f° 4 v°d]
– Et con pres ? – En la ma-l tenets.
– Con en la ma ? E no y tenc ren.
– Si fayts, si les letres gardats ben
Del anel qu'en la ma portats :
515 Lo nom saubrets aytant yvats. »
        Abtant l'anell gardet e vi :
« De Fray de Joy suy », qui ses fi
Avia gran laus per la terra
D'asaut e de be manar guerra,
520 D'enseyament e de cortesia.

---

488. P.M. a oublié la foliotation ; *acabada*, corr. *nenbada*, d'après *E*
– **495.** *anans* ajouté entre *mals* et *que* d'après la forme du v. 733 – **498.** *ni*
ajouté pour le mètre – **500.** devant *eu* une marque de paragraphe – **511.** corr.
com mes pr., marque de paragr. dev. *En* – **519.** corr. *De as.* ; *e be m.*

---

1. On trouve chez le troubadour Folquet de Marseille (qui devint évêque et

vous ne serez en rien accomplie.
Et vous savez que pour une seule qui a commis
une faute, maintes dames sont confondues,
et maintes bonnes cours perdues
par un homme vil donnant un seul mauvais conseil,
et mille hommes courageux perdus par un lâche[1].
Et vous savez bien que, peu ou prou,
on trouve mille maux avant un seul bien.
Mais je ferai un bel exposé :
c'est que jamais n'a été rendu service
aussi noble, aussi rare ni aussi précieux
que celui de votre ami pour vous[2].
– Et quel service ? – Je vais vous le dire :
il a donné pour vous guérir
tout un royaume[3], qui vaut plus
que celui de France, et il est bien mal récompensé
de vous avoir rendu la vie. »

Elle, bien qu'elle fût irritée,
adoucit un peu sa rancune à son égard.
Elle dit doucement : – Seigneur geai,
qui est celui à qui je coûte si cher,
quel est son nom ? dites-le-moi vite.
– Noble dame, vous l'avez bien près de vous.
– Et comment est-il près ? – Vous l'avez à la main.
– Comment, à la main ? Je n'y ai rien.
– Mais si, si vous regardez bien les lettres
de l'anneau que vous portez à la main,
vous saurez vite son nom. »

Alors elle regarda l'anneau et vit :
« Je suis à Frère de Joie », qui avait
une immense renommée de par le monde
pour ses attaques et ses menées guerrières,
pour sa bonne éducation et sa courtoisie.

---

participa à la croisade contre les Albigeois) une remarque semblable dans *Per Dieu, Amors*, aux v. 15-16, p. 57 de l'éd. Stronski ; Raimon Vidal de Besalú le cite dans *En aquel temps* aux v. 1496-1498. Notre auteur connaît bien ses classiques ! – **2.** E. Zago (*op. cit.*, p. 429) a relevé que l'emploi du mot *service* (d'amour) provoquait un radical changement d'attitude de la dame, mais en fait la dame est surtout sensible à la valeur du royaume donné pour la sauver. – **3.** Il a donné Floriande à Virgile.

Ja al temps quant ella vivia
Lausar l'ausia say e lay
Per l'emperi de Gint Senay
Mils que nuls fill de rey del mon.

525 « Digues me, gay, si Deus te torn,
Lo fayt con fo del meu morir,
Ne con se poch far del garir,
Ne tu ayci qui t'enviet ?
Ffrayre de Joy con hi-c intret ?

530 Ne on es, ne en qual repayre ?
Ne si son vius mon payra ni ma mayre ? [fº 5 a]
Ne qui-m mes dins en est estatge ? »
E-l gay li dix en pla lengatge
E suau tota la rayso.

535 Ela-l dix : « Gay, preyada so
De Ffrayre de Joy lo cortes.
Cant lo veuray eu, ni on es ?
Prech te c'ades puxa-l veser.
Ffrayre de Joy, Sor de Plaser,

540 Anc noms no s'avengron tan be :
Lo meu nom ab lo seu s'ave
Mils que nuyll nom que hanc fos.
Amich, ara fos eu ab vos,
O vos ab me dins en mos bras !

545 Gay, prech te que l'ans dir ivas
Que ja nul temps gauig no auray
Tro l'aja vist. – Dompne si-us play,
Eu vos diray co se deu fayre :
Eu m'en iray a vostre payre,

550 La on sia, a Gint Senay,
E tot lo fayt li comptaray.
E puys, cant el l'aura ausit,
Dir li ai que-l vos do per marit, [fº 5 b]
Sera fayt, qu'es qu'en deye far ;

---

522. D'après *E*. Les deux vers de *Fa* semblent témoigner d'une confusion du scribe : *Say e lay lausar l'ausia,/E lausaven lo say e lay.* La leçon de *E* est plus expéditive : *L'ausia lausar say e lay/Per l'emperi de Jensenay.* – **523.** Dans *E* : *Jensenay* – **531.** corr. *p. ni ma m.* – **534.** ajout de *E* – **535.** Corr. *Ela li d. En g.* ; *son.* – **537.** *eu* ajouté – **538.** corr. *lo p. v.* pour le mètre – **543.** après avoir écrit *ell*, le scribe a suscrit *eu* – **544.** *mon*, corr. *mos* – **545.** *ans*, corr. *an* – **546.** *ja*

Déjà au temps où elle vivait,
elle l'entendait louer de toutes parts,
par tout l'empire de Gint-Senay,
plus qu'aucun autre fils de roi au monde.
« Raconte-moi, geai, que Dieu protège ton retour,
comment j'ai pu mourir,
et comment on a pu me guérir,
et toi, qui t'a envoyé ici ?
Et comment Frère de Joie est-il entré ici ?
Où est-il, et en quelle demeure ?
Et mon père et ma mère sont-ils vivants ?
Et qui m'a mise en ce lieu ? »
    Le geai lui donna doucement
en langage clair toutes les explications.
Elle dit : « Geai, je suis requise d'amour
par Frère de Joie le courtois.
Et quand le verrai-je et où est-il ?
Je te prie de faire en sorte que je puisse le voir vite.
Frère de Joie, Sœur de Plaisir,
jamais noms ne convinrent si bien :
mon nom s'accorde au sien
mille fois mieux qu'aucun nom qui fût jamais.
Ami, puissé-je maintenant être avec vous,
ou vous avec moi dans mes bras !
Geai, je te prie d'aller tout de suite lui dire
que je n'éprouverai jamais aucune joie
avant de l'avoir vu. – Dame, s'il vous plaît,
je vais vous dire comment il faut faire :
je vais aller auprès de votre père,
là où il doit être, à Gint-Senay,
et je lui conterai toute l'affaire.
Et puis, quand il l'aura entendue,
je lui dirai qu'il vous donne Frère de Joie pour mari,
et ce sera fait, quoi qu'il advienne ;

---

est un ajout permettant de rétablir la mesure du vers. P.M. proposait *negun t.* au
lieu de *nul t.* Il nous paraît plus économe de rétablir la particule négative. *E* :
Que jamay gaug non auray, le vers est faux – **548.** Vers manquant dans *Fa* et
emprunté à *E*, f° 45 – **552.** ajout de *el* (P.M.) – **554.** *Sera*, corr. *E sera*

555 Puys hom no-us en pora blasmar
Ne res dire de res qu'en sia.
    — Be as dit, pero mas valria
Veser lo meu amic abans,
Que-l desir qu'eu n'ay es tan grans,
560 Si ades no-l vey sere morta.
No vulles, pus que m'as estorta,
C'ades torn altre vets morir,
Car mort es fort greu a sofrir ;
Qu'el mon non ha tan gran dolor
565 Con aycela que fa amor
Cant hom no veu ceyll que mes ama ;
Car amor auciu e aflama,
Sovint fay languir e penar ;
Mas mort no pot altre mal far
570 Ne ocir mas una vagada,
E es leugerament passada,
Per que deu hom tost conseyll dar
A ço que menys de mal pot far ;
Pero bo ne savi no es.
575 — Dompn' esperats me, no-us pes. »   [fº 5 vºc]
    Ab tant de la dompna-s parti,
E ella tan luny con lo vi
Per la finestra lo gardet,
Luny axi con lo deviset.

580   Venc un cavaler qui cassava
Ab .I. esparver que portava
Mudat, e pres lo gay de gayt,
Don fo dampnatge e mal fayt,
Gran tala e mala ventura.
585 E lig hom en sanct' Escriptura
Qu'enquantament ne res no val

---

566. *mˢ* développé en *mes*, cf. v. 573. — **568.** *soviˋ ; fay* ajouté d'après *E* : *Soven e fay leu jent penar* – **572.** Ce vers manque dans *E* mais son emplacement est marqué par un espace laissé vierge – **573.** *A ço*, corr. *A aço* pour le mètre ; *mˢ* développé en *menys* – **575.** corr. *sperats me un poc* ; le passage est sûrement corrompu comme le prouve *E*, également hypermètre : *Dona, entendets un pauch, no-us pes* – **579.** corr. *col* – **580.** pour *cavaler* le scribe a utilisé le signe abréviatif français *chˡr* comme celui de *E* – **585.** corr. *sancta E*.

personne ne pourra vous en blâmer
ni dire quoi que ce soit.
   – Tu as bien parlé, mais il vaudrait mieux
voir d'abord mon ami,
car le désir que j'en ai est si grand
que, si je ne le vois pas sur-le-champ, je mourrai.
Ne veuille pas, puisque tu m'as sauvée,
que je meure une nouvelle fois,
car la mort est bien difficile à supporter ;
mais il n'y a pas au monde d'aussi grande douleur
que celle de l'amour
quand on ne voit pas celui qu'on aime le plus ;
car amour tue et brûle
et fait souvent languir et peiner ;
en revanche la mort ne peut faire souffrir
ou tuer plus d'une fois,
et elle passe promptement,
c'est pourquoi on doit vite se résoudre
à ce qui peut faire le moins de mal.
Et pourtant ce n'est ni bon ni sage[1].
– Dame, attendez-moi sans qu'il vous en déplaise. »
   Alors il quitta la dame,
et elle, aussi loin qu'elle put,
le suivit des yeux par la fenêtre,
aussi loin qu'elle put l'observer.

   Alors passa un chevalier qui chassait
avec un épervier qu'il portait
mué[2], et il prit le geai à l'affût ;
ce fut un dommage et un méfait,
un grand désastre et un coup du sort.
On lit dans la sainte Ecriture
qu'il n'est aucun enchantement ni rien qui vaille

---

1. Choisir la mort suggère l'acceptation du suicide, crime contre soi-même et donc objet d'une réprobation unanime dans le moyen âge occidental. Or la dame, effectivement tentée par le suicide, échappera de peu à la mort dans l'épisode suivant. – 2. On appelle ainsi un faucon ayant fait plusieurs mues avant d'être pris, donc qui a été libre plus longtemps que le *niais* (pris au nid) ou l'*entremué* (qui n'a fait qu'une mue avant d'être pris), cf. *Le Livre de chasse du roy Modus*, présenté par Gunnar Tilander, A. Ardant, Limoges 1973, p. 144.

Pus c'a Deu plau c'om prenga mal,
Ne hom no-s pot de Deu gardar.
E la domna-s pres a cridar,
590 Dix : « Senyer Deus, causa tant dura,
Lo joy d'est segla tan pauch dura,
Eu cuydava esser restaurada,
Et son en major mal tornada
Que quant era morta .C. tans. »
595   A terra-s gitav' ab crits grans,
Sos caubeylls tirant e rompent,
Sos pits batent, ses mans torsent,
E cridav' « Ay, bell dolç amich,   [f° 5 v°d]
L'auceyll lo pus car e-l pus rich
600 Qu'el mon era avets perdut,
Per mi, lassa ! rendr'a salut.
Mes amar' encar' esser morta
Que viv'... » ; e venc corr' a la porta
E si no fos tan be fermada
605 Ffores de la tor derrocada,
E si no fos lo finestral,
Tan poc li fera paor mal
Ne dan qu'en agues a soffrir,
Ans se jaquira per eyll morir.
610 Mas Deus no volc e no-s poch far.

     E-l cavaler senes tardar
Mantinent que lo gay ach pres,
A una pros dona-l tremes
C'om assats de beutats lausava

587. *E : Pus a Deu plats c'om prenda mal* – **591.** *segla*, cf. *E : d'est mon
tan p.* – **592.** Ce vers et le suivant qui manquent dans *Fa* (P.M. avait remarqué
la lacune) sont empruntés à *E* f° 44 – **594.** *E : mil tans* – **595.** Corr. *Fa : gita*
d'après *E : En terra-s gitav'ab*, ce qui rétablit la mesure – **597.** *E* offre une autre
leçon : *sa faç trencan* – **598.** Corr. *Fa : Cridant ay dolç amich*, dont le vers est
faux, d'après *E : E cridava A bell dolç amich* – **600.** corr. *perduts* et au v. suiv.
saluts – **601.** Vers manquant dans *E*; *rendr'a*, corr. *vendra* – **602.** corr. *amara
encara* – **603.** *Fa : venc corrent*, mais le vers est faux ; *E : corent a la p.* ; on
propose, par une correction minime, de lire *corr' a* (infinitif *corre*) au lieu de
viva e venc corrent – **604.** *E* ajouté pour le mètre – **605.** corr. *enderrocada*
– **607.** corr. *no li* – **609.** et non *jaquixa* selon P.M., cf. *E : si gitara* – **610.** *E*
ajouté pour rétablir le mètre. *E*, f° 44 v°, est trop court : *Mas D.* [très effacé] *non
volch ni-s poch f.* – **611.** *cavaler*, abrév. française *chlr*

si Dieu veut qu'on supporte un malheur,
on ne peut se défendre de Dieu.
Et la dame se mit aussitôt à crier en disant :
« Seigneur Dieu, c'en est trop,
la joie de ce monde est si brève !
Moi qui croyais être sauvée,
je suis tombée dans un malheur
cent fois plus grand que lorsque j'étais morte. »

Elle se jette à terre avec de grands cris,
en se tirant et s'arrachant les cheveux,
frappant sa poitrine, tordant ses mains,
criant : « Ah doux ami, pour me rendre la vie
vous avez perdu l'oiseau le plus rare
et le plus précieux qui fût au monde,
malheureuse que je suis !
J'aimerais encore mieux être morte
que vivante » ; et elle va courir à la porte,
et si celle-ci n'avait été si bien fermée,
la dame serait tombée de la tour[1],
et, si la fenêtre n'avait été aussi fermée,
ni le mal ni le dommage qu'elle aurait eu à souffrir
ne lui auraient fait la moindre peur,
elle se serait plutôt laissée mourir pour l'oiseau.
Mais Dieu ne le permit pas et cela n'arriva pas[2].

Cependant le chevalier, sans tarder,
aussitôt qu'il eut pris le geai,
l'envoya à une dame de prix
dont on louait beaucoup la beauté

---

1. L'expression *derrocada*, qui suggère la chute sur des rochers ou des pierres, est fort juste : la dame tomberait bien du haut de la tour, la porte donnant sur l'extérieur et en hauteur. Une passerelle (magique en l'occurrence) devait en donner l'accès aux parents. On peut encore observer le même système à Florence grâce aux *maisons-tours* ; les tours des palais étaient reliées entre elles par des passerelles de bois, les *torazzi*, qu'on retirait en cas de conflit entre familles patriciennes : « c'est la raison de ces étranges portes situées en altitude et qui ne semblent mener nulle part », Klaus Zimmermanns, *Florence*, Arthaud, Paris, 1990, p. 21. – 2. Cette intention suicidaire, qui n'aboutit pas grâce à l'intervention divine, fait songer à la *vida* de Guillem de Cabestanh dans laquelle la dame échappe à la malédiction du suicide malgré sa défenestration puisqu'elle fuit un époux qui la menace de son épée.

615 E gran terra senyorejava
    Rica de tors e de palays.
    E avia nom *Amor mi Pays* ;
    Qu'el l'amava, e ella luy,
    E avia nom *Amor m'Esduy*,   [f° 6 a]
620 Bo d'armes e de cortesia.

    E mentre la dona tenia
    Lo gay, asautament li dix :
    « Ffranca dona ab plazent ris,
    Complida de totas beutats,
625 Humilment vos prey que·m digats
    Si fos nul temps anamorada ?
    – Gay, oc, e son, e no m'agrada
    Nul hom si anamorat no es.
    – Ma dona, doncs tindriets pres
630 Null missatge qui tremes fos
    Per amor ? – No ha entre nos,
    Gay, » dix ella, « tan vill usatge
    C'on tingues pres d'amor missatye,
    Que ans be lo deliuraria
635 Si pres ni liat lo sabia,
    O y faria tot mon poder.
    – Ma dona, doncs sabiats per ver
    Que eu suy tremes, per amor
    Del plus valent e del mylor
640 C'anc ames dona ni donseyla,   [f° 6 b]
    D'una donseyla la plus beyla
    Don hom nul temps ausis parlar,
    Perque·us prey que·m lexets anar,
    Ffe que devets al Deu d'amor. »
645 E eylla qui d'aytal dolor
    Sabia, mantinent lexet
    Lo gay anar, qui s'en anet

---

et qui avait un vaste fief à gouverner,
puissant par ses tours et ses palais.
La dame s'appelait « Amour me paît »[1] ;
le chevalier et elle s'aimaient,
et il s'appelait « Amour m'éconduit »[2],
il était vaillant aux armes et bien courtois.

Tandis que la dame tenait le geai,
celui-ci lui dit gracieusement :
« Dame sincère au plaisant sourire,
accomplie en beauté,
je vous prie humblement de me dire
si vous avez jamais été amoureuse ?
– Geai, oui, je le suis, et un homme
qui n'est pas épris ne me plaît pas.
– Alors, ma dame, retiendriez-vous
un messager envoyé au nom
de l'amour ? – Geai, il n'existe pas chez nous
un usage aussi vil
que de tenir prisonnier un messager d'amour,
bien au contraire je le délivrerais
si je le savais prisonnier et enchaîné,
ou j'y mettrais tout mon pouvoir.
– Ma dame, sachez donc en vérité
que, pour l'amour
du plus vaillant et du meilleur
chevalier qu'ait jamais aimé dame ni demoiselle,
je suis envoyé par la plus belle demoiselle
dont on ait jamais ouï parler,
c'est pourquoi, je vous prie de me laisser partir,
par la foi que vous devez au dieu d'amour. »
Et la dame, qui connaissait semblable
peine d'amour, laissa aussitôt
partir le geai, qui s'en alla

---

1. D'après un vers de Raimbaut de Vaqueiras, cf. Introduction,
p. 60. – 2. Allusion à un vers de Bernart de Ventadour, cf. Introduction, p. 60.

A Gint Senay en la ciutat
On fo mant rey e mant honrat,
650 E mant compte e mant baro.

E-l jay vench, ell, de gran rendo
Lay on l'emperayre sezia
E l'emperayrits, qui dizia
Qu'enassen lur fiyla veser.
655 E anet se en un ram seser
D'un pi on ells tots sols estaven
Que d'altres afers no parlaven
Ne dizien ser ne mati.
E-l gay lurs dix en pla lati
660 Ses lonc sermo e ses lonch play :
« Emperayre de Gint Senay,
Auges meraveyla mout granda :   [f° 6 v°c]
Ta fiyla molts saluts te manda
E l'emperayrits atretal ;
665 E creats que no ha nul mal,
Ans la trobarets viv'e sana.
Anc en null temps de crestiana
Ne d'autre, no ausi hom dir
Que posques viure apres morir,
670 Mas Deus ho ha fayt per t'onor,
E-z eu qui n'ay mal tret major
C'om trasques per fayt mal ni bo. »

E compta-ls la rayso con fo,
Con Frayre de Joy en anet
675 En Roma, e dins la tor intret,
E con tant amet la donzela
Qu'era franca, plazent e beyla,
E com per aver son cors bell
[Li det apres lo seu anell,]
680 E per aver s'amor granda

---

651. comparer *E* : *vench isnell de rando* – **661.** *E* : *Jen senay*, seule forme qu'il connaisse – **666.** corr. *viva s.* – **667.** corr. *Anc no* – **678.** le vers est faux : *com per*, P.M. proposait *coma per*, mais *E* donnant *E com per*, il paraît préférable d'adopter cette lecture ; *com* est la seule forme de *Fa* développée en *-n*

vers Gint-Senay, vers la cité,
où se trouvaient nombre de rois, d'hommes honorés,
de comtes et de barons.

Le geai vint en toute hâte
là où l'empereur était assis
avec l'impératrice, qui parlait
d'aller voir leur fille.
Et il alla se poser sur la branche
d'un pin sous lequel tous deux se tenaient seuls,
et, soir et matin, ils ne conversaient
ni ne parlaient jamais d'autre chose.
Le geai leur dit en simple langage,
sans long sermon ni long discours :
« Empereur de Gint-Senay,
vous allez entendre un fait bien étonnant :
votre fille vous mande maints saluts,
à vous et à l'impératrice,
et croyez bien qu'elle n'a aucun mal,
au contraire vous la trouverez vivante et en bonne santé.
Jamais à aucun moment on n'a ouï dire
d'une chrétienne ou d'une autre
qu'elle pût revivre après sa mort,
mais Dieu l'a fait pour vous honorer,
et moi j'en ai supporté plus de mal qu'on n'en supporta jamais
pour une bonne ou une mauvaise action. »

Et il leur conta toute l'affaire,
comment Frère de Joie alla
à Rome puis entra dans la tour,
comment il aima tant la demoiselle
qui était sincère, plaisante et belle,
comment, pour avoir sa belle personne,
il lui donna un anneau et lui prit le sien,
comment, pour son amour,

_____

– **679.** leçon de *E. Fa* : *Li-n det .I. e pres lo seu anell* : le vers est hypermètre
– **680.** *S'amor* d'après *E*, mais aucun des deux mss. n'est ici satisfaisant ; *E* : *E com per aver s'amor granda* ; *Fa* : *E per aver la sua amor granda*

Det lo reyne de Florianda,
E com ell mantinent iria   [fº 6 vºd]
A Ffrayre de Joy, e que·l faria
Venir per far lo maridatge
685 Ab gran honor e baronatye,
Si con tany a fiyll de rey valent.

    E l'emperayre mantinent
Comptet o tot breument als seus,
E la honor que li feya Deus,
690 E tantost lo fayt atorguet.

    E·l cortes gay tost s'en anet
A la tor, on mester ha gran !
E la dompna planyent, ploran
Se fo sezen al sol gitada ;
695 E·l gay cant venc l'ach atrobada,
E dix li ben azaut e gent :
« Ffrancha don'ab cors covinent,
Gentil, levats, qu'eu suy ayci. »
....
700 E cant lo viu no poch parlar
De gauig, con lo viu retornar ;
Sobre un siti d'aur s'assix ;
E·l gay de la preso li dix,
E de la dompne se leuset,   [fº 7 a]
705 E con ab son payre parlet
Del fayt, e con li atorgat.
E pus que ell o acabat,
Tornar s'en va a son senyor
Ffrayre de Joy qui per amor
710 Plorant e sospirant languia,
E·l dix que l'atendria
Tot jorn vas lo cami gardant.
    — Ma dona, » dix ell ab aytant,
« Eu tornaray a mon senyor ;
715 Mas ans per la vostra honor

----

681. corr. *donet* d'après *E* et comme le suggérait intuitivement P.M., note 500, p. 282 – **685.** corr. *baornatye* – **688.** ajout de *tot* (P.M.) – **696.** ajout de *ben* pour le mètre – **699.** L'absence de rime en *-si* indique la lacune d'un vers

il donna le royaume de Floriande,
et comment lui-même irait aussitôt
auprès de Frère de Joie, et le ferait
venir pour le mariage,
en grand honneur et avec la compagnie de nombreux
barons, comme il convient au fils d'un roi valeureux.

L'empereur conta immédiatement
tout cela brièvement aux siens
et la marque d'honneur que Dieu lui faisait,
et il ratifia aussitôt ce qui avait été fait.

Le geai courtois s'en alla sur-le-champ
à la tour où on a bien besoin de lui !
La dame gémissante et en larmes
s'était jetée par terre en fait de siège ;
ainsi l'a trouvée le geai qui arrivait,
et il lui dit bien gracieusement :
« Dame sincère, charmante et noble personne,
levez-vous, je suis ici. »
....
Et quand elle le vit, la joie
de le voir revenir l'empêcha de parler ;
elle s'assit sur un siège d'or ;
et l'oiseau lui conta sa capture
en se louant de la dame qui l'avait libéré,
lui dit comment il avait parlé à son père de leur affaire,
et comment celui-ci avait tout ratifié pour elle.
Et puisqu'il avait accompli sa mission,
il allait s'en retourner auprès de son seigneur
Frère de Joie qui languissait
d'amour, pleurant et soupirant,
et elle lui répondit qu'elle l'attendrait
toujours en regardant la route.

« Ma dame, » dit-il alors,
« je vais retourner auprès de mon seigneur ;
mais auparavant en votre honneur

– **702.** Corr. *se assech* qui perd la rime d'après P.M. – **708.** corr. *sen a*
– **715.** ajout de *ans* (P.M.)

Ffaray un castell ric e gran,
On vull que estien ab l'infan
Mil dones covinens e beyles,
E .M. donseyls e .M. donseyles,
720 .M. clerchs e .M. juglars cortes,
E .M. cassadors ab auceylls. »
     De mantes guises lo castell
Fo fayt, que anc no vis tan bell,
Ab tors, ab cambres, ab palays ;
725 Certes tan bell non vis anc mays.
Hom no y comprava ne y vendia   [fº 7 b]
Mas quant hom demandar sabia,
Avia hom lay mantinent.
E-l pont fo fayt tan fermement
730 Que tot hom lay passar posques.
     E l'infant aparech agues,
Cant fo al castell, be .V. anys.
E-l gay dix que-l faria anans
Betejar qu'el d'aqui partis,
735 Det-li lo castell con peyris ;
E dix que-l nom que-l seu voler
Que dels dos noms devi'aver
Que lo payre e la mayre avien
A cuy Frayre de Joy dizien
740 E Sor de Plaser examen,
E dels dos noms egualmen.
E mes li nom Joy de Plaser ;
De que la don' ac bon saber.
     Car tuyt cells del castell l'ameron
745 Con lur senyor, e s'azauteron
Volent lo tots los jorns veser,
E la don'ab aquest plaser

---

722. après *castell* barre de paragr. et *fo fayt* sur la même ligne – **726.** Corr.
mas hom, qui crée une répétition maladroite au vers suiv. ; *vendia*, corr. *venia*
– **727.** Corr. *demanar* – **743.** Leçon de *E* ; *Fa* redondance : *la don'ac gran plaser*
– **746.** corr. *tots j.* (P.M.)

---

1. On relèvera aux v. 733-734 le caractère religieux de l'oiseau, mais la
présence des clercs est aussi gage de culture : dans cette cour idéale le seigneur

je ferai faire un grand et puissant château
où je veux que séjournent avec l'enfant
mille dames charmantes et belles,
et mille damoiseaux et mille demoiselles,
mille clercs[1] et mille courtois jongleurs
et mille chasseurs avec leurs oiseaux. »

Le château fut fait de maintes manières,
de sorte qu'on n'en vit jamais d'aussi beau,
avec ses tours, ses pièces, ses salles d'apparat ;
jamais assurément on n'en vit de si beau.
On n'y achetait ni ne vendait rien,
mais si on demandait quelque chose,
on l'obtenait là aussitôt[2].
Le pont fut fait si solidement
que chacun pouvait le passer facilement[3].

Et l'enfant, quand il fut dans le château,
avait bien l'apparence d'un enfant de cinq ans.
Le geai dit qu'il le ferait
baptiser avant de s'en aller,
et il lui donna le château en qualité de parrain ;
il dit aussi que le nom, à son avis,
devait avoir quelque chose des deux noms
du père et de la mère,
qu'on appelait Frère de Joie
et Sœur de Plaisir,
qu'il devait donc avoir un peu des deux.
En toute équité, alors, il l'appela Joie de Plaisir,
ce qui agréa à la dame.

Et voyant que tous les habitants du château
aimaient son fils comme leur seigneur,
et se réjouissaient de le voir tous les jours,
la dame demeura dans la tour

---

enfant deviendra un parfait chevalier. Quant au chiffre mille, il évoque, à la fin du roman d'*Erec et Enide*, la description du banquet servi par mille serviteurs chargés du pain, par mille échansons et par mille autres chargés de servir à table (édition du Livre de Poche, *op. cit.*, p. 282, v. 6928-6929). – **2.** Cet élément féerique, comme le repas servi ou la table garnie sans intervention humaine, est l'une des marques du conte. Cf. *Le Chat botté* et le château de l'ogre. – **3.** Par opposition au pont de verre de la tour enchantée qui devait être passé avec prudence (cf. v. 144). La remarque est teintée d'humour.

Ez ab gauig romas dins la tor.　　　　　　　　　[f° 7 v°c]
　　E-l gay tornet a son senyor
750 Aytant con poc deliurament.

　　E l'emperayre mantinent
E l'emperayrits s'en aneron
Devers la tor, c'anc no parleron
Ab lur conseyll tro saberon ver
755 De lur fiyla, qu'enquer veser
Viva no la cuyaven may,
Sitot los ho ac dit lo gay.
E mantinent en la tor intreron
E lur fiyla lay troberon
760 Viva e sana e rient.
Anc may no fo de nuyla gent
Tant gran gauig con ells ne meneren.
Mantinent l'infant demanderen ;
E ella mostret lurs la tor,
765 L'infant, lo castell e l'honor
Gran que el fazien tuyt tot jorn ;
E garderon lay tot entorn,
E viren la major riquesa　　　　　　　　　　　[f° 7 v°d]
Del mon e la pus gran noblesa
770 Que null emperayre anc agues.

　　Apres duret lo joy e-ll ples
Lonc temps, en la ciutat torneron
On los altres baros esteron,　　　　　　　　[Ms. *E*, f° 47 v°]
E conteron la maravilla
775 Del jay que avia lur filla
Estorta del muridatge,
Qu'agren tuyt tal alegratge
Qu'en lexeron lo parlament,
E vengron en la tor corrent,
780 Cavalers, dones, donzelles,
Riques, paubres, joves, velles,

---

753. corr. *deverts* – **754.** corr. *per v.* d'après *E*, même leçon pour le reste
– **765.** corr. *la honor* – **766.** corr. *que el* et ajouté *tuyt* pour le mètre d'après *E*
– **767.** corr. *E gardaran* d'après *E* : *garderon* – **769.** corr. *noblea* pour la rime

pleine de plaisir et de joie.
    Alors le geai retourna vers son seigneur
aussi vite qu'il le put.

    Et l'empereur et l'impératrice
allèrent aussitôt
à la tour, sans avoir voulu rien dire
aux membres de leur conseil avant de connaître vraiment
l'état de leur fille, car ils ne croyaient
pas encore la voir vivante,
malgré ce que le geai leur avait dit.
Ils entrèrent aussitôt dans la tour
et y trouvèrent leur fille
vivante et bien portante et riant.
Jamais personne ne manifesta
une joie aussi grande que la leur.
Ils demandèrent immédiatement l'enfant ;
et elle leur montra la tour,
l'enfant, le château et les grands honneurs
qu'ils recevaient tout le jour ;
ils regardèrent là tout à l'entour
et virent la plus grande richesse
du monde et la plus grande puissance
qu'eût jamais un empereur.

    Ayant longtemps conversé
joyeusement, ils s'en retournèrent à la ville
où se tenaient les autres seigneurs,
et ils racontèrent le prodige
du geai qui avait sauvé
leur fille de la mort,
ce qui les rendit tous si joyeux
qu'ils laissèrent là leur conversation
et coururent tous vers la tour,
chevaliers, dames et demoiselles,
riches et pauvres, jeunes et vieux,

– 772. la colonne reste en blanc après les cinq derniers vers – 773. corr. *on tot los.* – 780. Corr. *E ch. d. e d.*, vers hypermètre – 781. Corr. *joves e velles*

Rey, comte, vescomte, condor ;
Sonan lausavon Nostre Senyor
Del gran be que fayt los avia.

785   E Frayre de Joy cort tenia
A Florianda la ciutat ;
Del jay l'ach fortment alegrat
·Com de la donzella l'ac dit
L'avia del dol esclarit,
790 E com son fell cor adouci,
E d'*Amor mi Paixs* qu'il jaqui,
E tot l'als, si com dit vos ay.   [f° 48]

Lo jay pux trames çay e lay
Per fer saber a sos amichs
795 Lo fayt que s'era bos e richs,
Que tuyt lo tengron per honrrat ;
E foron al palay justat,
Part d'altres emperadors trey
Qu'eren sey parents, e cinch rey,
800 .XX. comptes e .XXX. comtors,
Esters d'altres nobles senyors,
Arsavesques, bisbes, prelats.
E-y fo, alegre e payats,
Virgili ab Pestre Johan,
805 E l'Apostoli ab cort gran
Y fo per mandament del jay
Que venguesson a Jen Senay,
Hon foren mot jen recebuts.

El mes de may foren venguts
810 A la festa de sent Simon,
E ab gran benedicion
Pres Frayre de Joy Sor de Plaser.
E ach a donar molt d'aver,
E mil puncelles maridades,

---

789. Corr. *sclarit* pour rétablir le mètre – **791.** *Fa Pays* – **795.** Corr. *fayts*
– **807.** Corr. *vengesson*. Dans le ms. *Jensenay* n'est pas séparé en deux éléments
– **810.** Corr. *Simo* pour rétablir la rime

rois, comtes, vicomtes et comtors[1] ;
en chantant ils louaient Notre-Seigneur
du grand bienfait qu'il leur avait fait.

Frère de Joie, lui, tenait sa cour
à Floriande la cité ;
il se réjouissait fort à propos du geai
qui lui avait dit comment il avait allégé
la douleur de la demoiselle
et adouci son cœur irrité,
et comment *Amour me paît* l'avait laissé aller,
et tout le reste, comme je vous l'ai dit.

Puis il envoya le geai partout
pour faire savoir à ses amis
le fait qu'il était un seigneur important et puissant,
de sorte que tous le tinrent en grande estime ;
et furent réunis au palais,
en plus de trois empereurs
qui étaient de sa parentèle, et de cinq rois,
vingt comtes et trente comtors,
en plus d'autres nobles seigneurs,
archevêques, évêques et prélats.
Virgile, avec le Prêtre Jean,
s'y trouva, heureux et satisfait,
et le pape avec sa noble cour
y alla à la demande du geai
de venir tous à Gint-Senay,
où ils furent fort bien reçus.

Ils arrivèrent au mois de mai
pour la fête de saint Simon[2],
et lors d'une belle bénédiction
Frère de Joie épousa Sœur de Plaisir.
Alors il fit distribuer de grandes richesses,
il fit donner en mariage mille jeunes filles,

---

1. Le *comtor* vient après le vicomte. − 2. Saint Simon Stock, fêté le 16 mai, cf. notre éd., p. 114 et suiv.

815 E mays d'altres mil eiretades,
　　E fayts cavalers mays de mil ;
　　E *Amor mi Paixs*, la gentil,
　　Pres *Amor m'Esduy* per marit ;
　　E-l jay ach tant fet e tant dit　　　　[fº 48 vº]
820 Per ço co-l lexet per amor anar
　　Que-ls fech un rich comdat donar
　　Hon pogren viure a plaser.

　　E-s eu me'n torney per veser
　　Les corts, e sobre pus le rey.

　　Explicit.

---

815. Corr. *eiratades* avec un *i* qui serait écrasé – **818.** *Amor*, corr. *Aman* d'après *Fa* – **820.** Corr. *arar*

il en fit doter plus de mille autres,
et il fit chevaliers plus de mille jeunes gens ;
la noble *Amour me paît*
prit *Amour m'éconduit* pour époux ;
et, parce qu'elle l'avait laissé partir par affection,
le geai fit tant et si bien
qu'il fit donner au couple un puissant comté
où ils purent vivre à leur convenance.

Quant à moi je m'en retournai pour voir
les cours, et surtout le roi.

Explicit.

---

1. Conclusion classique des romans, cf. *Le Conte du Graal* : *Les puceles marieroit/et les vaslez adoberoit...* (v. 7349-50, t. II, édit. F. Lecoy, CFMA, 1975).

En aquel temps c'om era gais

(Version du ms. *R**).

Cette nouvelle, que nous avons brièvement présentée pour ses citations de troubadours intégrées à la trame du discours de casuistique amoureuse, se présente comme un jugement d'amour soumis à la sagacité, non point d'une dame comme les troubadours le font parfois dans les *cansos*, mais d'un grand seigneur catalan. Le débat qui s'instaure entre les deux dames et

> En aquel temps c'om era gais
> E, per amor, fis e verais,
> Cuendes, e d'avinen escuelh,
> En Lemozi, part Essiduelh,
> 5 Ac .I. cavaier mot cortes,
> Adreg e franc e gent apres,
> E en totz afars pros e ricx.
> E car ades son nom no-us dic,
> Estar me'n fa so car no-l sai.
> 10 E car ies en la terra lay
> Non era dels baros majors,
> Per que son nom non ac tal cors
> Coma de comte o de rey ;
> Car el non era ies, so crey,
> 15 Senher mas d'un castel basset.
> Mas noble cor, qu'en mans se met
> De ric loc e de bas, azaut,

* *So fo el tems* est l'*incipit* des autres mss. Nous choisissons *R* en raison de son homogénéité et du fait qu'il est le seul ms. à donner le texte le plus long. Sa copie se situe entre 1289 et 1326, cf. H. Field (*Ramon Vidal de Besalú, Obra*

RAIMON VIDAL DE BESALÚ

Au temps où l'on était gai

le chevalier évoque bien souvent le contenu du *De Amore* d'André le Chapelain ; ce dernier texte, composé aux alentours de 1185-1187, pouvait-il être totalement ignoré d'un troubadour composant son récit après 1252 ? On peut constater, en tout cas, que les deux auteurs agitent les mêmes idées. Incontestablement c'était l'air du temps...

Au temps où l'on était gai
et, grâce à l'amour, sincère et vrai,
aimable et d'agréable manière,
en Limousin du côté d'Excideuil
vivait un chevalier fort courtois,
adroit, sincère et bien éduqué
et en toute affaire preux et distingué.
Et si je ne vous dis pas son nom tout de suite,
c'est que je ne le sais pas,
et parce que sur sa terre, là-bas,
il n'était pas des barons les plus importants ;
c'est pourquoi son nom n'eut pas cours
comme celui d'un comte ou d'un roi,
car, d'après moi, il n'était guère
seigneur que d'un petit château.
Mais noblesse de cœur qui élève
mainte personne de basse condition,

Poètica, Curial, Barcelone 1991, t. I, p. 77, dont nous reprenons l'éd. Lorsque les lacunes de *R* sont comblées par un autre ms. nous l'indiquons.

Li donet que saup far açaut
E d'avinen tot cant anc fetz
20 A totç ses jorns. E que-n direç ?
Qe tant puget per gallardia,
Per preç e per cavalaria,
E per armas e per servir,
C'a toç si feç mil tanç gracir
25 Que barons qu'en la terra fos
Vas que-l s'era ; de conpanhos
Menet ab si e voluntiers.
Tant ac de convinens mistiers
Que cavaier fo ric e bon ;
30 Qu'en la tera non ac baron
A qui taisses que de bon grat
No-l fezes de sa cort privat
E poderos ab si ensems.
E membra'm be qu'en aquel temps
35 El cavaiers fon pros aissi,
Ac una don' en Lemozi,
Rica de cor e de linhatje
Et hac marit de senhoratje
E d'aver ric e poderos.
40   Mout fo-l cavayer coratjos
Que seley amet per amor.
E la dona, que de valor
Lo vi aital e de proeza,
Non esgardet anc sa riqueza,
45 Ans lo retenc lo primer jorn.
Qu' En Bernart dis, de Ventadorn :
« *Amor segon ricor no vay* ».
E no-us pessetz vos doncx de lay,
Que cant se tenc per retengut
50 Que no fos plus aperceubut
E pus pros que d'abans non era ?
Si fo, e de melhor maniera
Pus larcx e pus abandonatçz
Car bon' amor fug als malvatz

---

18. Ce vers manque dans *R*, leçon de *N* de l'éd. H. Field. – **20-24.** leçon de
N, *R* étant lacuneux sur trois vers. – **31.** Corr. *que*

lui donna de savoir agir de façon élevée
et appropriée en tout ce qu'il fit,
et toujours. Et qu'en dirai-je ?
Il s'éleva tant par son mérite,
sa vaillance, son esprit chevaleresque,
par les armes et son service de vassal
qu'il se fit mille fois plus estimer de tous
que tout autre baron qui fût dans le pays où il vivait ;
et il menait avec lui une troupe de
compagnons souvent et volontiers.
Il eut tant de bonnes qualités
qu'il devint un chevalier preux et plaisant ;
et il n'y avait pas un baron sur la terre
auquel il fût apparenté qui n'en fît de bon gré[1]
et à sa cour son ami intime
et ne lui donnât autant d'importance qu'à lui-même.
Et je me souviens bien qu'en ce temps
où ce chevalier était si preux,
il y avait une noble dame
en Limousin, au cœur valeureux
et qui avait un mari riche et puissant
en seigneurie et en terre.
   Le très courageux chevalier
aima la dame d'amour.
Et la dame qui le vit
de tant de valeur et de prouesse
ne voulut pas considérer sa richesse,
mais le retint dès le premier jour.
Car Bernart de Ventadour dit
qu'« *amour ne va pas selon richesse* ».
Donc ne croyez-vous pas, que, dès lors
qu'il se sentit retenu,
il en devint plus avisé
et plus valeureux qu'il n'était auparavant ?
Il le fut, et de meilleure façon,
plus généreux encore et plus dévoué ;
car bon amour fuit l'homme mauvais

---

1. *Taisses*, subj. imp. de *tanher*.

55 E don' als bos metedors
E don', en cui treva valors
Aja valor ni conoissensa,
Com auza far desconoissensa
Ni drut recrezens per aver,
60 Tal que ja non aus apaier
Qi en cort venir ni anar ?
Sabetz cal drut deu dona amar
Que per pretz vol menar joven ?
Adreg e franc e conoissen,
65 Ardit e en cort prezentier.
E gart, cant penra cavayer
A ssi servir, que sieu paresca,
E que s'amor meillur' e cresca,
Qu' enaissi-l pot far de paratje ;
70 C'anc malvatz no fo de linhatje
Ni hom galhart de vilania.
Mas lay on valor ven e tria
Ven paratje, e de lay fuy
Que avol cors soven s'aduy,
75 E mans n'a faitz d'aut bas baros.
E per so dis En Perdigos :
« En paratje non conosc ieu mai re
Mas que-n a mais sel que mielhs se capte. »
E podetz conoisser qu'es dretz.
80 E per so-l cavayer adretz,
A qui joi tanh e cortezia,
Can vi c'a ssi dons non tanhia
Per paratje ni per ricor,
Volc tant enantir sa valor
85 C'ab lieys s'engales pauc o mout.
E no stec pas a ley de vout,
Vestitz pascutz a un depart,
Ans se carguet guerr'e regart
E fes per sos vezis assaut,
90 Aisi com dis En Raymbautz —
E sel que-m vol auzir, m'escout — :

---

1. *Aja* étant un subj. prés. il introduit une nuance d'hypothèse « aurait ».

et se donne au généreux.
Et comment une dame que hante valeur,
qui a[1] savoir et connaissance
ose-t-elle faire une folie
et avoir par cupidité un amant lâche
qui n'ose avoir du mérite
ni se montrer à la cour ?
Savez-vous quel amant doit avoir une dame
qui veut grâce à son mérite guider Jeunesse ?
Il doit être adroit et sincère et bien éduqué,
hardi et sachant se tenir à la cour.
Et elle devra veiller, quand elle prendra un chevalier
pour la servir, qu'il lui semble bien à elle,
et que son amour s'améliore et grandisse,
car ainsi il peut lui donner plus de noblesse encore :
jamais un mauvais homme ne sortit d'un bon lignage,
ni un homme excellent de la bassesse.
Car là où valeur paraît et choisit,
là vient noblesse qui fuit les endroits
où souvent un cœur vil est amené,
car il a souvent fait déchoir de hauts barons.
C'est pourquoi seigneur Perdigon dit :
« *Je ne connais rien à la noblesse*
sinon que celui qui en a le plus se conduit le mieux. »
Et chacun peut savoir que c'est juste.
Et donc un chevalier juste,
dont courtoisie nourrit le noble cœur,
lorsqu'il voit qu'il ne peut se comparer à sa dame
ni par sa noblesse ni par sa richesse,
veut accroître assez sa valeur
pour qu'il puisse peu ou prou l'égaler.
Et il ne resta pas comme une statue,
vêtu et nourri dans son coin,
mais il affronta guerre et danger
et attaque pour protéger ses voisins,
ainsi que le dit seigneur Raimbaut –
et que celui qui veut m'entendre m'écoute – :

« *Per mi dons ay lo cor estout*
Que a ley l'ay humil e baut;
E s' a lieys no vengues d'azaut
95 *Eu m'estera en loc de vout :*
Ja no pensera d'alre mout
Mas que manger' e tengra-m caut
Et agra nom En Raymbaut. »
No volc aver nom Raymbaut
100 Lo cavaier, mas Bo-e-Belh.

   E la dona, per far sembelh
Ad aquels que-n van devinan,
Volc lui sofrir tot son deman,
Per tal c'om pus bas no lui des ;
105 Car grieu er pros dona, c'ades
Hon cal que drut no lui devi.
E si no-m voletz creire mi,
Aujatz d'En Miravalh, que-n dis,
Qe saup may d'amor que Paris
110 Ni hom de c'auzissetz parlar :
« *Sabetz per que deu don' amar*
Tal cavayers que-l sia onors ?
Per paor de mals parladors,
C'om non la puesc' ocaizonar
115 *De so c'ad onrat pretz s'atanh.*
Que pus en bon' amor se'n pren,
Nulhs hom no-n pot far recrezen
Que ves autra part se vergonh. »
Aisi par issida del ponh
120 Ab mal parlier dona prezans.

   E aisi-l tenc may de .VII. ans
La dona-l cavaier que-us dic,
Que pres del sieu e li sofric
Sos demans e que-l la prejes

---

95. Leçon prise aux mss. *L, N* de l'éd. H. Field. — **115.** Omis dans *R* mais *preç* en *L, N.* — **117.** Leçon de *L,N.*

1. Ces deux adjectifs peuvent s'entendre comme le *senhal* du chevalier. *Raimbaut*, au lieu de « seigneur R. » (*En R.*), désignerait le vilain qui vit sans amour ni esprit d'aventure. — **2.** La dame autorise le chevalier à laisser croire qu'elle

« *Pour ma dame j'ai le cœur orgueilleux,*
et avec elle je l'ai humble et joyeux ;
et si cela ne lui était pas agréable,
je resterais comme une statue :
et je ne penserais à rien d'autre
qu'à manger et à me tenir au chaud
et je m'appellerais Raimbaut. »
Le chevalier ne voulut pas s'appeler Raimbaut
mais « Bon et Beau[1] ».

   Et la dame, pour tendre un leurre
à ceux qui conjecturaient là-dessus,
voulut bien acquiescer à toutes ses demandes,
excepté qu'il lui attribuât un chevalier qui ne le vaudrait pas[2] ;
car il sera difficile pour une dame de valeur
d'éviter les conjectures à propos d'un quelconque amant.
Et si vous ne voulez m'en croire,
écoutez ce que dit seigneur Miraval
qui en savait plus sur l'amour que Pâris
ou qu'aucun autre dont vous entendriez parler :
« *Savez-vous pourquoi une dame doit aimer*
un chevalier qui lui fasse honneur ?
Par peur des médisants,
pour qu'on ne puisse lui reprocher quoi que ce soit
qui touche à son mérite digne d'honneur.
Car, si elle est attachée à un amour noble
nul homme ne peut faire accroire
qu'elle se couvre de honte d'un autre côté. »
Ainsi une dame digne d'éloge
paraît s'élancer tel un faucon hors de portée des médisants[3].

   Or la dame retint ainsi plus de sept ans
le chevalier dont je vous parle,
qui prit sur sa cassette, et elle accepta
ses demandes et ses prières

---

est aimée d'un autre pour tromper les médisants, mais pas d'un homme qui serait
inférieur en qualité à celui qu'elle aime en secret. – 3. *Issida del ponh*, litt. « qui
a quitté le poing » (s.e. du fauconnier) pour attaquer, cf. éd. Field, note 65, p. 20.

125 Et en esdemieg que portes
   Anels e manjas per s' amor.
     Adenan un jorn de Pascor
   C'aisi servia-l cavayer,
   Anet, car era costumier,
130 Si dons vezer en son repaire.
   E sie-us pensatz que-l saubes faire
   Tot so c'a bon solatz cove,
   Ja no cre que-y falhatz en re,
   C'anc dona mielh no se'n captenc.
135 E-l cavaier, desse que venc,
   Josta luy s'anet a sezer,
   E no foron mas can plazer
   Las primieiras novas d'abdos.
   Car sel que n'era bezonhos
140 E per sobramor apessatz,
   Co hom cortes e ensenhatz
   A ssidons deu far, li comensa,
   L'amor e la long' entendensa
   Q'el a fag, e-l lonc servir,
145 E car tostemps li deu grazir
   L'onor e-l be que en luy es ;
   Car ben sap e conois manes
   Que per lieys l'es tot avengut ;
   E si-l tengues a ley de drut
150 A son jazer ni per privat,
   Non cujera agues peccat,
   Ni facha lunha leugaria ;
   E car lo dis per merce-il sia
   Que no s'o tenha a lunh mal,
155 C'amor l'en fors', e non re al.
   E car tostemps a auzit dir
   Qu'e-l mon non a tan greu martir
   Com lonc esperar qu'il sec fort.
   Aisi no-l respos nulh conort
160 La dona, mas malvaizamens.
   « Per Dieu, » dis ela, « malamens

---

131. Forme contractée de *si vos* – **142.** Leçon de *L,N*.

et qu'il portât pendant ce temps
anneaux et manches en son honneur.

Mais plus tard, un jour du temps de Pâques
où le chevalier la servait ainsi,
il alla, car il en avait l'habitude,
voir la dame chez elle.
Et si vous pensez qu'il aura su faire pour elle
tout ce qui convient à une agréable compagnie,
je ne crois pas que vous fassiez erreur,
car jamais dame ne s'en conduisit mieux.
Et aussitôt qu'il vint, le chevalier
s'assit à côté d'elle
et leurs premières conversations
ne furent que plaisir.
Et le chevalier à qui l'excès de son amour
donnait tant de peine et de souci,
en homme bien éduqué et courtois
envers sa dame, commença
de lui rappeler son amour et sa longue requête,
et son long service
et qu'il devait toujours la remercier
de l'honneur et du bien qui étaient en lui ;
car il savait et reconnaissait sur-le-champ
que tout cela lui était venu grâce à elle ;
et s'il la tenait comme un amant
en privé et dans son lit,
il ne croirait pas avoir péché,
ni fait quelque faute ;
et puisqu'il le lui confiait, qu'il en obtînt miséricorde
et non point quelque mal,
car Amour l'y forçait, et rien d'autre.
Et puis il avait toujours entendu dire
qu'il n'y a pas de plus grand martyre au monde
que la longue attente qu'il avait péniblement observée.
Alors la dame ne lui répondit pas de façon
réconfortante, mais méchamment.
« Par Dieu, » dit-elle, « j'ai mal placé

Ai messa l'amor que-us ay facha
C'aital anta m'avetz retracha !
Nie-us pessassetz c'ab mie-us colques !
165 No y avia pro que-us ames
E-us tengues per mon cavayer ?
A mi me'n torn que mal me'n mier,
Car per vos n'ay laissat man ric.
Mas En Bernart dis, lo fin amic,
170 Veraiamens, que yeu o sai :
« *Totz me'n deconosc, tan be-m vay ;*
E si sabiatz en cui o pren ! »
Tan n'ay fag per ensenhamen
Que totz vos es desconogutz.
175 Aisi com volgues esser drutz,
Vos tuelh mo solas e m' amor.
E pensatz de conquer' alhor
Dona c'ab sie-us denha colcar,
C'ab mi non podes may trobar
180 Esmenda, patz, ni fi ni treva. »
      Ab tan, de josta luy se leva
Cais c'als autres dones solatz ;
E-l cavaier remas iratz,
Pessieus, e tenc son cap vas terra,
185 Qu'es per amor en manta guerra
Ab mant pensamen enujos.
E penet-se, car fon cochos
A si dons tan de dir son cor,
E maldis sel que a nulh for
190 Amet anc, car tot cant avia
Fag en .VII. ans, pert en un dia
Ses forfag, e no sap per que.
      En la sala, que be-m sove,
Que aiso fo c'a seluy peza,
195 Ac una doncella cortesa,
Nepta del senhor del castel.
Azaut cors ac, e gent e bel

---

164. Forme contractée de *ni vos* – **172.** Corr. *que-us,* d'après B. de Ventadour.

l'amour que je vous ai montré
pour que vous me proposiez une telle honte !
Vous ne pensiez pas que vous coucheriez avec moi !
N'était-il pas suffisant que je vous aime
et vous tienne pour mon chevalier ?
Il me revient, à moi, d'être mal payée,
car pour vous j'ai délaissé de nombreux riches.
Mais seigneur Bernart, le loyal ami,
dit en vérité, et je le sais :
« *Je ne me reconnais plus, tant cela va bien pour moi ;*
et si vous saviez chez qui je prends mon plaisir ! »
J'ai tant fait par bonne éducation
que vous en êtes tout présomptueux.
Au moment où vous voudriez être mon amant,
je vous enlève ma compagnie et mon amour.
Et songez à conquérir ailleurs
une dame qui daigne coucher avec vous,
car avec moi vous ne trouverez
ni réparation, ni paix, ni fin, ni trêve. »

    Alors elle se leva et le laissa
comme pour aller tenir compagnie aux autres ;
et le chevalier resta triste,
pensif, la tête basse,
plongé à cause de l'amour dans maints tourments
et dans de bien fâcheuses pensées.
Et il se tourmentait pour s'être pressé
d'ouvrir son cœur à sa dame,
et il maudit ce qu'il avait tant aimé
auparavant, car tout ce qu'il avait fait
en sept ans, il l'avait perdu en un jour,
sans avoir commis de forfait ni savoir pourquoi.

    Dans la salle, je m'en souviens bien,
où s'était passé ce qui peinait tant le chevalier,
il y avait une courtoise demoiselle,
nièce du seigneur du château.
Elle était charmante de sa personne, et noble et belle

E jove, que non ac .XV. ans.
E aperceup be per semblans
200 E a per fag las novas d'abdos,
Car vi-l cavayer cossiros
Per la dona que s'en levet,
E conoc be c'anc no-y ponhet,
C'auzit ac so que no-l fo bo.
205 Ves el s'en va per occaizo
E per semblan d'aver solatz ;
E-l cavayer fo ensenhatz
Josta si li fes bel estatje,
Com a donzela d'aut paratje
210 Deu hom far, cant es pros ni bela.
Aisi co hom se renoella
Novas per traire cor d'autrui,
Li dis tan entro que-l aduy
En las novas c'auzir volia,
215 Et el li dis : « Per Dieu, amia,
Car conosc que de vos no-n gart,
Ans car paretz de bona part
E tals que no-y a malvestat,
Vos diray – e sia'n selat –
220 De vostra domna com n'es pres,
Car sai que tant avetz apres,
Non per jorns mas per plan coratje,
Que ben sabetz que per linhatje
Ni qu'ieu cuges esser sos pars
225 Non amei – e sia'm cujars -
Anc vostra dona mors .I. jorns.
Mas Amors, que non es sojorns
Que fai en tant aut loc amar,
La fes tant en mon cors membrar
230 Que mal mon grat lo y aic a dir.
E pus m'ac fag en lieis chauzir,

---

1. *R* s'oppose sur le numéral aux ms. *L,N* (*vin* soit *vingt*) comme le remarque l'éditeur, *op. cit.*, p. 28, n. 92. Mais on peut aussi s'interroger sur la validité du chiffre vingt pour une demoiselle très jeune à une époque où la moyenne de vie est de vingt-cinq ans selon les démographes ! Et d'autant plus qu'au v. 222 le chevalier met en évidence sa jeunesse. Vingt ans a dû paraître au rédacteur de *R*, surtout pour une jeune fille, parfaitement invraisemblable. Quinze ans est l'âge

et jeune, puisqu'elle n'avait pas quinze ans[1].
Et elle remarqua bien leur querelle
à l'apparence et aux faits,
car elle vit le chevalier soucieux
à cause de la dame qui s'était levée,
et elle sut bien sans tarder
qu'il avait entendu quelque chose de déplaisant pour lui.
Elle s'approcha de lui sous le prétexte
et l'apparence d'avoir de la compagnie,
et le chevalier, en homme bien éduqué,
lui fit place près de lui, comme on doit le faire
avec une demoiselle de haut rang,
quand elle est belle et de mérite.
Tout comme on commence
une autre conversation pour découvrir le cœur d'autrui,
elle lui dit tant qu'elle l'amena
au récit qu'elle voulait entendre,
et il lui dit : « Par Dieu, amie,
comme il me semble qu'on ne se défie pas de vous,
mais que vous paraissez de bon parti
et sans méchanceté,
je vous dirai – mais en secret –
ce qui s'est passé avec votre maîtresse,
et puisque vous êtes si bien élevée,
non par le nombre de vos jours mais par la droitesse de votre
vous savez bien que je n'ai jamais aimé   [cœur,
votre dame, fût-ce un seul instant[2],
ni pour son lignage ni pour m'être cru son égal,
et que ce soit bien ma pensée.
Mais Amour qui ne donne pas le repos
quand il fait aimer en si haut lieu,
me fit tant penser à elle en mon cœur
que malgré moi j'ai dû le lui dire.
Et puisqu'elle m'a laissé la remarquer,

---

de la majorité en droit germanique ; rappelons enfin que plusieurs siècles plus
tard la *Femme de trente ans* est déjà sur la pente de l'âge ! – **2.** Litt. « un morceau
de jour » cf. *morcel*, mais *mors* dans *L*, *N* doit renvoyer à *mor(s)*, *morre*, cf. éd.
p. 32 et suiv.

A lieys servir no-n gardey re
Ni nueg ni jorn, ni mal ni be,
Ni dans ni pres, ni pauc ni res.
235 E membra'm be, cals c'o disses,
E cug fos N'Arnaut de Marruelh,
Que saup mai d'amor que Nantuelh
Ni nulh autre, al mieu albir :
« E can me pes cals es que fa languir,
240 *Cossir l'onor et oblit la foldat,*
E lays mo sen, et siec ma volontat. »
Aisi m'a Amors enganat
E fag amar .VII. ans en van.
E ar, can cugey penre plan
245 E leu so c'avia servit
Es m' avengut so c'ai auzit
Que dis En Folquet, l'amoros :
« *Per peccat, Amors, so sabetz vos*
Si m'aussizetz pus vas vos no m'azire.
250 *Car trop servir ten dan mantas sazos,*
Que son amic en pert hom, so aug dire.
Qu'ie-us ai servit et encar no m'en vire.
E car sabetz que-n guizardo enten,
Ai perdut vos e-l serviz eyssamen. »
255 — Aiso no-m par del vostre sen, »
Dis la donzela, « bels amicx,
Trop me parlatz de bas aficx
Vas que de ric cor semblatz autz.
E auzis que-n dis En Girautz —
260 E saup mai d'amor que Tristans — :
« *E com ja semblari' enjans*
Aital bobans
C'om ben aman e no sofris ? »

---

258. Pour que le v. ait un sens il faut corriger *semblan*, version de *R*, en
semblatz (cf. *L,N*).

---

1. Les mss. *L,N* portent *cel de Nantoil*. Ce personnage est jusqu'à présent
resté une énigme. Nanteuil évoque évidemment un nom de lieu, malheureusement
fort répandu. En l'absence d'un troubadour connu de ce nom, et compte tenu de
l'érudition de notre auteur, on pourrait songer au trouvère Gace Brulé, de Nanteuil, ami de Geoffroi Plantagenêt, comte de Bretagne, et connu du troubadour

pour la servir je ne craignis rien,
ni nuit ni jour, ni mal ni bien,
ni dommage ni gain, ni peu, ni prou.
Et je me souviens bien, qui que soit celui qui l'ait dit,
mais je crois que c'était seigneur Arnaut de Mareuil,
qui en savait plus sur l'amour que celui de Nanteuil[1]
et qu'aucun autre, à mon avis :
« *Mais quand je pense à qui me fait trop languir,*
je considère l'honneur qu'elle me fait, et j'oublie ma folie,
et j'abandonne ma sagesse, et je suis ma volonté. »
Amour m'a trompé
et m'a fait attendre sept ans en vain.
Et maintenant, alors que je croyais obtenir simplement
et facilement ce que j'avais mérité,
il m'est arrivé ce que j'ai entendu dire
à seigneur Folquet l'amoureux :
« *C'est un péché, Amour, vous le savez,*
si vous me tuez alors que je ne me révolte pas contre vous.
Car servir trop longtemps apporte maintes fois dommage,
et on en perd son ami, à ce que j'entends dire.
Or je vous ai servi et je ne m'en détourne pas encore.
Et puisque vous savez que j'en désire récompense,
je vous ai perdu, vous et aussi votre service. »
– Cela, bel ami, ne me paraît pas
digne de votre esprit », dit la demoiselle,
« vous me parlez de trop basses aspirations
alors que vous semblez de cœur noble et élevé.
Ecoutez donc ce qu'en dit seigneur Giraut –
et il en savait plus sur l'amour que Tristan – :
« *Et comment le fait de se vanter*
de bien aimer sans souffrance
ne semblerait-il pas tromperie ? »

Bertran de Born ; cf. Holger Petersen Dyggve, *Gace Brulé, trouvère champenois*, Helsinki, 1951, p. 13, 30, 103, et p. 391 in *Pour mal temps ne por gelee*, v. 51 : *Dont je sopir a Nanteuil*. Mais ceci n'est évidemment qu'une hypothèse dont le seul mérite serait d'ouvrir le champ de l'investigation aux poètes ou héros de romans de langue d'oïl.

E car ma domna no s'en ris
265 Al premier deman dis d'"oc",
E mais que per so-us torn en joc
Vostr' afar, nie-us datç cossirier.
Ni d'En Guillem de San Leydier,
Que-n dis, non auzis anc parlar ?
270 « *Sel que obra d'amor sap far,*
Jes per .I. dig no-s desesper ;
Car bona domna son voler
Sela soven per essaiar. »
Voletz n'en mon cosselh estar
275 O non ? — O, yeu, mot voluntiers,
Donzela, » dis lo cavaiers,
« E prec vos que m'en cocelhetz.
— Aras vuelh doncx que-us remembretz
Aquesta cobla per intrar,
280 C'avetz d'En Guillem Adzemar
Auzida dir et en mans locx :
« *Be-m fara canezir a flocx*
Si no-m secor enans d'un an ;
Car ja aug dir que van boran
285 *Canetas, e no-m sembla jocx ;*
E si-m fai joven canezir,
Tot canut m'aura can que tir ;
Car bos esfors malastre vens. »
E vuelh que-us membr' eyssamens
290 Aquesta entre nos dos ams :
« *Cujatz vos c'aisso sia clams*
Ni qu'ieu m'en rancur ? No fas jes !
Tota ma rancura ys "merces" !
Si be-s passa-l ditz los garans

---

267. A rétablir d'après *L,N.* — **293.** Pour *es* — **294.** La leçon de R est *dreitz lo gazanh*, totalement isolée et difficile à comprendre alors que le vers rapporté de G. de Bornelh est fort clair : *passa-l dichs los garans* ; il faut, malgré H. Field, rétablir le pluriel *los*, car *garanç* est un c.r. pl. et rime avec *clamanç*. Nous partageons en revanche pleinement son analyse (p. 44-45, n. 124) des vers de Giraut rapportés par la demoiselle : elle ne leur donne aucune valeur ironique, ce qui modifie quelque peu la portée des propos de Simon Gaunt concernant l'emploi de l'ironie chez Giraut (in *Troubadours and irony*, Cambridge, 1989, p. 148-149).

Et parce que ma dame n'a pas souri
à votre première demande ni dit "oui"[1],
et puisque pour cette raison votre affaire
vous tourne en dérision, vous vous tourmentez[2].
N'avez-vous donc point entendu parler
de seigneur Guillem de Saint-Leidier qui dit :
« *Celui qui sait faire œuvre d'amour*
ne se désespère pas pour une parole ;
car une dame convenable dissimule
souvent sa volonté pour mettre à l'épreuve. »
Voulez-vous que je vous donne là-dessus
mon conseil, ou non ? – Oh ! moi, bien volontiers,
demoiselle, » dit le chevalier,
« je vous prie de me conseiller à ce sujet.
– Alors je veux que vous vous souveniez,
pour commencer, de cette strophe
de seigneur Guillem Ademar,
que vous avez entendue en maints lieux :
« *Elle me ferait bien blanchir par touffes*
si elle ne me secourt pas avant un an ;
car j'entends dire que je deviens chenu,
et cela ne me semble pas un jeu ;
et si elle me fait blanchir jeune,
elle m'aura tout chenu quoi qu'il arrive ;
car un grand effort vainc le mauvais sort. »
Et je veux aussi que vous vous souveniez
de ceci entre nous :
« *Croyez-vous que ceci soit une plainte*
ou que je récrimine ? Je ne le fais en rien !
Toute ma récrimination c'est "miséricorde" !
Même si ses paroles dépassent les limites,

---

1. Il est indispensable de rétablir une négation pour le sens du vers. – 2. Cf. les *Proverbes au Vilain* : « Je tiens pour sot celui... qui délaisse son amie au premier mot parce qu'elle l'éconduit », éd. A. Tobler, Leipzig, 1895, p. 3, n° 5 ; André le Chapelain s'y réfère p. 133, *op. cit.* et cf. note 115, p. 243. Mais, conformément aux habitudes de la sagesse populaire, le proverbe qui suit (n° 6) exprime l'idée contraire : « Quand une dame ne répond pas à celui qui la prie et la requiert de lui accorder son amour, il est bien fou de ne pas l'éviter aussitôt, s'il en a la possibilité. »

295 *No soy clamans*
     Mas be volgra qu'ela-s chauzis
     Que no falhis
     Car tan es cuend'e ben estans,
     Que-l major pans
300 *Del pretz caira si no-l soste vertatz*
     E pueys er greu .I. fis cors ves dos latz. »
     Ab aital cor vuelh que siatz,
     Amics », la donzela-l respon.
     « Et yeu, per lo Senhor del mon,
305 Car dolor es d'ome que ama
     De midons, e si tot s'en clama
     No m'en cal, qu'ie-us en sarai bona.
     Mas de mieg jorn ad ora nona
     E vos remanretz aisi.
310 E non mudetz c'al bo mati,
     Ans que-l caut ni-l solelh s'espanda,
     Non tornes en vostra demanda,
     Aisi co fis amicx deu far.
     Car ben leu per vos essaiar,
315 E car no-y venges de sazo,
     Avetz trobat aital de "no",
     E melhurar vos a, so-m cug.
     E dirai vos so que jes tug
     No-us ne diria, si-m n'esvelh
320 Qu'en dis En Girautz de Bornelh,
     E membre-us afortidamen :
     « Selan e sufren
     Vi ja que-m jauzira
     D'un' amor valen,
325 *Si leugeyramen*
     Per fol sen savay
     No-m fezes esglay
     So que m'aiudera,
     Si fos veziatz ;
330 *Mas feychi-m iratz,*

---

307. La leçon de *R qu'ieu no-n fai bona* ne donne pas de sens ; leçon de *L,N,r.*
– **323.** Corr. *aura que j.*, d'après la citation de G. de Bornelh.

je ne me plains pas,
mais je voudrais bien qu'elle se garde
de commettre une faute,
tant elle est aimable et bienséante,
car elle perdra la plus grande partie
de son mérite si Vérité ne le soutient pas,
et un cœur sincère ira difficilement de deux côtés à la fois. »
Ami, je veux que vous ayez un tel cœur »,
répondit la demoiselle.
« Et moi, par le Seigneur du monde,
puisque c'est là la douleur d'un homme qui éprouve de l'amour
pour ma dame, donc moi, dût-elle s'en plaindre
je ne m'en soucie pas, je serai bonne pour vous[1].
Mais de midi qu'il est à l'heure de none[2]
vous resterez ainsi.
Et ne renoncez pas, demain de bon matin,
avant que la chaleur et le soleil ne se lèvent,
à renouveler votre demande
ainsi que doit le faire un ami sincère.
Car c'est peut-être pour vous mettre à l'épreuve,
et parce que vous n'arriviez pas au bon moment,
que vous avez reçu un tel "non",
et cela s'arrangera, je le crois.
Et je vous dirai ce que personne
ne vous dirait, si j'ai bien compris
ce qu'en dit seigneur Giraut de Bornelh,
et souvenez-vous-en courageusement :
« Par la discrétion et la patience
je vis que j'aurais pu jouir
d'un noble amour,
si mon esprit fou et mauvais
ne s'était effrayé
par légèreté
de ce qui m'aurait aidé
si j'avais été avisé ;
mais je me mis en colère,

---

1. Elle plaidera la cause du chevalier auprès de la dame. – 2. La journée médiévale est partagée en 12 heures ; midi est donc la sixième heure, et none représente environ 3 h de l'après-midi.

Per c'autre senatz,
Car trop suy tardan,
Pres e pois enan.
E pois sofert era
335 Major dan assatz,
Can m'en fuy lunhatz,
E sui n'esfredatz !
Per que-us prec e-us man
Que sofratz aman.
340 Be-m platz que l'aman
Amon sofertan.
Car sels venseran
Que mielh sofriran. »
Encar vos vueil mais dir aitan
345 Que en dis N'Arnautz Daniels
Que tant fo ad amor fizels ;
Et entendes que dir o vueilh :
« No-i a cor tan serrat d'erguelh
Q'amor, s'il plai, dedinz no reinh
350 Qu'il sap ab son cortes engeinh
Traire joi de l'ausor capdueilh
E qui no-n lei so q'ill escriu
Pauc sab de l'amorosa lei ;
C'amors non ha ges dig de rei,
355 Que-l "non" son "oc" ses qu'il s'en triu. »
Ar aujatz mais d'aquel, e-us briu,
Que-n dieis el mezeis atretal.
Et aiso sia vos coral
E teinha vos lo cor pensiu :
360 « Et es razos que domn' esquiu
So don vol c'om gent la plaidei
Car ges per lo primier desrei
No-n don amors so que-l pliu. »
Aiso vos tanha baut e piu,
365 Et de tot en tot vos reveinha,
E d'En Guillelmet vos soveinha,

---

334. Corr. *treiz,* d'après G. de B. et *L,N,r.* – **337.** La lacune de *R* est comblée par le vers correspondant de Giraut. – **341.** *Ibid.* – **344.** A partir du v. 344 et jusqu'à 374 un long développement omis par *R,L,N* et seulement contenu dans *r.*

de sorte qu'un autre qui était raisonnable
prit ensuite l'avantage,
car j'ai trop tardé.
Et puis j'ai enduré
un dommage bien plus grand
quand je me suis éloigné,
j'en suis effrayé !
C'est pourquoi je vous prie et vous demande
d'aimer avec patience.
Il m'est agréable que les amants
aiment en patience.
Car ceux-là vaincront
qui seront les plus patients. »
Et je veux encore vous dire
ce qu'en disait seigneur Arnaut Daniel,
qui fut si fidèle à l'amour ;
et comprenez bien mes paroles :
« *Il n'y a pas un cœur si fermé dans son orgueil*
qu'amour, s'il lui plaît, n'y puisse régner,
car avec son ingéniosité courtoise
il sait de son souverain commandement faire naître la joie
et qui ne lit pas ce qu'il en écrit
sait peu de la loi d'amour ;
car amour ne tient pas parole de roi,
ses "non" sont "oui" sans trêve. »
Ecoutez encore, et empressez-vous,
car il a parlé là-dessus de la même façon.
Et que cela vous apporte au cœur
sincérité et réflexion :
« *Et il est raisonnable qu'une dame refuse*
ce qui doit être doucement plaidé,
car amour ne donne pas au premier assaut
chose qui l'engage. »
Que cela vous fasse, comme il convient, joyeux et clément,
et vous ranime totalement,
et souvenez-vous de seigneur Guillem

Le seul intérêt en est une citation d'Uc Brunenc attribuée à Arnaud Daniel, et
une de Peirol attribuée à G. de Saint-Didier.

De Sant-Desdier, que-n dieis antan :
« *Pero, domna, qant si son dui aman*
Fort azirat e que n'an gran mal pres,
370   *Quant franqueza los plaidei e merces,*
Mout es pueis bon' e doussa l'acordansa,
Qu'adoncs lur creis novells esjauzimens. »
Per qu'ieu vos prec, siatz sufrens,
Qu'ieu en serai del vostre ban.
375   E per c'avetz sufert tan
Non o perdatz per sol .I. ser. »
      Aisi-l fe la nueg remaner
La donzela, que Dieu ampar,
E non oblidet c'al colgar,
380   Cais cossi d'als anes parlan,
C'a sa dona no-n disses tan
Que-n las novas la fetz venir.
E ela, que-n preç son albir
Com sia qu'era trop sabens,
385   Levet la ma, fier n'en las dens
Que-l sanc ne fe yssir manes.
« Vay, » dis ela, « maldicha res,
Vil senes sen, estai en pauza !
Com auzas parlar d'aital cauza ?
390   Que non l'as compres ses devet ! »
E la donzela s'en calet,
E tenc se per envilanida
E dis que mala fon ferida,
C'anc sa dona re no n'auzi.
395   Aisi remas tro-l bo mati,
Que tug levan per la maio.
E-l cavayer, can vi sazo
C'a ssi dons degues mai plazer,
Josta ley s'anet assezer,
400   E tornet-li a son deman.

---

385. Corr. *sens* d'après *L,N,r*. Il ne peut s'agir que d'une erreur du copiste, *sens* « seins » étant de genre masculin, ce qui a échappé à H. Field dans sa note 148, p. 54. – **390.** Cor. *la compres*, avec rétablissement de la 2ᵉ p. sg. L'accord du part. p. avec son objet n'est pas une règle absolue.

de Saint-Didier, qui en dit autant :
« *Mais, dame, quand deux amants*
se sont bien fâchés et qu'ils en ont eu grande douleur,
quand plaident sincérité et miséricorde,
la réconciliation leur est bien bonne et douce,
et alors ils ont grande et nouvelle joie. »
C'est pourquoi je vous prie d'être patient,
et je serai de votre parti.
Et comme vous avez beaucoup supporté,
ne perdez pas tout en un seul soir. »

    Alors la demoiselle, que Dieu la protège,
le fit rester ainsi la nuit[1],
et elle n'oublia pas au moment du coucher,
tout comme si elle allait parler d'autre chose,
de parler suffisamment à sa dame
pour apprendre d'elle les nouvelles.
Mais celle-ci, qui avait en quelque sorte
l'impression que la demoiselle en savait trop,
leva la main et la frappa si fort sur les dents
qu'elle en fit aussitôt jaillir le sang.
« Va ! » dit-elle, « mauvaise fille,
méprisable et sans jugement, tais-toi !
Comment oses-tu parler d'une telle chose ?
Car tu ne l'as pas comprise sans en avoir parlé[2] ! »
La demoiselle se tut,
mais se tint pour outragée
et se dit qu'elle avait été méchamment frappée,
mais la dame n'en entendit rien.

    On en resta là jusqu'au lendemain de grand matin
quand tous furent debout dans la maison.
Et, quand le chevalier vit le moment
qui devait être le plus agréable à sa dame,
il alla s'asseoir près d'elle
et recommença sa demande.

---

1. Dans de bonnes dispositions vis-à-vis de la dame. — 2. L'éditeur fait judicieusement de *devet* un substantif verbal de *devezir*, « exposer, parler ».

E no l'en calc amar engan,
C'al premier mot auzi tal re
Que per tot cant hom au ni ve,
El no parlera may .I. mot
405 May sol aitan, e fon fag tot
Con sel c'a penas s'asegura :
« *Cortezia non es als mas mesura,*
E vos, Amors, non saupes anc que-s fos,
Per qu'ieu serai tan plus cortes que vos,
410 *C'al major bruy selarai ma rancura.* »
« E vos, o faitz, qu'ieu ne n'ai cura
Ab sol que denan mi e-us ostetz »,
Dis la dona, « e que-n penses
D'autre vostr' afar per ja mais ! »
415   Assatz ac casco en so lais
Que comtar marritz et estiers,
La donzela e-l cavayers
Can abdos foron avissatz.
Car sel que sos cors fon iratz
420 Car ab sidons no-l val servir
Ni lonc atendre ni blandir,
Ni ac .I. jorn no-n valc merces,
Li dis : « Amia, mal m'es pres,
E pieitz aten, e venga-m pur,
425 Car on pus ab midons m'atur
E mays la prec ieu, may y pert,
E mens y truep de bo sufert
E avols ditz e peiors faitz,
Car son venguts als mals retraitz
430 Qu'En Bernartz de Ventadorn dis,
Que fo tan ves amors aclis
C'a mans n'a fag mans desplazer
« *Pus ab mi dons no-m pot valer*
Precx ni merces ni-l dreg q'er ai,
435 *Ni a lieys non ven a plazer*
Qu'ieu l'am, ja may non lo y dirai ;

---

425. *E pieitz aten* répété deux fois et au v. suiv. à nouveau *m'aten* ; ce doublon doit être corrigé d'après *L,N,r.* – **432.** *et ab tot n'ac gran d.*

Mais peu lui chaut d'aimer la duperie[1],
car il entendit dès le premier mot de telles paroles
que, quoiqu'il arrive,
il ne dira plus un mot,
seulement ceci, et encore,
en homme à peine rassuré :
« *Courtoisie n'est rien d'autre que mesure,*
et vous, Amour, vous n'avez jamais su ce qu'elle était,
c'est pourquoi je serai bien plus courtois que vous
et dans la plus grande querelle je tairai ma rancœur. »
« Et vous, » dit la dame, « faites-le, je ne m'en soucie pas,
à condition que vous vous ôtiez de mon chemin,
et que vous pensiez
désormais à autre chose. »

Chacun d'eux, la demoiselle et le chevalier,
quand ils se furent aperçus,
eurent de quoi se raconter
une complainte triste mais différente.
Et celui dont le cœur était affligé,
car ni son service, ni longue attente, ni doux propos
ne lui avaient servi de rien auprès de sa dame[2],
pas plus que miséricorde, un seul jour,
lui dit : « Amie, cela s'est mal passé pour moi,
et j'attends pis encore, et pourtant cela puisse-t-il m'arriver,
car plus je persévère auprès de ma dame,
plus je la prie, et plus j'y perds,
et moins j'y trouve aimable tolérance,
mais paroles méchantes et actes pires encore,
et j'en suis arrivé aux mauvais reproches
dont parle Bernart de Ventadour,
qui fut tant enclin à l'amour
qui a pourtant fait maints déplaisirs à maintes personnes :
« *Puisque ni prières ni miséricorde ni le droit que j'ai*
ne peuvent me servir auprès de ma dame,
et puisqu'il ne lui plaît pas
que je l'aime, jamais plus je ne le lui dirai ;

---

1. Leçon difficile, les autres mss. proposant « peu lui chaut de continuer » ;
on peut cependant comprendre que le vers annonce la rebuffade de la dame dont
il s'estime dupé. – 2. Allusion à la citation qui suit.

Aisi-m pert de lieys e-m rescre ;
Mort m'a, e per mort li respon
E vauc m'en, pus ilh no-m rete,
440 *Faiditz, en issilh, no say on. »*
   — *No faretz ! »* ela li respon
Aisi con pros et ensenhada,
E-l dis : « Amicx, mout soy irada
Car aissie-us pren de vostr'amor
445 *E vos faitz y gran deshonor*
A vos meiteys, e-l desconort.
Amicx segur, ab pus efort
Avetz en ric aisi estat ;
Et eras, cant avetz pujat
450 *Vostre pretz, lo laissatz chazer.*
Aissi venretz en non chaler
Co hom recrezutz e malvatz !
Qu'En Gui d'Uysselh, sie-us o pensatz
O dis con amicx cars e bos :
455 *« Tan cant hom fa so que deu es hom pros*
E tan lials con se garda d'enjan ;
Per vos o dic que ieu lauzav'antan
Mentr' era-l ditz vertadier e bos,
Jes per aiso non devetz dir qu'ieu men,
460 *Si tot no-us tenc aras per tal valen ;*
Car qui laissa so c'a be comensat,
Non a bon pretz, per so qu'a-n passat. »
Aiso fon dig d'ome onrat
Can sap far sos faitz avinens.
465 *E aujatz que-n dis eyssamen*
Raimon Vidal de Bezaudun
Per tolre flac cor et enfrun
Als amadors, vas totas partz :
« Lus e dimartz, mati e sers,
470 *E tot l'an, tanh qui-s pros ni gens*
Que sapcha far faitz avinens

---

438. Corr. *me recre* ; cf. appendice. — **440.** Corr. *et issilhs* — **454.** Vers omis dans *R* mais donné par *L,N,r.* — **455.** Corr. *fal* ; *Es* et *hom* rétablis d'après la str. de G. d'Ussel. — **456.** Corr. *ca sen* — **457.** *Ibid.*, corr. *lauzier dirai* qui détruisait la rime.

ainsi je me sépare d'elle et je reprends ma parole ;
elle m'a tué et je lui réponds comme un homme mort,
et je m'en vais, puisqu'elle ne me retient pas,
banni en exil, je ne sais où. »
– Vous ne le ferez pas », lui répond-elle
en excellente demoiselle bien apprise,
et elle ajouta : « Ami, je suis bien fâchée
que les choses tournent ainsi pour votre amour.
Et vous vous déshonorez
vous-même, et je m'en désole.
Vous êtes devenu un ami sûr,
établi, par vos efforts, en une riche demeure[1] ;
et maintenant, quand vous avez fait monter
votre mérite, vous le laissez choir.
Vous deviendrez indifférent,
en homme mauvais et lâche !
Pensez plutôt à ce que dit seigneur Guy d'Ussel,
en ami précieux et plaisant :
« *Tant qu'un homme fait ce qu'il doit il est valeureux,*
et loyal tant qu'il se garde de la fausseté ;
je le dis pour vous que je louais autrefois
quand vos paroles étaient bonnes et sincères
et vous ne devez pas me déclarer menteur
si maintenant je ne vous tiens plus pour aussi valeureux ;
car celui qui abandonne ce qu'il a bien commencé
n'en a pas bon mérite, puisqu'il n'a pas tenu ses promesses. »
Ceci fut parole d'homme honorable
qui sait agir de façon convenable.
Ecoutez aussi ce qu'en dit
Raimon Vidal de Bezalú
pour débarrasser totalement de la lâcheté et de l'affliction
le cœur des amants :
« *Lundi et mardi, matin et soir*
et toute l'année celui qui est preux et noble
doit savoir faire des actes avenants

---

1. *Ric aisi* ou *aizi* nous semble une expression comparable à *ric loc* ou *ric sojorn*, désignant habituellement la dame.

E dir paraulas benestans.
E ja-l demans
Per fals' amor als fis non pes,
475 *Si tot perde mans bos jornals.*
  Mais totz aitals
  Am cascus francx e fis e ben apres ;
  E non li-n falh pretz o amicx o gratz
  O tal dona, d'on sera gen pagatz. »
480 *E vos non es apparelhatz*
  De far .I. jorn malvat captenh,
  Q'aisi perdetz don' avinen,
  V-i remanra pretz e valor.
  E sapchatz c'a bon chauzidor
485 *No falh dona vas calque part.*
  E vos devetz aver esgart
  Contra sels que van devinan,
  Ni lonc atendre van blasman,
  Qu'En Miravalh o dis ses gab :
490 *« Sel que joy tanh ni chantar sap,*
  Ni ses bels ditz vol despendre,
  A tal dona-ls fass' entendre
  C'onrat li-n sia-l dans e-l pros,
  C'assatz deu valer cortes "nos"
495 *Desavinen drudaria ;*
  E s'ieu domney ab fadia,
  Sivals en loc gentil. »
  Ges hom non pot portar a fil
  Ni a ben talh totas amors
500 *Ni si per locx a trichadors,*
  Non devon esser tug blasmat.
  Amat avetz en loc onrat,
  E val ne mais vostra valor ;
  E si avetz perdut alhor,
505 *Vos podetz ben leu recobrar*
  Ab sol que sapchatz demandar
  Autra dona, mas aisie-us fail. »

---

483. *V-i* : forme contractée de *vos i* – **505** et **506**. Vers omis dans *L,N.*

et dire des paroles bienséantes.
Et jamais amant sincère
ne se soucie de se plaindre pour un amour trompeur,
même s'il y perd maintes journées d'effort.
Mais que chacun, sincère, accompli et bien éduqué,
aime toutes choses uniment ;
et ni mérite, ni ami, ni gratitude ne lui manquent,
ni telle dame qui le récompensera noblement. »
Et vous, ne vous préparez pas
à faire un seul jour mauvaise contenance,
car vous perdez certes une dame avenante,
mais prix et valeur vous resteront.
Et sachez qu'une dame bien disposée ne manquera pas à celui
qui fait preuve de discernement, d'une façon ou d'une autre.
Et vous devez vous méfier
de ceux qui vous devinent
et blâment une longue attente,
car seigneur Miraval dit sans plaisanter :
« Celui qui a besoin de la joie et qui sait chanter,
et qui veut répandre ses belles paroles,
qu'il les fasse entendre à une dame telle
qu'il retire honneur du dommage
comme du profit qu'il en recevra,
car un "non" courtois vaut bien un amour inconvenant ;
et si je courtise en vain,
au moins est-ce en noble lieu. »
On ne peut mener dans le droit fil
ni de bonne façon toutes ses amours ;
et s'il y a parfois des tricheurs,
tout le monde ne doit pas être blâmé.
Vous avez aimé en un lieu honorable,
et votre valeur en est grandie ;
et si vous avez perdu ailleurs,
vous pouvez retrouver bien vite
une autre dame à condition de savoir demander,
puisque ici on vous a manqué. »

    Aisi pensa, e-s met en trabail
    E-l fai co-l puesca retener
510 A ssi servir, si-l pot aver,
    E car del cosselh l'amparet,
    Anc no saup mot tro que-l membret
    Que dis En Peire Bremon l'autrier :
    « *Mal fa dona can non enquier*
515 *Paubre cavayer, can es pros,*
    Cant lo ve franc et amoros,
    Bon d'armas ni ser voluntier. »
    Aiso-l mes cor, e plus sobrier
    Lo y mes Bernartz de Ventadorn,
520 Que per tolre pensamen morn
    Als flacx arditz, dis veramen :
    « *Be s'eschay a don' ardimen*
    D'entr' avols gens e mals vezis ;
    Car si ricx cors non l'afortis,
525 *Greu pot esser pros ni valens.* »
    Aisi lo destrenh pensamens
    E-l fa sentir qu' ela-l volria
    A s'en servir, s' a luy plasia,
    Ab tal cor fi e pauc mois.
530 E-l cavayer, cant o conoys,
    Vas lieys s'es tratz humelian,
    E a-li dig que merceyan
    Sera sieus aitan can vieura,
    E que ja no l'oblidera
535 La sazo en qu'ela-l rete.
    Aissi fon fag en bona fe
    L'amor e l'amistat d'amdos :
    Qui li servis e qu' ela-l fos
    Lials domna per tostemps mays,
540 E que-l vengues de lieys .I. bays
    Dins .I. an, que marit agues ;

---

508. Corr. *e-l* – **529.** Corr. *paus e* d'après *L,N.*

Voilà ce qu'elle pense, et elle cherche,
car cela lui importe, comment elle pourrait le retenir
à son service, si elle peut l'avoir,
et, comme elle lui avait donné ce conseil,
elle ne savait rien dire de plus jusqu'à ce qu'elle se souvînt
de ce que disait l'autre jour seigneur Peire Bremon :
« *Une dame agit mal quand elle ne requiert pas*
un chevalier pauvre, s'il est preux,
et qu'elle le voit loyal et amoureux,
bon aux armes et la servant volontiers. »
Voilà qui lui donna du courage
et Bernart de Ventadour lui en donna plus encore,
lui qui, pour ôter leurs tristes pensées
à ceux dont le courage vacille, dit en vérité :
« *La hardiesse sied à une dame*
au milieu de gens méprisables et de mauvais voisins ;
car si elle ne puise pas ses forces dans son courage
elle ne peut avoir ni prix ni mérite. »
Et les pensées qui l'agitent
font sentir au chevalier qu'elle le voudrait
à son service, s'il lui plaisait,
d'un cœur sincère et peu sournois.
Et le chevalier le sachant
s'est humilié devant elle
et lui a dit en lui rendant grâce
qu'il sera sien aussi longtemps qu'il vivra,
et qu'il n'oublierait jamais
le moment où elle le retint.
Ainsi naquirent en toute bonne foi
leur amour et leur entente :
lui la servirait et elle serait
à jamais pour lui une dame loyale,
et il recevrait d'elle dans un an un baiser,
quand elle aurait un époux[1] ;

---

1. La *fin'amor* exige que la dame soit mariée, cf. *infra* v. 556.

E l'un de l'autre que duysses
En est mieg, manjas et anels.
    Va s'en lo cavayer irnels,
545 E per amor alegr'e bautz.
E s'anc fes guerras ni assautz,
Ni per amor donet ja mes,
Aro fetz may, e per .I. tres
Det, e servi may c'anc no fes.
550   E membra-m be que sela vetz
La donzela ses tot enjan
Ac lo marit dins cap d'un an
Un dels autz baros del pais.
Mai si anc bona dona vis,
555 Ni ab bos faitz, aco fon sela –
Car may valc dona que donzela –
E fon la melhor del pais.
A conoguda dels vezis
E-l cavayer que la servi
560 E la dona que l'obezi,
Aisi com abduy l'an empres.
Mot lo tenon tug per cortes
Lur fag donas e cavaier
E dizon que anc tan entier
565 No-l viron, ni tan benanan.
E qui no sap, va devinan
Que be-s fazia abeduy.
    E la dona, que per enuy
A-l cavayer de sse lunhat,
570 Al pretz que n'au, a-l cor tornat,
E mandet lo venir ab sey
A trobar dona d'autra ley
Que non trobet a l'autra vetz.
E-l cavayer, que no fon quetz
575 Mas per amor gen ensenhatz,

559-560. Ce passage est mieux construit dans *L,N* : *venc que-l c.../e que la domna l'acolic*

---

1. Les cadeaux traditionnels selon André le Chapelain (*op. cit.*, Livre II, ch. XXI, p. 175. La manche amovible : « partie séparée du vêtement, auquel elle

et dans cet intervalle ils se donneraient
manches et anneaux[1].

Le chevalier s'en alla vite,
et l'amour le rend joyeux et gai.
Et si jamais auparavant il avait combattu, livré des assauts
et prodigué ses biens par amour,
il fit alors encore mieux, et donna
et servit trois fois plus qu'il n'avait jamais fait.

Et je me souviens bien qu'alors
la demoiselle sans tromperie
prit pour mari au bout d'un an
l'un des grands barons du pays.
Si on a jamais vu une dame gracieuse,
aux bonnes actions, ce fut bien celle-là –
car mieux vaut dame que demoiselle –
et elle était la meilleure du pays.
Vint à la connaissance des voisins
que le chevalier la servait
et que la dame acquiesçait,
ainsi que tous deux en étaient convenus.
Tous, dames et chevaliers, tiennent
leur conduite pour courtoise
et dirent qu'ils n'en virent jamais
d'aussi parfaite ni d'aussi bienséante.
Et celui qui l'aurait ignoré devinait bien
que tous deux se voulaient du bien.

Et l'autre dame qui avait, par contrariété,
éloigné d'elle le chevalier,
d'entendre vanter son mérite, en eut le cœur changé
et lui demanda de venir auprès d'elle,
car il trouverait une dame d'une autre sorte
que celle de naguère.
Et le chevalier, qui n'était pas coi,
mais bien éduqué grâce à l'amour,

---

s'attache par des liens ou une couture temporaire, et qui peut être donnée en cadeau ou en gage d'amitié », Mario Roques, glossaire d'*Erec et Enide*, Champion, Paris, 1973, p. 257 ; voir aussi les v. 2084-2087 : *... et tante manche,... qui par amors furent donees* ; cf. dans *Le Chevalier au Lion* la demoiselle qui coud directement sur Yvain les manches d'une chemise (v. 5416-5419, édit. D.F. Hult, Livre de Poche, Paris, 1994, p. 482-484).

A .I. jorn es vas lieys anatz
Vezer, mas trop no s'en cochet.
Et ela que l'acompanhet,
Aisi co saup, e so fon gen,
580 E blasma-l, car tan lonjamen
A estat de lieys a vezer.
Et el li dis, que per plazer
Que il cuj' aver fag, n'ha estat,
E car anc dona tan greu comjat
585 A son amic mais non donet,
Car tan lag l'acomjadet
Vas qu'el l'era fis e bos.
« No auzis d'En Girardon lo Ros »,
Dis ela, « ni faretz, so-m par,
590 Que-n dis als amicx conortar
Al comjat que-l det s'amia ?
« Vostre soy ieu si ja y-us plasia,
E vostre soy, c'amors m'a ensenhat
Que non creza brau respos ni comjat,
595 *Car si-ls crezes, mortz fora recrezens. »*
Aisi pren joys amicx sufrens
E ferms, can de nien no-s planh.
E vos, a fort d'un hom estranh,
Avetz vos tengut a folia
600 So qu'ieu vos dis per leujaria,
No per tal que no-us aculhis,
Mas per proar si m'eratz fis
Lials amicx ses tot enjan,
Qu'En Miraval ne dis antan
605 Aiso, e degra-us be membrar,
Aiselas que volon proar... »
El li respon : « ... Los trichadors.
« Un plag fan donas qu'es folors
Can trobon amic que-s mercey.
610 *Per assay li movon esfrey*
E-l destrenhon tro-s vir' alhors ;
Pueys, can s'an lonhat los melhors,

---

590. Lacune d'un vers dans *R*, leçon de *L,N.* – **592.** Corr. *out* d'après la
chanson de G. lo Ros.

alla la voir un jour,
mais sans trop se presser.
Et la dame qui lui tint compagnie
comme elle savait le faire, gracieusement,
le blâma d'avoir tant
tardé à la voir.
Et il lui répondit qu'il en était ainsi
parce qu'il pensait lui être agréable,
puisque jamais une dame n'avait donné
si cruel congé à son ami,
car elle l'avait vilainement renvoyé,
lui qui lui était fidèle et loyal.
Elle dit : « Vous n'avez pas entendu ni n'entendrez,
il me semble, ce que dit seigneur Girardon le Roux
pour réconforter les amants,
lors du congé que son amie lui donna ?
« *Je suis vôtre, si cela peut vous plaire,*
et je suis vôtre, car amour m'a enseigné
à ne croire ni réponses trop dures ni congés,
car si je les croyais, je mourrais en reniant ma parole. »
Ainsi un ami patient et tenace
obtient sa joie, car il ne se plaint de rien.
Mais vous, en homme cruel,
vous avez tenu pour folie
ce que je vous disais par légèreté
et non point pour ne plus vous accueillir,
mais pour éprouver votre amitié loyale,
fidèle et sans tromperie,
et seigneur Miraval parla naguère
en ces termes, et vous devriez bien vous en souvenir,
à celles qui veulent éprouver... »
Mais il l'interrompt : – « ... les tricheurs[1].
« *Les dames qui font querelle à un ami qui crie*
miséricorde agissent follement.
Pour l'éprouver elles l'effraient
et le tourmentent jusqu'à ce qu'il se tourne ailleurs ;
et quand les meilleurs se sont éloignés

---

1. Cette épreuve doit être réservée aux infidèles, non aux cœurs loyaux.

Fals entendedor menut
Son cabalmen receubut,
615 *Per que cala cortes chans,*
E-n sors crims e fols mazans. »
E ieu avia ben .VII. ans
Estat lials e vertadiers ;
E s'ieu fos fals e messongiers
620 *Be m'en pogratz aver proat,*
E ja-l fals cors desesperat ;
No-m degratz enquer aver dit,
Ans m'en degratz aver mentit
Per so qu'ieu vos estes pus plas ;
625 *Aisi com dis .I. Castelas,*
Mas no sabria so nom dir :
« Tal dona no quero servir
Per me no si denhe prejar,
De cavayer degra pensar
630 *Per on se pogues enrequir.*
Ja ne-n quero lo sieu prendir
....
.I. poco deuria mentir
Per son bon vassalh melhurar. »
635 *E no-m degratz tan esquivar*
Ni esser tan brav' al deman,
Mais, prometen et alongan,
E covenir so que no fos ;
E valgra may aital respos
640 *A far, segon lo mieu semblan.*
Qu'En Miraval o dis antan,
Als malvaitz ditz et embroncx :
« Venjansa de colp ni d'estocx
No-s tanh d'amor ni de solas,
645 *C'ab bels ditz covinens e guays plas*

---

622. Corr. *enque* — **630.** *Enrequir* leçon des autres mss. préférable ici *(R empeguir)*. — **631.** Corr. *queron*, suggérée par le *quero* du premier vers, mais la correction proposée par J.-M. D'Heur, *quer'eu*, est tout à fait possible, in *Troubadours d'oc et troubadours galiciens-portugais. Recherches sur quelques échanges dans la littérature de l'Europe au moyen âge*, Centre culturel portugais, Paris, 1973, 372 p. ; cf. p. 206. — **632.** Lacune ; mss. *L,N,a¹* : *pues tan dura m'es de fablar*.

ceux qui sont de vils et perfides amants
sont magnifiquement reçus,
voilà pourquoi le chant courtois devient muet
et que s'élèvent rumeur et vain tumulte. »
Et moi, pendant au moins sept ans,
j'ai été loyal et franc ;
et si j'avais été faux et menteur
vous auriez bien pu m'avoir mis à l'épreuve
et avoir désespéré mon cœur perfide ;
pourtant vous n'auriez pas dû me parler ainsi,
mais vous auriez dû plutôt me mentir
afin que j'en fusse plus loyal envers vous[1] ;
comme l'a dit un Castillan,
mais je ne saurais dire son nom :
« *Je ne veux pas servir une dame*
si elle ne daigne pas prier pour moi,
elle devrait penser à un chevalier
par qui elle pourrait s'enrichir en mérite.
Je ne veux pas recevoir son bien
....
Elle devrait mentir un peu
pour le profit de son fidèle chevalier[2]. »
Et vous n'auriez pas dû m'éviter autant
ni être aussi cruelle devant ma demande,
mais, en me donnant des assurances et un sursis,
vous auriez dû me promettre ce qui ne fut pas ;
il eût mieux valu, à mon avis,
donner une telle réponse.
Seigneur Miraval a dit autrefois la même chose
à l'égard des discours méchants et sombres :
« *La vengeance par les coups et l'estoc*
ne convient ni à l'amour ni à la joie,
mais il convient qu'une dame de valeur se défende

---

1. Même s'il avait été perfide, il ne fallait pas lui parler durement, car de douces paroles auraient pu l'améliorer. – 2. Pour cette citation et les problèmes qu'elle pose, voir l'éd. de H. Field, p. 82, note 233. Le passage n'est guère clair, même s'il s'en dégage l'idée qu'il vaut mieux mentir à un amoureux plutôt que de le désespérer par des paroles trop dures.

Tanh que pros dona-s defenda ;
Car, si trop tens'ab braus ditz durs,
Non es tan son pretz car ni purs
Que alque-n non la reprenda. »
650 E yeu, que fera long' atenda
Mot voluntiers, si mestiers fos.
Mas per vos, que fezes doptos,
E m'aves tan lag esquivat,
Ai en tal dona-l cor pauzat
655 Don jamay no-l partrai per ren ;
Car ab lieys van et ab lieys ven,
Et ab lieys soy per tostemps mays.
E vos faretz .I. autre lays,
Ves tal que tan be no-us conosca.
660 – Ar conosc ben c'amors es losca »,
Dis la don', « e mal' e falsa ;
Que vos m'aiatz fach' aital salsa.
Qu'ie-us ai fag ric e benanan,
Car no-us mostriey leugier talan
665 Al premier deman que fezes.
Anc non auzis ni aprezes
So que dis us Franses d'amor ?
« Cosselhetz mi, senhor,
D'un joc partit d'amor
670 Ab cal je me tenrai :
Sovant sospir e plor
Per seluy cuy azor
E greu martire tray.
Mas un autra-n prejarai –
675 No sai si fi folor –
Que me donet s'amor
Ses pen' e ses esglay.
Lauzengier trichador
Volrian que com lor
680 Fos fals, mas no serai.*

---

647. Corr. *tensos* d'après Raimon de Miraval. – **649.** Corr. *alen* d'après R. de M. – **660.** Corr. *ren* – **669.** Corr. *joy partir*

par des propos agréables, bienséants, gais et simples ;
car si elle tient des propos cruels et durs,
son mérite n'est pas aussi précieux ni pur
qu'on ne puisse la reprendre en quelque chose. »
Et moi j'aurais attendu longtemps
et bien volontiers, si cela avait été nécessaire.
Mais, à cause de vous, qui m'avez plongé dans le doute
et si cruellement évité,
j'ai placé mon cœur auprès d'une dame telle
que jamais pour rien au monde je ne la quitterai ;
avec elle je vais et viens,
et avec elle je suis toujours davantage.
Chantez donc votre complainte à un autre,
qui ne vous connaîtrait pas aussi bien.
– Maintenant », dit la dame, « je sais bien
qu'Amour est borgne, mauvais et fourbe
pour que vous me serviez une telle sauce.
Car je vous ai donné un rang et l'aisance,
et à la première demande que vous ayez faite
je n'ai manifesté ni légèreté ni caprice.
N'avez-vous jamais entendu ni appris
ce que disait un Français de l'amour ?
« Conseillez-moi, seigneur,
dans un jeu-parti amoureux
que je soutiendrai :
souvent je soupire et je pleure
à cause de celle que j'adore
et je subis un grand martyre.
Désormais je prierai d'amour une autre dame –
je ne sais si c'est folie –
qui m'a donné son amour
sans peine ni crainte.
Les trompeurs flagorneurs
voudraient que je fusse comme eux
déloyal, mais je ne le serai pas.

....
....
.... ;

685 C'ab seluy me tenray
    Que fe chauzir amor ;
    Penrai a gran honor
    Son fin joy can l'auray. »
    Aquest avia cor verai, »
690 Dis la dona, « que non pas vos,
    Ans l'avetz tan fals e doptos
    C'ades prendetz, ades laissatz.
    Mas si fossetz tan ensenhatz
    Ni tan cortes ni tan vassalhs,
695 Aisi com dis En Miravalhs,
    Degratz entendre luy valen :
    « Greu pot aver jauzimen
    En dreg d'amor drut biays,
    Qui er se det e huey s'estrays.
700 Mas qui ben ser et aten
    E sap selar sa folia,
    Sos pros en ai' e-ls enbria ;
    Ans que-ls tortz sidons aplanh,
    Aquel es d'amor companh. » »
705 E-l cavayer, que no-s conplanh
    Ni no-s partra de bon' amor,
    A-l dig per fort bon trobazor :
    « Avetz trobat reyre cosselh,
    C'anc mentre-us fuy en apparelh
710 Aital, vos no-m volgues amar ;
    Per qu'aiso vos no-m vuelh tornar,
    Ans faray so qu' el meteys dis
    En Miravalhs, que tan fon fis

682-683. Cf. la version française de ce passage pour *L,N,a¹* : *Se je a celi
m'ator / J'aurai fait traïtor /de mon fin cuer verai.*

---

1. *R* est le seul ms. à donner ce passage en langue d'oc, les autres mss. offrant
une version française (voir H. Field, *op. cit.*, p. 88-90 : *Conseillez moi, seignor*).
Malgré une lacune de trois vers, la démarche du scribe de *R* témoigne soit d'un
effort de traduction d'oïl en oc de sa part, soit, bien plus certainement, de
l'existence d'une adaptation occitane de cette chanson française. *Son joy* repré-

....
....
....

Car je resterai avec celle
qu'amour m'a fait distinguer ;
et je prendrai pour mon plus grand honneur
sa pure joie quand je l'obtiendrai[1]. »
Celui-là avait un cœur sincère, »
dit la dame, « mais pas vous,
le vôtre est si fourbe et craintif
que tantôt vous prenez, tantôt vous laissez.
Mais si vous étiez suffisamment instruit,
courtois et chevaleresque,
vous devriez comprendre, ce qu'il dit est utile[2],
les propos de seigneur Miraval :
« En droit d'amour l'amoureux inconstant,
qui hier se donnait et aujourd'hui s'éloigne,
peut difficilement obtenir la joie.
Mais celui qui sert bien et attend
et sait cacher son emportement,
il en recueille les intérêts et les profits ;
pour peu que sa dame atténue ses torts,
celui-là est le compagnon de l'amour. »
Et le chevalier, qui ne se plaint pas
et ne se séparera pas de l'amour vrai,
lui a répondu en fort bon trouveur :
« Vous avez trouvé là un remarquable conseil,
car, tant que je fus de vos intimes,
vous ne vouliez pas m'aimer ;
voilà pourquoi je ne veux pas vous revenir,
mais je ferai ce que dit le même
seigneur Miraval, lui qui fut si sincère

---

sente la joie finale accordée par la dame. – 2. Littéralement : « lui étant utile »,
d'où « ses propos étant utiles » ; pour cette tournure qui a déconcerté H. Field
(note 254, p. 92 : « n'a guère de sens »), cf. Frede Jensen, *The Syntax of Medieval
Occitan*, Niemeyer, Tübingen, 1986, p. 253, § 750 avec l'exemple *en lui renhan*
« durant son règne ».

E francx, e de bon chauzimen :
« *Pus midons m'a en coven*
715 *C'autr' amic non am ni bays,*
Ja Dieu no-m sia verays
Si ja per nulh' autra-l men.
C'ab lieys ai tot cant volia
D'amor ni de drudaria ;
720 *Que menor joy n'i permanh*
No vuoil, c'ab leis me remaing. »
E vos remanretz ins el fanh
Ses mi, que ja no vo'n trairay !
    Ab tan, pren comjat e se'n vay
725 A si dons servir lialmen,
Que l'a gitat de mal turmen,
Com de fals' amor, per tostemps.
    E la dona, ab cuy ensemps
Son remas enuetz e pezar,
730 Vas seley que l'a fag camjar,
Segon son sen, son cavayer,
A trames .I. tal messatgier
Que la fes mantenen venir.
E s'anc solas pogues auzir
735 Ni vezer, bo ni amoros
Entr' elas fo sela sazos !
Venc que la dona-l dis : « Amiga,
Al cor me floris un' espiga,
E-m nais .I. joys de vostra vista.
740 E s'anc fuy pessiva ni trista
Ni vas res morna ni irada,
Aras soy alegr'e paguada
Per so car vos vey bel'e genta,
E car al cor non par que menta
745 Ni falha pretz, segon c'aug dir.
E pretz m'en may, car anc noirir
Saubi aital dona co vos.

---

729. corr. *pezars* pour la rime.

---

1. Les autres mss. sont sans doute plus conformes à leur source : « je ne
veux de joie, ni plus petite ni plus grande, pourvu que je reste près d'elle ». Le

et loyal, et de bon discernement :

« *Puisque ma dame m'a accordé*
de ne donner ni son amour ni ses baisers à un autre,
que Dieu se détourne de moi
si je lui manque de parole pour une autre.
Car j'ai avec elle tout ce que je voulais
en amour et en entente ;
et puisque je demeure avec elle,
je ne veux pas d'une joie plus petite, fût-elle durable[1]. »
Et vous, vous resterez embourbée
sans moi, car je ne vous tirerai pas de là ! »

Là-dessus il prend congé et s'en va
servir loyalement sa dame,
qui l'avait sorti pour toujours des tourments
d'un amour trompeur.

Et la dame, en la seule compagnie
de son chagrin et de son affliction,
envoya à celle qui, à son avis,
avait détourné son chevalier servant,
un messager
pour la faire venir incontinent.
Et si vous avez jamais entendu
ni vu une aimable et agréable conversation,
voilà le moment propice pour la leur !
La dame lui dit : « Amie,
à votre vue ma joie éclôt,
tel un épi qui mûrit.
Et si j'étais songeuse et triste,
affligée et irritée envers quelque personne,
me voilà joyeuse et dédommagée,
puisque je vous vois belle et charmante
et que, d'après mon cœur et ce que j'entends dire,
votre prix ni ne ment ni ne déchoit.
Et je m'en estime moi-même davantage,
pour avoir su élever une dame comme vous[2].

---

rédacteur de *R* met l'accent sur l'intensité de la passion face à un moins grand amour. – 2. Sa tante par alliance l'a éduquée (cf. v. 196) ; la dame est donc plus âgée que la demoiselle et supporte d'autant moins sa rivalité.

Mas fag m'avetz .I. enuios
E sobrier mal, segon qu'enten.
750 Mas yeu say en vos tan de sen
E de saber c'anc no-y falhis.
Aiso que pus m'enfoletis,
Ni-m fa esperdre ni camjar,
Es car yeu sol no-m puesc pensar
755 A ma perda restauramen.
Vos sabetz be, segon qu'enten
Ni aug ni veg, qu' e-l mon non a,
Ad obs de dona far certa,
Ni bon son pretz tan ric cabal,
760 Com cavayer pros e lial
Ad entendedor, e cortes,
Per so c'ades dona non es
Ses entendedor tan plazens,
Ni tan cuenda ni tan sofrens,
765 Ni se pot tan gran enantir.
Bos entendeires fa jauzir
Als autres de dona son pretz.
E pren l'en aisi, so sabetz,
Can pros cavaiers la chauzis.
770 Com En Miravalh lo fis, dis,
A far conoisser sa valor :
« Mas mi ten hom per tan bo chauzidor
Que so qu'ieu vuelh ten cascus per milhor. »
Ades esgardon la milhor
775 E silh qu'en pretz volon pujar,
Per on s'en vay sel que sap far
So que s'atanh a pretz valen.
E-l malvat gardon eyssamen
On son aculhit lur parelh ;
780 Per qu' ilh, e lur malvat cocelh,
E donas ses sen que-ls acuelhon,
An mort domney, per que si cuelhon
Man blasm' e manta grieu colada.
E amor n'es a tort blasmada,
785 Que no-y a poder ni-n pot als,
Si com dis En Ramons Vidals,

Mais vous m'avez causé un bien grand dommage
et bien fâcheux, à mon avis.
Pourtant je sais que vous n'avez jamais
manqué de bon sens ni de savoir.
Ce qui m'affole le plus,
me désespère et m'exaspère,
c'est que je ne peux seulement songer
à retrouver ce que j'ai perdu.
Vous savez bien, eu égard à ce que je comprends,
entends et vois, que, pour faire une vraie dame
de prix, d'excellence et de qualité,
il n'y a pas au monde de puissance supérieure
à celle d'un chevalier servant,
preux, loyal et courtois,
car sans chevalier servant
une dame n'est pas aussi plaisante,
aussi gracieuse, ni aussi patiente,
et elle ne peut s'élever d'une façon aussi importante.
Un bon chevalier servant réjouit
les autres par le mérite de sa dame.
Et il en est ainsi, vous le savez,
quand un preux chevalier la distingue.
Comme le dit seigneur Miraval le loyal,
pour faire connaître sa valeur :
« *Mais on me regarde comme un si bon juge
que ce que je veux, chacun l'estime être le meilleur.* »
Ainsi on a de la considération pour la meilleure
et pour ceux qui veulent accroître leur mérite,
c'est à quoi tend celui qui sait faire
ce qui convient à un noble mérite.
Mais les méchants aussi ont de la considération
pour qui reçoit bien leurs semblables ;
voilà pourquoi eux et leurs méchants conseils,
et les dames sans jugement, qui les accueillent,
ont tué le service d'amour, voilà pourquoi ils en recueillent
maints blâmes et maints rudes coups.
Et Amour en est blâmé à tort,
lui qui ne peut rien y changer,
comme le dit seigneur Raimon Vidal,

Bos trobayres mot avinens :
« *Amors non es vils ni desconoissens,*
Ni val ni notz, ni es mala, ni pros :
790 *Amadors sec, e s'il son cabalos,*
Es lur aitals, e camjas als avars.
No es a dir, ni deu venir cujars
Qu'entre-ls nessis trop hom amor valen.
Que sel qu' es pecx, si vil loc a triat,
795 *A si meteys n'er dans e blasmamens. »*
....

Als amadors, fis, entendens
E ses enjans va fin' amors,
E dels autres mou la folors
800 A far malvat captenh e croy.
Per qu' ieu, car volgui aver joy
E pretz de segl', aisi co-s tanh
A dona cuy sens no soffranh
Ni valor non li es londana,
805 Amiey e chauzi ses ufana
Un cavayer a mi servir.
　　　Vos sabetz de cal o vuelh dir,
Sitot eras no-us dic so nom.
E non avia cor de plom,
810 Sec e malvat, mas fi e bo,
C'anc cavayer mielhs de sazo
No fon a sidons ben amar.
E yeu volia mi salvar,
Aisi com dis En Raymbautz
815 De Vaqueiras, que tan fon bautz
A far sidons cuend' e de grat :
« *E mostr' als pros so sen e sa beutat,*
Salvan s' onor, e reten de tot grat. »

---

787. Corr. *vos trobares* d'après *a¹* et cf. la note 283, p. 102 de l'éditeur. La forme *trobayres* est attestée par Raynouard. – **794.** Corr. *lo* – **796.** Il manque un vers d'après *a¹* « e renda-l mal qui-n mal log s'es donatz », mais *R* ayant modifié la rime suivante pour se mettre en accord avec le v. 795, nous ne rétablissons pas le v. 796. – **797.** Corr. *els.* Voir *infra*. – **798.** Corr. *vas*, le sens oblige à rétablir *va*, forme verbale, *amors* étant sujet. Ceci entraîne la correction *als* au v. 797. – **803.** Pour rétablir le sens, corr. *e dona cuy joy no sostanh* d'après bon et plaisant troubadour :

« *Amour n'est ni vil ni déraisonnable,*
il n'est ni utile, ni nuisible, il n'est ni mauvais ni excellent ;
il suit les amoureux et, s'ils sont parfaits,
il sera parfait pour eux, mais changeant envers les avares.
Cela ne veut pas dire, et on ne doit pas penser,
qu'on trouve un noble amour parmi les sots,
car le niais qui a choisi un amour[1] vil,
en aura pour lui seul le dommage et le blâme. »

....

L'amour loyal va aux amoureux loyaux,
intelligents et sans tromperie,
et vient des autres la folie
d'une mauvaise et vilaine conduite.
Et, comme je voulais obtenir joie
et prix du monde, comme il convient
à une dame qui ne manque pas d'esprit
et ne s'écarte pas de la valeur,
voilà pourquoi j'aimai et je choisis sans vanité
un chevalier pour me servir.

Vous savez de qui je veux parler,
même si je ne vous dis pas son nom.
Et il n'avait pas un cœur de plomb,
sec et méchant, mais loyal et bon,
car jamais chevalier n'aima
sa dame plus opportunément.
Et moi je voulais me préserver,
ainsi que le dit seigneur Raimbaut
de Vaqueiras, qui fut si empressé
à rendre sa dame aimable et de bonne volonté :

« *Elle montre aux preux son bon sens et sa beauté,*
en sauvant son honneur, et elle est approuvée de tous. »

----

a[1] cf. note 291 de l'éd. p. 105. – **817** et **818**. Corr. *beutatz* et *totz gratz* pour
rétablir un c. r.

----

1. Mot à mot : « un lieu vil », métaphore parallèle à *ric loc* pour désigner la
dame.

Aisi l'avia ieu salvat
820 Per me salvar, mais de .VII. ans.
E car far deu dona prezans
So per que·s fassa enveyar,
Non per soven son cor a dar
Ni per sofrir malvatz demans,
825 Mas per bos faitz e bos semblans
E per son cors gent a tener.
E non deu esperans' aver,
Mas en sol .I., que sia pros ;
Aisi com dis lo cabalos
830 En Miraval, c'anc no fo fals :
« *Vers es que jes trobars de ssals*
Non es proeza senes als,
Ni sol .I. mestier valor. »
Mas tan n'i a que an lauzor
835 De beutatz, que non lur platz bes,
Ni volrian may c'om disses
Aitals aman e son amadas ;
E fenhon se enamoradas,
Neys cant als non aman de vis.
840 E non esgardon so que dis
Sel de Vaqueyras ses temer :
« *Leu pot hom gaug e pretz aver*
Ses amor, qui be y vol ponhar ;
Ab que·s gar de tot malestar
845 *E fassa de be son poder.* »
Ieu non dic ges c'a mielhs parer
Non vengua pretz, sabers, beutatz,
E c'amor non aport mielh gratz
De lunh' autra cauza del mon ;
850 Mas son cors gasta e cofon,
E son sen met en non-chaler
Dona que cuja pretz aver
Aman, ses autre bo secors.

---

1. Une dame doit temporiser longtemps, et non céder trop vite ; cf. André le
Chapelain, *op. cit.*, p. 133. – 2. Le chevalier parfait doit avoir de nombreuses
qualités et activités. – 3. C'est-à-dire : de loin, sans s'engager. Les belles hypo-

Ainsi, plus de sept ans, je l'avais préservé
pour me préserver moi-même[1].
Car une dame de prix
doit agir de cette façon pour qu'on l'envie,
et non point pour donner souvent son cœur,
ni supporter de méchantes demandes,
mais pour faire bonnes actions et bonnes manières
et préserver sa gracieuse personne.
Et elle ne doit mettre son espoir
qu'en un seul, et qui soit preux ;
comme le dit l'excellent
seigneur Miraval, qui jamais ne fut fourbe :
« *Il est vrai que la poésie sans rien d'autre*
n'est pas d'emblée une prouesse,
et une seule occupation ne donne pas la valeur[2]. »
Il y a des dames qu'on loue
pour leur beauté, à qui le bien ne plaît guère,
et elles préféreraient qu'on dise :
celles-là aiment et sont aimées ;
elles feignent d'être amoureuses,
même quand elles n'aiment que des yeux[3].
Et elles ne prennent pas garde à ce que dit
sans peur le poète de Vaqueiras :
« *Celui qui veut bien s'y efforcer*
peut avoir facilement joie et prix sans amour ;
à condition qu'il se garde de toute mauvaise action
et fasse le bien de tout son pouvoir. »
Je ne dis pas que le prix, le savoir et la beauté
n'améliorent pas l'apparence,
ni que l'amour n'apporte pas plus d'agrément
qu'aucune autre chose au monde ;
mais elle ruine et détruit sa personne,
et discrédite son intelligence,
la dame qui croit avoir du prix
grâce à l'amour seul, sans l'aide d'aucune autre vertu.

---

crites veulent donc paraître amoureuses, mais l'amour seul ne dispense pas du
bien et ne suffit pas à établir une réputation parfaite.

Amar, non prezar, fay amors
855 Segon captenh e gen parlar.
E dona c'aiso tot sap far
Esperar deu entendedors,
Per que·s tanh de mantas colors
So sabers, e ses tot fadenc;
860 Aisi com dis En Uc Brunenc
A far sidons de bel estatje :
« C'als fols fai cujar lo folatje,
Et als nessis, nessies ;
Et als entendens apres
865 Fenh ab bels ditz son passatje. »
E vos, per so car bel intratje
Volgues aver, e pretz aman,
Avetz fag al premier deman
A vos venir mon cavayer
870 Ses tot esgart. E ja non ier
Ses dan de totz .III. remazut ;
Vos, per so car yeu l'ay perdut
A tort, e per vostre cosselh,
Etz n-'n blasme, tro al cabelh,
875 Revelat enves trastotz latz.
E, car anc may aitals peccatz
Donzela ses marit no fetz,
Sel que sol esser fis e netz,
Ad obs d'amar, ses cor leugier,
880 Aves fag fals e messongier
E camjador a totas mas.
E yeu, que anc nulhs pensatz, vas,
Ni vil no·m fo cargatz ni mes,
Remanc ses joy, e, car non es
885 Mos dretz saubutz, a tort blasmada.
Aital salsa, aital pebrada
Sabetz vos far als non-gardans. »

---

854. Corr. *prezas*, suggérée par le premier éditeur, M. Cornicelius, mais non reprise par H. Field, voir note 300 de l'édit., p. 108. – **874.** Corr. *es* – **875.** Corr. *revelatz* peut-être anticipation de *latz*

---

1. La demoiselle devait dissimuler par son discours la colère du chevalier, non

L'amour fait aimer, mais non estimer
en vertu de la conduite et des gracieux propos que l'on tient.
Et une dame qui sait tout cela
doit faire attendre ses prétendants,
car son savoir se doit d'être varié
et dépourvu de folie ;
ainsi que le dit seigneur Uc Brunenc
pour donner à sa dame une belle position :
« *Car elle donne à croire la folie aux fous*
et la sottise aux sots,
mais elle dissimule sous de belles paroles
les manquements des amants bien appris[1]. »
Et vous, pour avoir voulu une belle entrée
dans le monde et du prix en aimant,
à sa première demande vous avez fait
venir mon chevalier
sans autre considération. Et ce ne fut pas
sans dommage pour nous trois ;
et vous, parce que je l'ai perdu
injustement et à cause de vos conseils,
vous êtes plongée jusqu'aux cheveux dans l'opprobre,
connu de tous et partout.
Et, parce qu'une demoiselle sans mari ne fit
jamais d'aussi grands péchés[2],
celui-là qui était loyal et pur
en amour, et non point volage,
vous l'avez fait faux et menteur
et changeant de toutes les manières.
Et moi, qui, en comparaison,
ne me suis jamais encombrée de viles pensées,
je demeure sans joie et blâmée à tort,
car mon bon droit n'est pas connu.
Voilà l'assaisonnement et la sauce[3]
que vous savez servir à ceux qui ne se méfient pas de vous. »

---

en profiter pour le séduire. La demoiselle reprend cet argument aux vers 1046-
1049 : elle a voulu dissimuler aux autres la mauvaise humeur du soupirant. – **2.** Sa faute est aggravée du fait que, n'étant pas encore mariée, elle ne
pouvait entrer dans le jeu de la *fin'amor*. – **3.** Cf. la *peurada*, ou sauce au poivre,
de la *vida* de G. de Cabestanh.

    E sela, cuy anc nuls talans
    Fals ni gilos no fon cargatz,
890 Aisi com sela cuy non platz
    Mas ses tot genh bon pretz aver,
    Estet .I. pauc ab non-chaler,
    Cab cli, e pres lo a levar
    E dis : « Ma dona, s' ieu ren far
895 Saubi ni say ad obs de pretz,
    Ades conosc que tan m'avetz
    Vos mess' als vostres noirimens ;
    E car ab vos non es guirens
    Ses tot duptes nulhs bos cuydars,
900 Val m'en mos dreitz ; e-l trop parlars
    Que n'avetz fag no m'en ten dan.
    Per so car yeu ja jorn claman
    Non tornarai mon dreg en tort,
    E car ades n'ai .I. conort,
905 Aquest qu'En Folquet dis chantan,
    Per qu'ieu soi de melhor talan
    E pus sufren en tota re :
    « *Ans vuelh trop mays mon dan sofrir jasse*
    Que-l vostre tort adrechures claman. »
910 Venjar ven mantas vetz a dan
    Sitot ses faitz pretz ab acort.
    Estiers vos dic, si Dieu m'aport
    A far tostemps mon pretz valen,
    C'anc per mi, a mon essien,
915 Non perdes vostre bon jornal.
        Mas ben es vers c'un jorn aital
    Co vos sabetz, fo tot aisi.
    Hon ieu vostre cavayer vi,
    Segon mon sen, partir de vos,
920 E car me semblet angoissos,
    Vas terra clin, ses tot esper,
    Justa luy m'aney assezer
    Veramen, per saber son cor.
    Aisi parlem entre demor

────────────

1. Litt. : « même si cet acte tire son prix de l'accord de tous ». Pour une autre interprétation possible (*s'es faitz*), cf. H. Field, *op. cit.*, p. 114, note 311.

La demoiselle, qui ne s'était jamais encombrée
de sentiments déloyaux ni jaloux,
en personne qui désire seulement
avoir bon mérite sans ruse,
resta un peu éperdue, la tête basse,
mais elle la redressa
et dit : « Ma dame, si j'ai jamais su agir
en faveur de Prix, et si je le sais encore,
je reconnais aussitôt que je le dois
à votre éducation ;
et puisque, sans aucun doute, aucune bonne pensée
n'est d'un bon secours auprès de vous,
mon bon droit m'aide, et votre trop long discours
ne me porte pas dommage.
Et comme, en ne faisant pas réclamation,
je ne changerai pas mon bon droit en tort,
et que je trouve aussitôt un réconfort
dans ce que chante seigneur Folquet,
j'éprouve de meilleurs sentiments
et suis plus patiente en toute chose :
« *Je préfère supporter ma peine plutôt*
que redresser vos injustices en faisant réclamation. »
La vengeance cause souvent un dommage,
même si tous reconnaissent son bien-fondé[1].
Je vous dis plutôt que, si Dieu m'accorde
de toujours faire valoir mon prix,
je n'ai pas l'intention
de vous faire perdre le juste salaire de vos actes.
    Mais en vérité tout se passa ainsi,
un beau jour que vous connaissez bien.
Quand je vis votre chevalier
s'éloigner de vous, à ce qu'il me parut,
et comme il me sembla affligé,
tête basse, tout désespéré,
j'allai m'asseoir près de lui
en toute bonne foi, pour connaître son cœur.
Nous parlâmes ainsi, partagés

925 E dol, e gaug e marrimen,
Vas que-l me dis com lonjamen
Avia seguit vostr' esclau,
Ses tot camjar, gent e suau
E fis e ferms, may de .VII. ans,

930 E que vos prendiatz sos gans
E sos cordos e sos anels,
E d'autres avers bos e bels,
Ses als que no-y poc enansar,
Segon qu'ieu li auzi comtar,

935 Per penre joy gran ni petit.
Aiso mi duys non mal respit,
Per so car yeu sai que .VII. ans
Si doncx non renha ab enjans,
Neys dos, no-s pot dona tener

940 De far a cavayer plazer,
Si doncx no-l passet ab enjan.
E so que pus me met avan
A far conoisser la vertat,
Venc qu'el me dis per cal peccat

945 L'acomjades ses tot retenh,
Per qu' ieu, sitot mi semblet genh,
E so que no fora de vos
A far aital malvat respos,
E cant o saupi per deman,

950 Son doptos cor adomdiey tan
Co vos trobes a l'autra ves.
Si me feris, vos o dires,
O ja per me non er sauput.
E ars con vos a avengut,

955 Segon vostre sen, malamen,
Anatz so c'aviatz queren
Lay on ja non o trobaretz.
May sie-us membres so qu'En Folquetz
En dis, vos o saubratz tener :

---

1. Cette allusion aux cadeaux contient une critique à peine voilée, celle de la cupidité de la dame ; cf. André le Chapelain, *op. cit.*, Livre II, ch. XIX, p. 174 : « ou la dame refuse les présents qui lui ont été offerts pour obtenir son amour, ou elle accorde son amour en compensation, sinon elle devra accepter sans se plaindre d'être rangée parmi les courtisanes ». – 2. Tout d'abord, l'affaire du

entre plaisir et douleur, entre joie et tristesse,
jusqu'à ce qu'il me dise combien longtemps
il avait suivi vos traces,
sans changer de cœur, gracieusement et aimablement,
loyal et ferme, plus de sept ans,
et que vous acceptiez ses gants,
ses colliers et ses anneaux,
et d'autres richesses belles et bonnes,
sans que rien ne pût le faire avancer,
selon ce qu'il m'a dit,
pour obtenir une joie, grande ou petite[1].
Cela ne me découragea pas[2],
car je sais bien qu'en sept ans, ni même en deux,
si elle n'agit pas par duperie,
une dame ne peut s'abstenir
de faire plaisir à son chevalier,
si donc elle ne lui a pas manqué par duperie.
Et ce qui me fait prévaloir
le mieux de la vérité
c'est qu'il me dit pour quelle faute
vous l'aviez congédié sans aucune retenue.
C'est pourquoi, quoique cela me semblât une ruse[3],
et que vous n'auriez pas fait
une si méchante réponse,
quand je le sus pour l'avoir questionné,
je domptai son cœur inquiet
ainsi que vous l'avez trouvé l'autre fois[4].
Vous m'avez frappée pour cela, à vous de le dire,
ce n'est pas par moi qu'on l'apprendra.
Et maintenant qu'il vous en est advenu
du mal, à votre avis,
allez chercher ce que vous aviez
là où vous ne le trouverez pas.
Mais si vous vous souvenez des paroles de seigneur Folquet,
vous saurez les retenir :

---

chevalier ne lui paraît pas si mal engagée qu'il le croit. Elle a cherché alors à le
réconcilier avec sa dame, non à l'en détourner. – **3.** De la part de la dame, et
pour éprouver l'amour du chevalier. – **4.** La demoiselle avait persuadé le chevalier de réitérer sa demande auprès de la dame.

960 « *Per que par fols qui no sap retener*
     So c'om conquier, qu'ieu pres ben atrestan,
     Qui so rete c'aura conquist denan
     Per so esfors, co fay lo conquerer. »
     Mays vos volgues amic aver
965 A vostre pro, ses autr' esgart,
     Adreg e franc, ses cor moyssart,
     Ab sol semblan, e servidor.
     E cuy vol far son pro d'amor
     Non es amaire, mas truans.
970   Ieu non dic ges s' us fis amans,
     Aisi co es us cavayers,
     Adretz e francx, fis e entiers
     Ad ops d'amar, e cabalos,
     Vol far ni dir per mi que pros
975 Ses mon autrey; deg mi gardar ;
     Per so car es lur pretz d'amar
     Donas valens, e-n son pus gays
     E pus arditz en totz assays,
     E mielhs faitz ad obs de servir.
980 E bona dona, can grazir
     Sap .I. pros cavayer ni far,
     Non cug aisi ses dan passar,
     Ab sol semblan jogan rizen ;
     Mas pus li fara entender
985 Ren de son cors, ni prenda-l sieu,
     Segon amor o car o lieu,
     Tenguda l'es de gazardo.
     Aisi fa hom d'amor son pro,
     E salva dona pretz entier,
990 Non esquivan son cavayer
     Cant n'a tot trag so que-l n'es bel.
         Salvar deu dona son capdel,
     E c'om non perda re ab ley,
     Ni vas son amic non arey

---

994. Corr. *amicx*

---

1. Cf. *despendre lo sieu, donar del sieu*, etc. On peut aussi interpréter : « et
pour peu qu'elle accepte ses privautés à lui », mais ce ne fut pas le cas ; or la

« *Car il paraît bien fou celui qui ne sait pas retenir*
ce qu'il a conquis, et moi je prise bien autant
que la conquête celui qui retient
ce qu'il aura conquis par ses efforts. »
Mais vous avez voulu avoir un ami
pour votre profit, sans autre considération,
pourvu qu'il semblât juste et franc,
sans perfidie de cœur, et à votre service.
Et celui qui veut l'amour à son seul profit
n'est pas un amant, mais un truand.

  Si un amant accompli,
ainsi que l'est un chevalier,
juste et franc, fidèle, excellent
et parfait pour le service amoureux,
veut agir ou parler en preux pour moi
sans mon consentement, je ne dis pas, moi, que je dois
le craindre ; car c'est le mérite des chevaliers que d'aimer
des dames de valeur, et ils en sont plus gais
et plus hardis dans toutes leurs entreprises,
et mieux aptes à servir.
Et quand une dame de qualité
sait se faire aimer d'un preux chevalier,
je ne crois pas qu'elle en soit quitte sans risque,
pourvu qu'elle semblât joyeuse et riante ;
mais plus elle lui donnera à espérer
des privautés de sa personne, et pour peu qu'elle
accepte ses cadeaux[1], selon que leur amour sera
précieux ou léger, plus elle est tenue de le récompenser.
Ainsi l'homme fait-il son profit de l'amour,
et la dame protège-t-elle son parfait mérite,
et non point en évitant son chevalier
quand elle en a tiré tout ce qui lui est agréable.

  Une dame doit contrôler sa conduite,
et faire en sorte qu'on ne perde rien avec elle,
et qu'elle ne se moque pas de son ami

---

demoiselle a insisté sur la générosité du chevalier et sur ses dons (v. 931-932,
infra v. 991) ; la dame ne doit donc pas se montrer cupide en acceptant des
cadeaux sans s'engager.

995 Ni prometa res ses donar.
Mas vos avetz say dig, so-m par,
Per qu'el non deu estar ab vos,
Que-us a servit mantas sazos ;
Et enquer lo y mandatz tornar,
1000 Non per son pro, mas per salvar
Vos meteyssa, c'als non queretz.
Mal avetz fag, e pieitz dizetz
Segon amor a bon captenh.
      Amor non pot esser ab genh
1005 Ni aisi lonjamens durar.
E qui la sap gen comensar
E ses enjan, e mal fenir,
Aisi li'n pren com auzi dir
Al joglaret en son verset :
1010 « E si-l bos faitz a la fin non paret,
Tot cant a fag lo senhor es mens. »
Segon fi val comensamens.
Ieu no fi segon comensar.
Mas vos me cujatz abeurar
1015 Aisi com s'era senes sen,
Ab us fenhemens, duramen
Cays que pes que no sia fis.
E sol no-us pessatz c'anc no vis
Tan mal abat com de preor
1020 A conoisser sen o folor
A cuy fa mal o bon jornal.
      Vos anatz dizen c'anc per al
Non acomjades vostr' amic
Mas per assay e per castic,
1025 E per salvar vostra razon.
Ieu dic que anc dona no fon

---

1. Elle a décidé de ne pas donner son amour et d'éloigner le chevalier à l'endroit même où a lieu cette conversation. – 2. Si l'expression est assez générale, on ne peut cependant exclure une allusion au *De Amore* d'André le Chapelain. – 3. Passage jugé difficile par H. Field, p. 122, note 329, car *pes* (< *pezar*) peut aussi être une variante de *pens* (*pensar*) et *fin* signifier « la fin » ; on peut comprendre cependant que, selon la demoiselle, la dame regrette que ses mensonges ne soient pas la vérité, ou que la demoiselle ne soit pas aussi bête qu'elle le voudrait. – 4. Litt. : « que je n'ai jamais vu aussi mauvais abbé qu'un prieur »,

et qu'elle ne promette pas sans donner.
Mais vous avez dit ici même, à ce qu'il me paraît[1],
pourquoi il ne doit pas rester près de vous,
alors qu'il vous a servie longtemps ;
et vous lui demandez encore de recommencer,
non pour son profit, mais pour vous sauver
vous-même, car vous ne cherchez pas autre chose.
Vous avez mal agi et vous parlez pis encore
selon l'art de bien se conduire en amour.[2]

  Amour ne peut demeurer avec la ruse
ni durer bien longtemps de cette façon.
Et qui sait bien commencer en amour
et sans tromperie, mais mal finir,
il lui arrive ce que j'ai entendu dire
au jeune jongleur dans sa petite poésie :
« *Et si la bonne action ne paraît pas à la fin,*
tout ce qu'a fait le seigneur est manquement. »
Le début vaut selon la fin.
Moi je ne finis pas comme j'ai commencé.
Mais vous pensez me leurrer méchamment
comme si j'étais stupide,
avec vos inventions, tout comme
s'il vous était pénible que ce ne soit pas vrai[3].
Et croyez bien que je ne prends pas
des vessies pour des lanternes[4]
et que je reconnais le bon sens ou la folie
de qui fait une bonne ou une mauvaise journée.

  Vous dites que vous avez seulement
congédié votre ami pour
l'éprouver et le reprendre,
et pour sauver votre cause.
Moi je ne connais pas de dame

---

le prieur étant le premier dignitaire après l'abbé. On songe au *Proverbe au Vilain* :
« *Cil qui chantent et lisent, / Par maintes foiz eslisent / O abbé o priour. / Tel*
come il l'ont, le prenent... Pour soufraite de proudome asiet on fol en chaiere »,
édition Tobler, Leipzig, 1895 ; d'après nous, le sens du passage est : « ne croyez
pas que je sois née de la dernière pluie au point de ne pas savoir qui agit selon
la raison et qui suit la folie ».

Ves son amic ses maltray,
E no-l cuja perdre ses fi
Ab sol .I. dels menors forfaitz.
1030 Mortz nos aves ab vostres plaitz,
E pueys dizetz qu'ieu o ai fag !
E sol non esgardatz can lag
Esta a dona, ni com creys
S'anta claman, car so meteys
1035 Quier c'a perdut per son neleg ;
Et enquer n'atendetz adreç
O esmenda. Et yeu vos dic
C'anc vostre drut ni vostr' amic –
O ço que-us vulha, l'apelatz –
1040 Non emparey de nulh solatz
Ni d'autras res ad obs d'amar.
Ni cug ges qu' er volgues tornar,
Ni que vos l'aculhissetz tan mays.
    Aisi-l trobey en greu pantays,
1045 Co yeu vos ay dic, e felo.
E car l'emparey, vostre pro
Cugey far, e non vostre dan,
Per so qu' el no s'anes claman,
Ni vostre tortz no fos saubutz.
1050 E, veramen, per so c'a lutz
Vengues, per el, mon pretz enans,
Comjatz per me, petitz ni grans,
Non aura ; pero si-l voletz
Ni el vos vol, aisi-l prendetz.
1055 Ab mal querer tostemps e grieu
Non passaretz aisi de lieu. »
    Respos la don' : « Amiga bela,
Vos sabetz be que qui apela
Autruy amic cant es iratz,
1060 Ades sembla no vuelha patz,
Ni qu'el torn lay d'on es mogutz.
Mas si-l malcor li fos cazutz,

1027. L'éditeur a maintenu la séparation : *mal trai*, ce qui n'est pas justifié.

qui n'eût un jour à souffrir de son ami,
et qui ne crût le perdre pour toujours,
juste pour une broutille.
Vous nous avez tués avec vos querelles,
et ensuite vous dites que c'est moi !
Vous ne réfléchissez pas combien il est laid
pour une dame, de réclamer bruyamment,
ni combien elle accroît sa honte,
car elle veut ce qu'elle a elle-même perdu par sa faute ;
et vous attendez encore de lui droit
ou réparation. Moi je vous dis
que je n'ai jamais donné à votre soupirant ou ami –
appelez-le comme il vous plaît –
ni joie, ni rien
qui serve en matière amoureuse[1].
Et je ne crois pas qu'il veuille maintenant revenir à vous,
ni que vous l'accueilliez mieux.
   Je l'ai trouvé en grand tourment,
comme je vous l'ai dit, et irrité.
Et en l'accueillant je croyais agir dans votre intérêt,
non pour votre dommage,
afin qu'il n'allât pas réclamer
et que votre tort ne fût pas connu.
Et, en vérité, afin que mon mérite
soit, grâce à lui, publiquement éclatant,
il ne recevra de moi aucun congé ni temporaire
ni définitif[2] ; mais si vous le voulez
et que lui vous veuille, alors reprenez-le.
Mais avec votre méchanceté si pénible
vous ne serez pas quitte facilement. »
   La dame répondit : « Chère amie,
vous savez fort bien que celle qui requiert
l'ami d'une autre, quand il est affligé,
ne semble pas vouloir la paix
ni qu'il retourne là d'où il est parti.
Mais si sa colère était tombée,

---

1. La demoiselle ne l'a pas « débauché ». – 2. Cf. la note 339 de l'éd., p. 124-125.

Aisi com hom se refreydis
Per trops comjatz, e car l'es vis
1065 C'autruy sia sos jorns donatz,
E l'emparesses, luns peccatz
No-us en pogra venir, ni tort.
Mas vos, aisi co si fos sort,
E co ssi vengues per onrat
1070 Aqui meteys que-l vis yrat
Ni-l trobes despaguat en re,
Li fos castel, e so per que
El s'es tengut de mi servir.

Eras, can no-y podes noirir
1075 Nulh be, per qu' el fos vas ma part,
Anatz queren saber et art
Per que pogues d'un bel nien.
Mas non er fag, per qu'ieu breumen
Vos dic e segon dreg d'amor,
1080 E car a luy no fa paor
Ni vergonha mos escondirs,
C'ades ses totz autres gandirs
Lo devetz eslonhar de vos.
E car camjaire non cre fos
1085 Ses mantenensa en nulh loc.

– Eslonhar ? Hoc ! Ans metray foc
A mi mezeissa », ela-l ditz.
« Non laissarai per aitals ditz
Sel que-m fa vieure e valer.
1090 No farai jorn, ni ja poder
Non auretz aital, co-us cujatz.
Qu' eras laissatz, eras prendatz,
Aisi co hom fa so que part.
S' ieu trop acomjadet a par
1095 Ses colpa vostre cavayer,

1066. Métathèse de *nuls*; cf. *infra* v. 1324 et la nouvelle du *Papagay*.
– **1068.** Corr. *sortz* (contre H. Field, *op. cit.*, p. 126) pour rétablir la rime donnée
par *tort* – **1089.** Corr. *que*

---

1. Sa colère (ou sa douleur) prouvait l'attachement du chevalier à sa dame;
devenu indifférent il n'eût plus éprouvé de colère. – **2.** *Sortz* a été conservé par

comme elle abandonne celui qui se refroidit[1],
à cause de congés trop longs, et s'il lui semblait
que ses jours d'entrevue soient donnés à un autre,
et que vous l'eussiez accueilli,
alors cela ne vous aurait suscité ni faute ni tort.
Mais vous, comme par hasard[2],
et comme s'il était venu en homme honoré,
ici même, où je le vis irrité
et le trouvai en tout mécontent,
vous lui fûtes rempart et protection,
et voilà pourquoi il a cessé de me servir.

    Maintenant que vous ne pouvez en tirer
aucun bien, parce qu'il était de mon côté,
vous recherchez l'art et la manière
de réduire mon pouvoir à néant[3].
Mais cela ne sera pas, car moi
je vous dis en bref, et selon le droit d'amour,
et parce qu'il n'a ni crainte
ni honte de mon refus,
que vous devez l'éloigner immédiatement
de vous et sans échappatoire.
Et je ne crois pas qu'il y eût jamais d'homme infidèle
sans quelque dame pour le secourir[4].

    – L'éloigner ? Oui-da ! Plutôt me jeter au feu »,
dit la demoiselle.
« Je ne laisserai pas pour de tels propos
celui qui me donne vie et valeur.
Je ne le ferai jamais, et vous n'en aurez
pas le pouvoir comme vous le croyez.
Tantôt vous laissez, tantôt il faut que vous preniez[5],
comme on fait d'une chose qu'on partage.
Si je trouve votre chevalier congédié
et mis à l'écart, sans qu'il ait fauté,

H. Field et traduit comme le part. p. de *sortir* (« comme s'il était sorti et venu
en homme honoré »), mais, outre que l'ordre des deux verbes et leur choix (*sortir*
et *venir*) paraît curieux, la critique nous semble plus précise : la demoiselle a fait
semblant de ne rien préméditer. – 3. Litt. « par lesquels mon pouvoir serait un
beau néant ». – 4. Litt. « un secours en quelque lieu » ; les mots *castel*, *loc*, etc.
désignent souvent la dame chez les troubadours. – 5. *Prendatz* est un subj. qui
peut s'expliquer après *eras*, même s'il paraît superflu à l'éd., note 346, p. 127.

E l'empari segon mestier
En dreg d'amor, no son tenguda,
Ni d'aiso no serai vencuda
Que-l don comjat ses son forfait.
1100 E ve-us men a dreg et a plait
En calque poder vos vulhatz.
    – A dreit ? E non er escotatz »,
Dis la dona, « nulhs mos prezicx ?
Et yeu lo'n prenc ! Et yeu amicx
1105 Non cug fos may en dreg tornatz. »
    E-l jutjamen es autreyatz
Per abdoas, si com yeu say,
Ad .I. baro pros e veray,
De Cataluenha, mot cortes.
1110 E s' ieu no-y falh, per so nom es
N'Uc de Mataplan' apelatz.
    Aiso fo lay que-l temps d'estatz
Repairava, e la sazos
Dossas, e-l temps fos amoros,
1115 On s'espan ram e fuelh' e flors.
E car no-y par neus ni freidors
Ades, n'es l'aura pus dossana.
E-l senher N'Uc de Mataplana
Estet suau en sa mayzo.
1120 E car y ac man ric baro
Ades lay troberatz manjan,
Ab gaug, ab ris, et ab boban.
Per la sala, e say e lay,
Per so car mot pus gen n'estay,
1125 Ac joc de taulas e d'escacx
Per tapitz e per almatracx
Vertz e vermelhs, indis e blaus ;
E donas lay foron suaus,
E-l solas mot cortes e gens.
1130 E sal m' aisi Dieu mos parens

1100. 1re sg. de *menar*, plutôt que *me'n* selon l'éd.

---

1. Seigneur catalan et ami de Pierre II d'Aragon qu'il suivit au siège de Muret

et si je l'accueille comme il est nécessaire
en droit d'amour, je ne suis pas tenue,
et je n'y serai pas contrainte,
de lui donner son congé sans forfait de sa part.
Et voici : je plaide à bon droit et en justice
devant l'autorité que vous voudrez.

– A bon droit ? » dit la dame,
« Et je ne pourrai faire entendre aucune de mes remontrances ?
Moi aussi je demande mon bon droit ! Et je ne crois pas
qu'un ami ait jamais été restitué en justice. »

Le jugement est confié
par toutes deux – comme je le sais –
à un chevalier catalan preux et sincère
et de grande courtoisie.
Et si je ne me trompe, on l'appelle
de son nom seigneur Hugues de Mataplana[1].

C'était au retour de l'été
et de la douce saison,
et c'était le temps de l'amour,
quand s'épanouissent les branches, les feuilles et les fleurs.
Et comme il n'y a plus ni neige ni froidure,
l'air en est déjà plus doux.
Or le seigneur Hugues de Mataplana
se tenait au calme dans sa demeure.
Et comme il y avait maints puissants barons,
vous les auriez toujours trouvés là mangeant
dans la joie, les rires et le faste.
A travers la salle, çà et là,
car c'est ainsi bien plus gracieux,
il y avait des jeux de trictrac et des jeux d'échecs,
sur des tapis et sur des matelas
verts et rouges, indigo et bleus ;
et là les dames étaient aimables,
et la conversation fort courtoise et plaisante.
Et que Dieu sauve l'âme des miens

---

où il mourut avec lui en 1213. Mécène et troubadour (il reste de lui un *sirventes*),
il fut l'ami du troubadour Raimon de Miraval. Il avait accueilli Raimon Vidal à
sa cour.

Com ieu la y fuy aisela vetz,
Qu'intret aqui .I. joglaretz
Azautz e gens, e be vestitz,
E non parec mal issernitz
1135 Al perparar denan N'Ugo.
Aqui cantet manta chanso
E d'autres jauzimens assatz,
E cascus, can s'en son pagatz,
Tornet a son solatz premier.
1140 Et el remas ses cossirier,
Aisi com cove al sieu par,
E dis : « Senher N'Uc, escotar
Vulhatz estas novas qu' e-us port.
Vostre ric nom, que non volc tort
1145 Mas dreg, c'a mi es vis,
Venc ab tant en nostre pays
A doas donas que-m trameton
A vos, e lur joy vos prometon,
E lur mezeissas, per tostemps.
1150 E car no son ab vos essems,
Non-convenirs las ne atura.
    Lo fait e tota l'aventura
Qu' entre las doas donas fo,
Vos ai dig yeu, e tot l'espo,
1155 Tot mot a mot e planamen,
Ni con queron lo jutjamen,
E, sobretot, en son falhir ;
Car lurs noms no vuelh descobrir,
Per c'om los pogues apercebre.
1160   E-l senher N'Uc, qu' anc dessebre
No volc si, ni autre .I. jorn,
Estet .I. pauc ab semblan morn –
Non per sofraita de razo –
Mas car ades aital baro
1165 Volon estar suau e gen.
Al revenir estet breumen,

---

1. Termes presque semblables à ceux de Giraut de Bornelh pour évoquer le
temps des jongleurs dans sa poésie *Per solatz revelhar* (*E vitz per cortz anar
/ de joglaretz formitz*..., str. IV, v. 31 et suiv., éd. Kolsen, p. 416). Cette pièce,

aussi véritablement que j'y fus cette fois-là
lorsque entra un jeune jongleur,
gracieux, plaisant et bien vêtu[1],
et qui ne parut pas grossier
au moment de se présenter devant seigneur Hugues.
Là il chanta maintes chansons
et beaucoup d'autres choses divertissantes,
et chacun, quand il en fut rassasié,
retourna à sa première distraction.
Et il resta sans souci,
comme il convient à sa position,
et il dit : « Seigneur Hugues, veuillez écouter
la nouvelle que je vous apporte.
Votre nom puissant, qui n'apporta jamais l'injustice,
mais seulement le droit, à mon avis,
est parvenu jusque dans notre pays
à deux dames qui m'envoient
vers vous et vous assurent à tout jamais
de leur joie et de leur personne.
Et si elles ne sont pas ensemble auprès de vous,
c'est que cela eût été inconvenant.

L'histoire et toute l'aventure
survenue entre les deux dames,
je vous l'ai racontée moi-même et vous l'ai expliquée,
mot pour mot, et clairement,
et surtout comment elles demandent jugement
en leur absence ;
et si je ne veux pas découvrir leurs noms,
c'est qu'on pourrait les reconnaître.

Le seigneur Hugues, qui ne voulut jamais
un seul jour se tromper lui-même, ni tromper autrui,
resta un moment le visage pensif –
non par manque de sens –
mais parce que de tels seigneurs
veulent toujours agir dans le calme et la bienséance[2].
Il fut prompt à se reprendre aussitôt,

---

qui a aussi été citée dans *Abril issia*, a donc une importance particulière pour
Raimon Vidal. – 2. Il ne veut pas parler trop vite ni de façon discourtoise.

Cant .I. pauc se fon acordatz,
E dis : « S' ieu soy pros ni prezatz,
Ni aitals com tanh a baro,
1170 Per las donas que aiso so,
Segon que-m par, aperceubudas,
E car lur son razos cregudas
Aitals, ses lur vezer, m'es grieu.
Vos remanretz anuey, et yeu,
1175 Al bo mati, aurai mon sen
E mon acort, per que breumen
Vos deslieurarai vostr' afar. »
       Aisi fon fait, e si comtar
Vos volia-l solas que tut
1180 Agron ab lo joglar la nut,
Semblaria vana promessa.
       E-l bo mati, aprop la messa,
Can lo solelh clars resplandis,
Mosenher N'Uc, per so car fis
1185 Volc esser, venc en .I. pradet,
Aital co-l natura-l tramet
Can lo Pascor ven gais ni bels.
E car no y ac loc pus novels
E anc no y volc autre sezilh,
1190 Ni ac ab luy paire ne filh,
Mas me e-l joglaret, que i fom.
Aisi seguem denan luy, com
Sezians eras denan vos.
       Mot fo lo temps clar e joios,
1195 E l'aura doss' e-l cel seres ;
El senher N'Uc, aisi com es
Ricx e cortes cant volc parlar,
A dig, a sos dig comensar,
Al joglaret : « Amic, vos es
1200 Vas mi vengut per so car pres
Vos es a far vostre messatjes.
Mas a mi vensera coratjes

1195. Corr. *temps*, sans doute une erreur du copiste.

et dès qu'il eut rapidement réfléchi,
il dit : « Si je suis preux et estimé
et tel qu'il convient d'être à un baron,
pour ces dames qui sont,
me semble-t-il, avisées,
et puisque le motif de leur querelle s'est ainsi développé,
il m'est difficile de parler sans les voir.
Vous resterez ici ce soir, et moi,
demain matin, j'aurai mon opinion
et pris ma décision, de sorte que
je vous résoudrai rapidement votre affaire ».

   Ainsi fut fait, et si je voulais
vous raconter tout le plaisir
que le jongleur leur donna à tous ce soir-là,
cela semblerait une vaine promesse.

   Et le lendemain de bon matin, après la messe,
alors que resplendissait le clair soleil,
mon seigneur Hugues, qui voulait agir à la perfection[1],
se rendit dans un petit pré,
tel que Nature le crée,
quand vient le gai et beau temps de Pâques[2].
Et comme il n'y avait pas de lieu plus neuf,
il ne voulut point d'autre siège,
et il n'y eut avec lui ni père ni fils,
sauf moi et le jeune jongleur qui étions présents.
Nous nous assîmes devant lui tout comme
nous sommes assis maintenant devant vous.

   Le temps était très clair et joyeux,
le vent léger et le ciel serein.
Et le seigneur Hugues, distingué et
courtois ainsi qu'il est d'habitude,
dit au jongleur en guise
de préambule : « Ami, vous êtes
venu vers moi afin de pouvoir
délivrer votre message.
Mais rendre un tel jugement,

---

1. Comme l'a très finement analysé H. Field, *fis* représente l'accord entre la sensibilité et l'intelligence. — 2. Le jugement d'amour se fait dans le cadre idyllique du *locus amoenus*.

A far .I. aital jutjamen,
Per so car en despegamen
1205 Venon ades aital afar;
Mas no per tal, per so car far
Aital castic val entre-ls pros,
Vuelh que-m portes a las razos
Que m'avetz dichas, mon semblan.
1210   Vos, per so car n'avetz coman
Segon que avetz dig, dizetz
Qu'en Lemozi, per so car pretz
Volc aver .I. pros cavayer
Adreg e franc, pros et entier
1215 Ad obs d'amar, e cabalos,
E car amor adutz mans pros
E mans enans seluy que-s fis,
Amet una don' el pays,
Auta d'onor e de paratje.
1220 E la dona, qu'en son coratje
Conosc e son fag paratjos,
Volc li sofrir per so qu' el fos
Amicx e servaire tot jorns.
E-l cavayer, car anc sojorns
1225 No fon ben amar ses jauzir,
Volc, a son temps, son joy complir
E a son dons trobar merces.
Mas, segon c'ay de vos apres,
Esquivat li fon malamen.
1230 E ai retengut eyssamen
Com la donzela l'amparet,
Ni com la dona l'apelet,
May el no volc a lieys tornar.
Per qu'ela-l dis, car anc camjar
1235 Volc lo coratje, messongier
Ad obs d'amar e cor leugier,
E camjador e plen d'enjan.
E la dona, que en bayzan
L'a retengut, ditz enemiga,
1240 Per so car el' era s' amiga
En noirimens e bona fes,

pourrait dépasser mon courage,
car de semblables affaires
tournent toujours aux injures ;
cependant, comme les remontrances
ont du prix parmi les preux,
je veux que vous rapportiez mon avis
sur le sujet que vous m'avez exposé.

   Vous-même, comme vous en avez eu l'ordre
selon vos propos, dites
qu'en Limousin un chevalier preux,
juste, franc, parfait
pour le service amoureux, et d'excellence,
parce qu'il voulut avoir du prix,
et que l'amour apporte maints profits
et maints avantages à celui qui est loyal,
aima une dame du pays,
noble par l'honneur et la naissance.
Et cette dame, qui reconnut la noblesse
de son cœur et de ses actes,
voulut bien accepter qu'il fût
toujours son ami à son service.
Or le chevalier, parce que ce ne fut jamais
un plaisir de bien aimer sans récompense,
voulut, le temps venu, l'accomplissement de sa joie,
et trouver miséricorde auprès de sa dame.
Mais, d'après ce que vous m'avez appris,
il fut méchamment refusé.
J'ai également retenu comment
la demoiselle l'accueillit,
et comment la dame le rappela,
sans qu'il voulût revenir vers elle.
Et c'est pourquoi, comme il a voulu changer
de sentiment, elle le déclare mensonger
dans le service d'amour, et cœur volage,
inconstant et plein de duperie.
Et la dame, qui a retenu le chevalier
par un baiser, elle la déclare son ennemie,
vu qu'elle était son amie
pour l'avoir éduquée en toute bonne foi,

Aprenden s' onor e sos bes,
A retengut son cavayer.
La razo per que mal li'n mier,
1245 Segon mon sen, ni que-l demanda
Ay dins el cor, e pueys s'abranda
Tot so per que l'autra-l desten ;
Per qu'en dirai segon mon sen
Vas cal part esta bona letz.
1250   Vos sabetz be, amicx, que dretz
Es .I.ª causa mot lials.
Mas si be s'es sens naturals
E la melhor cauza del mon,
No-l pot aver en son aon
1255 Ses mot auzir e mot proar ;
Ni saber no-s pot acostar
Ad home ses mot retener.
E per so yeu, car anc valer
Non poc anc res mens d'aquestz dos,
1260 Vuelh vezer tostemps homens pros,
Et aver ab me, so sapchatz.
Et ai n'estat en cort privatz,
E de donas mot pus vezis,
Per so car sabers m'enantis
1265 Et en razos soi entendutz ;
E es m'en ja mans bes vengutz,
Et enquer n'esper atretans.
    E sel que dis que fis amans
Non deu seguir mas voluntatz,
1270 Aisi dic que es forsenatz.
Per qu'en dirai so qu'en retrays
Raimon Vidal, que aisi es :
« *Vers es c'aman pot hom far nessies*
E mant assai fol e fat e leugier.
1275 *Mas yeu no vey c'a nuilh autre mestier*
Valha tan chauzimen,
Sol c'om no-s vir vas falsa volentat.

1274. Nous proposons cette coupure, morphologiquement un peu plus satis-
faisante, contre la lecture *mantas sai* de l'éd.

en lui apprenant l'honneur et le bien,
et qu'elle a néanmoins retenu son chevalier.
La raison pour laquelle elle l'en rend coupable
et pour laquelle elle lui en demande compte,
à mon avis je la connais, c'est qu'elle prend feu et flamme
parce que l'autre dame veut le retenir ;
je vous dirai donc, à mon avis,
de quel côté est la loi.

   Vous savez bien, amis, que le droit
est une chose tout à fait loyale.
Mais même s'il s'agit de bon sens naturel
et de la meilleure cause du monde, le droit ne
peut s'en aider sans écouter de nombreux
témoignages ni rechercher beaucoup de preuves ;
et le savoir ne saurait s'établir
chez un homme sans qu'il ait beaucoup retenu.
Voilà pourquoi, sachez-le, personne ne peut avoir
de valeur en étant privé de ces deux connaissances[1],
je veux voir constamment
et avoir près de moi des hommes de valeur.
J'ai connu l'intimité des cours,
j'ai été encore plus proche de maintes dames,
c'est pourquoi le savoir augmente
mon jugement, et je suis habile dans les affaires ;
et je m'en suis souvent trouvé fort bien,
et j'espère m'en trouver encore aussi bien.

   Or, celui qui dit qu'un amant loyal
ne doit suivre que son désir,
je vous dis que c'est un insensé.
Voilà pourquoi je dirai là-dessus ce que rapporte
Raimon Vidal en ces termes :
« *Il est vrai qu'un homme peut faire des sottises par amour
et beaucoup d'actes fous, déraisonnables et légers.
Or je ne vois aucune autre situation
où le discernement soit plus utile, à condition
de ne pas se laisser détourner par un désir déloyal.*

---

1. Le droit d'un côté, la connaissance acquise de l'autre, à quoi s'ajoute la nécessité de la mémoire. Nous avons ici un court exposé sur les rôles complémentaires du savoir et du droit.

E sel que dis que puesca res valer
Mays cor d'amor e veray amistat –
1280 *Cor trichador e trobat en blandirs –*
Val pauc si es mals a totz uzatjes ;
Senes saber ab fi coratjes,
Adutz als sieus mans encombrier. »
Per qu'ieu vos dic qu'en totz mestiers
1285 Se tanh saber et art et us.
Mas, engalmen et engal pus,
Non pot hom triar ses saber.
Sabetz per c'a perdut poder
Mant amador en domnejar ?
1290 Per so car non sabon amar,
Ni als aver, mas voluntat ;
E perdon so c'auran selat
.VII. ans en .I. jorn o en dos.
    E-l cavayer adreg e pros,
1295 Que tan servi ses gazardo,
Et ab tot aiso non li fo
Sufert, mas esquivat mot fort,
No deu aver nulh son acort
Ni son cor doptos al tornar ;
1300 E deu aisela mot amar
Que l'emparet en aital loc.
    E la dona, sela que-l moc
Aital pantais ses autr' esgart,
Non ac jes saber a sa part,
1305 Per que-l notz per qu'eras s'en dol.
Volrian dir mant home fol
E donas peguas, que si ac,
Mas per assay volc son cor flac
E ferm saber enqueras mays.
1310 Non es sabers aitals assays,
Mas folia sai entre nos.
Sabers es c'om sia ginhos
Segon que-s tanh a cascun fag,
Ses mal menar e ses agag,

_____

1281. Corr. *a totz uzatjes mals* : nous rétablissons la rime. – **1308.** Corr. *mans*

Et celui qui dit que rien ne pourrait valoir
un cœur amoureux et une véritable amitié –
cœur tricheur et inventif pour flatter –
vaut bien peu s'il est mauvais en toutes ses manières ;
et son manque de savoir et de sincérité de cœur
donne bien des ennuis à ses amis. »
C'est pourquoi, moi, je vous dis qu'en toute situation
s'accordent le savoir, l'art et l'usage.
Mais, d'égale manière et encore plus justement, un homme
ne peut avoir de discernement sans la connaissance.
Savez-vous pourquoi tant d'amoureux
ont perdu leur pouvoir dans leur affaire ?
C'est qu'ils ne savent pas aimer,
ni écouter autre chose que leur désir.
Alors ils perdent en un jour ou deux
ce qu'ils ont tenu secret pendant sept ans.

  Et le chevalier droit et preux,
qui a servi si longtemps sans récompense,
et à qui, malgré tout cela, elle ne fut
point accordée, mais refusée très durement,
ne doit pas tenir pour nul son accord,
ni avoir le cœur hésitant à revenir ;
et il doit beaucoup aimer
celle qui l'accueillit en de telles circonstances.

  Quant à la dame, qui lui suscita
ce tourment, sans autre considération,
elle n'eut guère de savoir en partage,
puisqu'elle lui a nui pour s'en affliger maintenant.
Maints hommes insensés
et sottes dames diraient qu'elle en eut pourtant,
mais qu'elle voulut par une épreuve
savoir encore mieux s'il avait le cœur faible ou ferme.
Une telle épreuve n'est pas sagesse,
mais, pour nous ici, une folie.
La sagesse, c'est d'être adroit
selon les circonstances,
et sans faire le mal et sans embûche,

1315 Segon que-l fag meteys promet.
     May cant hom mays ni mens promet,
     Ven a dan, e non es sabers.
     Falhic la dona, so es vers,
     Que-l cavayer acomjadet
1320 Aisi vilmen, c'anc no-y gardet
     Sen ni saber, per obs que-l fos ;
     Mas no-l forfetz per que-l perdos
     No y aia loc, segon l'esgart.
          Sabers es so c'om per lunh' art
1325 Non pot adobar, mas falhir
     Ben tost, et osta-l penedir,
     Segon, amix fin e chauzitz,
     Si com dis En Gaucelm Faiditz,
     Us trobaire pros e cortes :
1330 « *Pero qui totz sels agues*
     Mortz c'an mespres
     E no y fos capdels ni guitz
     Perdos, mans n'agr'om delitz. »
     Amors non es capdels ni guitz,
1335 Mas als savis, on troba par,
     Sap jen son joy aparelhar,
     E no-l play c'om s'an envolven
     Per so car tug siey mandamen
     Son voluntat, e qui la cre
1340 Non pot aver lieys ni son be
     Ses malmenar e ses falhir.
     Saber, genh e sen fa delir :
     Sos leugier faitz perdon ses tort,
     Per c'amic trop esquiu ni fort
1345 Ni fol no y pot aver mas mal.
     Amicx son home cominal
     Per que sel va en bon captenh,
     Adreg e franc e conoisen,

1326-1327. empruntés à *a²*. – **1328.** corr. *Faizitz* – **1332.** Corr. *cap dels g.*,
d'après J. Mouzat.

----

1. Litt. : « qu'on ne peut préparer par aucun artifice » ; il faut l'acquérir au
prix de l'expérience et du temps. – **2.** I.e. celui qui se laisse uniquement guider

selon ce que les faits eux-mêmes requièrent.
Mais promettre trop ou pas assez
cause un dommage, et ce n'est pas sagesse.
La dame a commis une faute, c'est vrai,
en congédiant aussi grossièrement
le chevalier, car elle n'a tenu compte
ni du bon sens ni du savoir quand c'était nécessaire ;
mais elle n'a pas commis envers lui une faute
telle qu'il n'y ait pas de pardon, selon mon jugement.

    La sagesse est une chose qui ne s'obtient pas
par des artifices[1], mais on peut très facilement
commettre une faute que le repentir enlève,
ainsi que le dit, amis loyaux et indulgents,
seigneur Gaucelm Faidit,
un troubadour preux et courtois :
« *Mais si tous ceux*
qui ont failli étaient tués
et si le pardon n'était pas le maître
et le guide, que de destructions aurait-on. »
Amour n'est ni le maître, ni le guide,
mais il sait bien pourvoir
à la joie des sages, en qui il trouve ses pareils,
et il ne lui plaît pas qu'on soit inconstant,
car alors tous ses commandements
sont désirs, et celui qui le croit[2]
ne peut l'avoir, ni lui ni ses bienfaits,
sans agir mal ni pécher.
L'amour annihile la sagesse, l'habileté et le bon sens ;
qu'il pardonne donc à l'amoureux la légèreté de ses actes,
car un ami trop fougueux, désagréable
ou insensé ne peut recueillir que du mal.
Les amoureux sont égaux[3],
c'est pourquoi celui-là se conduit bien,
qui est droit, franc et instruit,

par l'amour. – **3.** Cf. Bernart de Ventadour in *Can vei la flor*, str. III, v. 15 et 18, éd. Lazar, p. 86 *(Mas en amor non a om senhoratge... Paubres e rics fai ambdos d'un paratge).*

Ses leugier cor, e perdonan.
1350 Autr' ome son pec e truan,
      Mol o dur, e non son amic.
      Amors non a sen ni castic,
      Ni als en se mas can voler ;
      Per que siey fag e siey poder
1355 Son tug leugier e pec e fort
      Als savis, per so car an mort
      Ven als plusors sos reteners,
      Aisi com dis us amicx vers,
      En Miravalh, cuy plac domneis :
1360 « *En Amors a mantas leys*
      E de mantas partz aduy
      Tortz e guerras e plaides ;
      Leu reman e leu defuy,
      E leu pay' e leu s'irays ;
1365 *Soven sospira de prion*
      E mant enueg blan e rescon. »
           Aisi ven amors de prion
      Et aisi pren son joy aman
      Amicx, blanden e perdonan,
1370 E aisi deu tostemps servir ;
      Per so car amor ses blandir
      Ni ses merce no pot durar,
      Ni es amicx, pus galiar
      Vol, pus anar pot e venir.
1375   Amors falsa non pot hom dir,
      Sitot so an dig mant amic ;
      Per so car en fals ab cor tric,
      Vil ni camjan, non es amors.
      Amors, segon qu' ieu trop alhors
1380 E en mi meteys, non es als
      Mas ferms volers e noms lials,
      Ses tot comjat e ses enjan,
      Per q'hom no-l pot donar semblan,
      Mas segon amic ni poder.

1357. Corr. *als plus sort* d'après *a²*. Passage corrompu : nous conservons *an mort* au v. 1356 malgré *a² amors* – **1382-1383.** empruntés à *a²* pour combler une lacune. – **1384.** leçon de *a²*, *R* : *Ni vers amic ses bo voler*.

sans cœur volage, et prêt à pardonner.
Les autres hommes sont sots et vils,
faibles ou durs, et ils ne sont pas des amoureux.
Amour n'a pas de bon sens et ne fait pas de reproche,
il n'a rien d'autre en soi que son désir[1] ;
c'est pourquoi ses actes et ses pouvoirs
sont frivoles, sots et désagréables
pour les sages, donc retenir l'amour conduit
les plus nombreux à la mort,
ainsi que le dit un véritable ami,
seigneur Miraval, à qui il plaisait de courtiser :
« *Seigneur Amour a de nombreuses lois,*
et de bien des côtés il apporte
torts et guerres et querelles ;
il s'installe facilement et facilement s'enfuit,
et s'acquitte facilement et facilement se fâche ;
souvent il soupire profondément,
et adoucit et cache maint chagrin. »
    Donc l'amour vient du plus profond du cœur,
et ainsi l'ami trouve sa joie à aimer,
à adoucir et à pardonner,
et doit toujours servir ainsi ;
Car amour sans douceur
ni miséricorde ne peut durer,
et il n'est pas un ami s'il veut tromper
et s'il peut aller et venir d'une dame à l'autre.
    On ne peut dire l'amour déloyal,
bien que maints amoureux l'aient dit ;
car chez un être fourbe au cœur trompeur,
vil et volage, ce n'est pas de l'amour.
L'amour, selon ce que je trouve ailleurs
et en moi-même, n'est pas autre chose
qu'une ferme volonté et une réputation de loyauté,
sans congé ni tromperie,
c'est pourquoi l'amour n'est que le reflet
de l'amant et de la force de ses sentiments.

---

1. Ceci est à rapprocher des propos du perroquet dans *Las Novas del Papagay*
aux v. 63-64 du texte d'oc (« la volonté suit le désir »).

1385 Per que-us o dic, per so car ver
    No sai, ni puesc en ver proar
    Que la dona volgues peccar
    Ab son amic, mas sol en dig.
    E a vos aug son escondig
1390 Comtar, e say c'amor non es
    Mas ferm voler per hom cortes,
    Ni vers amicx ses ben amar.
        Per qu' ieu vos dic, que perdonar
    Fai a la domna son falhir,
1395 Segon amors, pus penedir
    Vol sos braus ditz, ni emendar,
    E majormen, car anc camjar
    No volc alhors son cossirier.
        A l'autra dic, que-l cavayer
1400 Emparet aisi belamen,
    Non l'es blasmes, per so car gen
    Si es menada tro aisi;
    E membre-l c'anc per bona fi
    No venc mas be, ni fara ja.
1405 Et enquer may li membrara,
    Si bona via vol seguir,
    So qu'En Bertran dis al partir
    De lay on fo gent aculhitz :
    « E sel que mante faizitz
1410 *Per honor de si meteys*
    E-n fa bos acordamens
    A sol los afizamens. »
        Sofraita par, e gran non-sens
    A dona que pren autr' amic ;
1415 Per que-l prec e-l cosselh e dic :
    Absolva-l cavayer ades.
    E s'el aisi, co hom engres,
    S'esta de sidons a tornar,
    Ieu dic per dreg c'acomjadar
1420 Lo deu sela que l'amparet ;

1412. Corr. *ab* – 1413. Vers omis dans *R*, emprunté à *a²*.

Je vous le dis ainsi, car je ne sais pas
le vrai de l'histoire et ne peux vraiment prouver
que la dame aurait commis une faute
envers son ami, mais seulement en paroles.
Je vous ai entendu me rapporter ses protestations
d'innocence, et je sais que l'amour n'est rien d'autre
qu'une ferme volonté pour un homme courtois,
et qu'il n'est pas d'ami véritable s'il ne sait bien aimer.
    Pour cette raison je vous dis qu'on pardonne
à la dame sa faute,
selon le droit d'amour, puisqu'elle veut
se repentir de ses dures paroles et les corriger,
et surtout parce qu'elle n'a jamais voulu
tourner ailleurs ses pensées.
    A l'autre demoiselle, qui accueillit
si bien le chevalier,
je dis qu'elle n'en a pas de blâme,
car jusqu'ici elle s'est conduite gracieusement ;
et qu'elle se souvienne qu'une bonne fin n'apporta
jamais que du bien et qu'il n'en sera pas autrement.
Qu'elle se souvienne davantage encore,
si elle veut suivre la bonne voie,
de ce que dit seigneur Bertran en quittant
un lieu où il avait été gracieusement accueilli :
« *Et celui qui assiste les bannis*
pour l'honneur de soi,
et fait pour eux bonne réconciliation,
obtient seul la confiance des autres [1]. »
    Cela semble une défaillance de sa conduite et un vrai
non-sens pour une dame que de prendre l'ami d'une autre ;
c'est pourquoi je la prie, je lui conseille et lui demande
de congédier tout de suite le chevalier.
Et si celui-ci, en homme irrité,
s'abstient de revenir à sa dame,
je dis, moi, selon le droit, que celle qui
l'a accueilli doit lui donner congé ;

---

1. Cf. Raynouard, *Lexique roman*, s.v. *afizamen* « affection ». La demoiselle tirera honneur d'avoir réconcilié le banni avec sa dame grâce à ses paroles de paix.

Per so car anc bos no semblet
Vas amor amic ses merce,
Ni vans, ni-m par bona, so cre,
A son fag sela que-l vol far
1425 Vas si dons son amic peccar
Ni, pus fait emenda, li te. »
    Aisi-m parti, e per ma fe,
Anc no vi pus cortes joglar,
Ni que mielhs saupes acabar
1430 Son messatje cortezamen.
Estiers ai auzit veramen
Que-l jutjamen fon atendutz
Ses tot contrast, per que mans drutz
N'estan pus sufrens vas amors.
1435   Com a ensenhatz e cortes   [Ms. *a²*]
A del seinher N'Uc comjat pres
E de tota sa compaignia ;
E es pujatz, e ten sa via
Ves las domnas en Lemozi.
1440 E trobet las, c'anc no-i failli,
Ambdoas atendent ensems ;
Qe ja non cujon veze-ll tems
Qe sapian sertanamen
Ambas vertat del jujamen :
1445 Si la donzella deu aver
Lo cavallier a son plazer
O deu a la domna tornar.
    Ab tant viro-l juglar intrar
E son l' anadas acuillir,
1450 Ez ell comenset lur a dir
Las grans onors senes ufana
Qe son en N'Uc de Mataplana,
Ni con saup jen pretz mantenir.
« Domnas, » fai cell, « dirai vos ver
1455 De so que senher N'Ucx vos manda.
A vos, donzella, dis ses ganda :

1434. Le ms. *R* s'achève ici. La suite est empruntée au ms. *a²* selon la classification de J. Massó Torrents in *Repertori de l'antiga literatura catalana, op. cit.*, p. 26 ; pour sa description, cf. H. Field, *op. cit.*, t. I, p. 61-62. Les v. 1435-1439

car jamais un ami dépourvu de miséricorde ou vain
n'agit convenablement envers l'amour,
et elle ne me paraît pas non plus
agir convenablement, à mon avis, celle qui veut faire
pécher son ami envers sa dame,
et, réparation faite, le retient. »

Là-dessus je m'en allai, et, par ma foi,
jamais je ne vis jongleur plus courtois,
ni qui sût plus courtoisement
délivrer son message.
Par ailleurs, j'ai appris en toute vérité
que le jugement fut appliqué
sans aucune querelle, et grâce à lui maints amoureux
sont plus patients envers l'Amour.

En homme bien appris et courtois
le jongleur a pris congé du seigneur Hugues
et de toute sa compagnie ;
il est monté à cheval et s'est dirigé
vers les deux dames du Limousin.
Il alla donc trouver sans faute
les deux dames qui attendaient ensemble ;
elles ne pensaient plus voir arriver le moment
où toutes deux sauraient à coup sûr
la vérité du jugement :
la demoiselle devait-elle, selon sa
volonté avoir le chevalier,
ou devait-il retourner à la dame ?

Alors elles virent entrer le jongleur
et allèrent l'accueillir,
et il entreprit de leur raconter
la magnificence dépourvue de vanité
du seigneur Hugues de Mataplana,
et comme il savait bien maintenir Prix.
« Dames, » dit-il, « je vous dirai la vérité
du message que vous adresse seigneur Hugues.
A vous, demoiselle, il dit sans détour :

---

de a^2 représentent une leçon entièrement différente de celle de R : c'est une sorte
de transition destinée à justifier la suite de a^2 (cf. H. Field, p. 158, note 412).

"Dessamparetz le cavallier,
Mas ben sapchatz qe jes estier
Non vos blasme car l'ampares."
1460 Pero manda vos quez ades
Lo deves de vos esloinhar ;
E ma domna deu lo cobrar,
Car jes ailhors non s'es virada,
Ni s' amor non a autrejada
1465 A negun cavallier del mon. »
         Ab tan, la donzella respon
Come valens e amoroza :
« ....
....
1470 ....
....
Lialmen deu hom fach d'amor
Ses tota bauzia jujar ;
E degra-l ben, so cug, membrar
1475 A sell c'aital jujamen fetz
So qu'en dis l'amoros Folquetz,
Que tan fon vas amors apres :
« E s' ieu per so sui forsatz ni mespres,
Car sol ieu l'aus dezirar ni voler,
1480 Jes per tot so no-m muou de bon esper,
Car major tortz perdona ben merces.
Pero si-l tortz mi fos a dreich jujatz,
Non cujera esser tan encolpatz ;
Mas vencut es tost sell que forsa vens,
1485 Que neguns dretz non pot esser valens ;
Per que m'es obs que Merse mi defenda. »
Ben ai aissi mestier esmenda
Ans qe-l jujamens sia tengutz ;
Q'ieu, per so car amors m'adutz
1490 A far tot son comandamen,
Non lais – ni drech non i consen –
Lo cavallier qe m'a servida.
Donx ben seria ieu escarnida,

---

1. La complétive est au subjonctif (*blasme*) d'où une nuance d'incertitude.

"Abandonnez le chevalier,
mais sachez bien que, par ailleurs,
je ne voudrais[1] pas vous blâmer de l'avoir accueilli."
Mais il vous mande de
l'éloigner sur-le-champ,
et ma dame doit le recouvrer,
car elle ne s'est pas tournée ailleurs,
et n'a donné son amour à aucun
autre chevalier au monde. »

    Alors la demoiselle répondit
en personne de valeur et amoureuse :
« ....
....
....
....
on doit juger loyalement et sans
tromperie les affaires amoureuses ;
et celui qui a prononcé un tel jugement
devrait bien, à mon avis, se souvenir
de ce qu'en dit Folquet l'amoureux,
qui fut si instruit en amour,
« *Et si, parce que j'ose la désirer et la vouloir,*
je suis contraint et méprisé,
je ne cesse pas pour autant d'avoir bon espoir,
car une juste miséricorde pardonne les plus grands torts.
Et si mon tort était jugé selon la justice,
je ne penserais pas être jugé si coupable ;
mais il est vite vaincu celui que la force vainc,
car aucun droit ne peut lui être utile ; c'est pourquoi
il m'est nécessaire d'être défendu par Miséricorde. »
J'ai donc bien besoin d'obtenir réparation
plutôt que l'exécution de ce jugement,
car moi, puisque c'est l'amour qui me conduit
à faire tout ce qu'il ordonne,
je ne renonce pas au chevalier
qui m'a servie – et le bon droit ne le veut pas.
Alors on se moquerait de moi

E qu' el si poiria blasmar
1495 De mi, se-ll volia laissar !
Que so dis Folquetz l'amoros :
« *Que sell remain en mala sospeisos*
C'a mans met sell que un sol desmesura. »
E ieu, car vi d'amor frachura
1500 Al cavalier, si l'amparei ;
Vejaires m'es que tort non iei,
Ni que-l dega desamparar.
     – E qu'en cuidares doncas far ?»
Dis la domna suau e jen,
1505 « ....
     ....
     ....
     ....
Aujatz d'En Perol, con o ditz
1510 En sa chanson cortezamen :
« *Ieu sai d'amor lo milhor sen*
C'om ja de ren non s'en fezes iratz,
Mas c'hom saupes son dan sufrir en patz. »
E si ben en aisso gardatz,
1515 Lo drech d'amor poires seguir
E gardaretz vos de faillir,
E seres en per totz grazida,
Car ieu vos iei mot gent noirida.
Si m'o voles en plach tornar,
1520 Contra dretz anaretz, so-m par,
E valra en mens vostre sens.
Car so retrais lo conoishens
Montainagoutz com enseinhatz :
« *Car ja li pros, e-l tens que n'es passatz,*
1525 *No sercavon d'amor mas l'onramen,*
Ni las domnas en cui era beutatz
Non feran fach per ren dezavinen :
Per so eron ellas et ill valen
Car quecx de lor entendia'n onransa.

1497. Dans la poésie de Folquet, le premier *sell* représente le blâme et *mala s.* est un sujet coordonné. – **1505-1508.** Passage mutilé dans le ms. – **1528.** Corr. *onran* d'après Montanhagol, *onrar* au présent ne faisant guère sens.

et combien il pourrait se plaindre
de moi si je voulais renoncer à lui !
Ainsi dit Folquet l'amoureux :
« *Car celui qui aura injustement traité une seule personne,*
celui-là restera suspect à beaucoup. »
Et moi, parce que j'ai vu le chevalier
manquer d'amour, je l'ai accueilli ;
je ne sache pas que j'eusse aucun tort
ni que je doive l'abandonner[1].

   – Et que pensez-vous donc faire ?»
dit la dame d'un ton aimable et gracieux,

« ....

....

....

....

Ecoutez ce que dit courtoisement
seigneur Peirol dans sa chanson :
« *Je sais la meilleure signification de l'amour,*
c'est qu'on ne se fâche pas à son sujet,
mais qu'on sache supporter en paix son dommage. »
Et si vous observez bien cela,
vous pourrez suivre le droit d'amour,
et vous vous garderez de commettre une faute,
et vous en serez louée par tous,
car je vous ai fort bien élevée.
Si vous voulez me pousser dans un procès,
vous irez, à mon avis, contre le droit,
et votre bon sens y perdra de sa valeur.
Car ainsi s'exprime Montanhagol
le connaisseur, en homme bien éduqué :
« *Car les preux, au temps passé,*
ne recherchaient que l'honneur dans l'amour,
et les dames, qui étaient belles,
n'auraient rien fait de déplaisant :
elles et eux avaient de la valeur,
car chacun d'eux tendait à l'honneur.

----

1. La première réaction de la demoiselle est bien loin de la conclusion optimiste du ms. *R* (cf. v. 1431-1434).

1530 *Mas es pretz tornatz en balansa,*
    Qe-l amador an autr' entendemen,
    don son blasmes e danz a manta jen. »
    E vos degratz aver enten
    Con gardassetz vostra valor.
1535 – Certas, jes ieu non ai paor »,
    Dis la donzella, « q'ieu bon pretz
    Perda per aisso que dizetz.
    E car m'aves lo ben retrach
    Al noiriment que m'avetz fach
1540 Dei m'en .C. tans miells enantir
    Con si puesca d'amor jauzir.
    ....
    ....
    ....
1545 ....
    D'eiso don vos etz encalzada.
    Ara-us fenjes enamorada
    Per so que-m fasas desplazer ;
    Ma si-l saupesses retener
1550 Can vos era apareilhatz,
    Ben lo degras aver mostrat,
    E valgra n'en vostre pretz mais.
    Que-l pros Gauselms Faiditz retrais
    Aisso que l'ensenhat amors :
1555 *« Don dic qu' es folhors*
    Qui rein' a mal seinhors
    Don ben fach ni secors
    No-l veinha ni s'escaia ;
    Ez es grans honors
1560 *E grans sens c'om s'atraia*
    Lai on sap e ve
    Qu' a franquez' e merse ;
    Que-ll bon seinhors s'assaia
    Ades en far be,
1565 *E-l malvatz non val re,*
    Anz dechai so que te. »

1542-1545. Lacune dans le ms. – **1552.** Corr. *me'n*, avec *n'* euphonique.

Mais maintenant on méprise[1] le mérite,
car les amoureux ont un autre esprit,
qui apporte blâme et dommage à beaucoup de personnes. »
Et vous devriez penser à la façon
de garder votre valeur.
– Oui-da, » dit la demoiselle,
« je n'ai pas peur de perdre
mon bon prix pour ce que vous dites.
Et, puisque vous m'avez raconté le bien
que vous m'avez fait en m'éduquant,
je dois en tirer avantage, et cent fois plutôt qu'une,
pour savoir comment je pourrais avoir joie d'amour.

....
....
....
....

de ce pourquoi vous êtes poursuivie.
Maintenant vous feignez d'être amoureuse,
afin de me causer du déplaisir ;
mais si vous aviez voulu le retenir
quand il était près de vous,
alors vous auriez bien dû montrer votre amour,
et votre prix en aurait été accru.
Car le preux Gaucelm Faidit rapporte
ce qu'Amour lui enseigna :
« Je dis donc que c'est folie
de vivre avec de mauvais seigneurs,
dont il ne risquerait de venir
ni bienfait ni secours ;
et c'est un grand honneur
et un grand bon sens que d'aller
là où on sait et voit
que se trouvent loyauté et miséricorde ;
car le bon seigneur s'essaie
toujours à faire le bien,
et le mauvais ne vaut rien,
mais ce qu'il tient tombe en décadence. »

---

1. *Balansar* signifie « balancer », d'où, par image, « traiter par-dessus la jambe,
sans respect ».

D'aquesta cobla mi sove
E sui mi mesa en assai
Con puesca far mon pretz verai
1570 E creisser, gardan de foudatz.
Qu' En Cadenet, con ensenhatz,
O dis, per esgardar leutat :
« Una res m'a alleujat
Alques de mon pensamen,
1575 *Que anc en desleutat*
Non reinhet hom lonhjamen
Que-n pujes en gran ricor,
Ne-n fenis en deishonor.
Ez ai vist que leutatz
1580 *A crescut e esausatz*
Mant home de bas afaire.
Per qu' es fols qi tem maltraire
En si onrar c'astres es leu vengutz,
Can deu venir, qe ja non es perdutz. »
1585 Per aiso s'es mos pretz tengutz
En ben amar, c'anc no-n parti,
Ni vas mon amic non failhi,
Ni farai ja nuilha sazon.
    – Fort tenes avoll uchaizon, »
1590 Dis li la domna, « ben vos o dic.
E non voles creire chastic
Ni ren q'ieu puesca dir ni far ;
Per aiso-us degra remembrar
D'aisso qe dis corteisamen,
1595 En una chanso mot plazen,
Gaubert de Puei Sibot l'autrier,
Qe d'amor ac mant encombrier,
E jauzi s'en a maltrazen :
« Ben sui folls, car i enten
1600 *Nuill meilhoramen*
C'ades on plus vos repren
Con amicx privatz,
Vos creissetz e perjuratz
Vostre failhimen ;
1605 *E qui per reprendemen*

Je me souviens de cette strophe
et j'ai essayé de rendre
incontestable mon prix,
et de l'accroître en me gardant de toute folie.
Car seigneur Cadenet en homme bien éduqué
le dit pour juger de la loyauté :
« Une chose m'a un peu
soulagé de mon souci,
c'est qu'on n'a jamais agi
avec déloyauté assez longtemps
pour s'élever dans la noblesse,
sans finir dans le déshonneur.
Et j'ai vu que la loyauté
a fait monter et élever
maint homme de basse extraction.
C'est pourquoi il est fou celui qui craint de souffrir
pour gagner en honneur, car le bonheur est vite arrivé,
quand il doit venir, et il n'est pas perdu. »
Ainsi j'ai conservé mon prix
grâce à un bon amour, dont je ne me suis pas séparée,
je n'ai pas manqué à mon ami,
et je ne le ferai jamais. »
    La dame dit : « Vous tenez là,
et méchamment, un mauvais prétexte, je vous le dis.
Et vous ne voulez pas croire
les remontrances, ni rien que je puisse dire ou faire.
Voilà pourquoi vous devriez bien vous souvenir
de ce que disait courtoisement,
dans une chanson bien plaisante,
Gausbert de Puycibot récemment,
lui qui eut maintes contrariétés en amour,
et tira profit de sa souffrance :
« Je suis bien fou d'espérer
aucune amélioration de votre part,
puisque plus je vous reprends,
en ami intime,
plus vous aggravez votre faute,
et vous parjurez ;
et celui qui, malgré les reproches

Ni per blasme de la jen
Non tem far foudatz,
Es desvergoinhatz,
E qi non es vergoinhos,
1610 *Greu sera valens ni pros. »*
     Donzella, e ja-l volguist vos
     Quez amdoas cumenalmen
     Saupessem, e per jujamen,
     Cal deu aver lo cavalier.
1615 E tramezem per messagier
     Le juglaret, quez aissi es,
     Qe vos a dich vertat, con es,
     Ni consi m'a estat jujatz... »

et les blâmes de la société,
ne craint pas de faire une folie,
est sans vergogne ;
et qui n'a pas de vergogne
sera difficilement valeureux et preux. »

Demoiselle, vous avez voulu
que nous sachions toutes deux ensemble
et par un jugement
laquelle doit avoir le chevalier.
Et nous avons envoyé en messager
le jeune jongleur qui est ici,
et il vous a dit la vérité, telle
qu'elle est, et ce qui a été décidé pour moi... »

PEIRE GUILLEM DE TOLOSA
Lai on cobra

Cette poésie narrative d'environ quatre cent trente six vers* raconte sur
le mode allégorique la rencontre de Peire Guillem et du Dieu d'Amour. Un
chevalier à l'éclatante beauté chevauche sur une route vers Toulouse,
accompagné d'une dame blanche comme la neige et blonde comme l'or. Le
troubadour est invité par les voyageurs à partager avec eux sur l'herbe un
délicieux repas, dont le raffinement laisse présager l'agrément de la conversation. De fait, le beau chevalier, dans une nature magnifique à laquelle

    Lai on cobra sos dregs estatz
Que naicho las flors per los pratz,
E brotono bruelh e boscatge,
E son gai li auzel salvatge
5 E li albre vestit de nuou,
Ieu m'estava a Castelnuou.
E levie me un jorn mate :
Era dos temps, clars e sere,

---

    * Elle est conservée, mais incomplète, dans le ms. *R*, B.N., fr. 22543, f° 147v°-
148, texte sur quatre colonnes avec quelques taches importantes ; elle a été éditée
(avec quelques lacunes) par Raynouard, *Lexique roman*, Paris 1838, reprint Slatkine 1977, p. 405-417 et en partie par Karl Bartsch, *Chrestomathie provençale*,
1868, p. 259-266. Malgré l'existence d'une fiche à la Bibliothèque Nationale
annonçant *Quatre Poésies du troubadour Peire Guillem de Tolosa*, 1917, 19 p.,
il s'agit d'une « coquille » du titre : la plaquette, tirée à 100 exemplaires, est en
fait consacrée à *Peire Raimon de Tolosa* !

---

5 et 6. corr. *nuo* et *Castelnuo* – **8.** corr. *essere*

---

    1. Tout ce début, construit sur le modèle de la strophe printanière, évoque au
présent le retour cyclique de l'été ; l'intrusion du récit se fait brutalement à
l'imparfait : « je me trouvais ». – **2.** La localisation des deux noms n'est pas
facile, et nous ne proposons qu'une conjecture, mais qui s'appuie sur quelque

Quand l'été reprend ses droits

semblent faire écho les décorations florales des manuscrits du temps,
enseigne au troubadour les joies de l'amour et ses manifestations.

Le style brillant et enlevé de cette pièce lui confère un charme tout
particulier. Le poète excelle dans les descriptions minutieuses d'une nature
enchantée. Enfin, cette nouvelle est emportée par un mouvement de joie et
d'allégresse caractéristique de la poésie méridionale.

Au moment où l'été reprend ses droits[1],
où naissent les fleurs des prés
et reverdissent bosquets et bocages,
où les oiseaux sauvages sont joyeux,
et les arbres vêtus de neuf,
je me trouvais à Castelnou[2].
Je partis un jour de bon matin :
le temps était doux, clair et serein,

---

réalité. Si Peire Guillem, voulant aller à *Murel* (i.e. Muret, cf. *infra*) et se trouvant
à *Castelnou*, passe par *Corbairiu*, il faudrait, sinon que ces deux derniers lieux
soient relativement proches, qu'en tout cas ils soient situés sur une même ligne.
Il n'y a qu'un *Castelnou* satisfaisant, celui des Pyrénées orientales (arrondissement de Perpignan) construit dès la fin du Xe siècle par les comtes de Besalú,
commandant de nombreuses places fortes, et passé en 1321 à Sanche, roi de
Majorque. Un peu plus haut en direction de Millas se trouve le château de
Corbère, cité depuis la fin du Xe siècle, et qui relevait de la vicomté de Castelnou.
La forme donnée étant *Corbairiu* il eût été préférable de rencontrer *Corbarieu*
plutôt que *Corbère* (*Corvaram* au Xe siècle), mais *Corbarieu* n'apparaît que dans
le Tarn-et-Garonne, là où *Castelnou* se dit plutôt *Castelnau*. Le même *Castelnou*
est mentionné par Cerverí de Girona dans *Pres d'un jardi*, str. II, v. 11, éd.
J. Coromines, *op. cit.*, t. I, p. 180.

Ses bruma e ses ven e ses nauza,
10 El temps que chanta la alauza,
    Lai en Pascor.
        Et ieu volgui vas mo senhor
    Anar, que te cort a Murel,
    Per que l'anar me fo plus bel.
15 E cochie fort mos cavaliers
    Que digo a lors escudiers
    Que prenguan lors armas de briu,
    Qu'enquer passarem Corbairiu,
    Si-l dia dura.
20   Ab tant anie m'en l'anbladura
    Tot mon cami,
    Parlan d'En Folcuens e d'En Gui,
    Cal amet mai.
        Ab tant vec vos venir de lai
25 Un cavazier
    Bel e gran e fort e sobrier
    E lonc e dreg e ben talhatz.
    Dir vos ai a que-l conoscatz :
    Tot so que-l ve de lhui fa festa,
30 Que-l peal a bloy sus en la testa
    E fon per la cara vermelhs,
    Car tocat li ac lo solelhs ;
    Qu'escapatz fo del clar mati ;
    Et anc nulhs hom que fos aqui
35 Non vi plus gay ni menhs iros.
    Los huelhs ac vars i amoros ;
    E-l nas fo bels e gen formatz,
    E las dens foro, so sapchatz,

---

10. corr. *lalauza* – **12.** *Et* ajouté pour le mètre – **19.** corr. *E il dias* – **29.** *de l.*, corr. *celhui* – **30.** Variante de *pel* : diphtongaison devant -*l*-, moins fréquente pour -*e*- que pour -*i*-

---

1. *Murel* doit être en fait Muret, toujours nommé *Murel* dans *La Chanson de la Croisade* (cf. Ronjat, *Grammaire*, § 398, p. 317). D'abord simple tour dressée vers la fin du XIe siècle par Pierre de Murel, ce château fut pris et occupé par Simon de Montfort (mort en 1218). S'il s'agit bien de ce lieu, Alphonse de Poitiers (1220-1271) y aurait-il tenu une cour ? Il était entré solennellement dans Toulouse le 25 mai 1251 pour se consacrer définitivement à ses fiefs. Peire Guillem aurait pu être son protégé. Mais c'est là une hypothèse. – **2.** S'agit-il,

sans brouillard, ni vent, ni bruit,
à l'époque où chante l'alouette
au temps de Pâques.

Je voulais aller auprès de mon seigneur
qui tient sa cour à Muret[1],
c'est pourquoi le voyage m'était si agréable.
Et je pressai fort mes chevaliers
qui dirent à leurs écuyers
de prendre vite leurs armes,
car nous passerions alors Corbière
avant la fin du jour.

Alors je me mis à l'amble
tout mon chemin,
parlant à propos des seigneurs Folquet et Guy
sur celui qui savait le mieux aimer[2].

Or voici venir au loin
un beau chevalier,
grand, robuste, altier,
aux jambes longues, droit, bien découplé.
Je vous dirai à quoi vous pouvez le reconnaître :
tout ce qu'on voit de lui enchante,
car il a les cheveux blonds[3]
et le teint fleuri,
c'est que le soleil l'a touché[4] ;
il semble échappé du clair matin ;
et jamais aucun homme en ce monde
ne vit un être plus gai ni moins chagrin.
Il avait les yeux clairs et amoureux,
un joli nez bien formé,
et ses dents étaient, sachez-le,

---

comme le suggère M.-R. Jung (*op. cit.*, p. 161, note 93), d'une allusion à une *tenso* entre un nommé Falco et Guy de Cavaillon ? Ou faut-il prendre les vers dans un sens plus large : lequel des deux poètes illustre le mieux la *fin'amor* ? La question reste posée. – **3.** La dame aussi. C'est, nous l'avons vu, la couleur « littéraire ». – **4.** Raynouard en son temps avait déjà noté l'influence du roman de *Jaufre* sur cette description. Cette allusion au soleil est aussi une réminiscence du *Cantique des Cantiques*, 1 : 5 ; voir également le portrait du Bien-Aimé en 5 : 13-15. On se reportera au commentaire de J.-Fr. Six, *Le Chant de l'amour*, Flammarion, 1995.

   Plus blancas que non es argens,
40 La boca fresca e rizens ;
   Larc ac lo col, la gola blanca
   Plus que neus ni flors sus en branca,
   Amplas espallas e costatz,
   E pels flancs fon gros e cairatz,
45 Lonc cors e dalgatz per sentura,
   E fon larcs per la forcadura,
   Cambas e coichas de faisso.
   E-l pe portet un sabato
   De safis, fag ab esmerauda ;
50 Del autre pe anet en caussa,
   Et el anet vestit de flors,
   Totas de diversas colors,
   Mantel e blial de violas
   Portet, e sobrecot de rozas,
55 E caussas de vermelhas flors,
   Que negus hom non vi gensors,
   Et ac el cap una garlanda
   De flor de gaug ab alamanda.
   E dirai vos del palafre
60 Cals fo, que non mentrai de re :
   La coa ac negra e l'una anca,
   E l'autra com avori blanca ;
   E l'espalla drecha ac biza
   E la senestra tota griza,
65 La cri e la testa vermelha,
   Et ac gruega la una aurelha
   E per l'al res el fo ferrans ;
   E no fon trop pauc ni trop grans.
   De la sela senes messonja
70 Puesc vos dire cossi fo conja :

---

63. ajout de *E* — **67-92.** une tache rend la lecture malaisée

---

1. Il tenait donc bien en selle. — 2. C'est l'idéal du parfait cavalier, comme
le note André le Chapelain dans son *De Amore* : « Les chevaliers, en effet, doivent
naturellement avoir des jambes longues et fines... », *op. cit.*, p. 71. — 3. L'*alamanda* est une variante de *alabanda* (< Alabanda, ville de Carie), cf. ital. *ala-
bandina*, *TDF alamandino*, anc. fr. *alamande* (adj.), *alamandine*, « alabandine »
(cf. La Curne de Sainte-Palaye, *Dict. hist. anc. lang. fr.*) ; elle est plus connue

plus blanches que l'argent,
sa bouche fraîche et souriante ;
il avait le cou large, la gorge plus blanche
que la neige ni les fleurs sur la branche,
il était large d'épaule et de carrure,
et des flancs il était fort et carré,
long de corps, la taille fine,
et large d'enfourchure[1],
les jambes et les cuisses parfaites[2].
Au pied il portait un soulier
de saphir, orné d'une émeraude ;
de l'autre pied il allait en chausses,
et il était vêtu de fleurs
toutes de différentes couleurs ;
il portait manteau et bliaut
de violettes et surcot de roses,
et chausses de fleurs rouges :
personne n'en vit de plus belles,
et il avait sur la tête une couronne
de fleurs de soucis avec un rubis[3].
Je vous dirai comment était
son palefroi sans mentir sur rien :
il avait la queue et une hanche noires
et l'autre blanche comme l'ivoire ;
son épaule droite était bise
et la gauche toute grise,
la crinière et la tête rouges,
une oreille était jaune
et pour tout le reste il était d'un gris de fer,
et il n'était ni trop petit ni trop grand.
Je peux vous dire sans mensonge
combien la selle était parée :

---

sous le nom de *rubis-spinelle* ; on n'a pu déterminer exactement à quelle espèce appartient cette pierre qui paraît être une variété de grenat. Pour cette évocation fleurie, préfiguration de Giuseppe Arcimboldo, voir notre Introduction. Dans le *De Amore*, André le Chapelain présente le Dieu d'Amour comme un chevalier couronné d'un diadème d'or, *op. cit.*, Livre I, p. 86.

Tug li arsso foro de jaspe
E la sotzsela d'un diaspe,
El cuer fo d'una serpentina
Que valc tot l'aver de Mecina ;
75 L'us estruop fo de calssadoine,
E l'autre fo de cassidoine.
Lo fre ni-l peitral ses doptansa
Comprar no poiria-l rei de Fransa,
E que lhi valgues l'emperaire ;
80 Car tot lo tesaur del rei Daire
Valo doas peiras que i so ;
Et anc laur am d'aital faisso
Non vi mais nuls hom batejatz ;
Que l'aver de trenta ciotatz
85 Val lo carboncles qu'es al fre,
Que la nug escura al sere
Viratz cum pel bel jorn d'estiu.
Anc cavasier plus agradiu
No vitz, plus bel ni plus auzart.

90   Et anet li de l'autra part
Una dona mial tans plus bela
Que glai ni flor, can renoela ;
Ni neu ab gel, can cai en branca,
Non es de la mitat tant blanca
95 Cum la gola ni-ls pes ni-ls mas.
E de la cara soi certas
Qu'es plus blanca e plus colorada
Que roza de mai brotonada :
Ve-us tota sa fina color.
100 E portet garlanda de flor
E-us cabels que son lonc e saur,
Que per ma fe sembleron d'aur,
Tant foron belh e resplendens.

---

76. De toute évidence la répétition doit être une erreur du scribe – **91.** Pour *mil* : diphtongaison devant *-l-* (cf. *viala* pour « ville ») – **99.** *tota* ajouté

---

1. Pierre siliceuse de couleurs vives mêlées. – 2. Pierre vert sombre. – 3. Silice cristallisée aux couleurs variées : rouge orangé c'est la cornaline,

tous les arçons étaient de jaspe[1]
et la housse était de soie fleurie,
le cuir était fait d'une verte serpentine[2]
qui valait toute la richesse de Messine.
L'un des étriers était de calcédoine[3]
et l'autre aussi.
Sans aucun doute le roi de France ne pourrait
acheter le frein et le poitrail,
et l'empereur ne le pourrait pas non plus[4],
car deux pierres du harnachement valent
tout le trésor du roi Darius ;
et jamais aucun chrétien n'a vu
un travail de cette qualité ;
l'escarboucle[5] qui est au frein
vaut la richesse de trente villes,
si brillante que vous y verriez dans la nuit sombre le soir
comme par un beau jour d'été[6].
Jamais vous n'avez vu un chevalier
plus avenant, plus beau ni plus hardi.

   Et chevauchait à ses côtés
une dame mille fois plus belle
que fleur de glaïeul au printemps ;
et la neige glacée, quand elle tombe sur les branches,
n'est pas moitié aussi blanche
que sa gorge, ses pieds ou ses mains.
Pour son visage, je suis sûr
qu'il est plus blanc et plus rosé
que rose de mai en bouton :
voyez cette couleur délicate.
Elle portait une couronne de fleurs
sur ses longs cheveux blonds
qui, ma foi, semblaient d'or,
tant ils étaient beaux et brillants.

---

verte c'est la chrysoprase. – **4.** Litt. « l'empereur y serait l'égal du roi » ; il
n'aurait donc aucune supériorité sur lui. – **5.** Silicate double d'alumine de couleur
rouge ; c'est aussi le nom ancien du grenat. – **6.** D'après certains auteurs anciens
l'escarboucle était lumineuse dans l'obscurité et y brillait d'un si vif éclat qu'elle
pouvait éclairer toute une pièce.

Huels amoros, gais e plazens
105 Ac, e non cara estrunada,
E fon graila e grassa e dalgada,
E no portet vestir de sirgua,
Ans portet be vestir de lhirgua,
Mantel e blial e gannacha.
110 Plus fo escaficha e be facha
Que dona que hom puesca trobar ;
Car anc Dios non formet sa par
De gran beutat e de cunhtia.
E que voletz que plus vos dia ?
115 Que-l fre e-l peitral e la cela
Val mai que l'aver de Castela
Ab los .V. regemes d'Espanha.
E-l palafre fon de Bretanha,
E es plus vertz que erba de prat,
120 E fo vermelha la mitat,
E la cri e la coa saissa ;
E per la cropa una faissa
Ac plus blanca que flor de lir ;
E valc dos tans, senes mentir,
125 Que-l palafre del cavasier.

Ab tant vec vos un escudier
E una donzela apres.
E fo-m vejaire que portes
Un arc d'alborn bel per mezura
130 E tres cairels a la sentura :
La us es resplendens d'aur fi
E l'autre d'acier peitavi,
Gent furbit e gent afilat,
E-l ters es de plum rolat,

---

107. *dessirgua* – 110. *Plus*, corr. *E* – 115. *cela*, graphie pour *sela*, cf. *ces* pour *ses* – 123. *Ac* ajouté pour le mètre – 131. Pour *Lo us, Lo uns.* – 134. Raynouard et ses successeurs ont conservé la forme de *R roilhat* qui n'a guère de sens et ne rime pas ; cf. anc. fr. *roler, roillier*, « fourbir au roloir »

---

1. *Graila e grassa* peuvent sembler contradictoires : svelte et grasse ! Il faut comprendre qu'elle était mince, mais avait des formes là où on les attendait. – 2. Cf. K. Bartsch, *Chrest.*, Glossaire p. 514. Mais selon *TDF lirgo*, « iris

Elle avait les yeux amoureux, gais et plaisants
et son visage n'était pas farouche,
et elle était svelte et mince sans maigreur[1],
et ne portait pas un grossier vêtement de serge,
mais un beau vêtement de lin[2],
un manteau, un bliaut et une ganache[3].
Elle était plus délicate et mieux faite
qu'aucune femme qu'on puisse trouver,
car jamais Dieu n'avait formé sa pareille,
ni en beauté ni en charme.
Que vous dire de plus ?
Le frein, le poitrail et la selle
valaient plus que toute la richesse de la Castille
avec les cinq royaumes d'Espagne[4].
Et son palefroi breton
était plus vert que l'herbe du pré,
et il était rouge pour une moitié,
la crinière et la queue grises ;
et sur la croupe il avait une raie
plus blanche que fleur de lis ;
et il valait sans mentir deux fois plus
que le palefroi du chevalier.

Voici ensuite un écuyer
suivi d'une demoiselle.
Et il portait à mon avis
un arc d'aubour de belle taille
et trois flèches à la ceinture :
l'une est resplendissante en or pur,
et l'autre en acier du Poitou,
bien nettoyée et bien aiguisée,
et la troisième est de plomb fourbi[5],

---

jaune » et cf. v. 263 *vestida ab flors*. – **3.** La *ganache* est une sorte de robe qui
se mettait sur le surcot ; elle était à manches formant pèlerine, fendue sur les
côtés et descendant à mi-jambe. Le *bliaut* est une robe de dessus, le plus souvent
lacée. Le *manteau*, d'origine byzantine, est habituellement attaché sur l'épaule
droite ; taillé de façon semi-circulaire, il se relève sur les bras. Voir l'*Encyclopédie médiévale* de Viollet-le-Duc, *op. cit.*, p. 576 et suiv. – **4.** Castille, Léon
(séparé puis rattaché à la Castille), Aragon, Navarre et Portugal. – **5.** Afin de
mieux pénétrer, le plomb étant une matière glissante.

135 Ab una asta torta de boih,
Ab que fier tot amador moih
E amairitz, cant vol trair.
    De la donzela, ces mentir,
No sai si c'es bruna ni blanca,
140 Que·ls cabels li van tro part l'anca,
Si que cobren tota la sela,
Qu'om non ve arsso ni sotzsela;
Davan li van tro al artelh.
E portet un blial vermelh;
145 Mas ieu no sai si s'es be facha,
Que, cum si agues capa o gannacha,
La cobro per tot li cabelh.
Et anc no vitz plus bel parelh
Del donzel et de la donzela.
150 E que cujatz que fasia ela?
Anet chantan un chan noel,
Si qu'entindo·l boi e li auzel,
E s'en laissavo de chantar.
E chantet gent, azaut e clar,
155 E dih: «Dona ses amador
E cavasier senes amor
Deuria 'n aze cavalguar,
Per tal qu'om los pogues triar
De mest cels qu'amon leialmen;
160 E dona c'ama per argen
Ni sap son mercat al colgar,
Volgra l'avengues ad anar
En camisa desafiblada.»

---

153. corr. *essen* — 155. *ses*, corr. *des*

---

1. Cette description des flèches du dieu Amour est classique. Dans *Le Roman d'Enéas* on lit aux vers 7976-7981 : *Amors i est point seulement / et tient dous darz en sa main destre / et une boiste an la senestre ; / li un des darz est d'or en som, / qui fet amer, l'autre est de plom / qui fet amer diversement.* (Ed. Champion, Paris, 1925). Le plomb, matière vile, est réservé aux amants déloyaux et infidèles, de même que la tige est tordue pour frapper les retors. Voir aussi Froissart, *Poésies*, I, 135, 1654 (*une fleche... plommouse*). Si on admet que l'auteur de l'*Enéas* appartenait « à cette école littéraire normande qui s'était formée à la cour des Plantagenêts », on peut y voir un écho de ce texte que le Midi a connu. — 2. Vers sans doute emprunté à Raimon de Miraval, éd. Topsfield, in

avec une tige tordue en buis,
il en frappe tout amoureux perfide
et toute amoureuse qui veut trahir[1].

   Pour la demoiselle, sans mentir,
je ne sais si elle a la peau mate ou blanche[2],
car ses cheveux tombent plus bas que ses hanches,
de sorte qu'ils couvrent toute la selle
et qu'on ne voit ni l'arçon ni la couverture ;
par-devant ils lui couvrent les orteils.
Elle portait un bliaut rouge ;
mais je ne sais si elle était bien faite,
car, tout comme si elle avait cape ou ganache,
ses cheveux la cachaient tout entière.
On ne vit jamais un plus beau couple
que celui du jeune homme et de la demoiselle.
Et que croyez-vous qu'elle faisait ?
Elle chantait une nouvelle chanson,
si bien que les bois en retentissaient,
et les oiseaux en abandonnaient leurs chants.
Elle chantait bien, haut et clair,
et disait : « Dame sans amoureux
et chevalier sans amour
devraient chevaucher un âne[3],
afin qu'on pût les distinguer
de ceux qui aiment loyalement ;
et une dame aux amours vénales
qui sait son prix au moment de se coucher
il faudrait qu'elle aille
en chemise dégrafée[4]. »

Dona la genser, v. 17-20, p. 366 : *Que no es neguna, / Que non i a blanca ni bruna, / Disnada d'amor ni dejuna / Que aitan valha.* Voir aussi *infra* v. 406-407. – 3. Au rôle traditionnellement carnavalesque du chevauchement (souvent à l'envers) de l'âne s'ajoute probablement une allusion au *Salut d'amor* dans lequel les dames sans pitié sont condamnées à chevaucher à la dure des mulets infernaux, maigres et noirs (éd. Paul Meyer, *Romania*, 1891, XX, v. 538-551, p. 206-207) ; dans le *De Amore* les dames ayant refusé leur amour chevauchent « des rosses hideuses », *op. cit.*, Livre I, p. 85, voir aussi la note 55, p. 225-226 pour d'autres exemples. – 4. La *chemise* est une tunique de dessous au col attaché. La porter dégrafée peut être considéré comme un signe de mauvaise vie.

      Ab tant vec vos per meg l'estrada
165 Venir la dona e-l cavasier.
      Et ieu saludie los primier,
      E dissi : « Senher, Dios vos sal
      E vos gart d'ira e de mal,
      Vos, la dona e la companhia. »
170 Et el dih : « Dios vos benezia,
      Peire Guillem, e-us laih trobar
      Dona que-us am de cor leial,
      Que tant lonc tems l'avetz sercada.
      — Senher, et ieu ja l'ai trobada,
175 De cui soi ieu mial tans que mieus.
      — E vos podetz ben esser sieus,
      Peire Guillem, qu'ilh non es vostra.
      — Senher, pel bel semblan que-m mostra
      Me teni de lies per paguatz.
180 — Aichi paih hom d'amor los fatz »,
      Dih la dona, « bels amics fraire.
      — Dona, e s'ieu l'am ses cor vaire,
      No me pot be valer Merces ?
      — Amics, e Merces en que n'es,
185 Que anc noca fo en son repaire ?
      — Si fo, dona, ges non a gaire,
      Que volc qu'eu fos ses autre sieus.
      — A mal senhor laissa hom sos fieus,
      Amics », so dih lo cavasiers.
190 « E qui no pot passar estiers,
      Senher, per que los laissara ?
      — Peire Guillem, car servira
      Cum hom forssatz, c'als non pot faire.
      — Senher, per l'arma vostre paire,
195 Diguatz me don me conoissetz,

---

167 et **170.** *Dios*, c.s., et *Dio* c.r. (*infra*) se rencontrent encore en Gascogne
— **169.** corr. *v. e l.* — **170.** *dih* pour *dis* ; cf. *infra* laih pour *lais*, naih pour *nais*,
etc. Nous avons conservé la graphie du ms. *R* — De **175** à **185** la partie gauche
du texte est tachée — **177.** corr. *quela*

---

1. Un simple regard de la dame suffit en effet à nourrir l'amour de
Guillem. — 2. Derrière ce vers de style proverbial on serait tenté de voir une

Voici donc venir au milieu de la route
la dame et le chevalier.
Je les saluai aussitôt
et dis : « Seigneur, que Dieu vous protège
et vous garde du chagrin et du malheur,
vous, la dame et vos compagnons. »
Et lui répondit : « Dieu vous bénisse
Peire Guillem, et vous fasse trouver
une dame qui vous aime d'un cœur loyal,
puisque vous l'avez cherchée si longtemps.
— Seigneur, je l'ai trouvée,
et je lui appartiens mille fois plus qu'à moi-même.
— Vous pouvez bien être à elle,
Peire Guillem, elle n'est pas vôtre.
— Seigneur, comme elle me fait bonne figure
je me tiens pour payé.
— C'est ainsi, cher ami fraternel, » dit la dame,
« qu'on nourrit l'amour[1].
— Dame, et si je l'aime d'un cœur sincère,
Miséricorde ne peut-elle m'aider ?
— Ami, et en qui se trouve Miséricorde,
elle qui n'a jamais été en son logis ?
— Elle y fut, dame, il n'y a pas si longtemps,
quand elle voulut que je fusse sien.
— D'un mauvais seigneur, ami,
on laisse les fils », dit le chevalier[2].
« Celui qui ne peut en être quitte autrement,
seigneur, pourquoi les laissera-t-il ?
— Parce que, Peire Guillem, il servira
en homme contraint, qui ne peut faire autrement.
— Seigneur, sur l'âme de votre père,
dites-moi d'où vous me connaissez

---

allusion à la cour de Thibaut de Navarre, dont il est question plus bas. Les critiques ne lui furent pas épargnées notamment pour la façon dont il traitait ses sujets ; or, après sa mort, les barons de Navarre ne voulurent reconnaître son fils pour souverain qu'après qu'il eut juré d'observer les privilèges des Navarrais bafoués par son père.

Mas ta soven me mentavetz ?
Car remanetz enuegh ab mi,
Car anc per ma fe non aigui
Un osde que tant m'abelis.
200 – Ni anc nulh tems home no vis
Que ta be fos per tos tems vostre.
– Doncs estatz ab mi qu'e-us o mostre,
Qu'eu vos o quier per amor Dio.
– E no-s remanh aitant lio »,
205 S'a ditz la dona, « mas li platz.
Mas pres de fontaina e de pratz
Nos metetz, e pres de boscatge,
Car li castel nos so salvatge
Mas nos partim dels Catalas,
210 Que menhs n'i trobam de vilas
Que de gentils de l'encontrada.
– Dona, en bela alberguada
Estaretz, e luenh de castel.
En un verdier, claus de rauzel,
215 Estaretz sotz un bel laurier,
On cor fontaina sul gravier,
Fresca, freja, clara e genta.
– Aital fontaina m'atalenta »,
Dih la dona e-l cavasier.
220   Ab aitant ieu mesi-m primier
E dissendie en l'erba fresca
Qu'anc no calc rauza ni sesca,
Qu'el prat fo de noelas flors,
Et ambe manhtas colors,
225 E manhs auzels, per lo boscatge,
Que chantavo en lor lengatge

---

197. *Car* ajouté – 199. *Un* ajouté pour le mètre – 200. Prétérit de *vezer*, 3ᵉ sg. ; forme du ms. *R* : cf. *En aquel temps* v. 554 à la rime – 203. corr. *Queus o* pour le mètre – 211. *gentils*, corr. *gens* – 224. *ambe*, corr. *am de*

---

1. On rapprochera ce passage sur le bon accueil des Catalans des vers que le Moine de Montaudon met dans la bouche de saint Julien : *En Cataluenh'ai totz mos ces/E y suy amatz.* («En Catalogne on m'accorde tous mes droits et j'y suis aimé»). Ed. Michael J. Routledge, *Les Poésies du Moine de Montaudon*, Montpellier, 1977, *L'autre jorn m'en pugiey*, str. V, v. 24-25, p. 125. – 2. Nous

pour m'avoir si souvent appelé par mon nom ?
Restez donc cette nuit avec moi,
car, ma foi, je n'ai jamais eu
un hôte qui me plût autant que vous.
– Et on n'a jamais vu
que vous l'eussiez toujours aussi bien accueilli.
– Restez donc avec moi pour que je vous le prouve,
je vous le demande pour l'amour de Dieu.
– Il ne reste pas si facilement »,
dit la dame, « sauf si cela lui plaît.
Mais placez-nous près d'une source et d'un pré
et près d'un bocage,
car les châteaux nous sont hostiles
depuis que nous avons quitté les Catalans,
chez qui nous trouvons à rencontrer
moins de vilains que de nobles[1].
– Dame, vous serez bien logée
et loin des châteaux[2].
Dans un verger clos de roseaux
vous serez sous un beau laurier,
là où court une source sur le gravier,
pure et fraîche, claire et agréable[3].
– Une telle source me plaît »,
dit la dame au chevalier.
   Alors j'y allai le premier
et je descendis vers l'herbe fraîche
où une jonchée de roseau ni de jonc n'était nécessaire[4],
car le pré était couvert de fleurs nouvelles
aux couleurs variées,
et les nombreux oiseaux dans le bocage
chantaient en leur langage

---

n'aurons donc pas la description du château allégorique du dieu d'amour comme
dans le *De Amore* d'André le Chapelain : le dieu d'amour est devenu chevalier
errant ; mais il reste le *locus amoenus* ou lieu paradisiaque. – **3.** Il semble que
ces vers soient une réminiscence de ceux du troubadour Marcabru : *A la fontana
del vergier / On l'erb'es vertz josta-l gravier...* (« A la source du verger, là où
l'herbe est verte près de la grève... »), éd. J.M.L. Dejeanne, *Poésies complètes
du troubadour Marcabru*, Toulouse, 1909, p. 3. – **4.** *Calc* est le passé simple de
caler ; il peut être aussi 1re sg du présent de l'ind. de *calcar* dont le sens, « fouler »,
est également possible, bien qu'un passé soit préférable (cf. Raynouard, *Lexique
roman*, s.v. *sescha*).

Pel jorn clar e pel tems noel ;
Et anc no i calc borc ni castel
Per gent adobar de manjar
230 De tot aquo qu'om poc trobar
De domesge e de salvatge.
Ab tant vai tendre sus l'erbatge
La donzela .I. trap de colors
On ac auzels, bestias e flors
235 Totas de fin aur emeratz ;
E-l traps fo ricamens obratz,
Que negus hom non vi son par ;
Mial cavasiers i pogro estar,
Que l'us l'autre no toquesso ;
240 Et es semblan que no-l portesso
Detz cavals ab una carreta ;
Et en que-us pessatz qu'ela-l meta
La donzela, cant es plegatz ?
Ins en la borssa, so sapchatz,
245 En menor loc d'una garlanda.
E-l traps fo d'una salamanda,
D'una serpent que naih en foc ;
E, qui no fo en aquel loc
No vi anc trap d'aquela guiza.
250 Et a i manhta polpra biza,
E manhs almatras per jazer ;
Qui vo-n volria dir lo ver,
Auria i trop que comptar.
Per que laissem lo trap estar,
255 E parlem mai del cavasier.

Azaut e gai e plazentier
Lo troba hom qui-l vai vezer ;
Et el fe-m denan si cezer,
Can nos fom levatz de manjar,

---

237. *son p.*, corr. *som p.* – **252.** corr. *E qui... volia, vo-n* forme réduite de *vos en*

---

1. Malgré l'aspect féerique du passage, on note qu'ici le repas n'est pas totalement magique ; cf. en opposition tous les exemples de mets abondants

par cette claire journée de printemps.
Il ne fut pas nécessaire d'avoir bourg ou château
pour bien préparer un repas
grâce à tout ce qu'on put trouver
de cultivé ou de sauvage[1].
Alors la demoiselle dressa sur l'herbe
une tente multicolore
ornée d'oiseaux, de bêtes et de fleurs
brodés de fil de l'or le plus fin ;
la tente était richement travaillée
et personne ne vit sa pareille ;
mille chevaliers pouvaient s'y tenir
sans se toucher l'un l'autre ;
et il semble bien que dix chevaux
ne l'eussent pas portée dans une charrette.
Et dans quoi croyez-vous que la rangeait
la demoiselle, quand elle était pliée ?
Dans sa bourse, sachez-le,
plus petite qu'une guirlande.
Cette tente était faite d'une peau de salamandre,
un serpent qui naît dans le feu ;
celui qui ne s'est pas trouvé là
n'a jamais vu une tente de cette sorte.
Et il y avait mainte étoffe bise
et maint matelas de repos ;
mais il y aurait trop à raconter
pour qui voudrait dire la vérité.
Laissons donc la tente
et parlons davantage du chevalier.

Qui le voit le trouve
aimable, gai et charmant ;
il me fit asseoir devant lui
quand nous eûmes cessé de manger,

---

disposés par enchantement dans une salle de château ou un pré dans la littérature
médiévale, l'abondance étant un rappel de celle qui « règne dans l'Autre Monde
celtique », Cl. Buridant, *André le Chapelain*, *op. cit.*, note 144, p. 250.

260 Que-m volc dir qui es e comtar.
    « Peire Guilhem, ses contrastar,
    Sapchatz qu'ieu soi lo Dio d'amor,
    E la dona vestida ab flor
    Es Merces senes tota falha,
265 E la donzela ses barralha,
    Es Vergonia, so sapchatz,
    E l'escudier es Leutatz,
    Cel que porta l'arc del alborn ;
    E tenguatz lo be per adorn :
270 Que no-s peca cant vol ferir.
    — Senher, si vos o auzes dir,
    Enqueras volgra saber mai.
    — Et ieu », fetz cel, « vos o dirai,
    Demandatz totz cant vos plaira.
275 — Senher, digatz me doncs, si ja
    Me valra Merces ab lieis cui am ?
    Car ieu meteis culhi lo ram
    Ab que-m feri, si Dios me sal.
    E digatz me, si no-us sap mal,
280 D'Amor d'on naih ni de que viu,
    Que plus art que no fai caliu,
    Cossi s'abranda ni c'escan,
    Ni cossi-s pren ab bel semblan,
    Ni cossi fai velhar durmen,
285 Ni cossi ses parlar conten,
    Ni com pot ardre en la mar,
    Ni ins en foc cum pot negar,
    Ni senes lhiam cossi lhia,
    Ni cum, ses nafra, nafratz sia.
290 E diguatz me si naih ses paire,
    Ni-s pot engendrar ses maire,
    Ni cossi-s noirih de primier,
    Que plus creih que nulh aversier.
    E cant ela es creguda e auta,
295 En aquel tems que a lies azauta,
    Fa-s plus prima que fial d'iranha ;

---

291. *Ni-s p.*, corr. *ni ces p.*

car il désirait me dire et me raconter qui il était.
« Peire Guillem, sachez sans aucun doute
que je suis le dieu d'amour,
et cette dame vêtue de fleurs
c'est Miséricorde, sans erreur,
et la demoiselle est sans conteste
Pudeur, sachez-le,
et l'écuyer est Loyauté,
celui qui porte l'arc d'aubour ;
et jugez de son habileté :
il ne manque pas sa cible quand il veut frapper.
— Seigneur, si j'osais vous le demander,
j'aimerais en savoir plus encore.
— Eh bien, je vous le dirai », dit-il,
« demandez tout ce qu'il vous plaira.
— Seigneur, dites-moi donc si
Miséricorde me sera de quelque secours auprès de celle
que j'aime ? Car j'ai moi-même cueilli la branche
avec laquelle je me suis frappé, aussi vrai que Dieu me sauve[1].
Dites-moi donc, si cela ne vous déplaît pas,
au sujet de l'amour, d'où il naît et de quoi il vit,
Et, puisqu'il brûle plus que ne le fait la braise,
dites-moi comment il s'embrase et comment il s'éteint,
et comment il se prend à une belle mine,
comment il fait veiller au lieu de dormir,
comment il lutte sans paroles,
comment il peut brûler dans la mer,
et comment il peut se noyer dans le feu,
et comment il attache sans liens,
et comment il peut être blessé sans blessure.
Dites-moi donc s'il naît sans père,
et peut être engendré sans mère,
et quelle est sa première nourriture,
pour qu'il grandisse plus vite qu'aucun adversaire.
Et quand il s'est développé et a grandi,
au moment où cela lui convient,
il se fait plus ténu qu'un fil d'araignée ;

---

1. Allusion à la chanson de Bernart de Ventadour *Can vei la flor*, citée en note 1, p. 86, *razo* de Peire Vidal (« Le baiser volé »).

E pois, enans que de tot franha,
Fa-s mager que denant non era.
E diguas me cossi c'esmera
300 Que saber o vuelh, s' o-us platz.
E de vostre arquier, En Leutatz,
Per cal dreg lansa son cairel,
Ni-l colp que fier per qu'es tan bel
Que ja-l nafrat non vol guerir ?
305 Enquer vuelh saber i ausir
De Merce e de Leutatz
E de Vergonia qu'enmenatz,
Per que los gitatz d'esta terra ?
Qu'en aissi cum la clau enserra
310 Cant es uberta la morralha,
Es de Pretz Vergonia e vitalha,
Qu'om ses vergonia re non a.
E per so portatz no-nh de sa
Lo gra, e laissatz nos la palha ?
315 E cel cui fin' amor asalha
Cum poira viure ses Merce ?
Sapchatz que ges non esta be,
Car aissi nos raubatz del tot.
E vuelh saber mot cada mot,
320 Senher, e no-us deu pesar,
Per cal forfag deu mescabar
Dona del tot son cavasier ;
Et atressi del cavasier,
De sa dona, per que la pert ?
325 Ni cals es lo forfag, per cert,
Per que la deu desamparar ?
Qu'en auzi dir qu'el rei navar
Avia sa dona gequida ;
Manh tornei e manht'envaida
330 E manh assaut e manh sembel
E manhta tor e manh castel
Eron per s'amor envaït ;
E fag manh do e manh covit

---

299. corr. *colps* – **313.** Forme réduite de *nos en* ; cf. v. 252, *de sa*, corr. *dessa*
– **327.** corr. *quen auzir* – **329.** corr. *manhta* pour rétablir la mesure

et puis, avant de se briser totalement,
il se fait plus solide qu'il n'était auparavant.
Et dites-moi comment il s'améliore,
car je veux le savoir, s'il vous plaît.
Et votre archer, seigneur Loyauté,
pour quelle raison lance-t-il sa flèche
et pourquoi le coup porté est-il si beau
que le blessé ne veut point en guérir ?
Et je veux aussi savoir et vous entendre dire
pourquoi vous chassez de ce pays
Miséricorde et Loyauté
et Pudeur que vous emmenez avec vous.
Car aussi vrai que la clef ferme
le moraillon ouvert,
Pudeur est la nourriture de Prix,
puisqu'un homme sans vergogne n'a rien.
Et pour cette raison vous nous enlevez
le grain et nous laissez la paille ?
Et celui qu'amour pur attaquerait[1],
comment pourrait-il vivre sans Miséricorde ?
Sachez que cela n'est pas bien,
car vous nous dépouillez ainsi totalement.
Et je veux savoir mot à mot,
seigneur, ne vous en déplaise,
pour quel forfait une dame doit
perdre complètement son chevalier ;
et de même pour le chevalier
pourquoi perd-il sa dame ?
Et quel est le forfait, en toute certitude,
pour lequel il doit la délaisser ?
Car j'ai entendu dire que le roi de Navarre
avait abandonné sa dame ;
pour son amour il avait enlevé
maints tournois et maintes attaques
et maints assauts et maints combats,
maintes tours et maints châteaux ;
et quand il était aimable, gai et amoureux

---

1. *Assalha* (< *assalhir*) est un subj. à nuance hypothétique.

Cant el era per lies joios,
335 Cointes e gais i amoros
E cantaires e vesïatz ;
Mas eras chanta de pechatz,
So ausi comtar, l'autrier,
Ad .I. seus cortes escudier
340 Que de Navarra va en Fransa.
Dios prec que-lh renda sa conhtansa
Al rei, si o pot faʀ per razo,
E qu'ela lo forfag li perdo
E que jamai no-lh sia truanda.
345   Ar tornem en nostra demanda,
Car trop nos poiriam tarzar,
Senher, e vuelh vos demandar
D'En Amfos, que es rei de Castela,
On pretz e valors renoela,
350 Que a fag de lui capdel e paire
Et el de mi lo seu amaire.
Siei fag son gran en larguetat,
Et anc no i fo escassetat
En sa cort, ni anc no i poc intrar.
355 Fons es de conduh e de dar
E de valor e de proessa ;
E doncs mas el tant gen s'adressa,
Ni en Valor a messa sa ponha,
Co-lh tolletz Merce ni Vergonha
360 Ni-n menatz ab vos Leutat ?

— Tot autre home tengra per fat,
Peire Guilhem, de la demanda ;
Mas ieu, car Merces m'o comanda,
Vos en dirai la veritat,

---

348. corr. *que fos es* – **359.** corr. *tollet*

1. Il s'agit de Thibaut IV de Champagne, dit le Chansonnier (Troyes 1201-Pampelune 1253), roi de Navarre en 1234 sous le nom de Thibaut Iᵉʳ ; célèbre trouvère auteur d'un *corpus* de 61 chansons. – 2. Il s'était rendu à Rome en 1248 en pénitence de ses erreurs. Jugé trop autoritaire envers les Navarrais, il fut assez impopulaire. Ses dernières poésies, composées après son retour de la croisade (1235-1240), ont pour beaucoup un caractère religieux. – 3. Alphonse X

et joyeux grâce à sa dame,
qu'il chantait[1] et qu'il était enjoué,
il prodiguait dons et festins.
Mais maintenant il chante sur ses fautes[2],
comme je l'ai entendu dire, l'autre jour,
à l'un de ses écuyers, un homme courtois,
qui va de Navarre en France.
Je prie Dieu de rendre l'intimité de sa dame
au roi, s'il est raisonnable de le faire,
et que sa dame lui pardonne son forfait
et qu'elle ne le trompe jamais.

    Mais revenons à notre question,
car nous pourrions perdre du temps,
seigneur, et je veux vous interroger
sur seigneur Alphonse, qui est roi de Castille[3],
en qui se renouvellent Prix et Valeur,
qui ont fait de lui un guide et un père,
lui qui a fait de moi son ami.
Ses actes témoignent d'une grande largesse,
jamais l'avarice n'entra
ni ne séjourna à sa cour.
Il est source d'hospitalité et de don,
de valeur et de prouesse ;
alors, puisqu'il s'applique si noblement
et a mis ses efforts au service de Valeur,
pourquoi lui enlevez-vous Miséricorde et Pudeur
et emmenez-vous Loyauté avec vous[4] ?

    – Je tiendrais tout autre pour sot,
Peire Guillem, de faire une telle question ;
cependant, puisque Miséricorde me le commande,
je vous dirai, moi, la vérité,

le Sage, roi de Castille (1252-1284). Les règnes de Thibaut Ier et d'Alphonse X ne coïncident que pendant un an (1252), cf. note 3, p. 381. Ce souverain est ici présenté comme le parangon des vertus courtoises et le rival victorieux du roi de Navarre. – 4. Malgré l'éloge d'Alphonse X, les critiques n'ont pas manqué à l'égard de ses courtisans : « La conduite "impitoyable", dévergondée et déloyale de ceux-ci est le point de départ de l'allégorie. *Merces*, *Vergonia* et *Leutatz* ont déserté cette cour », M.-R. Jung, *op. cit.*, p. 166.

365 E, car vos o ai autrejat,
   Dirai vos o, cum que m'en prenda.
   Vostra dona, ab longa atenda,
   Pot esser que-us aura merce,
   Ab sol que no-us camges en re,
370 Ni en siatz volvens ni camjaire.
   D'amor, don vos faitz domnejaire,
   Dirai don naih ni de que viu ;
   La flam' e-l fuec e-l recaliu
   Naih dins lo cor, so sapiatz,
375 E fai la noirir voluntatz,
   E engenra la pessamens
   Que cor mial tans que no fai vens ;
   E viu de gaug e d'alegrier,
   Et am gai plazer plasentier
380 Ela s'abranda, e s'escan
   Per fals conte d'ome truan,
   Cui Dios gar de bon' aventura !
   Pero l'amors creih e melhura
   Can lo lausengier es proatz.
385 Enqueras aug que demandatz
   D'Amor si pot naisser ses paire.
   Ela oc, e ces sor e ces fraire,
   Car creis e monta per vezer ;
   Mas desazaut e desplazer
390 E lauzengier la fan baissar ;
   Mas cant azaut s'i pot mesclar
   Ni plazer, que son companho,
   Fan la creicher de tal rando
   Mial tans que davan non era.
395 Aissi creis amor e s'esmera.
   E podetz saber la vertat
   De nostre arquier, En Leutat,
   Cossi fier del arc del alborn.
   Ab lo plom fier lo fals e-l morn ;
400 E ja negus non vol guerir,

---

367 à 369. une tache – **370.** *Ni en*, corr. *Nin* – **372.** corr. *Dirie vos d.* pour le temps et le mètre – **373.** corr. *flama* – **386.** *ses*, corr. *senes* – **395.** *s'esmera*, corr. *c'esmera* – **397.** corr. *E de n.*

et, puisque je vous l'ai accordé,
je vous dirai cela, quoique j'en souffre.
Il se peut que votre dame, après une longue attente,
ait pour vous miséricorde,
à condition que vous ne changiez pas,
et que vous ne soyez ni volage ni changeant.
A propos de l'amour, dont vous vous faites le servant,
je vous dirai d'où il naît et de quoi il vit ;
sa flamme, son feu et sa braise
naissent dans le cœur, sachez-le,
la volonté le nourrit
et l'imagination l'engendre,
elle qui court mille fois plus vite que le vent ;
il vit de joie et d'allégresse,
il s'enflamme du gai et charmant
plaisir et s'éteint
à cause des mensonges des trompeurs,
que Dieu leur ôte tout bonheur !
Mais l'amour croît et grandit
quand le flatteur est démasqué.
Je vous entends demander aussi
si l'amour peut naître sans père.
Bien sûr, et sans frère ni sœur,
car il croît et s'élève grâce à la vue[1] ;
seulement désagrément et déplaisir
et flatteurs le font baisser ;
mais quand l'agrément peut s'en mêler
et le plaisir, qui est son compagnon,
ils le font croître à une vitesse
mille fois plus grande qu'avant.
Ainsi croît et s'épure l'amour.
Vous saurez aussi la vérité
à propos de notre archer, seigneur Loyauté,
et pourquoi il frappe de son arc d'aubour.
De sa flèche plombée il frappe l'homme faux et triste ;
et personne ne veut guérir,

1. Même réflexion dans *Frayre de Joy* et développée chez André le Chapelain (Livre I, ch. I) ; voir aussi *Le Roman de la Rose, op. cit.*, v. 1693-1695, p. 83.

Que-l cairel intra ab sospir
Per meg los huels e per l'aurelha.
Era vejatz gran meravilha :
Qu'en un colp fa de dos cors us.
405 Pero ja no-s pesse negus
Qu'en sia feritz, ni neguna,
Dinnada d'amor ni dejuna,
Si no es leials ses tot engan ;
Per qu'en pregui d'aissi enan
410 Que s'en gart En Peire de Moncada,
E-N Dor de Barasc, si-lh' agrada,
E prec n'En Foih e-N Olivier ;
Car tug quatre son corratier
De donas, e no m'es azaut
415 Car contrafan Ramon Guiraut
Que solia cavals revendre ;
Car drutz, can vol donar ni vendre,
Sa dona-l tenc per corratier.
E laih los que no m'an mestier,
420 Mas cascus an' a sa fe.
      E dirai vos cossi-s cove
De cavasier, per cal offensa
Laih sa dona, que penedensa
No-i deu trobar ni merce :
425 Si autre cavalier colgua ab se
Depois que lhui i aura colguat ;
Car no pot esser restaurat
A dona, can fai falhimen ;
Car en aissi cum es plus gen
430 A dona, can fai benestar,

---

422. *cal o.*, corr. *offensa cal* pour la rime – **430.** le texte s'arrête en fin de colonne à gauche, le reste du f° 148 étant blanc

---

1. Cette flèche-là ne peut être que la flèche d'or, puisqu'il faut être parfaitement digne d'en être frappé. – **2.** Citation empruntée à Raimon de Miraval, *op. cit.*, in *Dona la genser*, v. 19 : *Disnada d'amor ni dejuna*. – **3.** Quatre seigneurs catalans dont les noms apparaissent dans la *Crònica* de Jaume I (éd. à Barcelone, 1926-1962). La famille Montcada, ou Moncade, était originaire de Catalogne, mais fut mise à la tête du Béarn par Alphonse II d'Aragon (l'hommage en fut reçu en 1171, cf. don Juan de Ferreras, *Synopsis histórica de España*, t. VI). Le grand seigneur contemporain du texte est Gaston VII Moncade (1229-

car la flèche frappe
les yeux et les oreilles des soupirants[1].
Et voyez la grande merveille :
en un seul coup de deux cœurs il n'en a fait plus qu'un.
Pourtant qu'aucun n'aille croire
qu'il en sera frappé, ni aucune dame,
qu'elle soit repue d'amour ou à jeun[2],
s'ils ne sont loyaux et sans tromperie ;
voilà pourquoi je prie dorénavant
seigneur Pierre de Moncada d'y faire attention,
et seigneur Dor de Barasc, s'il lui plaît,
et je prie aussi seigneur Foix et seigneur Olivier[3] ;
car tous quatre sont des maquignons[4]
de dames, et il ne m'est pas agréable
qu'ils imitent Raimon Guiraut
qui avait coutume de revendre des chevaux ;
car un amant qui veut donner ou vendre,
sa dame le tient pour maquignon.
J'abandonne ceux qui n'ont pas besoin de moi,
mais que chacun aille selon sa foi.

   Et je vous dirai ce qui convient
à un chevalier, pour quelle offense
il abandonne sa dame, qui ne doit trouver
en lui ni occasion de pénitence ni miséricorde :
si un autre chevalier couche avec elle
depuis que lui aura couché avec elle ;
car la faute qu'une dame a faite
ne peut être réparée ;
de même qu'il convient mieux
à une dame d'agir dans la bienséance,

1290) qui, en lutte contre Henri III d'Angleterre, obtint en 1252 l'appui
d'Alphonse X de Castille, qui prit lui-même le titre de duc de Gascogne. Un
Guilem Raimon de Moncada apparaît parmi les chevaliers qui accompagnent
Alphonse d'Aragon en Provence dans l'histoire de *La Louve* de Peire Vidal. Les
seigneurs mentionnés ici, et critiqués pour leur manque de courtoisie, étaient sans
doute mêlés de fort près aux luttes menées pour l'hégémonie catalane en terre
béarnaise (d'où la mention du seigneur Foix). Cf. P. Tucoo-Chala, *La Vicomté
de Béarn et le problème de sa souveraineté*, Bordeaux, 1961, p. 57. – **4.** *Corratier*
signifie «courtier», mais l'allusion aux chevaux permet de forcer la note péjo-
rative.

Lh'es plus lag, cant fai malestar,
Que nulha autrui res qu'el mon sia.
Car dona es cap de cortesia;
E tota gen deu la ondrar,
435 Ab que-s gar de far malestar,
C'om d'avol fag no la reprenda... »

de même, quand elle agit dans l'inconvenance,
il n'est rien de plus laid au monde.
Car la dame est cime de courtoisie
et tous doivent l'honorer,
à condition qu'elle se garde d'agir dans l'inconvenance,
afin qu'on ne lui reproche pas un acte méprisable... »

Nouvelles françaises

INTRODUCTION

L'essentielle nouveauté de la nouvelle

Est-ce à bon droit que l'on rassemble sous l'appellation générique de « nouvelles » les textes qui composent ce recueil ?
Chacun sait que le mot, dans cette acception, est un emprunt du
français à l'italien, datant du XIVe siècle ; il n'était donc pas
employé au moment où ont été écrites – ou conçues – les
œuvres dont nous proposons la lecture. Certes, l'occitan recourt
plus précocement au terme de *novas* pour désigner un récit, pas
toujours bref, d'ailleurs ; l'auteur de *Flamenca* disant, pour sou-
ligner qu'il revient à son propos après une digression *mas ieu a
mas novas vos torn* (v. 250), enchaîne sur des milliers de vers[1].
Par ailleurs, le constat par lequel Roger Dubuis introduisait son
étude, devenue classique, sur la tradition de la nouvelle en
France au Moyen Age, reste toujours d'actualité : « De tous les
genres littéraires reconnus et cultivés, la nouvelle est certainement un de ceux qui, aujourd'hui encore, sont le plus mal
définis. Sans doute, faut-il voir là une conséquence de sa nature
même, que la parenté avec d'autres genres, tels que le conte ou
le roman, rend difficile à cerner avec toute la précision souhai-
table.[2] »

Un premier critère pourrait être invoqué pour fonder la cohérence de notre corpus : celui qui distingue le roman et le récit
bref. Passons pour le moment sur le fait qu'en anglais *novel*

---

1. Comme le rappelle J.-Ch. Huchet, *Nouvelles occitanes du Moyen Age*, Paris,
Garnier-Flammarion, 1992, p. 11. – **2.** *Les Cent Nouvelles Nouvelles et la tradition de la nouvelle en France au Moyen Age*, Grenoble, Presses Universitaires,
1973, p. 1.

désigne une forme du roman, et que notre nouvelle s'y appelle *short story*. Parmi les œuvres narratives occitanes que présente dans cet ouvrage Suzanne Thiolier, il en est qui s'intitulent *novas*, ou recourent de façon plus ambiguë à l'emploi de ce terme[1] ; d'autres sont enregistrées dans la tradition manuscrite des chansonniers comme *vidas* ou *razos*, biographies ou gloses, mais toujours essentiellement récits, et récits informatifs, étrangers – au moins explicitement – à la fiction. L'histoire de la Reine Esther peut à bon droit prétendre à être désignée comme un roman, (au sens médiéval d'œuvre en langue vulgaire), dans la mesure où elle est bien le résultat d'une translation, de la langue hébraïque à l'occitan. Mais notre corpus français n'est pas moins flou, et l'est peut-être davantage : *La Chastelaine de Vergy* est présentée, selon les manuscrits, comme un conte ou comme un roman ; *Le Lai de l'Ombre* a reçu de son auteur, Jean Renart, son titre générique, sans que cette appartenance rende plus rigoureuse la définition et la compréhension d'un genre essentiellement vague et polymorphe, capable d'accueillir aussi bien l'avatar d'une fable orientale comme *Le Lai de l'Oiselet*. Quant au *Vair palefroi*, présenté lui aussi comme un lai par son auteur :

> *En ce lay du Vair Palefroi*
> *Orrez le sens Huon le Roi...* (vv. 29-30),

il est mis au rang des fabliaux dans le recueil de Montaiglon et Raynaud ; distingué cependant de la crudité des «contes à rires» par son éditeur Arthur Långfors, qui le qualifie de «conte sentimental» où règne le bon ton, et présenté, de façon plus juste sans doute et plus moderne, comme un «conte courtois» par son traducteur Jean Dufournet. Il est inutile de revenir sur le caractère unique de la *cantefable* que constitue, aux dires même de son auteur, *Aucassin et Nicolette*.

Mais suffit-il d'attribuer à ces œuvres diverses le trait

---

1. Par exemple, aux vers 1142-1143 d'*En aquel temps c'om era gais*, le jeune jongleur en offrant à Hugues de Mataplana d'*escotar* [...] *estas novas* qu'il lui apporte, s'apprête à lui exposer *lo fait e tota l'aventura* que le poète a déjà narrés à son public ; or cette aventure ressortit à la casuistique courtoise, d'où la forme narrative qui la dispose à servir d'*exemplum* ; et, par ailleurs, elle est aussi une information propre à retenir l'attention d'un auditoire que le même jongleur a précédemment charmé avec des chansons. *Novas* possède donc ici, selon nous, au moins deux acceptions.

commun d'être des « récits brefs » pour lever toutes les ambiguïtés que révèle leur collection ? Plus agréable à l'oreille, le
terme de nouvelle propose également à l'esprit un jeu stimulant
de nuances, la polysémie du mot entrant en résonance avec la
polyphonie des genres apparentés et dissemblables : fables,
exempla, contes merveilleux, lais de toute sorte, et tout ce qui
raconte quelque chose, apprend, informe, et le fait brièvement.
Les meilleures plaisanteries sont les plus courtes, dit-on ; les
plus affriolantes nouvelles le sont aussi ; nouvelles au vieux et
premier sens : glissées à l'oreille, sous le creux protecteur de la
main ; picorées aux pages des journaux ; changeantes et perpé-
tuelles comme la houle dans le ressassement des ondes, vio-
lentes et convenues dans le choc des images, insidieusement
tentées d'évacuer la re-présentation. « Une nouvelle », écrivait
Roger Dubuis en se fondant sur l'analyse des *Cent Nouvelles
Nouvelles* [1], « est le récit, le plus souvent bref, d'une aventure en
général récente et présentée comme réelle, qui intéresse par son
caractère inattendu ». « Récente » et « présentée comme réelle »,
l'aventure que raconte le nouvelle fait référence à un passé que
le narrateur prend en charge dans une situation d'énonciation
elle même relative.

Le reste, sur lequel s'enlève le récit, au lieu de se condenser,
comme la lumière piégée par un trou noir, autour du lieu laissé
vide par la métamorphose de l'auteur en narrateur, demeure
variable et mouvant. En d'autres termes, la nouvelle ressemble
à la *camera obscura* dont elle est, dans la renaissance italienne,
la contemporaine ; le point de vue singulier qu'offre la boîte à
l'amateur de perspective se définit par rapport à une variété
indéfinie de points de vue possibles ; mais la consommation
aléatoire de ces possibles ne saurait épuiser le réel, signifié,
dans l'exemple choisi, par la relation de l'intérieur à l'extérieur
qui donne sa forme à la boîte, ou, dans le cas de la nouvelle, par
la contiguïté d'un avant et d'un après qu'une symétrie inverse
ne peut abolir.

En effet, ce qu'on appelle récit bref, et ce qu'on n'appelle pas
récit long (chose en elle-même intéressante), ne sont pas dis-
tingués de façon arithmétique, au moyen d'une aune ou d'une

---

1. *op. cit., supra*, 4, p. 126.

toise. *La Châtelaine de Vergy*, par exemple, ressortit, selon Roger Dubuis, à ces ouvrages « trop longs pour être qualifiés de "nouvelles", trop courts pour être appelés "romans" » (*op. cit.*, p. 516), qu'il qualifie de « petits romans ». On sait combien sont délicats et souvent spécieux les critères qui font juger des êtres humains trop grands ou trop petits, selon les modes, les temps et les climats[1]. La brièveté d'un récit, en tant que trait générique, ne peut, nous semble-t-il, se résumer à l'insatisfaction du lecteur dont l'attente a été nécessairement déçue par le jeu des possibles narratifs ; tout récit, long ou bref, doit sa forme à ce décalage, qui lui permet d'épouser le flux du temps selon un nombre qui lui est propre.

Mais ce qui raccourcit le récit bref, par rapport à celui qui ne se dit pas long, et qu'on pourrait appeler malicieusement récit « tout court » (ainsi de l'écriture qui permet d'isoler une écriture « féminine » sans réciproque « masculine »), c'est peut-être ce reste inconsommable et têtu de réel, qui l'empêche de se découper sur un tout imaginaire, illusoire, et d'y trouver lieu. La nouvelle ne peut rester nouvelle qu'à la condition de renoncer à investir, serait-ce imaginairement, un tout qui reste le non-lieu de la différence ; elle ne se produit que dans l'évanescence du sens : « nouvelle » alors même qu'elle est dite, coexistant avec le passé qu'elle évoque et les possibles qui demeurent en lui ; en somme, figure de l'implication, alors que le roman se dénoue. Or comme chacun a pu en faire l'expérience, il n'est pas de dénouement possible sans substitution, de l'un à l'autre dans un même point de vue, du même à l'autre dans l'inversion conventionnelle du sens ; ce pourquoi, sans doute, le geste est difficile pour l'enfant, qui en apprenant à nouer et à dénouer, doit assumer un Je et un jeu de convention, apprivoisant le risque d'être remplacé, consommé, substitué.

Les traits qui pour Roger Dubuis caractérisent la nouvelle, quand elle se constitue en genre autonome dans le domaine français, le fait de raconter une aventure récente, en la présentant comme réelle, nous paraissent ainsi n'être qu'une forme particulière de la structure du récit bref. La notion d'événement récent est en elle-même une notion qui a dû se faire une place

---

1. Voir l'ouvrage de J.-P. et Catherine Colle, *Le Lit de Procuste, la taille humaine entre norme et fantasme*, Paris, Seuil.

dans les paradigmes temporels du récit médiéval, parallèlement à l'émergence du terme « moderne », tardivement greffée sur la lente cristallisation du concept signifié par le *modernus* du latin tardif. La mesure à laquelle renvoie l'étymologie du terme définit et préserve la relativité d'une situation d'énonciation. *Modo* : à l'instant, tout de suite, naguère, ces modalités adverbiales supposent que, pour parler trivialement, l'énonciateur « prenne le sens en marche » ; que sa propre situation, au moment où il parle, soit mouvante ; et qu'ainsi, le reste par rapport auquel elle se définit soit lui-même continuellement changeant.

Les devisants qui échangent les nouvelles dont se compose l'*Heptaméron* de Marguerite de Navarre ont convenu, comme on le sait, que « dira chascun quelque histoire qu'il aura veue ou bien oy dire à quelque homme digne de foy[1] ». C'est en vertu de ce pacte qu'Oisille hésite à raconter l'histoire de la Châtelaine de Vergy. Mais Parlamente la délivrera de ses scrupules, du fait que le texte a été écrit « en si viel langaige » qu'il n'est vraisemblablement connu que d'elles deux, « par quoy sera tenu pour nouveau[2] ». L'ancienneté du texte, l'archaïsme de la langue, le réintroduisent dans ce champ de la variation qui est à la fois celui de l'oralité, et celui du témoignage, avec la spécificité individuelle (ou subjective) qu'il implique ; la valeur accordée à ce type de récit va de pair avec une appréhension particulière de la vérité comme alliance et convention, comme raison médiatrice : *testis unus, testis nullus*.

Les proses du Graal, comme l'a si bien analysé Emmanuelle Baumgartner, recourent aux aléas de la transmission d'un témoin à un autre, de l'oral à l'écrit, d'un livre céleste et symbolique à l'œuvre humaine, pour accréditer leur quête de la vérité[3] ; mais elles conservent l'idée d'un Tout, lieu du Verbe

---

1. Prologue, éd. M. François, Paris, Garnier, p. 10. – 2. Septième journée, annonce de la soixante dixième nouvelle, éd. citée, p. 400. – 3. Voir notamment l'ouvrage récent : *Le Récit médiéval*, Paris, Hachette, 1995, p. 82, « C'est avec le *Merlin* en prose que se met en place une stratégie caractéristique des romans en prose : la fiction de l'autoproduction du récit. Le texte du *Merlin* que nous lisons, nous, lecteurs du Moyen Age ou de toujours, serait, si l'on veut bien croire le narrateur, ce que Merlin, dans un premier temps, a *retrait* (retracé) à Blaise son copiste (dans quelle langue ?) et ce qu'un "je", qui se donne comme Robert de Boron, *retrait* (retrace) dans un second temps. »

Créateur, à l'horizon des espérances. Le récit bref, lui, s'apparente, au fragment en ce qu'il s'accompagne de la réalité silencieuse, insignifiable, mais permanente, de la coupure qui fait dépendre sa brièveté non pas d'un manque (supposant l'éventualité de retrouver une unité), mais de quelque chose au contraire qui soit en trop : l'impossibilité d'un Tout qui puisse être conçu autrement que négativement, et comme vide ; la part réservée, utopique, où s'opèrent translations et changements, et qui ne peut être soumise au mécanisme de l'illusion substitutive, fondement du vraisemblable sous tous ses modes, qui pose la commutation du possible en passé comme opérateur du sens.

Il n'est pas indifférent que la fiction se relie par son étymologie à la technique du modelage comme à l'art de l'illusion. Le lieu des possibles, conçu comme celui où se situe l'« avant » du récit, et que vise l'attente du lecteur, est comparable au vide que supposent les ajouts successifs de matière auxquels procède le modelage, à ce réceptacle que révèle en l'entourant le tour du potier. Vide et plein naissent tous deux aussi bien du récit que du modelage, mais dans une relation exclusive et alternée ; ou l'un, ou l'autre ; le passé du récit est consommation de possibles, en ce qu'il est donné pour un événement, une aventure ; mais la production du récit suppose une consommation du passé qui la rende possible, en posant une absence illusoire et première. En revanche, le récit bref suppose, lui, que possible et passé soit contigus, non substituables l'un à l'autre, non reliés par une symétrie inverse, et par conséquent, ne puissent soutenir l'illusion d'une consommation du temps qui donnerait à l'aventure narrée un fond, un lieu, qui ne soit pas un trompe-l'œil.

Tout recueil de récits brefs – et le récit bref est pour le recueil –, serait-ce l'anthologie imaginaire qui tente de se référer à un genre (« contes, lais, fabliaux, nouvelles »), justifiant la métaphore de la cueillette par la tentative – ou la tentation – d'une systématique quasi-linnéenne, ne peut que refléter ironiquement la perpétuelle mouvance d'une narrativité qui renonce à la substitution, à la conceptualisation, et donc, finalement, à la nomination. Tout se passe comme si le récit bref était voué à la figuration par l'évidence du réel, évidence aussi dérobée que l'est celle de la jouissance. Toute figure l'est peut-être d'un impossible : ce pourquoi le terme, au Moyen Age, désigne aussi bien cet être supposé fictif dans son refus du commun désir, le nain, que la représentation nécessairement dénuée de semblance de la majesté divine dans le *Jeu d'Adam*. On ne sera donc pas surpris que nos «nouvelles», déjà suspectes dans leur prétention à se regrouper sous ce titre, le soient encore par la marginalité qui défie la typologie des genres en apparentant lyrisme et narrativité. L'insertion ponctuelle d'une strophe de chanson, dans *La Châtelaine de Vergy*, l'emprunt de motifs discrètement tramés dans le tissu narratif (comme la rencontre au verger, la plainte élégiaque, la requête amoureuse) ne sont pas les indices, mais, selon nous, la conséquence, d'un choix esthétique fondamental : celui de la contiguïté poétique préférée à la métaphore fictionnelle.

Dans le récit bref, et singulièrement dans ceux que nous présentons, le silence est signifiant ; il n'est pas l'envers du dire, ni son ombre, mais ce qui l'empêche de perdre (illusoirement) son sens, dans le pragmatisme répétitif de l'ordinaire. Le caractère inattendu, remarquable, étonnant de la nouvelle, comme l'«aventure» des lais narratifs, correspond à ce qu'a d'extraordinaire l'usage poétique du langage ; dans tous les cas, il s'agit de renoncer à la fixité de l'intervalle «vide» entre les mots, à l'absence conventionnelle et postulée identique du signifié (qu'elle soit supposition nominaliste ou transcendance réaliste). L'événement étrange n'est que l'affleurement en surface de cette continuité du sens, qui se dérobe sans s'interrompre, comme la vie de la nature en l'attente du renouveau.

On sait bien que nul ne sait vraiment comment a commencé la courtoisie ; et peut-être est-ce justement parce qu'elle n'a pas commencé, mais qu'elle a été d'emblée «moderne», manifestant la variation musicale d'un sens qui ne pouvait trouver dans la paix son lieu et sa fin. L'émergence de la littérature courtoise est un trompe-l'œil : cette exaltation du désir ne pouvait, comme la satisfaction que recherche le *vilain*, succéder à sa propre absence, serait-ce pour la définir après coup, grâce aux leurres du possible. Comme la Fontaine de Vaucluse chère à Pétrarque, la courtoisie est une résurgence ; son esthétique et son éthique se confrontent à l'inconsommable, au reste à dire, au reste à faire, qui est toujours là et jamais le même, parce que seul le possible offre une perspective qui puisse être – par convention – reproduite à l'identique, indéfiniment ; dans cette pragmatique, la science rejoint la rusticité. La Cour, elle, est idéalement le lieu où se composent les différences ; elle ne peut donc être l'envers de ce qui lui demeure extérieur ; elle est un seuil, que l'on franchit pour accéder à la liberté, c'est-à-dire renoncer au mirage de sa propre absence. Céder à ce mirage serait vouloir investir le lieu de cette absence à soi, qui garantit à chacun une place distincte dans le commerce du monde ; or cette absence à soi est sans doute, en dernière analyse, la seule forme imaginable du lieu, car un lieu n'existe que pour celui qui l'a quitté ou s'en absente, serait-ce mentalement. Don et guerredon, échange de drueries, figurent le refus de consommer imaginairement l'Autre, en se situant en miroir face à lui, dans un reste supposé identique et figé par cette symétrie inverse. Ce que, finalement, la courtoisie incite à trouver en l'Autre n'est pas ce qui manquerait (car c'est le fait du vilain), mais ce qui, entre lui et moi, est « en trop », nous empêche de recomposer un Tout. Le geste, si banalement courtois, de s'effacer devant quelqu'un au franchir d'une porte ne conserve-t-il pas quelque attention à cette invisible mouvance qui donne à chacun sa forme, et de même la grâce de son nom ?

Pour composer un vrai bouquet, en filant la métaphore, les textes de notre anthologie devraient s'assortir, nous semble-t-il, non par ce qu'ils disent, mais par ce qu'ils taisent ; et l'insoluble querelle des « motifs », des thèmes et des formes, sujet de tant de discordes parfois héroï-comiques, pourrait être renouvelée si l'on considérait non plus le contenu, voire le contenant, mais les marges où se manifeste l'implication du sens, nécessairement insoucieux de se signifier lui-même. Tombons avec Alice dans le terrier du lapin, laissons sur la table trop haute la bonne clé, glissons un regard tordu à travers la porte trop basse ; cette constance dans le non ajustement, c'est bien la rude leçon en acte que nous propose la fable, découverte d'un pouvoir par l'impossibilité d'en abuser, d'en être abusé ; par la confrontation de nos fictions ludiques avec un impossible passé, nécessairement commun (parce qu'impossible) et nécessairement divers (en tant qu'il est passé).

Cependant, les réticences de nos textes leur sont-elles vraiment spécifiques ? Après tout, comme nous l'avons suggéré plus haut, tout récit, bref ou « long[1] », n'existe que parce qu'il trompe l'attente du lecteur. Les possibles consommés dans le progrès de l'intrigue romanesque ne sont jamais exactement ceux que le lecteur consentait à voir sacrifiés, ou souhaitait mettre en jeu. Le roman finit bien (et l'on sait que Darwin, par exemple, préférait qu'il en fût ainsi) : le lecteur se sent quelque peu impuissant devant une hyperbole qu'il ne peut réduire. Le roman finit mal : le lecteur se sent vaguement coupable d'y avoir coopéré en lui accordant crédit. Le roman *desinit in piscem* : le lecteur se sent plus que d'ordinaire exclu des mystères de la création ; il maugrée à part soi que l'auteur a gardé des cartes dans sa manche. Et on lit toujours des romans, parce qu'on sait bien qu'un joueur ne peut s'arrêter, ni quand il gagne, ni quand il perd.

Mais dans le récit bref, à la visée déceptive qui établit entre l'auteur (maître même dissimulé de la voix narrative) et le lecteur un « jeu-parti », s'ajoute le fait que l'auteur, voire en assumant ou manipulant la voix narrative, ne cesse d'être ce lecteur qu'il est aussi ; il n'y a pas de consommation de l'« avant » où le récit s'est élaboré dans l'« après » que constitue le passé qu'il fabrique, ou modèle. Cela tient, nous semble-t-il, à ce que les deux formes de l'avant du récit : ce qui est arrivé, ou est censé l'être, et le projet de l'auteur, ou du moins le déplacement d'une mémoire en aventure, ne sont pas exclusifs l'un de l'autre ; le lecteur étant invité à revivre ce qui est arrivé, grâce au substitut du récit, et tenu par ailleurs à l'écart de la fabrique romanesque, même si l'auteur lui fait confidence de ses labeurs, les lui dédie, ou lui fait part d'une intention explicite (mais pas forcément suivie d'effet). Or que ce soit dans le conte, le lai narratif, le fabliau, la nouvelle, l'auteur ne cesse d'être partie prenante dans la chaîne signifiante ; de sorte qu'il y a là encore un effet de contiguïté entre l'élaboration du récit, qui se poursuit en même temps que se succèdent les événements, passés, certes, mais re-présentés par les variations de point de vue auxquelles les soumet la collaboration et même l'alliance du lecteur et du

---

1. Une des raisons pour lesquelles Oisille, dans l'*Heptaméron*, hésite à raconter l'histoire de la Châtelaine de Vergy est sa « grande longueur » ; il est intéressant de voir intervenir ce critère, corrélé ici, il est vrai, à l'emploi du temps des devisants, donc à la vraisemblance du récit.

narrateur, alliance qui est le véritable *auctor* du récit. De même, la linéarité du récit, inscrite dans la réalité langagière par ces blocages de la régression que sont le couplet d'octosyllabes, et le jeu de semblant qu'il autorise (par les coupes, les rimes, les échos), et, plus tard, par la prose et sa conquête de l'espace textuel, si comparable aux jeux de stratégie, cette linéarité conserve dans le récit bref une certaine circularité pour voisine. Car le reste qui pousse le récit de gauche à droite n'entre pas dans le jeu ; il n'est donc pas vraiment à gauche, derrière ou devant, il est autre ; il ne peut pas être éliminé même pour rire – ni conquis ; il est l'indicible, informulable présent à côté duquel la représentation se produit en utopie.

Les voies du sens : l'intime et le regard

Le Lai de l'Oiselet est un apologue d'origine indienne, et d'inspiration peut-être bouddhiste, comme en témoigne par exemple la version apparentée insérée dans le roman occitan de *Barlaam et Josaphat*[1] ; il est également un récit typiquement courtois. Pris au piège par un vilain, le petit oiseau qui est le héros de la fable recouvre sa liberté contre la promesse d'enseigner à celui qui l'a capturé trois préceptes qui lui seront précieux ; dans le texte édité par Gaston Paris, et selon l'ordre qu'il considérait le plus proche de l'original, ces trois préceptes s'énoncent comme suit : « ne crois pas tout ce que tu entends dire », « ne pleure pas ce que tu n'as jamais eu », et « ne jette pas à tes pieds ce que tu tiens dans tes mains ». Il y a là bien sûr une morale classique de fable, et le vilain lui-même est capable de le constater. Ce qui lui échappe – avec l'oiseau – est le but auquel tend cette morale : assurer à celui qui l'écoute une meilleure adaptation au réel.

L'éthique de la courtoisie et la sagesse bouddhique dont s'inspire le récit se rejoignent dans un commun renoncement, dont l'objet est le lieu du sens. Si le désir est souffrance inutile, pour le sage oriental, c'est qu'il nourrit l'illusion de faire une fin, d'investir – absurdement – le manque originel dont il croit

---

1. *L'Archer et le Rossignol*, éd. R. Nelli, Bruges, Desclée de Brouwer, 1960, pp. 1102-3.

procéder. Le vilain que châtie, au sens médiéval et au sens moderne, le discours de l'oiseau, prend pour une fin ce qui doit rester un moyen : l'illusion fictive en tant qu'elle restreint les voies du sens à la commutation du possible et du passé. Pris absolument, ce schéma d'inversion conduit à confondre la jouissance et la consommation, assignant ainsi un lieu au sens, dont l'absence est envisagée comme possible.

La figure essentielle du récit est celle que propose l'oiseau à son interlocuteur, que l'audition des préceptes a laissé furieux et déçu – car il est incapable de s'en faire l'application ; il presse l'oiseau de le satisfaire enfin, ajoutant, détail qui a son prix, qu'il est temps de manger, ce qui redouble son impatience. L'oisillon prétend alors que son ventre contient une pierre précieuse... qui pèse bien plus que son corps tout entier. Mais le vilain n'y fait pas réflexion ; et l'avertissement moqueur de l'oiseau ne peut bien évidemment pas ramener à la raison celui qui reste victime de sa propre avidité, de son *invidia*. Quelle leçon, pour qui a les yeux plus gros que le ventre !

Ce qui demeure incompréhensible pour le vilain, c'est que la relation de l'intérieur à l'extérieur, du contenu au contenant, est ce qui permet d'imaginer cette chose si difficile à conceptualiser : la continuité de la différence. L'image de la pierre précieuse prétendument contenue dans le ventre de l'oiselet n'est, pour le vilain, qu'affaire de prix et de poids ; or la pierre elle-même peut, comme lorsqu'elle prête forme au graal, rendre sensible le jeu de l'enchâssement qui interdit de confondre intérieur et extérieur, et de les substituer l'un à l'autre. Qu'il y ait en chacun, en chaque chose – et en chaque mot –, quelque chose d'inconsommable et de dérobé, voilà ce que le vilain ne peut entendre. C'est pourquoi le merveilleux verger qu'un indigne héritier lui a vendu perd toute vie quand l'oiseau le déserte ; tout jardin est un peu un paradis perdu, un lieu où la nature est à la fois absente et présente, comprise par celui qu'elle comprend. Le jardinier aime d'autant plus la nature qu'il se sait dénaturé ; ainsi, la forme du jardin clos, le cycle des saisons, la merveille toujours renouvelée de la vie qui naît de l'invisible, et y retourne dans un perpétuel changement, proposent l'expérience heureuse de l'alliance et de la confiance. L'oiseau, dans le jardin, chante un lai destiné aux amoureux[1], et le vilain veut le mettre en cage ! Comme le mari jaloux du *Lai du laostic*, il trouve intolérable que le lieu de l'intime ne puisse être qu'un seuil à franchir, que le cœur soit l'orient d'une quête où la musique s'accorde à la liberté.

Le manque et le secret

Le Lai de l'Oiselet a donc une fin morale ; mais est-ce une fin ? Le propre de la morale exemplaire est d'ouvrir sur une grande variété d'applications ; par là, elle constitue bien un lieu commun, c'est-à-dire un discours qui sort de l'ordinaire, dans la mesure où il rend celui-ci possible : ce qu'ont bien compris les dadaïstes, et tous ceux qui, à leur suite, ont révélé l'absurdité qu'il y aurait à faire son ordinaire de ces opérateurs qui disciplinent la variété des événements. Comme le débat des Martin et des Smith, les lieux communs, et singulièrement ceux qui ont des visées morales, ouvrent sur un discours sans fin.

C'est bien pour cela que l'*exemplum* est une des formes que prend le récit bref ; il est le modèle canonique, si l'on peut dire, de ces narrations qui ont pour vraies limites la masse changeante, insignifiante, impossible, du réel. Et qu'en est-il de nos autres récits ? Deux ont une fin heureuse : *Le Vair Palefroi* et *Aucassin et Nicolette*. Dans le premier cas, le héros impécunieux, après avoir récupéré (le ton même du récit nous autorise cette trivialité) la fiancée qu'un oncle vieux et perfide voulait s'approprier, devient son héritier ; dans l'autre, bien connu, les amoureux se retrouvent et s'épousent. Un certain type d'analyse verrait une forme de clôture dans ces réparations d'un manque initial. Mais si tout s'ajuste si bien, au fond, pourquoi y a-t-il un manque initial plutôt que rien ? L'illusion de l'accomplissement, l'esthétique de la satisfaction, l'éthique de la compensation supposeraient, pour ne pas se réduire à l'illusion, l'effacement du récit. Le récit demeure parce qu'il se dépasse ; et le récit bref, même heureusement conduit, conserve des zones d'ombres, d'ailleurs pas forcément étrangères au bonheur qu'il

---

1. D'ailleurs, associant aux belles *puceles* chevaliers, clercs et lais, pour leur prodiguer, il est vrai, de pieux conseils.

nous met sous les yeux ; un peu comme un escamoteur, peut-être.

En revanche, *La Châtelaine de Vergy* doit son étonnante fortune à sa fin tragique. La dame, dont l'amour a été révélé, l'amant qui l'a révélé à son seigneur, la duchesse à qui le seigneur duc l'a révélé, tous meurent de mort violente : désespoir, suicide, meurtre ; le duc, seul rescapé, se fait templier et, depuis la fête si cruellement bouleversée, plus personne ne l'a jamais vu rire. En ce cas, bien que la méchante duchesse soit punie, ce qui l'emporte est l'absurde et fatal enchaînement des confidences. Le récit – d'où, peut-être, ses réécritures successives –, est comme déformé par la pression de l'impossible passé que représente le secret. Par le rôle qu'y tient la fatalité, par sa fortune littéraire, ce récit s'apparente à un autre, bien plus bref : la *vida* de Jaufre Rudel. Quand Jaufre rencontre enfin sa bien-aimée, c'est pour mourir dans ses bras ; et elle entre en religion, après l'avoir fait ensevelir dans une maison de Templiers. Leur amour n'est qu'instant ; glorification de la mesure poétique et de son silence musical, qui permet d'intégrer à un recueil les poèmes de l'amour de loin, sans figer l'intervalle signifiant qui les fait exister. Si les arts poétiques, comme les arts d'aimer, viennent toujours après coup, selon la malicieuse formule de Pierre Bec[1], ce n'est pas, sans doute, pour lutter contre l'oubli, mais contre une production qui serait répétition ou substitution ; les recettes, moins joliment que la légende, prennent le relais de l'oralité pour assurer le renouvellement des performances et la diversité de leur réception : la recette, c'est aussi une forme qui se confronte à l'irréductible indéfinition du réel.

On a souligné à plusieurs reprises combien le héros de *La Châtelaine de Vergy* se trouvait dans une impasse : il lui faut trahir le secret de ses amours pour se justifier des accusations mensongères dont l'accable une femme dépitée, qui est l'épouse de son suzerain, ou se voir banni du pays ; dans les deux cas, il perd celle qu'il aime. Il choisit de faire confiance à son seigneur, mais celui-ci ne respecte pas la discrétion promise ; la duchesse a vite fait d'obtenir de son mari ce qu'elle veut savoir,

---

1. « Le problème des genres chez les premiers troubadours », *Cahiers de civilisation médiévale*, XXX, n° 1, janv.-mars 1982, pp. 31-32.

et se fait un plaisir d'annoncer publiquement à sa rivale qu'elle connaît son secret.

Bien sûr, cette histoire ressemble au lai merveilleux de *Lanval*, sans Avalon salvateur ; mais elle a moins de vraisemblance. Car une dame qui vient miraculeusement au secours d'un chevalier injustement brimé par son roi, qui lui prodigue argent et faveurs, et finira par le ravir dans un Autre Monde, à l'abri de sa rivale la reine, a bien le droit d'avoir quelques caprices ; et le secret exigé par l'amante féerique semble se relier logiquement, étymologiquement, à l'isolement d'Avalon, sur lequel se tait le conte. En revanche, aucune raison explicite ne vient soutenir l'exigence de la châtelaine ; rien n'est précisé quant aux contraintes, sociales ou morales, qui l'obligeraient à la prudence. On recourt donc, pour expliquer l'importance que prend le respect du secret, aux préceptes de la *fin'amor*, formulés par extrapolation de poèmes lyriques. Mais pourquoi la *fin'amor* doit-elle être essentiellement tenue secrète ? On sent bien que le vaudeville n'a rien à faire ici.

Ceux qui menacent le secret des amants, dans la lyrique où les maris sont de peu d'importance, ce sont les *losangeors*, comme on le sait. Ce sont les séducteurs, pour lesquels une femme en vaut une autre, quand on l'a eue ; ceux qui, en trahissant ou divulguant les amours des autres, vont les rejeter dans le jeu substitutif de la fiction. Or c'est bien de substitution et de consommation qu'il s'agit, dans les manœuvres de la duchesse. La phrase terrible qui va précipiter la châtelaine dans le désespoir et la mort, c'est celle qui la félicite d'avoir su dresser son petit chien. Ce *chiennet*, en traversant le verger pour aller accueillir joyeusement l'amant, lui signale que la voie est libre, jusqu'à la chambre où l'attend son aimée, sans qu'il y ait de surprise à craindre. Certes, ce petit chien rappelle ceux dont Brunet Latin dit qu'ils gardent le lit des dames ; sans doute lui a-t-on, comme il le conseille, mesuré sa nourriture pour l'empêcher de grandir, et tiré les oreilles pour qu'elles pendent joliment. Mais il conserve aussi, dans le clair-obscur des rendez-vous nocturnes, quelque chose des chiens passeurs, messagers de l'Autre Monde, *brachets* merveilleux, cueilleurs sacrifiés des mandragores.

Or qu'est-ce qu'un secret ? c'est un morceau de passé que

l'on peut retrouver identique, à sa place, qui ne bouge pas dans le reste qui le contient, et, par là, rend ce reste fictif. Un secret, c'est un sens, à la fois unique et interdit. Un secret partagé, c'est nécessairement le partage aussi d'un « manque », un point aveugle dans la mémoire, qui permet aux amants de dépasser leur différence naturelle, sociale, de sexe et de genre *(gender)*, par une différence qui n'appartient qu'à eux. Une vraie différence, qui leur permette de s'entendre sur l'indicible, l'impossible, de la jouissance. Une différence pas ordinaire. Mais la duchesse ne jouit pas. Elle calcule, elle provoque ; elle cherche, désespérément peut-être, pathétiquement peut-être, à assouvir son désir en réinvestissant en l'Autre sa propre absence. Sa froideur est garante de sa séduction ; sa spécularité narcissique s'épanouit dans la comédie qu'elle donne à son mari, bon public. Elle est condamnée à incarner la Femme, cette moitié du monde toujours dérobée pour le plus grand bonheur des femmes qui ont droit au réel – et au réel de leur jouissance –, parce que la figure de l'altérité, de la femme qui est toutes les femmes et aucune, n'est que la fiction d'un Tout qui laisse toute sa chance au réel. La Femme est l'utopie qui estompe et adoucit l'adaptation que réclame le réel. Elle est celle à qui l'on reproche de changer, alors que l'homme ne progresse que grâce à cette continuité du sens qu'assure la femme, pour que son partenaire invente et figure, et prenne le risque de l'avenir, parce qu'il ne risque pas de régresser. La femme est l'utopie, parce qu'elle est, pour nous tous, le premier lieu, quitté, perdu.

La duchesse, plus que le monstre ou la sorcière que certains veulent voir en elle, est la figure ogresse de l'anti-poésie, et de l'anti-nouvelle. C'est là un type qui est plus fréquent qu'on ne le penserait dans le récit bref, jusqu'à notre époque. Elle veut faire une fin ; elle veut savoir la vérité, la posséder, pour éventuellement la détruire. En félicitant ironiquement sa rivale d'avoir su dresser son petit chien, elle s'arroge le droit de revenir à un avant qui serait absence de sens, elle s'identifie à cette ombre qui permet aux amants de préserver la voie de leur secret, elle consomme leur jouissance dont elle est exclue, en la réduisant à la forme « en creux » de sa propre absence.

Le duc, lâche et voyeur, la duchesse, amoureuse d'elle-même à travers la destruction d'autrui, le chevalier, incapable de déviance (ce qui est tout à son honneur et pour son malheur), tous seront malheureux parce qu'ils veulent atteindre la vérité en excluant la différence. Aucun d'eux, au fond, ne peut faire un usage positif de la différence, de sorte que les trous du récit, par l'arbitraire tragique, condamnent au bruit ce qui ne peut s'épanouir en musique.

Le secret, en fin de compte, est toujours lié à l'idée de faute, de transgression, parce qu'en lui repose un commencement, dans la mesure où l'on doit pouvoir le retrouver dans les méandres de la mémoire, à sa place ; et l'y retrouver identique à lui-même (tout l'art du secret est là). Ce trajet, contrairement aux divers parcours des arts de mémoire, fondés sur la contiguïté, tend nécessairement à sa propre évanescence. Il vise un point aveugle, à partir d'une erreur. Par-delà le schéma canonique du mythe œdipien, on pourrait relire ainsi le *Tristan* de Béroul, par exemple ; du début qui en est un parce qu'il ne devrait pas l'être, et consomme l'impossible, au châtiment du voyeurisme obsessionnel des barons sur lequel s'interrompt le manuscrit[1]. C'est pourquoi le secret, l'énigme, ont à voir avec le récit bref, avec la nouvelle aussi, celle qu'on se glisse dans le creux de l'oreille, et qu'on répète, bien sûr, même si l'on a promis de ne rien dire. Le secret a partie liée avec la fiction, et l'erreur est d'y voir le dernier mot, ou le dernier cri, de la vérité. Il est donc voué au jeu substitutif du furet, superposant les personnes, les signes et les traces. Ce n'est pas quelque chose en creux, mais un trop-plein. Fait pour être trahi (existerait-il sans cela ?), il est une des formes simples (au sens de Jolle) qui légitiment la brièveté du récit.

---

1. On sait comment Godoïne, instruit par un espion, sait que le mur de la chambre où Tristan vient retrouver la reine comporte un *pertus* masqué par la tenture ; comment il a percé un trou dans la tenture pour guetter les amants par le *pertus*, et comment, trahi par l'*ombre* de sa tête qu'Iseut aperçoit de la *fenêtre*, il reçoit dans l'œil la flèche décochée par Tristan, qui traverse sa tête comme *une pome mole*. Le manuscrit s'interrompt sur la parole suspendue, interdite, du traître : *Seulement dire ne li lut : / « Bleciez sui ! Dex ! confession. »* (v. 4484-5, éd. Ph. Walter, Paris, Le Livre de Poche, 1989). Tony Hunt, par ailleurs, a mis le *Tristan* de Béroul en relation avec *La Châtelaine de Vergy* par leur art commun du *celer*, écrivant à propos de l'œuvre anonyme : « This text displays an insistent concern with semiotics no less than does Beroul's *Tristan* » (« The art of conceal-ment : *La Châtelaine de Vergy* », *French Studies*, XLVII, april 1993, p. 131).

Le bon sens n'est pas celui qu'on croit

Il y a bien des façons de raconter l'histoire du *Vair Palefroi*. Un chevalier *riches de cuer, povres d'avoir*, aime la fille unique d'un prince vieux et fortuné. Bien qu'il ait toutes les raisons de craindre un refus, il se décide à demander la main de la jeune fille. Comme on pouvait s'y attendre, le jeune homme est hautainement débouté par le riche vieillard, qui l'avait pourtant accueilli avec amabilité. Mais la demoiselle ne se laisse pas décontenancer ; elle rappelle à l'amoureux déconfit qu'il possède un oncle tout aussi vieux, tout cousu d'or, et sans héritier direct. Qu'il aille donc le trouver ! S'il veut bien déclarer au père intraitable, qui est son voisin et ami, qu'il est prêt à donner à son neveu une rente terrienne de trois cent livres pour favoriser son mariage, l'affaire, à coup sûr, se fera. Le mariage célébré, le jeune homme n'aura plus qu'à restituer à son oncle l'avancement d'hoirie dont il l'avait crédité auprès de son beau-père ; on se croirait dans *Les Ames mortes*.

L'oncle adhère sans réticence au plan qui lui est proposé ; mais au lieu de plaider la cause de son neveu, qui est parti en toute confiance pour un tournoi, le perfide vieillard demande pour lui-même la main de la demoiselle, qui lui est aussitôt accordée. Grand désespoir de la belle, horrible déconvenue du galant ; mais la jeunesse finit par triompher, et les jeunes gens se trouvent mariés sans que le parti des barbons puisse s'y opposer.

C'est aussi l'histoire d'un cheval et d'un chemin. Messire Guillaume, le jeune amoureux, demeure, comme le père de sa belle, au sein d'une forêt profonde. Pour aller faire sa cour – secrètement –, le chevalier doit parcourir deux lieues sur son palefroi ; mais quel palefroi ! De robe *vaire*, c'est-à-dire pommelée, en tous les cas, composée de plusieurs couleurs, la monture, connue dans tous les alentours pour ses exceptionnelles qualités, a tracé dans la profondeur des bois un chemin qu'elle est seule à emprunter. Or quand se préparent les noces de l'oncle usurpateur, on s'aperçoit qu'il y a pénurie de chevaux pour conduire dignement à l'église la gent féminine ; le pauvre chevalier se voit donc sollicité sans vergogne de prêter son merveilleux palefroi pour servir de monture à la fiancée – d'un autre ! – Mais, « bêtement » et intelligemment à la fois, l'animal saura quitter au bon moment le cortège qui se dirige vers l'église, et conduire la jeune fille chez celui qu'elle aime, en retrouvant dans la forêt le sentier qu'il a tant de fois emprunté lorsque son maître allait en secret faire sa cour.

Le palefroi remet ainsi, pourrait-on dire, les choses en place : il punit l'oncle usurpateur et le père complice, qui ont voulu, symboliquement, priver de sens le désir du jeune homme en se l'appropriant par l'emprunt du cheval. Guillaume, en effet, accepte de prêter sa monture, après un douloureux débat, parce qu'au moins, elle le rappellera au souvenir de l'aimée ; le cheval se rappellera le sentier qui lui est seul familier dans l'épaisseur de la forêt ; de cette mémoire, les vieillards ne peuvent rien savoir. Or ce détail, que l'on pourrait effectivement trouver bête, de l'animal reprenant son chemin, « comme les ânes », constitue le pivot du récit ; il souligne ce qui empêche le vieillard de se substituer au jeune homme, un passé dont le premier ne peut s'emparer pour y greffer un avenir qui lui rendrait sa jeunesse. Valeur suprême dans l'idéologie courtoise, la jeunesse est pervertie par l'effort qui tente de la ressaisir, car il fige ce qui est célébré comme une promesse et une aventure. Dans la perspective courtoise, la vieillesse apparaît méprisable quand elle signifie le refus du changement. C'est-à-dire la perte de la mesure ; la vieillesse ressentie comme une privation suppose que la jeunesse soit perçue comme la *réalisation* d'un idéal, ce qui est absurde, et qui suppose la vanité d'une existence modelée par un schéma répétitif, indifférencié ; comme s'il n'y avait qu'une façon d'être jeune.

La figure négative du vieillard s'accorde ainsi à l'esthétique de la nouvelle courtoise, parce qu'elle permet de mettre en échec une éthique de la consommation, qui se révèle vaine en se représentant. Le cortège nocturne qui conduit la fiancée désespérée vers une union détestée présente un aspect carnavalesque, et, par là, inquiétant ; si l'on place dans le registre du fabliau l'évocation des vieux chevaliers, soûls de nourriture et de boisson, mais n'ayant pas leur compte de sommeil, dodelinant de la tête, chevauchant dans un engourdissement de cauchemar, il faut se demander comme le faisait Jacques Ribard

« et si les fabliaux n'étaient pas des contes à rire ?[1] » Le schéma de l'aube, cruelle aux amants qu'elle sépare, semble se retrouver dans la décision du vieux père de célébrer le mariage *a l'ajorner* ; mais le guetteur, pris de boisson, trompé par le clair de lune, dépêche dans la nuit le cortège nuptial. L'obscurité de la forêt accentue l'égarement des vieillards, dont la troupe somnolente, quand l'étroitesse du chemin la contraint de progresser à la queue leu leu, évoque la bande d'aveugles, liés par leurs bâtons, et précipités vers une chute inévitable, que peindra plus tard Bruegel l'ancien. Entre l'excès et le manque s'inscrit la tentation de consommer une limite ressentie comme purement contraignante, ce qu'exprime la figuration de la vieillesse par la pesanteur. La nuit se fait au contraire l'alliée des amants, parce qu'elle symbolise, comme dans la chanson d'aube, l'intimité secrète où tend le désir, sans pouvoir ni vouloir s'épuiser. Aux égarements de l'avide vieillesse, qui détruit le sens qu'elle cherche à définir, pour échapper à l'absurdité de sa fin, s'opposent les incertitudes du désir, qui donnent rythme et souffle au récit bref comme au poème. C'est au plus épais de la forêt, masquant la clarté de la lune, que le vair palefroi trouve son chemin.

Aimer, rêver peut-être

L'accent mis, sous le couvert de l'éthique courtoise, sur la valeur esthétique du changement est peut-être ce qui apparente le récit bref au poème. Cette parenté ne s'exprime pas seulement par les modifications du silence et du son dans le poème, auxquelles correspondraient les ellipses du récit, les aléas, auxquels sa linéarité reste affrontée, le refus de la cohérence fictive, traits marquants d'une nouvelle comme *Le Vair Palefroi*, qui la font sembler maladroite au premier abord. Il est d'ailleurs fréquent, et finalement, significatif, qu'une nouvelle paraisse décousue. C'est encore un trait qui la rapproche des formes lyriques, si l'on ne considère pas ici leur densité, mais le fait qu'elles sont d'emblée disposées à être réunies dans un

---

1. In *Le Rire au Moyen Age*, Presses Universitaires de Bordeaux, Bordeaux, 1990, pp. 257-269.

recueil. L'aléatoire du recueil, qui ne se limite pas aux variations de la tradition manuscrite au Moyen Age, renvoie à la réalité mouvante où s'inscrivent la récitation, la lecture. Non coupés du réel par la cohérence illusoire d'un univers fictionnel qui lui serait substitué, le poème, la chanson, la nouvelle peuvent entrer dans un réseau d'échanges et d'échos – qu'illustre l'ambiguïté générique du lai. Dans la *cantefable* d'*Aucassin et Nicolette*, l'alternance de la prose et de la forme rimée révèle dans l'esthétique du fragment la règle d'un grand jeu invitant à jouer de multiples parties, toutes différentes. Ce qui affleure dans le débat toujours ouvert que soulève l'éventuelle visée parodique de l'œuvre, c'est la fragmentation originelle du roman occidental ; la ligne continue des amours idylliques est continûment et diversement traversée. L'accident, la péripétie, semblent inverser dans une ombre maléfique la totalité heureuse que forme le couple gémellaire dans sa relation idéalement spéculaire.

Mais, en fait, accidents et péripéties s'ajoutent, arbitrairement, à ce qui est d'emblée satisfaisant ; et le réel plaisir que donne le roman rose est dans ce dépassement, ce déplacement, qui permet au lecteur de s'inclure dans la fiction. Il prend plaisir à y être « de trop ». Les amoureux se croient seuls au monde, mais il les voit, et peut s'en détourner. Il les voit dans le miroir du récit. Or la parodie est aussi un effet de spécularité. On ne parodie pas une œuvre morte, un genre oublié. Reflet déformant, la parodie est une figure *in praesentia*. Et si *Aucassin et Nicolette* étaient un jeu sur les jeux de réflexion qui fondent le roman occidental, un jeu sur l'allée et venue du réel à la fiction qui double et modifie les accidents du récit, les aléas de sa tradition, la mémoire de ses performances ? Dans ce qui est peut-être un roman rêvé, avec les déplacements et les condensations du rêve, avec ses refrains, ses ruptures et ses rythmes, peut-être Aucassin et Nicolette rêvent-ils qu'ils sont les personnages d'un roman, ou bien les personnages se rêvent-ils amoureux ? Comment savoir ?

Œuvre mêlée, la *cantefable* illustre magnifiquement l'inscription de la littérature dans la réalité, le savoir doux-amer de l'utopie. La littérature relance constamment la quête de ce qui ne saurait avoir lieu : la vérité, dont elle porte les traces.

L'utopie relance l'espoir du changement, qui la nie : car l'utopie, ce serait justement ce qui ne pourrait plus changer. Aucassin et Nicolette sont les héros ingénieux et touchants d'une quête fructueuse par son échec : celle du fond des choses ; ils ne traverseront pas le miroir où se recomposent les images fugitives de leur essentielle diversité, où se fragmente à l'infini l'humanité qui leur advient.

Les ambiguïtés électives

La traversée du miroir est aussi l'enjeu du *Lai de l'Ombre* ; et l'on s'est beaucoup extasié sur le charme du conte, et le délicat procédé du héros. Il est toujours facile de refuser ce qui peut sembler être un conformisme, ou un confort, de la critique. Il ne nous paraît pas inconvenant, cependant, de nous interroger sur ce charme et cette délicatesse.

Le héros est un séducteur, un séducteur cynique, un séducteur anonyme ; personne ne sut jamais son nom, ni même s'il en avait un. Mais il ressemblait à Gauvain. Amour, vexé de le voir s'adonner au plaisir sans lui rendre hommage, va lui faire sentir son pouvoir ; voilà notre héros follement épris. Il prie, supplie, implore : la dame de ses pensées réagit avec bon sens, mesure, courtoisie ; elle le repousse, sans lui faire perdre la face. Devant un émoi qu'elle juge n'être pas feint, elle reste un moment rêveuse ; le chevalier en profite pour lui glisser au doigt l'anneau qu'elle avait refusé d'accepter, sans qu'elle ait conscience du geste. Puis il prend brusquement congé. La dame voit alors l'anneau, s'émeut, s'indigne, fait rappeler le cheva- lier, et veut lui rendre son anneau. Il le reprend, mais c'est, dit-il, pour l'offrir à celle qu'il aime le plus au monde, après sa dame ; il jette alors dans le puits, où se reflète l'image de l'aimée, l'anneau dédaigné ; ce geste lui vaudra enfin d'être heureux.

En fin de compte, dans ce récit courtois, il s'agit d'une carte forcée ; tout est mis en œuvre pour aboutir à la réalisation de ce que symbolise l'anneau : l'obtention des faveurs de la dame. On note que c'est le partenaire féminin qui reçoit l'anneau, quand, dans la tradition courtoise de la *druerie*, ce symbole d'allé-

geance était donné par la dame à celui qui devenait son servant ;
comme le vassal le recevait de son suzerain. On est donc bien
tenté d'adhérer à l'une des interprétations que suggère Sarah
Kay : « Indeed, the *Lai* could no doubt also be read so as to
support the view that far from being self-deceiving, both characters are in fact cynically aware of going through the form of
a conventional courtship in order to end up where they both
want to be, in each others's arms[1] ». Néanmoins, Amour n'est
pas intervenu en vain : l'union des corps, que le conteur laisse
à la discrétion de ses personnages dans un avenir prévisible, et
préparé par le flirt qui peut décemment prendre place dans la
cour où se trouve le puits, est précédée par l'union des cœurs,
et l'accord des volontés. Quel rôle joue dans cet accord, essentiel dans le registre courtois, le personnage de l'ombre ? Celle-ci
appartient à la dame ; elle est *de vos* lui dit le chevalier. Pour
autant, elle jouit d'une indépendance suffisante pour prendre
l'anneau qui lui est offert, du moins est-ce ainsi que le chevalier
interprète le trouble de l'eau où s'enfonce l'anneau ; mais
comment se situe exactement le monde sous l'eau qu'elle
habite, par rapport au monde d'en haut ? Le texte est ici difficile
à interpréter.

   Une relative indépendance, et pourtant une liberté de mouvement limitée (car, de toute façon, l'ombre ne viendra pas remercier pour le cadeau reçu) ; peut-être faut-il rapporter ces traits à
ce qu'est l'ombre avant même de désigner le reflet que saisit le
miroir : un contour, la première forme légendaire de la représentation qui garde la mémoire de l'absent. Le trait qui cerne la
plage obscure, et qui restera quand sera parti l'aimé nimbé de
soleil, c'est encore un trajet, une voie que trace le cœur dans la
forêt des apparences, pour retrouver, non pas une présence ni
une absence, mais une relation, un sens, par lequel l'être aimé
reste reconnu comme unique, impossible à confondre, ne pou-
vant tenir lieu du reste où se diluerait la distance qui le relie, si
loin, si proche, au cœur aimant. Ce dont le galant prend possession, par le don de l'anneau, c'est justement ce qui déjoue le
cynisme conquérant du séducteur, et en nourrit l'illusion : une
vision de la Femme reconnue pour une fiction, distincte de la

---

1. « Two Readings of the *Lai de l'Ombre* », *The Modern Language Review*,
75, 1980, pp. 526-7.

femme aimée dans sa réalité singulière, mais nécessaire à la prise en compte de cette réalité par celui – l'amant – pour qui elle demeure mystérieuse. La jouissance féminine, en effet, contrarie le désir du retour au lieu originel, et exorcise la tentation de la substitution au père dans un lieu postulé unique et définitif. Mais pour qu'elle joue ce rôle, il faut qu'elle s'affirme réelle, et perçue comme telle en opposition avec tous les possibles de la fiction fantasmatique.

Au fond, l'on pourrait concevoir et illustrer la relation du couple, telle du moins que l'imagine la courtoisie, comme un reflet de la révélation du sens par la littérature, ou, plus largement, le poétique. Il est nécessaire que la femme soit pour l'homme cet impossible, comparable au blanc poétique, au silence du récit, au vide habité de l'ombre, pour qu'il puisse jouer avec le sens, construire son trajet, s'éprouver à nul autre semblable dans les choix multiples du possible. Le séducteur nie cet impossible en se réfugiant dans un tout fictionnel château des dames mortes, des amours innocemment incestueuses, où Gauvain, dans *Le Conte du Graal*, reste prisonnier. En reconnaissant à l'ombre une existence distincte de celle qui lui donne forme (mais laquelle, au fond, donne forme à l'autre ?), l'amoureux renonce à identifier l'image qu'il se fait de la dame avec un substitut de sa présence. Le geste qui précipite l'anneau dans le puits est peut-être tout simplement une sorte de figure exécutée par un roué comme par un cheval bien dressé, et appréciée comme telle en vertu d'un code implicite. Mais ce peut être aussi tout autre chose ; une hyperbate qui atteste la réalité poétique de l'amour, un hommage au silence par lequel seul existe la musique : *contez, vous qui savez de nonbre*. C'est le dernier mot du récit bref.

PRESENTATION DES TEXTES

LES EDITIONS

Le Lai de l'Oiselet : édition de Gaston Paris in *Légendes du Moyen Age*, 1903, à partir de l'ensemble des mss.

La Châtelaine de Vergy : édition du ms. G°, d'après la photocopie du ms. et l'édition diplomatique de René E. V. Stuip, 1970.

Le Vair Palefroi : édition à partir du ms. *unicum* B.N.fr.837.

Le Lai de l'Ombre : édition du ms. A, enrichi de variantes du ms. E.

Aucassin et Nicolette : édition à partir du ms. *unicum* B.N.fr.2168.

LE LAI DE L'OISELET

Le texte que nous donnons ici (avec une ponctuation légèrement modifiée) est celui de l'édition réalisée par Gaston Paris à partir des cinq manuscrits, tous conservés à la Bibliothèque Nationale, qu'il a identifiés (*Légendes du Moyen Age*, Paris, Hachette, 1903 pp. 274-91); cette édition reprend le texte d'abord publié en 1884[1] :

A : B.N.fr.837
B : B.N.nouv.acq.fr.1104
C : B.N.fr.25545

---

1. *Le Lai de l'Oiselet*, poème français du XIIIe siècle, publié d'après les cinq manuscrits de la Bibliothèque Nationale, et accompagné d'une introduction, Paris, in-12, imprimé pour les noces Depret-Bixio et non commercialisé.

D : B.N.fr.24432

E : B.N.fr.1593

Pour Gaston Paris, ces manuscrits se regroupent en deux familles : A, B, D, d'une part, C de l'autre, E résultant d'une fusion entre les deux. C et E donnant les préceptes de l'oiseau dans l'ordre qui est celui de la *Disciplina Clericalis* de Pierre Alphonse, l'une des sources les plus proches de l'apologue, Gaston Paris n'a pas fait choix d'un manuscrit unique, qui, logiquement, aurait pu être A, le célèbre fr. 837, mais présente une édition recomposée à partir de l'ensemble des cinq manuscrits, qui s'échelonnent du XIIIᵉ au XIVᵉ siècle.

En revanche, l'édition la plus récente, celle de Raimond Weeks dans les *Mélanges R. S. Loomis* (New York 1927-Slatkine Reprints Genève 1974), pp. 341-53, reproduit le texte du manuscrit le plus ancien, A. Le précepte *Ne pleure pas ce qu'ainc n'eüs* (v. 261) y précède celui qui est le premier chez Gaston Paris : *Ne croire pas quanques t'os dire* (v. 291).

L'édition de Gaston Paris avait été reproduite par A. Pauphilet dans ses *Romans et contes du Moyen Age*, Paris, Gallimard, pp. 478-88.

Gaston Paris a retracé avec beaucoup d'érudition la fortune d'un apologue dont la première forme, dérivée d'un original probablement sanscrit, se trouve dans la version grecque du *Roman de Barlaam et Joasaph*, adaptation chrétienne de la vie du Bouddha. Ce roman et ses multiples versions, adaptées à différentes conceptions religieuses, connurent une diffusion exceptionnelle au Moyen Age. Comme le rappelle Charmaine Lee («Il giardino rinsechito, per una rilettura del *Lai de l'Oiselet*», *Medioevo Romanzo*, 5, 1978, pp. 66-84), c'est à cette diffusion, ainsi qu'à celle, plus grande encore, dont bénéficia la *Disciplina clericalis* de Pierre Alphonse que l'apologue dut d'être repris dans de nombreuses œuvres médiévales à visée édifiante ou didactique, *Gesta Romanorum*, *Legenda aurea* de Jacques de Voragine, *Exempla* de Jacques de Vitry, *Dialogus creaturarum* de Nicolas de Pergame, *exempla* d'Eudes de Cheriton. Dans l'élaboration du récit tel que nous le présentent, isolé, les manuscrits cités, l'œuvre intitulée le *Donnei des amanz*, également éditée par Gaston Paris (*Romania*, XXV, 1896, pp. 497-541) a vraisemblablement joué un rôle non négligeable, en accentuant la coloration courtoise[1] de ce qui était, à sa source orientale, une fable à la sagesse « passe partout ». *Le Lai de l'Oiselet* a pu être considéré comme le type même du « lai didactique » par M. J. Donovan[2]. Cette définition typologique reste sujette à conjectures, de même que la date de composition du lai qui peut être approximativement fixée au premier tiers du XIIIe siècle.

Dans la tradition issue du roman grec de *Barlaam et Josaphat*, première mise en œuvre connue du fonds légendaire indien greffé sur l'histoire du Bouddha, l'oiseau est pris par un archer (sans doute un oiseleur à l'origine) ; c'est la version juive qui introduit le motif du jardin dont le maître s'empare de l'oiseau, parce que celui-ci en mangeait les plus beaux fruits ; Pierre Alphonse, lui, prête au maître du jardin le désir de jouir toujours des chants de son captif. On notera que dans notre texte, le paysan veut d'abord vendre l'oiseau, et à défaut, le mettre en cage pour sa propre délectation ; c'est seulement quand l'oiseau lui affirme qu'il ne chantera pas s'il est prisonnier, qu'il menace de le manger. Il en va de même dans le *Donnei des Amanz*, où l'oiselet célèbre la *franchise* odieuse au vilein :

> *Franquer eime [mut] chant e joie :*
> *Ja Deu ne doint que vilein l'oie !*
> *Joie que nus est letuarie*
> *Al vilein est tuche contrarie,*
> *Kar de franchise n'ad que fere.*
>
> (éd. G. Paris, vv. 57-61)

LA CHATELAINE DE VERGY

Ce récit en vers octosyllabes à rimes plates nous a été transmis par une vingtaine de manuscrits, auxquels il faut ajouter celui d'une rédaction en prose datant du XVe siècle. Les manuscrits les plus anciens datent du XIIIe siècle, les plus récents

---

1. *Cf.* l'article de M. Potelle dans les *Mélanges Rita Lejeune*, Gembloux, Duculot, 1969, « Le conte de l'oiselet dans le *Donnei des Amanz* », pp. 1299-1307.
– 2. *The Breton Lay, A Guide to Varieties*, Notre Dame, Indiana, 1969, p. 189, cité par Charmaine Lee, « Il Giardino... » p. 66.

sont deux copies exécutées au XVIIIe siècle d'après des manuscrits médiévaux. On trouvera la liste complète de ces manuscrits dans l'ouvrage de René. E. V. Stuip, *La Chastelaine de Vergy*, The Hague-Paris, Mouton, 1970, pp. 32-33. Dans l'introduction à son édition de 1892 (*Romania*, XXI, pp. 145-93), Gaston Raynaud ébauchait une description des manuscrits, dont René Stuip signale et pallie les lacunes. Seuls les manuscrits des XIIIe et XIVe siècles font l'objet d'une description détaillée dans l'ouvrage de René Stuip (1970, pp. 34-47) ; l'éditeur néerlandais note que trois manuscrits ne comportent que le texte de *La Châtelaine de Vergy* et celui du *Roman de la Rose* (I, K et L, respectivement Bruxelles, Bibliothèque Royale, 9574/9575 ; Rennes, Bibliothèque Municipale, 243 et De Ricci, Suppl. A. 2200). Trois manuscrits (E, B.N.fr.2136 – F, B.N.nouv.acq.4531, et K) comportent une miniature, représentant la scène de la rencontre dans le verger, à laquelle le duc assiste caché ; ces miniatures, qui se ressemblent beaucoup, rappellent encore, selon René Stuip, l'initiale historiée du ms. L.

Les éditeurs contemporains ne cherchent plus dans notre récit un roman à clefs comme le faisait à la fin du siècle précédent Gaston Raynaud. La composition de l'œuvre doit donc être approximativement datée par d'autres moyens qu'un recours incertain à la généalogie de la maison de Vergy[1] et à ses rapports (historiques) avec le duché de Bourgogne. Le fait qu'une strophe du Châtelain de Coucy, qui semble bien pouvoir être identifié comme Guy de Thourotte, disparu lors de la quatrième croisade, soit après 1202, figure dans le récit, et que Jean Renart se vante d'avoir été le premier à insérer des pièces lyriques dans un roman, son *Guillaume de Dole*, daté de 1228, semble appuyer l'hypothèse avancée par la critique moderne, plaçant la composition dans la première moitié du XIIIe siècle, entre 1230 et 1250, soit avant ou peut-être après la première partie du *Roman de la Rose*[2].

---

1. R. Stuip cite Du Chesne, *Histoire généalogique de la Maison de Vergy*, Paris, 1625, qui, « parlant de la mère [du duc] Hughes IV, Alix de Vergy, dit : "c'est de cette princesse qu'il faut entendre ces vers du Roman intitulé De la Chastellaine de Vergy, qui mort por loialment amer son amy" ». Après ce titre, qui est celui de notre manuscrit H, il imprime les vers H 164-68." (1970, p. 64, note 9. – **2.** *Cf.* Stuip, 1970, p. 64 ; Zumthor, « De la chanson au récit : *La Chastelaine de Vergi* ». *Langue, texte, énigme*, Paris, Seuil, 1975, pp. 219-239.

La Châtelaine de Vergy a fait l'objet de plusieurs éditions ; René E. V. Stuip a donné une édition critique du manuscrit A (B.N.fr.375, env. 1300, f° 331 v° à 333 v°), suivie de l'édition diplomatique de tous les autres manuscrits connus (Mouton, The Hague-Paris, 1970). Son édition du manuscrit A a été publiée dans la collection 10/18, avec un apparat critique réduit (Paris, U.G.E., 1985). Leigh A. Arrathoon a, pour sa part, fait choix du manuscrit C (B.N.fr.837) pour l'édition critique proposée d'abord comme thèse de l'Université de Princeton (*La Chastelaine de Vergi, A new critical edition of the text with introduction, notes and an English paraphrase*, 1975, puis reprise pour une deuxième édition en 1984 (Merrick), avec une traduction anglaise. C'est aussi le manuscrit C qu'ont choisi d'éditer Frederik Whitehead (dernière édition 1987, Manchester, Manchester University Press), ainsi que J. Dufournet et L. Dulac, Paris, Gallimard, coll. Folio n° 2576, 1994 ; ces auteurs rappellent que le même manuscrit C a servi de base aux plus anciennes éditions, notamment celles de J. Bédier (Paris, Piazza, 1927) et de G. Raynaud et L. Foulet, Paris, Champion, 1921, (Classiques français du Moyen Age, n°1). Une édition bilingue avec traduction italienne a été récemment procurée par Giovanna Angeli, Rome, Salerno editrice, 1991.

Sans remettre en cause les mérites des éditions précédentes, auxquelles nous sommes largement redevable, il nous a paru intéressant de proposer le texte du manuscrit G° (B.N. nouv.acq.fr.13521), daté par René Stuip de la fin du XIIIe siècle. On trouvera dans l'ouvrage signalé plus haut (1970, 33-47) une description complète des manuscrits ; celle du manuscrit G° se trouve à la page 41. Nous avons bien entendu utilisé l'édition diplomatique procurée par René Stuip, mais aussi la photographie du manuscrit, réalisée d'après le microfilm fourni par l'I.R.H.T. Nous avons cherché à réduire autant qu'il se pouvait les corrections qu'il nous a semblé nécessaire d'apporter au texte ; l'ouvrage de René Stuip nous a permis de choisir des variantes essentiellement dans les manuscrits A, B et C. On sait que la tradition manuscrite de *La Chastelaine de Vergi* reste débattue ; nos prétentions se bornent à fournir au lecteur un texte dont l'arbitraire soit aussi réduit que possible, et qui permette une lecture cohérente, tout en étant fidèle à la réalité de la tradition médiévale.

L'incipit manque dans les manuscrits B,C,E,I,K,L. On peut rapprocher l'incipit de notre manuscrit :

> « Ci con
>
>   le conte de la chateleine de vergi »,

où l'absence de signe diacritique ne permet pas de développer « ci con », de celui du manuscrit H :

> « Ci commence de la chastelainne de Vergy
>
>   qui mori por loialment amer son ami »

De nombreux vers demandent l'élision d'une muette : 8, 19, 24, 58, 112, 175, 250, 553, 580, 810. On trouve aussi plusieurs vers hypermètres : 259, 266, 387, 693 ; nous avons cru pouvoir corriger le vers 603 en supprimant *me*.

Nous avons signalé les additions par des crochets ; nous n'avons pas cru bon de signaler les espacements qui apparaissent en certains endroits de façon aléatoire, quand ils ne correspondent pas à une perte de texte demandant une correction.

Dans l'édition procurée par R. Stuip pour la collection 10/18, on trouvera diverses réécritures du texte : *L'Istoire de la Chastelaine du Vergier et de Tristan le Chevalier*, mise en prose du XVe siècle, et sa forme dialoguée, *La Chastelaine du vergier. Livre d'amour du chevalier et de la Dame Chastelleine du Vergier* ; dans l'ouvrage de J. Dufournet et L. Dulac, la version donnée par Le Grand d'Aussy à la fin du XVIIIe siècle ; enfin, dans les deux recueils figure la nouvelle de Marguerite de Navarre. Tout se passe comme pour les mythes tragiques, eux aussi indéfiniment réécrits ; la nécessité du secret dévoilé, jointe à l'absurde d'une quête de la vérité affrontée à l'impossible, soit, l'impossible nécessaire, fascine le lecteur sollicité, comme le joueur, par les leurres du possible et du probable.

LE VAIR PALEFROI

Le Vair Palefroi n'a été conservé que dans un seul manuscrit : le célèbre B.N.fr.837, aux folios 348 v°-355. La seule édition critique reste celle d'Arthur Långfors, Paris, Champion, 1921 (Classiques Français du Moyen Age, n° 8). Le texte que nous proposons a été établi d'après le manuscrit ; nous avons retenu trois corrections parmi celles que proposait A. Långfors : au vers 386, la leçon du manuscrit, *a de cuer sens chargié* semble due à une inversion du copiste ; en effet, la jeune héroïne se plaint que son père ne puisse partager ni comprendre ses sentiments ; c'est le sens, (dénotant ici la raison dans son acception rébarbative), qui s'oppose au cœur. Au vers 792, la leçon *lais* ampute la mesure du vers ; enfin, au vers 1064, il faut préférer *de* plutôt que *en* afin de maintenir le parallélisme qui justifie l'emploi de la coordination *ne* ; outre qu'*en la charriere* ne donne pas un sens satisfaisant, construit avec « savoir ».

Le *Vair Palefroi* a été traduit par Jean Dufournet, Paris, Champion, 1977, dans la série des Traductions des Classiques Français du Moyen Age (n° XXII).

LE LAI DE L'OMBRE

Conservés par sept manuscrits, *Le Lai de l'Ombre* a, comme on le sait, sollicité l'attention des érudits par la complexité de sa tradition. Depuis les premières éditions, en 1836 et 1846, jusqu'à la plus récente, celle qu'a procurée Félix Lecoy pour les Classiques français du Moyen Age (1979), les éditeurs ont choisi entre deux manuscrits : A (B.N.fr.837), et E (B.N.nouv.acq.fr.1104). Joseph Bédier a édité successivement l'un puis l'autre, en 1913 (A) puis 1929 (E). Albert Limentani, dans *L'Immagine riflessa* (Turin, Einaudi, 1970) suit l'édition de John Orr (1948), fondée sur le manuscrit E.

La comparaison des deux manuscrits nous a incitée à prendre pour base du texte que nous proposons le manuscrit A ; nous lui apporterons cependant quelques corrections, grâce aux variantes qu'offre en particulier le manuscrit E. Sans prétendre rivaliser avec l'admirable travail de Félix Lecoy, nous tenterons d'offrir un texte lisible, cohérent et, nous l'espérons, capable de plaire au lecteur.

AUCASSIN ET NICOLETTE

La « chantefable » nous a été conservée dans un seul manuscrit, B.N.fr.2168 ; (f° 70 r°b à f° 80 v°b) ; la musique des parties chantées y est notée. Un certain nombre de corrections ont été suggérées par Gaston Paris, (édition de 1878 et compte rendu des éditions de Suchier), Hermann Suchier (1878, puis neuvième édition revue par Walther Suchier, 1921), et F. W. Bourdillon, (1919) ; Bourdillon, qui avait publié une reproduction photographique du manuscrit en 1896, a souligné le danger de procéder à des corrections excessives ; Mario Roques, dans son édition de 1925, revue en 1936, prend parti pour le respect du manuscrit, autant qu'il est possible. Ce sera aussi la doctrine de Jean Dufournet, dans l'édition bilingue qu'il publie en 1984. Nous avons adopté les corrections traditionnellement proposées pour rétablir des mots altérés ou compléter les lacunes correspondant aux déchirures du manuscrit, ou à une rupture du sens, laissant supposer une erreur du copiste ; quand nous avons effectué un choix, nous l'indiquons en note.

BIBLIOGRAPHIE

La nouvelle et le récit bref

On trouvera une bibliographie concernant la nouvelle et les genres narratifs brefs dans l'ouvrage magistral de Roger Dubuis, *Les Cent Nouvelles Nouvelles et la tradition de la nouvelle en France au Moyen Age*, Grenoble, Presses Universitaires, 1973. Nous indiquerons ici seulement quelques études récentes.

DUBUIS, R., *Les formes narratives brèves*, G.R.L.M.A, VIII-I, Heidelberg, 1988, pp. 178-96.

La Nouvelle romane (Italie-France-Espagne), eds. José Luis Alonso HERNANDEZ, Martin GOSMAN et Rinaldo RINALDI, Amsterdam, Rodopi, 1993.

Le Récit bref au Moyen Age, Wodan t. 2, 1989 ; notamment l'article de Michèle GALLY, « Récits brefs courtois : arts d'aimer ou nouvelles ? L'exemple de *La Châtelaine de Vergy* et du *Lai de l'Ombre* », pp. 123-140.

Narrations brèves, Mélanges de littérature ancienne offerts à Krystyna Kasprzyk, Genève, Droz, 1993.

PICONE, M., DI STEFANO, G., STEWART, P.D., eds., *La Nouvelle, Actes du colloque international de Montréal,* (Mc Gill University, 14-16 Octobre 1982, Montréal, Plato Academic Press,1983.

SEMPOUX, A., *La Nouvelle*, Turnhout, Brepols, 1973 (Typologie des sources du Moyen Age Occidental, fasc. 9).

Le Lai de l'Oiselet

Editions :

PARIS, Gaston, *Le Lai de l'Oiselet, poème français du*

XIIIe siècle, Paris, 1884 ; réimpr. dans *Les Légendes françaises du Moyen Age*, Paris, Hachette, 1903, pp. 274-291. Cette édition a servi à établir le texte publié avec d'abondantes notes, par A. PAUPHILET dans *Poètes et romanciers du Moyen Age*, Paris, N.R.F (Bibliothèque de la Pléiade), 1943 pp. 477-488. On trouvera dans le même volume le texte de *La Châtelaine de Vergi* (pp. 335-358) et d'*Aucassin et Nicolette* (pp. 431-466).

WEEKS, R., édition d'après le manuscrit B.N.fr.837, avec une étude, *Mélanges R. S. Loomis*, Paris-New York, 1927, pp. 341-53 (réimpr. Slatkine Reprints, Genève, 1974).

Etudes

LEE, Charmaine, « Il Giardino rinsecchito, per una rilettura del *Lai de l'Oiselet* », *Medioevo Romanzo*, 5, 1978, pp. 66-84.

La Châtelaine de Vergy

Editions

Nous signalons les éditions les plus modernes ; pour un relevé complet et critique, on se reportera avec fruit à l'ouvrage fondamental de René E.V. STUIP, *La Chastelaine de Vergi, édition critique du ms. B.N.fr.375, avec Introduction, Notes, Glossaire et index, suivie de l'édition diplomatique de tous les manuscrits connus du XIIIe et du XIVe siècle*, The Hague-Paris, Mouton, 1970.

RAYNAUD, Gaston, Paris, Champion, 1910, Classiques Français du Moyen Age, n° 1, éd. revue par L. Foulet, 2e éd. 1912.

BÉDIER, J., Paris, Piazza, 1927, avec une traduction.

WHITEHEAD, F., Manchester University Press, Manchester, 1944 (2e éd. 1951).

ARRATHOON, L.A., Princeton University, 1975 ; 2e éd. New York, Merrick, 1984 (avec une traduction anglaise).

STUIP, R.E.V., éd. et traduction, Paris, U.G.E, 1985 (Coll.10/18, 1699).

WOLFZETTEL, F., *Französische Schicksalnovellen des 13. Jahrhunderts*, übersetzt, eingeleitet, mit einer Bibliographie und Anmerkungen versehen von F.W., München, Wilhelm Fink, 1986.

Angeli, Giovanna, éd. bilingue avec traduction italienne, Roma, Salerno editrice, 1991.

Dufournet, Jean et Dulac Liliane, édition bilingue commentée, Paris, Gallimard, 1994 (Folio n° 2576).

Traduction française par Danielle Régnier-Bohler, *Le Cœur mangé,* Paris, Stock Moyen Age, 1979, pp. 197-220.

Etudes

Arrathoon, Leigh. A., « Jacques de Vitry, the Tale of Calogrenant, *La Chastelaine de Vergi*, and the Genres of Medieval Narrative Fiction », *The Craft of Fiction,* ed. L.A. Arrathoon, Rochester, 1984, Solaris P., pp. 281-368.

Bloch, Howard « The Lay and the Law. Sexual/Textual Transgression in *La Chastelaine de Vergy,* the *Lai d'Ignaure,* « Renaut de Beaujeu » and the *Lais* of Marie de France », *Stanford French Review,* 14, 1990, pp. 181-210.

Charpentier, Hélène, « De *La chastelaine de Vergi* à la soixante-dixième nouvelle de l'*Heptaméron,* ou les métamorphoses de l'infinitif », *Revue régionaliste des Pyrénées,* 67, 1984, pp. 55-82.

Colliot, Régine, « Durée, moments, temps romanesques d'après quelques intrigues des xiie et xiiie siècles », *Le temps et la durée dans la littérature du Moyen Age et de la Renaissance, Actes du colloque organisé par le Centre de Recherche sur la littérature du Moyen Age et de la Renaissance de l'Université de Reims (novembre 1984),* publ. sous la direction d'Y. Bellenger, Paris, Nizet, 1985, pp. 41-54 (concerne notamment *La Châtelaine de Vergy* et *Aucassin et Nicolette*).

Cooper, Linda, « Irony as Courtly Poetic Truth in *La Châtelaine de Vergy* », *Romanic Review,* 75, pp. 273-82.

Curtis, Renée L., « The Chastelaine de Vergi's Marital Status : A Further Reflection », *French Studies Bulletin,* 27, pp. 11-12. / Reed, J., « La Chastelaine de Vergi : Another View », *French Studies Bulletin,* 28, pp. 17-21. (La châtelaine est mariée, selon R. Curtis, tandis qu'elle ne l'est pas pour J. Reed).

Du Bruck, Edelgard E., « La Rhétorique du désespoir : Didon

et la Châtelaine de Vergy », *Relire le Roman d'Eneas,* Paris, Champion, 1985, pp. 25-42.

FRAPPIER, Jean, « *La Chastelaine de Vergi,* Marguerite de Navarre et Bandello », *Mélanges 1945, Etudes Littéraires, Publications de la Faculté des Lettres de Strasbourg,* fasc. 105, Paris, 1946, pp. 89-150, réimpr. in *Etudes d'histoire et de critique littéraires,* Paris, Champion, 1976, pp. 393-474.

HUNT, Tony, « The Art of Concealment : *La Chastelaine de Vergi* », *French Studies,* 47, 1993, pp. 129-41.

HUNWICK, A., « L'Originalité de *La Châtelaine de Vergy* », *Revue des Langues Romanes,* 93, 1989, pp. 429-43.

LAKITS, Pál, *La Châtelaine de Vergy et l'évolution de la nouvelle courtoise,* Debrecen, Kossuth Lajos Tudomanyegyetem, 1966 (Studia Romanica, fasc. 2).

LOOZE, Laurence, « The Untellable Story : Language and Writing in *La Chastelaine de Vergi* », *French Review,* 59, 1985, pp. 42-50.

MARAUD, André, « *Le Lai de Lanval* et *La Chastelaine de Vergi* : la structure narrative », *Romania,* 93, 1972, pp. 433-59.

PAYEN, J.-Ch., « Le clos et l'ouvert dans la littérature française médiévale et les problèmes de la communication » *Perspectives Médiévales,* 2, 1976, pp. 61-72. (Dans le corpus étudié figurent *La Châtelaine de Vergi* et le *Lai de l'Ombre*.)

RIBEIRO, Cristina Almeida, « De la *Chastelaine de Vergi* à la *Chastelaine du Vergier,* Mise en prose et moralisation », *Ariane,* 6, 1988, pp. 15-23.

RYCHNER, Jean, « La Présence et le point de vue du narrateur dans deux récits courts : le *Lai de Lanval* et *La Châtelaine de Vergy* », *Vox Romanica,* 39, 1980, pp. 86-103, repris dans *De saint Alexis à François Villon,* Genève, Droz, 1985 ; *La Narration des sentiments, des pensées et des discours dans quelques œuvres du XIIIe s.,* Genève, Droz, 1990.

SCHMITT, Jean-Claude, « Le Suicide au Moyen Age », *Annales E.S.C,* 31, 1977, pp. 3-28.

SCHMOLKE-HASSELMANN, Beate, « *La Chastelaine de Vergi* auf Pariser Elfenbeinkästchen des 14. Jahrhunderts. Zum Problem der Interpretation literarische Texte anhand von

Bildzeugnissen », *Romaanistisches Jahrbuch,* 27, 1976, pp. 52-76.

STUIP, René E.V. « *La Châtelaine de Vergy,* du XIIᵉ au XVIIIᵉ siècle », *La Nouvelle : définitions, transformations, Travaux et Recherches,* Lille, 1990, pp. 151-61 (en collaboration avec T.J. VAN TUJIN) ; « Interférences entre *La Châtelaine de Vergy* et *Le Roman de la Rose* », *Neophilologus,* 70, 1986, pp. 469-71 ; « *L'Istoire de la chastelaine du Vergier* », *Actes du IVᵉ Colloque international sur le Moyen français,* Amsterdam, 1985, pp. 337-59 ; « Un nouveau manuscrit de *La Chastelaine de Vergi* », *Romania,* 98, 1977, pp. 108-120.

ZUMTHOR, P., « De la chanson au récit : *La Chastelaine de Vergi* », *Vox romanica,* 27, 1968, pp. 77-95, repris dans *Langue, texte, énigme,* Paris, Seuil, 1975, pp. 219-39.

Le Vair Palefroi

Etudes

CHÊNERIE, Marie-Luce, « Ces curieux chevaliers tournoyeurs », des fabliaux aux romans », *Romania,* 97, 1976, pp. 327-68.

HARRIS-STÄBLEIN, Patricia, « Le rôle de la bête dans la structuration dynamique des fabliaux : *Du Vair Palefroi* », *Epopée animale, fable, fabliau,* Paris, P.U.F, 1984, pp. 575-83.

JONIN, Pierre, « Les vavasseurs des fabliaux », *Mélanges Brian Woledge,* Genève, Droz, 1987, pp. 69-85.

LEGROS, Huguette, « Les amours des vieillards et leur cortège de vices », *Vieillesse et vieillissement au Moyen Age, Senefiance,* 19, pp. 150-65.

Le Lai de l'Ombre

Editions et traductions postérieure à l'édition de F. LECOY :

WINTERS, Margaret E., *The Lai de l'Ombre,* Birmingham, Alabama, 1986 (basé sur l'édition du ms. E par Bédier ; notes de lecture).

LIMENTANI, A., *L'Immagine riflessa,* Turin, Einaudi, 1970, (Coll. di poesia, n° 80) ; réimpr. Parma, Pratiche Editrice, 1994 (Biblioteca medievale, 34). (Texte du ms. A et traduction italienne.)

Traduction anglaise dans : GOODRICH, Norma Lorre, *The Ways of Love : eleven Romances from medieval France*, Geo Allen and Unwin, 1965.

Traduction japonaise par Teruo SATO, Culture-Shuppan, 1975.

Etudes récentes :

ADLER, Alfred, « Rapprochement et Eloignement comme thèmes du *Lai de l'Ombre* », *Etudes de philologie romane et d'histoire littéraire offerts à J. Horrent*, Liège, 1980, pp. 1-4.

COOPER, Linda, « The Literary Reflectiveness of Jean Renart's *Lai de l'Ombre* », *Romance Philology*, 35, 1981, pp. 250-60.

DEES, A., « Considérations théoriques sur la tradition manuscrite du *Lai de l'Ombre* », *Neophilologus*, 60, 1976, pp. 481-504.

KAY, Sarah, « Two readings of the *Lai de l'Ombre* », *Modern Language Review*, 75, 1980, pp. 515-27.

LARMAT, Jean, « La morale de Jean Renart dans le *Lai de l'Ombre* », *Mélanges Charles Camproux*, Montpellier, 1978, pp. 407-16.

MONSON, Don Alfred, « Lyrisme et narrativité dans le *Lai de l'Ombre* », *Cahiers de Civilisation médiévale*, XXXVI, 1993, pp. 59-71.

PICCHIO SIMONELLI, Maria, « I Giuochi semantico-compositivi del *Lai de l'Ombre* e un crittogramma di Jean Renart », *Cultura Neolatina*, 35, 1975, pp. 31-38.

PENSOM, R., « Psychology in the *Lai de l'Ombre* », *French Studies*, 36, n° 3, juill. 1982, pp. 257-69.

REAL, Elena, « L'ironie dans le *Lai de l'Ombre* », *Le Rire au Moyen Age dans la Littérature et dans les Arts, Actes du colloque international des 17, 18, 19 Novembre 1988*, éds. Thérèse Bouché et Hélène Charpentier, Bordeaux, P.U.B, 1990, pp. 247-56.

Aucassin et Nicolette

Pour la très abondante bibliographie antérieure à 1980, on se reportera à :

SARGENT-BAUR, Barbara N, et COOK Robin F., *Aucassin et*

Nicolette, A Critical Bibliography, Londres, Cutler et Grant, 1981 (Research Bibliographies and Checklists, 35).

Quelques études parues après cette date :

GRIMM, R.R., « Kritik und Rettung der Höfischer Welt in der Chantefable », *Höfische Literatur, Hofgesellschaft, Höfische Lebensformen um 1200* (Colloque novembre 1983), Düsseldorf, 1986, pp. 363-86.

LACY, Norris J., « Courtliness and Comedy in *Aucassin et Nicolette* », *Essays in Early French Literature presented to Barbara M. Craig,* York, South Carolina, 1982, pp. 65-72.

LE RIDER, Paule, « La parodie d'un thème épique : le combat sur le gué dans *Aucassin et Nicolette* », *Mélanges René Louis,* 1982, pp. 1226-33.

MÉNARD, Philippe, « Vos douces amours me hastent ». Sens et emploi du mot « amour » au pluriel en ancien français », *Etudes de lexicologie, lexicographie et stylistique offertes à Georges Matoré,* 1987. (Dans le corpus étudié figure *Aucassin et Nicolette.*)

MENOCAL, M.R., « Signs of the Times, Self, Other and History in *Aucassin et Nicolette* », *Romanic Review,* 80, 1989, pp. 497-511.

MUSONDA, M., « Le thème du monde à l'envers dans *Aucassin et Nicolette* », *Medioevo Romanzo,* 7, 1980, pp. 22-36.

OWEN, R., « Chrétien, *Fergus, Aucassin et Nicolette,* and the Comedy of Reversal », *Mélanges L. Topsfield,* Cambridge, 1984, pp. 186-94.

SPRAYCAR, Rudy. S., « Genre and Convention in *Aucassin et Nicolette* », *Romanic Review,* 76, 1985, pp. 94-115.

TATTERSALL, Jill, « Shifting Perspectives and the Illusion of Reality in *Aucassin et Nicolette* », *French Studies,* 38, 1984, pp. 257-67 ; « Social Observation and Comment in *Aucassin et Nicolette* », *Neuphilologische Mitteilungen,* 84, 1985, pp. 551-65.

VANCE, Eugene, « *Aucassin et Nicolette* as a Medieval Comedy of Signification and Exchange », *The Nature of Medieval Narrative,* Lexington, 1980, pp. 57-75 (French Forum Monographs, 22).

Le Lai de l'Oiselet

Il avint jadis a un tans,
bien a passé plus de cent ans,
qu'il estoit uns riches vilains ;
de son nom ne sui pas certains,
5 mais riches ert de grant maniere,
de pres, de bois et de riviere,
et de quant qu'afiert a riche ome ;
se dire vos en vuel la some,
il avoit un manoir si bel
10 n'a borc, n'a vile, n'a chastel,
se le voir vos en vueil conter,
en tout le monde n'out son per,
ne si bel ne si delitable ;
li contes vos sembleroit fable,
15 qui vos en dirait la façon :
je ne cuit que ja mais face on
tel donjon ne si riche tor ;
la riviere coroit entor,
qi tot enclooit le porpris,
20 et li vergiers qui fu de pris
estoit d'arbres et d'eaue enclos ;

---

1. Charmaine Lee, dans l'article cité, rapproche l'expression qui désigne le propriétaire du verger *riches vilains* de celles qui désignent le mari trompé et ridicule dans les fabliaux ; elle souligne, en accord avec les travaux de G. Duby, combien le lai, met en relief la crise économique dont souffre au début du XIIIᵉ siècle la classe féodale, qui voit s'amenuiser le revenu de ses terres, et se trouve menacée par la montée de la bourgeoisie. Cette crise se reflète également dans un autre texte de notre recueil : le héros du *Vair Palefroi* vit de ce qu'il gagne aux tournois. Nous avons choisi de ne pas conserver le terme de « vilain » qui nous paraît inutilement archaïsant, bien que son opposition au terme

Le Lai de l'Oiselet

Il était une fois,
il doit bien y avoir plus de cent ans,
un riche paysan[1] ;
comment il s'appelait, je ne suis pas sûr de bien le savoir,
mais il était riche à l'extrême ;
il possédait prés, bois et cours d'eau,
et tout ce qui fait la fortune d'un nanti.
Pour couronner le tout,
il avait une demeure si belle
qu'en aucun bourg, ville ou château,
sans vouloir vous mentir,
on n'eût trouvé sa pareille dans le monde entier ;
il n'en était pas d'aussi belle ni d'aussi plaisante.
Vous croiriez qu'on vous conte sornettes
si l'on s'avisait de la décrire ;
je ne pense pas qu'on fasse jamais
pareil donjon, ni tour aussi magnifique.
La rivière bordait l'enceinte de son cours,
formant la clôture du parc[2] ;
et le verger, qui était de grand prix,
n'avait que les arbres et l'eau pour clôture

« courtois » soit canonique. – **2.** Le mot *porpris*, qui ne survit plus que par
archaïsme jusqu'au début du XXe siècle (sous la forme pourpris), dérive du verbe
porprendre, qui dénote la prise de possession d'un espace, le plus souvent maté-
rialisée par une clôture. Le terme peut ainsi être équivalent à celui de « jardin »
(lui-même remontant à une racine sanscrite signifiant « prendre », et désignant
étymologiquement un enclos) ou de « verger ». Il nous a semblé possible ici de
recourir au mot « parc », qui renvoie étymologiquement à un espace clos, puisque
l'espace désigné est distingué du verger.

cil qui le fist ne fu pas fos
ainz fu uns chevaliers gentis ;
aprés le pere l'out le fis,
25 qui le vendi a cel vilain ;
ainsi ala de main en main ;
bien savés que par mauvais oir
dechieent vile et manoir.

Li vergiers fu beaus a devise ;
30 erbes i out de maintes guise,
que je ne sai mie nomer ;
mes por voir vos puis raconter
qu'il i avoit roses et flors
qui getoient mout grans odors,
35 et espices de tel maniere
qu'une ame gisant en litiere
qui malade fust et enferme
s'en alast tote saine et ferme
por tant que le vergier geüst
40 tant qu'une nuit passee fust.
de bones erbes fu garnis ;
et li preaus fu si onis
qu'il n'i avoit ni mont ni val ;
et tuit li arbre par igal
45 estoient d'un grant contre mont :
si bel vergier n'avoit el mont.
Ja cest fruit ne demandissiés
que vos trover n'i peüssiés,
et si estoit il en tos tans.
50 Cil qui le fist fu molt sachans ;
il fu tos fais par nigromance ;
laens avoit mainte provance.

---

1. Garder le mot « fleurs » en français moderne aurait conduit à exclure les
roses de leur règne ; nous avons pris le parti d'une interprétation qui ne nous
semble pas indéfendable, le mot de *flor* étant souvent associé à la blancheur dans
la langue médiévale (qu'on pense à la barbe fleurie de Charlemagne) ; de plus,
le couple *roses et flors*, caractéristique du *locus amoenus*, peut correspondre
imaginairement à cette autre alliance idéale dans l'esthétique médiévale, du rouge
et du blanc. – 2. La vertu salutaire du verger est naturellement celle des bonnes
herbes qu'il contient ; on sait qu'une des premières formes du jardin médiéval

Celui qui l'avait composé n'était pas de ceux qui font
n'importe quoi, mais c'était un noble chevalier.
Après le père, le fils qui en avait hérité,
le vendit au paysan en question ;
il passa ainsi de main en main ;
vous savez bien qu'un indigne héritier
condamne à la déchéance domaines et demeures.

Le verger était aussi beau qu'on peut le souhaiter :
il y poussait toutes sortes de plantes
que je serais bien incapable de vous nommer ;
mais je puis vous dire sans mentir
qu'il y avait des roses et des lis[1],
qui exhalaient un parfum suave,
et des épices d'une telle vertu
qu'une personne grabataire,
rendue infirme par la maladie,
s'en serait allée en pleine santé, sans plus d'infirmité,
à condition de dormir dans le verger[2]
pendant une nuit entière.
Il y poussait des herbes salutaires,
et le sol couvert de verdure était si bien nivelé
qu'il n'y avait ni creux ni bosse ;
et aucun arbre n'en dépassait un autre,
dans son élan vers le ciel :
il n'y avait pas d'aussi beau verger au monde.
Vous n'auriez pu avoir envie d'un fruit
que vous ne puissiez trouver dans le verger,
et cela en toute saison.
Celui qui l'avait planté possédait un grand art ;
ce verger avait été fait par magie,
il en présentait bien des indices

---

fut celui des couvents, à la fois potager et pharmacie, tel que le prescrit Charlemagne dans le capitulaire *De Villis*, ou que le décrit Walhafrid Strabo dans son
Hortulus. Mais ici, la guérison promise semble aussi due au *genius loci* que
symbolise l'oiseau merveilleux, âme du jardin. Comparer les vertus du jardin à
celles qu'attribue l'auteur d'*Aucassin et Nicolette* au fait d'entrevoir la jambe de
l'héroïne, elle même nommée *flors de lis*, qui fait paraître noires les marguerites
qu'elle foule à ses pieds.

Li vergiers fu et beaus et lons,
tos fu fais a compas reons ;
55 en mi avoit une fontaine,
qui bele estoit et clere et saine,
et sordoit de si grant randon
com s'ele bolist a bandon ;
et s'estoit froides comme marbres ;
60 ombre li faisoit uns beaus arbres
dont les branches loins s'estendoient,
qui sagement duites estoient ;
fueilles i avoit a plenté ;
en tot le plus lonc jor d'esté,
65 quant ce venist au mois de mai,
n'i peüssiez choisir le rai
dou soleil, tant par ert ramus ;
mout par doit estre chier tenus
quar il est de tele nature
70 que tos tens sa feuille li dure ;
vent ne orés, tant ait de force,
n'en abast fueille ne escorce.
Li pins ert deliteus et beaus,
chanter i venoit uns oiseaus
75 deus fois le jor et plus noient ;
et si sachiés a escient
que il venoit la matinee,
et l'autre fois a la vespree.
Li oiseaus fu mervelles gens :
80 mout seroit grans detriemens
qui vos en diroit la façon ;
il estoit mendre d'un moisson
et pou graindre d'un roietel,
si chantoit si bien et si bel
85 loissignuels, merles ne mauvis,
ne l'estorneaus, ce m'est avis,

---

1. Trait merveilleux attribué dans la tradition bretonne, comme le rappelle Chantal Connochie-Bourgne, à la fontaine de Barenton ; il apparaît notamment dans le roman de Chrétien, *Le Chevalier au Lion*. – **2.** La description de l'arbre fait également penser à celle que fait Chrétien de Troyes de l'arbre ombrageant la fontaine magique ; l'évocation de la nature idéalement aimable, qui souligne combien le « vilain » est un indigne propriétaire, reste fidèle au sens profond de

Le verger était d'une belle étendue ;
il formait un cercle exactement tracé ;
il y avait au milieu une fontaine,
qui était belle, claire et saine ;
elle jaillissait avec tant de force
qu'elle semblait toute bouillonnante,
quoiqu'elle fût aussi froide que le marbre[1].
Elle était ombragée par un bel arbre
dont les branches s'étendaient au loin,
savamment conduites ;
il était couvert d'un abondant feuillage ;
au jour le plus long de l'été,
au temps du mois de mai,
vous n'auriez pu apercevoir le rayon du soleil,
tant la ramure était épaisse.
C'est une sorte d'arbre
digne des plus grands éloges,
car son feuillage persiste en toute saison ;
il n'est pas de vent ni d'orage, si violent soit-il,
qui en abatte feuille ou écorce[2].
Le pin était d'une ravissante beauté ;
un oiseau s'y posait pour chanter
deux fois par jour, et pas plus ;
et sachez bien, pour votre gouverne,
qu'il venait une fois le matin,
et l'autre le soir.
L'oiseau était merveilleusement gracieux ;
ce serait perdre son temps
que de s'attarder à vous le décrire.
Il était plus petit qu'un moineau,
et pas beaucoup plus grand qu'un roitelet ;
il chantait si bien et si agréablement,
qu'un rossignol, un merle ou une grive,
ou encore l'étourneau, à mon sens,

---

l'apologue ; en effet, l'esthétique courtoise, fondée en grande partie sur les leurres du désir, pour asseoir la réalité du texte (en tant que réseau de communication symbolique) fait une grande place aux images du paradis perdu, mythe universel dont la Bible fait un emploi particulier. Sur le couple que forment l'arbre et la fontaine, voir P. Gallais, *La Fée à la fontaine et à l'arbre*, Amsterdam, Rodopi, 1992.

chans d'aloe et de calendre
n'estoit si plaisans a entendre
com ert li siens, bien le sachiés.
90 Li oiseaus fu si afaitiés
a dire lais et nouveaus sons,
et rotruenges et chançons,
gigue ne harpe ne viele
n'i vausist pas une cenele.
95 El chant avoit une merveille
qu'ains nus on n'oï sa pareille,
car tel vertu avoit li chans
que ja nus ne fu si dolans,
por que l'oisel chanter oïst
100 que maintenant ne s'esjoïst,
et oblïast ses grans dolors ;
et s'ainc n'eüst parlé d'amors,
s'en fust il maintenant espris
et cuidast estre de tel pris
105 com est empereres ou rois,
mais qu'il fust vilains ou borjois ;
et se eüst cent ans passés,
et en cest siecle fu remés,
s'il oïst de l'oisel le chant,
110 si li semblast il maintenant
qu'il fust meschins et damoiseaus,
et si cuidast estre si beaus
qu'il fust amés de damoiseles,
de meschines et de puceles.
115 Et une autre merveille i out,
que li vergiers durer ne pout
se tant non que li oisillons
i venist chanter ses dous sons ;
car dou chant issent les amors
120 qui en vertu tienent les flors
et les arbres et tot le mes ;
mais que li oiseaus fust remés,
maintenant li vergiers sechast

---

1. Fruit rouge de l'églantier ou du houx (selon certains, de l'aubépine) ; nous
avons gardé le mot pour sa valeur phonique.

le chant d'une alouette, avec ou sans huppe,
nul n'était aussi plaisant à l'oreille
que ne l'était son chant, croyez-le bien.
L'oiseau montrait tant de talent
à faire entendre lais et nouveaux airs,
et rotrouenges et chansons,
que gigue, harpe ou vielle,
au prix de lui n'eût pas valu une cenelle[1].
Le chant de l'oiseau avait une propriété merveilleuse,
absolument inouïe ;
en effet, telle était sa vertu :
il n'est personne, si affligé soit-il,
pourvu qu'il entendît chanter l'oiseau
qui ne s'abandonne aussitôt à la joie,
oubliant ses grands chagrins ;
et qui n'eût jamais parlé d'amour,
en eût été aussitôt enflammé,
et se serait senti l'égal en dignité
d'un empereur ou d'un roi,
tout paysan ou bourgeois qu'il fût ;
et s'il avait eu cent ans passés,
et qu'il fût toujours de ce monde,
en entendant chanter l'oiseau,
il aurait eu aussitôt l'impression
d'être un adolescent et un jeune seigneur,
pensant de plus être assez beau
pour être aimé de nobles demoiselles,
de tendrons et de jeunes filles.
Mais les prodiges ne s'arrêtaient pas là :
le verger, en effet, pouvait seulement exister
aussi longtemps que le petit oiseau
venait y chanter ses douces chansons ;
car c'est du chant que naissent les amours,
qui font croître et s'épanouir les fleurs,
les arbres, et le jardin tout entier ;
mais que l'oiseau cesse de venir,
et aussitôt le verger se dessécherait,

et la fontaine restanchast
125 qui par l'oisel sont en vertu.

Li vilains cui li estres fu
i venoit deus fois par costume
por oïr cele soatume.
A la fontaine soz le pint
130 par une matinee vint,
son vis lava a la fontaine ;
et li oiseaus, a haute alaine,
qui ert sor le pint, li chanta
un lai ou deliteus chant a.
135 Li lais est mout bons a entendre ;
exemple i porroit on bien prendre,
dont mieus en vaudroit a la fin.
Li oiseaus dit en son latin :
« Entendés », fet il, « a mon lai,
140 et chevalier et clerc et lai,
qui vos entremetés d'amors
et qui en soffrés les dolors ;
et a vos le di je, puceles,
qui estes avenanz et beles,
145 qui le siecle volés avoir :
je vos di vraiement por voir
vos devés Dieu amer avant,
tenir sa loi et son comant,
volentiers aler au mostier
150 et si oïr le Dieu mestier :
quar dou service Dieu oïr
ne puet a nului mal venir ;
et por verité vos recort
Dieus et Amors sont d'un acort.
155 Dieus aime onor et cortoisie,
et fine Amors ne les het mie ;
Dieus het orgueil et fausseté,

---

129. Gaston Paris note que la forme *pint*, pour surprenante qu'elle soit, puisqu'elle comporte un *t* non étymologique, se trouve ailleurs, et particulièrement dans des textes de langue d'oc (*op. cit.* p. 272, *cf. Romania*, VII, 1876, p. 195 et VIII, 1878, p. 110).

et la source serait tarie,
qui doivent à l'oiseau leur vertu.

Le paysan auquel le domaine appartenait
avait coutume d'y venir deux fois par jour
pour entendre le chant suave.
A la source qui jaillissait sous le pin
il s'en vint un beau matin,
se lava le visage à la fontaine ;
et l'oiseau, de tout son cœur,
juché sur le pin, lui chanta
un lai à la mélodie charmante.
Le lai est plein d'enseignement ;
on pourrait en tirer un exemple précieux,
dont on se trouverait finalement bien amendé.
L'oiseau dit en son latin :
« Prêtez attention à mon lai », fait il,
« chevaliers, clercs et laïques,
vous qui vous mêlez d'aimer,
et qui en souffrez les peines ;
et je m'adresse aussi à vous, jeunes filles,
qui êtes gracieuse et belles,
et voulez faire votre chemin dans le monde ;
je vous le dis tout de bon,
vous devez d'abord aimer Dieu,
observer sa loi et ses commandements,
aller de bon gré à l'église,
et assister au culte divin ;
car entendre l'office divin
ne peut faire de mal à personne ;
et je vous le dis en vérité,
Dieu et Amour s'accordent ensemble.
Dieu aime l'honneur et la courtoisie,
et parfait Amour ne les hait point ;
Dieu hait l'orgueil et la perfidie,

et Amors les tient en vilté ;
Dieus escoute bele proiere,
160 Amors ne la met pas arriere ;
Dieus convoite sor tot largece
il n'i a nule male tece ;
li aver sont li envios,
et li tenant li covoitos,
165 et li vilain sont li mauvais,
et li felon sont li punais ;
mais sens, cortoisie et onors
et loiauté maintient Amors ;
et se vos a ce vos tenés,
170 Dieu et li siecle avoir poés. »
Ce dit li oiseaus en son chant.
Et quant voit le vilain seant
qui desos le pint l'escoutoit,
qui fel et envios estoit,
175 si a chanté d'autre maniere :
« Quar laisse ton corre, riviere !
Donjons, peris ! tors, car dechiés !
Matissiés, flors ! erbes, sechiés !
Arbres, car laissiés le porter !
180 Ci me soloient escouter
clerc et dames et chevalier
qui la fontaine avoient chier,
qui a mon chant se delitoient,
et par amors mieus en amoient,
185 si en faisoient les largeces,
les cortoisies, les proeces,
maintenoient chevalerie.
Or m'ot cil vilains pleins d'envie,
qui aime assés mieus le denier
190 qu'il ne face le donoier.
Cil me venoient escouter
por deduire et por mieus amer

---

162. La forme *tece* a été conservée par G. Paris à la rime, bien qu'elle lui paraisse phonétiquement singulière (p. 272).

et Amour les tient en grand mépris ;
Dieu écoute une prière sincère,
et Amour ne la rejette pas ;
Dieu désire surtout qu'on soit généreux ;
il n'y a là rien de mal.
Les avares sont les envieux,
les cupides sont les avides,
les rustres sont les lâches,
les traîtres, les bêtes puantes ;
mais sagesse, courtoisie, honneur,
et loyauté sont cultivées par Amour ;
et si vous vous attachez à ces valeurs,
vous pouvez trouver votre salut auprès de Dieu et dans le
Voilà ce que dit l'oiseau dans son chant,   [monde ».
et quand il voit le paysan installé
sous le pin pour l'écouter,
lui qui était faux et cupide,
il change d'air et de chanson[1] :
« Assèche ton cours, rivière !
Donjon, écroule-toi ! Tour, abats-toi !
Flétrissez-vous, fleurs ! herbes, séchez !
Arbres, cessez de porter fruit !
Ceux qui venaient ici m'entendre,
c'étaient clercs, dames et chevaliers,
qui appréciaient la source,
tiraient plaisir de mon chant,
et en devenaient plus experts dans l'art d'aimer ;
ils en étaient incités à la générosité,
à la courtoisie, aux prouesses,
ils cultivaient les valeurs chevaleresques.
Maintenant, c'est ce rustre cupide qui m'écoute,
lui qui aime bien mieux l'argent
que la galanterie.
Les autres venaient m'écouter
pour se récréer et savoir mieux aimer,

---

1. Charmaine Lee rapproche l'attitude de l'oiseau, dédaignant de chanter pour le rustaud, de l'orientation donnée à l'apologue par le *Donnei des Amanz*, et de la chanson recueillie par Bartsch dans ses *Romanzen und Pastourellen*, II, 27, « Le rossignol et le vilain ».

et por lors cuers mieus aaisier ;
mais cist i vient por mieus mangier !

195 Quant ce out dit, si s'en vola.
Et li vilains qui remest la
pense, se il le pooit prendre,
assés tost le porroit chier vendre,
et se vendre ne le pooit,
200 en jaiole le meteroit,
si li chanteroit tart et tempre.
Son engin a fet, si l'atempre,
et enquiert et guaite et porvoit
tant que les branches aperçoit
205 ou cil s'aseoit plus sovent :
iluec fait las, si les i tent,
mout a bien sa chose atempree.
Et quant ce vint a la vespree,
li oiseaus ou vergier revint ;
210 et quant il s'asist sor le pint,
si fu maintenant pris au las.
Li vilains, li chetis, li las,
monte a mont : l'oisillon aert.
« Tel loier a qui vilain sert »,
215 fait li oiseaus, « ce m'est avis.
Mal avés fet qui m'avés pris :
en moi a povre raençon.
— Ains en avrai mainte chanson »,
fait li vilains, « de ceste prise.
220 Servi avés a vo devise,
or servirés a ma partie.
— Ceste cheance est mal partie,
j'en ai le peior a moi pris.
Je suel avoir a mon devis
225 champaingne, bois, riviere et pres :
or ier en jaiole enserrés,
ja mais n'avrai deduit ne joie ;
je soloie vivre de proie,
or me donra l'on a mangier
230 si com un autre prisonier.

et favoriser les élans de leur cœur ;
mais celui-ci vient ici pour le bien de son estomac ! »

Sur ces mots, il s'envola.
Resté là, le paysan
pense que s'il pouvait l'attraper,
il ne manquerait pas de le vendre un bon prix ;
et que, s'il ne pouvait le vendre,
il le mettrait en cage,
et qu'il chanterait pour lui soir et matin.
Il a fabriqué un piège à sa façon, il règle le mécanisme ;
puis il épie, guette et surveille
jusqu'à ce qu'il identifie les branches
où l'oiseau se pose le plus souvent.
Il pose là ses lacets, et les tend ;
il a bien machiné son affaire.
Et quand tombe le soir,
l'oiseau revient au verger ;
quand il se pose sur le pin,
il est aussitôt pris au lacet.
Le paysan, le pauvre diable,
grimpe ; il saisit l'oisillon.
« Voilà ce qu'on gagne à servir un rustre »,
dit l'oiseau, « c'est ce que j'en pense.
Vous n'avez pas fait une bonne prise en m'attrapant ;
je ne vaux pas une grande rançon.
— Mais beaucoup de chansons »,
dit le paysan, « voilà ce que me vaudra cette prise.
Vous avez chanté à votre aise,
maintenant, je vous donnerai le ton.
— Ce coup n'est pas équitable ;
le pire est pour moi.
Je hantais à mon aise
plaines, bois, rivières et prés :
maintenant, je vais être enfermé dans une cage,
sans jamais plus goûter de plaisir ni de joie ;
je me procurais ma nourriture,
maintenant, on me donnera à manger,
comme à n'importe quel prisonnier.

Laissiés moi aler, beaus amis,
et biens soiés seürs et fis
ja en prison ne chanterai.
     — Par foi, et je vos mangerai ;
235 ja par autre tor n'en irés.
     — En moi povre repast avrés
quar je suis lasches et petis :
ja n'en acroistra vostre pris
se vos ociés tele rien.
240 Laissiés m'aler, si ferés bien ;
pechiés ferés se m'ociés.
     — Certes por noient en parlés,
car com plus proiés en seroie,
sachiés que je meins en feroie.
245 — Certes », fait li oiseaus, « c'est drois,
car ainsi l'aporte la lois :
douce raisons vilain aïre,
maintes fois l'avons oï dire.
Mais uns dit nous enseigne et glose :
250 besoins fait faire mainte chose.
Ma force ne m'i puet tenser ;
mais se vos me laissiés aler,
de trois sens vos feroie sage
qu'ainc ne sout on de vo lignage ;
255 si vos porroient mout valoir.
     — Se seürté en puis avoir »,
fait li vilains, « tost le ferai.
     — Tel fiance come je ai »,
fait li oiseaus, « vos en creant. »
260 Et cil le lait aler a tant.

Li oiseaus sor l'arbre s'en vole,
qui eschapés fu par parole :
mas estoit et tos hericiés,
car laidement fu manoiés ;
265 tenus out esté contre laine ;
a son bec ses plumes ramaine
et rasiet au mieus qu'il le puet.
Li vilains, cui savoir estuet

Laissez-moi m'en aller, mon bon ami,
et soyez bien sûr et certain
que jamais je ne chanterai en prison.
– Eh bien, ma foi, je vous mangerai ;
vous ne trouverez pas d'autre issue.
– Vous ne ferez pas bombance,
car je n'offre pas grand-chose à se mettre sous la dent ;
tuer une telle créature
ne vous fera pas monter en gloire.
Laissez-moi m'en aller, vous ferez bien ;
ce serait une faute que de me tuer.
– Certes, vous parlez pour rien ;
plus vous me prierez,
moins j'en ferai, sachez-le.
– Certes », fait l'oiseau, « c'est juste ;
car c'est ainsi que se vérifie la loi :
Un rustre s'irrite quand on lui parle avec douceur ;
nous l'avons entendu dire bien des fois
Mais un proverbe nous apprend cette morale :
"La nécessité fait faire bien des choses".
Je ne puis me prévaloir de ma force ;
mais si vous me laissiez partir,
je vous offrirais la sagesse en trois préceptes,
que votre lignage a toujours ignorés.
Ils pourraient cependant vous être très précieux.
– Si je puis en avoir la garantie »,
dit le paysan, « je le ferai bien vite.
– J'engage ma parole,
dans la mesure où j'en ai une », dit l'oiseau.
Et l'autre, là-dessus, le laisse partir.

L'oiseau s'envole sur l'arbre,
ayant été libéré sur parole ;
il était en triste état, tout ébouriffé,
car on l'avait manipulé sans douceur ;
on l'avait pris à rebrousse... plume.
Avec le bec, il remet en ordre son plumage,
et le lisse du mieux qu'il peut.
Le paysan, auquel il revient d'apprendre

les trois sens, le semont qu'il die.
270 Li oiseaus fu plains de voisdie,
 si li dist : « Se tu bien entens,
 aprendre porras un grant sens :
 ne crois pas quant que tu os dire. »
 Li vilains fronce le nes d'ire,
275 et dit : « Je le savoie bien.
  – Beaus amis, donques le retien ;
 garde que tu ne l'oblier !
  – Or me pui je bien apenser »,
 fait li vilains, « de sens aprendre !
280 Musage me fais a entendre,
 qui ce me rueve retenir.
 Je te voudroie ja tenir ;
 bien sai quant tu m'eschaperoies
 ja mais autrui ne gaberoies.
285 Mais je m'en vois a tart vantant ;
 cestui sai bien, di l'autre avant.
  – Enten i bien », fait li oiseaus ;
 « li autres est et bon et beaus :
 ne pleure pas ce qu'ainc n'eüs. »
290 Li vilains ne fu mie mus,
 ains respondi par felonie :
 « Tu m'as ta fiance mentie.
 Trois sens me devoies aprendre,
 si com tu me feïs entendre,
295 qu'onques ne sout tos mes lignages ;
 mais de ce est tos li mons sages :
 il n'est si fos n'onques ne fu,
 qui plorast ce qu'ainc n'out eü.
 Tu m'as mout largement menti. »
300 Et li oiseaus li respondi :
 « Veus tu donc que je tes redie,
 si que tu nes oblie mie ?
 Vos entendés tant au plaidier
 que peor ai de l'oblier ;
305 je cuit que ja nes retendrés.
  – Je les sai mieus de vos assés »,
 fait li vilains, « de grant piece a.

les trois préceptes, le presse de parler.
L'oiseau était plein de ruse ;
il lui dit : « Si tu fais bien attention,
tu pourras apprendre quelque chose de très sensé :
ne crois pas tout ce que tu entends dire.
Le paysan tord le nez de colère,
et dit : « Je le savais bien.
— Eh bien, mon cher, retiens-le ;
garde-toi bien de l'oublier !
— J'ai bien sujet de m'appliquer »,
fait le paysan, « à apprendre un précepte sensé !
Tu ne m'enseignes que fariboles,
en me demandant de retenir ce genre de choses.
Je voudrais te tenir, là ;
je sais bien que, même si tu m'échappais,
tu ne te moquerais plus de personne.
Mais je m'en vante un peu tard.
Le premier précepte, je le sais ; dis-moi un peu le suivant.
— Fais-y bien attention », dit l'oiseau,
« l'autre est bon et beau :
ne pleure pas ce que tu n'as jamais eu. »
Le paysan ne resta pas sans voix,
mais répondit avec hargne :
« Tu m'as manqué de parole.
Tu devais m'apprendre trois préceptes,
à ce que tu m'as dit,
que jamais personne de mon lignage ne sut ;
mais cela, tout le monde le sait ;
il n'y a et n'y a jamais eu personne d'assez bête
pour pleurer ce qu'il n'a jamais eu.
Tu m'as menti en long et en large. »
Et l'oiseau lui répondit :
« Veux-tu donc que je te les redise,
pour que tu ne les oublies pas ?
Vous êtes si porté à discuter
que j'ai peur d'un oubli ;
je crois que jamais vous ne les retiendrez.
— Je les sais bien mieux que toi »,
fait le paysan, « depuis un bout de temps.

Dehé qui gré vos en savra
d'aprendre ce dont il est sages !
310 Je ne sui mie si sauvages,
par mon chief, com vous me tenés.
Por ce se m'estes eschapés,
m'alés vos ore ainsi gabant ;
mais se vos me tenés convant
315 vos m'aprenderés l'autre sen,
car des deus ai je bien l'asen.
Or le dites a vo voloir,
car sor vos n'ai point de pooir ;
dites ques est il, si l'orrai.
320 — Enten i bien, sil te dirai :
li tiers est tes, qui le savroit
ja mais povres om ne seroit. »
Mout durement s'en esjoï
quant la vertu du sens oï,
325 et dist : « Cestui m'estuet savoir,
que durement tent a l'avoir. »
Qui li veïst l'oisel coitier !
« Il est », fait il, « tens de mangier ;
quar le me dites errantment. »
330 Et quant li oisillons l'entent,
si dist : « Je te chasti, vilains,
que *ce que tu tiens en tes mains
ne gietes pas jus a tes piés.* »
Li vilains fu mout corrociés ;
335 et quant il s'est teüs grant pose,
si dist : « N'estoit ce autre chose ?
Ce sont adevinail d'enfant ;
quar je sai bien a esciant
tes est povres et soffraitos
340 qui aussi bien le set com vos.
menti m'avés et engignié :
de quant que m'avés enseignié,
estoie je sages devant. »
Li oiseaus respont maintenant :
345 « Par foi, se tu cel sen seüsses,
ja laissié aler ne m'eüsses ;

Maudit soit qui vous saura gré
de lui apprendre ce qu'il sait !
Je ne suis pas aussi inculte,
sur ma tête ! que vous l'estimez.
C'est parce que vous m'êtes échappé
que vous passez votre temps maintenant à vous payer ma tête ;
mais si vous tenez la promesse que vous m'avez faite,
vous m'apprendrez l'autre précepte,
car pour les deux premiers, j'en sais assez.
Dites-le donc, s'il vous plaît ;
car je n'ai pas de pouvoir sur vous ;
dites ce qu'il en est, je vous écoute.
– Fais bien attention, je vais te le dire :
le troisième est tel que celui qui le saurait
ne serait jamais réduit à la pauvreté. »
Le paysan est tout réjoui,
en apprenant la vertu du précepte ;
il dit : « Celui-là, il faut que je le sache ;
car je suis très attaché aux biens matériels. »
Il fallait le voir presser l'oiseau !
« Il est », dit-il, « temps de manger ;
dites-le moi donc tout de suite. »
En l'entendant, l'oisillon lui dit :
« Je te mets en garde, paysan,
ce que tu tiens dans tes mains,
ne le jette pas à tes pieds. »
Le paysan fut très courroucé ;
après un bon temps de silence,
il dit : « N'était-ce pas autre chose ?
Ce sont là devinettes puériles ;
car je sais bien, sans doute possible,
qu'on peut être pauvre et indigent
en sachant cela aussi bien que vous.
Vous m'avez menti et pris au piège ;
tout ce que vous m'avez enseigné,
je le savais avant. »
L'oiseau répond aussitôt :
« Par ma foi, si tu avais connu ce précepte,
tu ne m'aurais pas laissé partir ;

quar si tu m'eüsses tué,
si com tu eüs en pensé,
ja mais ne fust jors, par mes ieus,
350 qu'il ne t'en fust durement mieus.
    – A ! por Dieu, que ses tu donc faire ?
    – Ahi ! fel vilain de pute aire,
tu ne ses qu'il t'es avenu ;
il t'est durement mescheü ;
355 il a en mon cors une piere
qui tant est precieuse et chiere,
bien est de trois onces pesans,
la vertu en li est si grans,
qui en son demeine l'avroit
360 ja rien demander ne savroit
que maintenant ne li fu preste. »
Quant li vilains entendi ceste,
debat son pis, deront ses dras,
et se claime chetif et las ;
365 son vis a ses ongles depiece.
Li oiseaus en fait grant leece
qui desor l'arbre l'esgardoit ;
tant a atendu que il voit
qu'il a tos ses dras depeciés,
370 et qu'il s'est en mains lieus bleciés ;
puis lui a dit : « Chetis vilains,
quant tu me tenis en tes mains,
g'ieres plus legiers d'un moisson,
d'une masenge ou d'un pinçon,
375 qui ne poise pas demie once. »
Cil qui de felonie gronce
li dist : « Par foi, vos dites voir.
    – Vilains, or pues tu bien savoir
que de la piere t'ai menti.
380 – Or le sai je », fait il, « de fi ;
mais certes or ains le cuidai.
    – Vilains, orendroit prové t'ai
de cel sen que pas nel savoies :
et de ce que tu me disoies
385 nus n'est si fos n'onques ne fu

car si tu m'avais tué,
comme tu en as eu l'intention,
il n'y aurait pas eu de jour, par mes yeux,
que tu ne t'en fusses trouvé bien mieux.
— Ah ! pour l'amour de Dieu, que sais tu donc faire ?
— Aïe ! méchant rustre d'ignoble race,
tu ne sais pas ce qui t'est arrivé !
Tu en as eu, de la malchance !
Il y a dans mon corps une pierre
qui est si précieuse et si chère !
Elle pèse bien trois onces ;
elle a un si grand pouvoir
que celui qui l'aurait en sa possession
ne pourrait rien demander
sans l'obtenir aussitôt. »
A cette nouvelle,
le paysan se frappe la poitrine, déchire ses vêtements,
déplore son malheur et sa misère,
égratigne son visage de ses ongles.
L'oiseau s'amuse énormément,
en observant tout cela du haut de l'arbre ;
il attend de voir
que l'autre a déchiré tous ses vêtements
et s'est infligé mainte blessure,
pour lui dire : « Pauvre rustre,
quand tu me tenais dans tes mains,
j'étais plus léger qu'un moineau,
une mésange ou un pinson,
qui ne pèse pas une demi-once. »
L'autre, qui grogne de fureur,
lui dit : « Ma foi, vous dites vrai.
— Alors, paysan, tu peux bien savoir
que je t'ai menti à propos de la pierre.
— Maintenant, j'en ai la certitude », dit-il ;
« mais j'en conviens, tout à l'heure, je t'ai cru.
— Paysan, je t'ai prouvé à l'instant
que tu ne savais pas ce précepte :
quand tu me disais que
nul n'est assez bête, ni ne le fut jamais,

qui plorast ce qu'ainc n'out eü,
maintenant, ce m'est vis, ploras
ce qu'ainc n'eüs, ne ja n'avras ;
et quant me tenis en tes las,
390 qu'en mains eüs as piés rüas.
Des trois sens estes abosmés :
beaus amis, or les retenés ;
il fait bon aprendre bon mot.
On dit que tes n'entent qui ot
395 et tes parole par grant sens
qui en soi a pou de porpens ;
tes parole de cortoisie
qui ne la savroit faire mie,
et tes cuide estre bien senés
400 qui a folie est assenés. »

Quant out ce di, si s'envola
et de tel eür s'en ala
qu'ainc puis el vergier ne revint :
les fueilles cheïrent dou pint,
405 li vergiers failli et secha,
et la fontaine restancha ;
li vilains perdi son deduit.

Or sachent bien totes et tuit
li proverbes dit en apert :
410 « Cil qui tot convoite tot pert. »

---

1. Raimond Weeks (commentant son édition faite d'après le manuscrit fr. 837) notait (p. 341) que nous ne savons pas où s'envole l'oiseau ; l'ellipse du récit, accentue le rapport entre le chant de l'oiseau et l'existence même du verger. « Combien est différente », écrivait-il, « la ruine d'un autre jardin, celui dont parle Eustache Deschamps dans sa chanson *Cupidité des gens de cour* ! Ici, tout est expliqué. »

pour pleurer ce qu'il n'a jamais eu,
à l'instant, me semble-t-il, tu as pleuré
ce que tu n'eus jamais, ni n'aura ;
et quand tu me tins dans tes lacs,
tu as jeté à tes pieds ce que tu tenais dans tes mains.
Par les trois préceptes, tu es confondu ;
mon cher ami, retenez-les donc ;
il fait bon apprendre un bon mot.
On dit que certains entendent sans comprendre ;
tel profère de sages discours
sans avoir beaucoup de réflexion ;
tel parle de courtoisie
sans être capable de la mettre en pratique,
et tel croit être bien sage,
qui se conduit en insensé. »

Sur ces mots, il s'envola,
et le destin voulut
qu'il ne revint pas au verger[1] ;
le pin perdit son feuillage,
le verger se dessécha sur pied,
et la source se tarit ;
le paysan perdit ce qui faisait son plaisir.

Toutes et tous, sachez-le bien ;
le proverbe le dit sans détour :
« On perd tout en voulant tout gagner. »

La Chasteleine de Vergi

Une maniere de gent sont
qui d'estre loiaus samblant font,
et de conseil si bien celer
qu'i se convient en eus f[ie]r ;
5 et quant vient que on s'i decuevre,
tant qu'i sevent l'amor et l'uevre,
si l'espandent par le païs,
et si en font lor gas et leur ris.
Si avient que cil joie en pert,
10 qui le conseil a descouvert,
que tant com l'amors est plus grant,
est plus marriz li fins amanz,
quant li uns d'eus de l'autre croit
qu'il a dit ce que celer doit.
15 Et souvent tel mechief en vient,
que l'amor faillir en covient,
a grant dolour et a vergoigne,
si com il avint en Bourgoigne,
de un chevalier preu et hardi,
20 et de la dame de Vergi,
que li chevaliers tant ama,
que la dame li otroia,
par itel covenant s'amor,
que elle seüst qu'a l'eure et au jour,
25 que par lui seroit descouverte
leur amor, il i auroit perte,

---

4. ms. *f..r* (le *e* ne nous semble pas lisible ; R. Stuip indique *f*er*) – **13.** ms. *trait ; croit*, A, B, C, H – **23.** ms. *il tel ; itel*, A, B, C, H

La Châtelaine de Vergy

Il y a des gens qui sont ainsi faits :
ils font semblant d'être loyaux
et de savoir si bien garder un secret
que l'on n'hésite pas à leur faire confiance ;
et quand il arrive qu'on les prenne pour confidents,
et qu'ils sachent qui l'on aime et comment,
ils vont divulguant partout ces confidences
dont ils se jouent et se gaussent.
Il peut s'ensuivre qu'il perde sa joie,
celui qui a trahi le secret ;
plus l'amour est grand, en effet,
plus le parfait amant souffre,
quand l'un des partenaires croit
que l'autre a révélé ce qu'il doit cacher.
Et il en résulte souvent un tel malheur,
que l'amour est condamné à finir
dans un excès de douleur, et dans la honte.
Ce fut le sort que connurent, en Bourgogne,
un chevalier vaillant et courageux,
et la dame de Vergy,
que ce chevalier aima tant
qu'elle lui octroya
son amour, à la condition suivante :
il devait savoir qu'au jour et à l'heure
où cet amour serait découvert par sa faute,
il le perdrait,

et de l'amor et de l'otroi
que elle li avoit fet de soi ;
et a celle amor otroier
30 deviserent qu'en un vergier
li chevaliers toz jorz vendroit
au terme qu'ele li metroit ;
ne ne se movroit d'un anglet
devant que un petit chiennet
35 verroit par le vergier aler ;
et lors vendroit sanz demorer
a la chambre que seüst bien
qu'a cele eure n'i aroit rien
fors la dame tant seulement.
40 Ainsi le firent longuement,
et fu l'amors douce et celee,
que fors eus ne le sot r[ien] nee.

Li chevaliers fu biaus et cointes,
et par sa valor ert acointes
45 du duc qui Borgogne tenoit ;
et souvent aloit et venoit
a sa cort, et tant i ala,
que la duchesse l'en ama ;
et li fist tel samblant d'amors,
50 que s'il n'eüst le cuer allors,
bien se peüst apercevoir
au samblant que l'amast por voir.
Mes quel samblant qu'ele feïst,
li chevaliers samblant ne fist
55 que poi ne grant s'aperceüst
qu'ele vers lui amor eüst.
Et tant qu'ele en ot tel ennui,
que ele en parla un jor a lui,
et mist a reson par mos tex :
60 « Sire, vous estes biaus et preuz,
ce dient tuit la Dieu merci,
si averiez bien deservi

_____

42. ms. *r...* (perte de texte) – **53.** ms. *queil* – **59.** ms. *mort*

avec le don
qu'elle lui avait fait d'elle-même
Et comme elle lui octroyait ce don,
ils formèrent le plan suivant :
le chevalier viendrait toujours dans un verger
au moment qu'elle lui fixerait,
et resterait dans un recoin, sans en bouger
avant d'avoir vu un petit chien
passer dans le verger ;
alors, il viendrait sans retard
à la chambre, où il pouvait être sûr
qu'il n'y aurait à ce moment là
personne d'autre que la dame.
Ainsi se passèrent longtemps les choses entre eux,
et leur amour, tenu secret, fut plein de douceur,
car, eux exceptés, il ne fut connu d'âme qui vive.

Le chevalier était beau et intelligent ;
appréciant sa valeur,
le duc de Bourgogne l'avait admis au nombre de ses familiers.
Il se rendait donc fréquemment
à la cour ducale ; et il y fut si souvent
que la duchesse en vint à l'aimer ;
elle lui donna tant de signes de cet amour
que, s'il n'avait eu le cœur pris ailleurs,
il aurait bien pu s'apercevoir
que ces signes trahissaient un amour véritable.
Mais quelque signe qu'elle lui en donnât,
le chevalier ne laissa aucunement paraître
qu'il se fût, si peu que ce soit, rendu compte
de l'amour qu'il lui inspirait.
Elle en fut si contrariée
qu'un jour elle l'entreprit à ce sujet,
s'adressant à lui en ces termes :
« Seigneur, vous êtes beau et valeureux,
il n'est personne qui ne le reconnaisse, Dieu merci !
Aussi mériteriez-vous bien

d'avoir amie en si haut lieu
qu'en eüssiez honor et preu ;
65 que bien vos serroit tele amie.
– Madame », fet il, « je n'ai mie
encor a ce mise m'entente.
– Par foi », fet ele, « longue atente
vous porroit nuire a mon avis ;
70 si lou que vous soiez amis
en un haut leu se vous veez
que vous i soiez bien amez. »
Cil repont : « Madame, par foi,
je ne sai mie bien por coi
75 ce me dites, ne ce que monte,
que je ne sui ne rois ne conte
que si hautement amer doie ;
ne je ne sui mie a deus doie
d'avoir amor si souvereinne,
80 se je bien i metoie painne.
– Si estes », fet ele, « s'il avient ;
mainte plus grant mervelle avient,
et autele avendra encore.
Dites moi que savez vous ore,
85 se je vous ai m'amor donnee,
qui sui haute dame clamee ? »
Et cil respont isnelepas :
« Ma dame, je ne le se pas,
mes je vodroie vostre amor,
90 avoir bien et par mon annor ;
mes Diex de cele amor me gart,
qu'a moi n'a vous tort cele part
ou la honte monseignior gise.
A nul fer ne a nule gise,
95 ne prendroie tel mesprison
comme de faire traïson
si vilainne ne si desloial
vers mon droit segnior natural.
– Fi », fet cele qui fu marie,

---

63. ms. *liu* – **78.** ms. *lanaie* ; .II. *doie*, A, B, C, E, F, H – **87.** ms. *ilnele pas*

d'avoir une amie de si haut parage
que vous en tiriez honneur et avantages ;
car une telle amie vous conviendrait bien.
– Madame », dit-il, « je ne me suis pas encore
soucié de ce genre de choses.
– Sincèrement », dit-elle, « une longue attente
pourrait vous nuire, à mon avis ;
aussi, je vous conseille de chercher une amie
en haut lieu, si vous voyez
que vous y seriez bien aimé. »
Le chevalier répond : « Madame, honnêtement,
je n'arrive pas très bien à saisir pourquoi
vous me dites cela, ni dans quel intérêt ;
je ne suis pas roi, ni comte,
pour aimer en si haut lieu ;
je ne suis pas près non plus
d'élever mon amour à un rang aussi souverain,
même si je m'y efforçais.
– Mais oui, vous l'êtes », dit-elle, « si cela se trouve ;
il se produit bien de plus grands prodiges,
et il en adviendra encore.
Dites-moi, savez-vous maintenant
si je vous ai donné mon amour,
moi que l'on reconnaît pour une dame de haut rang ? »
Et lui de répliquer aussitôt :
« Madame, je ne le sais pas ;
mais je voudrais avoir votre amour
pourvu que le bien et mon honneur soient saufs ;
mais Dieu me garde d'un amour
qui nous entraîne, vous ou moi,
à déshonorer monseigneur.
A aucun prix, d'aucune façon,
je ne commettrais un tel forfait,
que de trahir
de façon si vile et si perfide,
celui qui est en fait et en droit mon seigneur.
– Fi », s'écrie la dame, dans son dépit,

100 « Danz mesiauz, et qui vous en prie ?
– Ha ! » fet cil, « madame, merci ;
nus certes mes tant vous en di. »

Cele ne tint a lui plus plet,
mes grant courrouz et grant dehait
105 en ot au cuer, et s'apensa
s'ele puet bien se vengera.
Si fist ele fortment iree
la nuit, quant ele fu couchiee,
joste le duc a soupirer
110 commença et puis a plorer ;
et li dus errant li demande
que c'est que ele a et li commande
que ele li die maintenant.
« Certes », fet ele, « j'ai duel grant
115 de ce que ne set nus hauz hom
qui foi li porte ne qui non,
mes plus de bien et d'ennor font
com cil qui leur traïtour sont,
et si ne s'en aparcuet nus.
120 – Par ma foi, dame », fet li dus,
« je ne sai pourcoi vous le dites ;
mes d'itel chose sui je cuites,
que a nul fuer ne norriroie
traïtour, se je le savoie.
125 – Haiez », fet ele, « donc celui
(si le nonma) qui ne fina hui
de moi proier de lonc le jor,
que je li donnasse m'amor,
et me dist que mout a lonc tans
130 qu'il a este en ces porpens,
qu'onques mes ne le m'osa dire ;
et je me pensai, biauz dous sire,
tantost que je le vous diroie ;
et ce pert bien chose vroie
135 qu'il ait pieça a ce pensé,

---

115. ms. *hautz*

« monsieur le ladre, et qui vous en prie ?
— Hélas », fait-il, « madame, par pitié,
personne certes ; mais j'en reste à ce que je vous dis. »

Elle ne s'entretint pas davantage avec lui,
mais elle resta le cœur plein de détresse
et d'amertume, et projeta
de bien se venger de lui si elle le pouvait.
Ainsi fit-elle, pleine de chagrin.
Cette nuit-là, quand elle fut couchée
auprès du duc, elle se mit à soupirer,
puis à pleurer ;
le duc, aussitôt, lui demande
ce qu'elle a, et lui ordonne
de le lui dire sur-le-champ.
« Certes », dit-elle, « cela m'attriste fort
qu'aucun des hauts personnages ne sache
qui est loyal envers lui et qui ne l'est pas,
mais ils accordent plus de bien et d'honneur
à ceux qui les trahissent,
et aucun ne s'en aperçoit.
— Par ma foi, madame », dit le duc,
« je ne sais pourquoi vous le dites ;
mais ce discours ne peut me concerner,
car à aucun prix je n'entretiendrais
un traître si je le connaissais pour tel.
— Haïssez donc », fait-elle, « celui
(elle le nomma) qui, aujourd'hui, n'a cessé
de me prier toute la journée
pour que je lui accorde mon amour ;
et qui me dit qu'il y a beau temps
qu'il nourrit ce dessein,
sans avoir jusqu'ici osé me l'avouer.
Et moi, mon très cher seigneur, j'ai aussitôt pensé
que je vous préviendrais ;
et il semble bien être vrai
qu'il ait eu depuis longtemps ces visées,

que de ce qu'aillors ait amé
novele encor oï n'avon.
Si vous requiers en guerredon,
c'a vostre honor si i guardoiz
140 comme vous savez qu'il est droiz. »
Li dus, qui il samble mout gref,
li dist : « J'en vanrai bien a chief,
et mout par tens, si com je cuit. »

En maleise fu cele nuit
145 li dus, n'onques dormir ne pot,
por le chevalier que il amot,
qu'il croit que ait tant vers lui meffet,
que par droit s'amor perdue ait ;
et por ce toute nuit veilla.
150 Landemain mout matin leva,
et fist celui a lui venir
que sa femme li fet haïr,
sans ce que de rien n'a mespris.
Maintenant l'a a reson mis,
155 seul a seul, que n'i a que eus deus.
« Certes », fet li dus, « c'est grans deus,
quant proece avez et biauté,
et il n'a en vous loiauté,
si m'en avez bien deceü,
160 que j'ai mout longuement creü
que vous fussiez en bonne foi
loiaus a tout le moins ver[s] moi ;
que j'ai vers vous amor eüe ;
si ne sai dont vos est venue
165 tel pensee ne si traït[r]esse,
que proiee avez la duchesse,
et requise de druerie.
Si avez fait tel tricherie,
que plus vilainne n'estuet querre ;
170 si issiez errant de ma terre,
je vous en congie sanz doute,

---

162. ms. *ver* – 165. ms. *traïtesse* – 169. ms. *neustuet* – 171. ms. *counjoie* ;
congie, A, B, C

car d'amours qu'il aurait ailleurs,
nous n'avons encore jamais entendu parler.
Aussi, en échange de ces confidences,
je vous demande de sauvegarder votre honneur,
selon ce que vous savez être juste. »
Le duc, à qui cette affaire semble fort pénible,
lui dit : « J'en saurai le fin mot,
et bien vite, à mon avis. »

Le duc fut cette nuit-là très mal à l'aise,
et ne put trouver le sommeil,
à cause du chevalier qu'il aimait,
et qui, croit-il, s'est si mal conduit à son égard
qu'il doit en toute justice le priver de son affection ;
et c'est pourquoi il resta éveillé toute la nuit.
Le lendemain, il se leva très tôt,
et fit appeler celui
que sa femme lui fait prendre en haine
sans qu'il ait commis aucune faute.
Il s'adresse immédiatement à lui,
seul à seul, tous les deux, sans qu'il y ait là personne d'autre.
« Certes », dit le duc, « il est bien dommage
que vous possédiez sagesse et beauté,
et que vous n'ayez pas de loyauté.
En cela, vous m'avez bien abusé,
car j'ai cru bien longtemps
que vous étiez de bonne foi,
loyal à tout le moins envers moi,
qui ai eu de l'affection pour vous.
Aussi, je ne sais d'où vous est venu
un dessein aussi perfide
que celui de prier d'amour la duchesse,
et de lui demander de vous prendre pour amant.
Vous avez commis un acte si malhonnête
qu'il serait vain d'en chercher qui le dépasse dans l'ignominie.
Quittez aussitôt ma terre ;
je vous en chasse sans recours,

et la vous vee et deffent toute ;
si n'i entrez ne tant ne quant ;
que se je des ore en avant
175 vous i povaie feire prendre,
sachiez je vous i feroie pendre. »
Quant li chevaliers ce entent,
d'ire et de mautalent esprent,
si que tout li tremblent li menbre,
180 que de s'amie li remenbre,
dont il set que ne puet joïr,
se n'est par aler et venir,
et par repeirier ou païs,
dont li dus veut qu'il soit eschis.
185 Et d'autre part li refet mal
ce qu'a traïtor desloial
le tient ses sires et a tort ;
si est en si grant deconfort
qu'a mort se tient et esbahi.
190 « Sire », fet il, « pour Dieu merci !
Ne creez ja ne ne pensez
que je fusse onques si desvez,
que je pensasse jor ne eure
ce que me metez a tort seure.
195 Si a mal fet qui[l] vous a dit.
— Ne vous i valent escondit »,
fet li dus, « que point n'en i a ;
que ele meimes conté le m'a,
en quele maniere et en quele guise
200 vous l'avez proiee et requise,
comme trichierres envious ;
et tele chose deïstes vous,
puet ce estre, dont ele se taist.
— Ma dame dit ce que li plest »,
205 fet cil qui mout estoit marriz ;
« si ne m'i vaut rien escondit,
ne veritez que je deïsse ;
si n'est rien que je n'en feïsse,

177. ms. *entendit* – **188.** ms. *einsi* – **195.** ms. *qui*

et je vous l'interdis et vous en bannis entièrement ;
n'y pénétrez plus sous aucun prétexte,
car si, dorénavant,
je pouvais vous y faire prendre,
sachez que je vous ferais pendre. »
A ces mots, le chevalier
sent la rage et la colère l'envahir,
à tel point qu'il tremble de tout son corps ;
car sa pensée va vers son amie,
dont il ne pourra jouir
sans pouvoir se déplacer librement,
ou revenir dans le pays
dont le duc veut le bannir.
Par ailleurs, il souffre aussi
de voir qu'il passe pour un traître perfide
aux yeux de son seigneur, et à tort.
Sa détresse est telle
qu'il a l'impression de mourir, et d'être privé de sens.
« Seigneur », dit-il, « pour l'amour de Dieu, ayez pitié !
N'allez pas croire ni penser
que j'ai pu être assez fou
pour tramer à aucun moment
ce dont vous m'accusez à tort.
Il a mal agi, celui qui vous l'a dit.
– Inutile de vous justifier »,
dit le duc, « il n'y a pas lieu de le faire.
Elle même m'a conté
de quelle façon et en quels termes
vous l'avez priée et lui avez fait votre requête,
animé par un désir perfide.
Et peut-être avez-vous dit quelque chose
qu'elle passe sous silence.
– Madame a dit ce qu'il lui plaît »,
dit le chevalier plein de chagrin,
« c'est en vain que je chercherais à me justifier,
serait-ce en disant la vérité.
Et pourtant, il n'y a rien que je ne serais prêt à faire

par si que j'en fusse creüz
210 que de ce n'i a riens eü. »
     « Si a », fet soi li dus, « par m'ame »,
     qui il souvenoit de sa fame,
     qui li dist que il povoit savoir
     que ele li avoit dit voir,
215 quant on ne oït que nus parlast
     que cil en autre liu enmast.
     Dont li dus dist au chevalier :
     « Se vous me volez fïancier,
     par vostre loiail serement
220 que vous me direz voirement
     ce que je vous demanderoie,
     par vostre dit certain seroie
     se vous aurïez fet ou non
     ce dont j'ai vers vous soupeçon. »
225 Cil qui tant convoite et desirre
     a geter son seignior de s'irre
     qu'il a vers lui et sanz deserte,
     et qui redoute telle perte
     comme de guerpir la contree
230 ou cele est qui plus lui agree,
     respont que sanz nul contredit
     fera ce que li dus a dit.
     Car il ne pense ne esgarde,
     a ce dont li dus se prant garde ;
235 ne courrouz ne li let penser
     que li dus veille demander
     de rien fors d'icele proiere.
     Le serement en tel maniere
     en prent li dus, einsi li fist.
240 Et li dus maintenant li dist :
     « Sachiez par fine verité
     que ce que je vous ai amé
     ça en ariere de fin cuer,
     ne me lessast croire a nul fuer
245 de vous tel maiffet ne tel honte

---

216. ms. *lui* – 235. ms. *lesse ; let,* B

pour que l'on me croie,
quand j'affirme que ce dont on m'accuse n'a pas eu lieu. »
« C'est pourtant le cas », se dit le duc, « par mon âme ! »
En effet, il se rappelait que sa femme
lui avait dit qu'il pouvait savoir
qu'elle lui avait dit la vérité,
du fait que personne n'avait entendu rapporter
que le chevalier aimât en autre lieu.
Donc, le duc dit au chevalier :
« Si vous voulez me garantir
par un serment loyal
que vous répondrez sincèrement
à mes questions,
je saurai avec certitude, selon vos paroles,
si vous avez ou non fait
ce dont je vous soupçonne. »
Et lui, qui désire si ardemment
voir son seigneur renoncer au courroux
qu'il éprouve envers lui, sans qu'il l'ait mérité ;
et qui, par ailleurs, envisage avec terreur la perte
qu'il subirait en devant abandonner le pays
où vit celle qu'il aime par-dessus tout,
répond qu'il fera, sans aucune réserve,
ce que le duc vient de dire.
En effet, il ne comprend ni ne perçoit
ce qu'a le duc en tête,
et son chagrin ne lui permet pas d'imaginer
qu'il puisse l'interroger
sur autre chose que la requête d'amour en question.
Le duc reçoit donc le serment
que le chevalier lui prête selon ses vœux.
Et le duc lui dit aussitôt :
« Sachez bien, c'est la pure vérité,
que l'affection que j'éprouvais
sincèrement pour vous dans le passé,
ne m'aurait permis de croire à aucun prix
que vous soyez coupable d'un forfait et d'un outrage

comme la duchesse me conte ;
ne tant ne la tenisse a voire,
se ce ne me le feïst croire,
et m'en meïst en grant doutance,
250 que je esgart vostre contenance,
et de cointise et d'autre rien,
a coi on puet savoir mout bien
que vous amez ou que ce soit.
Et quant d'aillors ne s'aperçoit
255 nus qu'ames demoiseiles ou dame,
je me pens que ce soit ma fame,
qui me dist que vous l'en proiez ;
si n'en puis estre desvoiez
que ne cuide qu'einsi voit l'afere,
260 pour riens que vous m'en sachiez fere,
se ne me dites que aillors
amez en tiel liu par amors
que m'en faciez sanz nule doute
savoir en la verité toute ;
265 et se ce fere ne vouslez,
comme parjure vous en alez
hors de ma terre sanz delai ! »

Cil ne set nul conseil de soi,
que li partis si li est fort,
270 que l'un et l'autre tient a mort ;
que s'il dist la verité pure,
qil dira se il ne se parjure,
a mort se tient qu'il meffet tant
qu'il trespasse le convenant
275 que a sa dame et a s'amie a,
et est seürs de perdre la
s'ele s'en puet apercevoir ;
et s'il ne dist au duc le voir,
parjures est et foi mentie,
280 et pert le païs et s'amie ;

---

247. ms. *avant la tenisse je por voire ; ne tant ne la tenisse a voire, A, C, E* — 259. malgré le vers hypermètre, il nous semble nécessaire pour la syntaxe (propre à ce manuscrit) de conserver le subjonctif *cuide* — 277. ms. *sempuet*

tels que ceux que la duchesse me rapporte,
et je n'aurais pas été si enclin à y ajouter foi,
sans ce qui me pousse à le croire,
et qui suscite en moi de graves soupçons :
c'est votre comportement,
son élégance, et tous ces traits
qui permettent de savoir à coup sûr
que vous aimez, quel que soit l'objet de cet amour.
Et puisque, par ailleurs, personne ne connaît
demoiselle ou dame à qui serait voué votre amour,
je pense, quant à moi, qu'il s'adresse à ma femme,
qui m'a dit que vous la courtisez.
Rien ne peut me détourner
de croire qu'ainsi vont les choses,
quelle que soit votre attitude à cet égard,
à moins que vous ne me disiez que vous aimez
ailleurs, quelqu'un d'autre, d'un amour sincère,
et que vous ne me révéliez l'entière vérité,
sans aucune réticence.
Et si vous vous y refusez,
quittez, comme le mérite un parjure,
ma terre sans délai ! »

Le chevalier ne sait quel parti prendre,
car l'alternative est si cruelle,
que les deux termes lui en paraissent mortels.
S'il dit la pure vérité,
et il doit la dire s'il ne veut se parjurer,
il se tient pour mort, car il se rend gravement coupable
en violant l'accord
qu'il a conclu avec sa dame et amie,
et il est certain de la perdre
si elle peut s'en apercevoir.
Et s'il ne dit pas la vérité au duc,
il est parjure, et traître à sa parole,
et perd le pays et son amie ;

mes du païs ne lui chausist,
se s'amie li remainsist
que sour toute riens perdre crient.
Et pour ce que adés li souvient
285 de la grant joie et du solaz
qu'il a eüe entre ses braz,
si se pense s'i la messert,
et s'il par son meffet la pert,
quant avec soi ne la puet mener,
290 comment porra sanz li durer ?
Si est en tel point autresi
com li chatelains de Couchi,
qui ou cuer n'avoit s'amor non ;
et dist en .I. ver de chançon :

295 « *Par Dieu, amors, fort m'est a consiurrer*
du samblant que m'i soloit montrer,
du solaz et de la compaignie,
cele qui m'ert ma dame, compaigne et amie ;
et quant recort sa simple compaignie,
300 *et les douz moz que seut a moi parler,*
comment me puet li cuers en cors durer ?
Quant il ne part, certes trop est mauvés. »

Li chevaliers a tele angoisse.
Ne set se le voir li connoisse,
305 ou se il mente et lest le païs.
Et quant il est ainsi pensis,
qu'il ne set lequel li vaut mieuz,
l'eve du cuer li monte aus euz,

---

281. ms. *chiausist* – **295.** *consiurer* se trouve dans le ms. *H* de la chanson
éditée par Lerond ; il nous a donc semblé possible de garder *consiurrer* – **296.** ms.
mi ; monter – **302.** le vers est disposé sur deux lignes dans le manuscrit : *quant*
il ne part / certes trop est mauves

---

1. L'inclusion d'une strophe lyrique dans la narration, strophe empruntée, avec
des variantes, à la chanson du Châtelain de Coucy « A vous, amant, plus k'a
nulle autre gent » (éd. A. Lerond, Paris, P.U.F, 1963), est riche de signification.
On sait que Jean Renart se faisait gloire d'avoir introduit le premier des pièces
lyriques dans un roman ; la chanson qui est citée ici apparaît également dans le
Roman de la Violette de Gerbert de Montreuil et dans *Le Roman du Châtelain*
de Coucy et de la dame de Fayel, où le poète devient le héros de la légende du

perdre le pays lui importerait peu,
s'il gardait son amie,
qu'il craint par-dessus tout de perdre.
Et parce qu'il se rappelle aussitôt
la grande joie et le plaisir
qu'il a connus dans ses bras,
il pense que s'il manque à ses engagements envers elle,
et qu'il la perde par sa faute,
il ne pourra l'emmener avec lui,
et comment, alors, vivre sans elle ?
Il en est venu au même point
que le châtelain de Coucy,
dont seul l'amour emplissait le cœur,
et qui disait en une strophe de chanson :
« *Par Dieu, Amour, il m'est dur de renoncer*
à l'expression avec laquelle elle m'accueillait,
au plaisir et à la compagnie que je trouvais
en celle qui était ma dame, ma compagne et mon amie.
Et quand je me rappelle sa tendre compagnie,
et les doux mots qu'elle avait coutume de m'adresser,
comment mon cœur peut-il rester l'hôte de mon corps ?
S'il ne le quitte pas, c'est qu'il est, à coup sûr, très lâche[1]. »

Le chevalier, dans son angoisse,
ne sait s'il doit dire au duc la vérité,
ou mentir, et quitter le pays.
Et tandis qu'il est plongé dans ces pensées,
ne sachant quel parti est le meilleur,
l'eau du cœur lui monte aux yeux,

« cœur mangé ». La souffrance de la séparation rejoint l'angoisse de l'exil qui prive l'amant de tout repère ; le fait de voir fixée par un tiers la distance qui le sépare de sa dame enlève à cette distance sa valeur d'intervalle poétique. L'expression lyrique, loin de traduire les sentiments du héros, préserve ce qu'ils ont d'intime et d'unique, rend symboliquement sensible ce qui reste incommunicable sur le mode linéaire et substitutif du récit fictif. Le procédé dont Jean Renart se flatte d'être l'initiateur peut ainsi apparaître non pas tant comme un hommage rendu à la poésie que comme une définition des pouvoirs propres à la fiction et de ses exigences. Qui ne voit, enfin, que la trahison inévitable, et par là tragique, du secret, équivaut à l'arrachement du cœur : violation du sens qui régit l'unité de l'être, dans ses relations avec autrui.

par l'angoisse qu'i se porchase,
310 et li descent aval la face,
si qu'il le vis en a moillié.
Li dus le voit, s'en a pitié,
qu'il entant qu'il a tel chose
que reconnoitre ne li ose.
315 Lors dist li dus isnelepas :
« Bien voi que ne vous fïez pas
en moi tant que vous devrïez ;
cuidez se vous me disïez
vostre conseil celeement,
320 que le deïsse a nule gent ?
Je me leroie avant sanz faute
treire les denz l'un avant l'autre.
– Ha, sire », fet cil, « merci, sire ;
je ne sai que je doie dire,
325 ne que je puisse devenir,
mes je voudroie mieuz morir,
que perdre ce que je perdroie
se le voir dit vous en avoie,
et il estoit de la seü,
330 que l'eusse reconneü
a rien qui soit ou mont vivant.
– Lors », dist li dus, « je vous creant,
seur le cors, seur l'ame de moi,
et seur l'amor et seur la foi
335 que je vous doi pour vostre hommage,
que ja en trestout mon eage
n'en ert a creature nee
parole par moi racontee,
ne samblant fet, grant ne petit. »
340 Et cil li a dit en plorant :
« Sire, et je vous le dirai einsi,
j'ain vostre niece de Vergi,
et ele moi tant com puet plus.
– Or me dites dont », fet li dus,

---

314. ms. : le *r* est écrit au-dessus de la ligne – **337.** ms. *est*

à cause de l'angoisse qui l'étreint,
et coule sur son visage,
qui en est mouillé.
Le duc, en le voyant, est ému de pitié,
car il comprend que le chevalier a quelque chose
qu'il n'ose lui avouer ;
il lui dit alors vivement :
« Je vois bien que vous ne me faites pas confiance
autant que vous le devriez.
Croyez-vous que si vous me disiez
votre secret en confidence,
j'irais le répéter à quelqu'un ?
Je préférerais, sans hésitation,
me faire arracher les dents l'une après l'autre.
– Hélas, seigneur, ayez pitié ! » lui répond-il ;
« je ne sais que dire,
ni ce que je pourrais bien devenir,
mais je préférerais mourir
que de perdre ce que je perdrais
si je vous avais dit la vérité à son propos,
et que l'on sache de ce côté-là,
que je l'aie confiée
à âme qui vive.
– Alors », dit le duc, « je vous jure,
sur mon corps et sur mon âme,
et par l'amour et la foi
que je vous dois en vertu de votre hommage,
que jamais, de toute ma vie,
aucune créature au monde,
n'entendra quelque mot là-dessus qui vienne de moi,
et que je n'en laisserai rien paraître à qui que ce soit, quelle
Le chevalier lui a dit en pleurant :   [qu'en soit l'importance[1].
« Seigneur, je vais donc vous l'avouer :
j'aime votre nièce de Vergy,
et elle m'aime aussi, il ne peut y avoir plus grand amour.
– Dites-moi donc », reprend le duc,

---

1. Il est difficile de savoir à quoi se rapporte le groupe *grant ne petit* : au *samblant*, ou à celui qui peut l'interpréter, et dans ce cas, l'expression viserait le rang du destinataire.

345 « quant si volez que on vous coivre,
savoit nus fors vous .ii. ceste ovre ? »
Et li chevaliers li respont :
« Nennil creature du mont. »
Fet soi li dus, ce ne puet estre.
350 « Commant povez avec lui estre,
ne commant avez liu ne tans ?
– Par foi, sire », fet il, « par sens
que je vous dirai sans riens taire,
quant savez de nostre afeire. »
355 Lors li a toutes acontees
ses venues et ses alees,
et la convenance premiere,
et du petit chien la maniere.
« Lors », dist li dus, « je vous requiers
360 que a vostre terme premier
voulliez que vostre compains soie,
d'aler o vous en cele voie,
que je voil savoir sanz alongne
se ainsi va vostre besongne ;
365 si n'en saura ma niece rien.
– Sire », fet il, « je le voil bien,
mes qu'il ne vous griet ne annuit.
Or sachiez bien g'irai ennuit. »
Et li dus dist : « Je i irai,
370 et ja ne m'i ennuierai »,
ainz li sera solaz et geus.
Entr'eus .II. devisent le lius,
ou asembleront tout a pié.
Si tost comme il fu annuitié,
375 que assez pres d'ilec estoit
ou la niece au duc estoit,
cele part tiennent lor chemin
tant qu'il sont venu au jardin,
ou li dus ne fu pas grant piece

---

349. ms. *foi ; fait, A*

« puisque vous voulez qu'on vous garde le secret,
quelqu'un d'autre que vous deux était-il au courant ?
Et le chevalier lui répond :
« Non, pas une seule créature au monde. »
« C'est impossible », se dit le duc.
« Comment pouvez-vous la rencontrer,
et disposer d'un lieu et d'un moment ?
– Par ma foi, seigneur », dit-il, « par un tour ingénieux
que je vous révélerai sans en rien dissimuler,
puisque vous connaissez notre liaison. »
Alors, il lui a raconté toutes
ses allées et venues,
l'accord conclu en premier lieu,
et le rôle du petit chien.
Le duc dit alors : « Je vous demande
qu'à votre premier rendez-vous,
vous me laissiez vous accompagner,
quand vous vous y rendrez
car je veux savoir sans délai
si vous agissez comme vous l'avez dit.
Ma nièce n'en saura rien.
– Je le veux bien, seigneur, dit-il,
si cela ne doit pas vous être pénible ni fâcheux ;
sachez donc que j'irai cette nuit.
– J'irai », dit le duc,
ajoutant que cela ne sera pas pour lui une corvée,
mais au contraire un plaisir et une distraction[1].
Ils conviennent tous deux de l'endroit
où ils se retrouveront, l'un comme l'autre venu à pied.
Dès la tombée de la nuit,
car l'endroit où habitait la nièce du duc
était tout près de là,
ils vont ensemble de ce côté
jusqu'au jardin ;
le duc n'eut pas à attendre longtemps

---

1. Le texte du manuscrit G°, ici, ne peut offrir un sens satisfaisant ; nous proposons, pour garder la rime avec *irai* (v. 369), de corriger *li* en *m'i* au vers 370 ; tous les autres manuscrits ont un discours à la troisième personne, sans ambiguïté.

380 quant il vit le chiennet sa niece
     qui s'en vint au lonc du vergier,
     tant qu'il trouva le chevalier,
     qui grant joie fist a[u] chiennet.
     Tantost a la voie se met
385 li chevaliers, et le duc leist ;
     et li dus aprés lui se met
     a la chambre le plus tost qu'il puet.
     Ilec s'arete et ne se muet.
     Desouz .I. arbre grant et large
390 s'est tost couverz que plus ne targe,
     que mout entent a lui celer.
     D'ilec vit en la chambre entrer
     le chevalier, et vit issir
     sa niece, et contre lui venir
395 fors de la chambre, en .I. prael,
     et vit et oï tel apel
     comme ele li fist pour soulaz,
     de saluz, de bouche et de braz ;
     que si tost comme ele le choisi,
400 de la chambre vers lui sailli,
     et de ses biaus braz l'acola,
     et plus de .C. foiz le besa,
     ainz que feïst longue parole,
     et cil la rebaise et acole,
405 et li dist : « Ma dame, m'amie,
     m'amors, mes cuers, ma druerie,
     m'esperance et tout quant que j'ain,
     sachiez qu'ai eu mout grant fain
     d'estre o vous si com or sui,
410 trestouz jors puis que je n'i fui. »
     Et ele dist : « Mes douz seigniors,
     mes douz amis, ma douce amors,
     onques puis ne fu jor ne eure
     que ne m'enuiast la demeure ;
415 mes ore ne me duel de rien,

---

383. ms. *a* – **390.** les leçons des autres manuscrits donnent à *targe* le sens de bouclier *(C : s'estoit couvers com d'une targe)* ; il semble ici qu'il y ait une confusion entre le substantif et le subjonctif du verbe « tarder »

pour voir le petit chien de sa nièce
traverser le verger
jusqu'au chevalier,
qui l'accueillit avec allégresse.
Aussitôt, le chevalier se met en route,
et laisse le duc.
Ce dernier le suit,
en direction de la chambre, aussi vite qu'il le peut.
Arrivé là, il s'arrête et reste immobile ;
sous un arbre grand et large,
il s'est dissimulé comme sous un bouclier[1],
car il met tous ses soins à bien se cacher.
De là il vit le chevalier
entrer dans la chambre,
et vit sa nièce en sortir
pour venir à sa rencontre sur un carré de gazon ;
il vit et entendit
comment elle l'invita au plaisir
en le saluant de la voix et du geste ;
car sitôt qu'elle l'aperçut,
elle s'élança vers lui hors de sa chambre,
pour l'enlacer de ses beaux bras,
et lui donner plus de cent baisers,
faisant fi de longs discours ;
et le chevalier, à son tour, l'embrasse et l'étreint ;
et lui dit : « Ma dame, mon amie,
mon amour, mon cœur, ma passion,
mon espoir et tout ce qui m'est cher,
sachez que j'ai tant désiré
être auprès de vous comme je le suis maintenant,
tous les jours depuis que je vous ai quittée. »
Et elle dit : « Mon cher seigneur,
mon cher ami, mon cher amour,
depuis ce moment, il ne passa ni jour ni heure
sans que le délai me pesât ;
mais maintenant, je n'ai plus de peine,

---

1. Là encore, comme nous l'avons signalé, le texte du manuscrit G⁰ ne permet pas d'obtenir un sens satisfaisant ; il faut supposer une confusion du copiste, et le sens original est à l'évidence celui que donnent les leçons des autres manuscrits.

quant j'ai o moi quanque je ain ;
quant ci estes sainz et heitiez,
et li tres bien venuz soiez ! »
Et cil dist : « Et vous bien trouvee ! »
420 Tout oï li dus a l'entree,
qui mout pres d'eus apoiez fu,
et sa niece a la voiz conneue
si bien, et a la contenance
que il est touz hors de doutance,
425 et si tient de ce la duchesse
que li ot dit, a menterresse ;
et mout li plet or voit il bien
que cil ne li a meffet rien
de ce dont il l'a mescreü ;
430 ilueques s'est ainsi tenu
toute la nuit endementiers
que sa niece et li chevaliers
dedenz la chambre ensemble furent,
qui sanz dormir en .I. lit jurent,
435 a tel joie et a tel deport
qu'il n'est resons que nus recort,
ne ne le die, ne ne l'oie,
s'il n'atent a avoir tel joie
comme amors a fin' amant donne,
440 quant sa painne li guerredonne ;
que cil qui tele joie n'atent,
s'il oit ce et rien n'en entent,
puis qu'il n'a a Amors le cuer ;
que nus ne saroit a nul fuer,
445 combien vaut a tele joie avoir
s'amors ne li fesoit savoir,
que tiex bien ne vient mie a toz
que cest joie sanz courrouz,
et soulaz et envoiseüre.
450 Mes tant i a que petit dure,
c'est avis a l'amant qui l'a,
ja si longues ne li durra.

---

430. ms. *ilec* (vers de sept syllabes) ; *ilueques, C ; iloeques, A, B* – **431.** ms.
endurementiers ; endementiers, A, B, C – **439.** ms. *fine.*

puisque j'ai auprès de moi tout ce que j'aime ;
que vous êtes ici, plein de vie et de gaieté ;
soyez le très bien venu !
– Et vous, soyez la bien trouvée ! » dit le chevalier.
Le duc entendit tout ce qui se dit à l'entrée,
car il était posté tout près d'eux ;
il a si bien reconnu sa nièce à la voix
et au maintien
que ses soupçons se sont évanouis ;
il considère que la duchesse
lui a tenu des propos mensongers.
A son grand plaisir, il voit bien maintenant
que le chevalier ne s'est nullement rendu coupable
de ce dont il l'a soupçonné à tort.
Il est resté ainsi
toute la nuit
que sa nièce et le chevalier
passèrent ensemble dans la chambre,
partageant le même lit sans y dormir,
goûtant une joie et un plaisir tels
qu'il n'est pas sage de les évoquer,
en contant ou en écoutant,
si l'on n'attend pas soi-même cette joie
que donne l'Amour au parfait amant
pour récompenser ses souffrances.
En effet celui qui n'attend pas une telle joie
peut bien en entendre parler, il n'y comprend rien,
puisque son cœur n'est pas consacré à l'amour ;
car personne ne saurait à aucun prix
combien vaut d'éprouver une telle joie
si l'amour ne le lui faisait pas savoir.
Ce bonheur n'échoit pas à tous ;
c'est une joie sans ombre de chagrin,
c'est le plaisir et l'allégresse ;
mais ce bonheur semble trop court
à l'amant qui l'éprouve,
si longue qu'en soit la durée.

Tant li plest la vie qu'il mainne,
que se nuit devenoit semainne,
455 et semainne devenoit mois,
et mois .I. an et .I. an trois,
et .III. anz .XX. et .XX. anz .C.,
quant venroit au definement
de la nuit, ainz qu'il ajornast,
460 si voudroit il qu'il anuitast.

Et en itel penser estoit
cil qui li dus hors atendoit,
que ainz jour aler l'en covint,
et s'amie a li a l'uis vint.
465 La vit li dus, au congié prendre,
besiers doner et besiers rendre,
et oï forment soupirer,
et au congié prendre plorer,
que plorer i ot mainte lerme ;
470 et oï reprendre le terme
de rasembler ilec ariere.
Li chevaliers en tel maniere
s'en part, et la dame l'uis clot ;
mes ainz tant quant voir le pot,
475 le convoia de ses biaus euz,
quant ele ne puet feire mieuz.
Et quant li dus voit clos l'uiset,
tantost a la voie se met,
tant que le chevalier ateint,
480 qui a soi meïsmes se plaint
de la nuit si comme il dit
trop li avoit duré petit.
Et tel penser et autel dis
ot cele dont ert partiz,
485 a cui il samble que la nuit
qui si faut pert son deduit ;
ne du jor ne se loe point.
Li chevaliers ert en tel point

---

474. ms. *voar ; voir*, A, C, E

La vie qu'il mène lui plaît tant
que si la nuit devenait une semaine,
et la semaine un mois,
le mois, un an, et un an, trois,
et trois ans, vingt, et vingt ans, cent,
quand viendrait la fin de la nuit,
plutôt que le jour ne se lève,
il voudrait que le soir tombe.

Tel était l'état d'esprit où se trouvait
celui que le duc attendait dehors ;
il lui fallut, en effet, s'en aller avant le jour.
Son amie l'accompagna jusqu'au seuil ;
au moment où les amants se séparèrent,
le duc les vit échanger des baisers ;
il entendit bien des soupirs,
et vit verser des pleurs au moment des adieux,
qui firent couler bien des larmes ;
il les entendit fixer la date
d'un nouveau rendez-vous.
Le chevalier quitte ainsi sa dame,
qui referme la porte derrière lui ;
mais aussi longtemps qu'elle put le voir,
elle le suivit de ses beaux yeux,
puisqu'elle ne pouvait faire mieux.
Quand le duc voit la petite porte fermée,
il presse le pas
pour rejoindre le chevalier,
qui se plaint en lui-même
de ce que la nuit, à ce qu'il dit,
ait été si courte pour lui ;
tels étaient aussi les pensées et les dires
de celle qu'il avait quittée,
elle estime que la nuit,
en prenant trop vite fin, la frustre de son plaisir ;
et elle ne se félicite pas de voir le jour paraître.
C'était bien là ce que pensait

et de penser et de parole.
490 Quant li dus l'ataint, si l'acole,
et li a fet joie mout grant,
et li a dit : « Je vous creant,
que toz jors mes vos amerai,
ne james ne vous mesquerrai,
495 que vous m'avez du tout voir dit,
ne de rien ne m'avez menti.
– Sire », fet il, « vostre merci ;
mes pour Dieu vous requier et pri
que ce conseil celer vous pleise ;
500 c'au jour perdroie joie et aese,
et morroie sanz nule faute,
se je savoie que nul autre
ice seüst fors vous samplus.
– Or n'en parlez ja », fet li dus,
505 « sachiez qu'il est si bien celé
que ja par moi n'en iert parlé. »
Einsi s'en sont parlant venu
la dont il estoient venu.

Et ce jor quant vint au mengier,
510 montra li dus au chevalier
plus bel samblant c'ainc n'avoit fet ;
dont tel courrouz et tel dehait
en ot la duchesse sanz fable,
que ele se leva de la table,
515 et fet samblant tot par faintise,
que maladie li soit prise.
En sa chambre s'ala gesir,
et se fist autresi couvrir
com se forment malade fust.
520 Et bien voult que li dus seüst
que prise li fust maladie.
.I. varlet a de sa menie ;
por ce dire au duc envoié.
Et li dus quant il ot mengié,
525 l'est alee tantost voir.
Ele li fist sor son lit seir,

et se disait en lui-même le chevalier.
Quand le duc le rejoint, il lui donne l'accolade,
lui témoigne une grande joie,
et lui dit : « Je vous jure
de vous aimer toujours désormais,
sans jamais plus me défier de vous,
car vous m'avez dit l'entière vérité,
sans me mentir en rien.
– Ah, seigneur, merci ! » dit le chevalier ;
« mais, au nom de Dieu, je vous prie instamment
de garder le secret, s'il vous plaît ;
car je perdrais joie et bonheur,
et mourrais sans recours,
le jour où je saurais que quelqu'un d'autre
que vous seul en ait eu connaissance.
– Pas un mot là-dessus », dit le duc,
« sachez que le secret sera si bien gardé
que je ne le trahirai jamais. »
Tout en échangeant ces propos, ils sont revenus
à l'endroit dont ils étaient partis.

Ce jour-là, au repas,
le duc se montra plus aimable envers le chevalier
qu'il ne l'avait jamais été ;
la duchesse en éprouva un tel déplaisir
et une telle contrariété que, sans vous mentir,
elle en quitta la table,
et feignit
d'être prise de malaise.
Elle alla se coucher dans sa chambre
et se fit envelopper de couvertures
comme si elle était gravement souffrante ;
elle souhaitait vivement que le duc sache
qu'elle était tombée malade.
Un valet de sa maison
lui fut dépêché à cette fin.
Le duc, après le repas,
alla aussitôt la voir.
Elle le fit asseoir sur son lit ;

et si commande que nului
ne remaingne leanz fors lui.
En fet arrent ce qu'il commande ;
530 et li dus tantost li demande
comment cil maux li est venuz,
et que ce est que ele a eü.
Et ele respont : « Se Diex me gart,
je ne m'en donnoie regart,
535 ore quant au mengier asis,
que gregnior sans et plus d'avis
n'eüst en vous que je n'i truis,
se ai eü si granz annuiz
quant vous tenez plus chier celui
540 que je vous ai dit que porchace
comment honte et despit vous face ;
et quant vi que plus biau samblant
li festes hui que devant,
si grant ire et tel duel en oi,
545 que iluec demourer ne poi.
– Ha ! » fet li dus, « ma douce amie,
sachiez je ne querroie mie,
ne vos ne autre creature
que onques por nule aventure
550 avenist ce que vous me dites,
ainz sai bien qu'il en est toz quites,
ne onques ne pensa de ce feire,
tant ai apris de son afeire,
si ne m'en requerez ja plus. »
555 Atant se part d'ilec li dus ;
et cele remaint mout pensive,
que ja mes tant com ele vive,
une eure ese ne sera
devant que plus apris aura
560 de ce dont li dus le deffent
que ele ne li demant neant ;
mes ja ne l'en tendra deffense
car en son cuer engine et pense
que ele le porra bien savoir
565 se ele se seuffre duques au soir,

le duc ordonne alors
qu'on les laisse seuls,
et il est immédiatement obéi.
Il demande aussitôt à sa femme
comment cette maladie l'a saisie,
et de quoi elle a souffert.
« Dieu me garde », répond-elle,
« je n'allais pas imaginer,
en m'asseyant à table, tout à l'heure,
que vous n'ayez pas plus de sagesse et de perspicacité
que je n'en trouve chez vous.
Cela me cause un vif chagrin,
quand je vois que vous estimez davantage
celui dont je vous ai dit qu'il cherche
à vous humilier et à vous déshonorer.
Quand j'ai vu que vous lui témoigniez plus d'amabilité
aujourd'hui qu'auparavant,
j'en ai été si affligée et contrariée
que je n'ai pu rester là.
— Ah », fait le duc, « ma chérie,
sachez que je ne croirais aucunement,
que cela vienne de vous ou de quelqu'un d'autre,
que doive se produire, en quelque occasion,
ce que vous m'avez dit.
Au contraire, je sais bien qu'il en est tout à fait innocent,
et que jamais un tel dessein ne lui est venu à l'esprit ;
j'en ai suffisamment appris à son sujet ;
aussi, ne m'entreprenez plus là-dessus. »
Sur ces mots, le duc quitte la chambre.
Et la duchesse reste absorbée dans ses pensées ;
jamais plus, de toute sa vie,
elle n'aura un moment de bonheur,
avant d'en savoir plus long sur cette affaire,
au sujet de laquelle le duc lui a interdit
de l'interroger ;
mais il n'y aura pas de défense qui tienne,
car elle pense et calcule en elle-même
qu'elle pourra bien le savoir
si elle attend jusqu'au soir,

que ele ait le duc entre ses bra[z] ;
ele set bien qu'a ce soulaz
en fera, ce ne doute point,
tout son vouloir et [son] apoint ;
570 por ce adonc atant se tient.
Et quant li dus couchier se vient,
a une part du lit s'est traite ;
samblant fet que point ne s'i heite
que li dus o li gesir doie ;
575 que ele set bien c'est la voie
de son mari mestre au desouz,
par feire samblant de courrouz.
Pour ce se tient ele en tel gise
que ele emuet le duc et atise
580 a croire que mout est iriee ;
pour ce sanz plus qu'il l'a besiee,
li dist ele : « Mout estes faus,
et trichierres et desloiaus,
qui me montrez samblant d'amor,
585 n'onques ne m'enmastes jor ;
et j'ai esté lonc tans si fole
que j'ai creüe vostre parole,
que souventes foiz me disiez
que de fin cuer loial m'enmiez.
590 Mes hui me sui aparceüe
que bien ai esté deceüe. »
Et li dus dist : « Et vous a coi ?
– Ja me deïstes par ma foi »,
fet cele qui a mal i bee,
595 « que je ne fuse si osee
que je vos enquesisse rien
de tel chose savez vous bien.
– Et de quoi, suer », fet il, « pour Dé ?
– De ce que cil vous a conté,
600 mensonge fet il et avoire,
qu'il a fet penser et croire ;
ne de ce savoir ne me chaut,

---

566. ms. *bra* – **569.** *son* est ajouté – **585.** ms. *ennuiastes* ; corrigé par référence au vers 589 : *m'enmiez*

où elle tiendra le duc entre ses bras.
Elle sait bien, sans aucune inquiétude,
que dans le plaisir, elle en fera
exactement ce qu'elle voudra ;
elle se contient donc jusque-là.
Et quand le duc vient se coucher,
elle se retire sur un côté du lit,
faisant comme si elle n'était pas contente
que le duc doive coucher avec elle ;
elle sait bien que c'est le moyen
de triompher de son mari,
en feignant d'être fâchée.
Elle se comporte donc de façon
à ce que le duc soit troublé et s'interroge,
croyant qu'elle est très contrariée.
A peine lui a-t-il donné un baiser, qu'elle lui dit :
« Vous êtes bien menteur,
et tricheur et déloyal,
vous qui me donnez des marques d'amour !
Jamais vous ne m'avez aimée.
Et moi, j'ai été longtemps assez folle
pour croire vos paroles,
quand vous me disiez bien souvent
que vous m'aimiez loyalement, de tout votre cœur.
Mais aujourd'hui, j'ai compris
que j'ai été bien trompée.
— Pourquoi donc ? » lui dit le duc.
« Vous m'avez dit tout à l'heure »,
dit celle qui poursuit son mauvais dessein,
« de n'avoir jamais l'audace
de vous poser aucune question
sur cette affaire, vous savez bien.
— De quoi s'agit-il, ma chère, au nom de Dieu ? » réplique-t-il.
« De ce que vous a raconté ce chevalier ;
mensonges et sornettes,
qu'il vous a fait prendre pour argent comptant,
et je me moque bien d'en savoir le fin mot.

mes je pense que poi m'i vaut
a vous amer de cuer loial ;
605 c'onques chose, fust bien ou mal,
mes cuers rien ne sot ne ne vit
que ne seussiez tantost ausinc ;
et or voi bien que me celez,
vostre merci, les vos pensiers.
610 Si sachiez ore sanz doutance
que ja mes n'arai tel fiance
en vous, ne cuer de tiel maniere
com j'ai eü ça en arriere. »
Lors commance a plourer
615 la duchesse et a soupirer
et s'esforça plus que pot.

Et li dus tel pitié en ot
qu'il li a dit : « Ma belle suer
je ne souferroie a nul fuer
620 ne vostre courrouz ne vostre ire,
mes sachiez je ne vous puis dire
ce que volez que je vous die
sanz feire trop grant vilenie. »
Et ele dist isnelepas :
625 « Sire, si ne me dites pas,
que je voi bien a ce samblant
qu'en moi ne vous fiez pas tant
que celasse vostre consel.
Et sachiez que trop me merveil ;
630 ainc n'oïtes grant ne petit
conseil que vous m'eüssiez dit,
dont descouvert fussiez par moi ;
ne ja se Diex plest nule foiz
en ma vie ne m'avendra. »
635 Quant ce ot dit derechief ploura.
Et li dus, qui l'acole et bese,
est de son courrouz en malese,
si que ne se puet plus tenir
de la verité regeïr.
640 Puis li a dit : « Ma bele dame,

Mais je pense que cela ne me sert pas à grand-chose
de vous aimer loyalement.
Jamais, que ce soit bien ou mal,
mon cœur n'a su ni perçu quelque chose
sans que vous le sachiez aussitôt vous-même.
Et maintenant, je vois bien que vous me cachez,
permettez-moi de le dire, vos pensées.
Soyez donc bien sûr maintenant
que je n'aurai plus jamais la même confiance en vous,
et n'éprouverai plus pour vous les mêmes sentiments
que par le passé. »
Alors la duchesse se remet à pleurer
et à soupirer,
en se forçant le plus qu'elle peut.

Le duc en éprouve une telle pitié
qu'il lui a dit : « Ma tendre amie,
je ne souffrirais à aucun prix
de vous voir fâchée ou chagrine ;
mais sachez que je ne puis vous dire
ce que vous voulez que je vous dise,
sans commettre une ignominie. »
Et elle réplique vivement :
« Seigneur, ne me le dites pas ;
car je vois bien à votre attitude
que vous ne me faites pas suffisamment confiance
pour croire que je garderais votre secret.
Sachez que j'en suis bien étonnée ;
jamais vous n'avez entendu dire qu'un secret, grand ni petit,
dont vous m'ayez fait confidence,
ait été trahi par moi ;
et, s'il plaît à Dieu, jamais
cela ne m'arrivera, de toute ma vie. »
Là-dessus, elle se remet à pleurer.
Et le duc, qui l'étreint et l'embrasse,
souffre de la voir chagrine,
au point qu'il ne peut plus se retenir
de lui avouer la vérité.
Il lui dit alors : « Ma dame bien-aimée,

```
        je ne sai que faire, par m'ame,
        que tant me fi en vous et croi
        que chose celer ne vous doi
        que je sache, mes trop me dout
645     que vous n'en parlez aucun mot ;
        mes tant sachiez que je vous di :
        se je an sui par vous trahi,
        vous en recevrez la mort. »
        Et ele dit : « Bien m'i acort,
650     estre ne pourroit que feïsse
        chose dont vers vous mespreïsse. »
        Cil qui aime, pour ce le croit,
        et cuide que veritez soit
        de ce que ele dit ; puis li conte
655     de sa niece trestout le conte,
        comme apris l'ot du chevalier ;
        et coment il fu ou vergier
        en l'anglet ou il n'ot que eus .II.,
        quant li petiz chiens vint a eus ;
660     et de l'esue et de l'antree
        li a la verité contee,
        si qu'il ne li a rein teü
        qu'[i]l i ait oï ne veü.
        Et quant la duchesse l'entant,
665     que cil aime plus bassement
        qui de s'amor l'a esconduite,
        a morte se tient et despite.
        Mes onques de ce samblant ne fist,
        ainçois li otroia et promist
670     au duc a si cele[r] ouevre
        que ce est qu'ele le descuevre,
        que il la pende a une hart.
        Et se li est il ja mout tart
        d'a celui parler qu'ele het,
675     des cele eure qu'ele set
        qu'ele est amie a celui
        qui li a fet honte et ennui
```

---

652. ms. *ce quil* ; *cil qui*, A, B, C, E – **663.** ms. *qul* – **670.** ms. *cele*

je ne sais que faire, par mon âme !
J'ai en vous une telle confiance
que je n'ai rien à vous cacher
de ce que je sais ; mais je crains fort
que vous n'en laissiez échapper quelque mot.
Pénétrez-vous bien de ce que je vais vous dire :
si vous trahissez mon secret,
vous en serez punie de mort. »
Elle répond : « J'en suis d'accord ;
il ne saurait être possible
que je commette quelque indélicatesse à votre égard. »
Le duc l'aime : il la croit,
et pense (à tort) qu'elle dit vrai.
Il lui raconte alors
toute l'histoire de sa nièce,
comme il l'a apprise du chevalier ;
et comment il était dans le verger,
dans le recoin où ils étaient seuls tous deux,
quand le petit chien vint les trouver ;
et comment la dame est sortie, et le chevalier entré,
il lui dit toute la vérité là-dessus,
sans rien lui cacher
qu'il ait entendu ou vu.
Quand la duchesse entend
qu'il aime une dame de moindre condition,
celui qui a repoussé son amour,
elle se considère comme mortellement humiliée ;
mais elle n'en fait pas mine ;
au contraire, elle promet fermement au duc
de si bien cacher cette affaire
que, si jamais elle la révèle,
il la condamne à être pendue.
Et pourtant, il lui tarde déjà
de parler à celle qu'elle hait,
du moment qu'elle la sait
être l'amie de celui
qui l'a humiliée et contristée.

por itant, ce li est avis,
qu'il ne veut estre ses amis.
680 Si aferme tout son porpens
que s'ele voit ne liu ne tens
que a la niece au duc parout
que ele li dira ausi tost,
ne ja ne celera tel chose
685 ou felonnie aura enclose.

Mes en liu ne en point n'en vint,
tant qu'a la pentecouste vint
qui aprés fu toute la premiere
que li dus tint court mout plangniere,
690 si qu'il envoia partout querre
toutes les dames de sa terre.
Et sa niece vint toute premiere
qui de Vergi ert chateleinne ;
et quant la duchesse la vit,
695 tantost tout li sans li fremit,
com cele du mont que plus het,
mes son courage celer set,
si que plus bel samblant li fet
c'onques par devant n'avoit fet ;
700 mes mout grant talant a de dire
ce dont ele a au cuer grant ire,
et la demoure mout li couste.
Por ce le jor de Pentecouste,
quant les tables furent ostees,
705 en a la duchesse menees
les dames en sa chambre o soi
por eles parer en recoi,
por venir cointes au[s] querores.
Lors ne pot tenir ses parores
710 la duchesse qui vit son liu,
ainz dit ansi comme par geu :
« Chatelainne, soiez bien cointe,
que bel et preu avez acointe ! »

---

686. ms. *lui* – **688.** ms. *premiere* – **692.** ms. *permiere* – **693.** ms. *estoit ; ert,*
C, F. ; *iert,* A, B – **708.** ms. *au*

Elle estime que c'est à cause d'elle
qu'il ne veut pas être son ami.
Aussi élabore-t-elle son plan ;
si elle trouve l'occasion
de parler à la nièce du duc,
elle lui dira aussitôt ce qu'elle sait,
et laissera sans réticence
le champ libre à sa perfidie.

Mais l'occasion ne se présenta pas
avant la Pentecôte
qui fut la première fête, après l'affaire,
à laquelle le duc tint cour plénière,
invitant toutes les dames nobles
dans toute l'étendue de son duché.
Sa nièce vint la toute première ;
c'était la châtelaine de Vergy.
Quand la duchesse la vit,
son sang ne fit qu'un tour,
car elle était celle qu'elle haïssait le plus au monde.
Mais elle sait dissimuler ses sentiments,
de sorte qu'elle lui fait meilleur accueil
qu'elle ne l'avait fait auparavant.
Cependant, elle brûle de dire
ce qui nourrit le chagrin de son cœur,
et il lui en coûte fort d'attendre.
Ainsi donc, le jour de Pentecôte,
après qu'on a retiré les tables,
la duchesse a emmené avec elle
les dames dans sa chambre,
pour qu'elles puissent en toute tranquillité se faire belles,
afin d'être élégantes quand on danserait.
Alors, voyant l'occasion venue,
la duchesse ne put plus retenir sa langue ;
elle a dit, comme par plaisanterie :
« Châtelaine, soyez bien élégante,
car votre ami est beau et sage ! »

Et cele respont sinplement :
715 « Je ne sai quel acointement
vous pensez, ma dame, pour voir ;
car talent n'ai de acointe avoir
que ne soit du tout a l'enneur
et de moi et de mon segnieur.
720 – Non, je croi bien », dit la duchesse,
« mes vous estes boinne metresse,
qui avez apris le mestier
du petit chainnet afetier. »
Les dames ont oï le conte,
725 mes ne sevent a coi ce monte ;
o la duchesse s'en revont
au[s] queroles que feites ont.

Et la chatelainne remaint ;
li cuer d'ire li tramble et taint,
730 et li muet et tresaut en ventre.
Dedenz une grade robe entre,
ou une puceleite estoit
qui au piez du lit se gisoit,
mes ele ne li pot veoir ;
735 ou lit s'est lesiee cheoir
la chateleinne mout dolente ;
ilec se compleint et demante
et dit : « Ha ! sire Diex, merci !
Que puet ce estre que j'ai oï,
740 que ma dame m'a fet regret
que j'ai afetié mon chiennet ?
Ce ne seüst ele par nului,
ce sai je bien, fors par celui
que je amoie, et traïe m'a ;
745 ne ce ne li deïst il ja,
s'a lui n'eüst grant acointance,
et se il ne l'amast sanz doutance
plus que moi que il a traïe ;
bien voi que il ne m'aime mie
750 quant il me faut de convenant.

---

729. nous croyons bien lire *tramble* et non *tranble* comme R. Stuip

La dame lui répond avec simplicité :
« Je ne sais à quelle amitié
vous pensez, madame, en vérité ;
car je ne désire pas avoir d'ami
sans que ce soit tout à mon honneur,
ainsi qu'à celui de mon seigneur.
– Non certes, je vous crois », dit la duchesse,
« mais vous êtes une bonne maîtresse
qui avez appris la manière
de dresser un petit chien. »
Les dames ont entendu la remarque,
mais elles ne savent pas quel en est l'intérêt ;
accompagnant la duchesse, elles s'en retournent
pour participer aux danses.

La châtelaine, elle, reste ;
son cœur frémit de chagrin, perd sa vigueur,
palpite et tressaille dans sa poitrine.
Elle entre dans une garde robe
où se trouvait une toute jeune fille,
étendue au pied du lit,
sans que la dame puisse la voir.
La châtelaine s'est laissée tomber sur le lit,
terrassée par la détresse ;
elle se plaint et gémit,
disant : « Ah, seigneur Dieu, pitié !
que peut signifier ce que j'ai entendu,
que ma dame me reproche
le dressage de mon petit chien ?
Elle n'aurait pu apprendre cela de personne,
je le sais bien, sinon de celui
que j'aimais, et qui m'a trahie.
Et cela, il ne le lui aurait jamais dit,
s'il ne lui était étroitement lié,
et s'il ne l'aimait pas, c'est sûr,
plus que moi, qu'il a trahie.
Je vois bien qu'il ne m'aime pas du tout,
puisqu'il manque à la promesse qu'il m'a faite.

Douz Diez ! et je l'anmoie tant
comme riens puet plus autre amer ;
aillors ne pouvoie penser
nule eure ne jour ne nuit,
755 que c'ert ma joie et mon deduit,
c'ert mes soulaz, c'ert mes deporz,
c'ert mes deliz, c'ert mes conforz,
de penser quant je ne veoie,
comment o lui me contendroie.
760 Ha ! amis, dont est ce venuz ?
Que povez estre devenuz,
qui vers moi avez esté faus ?
Je cuidoie que plus loiaus
me fussiez, se Diex me conse[u]t,
765 que ne fu Tri[s]tans a Ys[eut] ;
que, se Diex ait de moi pitié,
plus vous amoie la moitié
que ne fesoie moi meïmes.
Onques avant ne puis ne primes,
770 en penser, en dit, ne en fet,
ne fis ne pou ne grant meiffet,
pour coi me dussiez traïr,
ne si vilainnement haïr
comme a noz amors despecier,
775 por autre amer et moi lesier,
et descouvrir nostre conseil.
Ha, lasse ! amis, mout me merveil,
que li miens cuers, si m'eïst Diex,
n'estoit mie vers vous itex ;
780 que se tout le mont, et naïs
tout son ciel et son paradis
m'ofrist Diex, pas ne le preïsse,
par convenant que vous perdisse ;
car vous estiez ma richesse,
785 et ma santé et ma leesce ;
ne riens grever ne me peüst
tant com mes las de cuer seüst

---

753. ms. *povae* – 755. ms. *cest* – 758. ms. : nous croyons pouvoir lire *veoiee*
(Stuip : *neoiee*) – 771. ms. *nen neiffet*

Seigneur Dieu, et moi qui l'aimais tant,
autant qu'une créature peut en aimer une autre.
Je ne pouvais penser à rien d'autre,
à aucun moment du jour ou de la nuit ;
c'était ma joie, mon plaisir,
ma consolation, mon allégresse,
ma jouissance, mon réconfort,
de penser, quand je ne le voyais pas,
comment je me comporterais avec lui
Ah ! mon ami, comment cela a-t-il pu se produire,
qu'êtes-vous devenu,
pour faire preuve de fausseté envers moi ?
Je croyais que vous seriez plus loyal à mon égard,
Dieu me protège !
que Tristan ne le fut pour Yseut.
Dieu ait pitié de moi !
je vous aimais de moitié plus
que moi-même ;
jamais avant, après, ni au premier moment,
je n'ai fait, en pensée, en parole, ou en action,
quoi que ce soit de coupable, plus ou moins gravement,
qui vous eût donné le droit de me trahir,
et de me haïr de façon aussi vile,
mettant en pièces notre amour,
pour en aimer une autre, en me délaissant,
et trahir notre secret.
Hélas ! mon ami, je suis stupéfaite,
car mon cœur à moi, Dieu me garde !
n'était pas disposé de la même façon à votre égard,
car si Dieu m'avait offert le monde entier, et même
tout son ciel et son paradis,
je ne l'aurais pas accepté,
s'il avait fallu pour cela vous perdre,
car vous étiez ma richesse,
ma santé et ma joie ;
et rien n'aurait pu me peiner,
pour autant que mon pauvre cœur sût

que li vostre de riens m'anmast.
Ha ! fine amors, et qui pensast
790 que cil feïst vers moi desroi,
qui disoit quant ert avec moi,
et je fesoie mon pooir
de feire tretout son vouloir,
qu'il ert tout miens, et a sa dame
795 me tenoit et de cors et d'ame ;
et le disoit si doucement
que je le creoie vraiement ;
ne je ne cuidoie a nul fuer
qu'il peüst trouver en son cuer
800 envers moi courrouz ne haïne,
por duchesse ne pour reïne.
Que lui amer m'estoit si buen
qu'a mon cuer prenoie le suen
De lui me pensoie autresin
805 qu'il se tenist a mon ami,
toute sa vie et mon aage ;
que bien connois en mon courage,
s'avant moi moureust, tant l'amasse
que aprés lui petit durasse,
810 que estre morte o lui me fust mieuz
que vivre si que de mes euz
ne le veïsse nule foiz.
Ha ! fine amors, est il dont droiz
qu'il li a ainsi descouvert
815 nostre conseil, dont il me pert ?
Que a m'amor otroier li dis,
et bien a convenant li mis
que a cele eure me perdroit
que nostre amor descouverroit ;
820 et quant j'ai avant perdu lui,
ne puis vivre aprés tel ennui ;
ne ma vie ne me plest point,
ainz pri Dieu que la mort me doint,
et que tout ausin vraiement

---

792. ms. *poueur ; pooir, A, C, E* — **802.** ms. *bon ; B a la rime suen : buen*
— **808.** ms. *dont lamasse ; tant l'amasse, B, C, E*

qu'il y avait dans le vôtre tant soit peu d'amour pour moi.
Ah ! parfait amour, qui aurait pu imaginer
qu'il se rendait coupable d'un tel manquement à mon égard,
celui qui disait, quand il était avec moi
et que je faisais tout mon possible
pour lui complaire,
qu'il était mien, entièrement, et qu'il me tenait
corps et âme pour sa dame ;
il le disait si tendrement
que je le croyais vraiment,
et que je n'aurais supposé à aucun prix
qu'il pût trouver dans son cœur
de l'aigreur ou de la haine à mon égard,
que ce soit du fait d'une duchesse ou d'une reine.
Il m'était si doux de l'aimer
que je sentais son cœur uni au mien.
Je pensais que lui, comme moi,
aurait voulu être mon ami
toute sa vie, et toute la mienne.
Car je sais bien, dans le fond de mon cœur,
que s'il était mort avant moi, mon amour eût été si grand
que je lui aurais peu survécu,
car j'aurais préféré être morte avec lui
plutôt que de vivre et que mes yeux
ne puissent plus jamais le voir.
Hélas, parfait amour, est-il juste,
qu'il lui ait ainsi révélé
notre secret, et me perde par là ?
En effet, quand je lui ai octroyé mon amour,
je lui ai dit, et posé nettement en condition,
qu'il me perdrait du moment
où il révélerait notre amour ;
et puisque, avant même ce moment, je l'ai perdu,
je ne puis survivre à un tel chagrin ;
ma vie ne saurait me plaire,
mais je prie Dieu de me donner la mort,
et, aussi vrai

825 comme j'ai amé lëaument
　　　celui qui ce m'a porchacié,
　　　ait de la moie ame pitié ;
　　　et a celui qui a son tort
　　　m'a traïe et livree a mort,
830 doint honor, car je li pardon.
　　　Ne ma morz n'est se douceur non,
　　　ce m'est avis quant de lui vient ;
　　　que quant de s'amor me sovient,
　　　par lui morir ne m'est pas poinne. »
835 Atant se test la chastelainne,
　　　fors que ele dit en soupirant :
　　　« Douz amis a Dieu vous commant ! »
　　　A ce mot de ses braz s'estraint,
　　　li cuers li faut, li vis li taint,
840 angoisseusement s'est pasmee,
　　　et gist pale et descoulouree
　　　en mi le lit, morte sanz vie.

　　　Mes ses amis ce ne set mie,
　　　qui se deduisoit en la sale,
845 ou il carole, danse et bale ;
　　　mes ne li plest rien qu'il i voie,
　　　quant cele ou ses cuers s'otroie
　　　n'i voit point, dont il se mervelle.
　　　Si a dit au duc en l'oreille,
850 « Sire qu'es[t] ce que vostre niece
　　　Est demouree si grant piece,
　　　que n'est au queroles venue,
　　　ne sai se l'avez mise en mue. »
　　　Et li dus la querole esgarde,
855 qui de ce n'estoit prins garde.
　　　Celui o soi par la main trait,
　　　et droit en la chambre s'en vet ;
　　　et quant ileques ne la trueve
　　　au chevalier commande et rueve
860 qu'an la garde robe la quiere,

_____

825. ms. *vraiement* ; *leaument*, B, C – **834.** ms. *celui* ; *lui*, C – **840.** ms. *pensee* ; *pasmee*, A, B, C – **850.** ms. *esce*

que j'ai loyalement aimé
celui qui m'a conduite à cette extrémité,
qu'Il ait pitié de mon âme ;
celui qui m'a, bien à tort,
trahie, et livrée à la mort,
qu'Il le comble d'honneurs, car je lui pardonne,
et ma mort n'est que douceur,
me semble-t-il, puisqu'elle vient de lui,
et quand je me souviens de son amour,
il ne me pèse pas de mourir par lui. »
Alors la châtelaine se tait ;
elle dit seulement, dans un soupir :
« Tendre ami, je vous recommande à Dieu ! »
A ce mot, elle serre son corps de ses bras ;
le cœur lui manque, son visage perd ses couleurs ;
dans son angoisse, elle s'est évanouie
et gît, pâle et livide,
en travers du lit, morte, privée de vie.

Mais son ami ne le sait pas ;
il s'amusait dans la grand-salle,
faisant la ronde, dansant et menant le bal.
Cependant, rien de ce qu'il voit ne lui plaît,
car celle qui règne sur son cœur,
il ne la voit point, à son grand étonnement.
Il glisse au duc, dans l'oreille :
« Seigneur, qu'est-ce qui a retenu
aussi longtemps votre nièce,
et l'a empêchée de prendre part aux danses ?
Peut-être l'avez-vous mise en cage ? »
Le duc regarde la ronde ;
il n'y avait pas prêté attention ;
il prend le chevalier par la main,
et s'en va tout droit vers la chambre ;
ne l'y trouvant pas,
il demande au chevalier
de la chercher dans la garde robe ;

car il le veut en tel maniere,
par leanz antrez avancier,
a moins d'acoler et de besier.
Et cil qui li en sot bon grez,
865 est en la garde robe antrez,
ou s'amie gisoit enverse
el lit descoulouree et perse,
qui n'avoit mie esté a ese.
Cil maintenant l'acole et bese,
870 mes la bouche a trouvee froide,
et partout le cors pale et roide,
et au samblant que li cors moutre,
voit bien qu'ele est morte tretoute.
Tantost comme esbahiz s'escrie :
875 « Que es[t] ce, Diex ! est morte m'amie ? »
Et la pucelle sailli sus,
qui au piez du lit gisoit jus,
et dit : « Sire, ce croi je bien
que ele est morte, que autre rien
880 ne demanda puis que vint ci,
por le courrouz de son ami,
dont ma dame la taria,
et d'un chiennet la ranpona,
dont li corrouz li vint mortiex. »
885 Et quant cil entent les mos tiex
que ce qu'i dist au duc l'a morte,
sanz mesure se desconforte,
et dit : « Ha las ! ma douce amor,
la plus cortoise, la meillor
890 qui ainc fust, et la plus loiaus,
comme trichierres desloiaus
vous ai morte ; si fust droiture,
que seur moi tournast l'aventure,
si que vous n'en eüssiez mal ;
895 mes le cuer aviez si loial,
que seur vous l'aviez avant prise,
mes je ferai de moi joustise

---

875. ms. *esce* – **885.** ms. *mortiex ; mos tiex,* B ; *mos teus,* A, C

car il veut, de cette façon,
lui laisser, en l'y faisant entrer,
au moins la faveur des étreintes et des baisers.
Et le chevalier, qui lui en sait bon gré,
entre dans la garde robe,
où son amie gisait, renversée sur le lit,
pâle et livide,
après ses souffrances.
Le chevalier, aussitôt, l'étreint, lui donne un baiser ;
mais il a trouvé sa bouche froide,
son corps tout entier pâle et raidi ;
à l'aspect de son corps,
il voit bien qu'elle est vraiment morte.
A l'instant, il s'écrie tout égaré,
« Qu'est-ce ? mon Dieu, mon amie est morte ! »
Et la jeune fille se relève,
celle qui était couchée au pied du lit,
et dit : « Seigneur, je crois bien
qu'elle est morte, car elle n'a rien
cherché d'autre en venant ici,
à cause du chagrin qu'elle éprouvait du fait de son ami ;
ma dame l'a taquinée à son sujet,
et l'a raillée à propos d'un petit chien,
ce qui l'a plongée dans un chagrin mortel. »
Et quand le chevalier entend ces mots, qui lui apprennent
que ce qu'il a dit au duc a causé la mort de son amie,
il s'abandonne à un désespoir sans bornes,
et dit : « Hélas, mon tendre amour,
vous, la plus courtoise, la meilleure
qui fût jamais, la plus loyale,
moi, en trompeur déloyal,
j'ai causé votre mort ; il aurait été juste
que ce qui devait arriver retombe sur moi
de sorte que vous n'en souffriez pas,
mais vous aviez un cœur si loyal
que vous l'avez assumé la première.
Je me châtierai moi-même

pour traïson que j'ai feite. »
Une espee a du fuerre traite,
900 qui ert pendue a un espuer,
et s'en feri parmi le cuer.
Sanz plus parler et sanz plus moz,
cheoir se lest lez l'autre cors,
tant a sainnié que il est morz.
905 Et la pucele sailli fors,
hideur ot de ce qu'ele vit.
Au duc qu'ele encontra a dit
ce qu'ele a oï et veü,
et si ne li a riens teü,
910 comment l'afaire ert commencié,
neïs du chiennet afaitié,
dont la duchoise avoit parlé,
atant e[z] vous le duc desvé.
Demaintenant en la chambre entre,
915 au chevalier trait hors du ventre
l'espee dont s'estoit ocis ;
tantost a la voie s'est mis
grant erre droit a la querole ;
sanz plus tenir longue parole,
920 demaintenant a la duchoise
a si renduë sa promesse,
que el chief li a enbatue
l'espee que il portoit nue,
sanz parler, quar mout fut iriez.
925 La duchoise chiet a ses piez,
voiant touz ceus de la contree ;
lors fu la feste mout troublee
des chevaliers qui la estoient,
que grant joie menee avoient.
930 Et li dus tout autresint tost,
oiant toz qui oïr le voust,
dit tout l'afaire en mi la court,
lors n'i a celui qui n'en plourt
et nommeement quant il voient

---

903. ms. *le ; se*, A, B, C – **913.** ms. *evous* – **933.** ms. *plort ; court : plourt*, B.

pour la trahison dont je suis coupable. »
Il tira du fourreau une épée,
qui était suspendue à un lambris,
et s'en perça le cœur ;
sans prononcer un mot de plus,
il se laisse tomber près de l'autre corps,
et meurt, vidé de son sang.
Et la jeune fille se précipita hors de la chambre,
terrifiée par ce qu'elle a vu ;
rencontrant le duc, elle lui dit
ce qu'elle a entendu et vu,
et ne lui a rien caché
de l'origine de l'affaire ;
elle lui a même parlé du petit chien dressé,
que la duchesse avait mentionné.
Voilà le duc hors de son sens !
Il entre aussitôt dans la chambre,
arrache de la poitrine du chevalier
l'épée dont il s'était frappé à mort ;
sans s'attarder, il se précipite
tout droit vers la salle où l'on danse ;
sans tenir de plus longs discours,
il a sur-le-champ accompli
la promesse qu'il avait faite à la duchesse,
en lui abattant sur la tête
l'épée qu'il tenait dégainée,
sans un seul mot, tant il était furieux.
La duchesse tombe à ses pieds,
devant tous les nobles de la contrée.
Voilà la fête bien troublée
pour tous les chevaliers qui y assistaient,
et qui y avaient pris beaucoup de plaisir.
Et le duc, dans le même élan,
pour tous ceux qui voulurent l'entendre,
raconta l'affaire entière devant la cour ;
alors tous, sans exception, versèrent des larmes,
en particulier quand ils virent

935 les deus amanz qui morz gisoient,
    et la duchoise d'autre part.
    A duel et a courrouz depart
    la court, et a meichief vilain.
    Li dus enterrer l'andemain
940 fist les amanz en .I. sargueu,
    et la duchoise en autre leu.
    Mes [de] l'aventure ot tel ire
    c'onques puis nus ne le vit rire.
    Erranz se croisa d'outre mer,
945 ou il ala sanz retourner,
    car il devint ilec templiers.

    Ha Diex, tout ceus encombriers,
    et cil mechiés pour ce avint
    que au chevalier tant mesavint
950 qui dit ce que celer devoit
    et que deffendu li avoit
    s'amie que il ne desist,
    tant quant s'amor avoir vousist.
    Et par cest esample doit l'an
955 s'amor garder par si grant sen,
    qu'an oit touz jours en remanbrance,
    que ele descouvrir rien n'avance,
    et li celers en touz poinz vaut.
    Qui si le fet ne crient l'asaut
960 des faus felons enquereours
    qui enquierent autrui amors
    pour nuire, c'autre preu n'i ont ;
    nuisance au[s] leiaus amanz font,
    dont .I. vers trop courtoisement
965 d'un seul poitevin les reprent.

---

942. *de* est ajouté *(A, B, C, F)* – **944.** ms. *avant ; erranz, C ; errant, A, B* – **963.** ms. *au*

---

1. Le manuscrit G° est le seul où figure cette mention énigmatique ; ce poème d'un Poitevin (on est tenté de corriger *seul* en *son*, mais en l'absence de variante, cela paraît bien arbitraire), n'est pas aisé à identifier. Tant de troubadours ont maudit les « faux amants », les *losengiers*, à commencer par Guillaume IX, comte de Poitiers.

les deux amants étendus morts,
et la duchesse, à l'écart.
La cour se disperse dans le deuil et le chagrin,
sur un malheur lamentable.
Le lendemain, le duc fit enterrer
les amants dans un même cercueil,
et la duchesse dans un autre endroit.
Mais ces événements avaient tant peiné le duc
que, désormais, on ne le vit plus jamais rire.
Il se hâta de prendre la croix pour aller outre-mer,
d'où il ne revint pas,
car là-bas il se fit templier.

Hélas, mon Dieu, toutes ces peines,
et ces malheurs arrivèrent
parce que le chevalier eut l'infortune
de dire ce qu'il devait taire,
et que son amie
lui avait interdit de révéler,
pour autant qu'il voulût garder son amour.
Cet exemple montre que l'on doit
préserver son amour avec tant de sagesse,
qu'il faut toujours se rappeler
qu'il ne sert à rien de le révéler,
et que le secret est toujours bénéfique.
Qui agit de la sorte ne craint pas les attaques
des traîtres perfides qui jouent les espions,
et qui s'enquièrent des amours d'autrui
pour nuire, car c'est là tout leur profit.
Ils nuisent aux amants loyaux,
ce dont, très courtoisement, un poème
d'un certain Poitevin[1] les reprend.

Le Lay du Vair Palefroi

Por remembrer et por retrere
Les biens c'on puet de fame trere
Et la douçor et la franchise,
Est iceste oevre en escrit mise ;
5 Quar l'en doit bien ramentevoir
Les biens c'on i puet percevoir.
Trop sui dolenz et molt m'en poise
Que toz li mons nes loe et proise
Au fuer qu'eles estre deüssent.
10 Ha, Dieus ! s'eles les cuers eüssent
Entiers et sains, verais et fors,
Ne fust el mont si granz tresors.
C'est granz domages et granz dels
Quant eles ne se gardent miex ;
15 A poi d'aoite sont changies
Et tost muees et plessies ;
Lor cuer samblent cochet au vent,
Quar avenir voit on souvent
Qu'en poi d'eure sont leur corages
20 Muez plus tost que li orages.
Puis qu'en semonsse m'a l'en mis
De ce dont me sui entremis,
Ja ne lerai por les cuivers,
Qui les corages ont divers
25 Et qui sont envïeus sor ceus

---

1. *Qui les corages ont divers* nous paraît correspondre à l'idée de la perversité, opposée à la franchise qui suppose la droiture de l'intention et la fermeté du

Le Vair Palefroi

C'est pour remettre en mémoire et retracer
les qualités dont peut faire preuve la femme,
sa douceur et sa noblesse,
que cette œuvre a été écrite ;
car on a le devoir de rappeler
ce qu'on peut trouver en elle de précieuses qualités.
Je suis bien marri et bien affligé de voir
que tout le monde ne les loue pas et ne les estime pas
autant qu'elles le mériteraient.
Ah, mon Dieu ! si elles avaient le cœur
intègre et pur, sincère et fort,
il n'y aurait pas de plus grand trésor au monde.
Il est bien fâcheux et bien triste
qu'elles ne veillent pas mieux sur elles-mêmes ;
un instant de plus, et les voilà changées,
transformées, prenant un autre pli ;
leurs cœurs sont comme les girouettes,
car il arrive souvent
que leurs sentiments
changent plus vite que le vent.
Puisqu'on m'a invité
à entreprendre cet ouvrage,
les lâches,
qui, dans leur perversité[1],
envient ceux

_____

propos ; d'où l'attribution de son défaut aux *cuivers*, terme injurieux désignant
en son premier sens celui qui est né dans le servage.

Qui les cuers ont vaillanz et preus,
Que ne parfornisse mon poindre
Por moi aloser et espoindre.
En ce lay du *Vair Palefroi*
30 Orrez le sens Huon le Roi
Auques regnablement descendre ;
Por ce que reson sot entendre,
Il veut de ses dis desploier,
Que molt bien les cuide emploier.

35 Or redit c'uns chevaliers preus,
Cortois et bien chevalereus,
Riches de cuer, povres d'avoir,
Issi com vous porrez savoir,
Mest en la terre de Champaingne.
40 Droiz est que sa bonté empaingne
Et la valeur dont fu espris ;
En tant mains leus fu de grant pris,
Quar sens et honor et hautece
Avoit, et cuer de grant proece.
45 S'autretant fust d'avoir seurpris
Comme il estoit de bien espris,
Por qu'il n'empirast por l'avoir,
L'en ne peüst son per savoir,
Son compaignon ne son pareil.
50 Et au recovrer m'apareil,
Por ce que l'uevre d'un preudomme
Doit on conter jusqu'en la somme
Por prendre example bel et gent.

Cil estoit loez de la gent
55 Tout la ou il estoit venuz ;
Si estoit son pris conneüz
Que cil qui ne le connoissoient

---

1. Le terme de lai désigne bien évidemment ici un récit bref en vers ; il ne lève pas l'ambiguïté générique, qui apparente pour certains *Le Vair Palefroi* à un fabliau. – 2. On ne sait rien de ce Huon, qui pourrait être l'auteur de poèmes pieux signés Huon le roi de Cambrai, ou le Roi de Cambrai ; il semble en tout cas être bien l'auteur du fabliau intitulé *La Male Honte,* où l'on retrouve son

dont le cœur est vaillant et preux,
ne m'empêcheront pas de mener ma course jusqu'au bout,
pour m'attirer louanges et encouragements.
Dans ce lai[1] du *Vair Palefroi*
vous entendrez la sagesse de Huon le Roi[2] ;
s'exprimer non sans à-propos ;
parce qu'il a su se laisser guider par la raison,
il veut exposer ce qu'il a tiré de ses réflexions[3],
pensant que cela pourra être fort utile.

Il en vient maintenant à conter ce qui suit : un preux chevalier,
courtois, doué de toutes les qualités chevaleresques,
riche par le cœur, pauvre d'avoir,
comme vous pourrez l'apprendre,
vivait en Champagne.
Il convient que je dépeigne sa vaillance,
et les qualités qui l'animaient ;
il montrait une grande valeur en de multiples domaines
car il était intelligent, honorable, et de haut lignage,
et son cœur était rempli de vaillance.
S'il avait pu être favorisé sur le plan matériel
autant qu'il était doué de vertus,
et qu'il ne soit pas corrompu par la richesse,
on n'aurait pas pu trouver son égal,
son compagnon ni son pareil.
Et je me dispose à l'évoquer,
parce qu'on doit raconter dans leur intégralité
les faits et gestes d'un homme de valeur,
pour en tirer un bel et noble exemple.

Partout où il allait,
ce chevalier s'attirait des éloges ;
sa valeur était si notoire
que ceux qui ne le connaissaient pas

---

nom dans un seul des manuscrits. – **3.** L'emploi du verbe *desploier* nous incite
à voir dans les *dis* du poète, non pas le genre littéraire qui se développera plus
tardivement, mais ce qui résulte du travail d'élaboration qu'implique l'étymologie
du terme.

Por les biens qui de lui nessoient
En amoient la renommee.
60 Quant il avoit la teste armee,
Quant il ert au tornoiement,
N'avoit soing de dosnoiement,
Ne de jouer a la forclose :
La ou la presse ert plus enclose
65 Se feroit tout de plain eslais.
Il n'estoit mie aus armes lais,
Quant sor son cheval ert couvers ;
Ne fust ja si pleniers yvers
Que il n'eüst robe envoisie,
70 S'en estoit auques achoisie
L'envoiseüre de son cuer.
Mes terre avoit a petit fuer,
Et molt estoit biaus ses confors.
Plus de deus cenz livres de fors
75 Ne valoit pas par an sa terre ;
Par tout aloit por son pris querre.
Adonc estoient li boschage
Dedenz Champaingne plus sauvage,
Et li païs, que or ne soit.

80 Li chevaliers adonc penssoit
A une amor vaillant et bele,
D'une tres haute damoisele,
Fille ert a un prince vaillant ;
Richece n'alloit pas faillant
85 En lui, ainz ert d'avoir molt riches,
Et si avoit dedanz ses liches.
Mil livres valoit bien sa terre
Chascun an, et sovent requerre
Li venoit on sa fille gente,
90 Quar a tout le mont atalente
La grant biauté qu'en li avoit.

---

1. L'expression *a la forclose* a été élucidée par F. Lecoy, comme le rappelle
J. Dufournet dans une note à sa traduction (p. 40) ; F. Lecoy (*Romania*, LXVIII,
1944-45, pp. 157-68) donne à l'expression un sens tout différent de celui que
proposait le glossaire d'A. Långfors ; nous adoptons son point de vue, fondé sur

pour avoir été témoins de ses hauts faits,
l'aimaient sur la foi de sa réputation.
Quand il portait le heaume,
et qu'il participait à un tournoi,
il ne se souciait pas de faire le galant,
ni de prendre ses adversaires à contre-pied[1],
mais au plus épais de la mêlée
il se précipitait à bride abattue.
Il ne faisait pas piètre figure
quand il chevauchait tout armé ;
même au plus fort de l'hiver,
il portait des vêtements de couleur gaie,
qui laissaient deviner
la gaieté de son cœur.
Pourtant, sa terre ne rapportait pas grand-chose,
mais il savait bien s'en consoler.
Sa terre ne valait pas plus
de deux cents deniers forts[2] par an ;
aussi allait-il partout recueillir le prix de sa vaillance.
A cette époque, les bois et la contrée
étaient plus sauvages, en Champagne,
qu'ils ne le sont maintenant.

Le cœur du chevalier était alors tout plein
d'un amour noble et beau,
pour une demoiselle de très haute naissance ;
c'était la fille d'un vaillant prince,
auquel la richesse ne faisait pas défaut ;
il était, au contraire, très fortuné,
et ce que renfermaient ses murs n'était pas rien.
Sa terre valait bien mille livres
par an, et l'on venait souvent lui demander
sa charmante fille,
car personne ne pouvait rester insensible
à sa grande beauté.

---

des arguments extrêmement convaincants. – **2.** Le denier fort, denier de valeur, n'en reste pas moins ici, semble-t-il, une unité de compte assez modeste ; le denier a pu prendre des valeurs très diverses au cours du Moyen Age et selon la région.

Li princes plus d'enfanz n'avoit
Et de fame n'avoit il mie ;
Usee estoit auques sa vie.
95 En un bois estoit son recet,
Environ fu granz la forest.
L'autre chevalier dont je di
A la damoisele entendi
Qui fille au chevalier estoit.
100 Mes li peres li contrestoit,
Si n'avoit cure que l'amast
Ne que de lui le renommast.
Li jones chevaliers ot non
Messire Guillaume a droit non.
105 En la forest ert arestanz
La ou li ancïens mananz
Avoit la seue forterece
De grant terre et de grant richece.
Deus liues ot de l'un manoir
110 Jusqu'a l'autre ; mes remanoir
Ne pot l'amor d'ambesdeus pars ;
Lor penssé n'erent mie espars
En autre chose maintenir.
Et quant li chevaliers venir
115 Voloit a cele qu'il amoit,
Por ce que on l'en renommoit,
Avoit en la forest parfonde,
Qui granz estoit a la roonde,
Un sentier fet, qui n'estoit mie
120 Hantez d'omme qui fust en vie
Se de lui non tant seulement.
Par la aloit celeement
Entre lui et son palefroi,
Sanz demener noise n'esfroi,
125 A la pucele maintes foiz ;
Mes molt estoit granz li defoiz,
Quar n'i pooit parler de pres,
Si en estoit forment engrés,
Que la cort estoit molt fort close.
130 La pucele n'ert pas si ose

Le prince n'avait pas d'autre enfant,
il était veuf,
et sa vie tirait à sa fin.
Il avait établi sa demeure dans un bois ;
tout autour s'étendait la profonde forêt.
Le chevalier dont je vous parle
prétendit à la main de la demoiselle,
fille du riche chevalier ;
mais le père s'y opposait,
et ne voulait pas qu'il l'aimât,
ni qu'on parlât d'elle à cause de lui.
Le jeune chevalier s'appelait
messire Guillaume ; c'était là son vrai nom.
Il habitait dans la forêt,
là où le vieillard
avait établi sa forteresse,
sur ses vastes et riches domaines.
Il y avait deux lieues d'un manoir à l'autre ;
mais d'un côté comme de l'autre
l'amour ne pouvait s'éteindre ;
les jeunes gens ne laissaient pas leurs pensées
s'égarer sur un autre sujet.
et quand le chevalier voulait se rendre
auprès de celle qu'il aimait,
comme leur relation faisait jaser,
il avait tracé dans la profondeur de la forêt,
qui s'étendait largement à la ronde,
un sentier que n'empruntait
âme qui vive,
à l'exception de lui-même.
Par là, il allait furtivement,
tout seul sur son palefroi,
sans éclat ni tapage,
rendre à maintes reprises visite à la jeune fille.
Mais il se heurtait à un obstacle d'importance,
car il ne pouvait se rapprocher d'elle pour lui parler,
ce qui le contrariait fort,
tant le domaine était solidement clos.
La jeune fille n'avait pas l'audace

Qu'ele de la porte issist fors ;
Mes de tant ert bons ses confors
Qu'a lui parloit par mainte foiz
Par une planche d'un defoiz.
135 Li fossez ert granz par defors,
Li espinois espés et fors ;
Ne se pooient aprochier :
La meson ert sor un rochier,
Qui richement estoit fermee,
140 Pont leveïs ot a l'entree.
Et li chevaliers ancïens,
Qui engingneus ert de toz sens
Et qui le siecle usé avoit,
De son ostel pou se mouvoit,
145 Quar ne pooit chevauchier mais,
Ainz sejornoit leenz en pais.
Sa fille fesoit pres gaitier,
Et devant lui por rehaitier
Seoit sovent, ce poise li,
150 Quar au deduit avoit failli
Ou son cuer ert enracinez.
Li chevaliers preus et senez
N'oublioit pas a li la voie ;
Ne demande mes qu'il la voie,
155 Quant il voit qu'autre ne puet estre ;
Molt revidoit sovent son estre,
Mes ne pooit dedenz entrer.
Cele c'on fesoit enserrer
Ne veoit mie de si pres
160 Comme son cuer en ert engrés.
Sovent la venoit revider,
Nel pooit gueres resgarder ;
El ne se puet en cel lieu traire
Que li chevaliers son viaire
165 Peüst veoir tout en apert :
Chascuns dit bien que son cuer pert.

---

1. Il y a là, bien sûr, une influence du conte de Pyrame et Thisbé, très répandu au Moyen Age. On a pu également interpréter l'attitude du père comme relevant

de franchir la porte ;
mais il avait au moins la consolation
de pouvoir fréquemment lui parler
à travers une planche de la palissade.
A l'extérieur, le fossé se creusait largement ;
la haie d'épines était épaisse et solide ;
ils ne pouvaient s'approcher l'un de l'autre ;
la maison, bâtie sur un rocher,
était puissamment fortifiée ;
il y avait un pont-levis à l'entrée.
Et le vieux chevalier,
qui avait plus d'un tour dans son sac,
et qui avait l'expérience du monde,
quittait rarement sa demeure,
car il ne pouvait plus chevaucher ;
mais il restait paisiblement chez lui.
Il faisait surveiller étroitement sa fille,
et souvent, pour se récréer,
il venait s'asseoir devant elle, ce qu'elle trouvait fâcheux,
car elle était frustrée du plaisir
où son cœur puisait sa raison de vivre.
Le chevalier, vaillant et sage,
n'oubliait pas le chemin qui menait vers elle ;
il demande seulement à la voir,
puisqu'il ne peut prétendre à autre chose ;
il rôdait assidûment autour de son logis,
sans pouvoir y pénétrer ;
celle qui y était tenue prisonnière,
il ne pouvait la voir d'assez près
pour contenter l'avidité de son cœur.
Souvent, il venait lui rendre visite,
sans avoir guère le temps de la contempler ;
elle ne pouvait s'avancer
là où le chevalier aurait pu
voir distinctement son visage[1] ;
chacun d'eux affirme que son cœur en défaille.

---

d'un amour incestueux, qui apparente sa surveillance à celle des vieux maris du
fabliau, ou des chansons de mal mariée.

Li chevaliers, qui tant devoit
Celi amer qui tant avoit
En li de bien a grant merveille
170 Que on ne savoit sa pareille,
Avoit un palefroi molt riche,
Ainsi con li contes afiche :
Vairs ert et de riche color ;
La samblance de nule flor
175 Ne color c'on seüst descrire
Ne savroit pas nus hom eslire
Qui si fust propre en grant biauté.
Sachiez qu'en nule reauté
N'en avoit nus a icel tans
180 Si bon, ne si souef portans.
Li chevaliers l'amoit forment,
Et si vous di veraiement
Qu'il nel donast por nul avoir.
Longuement li virent avoir
185 Cil du païs et de la terre.
Desus le palefroi requerre
Aloit sovent la damoisele
Par la forest soutaine et bele,
Ou le sentier batu avoit
190 Que nus el monde ne savoit
Fors que lui et son palefroi.
Ne menoit pas trop grant esfroi,
Quant s'amie aloit revider :
Molt pres li couvenoit garder
195 Que perceüs ne fust du pere,
Quar molt li fust la voie amere.
Toz jors menoient cele vie
Que l'uns de l'autre avoit envie :
Ne se pooient aaisier
200 Ne d'acoler ne de baisier.
Je vous di bien, se l'une bouche
Touchast a l'autre, molt fust douce
De l'acointance de ces deus ;
Par estoit molt ardanz li feus,
205 Qu'il ne pooit por riens estaindre ;

Le chevalier qui éprouvait à juste titre
un profond amour pour celle
que ses extraordinaires qualités
rendaient sans pareille,
possédait un superbe palefroi ;
le conte nous l'affirme :
il était pommelé, d'une teinte splendide ;
l'image d'une fleur, quelle qu'elle soit,
ou une couleur qu'on puisse décrire,
c'est en vain qu'on chercherait à les évoquer
pour se faire une idée juste d'une telle beauté.
Sachez qu'en aucun royaume,
en ce temps-là, il n'y avait de palefroi
qui fût aussi vaillant, ni d'allure aussi douce.
Le chevalier lui était très attaché ;
vous pouvez me croire si je vous dis
qu'il ne l'aurait cédé à aucun prix.
Cela faisait longtemps qu'on l'en savait propriétaire,
dans le pays, et sur sa terre.
Il montait le palefroi quand il allait
faire assidûment la cour à la demoiselle,
à travers la forêt solitaire et épaisse
où il avait frayé le sentier
que personne ne connaissait,
sauf lui et son palefroi.
Il se gardait bien de faire du bruit
quand il allait rendre visite à son amie ;
il lui fallait veiller très soigneusement
à ne pas se laisser surprendre par le père,
car on lui aurait fait regretter de s'être mis en route.
Telle était la vie qu'il leur fallait mener,
jour après jour, frustrés dans leur désir mutuel ;
il leur fallait renoncer au plaisir
des étreintes, des baisers.
Croyez m'en, si leurs bouches
avaient pu se joindre, quelle jouissance délicate
eût engendrée cette union !
Le feu dont ils brûlaient était si ardent
que rien n'aurait pu l'éteindre ;

Quar, s'il se peüssent estraindre
Et acoler et embrachier,
Et l'uns l'autre ses braz lacier
Entor les cols si doucement
210 Com volentez et penssement
Avoient et grant desirrier,
Nus hom ne les peüst irier,
Et fust lor joie auques parfete.
Mes de ce ont trop grant souffrete
215 Qu'il ne se pueent solacier,
Ne li uns vers l'autre touchier.
Petit se pueent conjoïr
Fors que de parler et d'oïr ;
Li uns voit l'autre escharsement,
220 Quar trop cruel deveement
Avoit entre ces deus amanz.
Ele estoit son pere cremanz,
Quar, s'il lor couvine seüst,
Plus tost mariee l'eüst ;
225 Et li chevaliers ne volt fere
Chose par c'on peüst desfere
L'amor qui entr'aus deus estoit
Quar l'ancïen forment doutoit,
Qui riches ert a desmesure ;
230 N'i voloit querre entrepresure.
Li chevaliers se porpenssa,
Un jor et autre molt penssa
A la vie qu'il demenoit,
Quar molt sovent l'en souvenoit.
235 Venu li est en son corage,
Ou tort a joie ou tort a rage,
Qu'a l'ancïen parler ira
Et sa fille li requerra
A moillier, que que il aviegne,
240 Quar il ne set que il deviegne
Por la vie que il demaine :
Trestoz les jors de la semaine
Ne puet avoir ce qu'il couvoite,
Quar trop li est la voie estroite.

s'ils avaient pu s'étreindre,
se jeter au cou et dans les bras l'un de l'autre,
se tenir tous deux
tendrement enlacés,
comme ils en avaient l'envie,
comme ils l'imaginaient dans leur désir,
personne n'aurait pu leur faire de peine,
ils auraient connu, s'il est possible, la joie parfaite.
Mais ils en ressentent cruellement la frustration ;
caresses et contacts
leur restent défendus.
Leur seul plaisir, faute de mieux,
est de converser ensemble ;
c'est à peine s'ils peuvent se voir,
tant est rigoureux l'interdit
qui sépare ces deux amants.
La jeune fille craignait son père,
car, s'il avait su leurs rendez-vous,
il se serait empressé de la marier ;
de son côté, le chevalier ne voulait rien faire
qui puisse exposer
leur amour mutuel,
car il redoutait fort le vieillard,
qui était excessivement riche ;
il était hors de question de faire un faux pas.
Le chevalier se mit à réfléchir,
à plusieurs reprises il considéra
la vie qu'il menait ;
cela ne cessait de lui trotter dans la tête.
Il a décidé, en son for intérieur,
qu'il en retire joie ou chagrin,
d'aller parler au vieux gentilhomme ;
il lui demandera sa fille en mariage,
quoi qu'il arrive ;
il ne sait que devenir, en effet,
s'il continue à mener cette vie ;
tous les jours de la semaine reviennent
sans qu'il puisse obtenir ce qu'il désire ;
il y a trop d'obstacles sur son chemin.

245 Un jor s'apresta de l'aler ;
    A l'ancïen ala parler
    Au leu tout droit ou il manoit,
    La ou la damoisele estoit.
    Assez i fu bien receüs,
250 Quar molt estoit bien conneüs
    De l'ancïen et de ses genz.
    Et cil, qui ert et preus et genz
    Et emparlez comme vaillanz
    En qui nus biens n'estoit faillanz,
255 Li a dit : « Sire, je sui ci
    Venuz par la vostre merci,
    Or entendez a ma reson.
    Je sui en la vostre meson
    Venuz requerre tel afere
260 Dont Dieus vous lest vers moi don fere. »
    Li ancïens le regarda,
    Et puis aprés li demanda :
    « Que est ce donc ? » dites le moi ;
    « Je vous en aiderai par foi,
265 Se, sauve m'onor, le puis fere.
    — Oïl, sire, de vostre afere
    Sai tant que fere le poez ;
    Or doinst Dieus que vous le loez.
    — Si ferai je, se il me siet ;
270 Et, se riens nule me messiet,
    Bien i savrai contredit metre ;
    Ne du doner ne du prometre
    Ne vous savroie losengier,
    Se bien ne le vueil otroier.
275 — Sire », dist il, « je vous dirai
    Quel don je vous demanderai.
    Vous savez auques de mon estre ;
    Bien conneüstes mon ancestre
    Et mon recet et ma meson,
280 Et bien savez en quel seson
    Et en quel point je me deduis.
    En guerredon, sire, vous ruis
    Vostre fille, se il vous plest.

Un jour, il se prépara pour la démarche envisagée ;
il alla parler au vieux gentilhomme
au lieu même où il résidait,
en compagnie de la demoiselle.
Il y fut chaleureusement accueilli,
car il était bien connu
du vieillard et de ses gens.
Le chevalier, qui était courageux, plein d'élégance,
et bon orateur, en homme de valeur
auquel ne manquait aucun talent,
lui dit : « Seigneur, vous m'avez fait la grâce
de me recevoir ici,
veuillez maintenant écouter ce que j'ai à vous dire.
Je suis venu chez vous
pour vous soumettre une demande ;
Dieu fasse que vous y répondiez favorablement ! »
Le vieillard le regarda,
puis lui demanda :
« De quoi s'agit-il ? Dites-le moi ;
je vous aiderai, sur ma parole
si je peux le faire sans entacher mon honneur.
— Oui, seigneur, en ce qui vous concerne,
je sais que vous le pouvez ;
Dieu m'accorde que vous y consentiez !
— Je le ferai, si cela me convient ;
si quelque chose me déplaisait,
je saurais bien m'y opposer ;
je ne vous leurrerai pas
en donnant ou en promettant
ce que je n'aurais pas l'intention d'octroyer.
— Seigneur », dit-il, « je vais vous dire
le don que je vous demanderai.
Vous n'êtes pas sans connaître ma situation ;
vous avez bien connu mon aïeul
et mon château, où je demeure ;
vous savez bien en quel temps
et de quelle façon je trouve à me distraire.
Je vous demande en grâce, seigneur,
de m'accorder la main de votre fille, si vous y consentez.

Dieus doinst que pensser ne vous lest
285 Destorber le vostre corage
Que vous cest don, par mon outrage,
Que j'ai requis, ne me faciez.
Et si vueil bien que vous sachiez
C'onques ne fui jor ses acointes ;
290 Quar molt en fusse baus et cointes
Se je a li parlé eüsse
Et les granz biens aperceüsse
De qoi ele a grant renommee.
Molt est en cest païs amee
295 Por les granz biens qui en li sont ;
Il n'a son pareil en cest mont ;
Ce me content tuit si acointe.
Mes a petit de genz s'acointe,
Por ce qu'ele est ceenz enclose.
300 La penssee ai eü trop ose
Quant demander la vous osai,
Et, se je de vous le los ai
Que m'en daingniez fere le don
En service et en guerredon,
305 Baus et joianz forment en iere.
Or vous ai dite ma proiere.
Responez m'en vostre plesir. »

Li ancïens, sans nul loisir
Et sanz conseil qu'en vousist prendre,
310 Li respondi : « Bien sai entendre
Ce que m'avez conté et dit.
Il n'i a mie grant mesdit ;
Ma fille est bele et jone et sage
Et pucele de grant lingnage,
315 Et je sui riches vavassors,
Estrais de nobles ancissors,
Si vaut bien ma terre mil livres
Chascun an ; ne sui pas si yvres

---

1. *Los*, ici, nous semble pouvoir être traduit par « insigne faveur », au sens où le terme renvoie à ce qui accroît le prestige, en même temps qu'à ce dont on est flatté. – 2. Le vavasseur, au dernier rang de la noblesse féodale, comme l'indique

Dieu fasse qu'à la réflexion,
vos dispositions ne soient pas affectées
par l'audace de ma requête,
vous détournant d'y répondre favorablement.
Je veux bien que vous sachiez
que je ne l'ai jamais fréquentée ;
quelle joie, quelle allégresse j'aurais éprouvées
si j'avais pu m'entretenir avec elle,
et connaître par moi-même les éminentes qualités
qui font sa renommée !
Elle jouit de la faveur générale, dans ce pays,
pour les éminentes qualités qu'elle possède ;
elle n'a pas sa pareille au monde,
me disent tous ceux qui l'ont fréquentée.
Mais elle a peu de relations,
puisqu'elle est cloîtrée entre ces murs.
J'ai eu vraiment trop d'audace,
en osant vous demander sa main ;
si vous m'estimiez assez
pour daigner me l'accorder,
par votre insigne faveur[1],
je serais au comble de la joie.
Je vous ai maintenant exposé ma requête ;
répondez-moi comme il vous plaît. »

Le vieux gentilhomme, sans attendre,
et sans vouloir prendre le moindre conseil,
lui répondit : « Je comprends bien
ce que vous êtes venu me dire.
Vous ne vous êtes pas trompé de beaucoup :
ma fille est belle, jeune et sage,
issue d'un illustre lignage,
et je suis, quant à moi, un riche vavasseur[2],
descendant de nobles ancêtres ;
ma terre vaut bien mille livres par an ;
je ne suis pas assez égaré

---

l'étymologie *(vassus vassorum)*, est souvent un représentant de l'aristocratie injustement appauvrie, dans le roman courtois (que l'on pense au père d'Enide dans le roman de Chrétien).

    Que je ma fille doner doie
320 A chevalier qui vit de proie,
    Quar je n'ai plus d'enfanz que li
    Si n'a pas a m'amor failli,
    Et aprés moi sera tout sien.
    Je la voudrai marier bien :
325 Ne sai prince dedenz cest raine,
    Ne de ci jusqu'en Loheraine,
    Qui tant soit preudom et senez
    Ne fust en li bien assenez ;
    Tels le me requist avant ier,
330 N'a pas encore un mois entier,
    Qui de terre a cinc cenz livrees,
    Qui or me fussent delivrees
    Se je a ce vousisse entendre.
    Mes ma fille puet bien atendre,
335 Que je sui tant d'avoir seurpris,
    Qu'ele ne puet perdre son pris
    Ne le fuer de son mariage :
    Le plus haut homme de lingnage
    Qui en trestout ces païs maingne,
340 Ne de ci jusqu'en Alemaingne,
    Puet bien avoir, fors roi ou conte. »
    Li chevaliers ot molt grant honte
    De ce que il ot entendu :
    Il n'i a lors plus atendu,
345 Ainz prist congié, si s'en repere ;
    Mes il ne set qu'il puisse fere,
    Quar Amors le maine et destraint,
    De qoi molt durement se plaint.
    La pucele sot l'escondit
350 Et ce que ses peres ot dit ;
    Dolente en fu en son corage.
    S'amor n'estoit mie volage,
    Ainz ert envers celui entire
    Assei plus c'on ne savroit dire.
355 Ainz que cil s'en fust reperiez,
    Qui de grant duel estoit iriez,
    Parlerent par defors ensamble ;

pour donner ma fille
à un chevalier qui vit de butin,
car elle est mon seul enfant,
et elle peut compter sur mon amour ;
après ma mort, tout lui appartiendra.
Je voudrais lui faire faire un beau mariage.
Je ne connais pas de prince dans ce royaume,
ni d'ici jusqu'en Lorraine,
qui soit assez vaillant ni assez sage
pour être digne de l'épouser.
Un tel me l'a encore demandée récemment,
il n'y a pas encore un mois de cela,
dont la terre rapporte cinq cents livres ;
j'aurais pu en disposer,
si j'avais accédé à sa demande.
Mais ma fille peut bien attendre,
car je croule tellement sous les richesses
qu'elle ne risque pas d'être méprisée,
ni de cesser d'être un beau parti.
Prenez l'homme issu du plus prestigieux lignage
qui soit dans tout ce pays,
ou d'ici jusqu'en Allemagne,
elle peut bien l'avoir pour époux, à l'exception d'un roi ou d'un
Le chevalier fut rempli de honte   [comte. »
en s'entendant ainsi sermonner ;
sans s'attarder davantage,
il prit congé, et s'en retourna chez lui ;
mais il ne sait que faire,
car Amour le harcèle et le presse,
ce dont il se plaint amèrement.
La jeune fille sut qu'il s'était heurté à un refus,
et ce que son père avait dit ;
elle en éprouva beaucoup de peine,
car elle n'était pas volage en amour,
mais elle était plus loyale envers le chevalier
qu'on ne saurait l'exprimer.
Avant qu'il ne s'en retournât,
accablé de chagrin,
les deux jeunes gens s'étaient entretenus dehors ;

Chascuns a dit ce qu'il li samble.
Li chevaliers li a conté
360 La novele qu'il a trové
A son pere et la descordance.
« Damoisele gentil et franche »,
Dist li chevaliers, « que ferai ?
La terre, ce cuit, vuiderai,
365 Si m'en irai toz estraiers,
Quar alez est mes desirriers.
Ne porrai a vous avenir,
Ne sai que puisse devenir :
Mar acointai la grant richoise
370 Dont vostre peres si se proise ;
Mieus vous amaisse a mains de pris,
Quar vostre pere eüst bien pris
En gré ce que je puis avoir,
S'il ne fust si riches d'avoir.
375 – Certes », fet ele, « je voudroie
Avoir assez mains que ne doie,
S'il fust selonc ma volenté ;
Sire, s'a la vostre bonté
Vousist mon pere prendre garde,
380 Par foi n'eüsse point de garde
Que vous a moi n'avenissiez,
Et qu'a son acort ne fussiez ;
S'il contrepesast vo richece
Encontre vostre grant proece,
385 Bien deüst graer le marchié ;
Mes il a cuer de sens chargié,
Il ne veut pas ce que je vueil,
Ne se deut pas ou je me dueil.
S'il s'acordast a ma penssee,
390 Tost fust la chose creantee ;
Mes cuers qui gist en la viellece
Ne pensse pas a la jonece
Ne au voloir de jone eage ;
Grant difference a el corage

---

386. ms. : *a de cuer sens chargié*

chacun avait dit ce qu'il pensait.
Le chevalier avait raconté à la demoiselle
comment son père avait accueilli sa demande
et signifié son refus.
« Gracieuse et noble demoiselle »,
dit le chevalier, « que vais-je faire ?
Je crois que je vais quitter le pays
pour errer comme un vagabond,
puisque ce que je désire s'est dérobé à moi.
Je ne pourrai pas vous obtenir ;
je ne sais que devenir ;
cela ne m'a pas porté bonheur de me frotter à la grande richesse
dont votre père est si fier ;
j'aurais préféré que vous ne fussiez pas un si beau parti,
car votre père aurait alors pu regarder d'un meilleur œil
ce que je puis avoir,
s'il n'avait pas été aussi riche.
— Certes », fait-elle, « je voudrais
avoir bien moins que ce qui me revient,
s'il en allait selon mes vœux.
Seigneur, si mon père avait bien voulu
tenir compte de votre vaillance,
je n'aurais pas craint, je vous l'assure,
que vous ne puissiez m'obtenir,
ni qu'il vous refuse son consentement.
S'il avait mis en balance vos richesses
avec votre grande vaillance,
il aurait bien dû accepter le marché.
Mais la raison, chez lui, l'emporte sur les sentiments ;
il ne veut pas ce que je veux,
et ne s'afflige pas de ce qui m'afflige.
S'il pensait comme moi,
l'affaire eût été vite conclue ;
mais un cœur investi par la vieillesse
ne se soucie pas de la jeunesse,
ni des volontés des jeunes gens ;
il y a une grande différence, quant au cœur,

395 De viel au jone, ce m'est vis.
    Mes, se vous fetes mon devis,
    Ne porrez pas faillir a moi.
    – Oïl, damoisele, par foi »,
    Fet li chevaliers, « sanz faillance ;
400 Or me dites vostre voillance.
    – Or me sui », fet ele, « apenssee
    D'une chose a qoi ma penssee
    A sejorné molt longuement.
    Vous savez bien certainement
405 C'un oncle avez qui molt est riches ;
    Fort manoir a dedenz ses liches,
    N'est pas mains riches de mon pere ;
    Il n'a enfant, fame ne frere,
    Ne nul plus prochain oir de vous.
410 Ce set on bien tout a estrous
    Que tout ert vostre aprés sa fin ;
    Plus de soisante mars d'or fin
    Vaut ses tresors avoec sa rente.
    Or i alez sanz nule atente ;
415 Vieus est et frailes, ce savez ;
    Dites lui bien que vous avez
    Tel parole a mon pere prise,
    Que ja ne sera a chief mise
    Se il ne s'en veut entremetre ;
420 Mes, se il vous voloit prometre
    Trois cenz livrees de sa terre,
    Et mon pere venist requerre
    Icest afere, qui molt l'aime !
    Li uns l'autre preudomme claime,
425 Voz oncles tient mon pere a sage ;
    Ancïen sont, de grant aage,
    Li uns croit l'autre durement ;
    Et se voz oncles bonement
    Voloit tant por vostre amor fere
430 Qu'a ce le peüssiez atrere
    Que tant du suen vous promeïst,
    Et qu'il a mon pere deïst :
    "Mon neveu erent delivrees

entre le vieux et le jeune, me semble-t-il.
Mais si vous suivez mon plan,
vous ne pourrez pas manquer de m'obtenir.
– Oui, mademoiselle, sur ma foi,
je n'y manquerai pas », dit le chevalier ;
« faites-moi donc connaître votre volonté.
– J'ai une chose en tête,
à laquelle
j'ai mûrement réfléchi ;
vous savez, bien sûr,
que vous avez un oncle très riche ;
ses murs renferment un château puissant ;
il n'est pas moins riche que mon père ;
il n'a pas d'enfant, de femme ou de frère,
ni aucun héritier plus proche que vous.
On sait bien, sans doute possible,
que tout vous reviendra après sa mort ;
son trésor et sa rente valent, ensemble,
plus de soixante marcs d'or fin.
Allez donc le voir sans délai ;
il est, vous le savez, vieux et sans forces ;
dites-lui que vous avez
entamé avec mon père une négociation
qui n'aboutira pas
s'il ne veut s'en mêler ;
mais s'il voulait vous promettre
un revenu de trois cents livres pris sur sa terre,
et qu'il vînt plaider cette cause auprès de mon père,
qui l'aime beaucoup...
Chacun d'eux tient l'autre pour un homme de bien ;
votre oncle considère mon père comme un sage ;
ils sont tous deux vieux, d'un âge vénérable ;
ils ont grande confiance l'un dans l'autre ;
et si votre oncle, avec bonté,
se laissait convaincre, par affection pour vous,
et que vous puissiez l'amener
à vous promettre autant de sa fortune,
et qu'il dît à mon père :
"Mon neveu recevra

De ma terre trois cenz livrees
435 Por vostre fille qu'il avra,
Li marïages bien sera",
Je croi bien qu'il otrïeroit,
Quant si vostre oncles li diroit ;
Et quant espousee m'avrez,
440 Toute sa terre li rendrez
Qu'il vous avroit ainsi promise.
En vostre amor me sui tant mise
Que molt me pleroit li marchiez.
– Bele », fet il, « de voir sachiez,
445 C'onques riens tant ne desirrai.
Droit a mon oncle le dirai. »

Congié a pris, si s'en retorne ;
Penssee ot molt obscure et morne
Por l'escondit c'on li ot fait.
450 Par la forest chevauchant vait,
Et sist sor son vair palefroi.
Molt est entrez en grant esfroi,
Mes molt est liez en son corage
De cest conseil honest et sage
455 Que la pucele li a dit.
Alez s'en est sanz contredit
A Medet, ou son oncle maint.
Venuz i est, mes molt se plaint
A lui, mes molt se desconforte.
460 En une loge sor la porte
S'en sont alé priveement ;
Son oncle conta bonement
Son couvenant et son afere.
« Oncles, se tant voliiez fere »,
465 Fet il, « que vous en parlissiez,
Et qu'en couvenant m'eüssiez
Trois cenz livrees de vo terre,
Je vous creanterai sanz guerre

---

1. *Bele* est un terme d'affection qui peut avoir un sens très fort, comme être une simple formule de politesse. Il subsiste dans les appellatifs « belle-mère », « belle-sœur ».

trois cents livres du revenu de ma terre,
pour épouser votre fille ;
ce sera là un beau mariage",
je crois bien que mon père donnerait son accord,
si votre oncle lui parlait en ces termes.
Après m'avoir épousée,
vous lui rendrez toute la terre
qu'il vous aurait promise dans ces conditions.
Je suis si éprise de vous,
que ce marché me plairait beaucoup.
– Ma chérie[1] », dit-il, « soyez bien sûre
que rien ne pourrait me sembler plus désirable.
Je vais de ce pas en parler à mon oncle. »

Il prend congé, et s'en retourne,
roulant des pensées noires et moroses,
à cause du refus qu'il avait essuyé.
Il s'en va chevauchant à travers la forêt,
monté sur son palefroi pommelé.
Il est en proie à un grand tourment,
mais il se réjouit en son cœur
du conseil honnête et judicieux
que lui a donné la jeune fille.
Sans rencontrer d'obstacles,
il se rend à Medet, où habite son oncle
Une fois arrivé, il se plaint vivement à lui,
et montre une grande détresse. ;
dans une petite pièce qui surplombait la porte,
ils s'en vont tous deux seuls ;
le chevalier, alors, exposa en toute confiance à son oncle
son engagement et sa situation :
« Mon oncle », dit-il, « si vous vouliez avoir la bonté
de plaider ma cause,
et que vous me promettiez
trois cent livres de revenu sur votre terre,
je vous garantirais sans opposition,

Et fiancerai maintenant,
470 Ma main en la vostre tenant,
Que, lues que j'avrai espousee
Cele c'on m'a or refusee,
Que vous ravrez vo terre quite,
Por guerredon et por merite ;
475 Or fetes ce que vous requiers.
    – Niez », fet li oncles, « volentiers,
Quar molt me plest et molt m'agree ;
Au mieus de toute la contree
Serez marïez, par mon chief
480 Et j'en cuit bien venir a chief.
    – Oncles », dist il, « or esploitiez
Ma besoingne, et si l'acointiez
Qu'il n'i ait fors de l'espouser,
Quar ne vueil plus mon tens user,
485 Et g'irai au tornoiement.
Atornez serai richement.
Li tornois ert a Galardon,
Et Dieus m'otroit en guerredon
Que je le puisse si bien fere
490 Que proisiez en soit mon afere ;
Et vous pensez de l'esploitier,
Qu'espouser puisse au reperier.
    – Molt volentiers », fet il, « biaus niez ;
De la novele sui molt liez,
495 Quar ele est molt gentiz et franche. »
Lors s'en torna sanz demorance
Mesires Guillaumes errant ;
Lors maine joie molt tres grant
Por ce que ses oncles a dit,
500 Que il avra sanz contredit
A fame cele qu'il desirre :
Autre joie ne veut eslire.
Espris de joie molt forment

---

1. Cette appellation honorifique est réservée, chez Chrétien, au personnage de Gauvain ; son emploi peut être ironique, dans *Le Roman de Renart*, par exemple.

et vous jurerais aussitôt,
plaçant ma main dans la vôtre,
que, dès que j'aurai épousé
celle qu'on vient de me refuser,
vous rentrerez intégralement en possession de votre terre,
en témoignage de ma reconnaissance.
Faites donc ce que je vous demande.
— Mon neveu », dit l'oncle, « bien volontiers ;
cela me plaît et me réjouit beaucoup ;
vous ferez le plus beau mariage
de tout le pays, sur ma tête !
Et je m'estime en mesure de régler cette affaire.
— Mon oncle », reprit le jeune homme, « menez donc
à bonne fin ce qui me tourmente ;
qu'il n'y ait plus qu'à épouser la jeune fille,
car je ne veux plus d'atermoiements ;
et j'irai, quant à moi, au tournoi,
richement équipé.
Le tournoi aura lieu à Galardon ;
que Dieu m'accorde la faveur
de connaître une réussite assez éclatante
pour que ma position y gagne en prestige ;
et vous, employez-vous à mener l'affaire à bien,
pour que je puisse me marier à mon retour.
— Bien volontiers, mon cher neveu », répond l'oncle,
« je suis tout heureux de ce que j'ai appris,
car la jeune fille est pleine de grâce et de noblesse. »
Sur ce, messire[1] Guillaume
s'en alla bien vite, sans s'attarder ;
il laisse éclater une grande joie,
car son oncle lui a dit
qu'il obtiendrait sans difficultés
d'épouser celle qu'il désire ;
il ne souhaite pas d'autre bonheur.
Débordant d'allégresse,

---

[1] Ici, peut-être traduit-il un certain sourire de l'auteur, mêlé de compassion, devant la joie du jeune homme qui se croit le roi de ce jour où tout semble lui réussir.

S'en ala au tornoiement
505 Con cil qui coustumiers en ert.

Et l'endemain quant jors apert
Monta ses oncles lui septime
Et vint devant eure de prime
La ou li ancïens manoit,
510 Qui riches manssions tenoit
Et qui peres ert a celi
Qui a biauté n'ot pas failli.
Receüs fu molt hautement :
Li ancïens l'amoit forment,
515 Quar son per de viellece estoit
Et assez pres de lui manoit,
Riches estoit de grant pooir.
De ce qu'il l'ert venuz veoir
Demaine joie et grant leece,
520 Quar il estoit de grant hautece.
Li ancïens li sot bien dire :
« Bien soiez vous venuz, biaus sire. »
Aprestez fu li mengiers granz.
Li ancïens gentiz et franz
525 Estoit de cuer, et si savoit
Bien honorer ce qu'il devoit.
Quant les tables furent ostees,
Dont furent paroles contees
Et ancïenes acointances
530 D'escuz, d'espees et de lances,
Et de toz les ancïens fais
Fu mains biaus moz iluec retrais
Li oncles au buen chevalier
Ne se volt pas trop oublier,
535 Ainz a son penssé descouvert.
A l'ancïen dist en apert :
« Qu'iroie je », fet il, « contant ?
Si m'aït Dieus, je vous aim tant
Com vous porrez apercevoir.
540 A vous sui venuz por veoir
Et por enquerre une besoingne :

il se rend au tournoi,
en homme qui en avait l'habitude.

Le lendemain, au lever du jour,
l'oncle du chevalier, escorté par six compagnons, se mit en selle,
et arriva avant l'heure de prime
à la demeure du vieillard
qui possédait de puissants châteaux,
et qui était le père de la jeune fille
à la beauté parfaite.
Il fut reçu avec les plus grands honneurs ;
le vieux gentilhomme l'aimait beaucoup,
car il était aussi vieux que lui
et qu'il était son proche voisin,
riche et puissant.
Sa visite
remplit son hôte de joie et d'allégresse,
car celui qu'il accueillait était de haut rang
Le vieillard s'empressa de lui dire :
« Soyez le bienvenu, cher seigneur. »
On prépara un repas somptueux ;
le vieux gentilhomme avait un cœur
noble et généreux, et savait
rendre les honneurs quand il le fallait.
Quand on eut retiré les tables
vint le moment de la conversation ;
on évoqua de vieilles fraternités d'armes,
quand l'on portait l'écu, l'épée et la lance ;
et les vieux exploits furent célébrés
par beaucoup de belles phrases.
L'oncle du vaillant chevalier
ne voulut pas se laisser trop détourner de son propos ;
il dévoila ses batteries,
et dit sans détour au vieux gentilhomme :
« A quoi bon vous bercer de contes ?
Dieu me garde, vous pourrez voir vous-même
combien je vous aime.
Je suis venu vous rendre visite
pour vous solliciter à propos d'une affaire ;

Dieu pri que corage vous doingne
Qu'entendue soit ma proiere
En tel point et en tel maniere
545 Que j'en puisse venir a chief. »
Li ancïens dist : « Par mon chief
Je vous pris tant en mon corage
Que por souffrir trop grant malage
Ne vous sera chose veee
550 Qui de par vous me soit rouvee :
Ainz vous en ert graez li dons.
– Sire, merciz et guerredons
Vous en vueil molt volentiers rendre »,
Fet li viellars, qui plus atendre
555 Ne veut de sa parole dire :
« Venuz sui demander, biaus sire,
Vostre fille qui molt est sage,
Prendre la vueil par mariage ;
Ainçois que je l'aie espousee
560 Ert de ma garison doee,
Que riches sui a grant pooir.
Vous savez bien que je n'ai oir
Nul de ma char, ce poise moi ;
Je li serai de bone foi,
565 Quar je sui cil qui molt vous prise.
Quant je vostre fille avrai prise,
Ja ne me quier de vous partir
Ne ma richece departir
De la vostre, ainçois soit tout un ;
570 Ensemble serons de commun
De ce que Dieus nous a doné. »
Cil qui molt ot le cuer sené :
Fu molt joianz, se li a dit :
« Sire », fet il, « sanz contredit
575 La vous donrai molt volentiers,
Quar preudom estes et entiers.
Liez sui quant le m'avez requise ;
Qui le meillor chastel de Frise

---

1. On peut hésiter sur ce que désigne la Frise : est-ce la région du nord de

je prie Dieu qu'il vous dispose
à entendre ma prière,
avec tant de compréhension
que je puisse mener cette affaire à son terme. »
Le vieux gentilhomme lui dit : « Je vous le jure sur ma tête,
j'ai pour vous tant d'estime
que, même si je devais m'exposer à de graves ennuis,
je ne refuserai rien
de ce que vous pourrez me demander,
mais je vous l'accorderai bien volontiers.
– Seigneur, je tiens à vous exprimer
ma plus vive reconnaissance »,
fait le vieillard, qui ne veut plus retenir
les mots qui lui viennent aux lèvres ;
« Je suis venu, mon cher seigneur,
vous demander votre fille qui est pleine de sagesse ;
je veux la prendre pour épouse ;
dès avant le mariage,
je lui constituerai en dot toute ma fortune,
qui est, je peux le dire, conséquente ;
vous savez bien que je n'ai pas
d'héritier naturel, à mon grand dam ;
je lui serai fidèle,
car j'ai la plus grande estime pour vous.
Quand j'aurai épousé votre fille,
je n'ai pas l'intention de vous quitter jamais,
ni de séparer mes biens des vôtres ;
qu'ils forment au contraire un seul patrimoine ;
nous jouirons en commun
de ce que Dieu nous a donné. »
Le gentilhomme, qui était plein de sagacité,
se réjouit fort, et lui dit :
« Seigneur, sans faire la moindre objection,
je vous donnerai ma fille très volontiers,
car vous êtes un homme de bien, vous êtes intègre.
Je suis très heureux que vous me l'ayez demandée ;
si l'on m'avait donné le meilleur château de Frise[1],

---

l'Europe, ou la Phrygie, comme le suggère J. Dufournet, faisant référence au
Guillaume de Dole de Jean Renart (*op. cit.*, p. 45, note 29).

Me donast, n'eüsse tel joie.
580 A nului, sire, ne tendoie
Si de cuer de son mariage
Comme a vous, quar preudomme et sage
Vous ai en trestoz poins trouvé
Que j'ai vostre afere esprové. »
585 Lors a fiancie et plevie
Celi qui n'a de lui envie,
Et qui cuidoit autrui avoir.

Quant la pucele en sot le voir,
S'en fu dolente et esmarie,
590 Sovent jure sainte Marie
Que ja de lui n'ert espousee.
Molt ert dolente et esploree,
Et molt sovent se desconforte :
« Lasse, dolente, con sui morte !
595 Quel trahison a cil vieus fete !
Comme avroit or la mort forfete !
Comme a deceü son neveu,
Le gentil chevalier et preu,
Qui tant est plains de bone teche ;
600 Et cil viellars par sa richece
A ja de moi reçut le don.
Dieus l'en rende son guerredon !
Entremis s'est de grant folie,
Ja mes nul jor ne serai lie :
605 S'anemie mortel avra
Le jor que il m'espousera.
Comment verrai je ja le jor !
Naie ! ja Dieus si lonc sejor
Ne me doinst que veïr le puisse !
610 Or a ci duel et grant anguisse ;
Ainz mes n'oï tel trahison.
Se je ne fusse en tel prison,
Bien achevaisse cest afere,
Mes je ne puis nule rien fere,
615 Ne fors issir de cest manoir.
Or me couvendra remanoir

je ne me réjouirais pas davantage.
Personne d'autre que vous
ne me paraissait être pour elle un si bon parti ;
car en fait de valeur et de sagesse,
je vous ai trouvé sans défaut,
en jaugeant vos propositions. »
Le voilà maintenant fiancé et promis
à celle qui ne le désire nullement,
et qui pensait en épouser un autre.

Quand la jeune fille apprit la chose,
elle en fut tout égarée de douleur ;
plus d'une fois, elle jura par sainte Marie
qu'il ne l'épouserait jamais.
Son affliction et sa détresse étaient sans bornes,
et elle exhale à maintes reprises son désespoir :
« Hélas, malheureuse que je suis, voici l'heure de ma mort !
Comme ce vieillard m'a trahie !
Comme il mériterait de mourir pour son crime !
Comme il a trompé son neveu,
le noble et vaillant chevalier,
qui possède tant d'éminentes qualités !
Et ce vieillard-là, parce qu'il est riche,
vient de m'obtenir pour épouse !
Que Dieu l'en récompense comme il le mérite !
Il s'est engagé bien follement ;
je n'aurai plus un seul instant de joie ;
il aura en moi une ennemie mortelle,
du jour où il m'épousera.
Ce jour ! comment le verrais-je !
Non ! Dieu fasse que je ne vive pas
assez longtemps pour le voir !
Quelle douleur, quelle angoisse j'éprouve ;
jamais je n'ai entendu parler de semblable trahison.
Si je n'étais pas tenue captive comme je le suis,
je trouverais bien une échappatoire,
mais je ne puis rien faire du tout,
ni sortir de cette maison.
Il me faudra bien rester,

Et souffrir ce que veut mon pere,
Mes la souffrance est trop amere.
Ha, Dieus ! que porrai devenir,
620 Et quant porra ça revenir
   Cil qui trahis est laidement ?
   Se il savoit certainement
   Comment son oncles l'a bailli
   Et ce qu'il a a moi failli...
625 Bien sai que sanz joie morroie
   Et que sanz vie remaindroie.
   Et s'il le seüst, par mon chief,
   Je cuit qu'il en venist a chief ;
   Mes granz anuis fust achevez.
630 Dieus, com mes cuers est agrevez !
   Mieus ameroie mort que vie.
   Quel trahison et quel envie !
   Comment l'osa cis vieus pensser ?
   Nus ne me puet vers lui tensser,
635 Quar mes pere aime couvoitise
   Qui trop le semont et atise.
   Fi de viellece, fi d'avoir !
   Ja mes ne porra nus avoir
   Fame qui soit haute ne riche,
640 Se granz avoirs en lui ne nice ?
   Haïr doi l'avoir qui me part
   De celui la ou je claim part
   Et qui me cuide avoir sanz faille,
   Mes or m'est vis que je i faille. »

645 La pucele se dementoit
   En icel point, quar molt estoit
   A grant mesaise, ce sachiez,
   Quar son cuer ert si enlaciez
   En l'amor au bon bacheler
650 Qu'a grant paine s'en puet celer
   Ce qu'ele pensse envers nului,
   Et autretant rehet celui
   A cui son pere l'a donee.
   Estre cuide mal assenee,

et supporter que s'accomplisse la volonté de mon père.
Mais quelle chose amère à supporter !
Ah ! mon Dieu ! que pourrai-je devenir,
et quand pourra-t-il revenir,
celui qui a été si honteusement trahi ?
S'il savait, de source sûre,
quel tour lui a joué son oncle,
et qu'il m'a perdue...
Je sais bien que je mourrais, privée de toute joie,
et que la vie m'abandonnerait.
Eh bien, s'il le savait, j'en donne ma tête à couper,
il trouverait bien le moyen de nous tirer d'affaire ;
il mettrait ainsi fin à mon désespoir.
Dieu, comme mon cœur me fait mal !
J'aimerais mieux mourir que vivre.
Quelle trahison ! et quelle envie l'a inspirée !
Comment ce vieillard a-t-il osé nourrir un tel projet ?
Il n'est personne qui puisse m'en protéger,
car mon père se laisse trop mener par la cupidité,
qui l'inspire et le stimule.
La vieillesse, la richesse, fi donc !
Jamais personne ne pourra donc épouser
une femme qui soit noble et riche,
s'il ne dispose d'une grande fortune ?
J'ai bien sujet de haïr la richesse qui me sépare
de celui auquel je désire m'unir,
et qui pense m'obtenir sans difficulté ;
j'ai bien l'impression, maintenant, que c'est sans espoir. »

Ainsi se lamentait la jeune fille,
car elle était, sachez-le,
dans une situation fort pénible ;
son cœur était si étroitement lié
par l'amour que lui inspirait le vaillant jeune homme
qu'elle avait du mal à cacher ses sentiments
à qui que ce soit ;
elle haïssait d'autant plus celui
auquel son père l'avait donnée.
Elle se trouve bien mal lotie,

655 Que molt est vieus, de grant aage,
Si a froncié tout le visage,
Et les ieus rouges et mauvais.
De Chaalons dusqu'a Biauvais
N'avoit chevalier en toz sens
660 Plus viel de lui, ne jusqu'a Sens
N'avoit plus riche, ce dist on,
Mes a cuivert et a felon
Le tenoit on en la contree.
Et cele estoit si enflambee
665 De grant biauté et de valor
Con ne savoit si bele oissor,
Ne si cortoise ne si franche,
Dedenz la corone de France.
Mes diverse ert la parteüre,
670 D'une part clere, d'autre obscure ;
N'a point d'oscur en la clarté,
Ne point de cler en l'oscurté.
Molt s'amast mieus en autre point
Cele qui Amors grieve et point.
675 Et cil qui plevie l'avoit,
Et qui de li grant joie avoit,
A bien devisé son afere,
Et pris terme des noces fere,
Con cil qui n'ert en soupeçon.
680 Ne savoit mie la tençon
Ne le duel que cele menoit,
Qu'Amors en tel point la tenoit
Com vous m'avez oi conter.

Ne vous doi mie forconter
685 Le termine du mariäge :
Cil qui furent preudomme et sage
S'en apresterent richement.
Li ancïens certainement,
Ainz que le tiers jor fust venuz,
690 Manda les ancïens chenuz,
Cels que il savoit plus senez
De la terre, et du païs nez,

car il est très vieux, d'un âge avancé,
et qu'il a le visage tout ridé,
et les yeux rouges et méchants.
De Châlons à Beauvais,
on aurait pu chercher partout
un chevalier plus vieux que lui ; et jusqu'à Sens
il n'y en avait pas, dit-on, de plus riche ;
mais dans le pays,
on le tenait pour lâche et perfide.
Et la jeune fille était si rayonnante,
par sa grande beauté comme par ses mérites,
qu'on n'aurait pu en trouver de plus belle à épouser
ni qui soit aussi courtoise, aussi noble,
dans tout le royaume de France.
Chacun d'eux était à l'opposé de l'autre :
d'un côté la clarté, de l'autre, l'obscurité ;
pas la moindre obscurité dans la clarté,
aucune lueur de clarté du côté de l'obscur.
Elle aurait préféré de beaucoup être ailleurs,
celle qu'Amour tourmente et aiguillonne.
Mais celui à qui on l'avait fiancée,
et qui s'en réjouissait beaucoup,
a bien préparé son affaire,
et fixé une date pour les noces,
en homme sûr de son fait.
Il ne savait pas que la jeune fille se rebellait
et se plaignait,
car Amour la tenait en son pouvoir
comme je vous l'ai appris.

Je ne dois pas omettre de vous raconter
ce qui advint au moment fixé pour le mariage.
Ceux qui étaient respectables et sages
s'y préparèrent avec faste.
Le vieux gentilhomme, sans la moindre inquiétude,
n'attendit pas trois jours
pour inviter les vieillards aux cheveux blancs,
ceux qu'il savait être les plus sensés
parmi les gens de la contrée, natifs du pays ;

Por estre au riche mariage
De sa fille, qui son corage
695 Avoit en autre lieu posé.
Au bon chevalier alosé
Avoit son cuer mis et s'entente ;
Mes or voit bien que sanz atente
Est deceüe et engingnie.
700 Assemblé ont grant compaignie
Li dui chevalier ancïen ;
Par le païs le sorent bien
Tuit li preudomme ancïenor,
Venu i furent li plusor ;
705 Si en i ot bien jusqu'a trente.
N'i ot celui ne tenist rente
De l'ancïen et garison ;
Venu furent en sa mïeson.
La parole ont si devisee
710 Que la pucele ert espousee,
Ce dïent tuit, a l'ajorner :
Si la commandent atorner
Aus damoiseles qui la gardent
Et qui le jor et l'eure esgardent,
715 Dont eles sont forment iries,
S'en ont chieres molt esmaïes.
Li ancïens a demandé
A celes qu'il ot commandé
Se sa fille est toute aprestee,
720 Et se de rien est esfraee,
Et s'il i faut riens qu'avoir doie.
« Nenil, biaus sire, que l'en voie, »
Respont une de ses puceles,
« S'avïons palefrois et seles
725 Por nous porter au moustier toutes,
Dont i avra, je cuit, granz routes
De parentes et de cousines
Qui ci nous sont bien pres voisines. »
Cil li respont : « De palefroiz
730 Ne sommes pas en granz esfroiz ;
Je cuit que assez en avron :

il les pria d'assister au riche mariage
de sa fille, elle dont le cœur
était pris ailleurs.
C'était pour le vaillant chevalier renommé
que son cœur éprouvait de l'inclination ;
mais elle voit bien, maintenant, qu'elle n'a aucun recours
contre la trahison et la ruse.
Les deux vieux chevaliers
ont réuni une grande foule d'invités ;
à travers le pays, tous les hommes de valeur
qui étaient d'âge vénérable avaient appris la nouvelle ;
la plupart étaient venus,
de sorte qu'ils étaient bien trente.
Tous, sans exception, tenaient du vieux gentilhomme
leurs rentes et leurs fiefs.
Quand ils furent chez lui,
ils décidèrent d'un commun accord, après en avoir débattu,
que le mariage de la jeune fille
aurait lieu au lever du jour ;
aussi commandent-ils
aux demoiselles qui la gardaient de la préparer ;
voyant s'écouler le jour et les heures,
elles éprouvent un vif chagrin,
et leurs visages trahissent leur émoi.
Le vieux gentilhomme demande
à celles qu'il avait chargées de ce soin
si sa fille est prête,
si quelque chose la trouble,
et s'il ne lui manque rien qui lui soit nécessaire.
« Non, cher seigneur, à première vue »,
répond une de ses suivantes,
« si du moins nous avions des palefrois sellés
pour nous porter toutes à l'église ;
car je crois qu'il y aura de grands cortèges
de parentes et de cousines
qui sont nos proches voisines. »
Le gentilhomme répond :
« Ce ne sont pas les palefrois qui manquent ;
je crois que nous en aurons beaucoup,

En la contree n'a baron
A cui l'en n'ait le sien mandé. »
Et cil cui on ot commandé,
735 En est alez sanz demorance
A l'ostel celui qui vaillance
Avoit en son cuer enterine :
C'est cil qui proesce enlumine.
Guillaume, qui preus fu et sages,
740 Ne cuidoit que li mariages
Fust porparlez en itel point ;
Mes Amors qui au cuer le point
L'avoit hasté de revenir.
Ne li pooit d'el souvenir
745 Se de ce non qui l'angoissoit :
Amors en son cuer florissoit.
Il fu du tornoi reperiez
Con cil qui n'estoit mie iriez,
Quar il cuidoit avoir celi
750 A cui il a ore failli
De ci atant que Dieu plera
Et quant aventure avendra.
Chascun jor atendoit novele,
Qui li venist plesant et bele,
755 Et que son oncle li mandast
Que sa fame espouser alast.
Chantant aloit par son ostel,
Vïeler fet un menestrel
En la vïele un son novel ;
760 Plains ert de joie et de revel,
Quar eü ot outreement
Tout le pris du tornoiement.
Souvent esgarde vers sa porte
S'aucuns noveles li aporte.
765 Molt se merveille quant vendra
Cele eure c'on li mandera ;
Le chanter lest a chief de foiz ;
Amors li fet metre en defoiz,
Qu'il a aillors mise s'entente.

car il n'y a pas de noble guerrier dans le pays
à qui l'on n'ait demandé le sien. »
Celui qui en avait reçu l'ordre
est allé sans retard
chez le jeune chevalier
dont le cœur était rempli de vaillance ;
celui dont la valeur faisait la gloire.
Guillaume, qui était à la fois valeureux et sage,
ne pensait pas que les dispositions en vue du mariage
soient aussi avancées ;
mais Amour, qui aiguillonne son cœur,
avait hâté son retour ;
il ne pouvait penser à rien d'autre
qu'à ce qui l'obsédait ;
l'amour s'épanouissait dans son cœur.
Il était revenu du tournoi
de fort belle humeur,
car il croyait épouser celle
qui est en train de lui échapper,
lorsqu'il plairait à Dieu,
et que le destin s'accomplirait.
Chaque jour, il attendait que lui arrivât
une bonne et agréable nouvelle,
et que son oncle lui fît dire
d'aller épouser sa femme.
Il parcourait en chantant son logis,
et faisait jouer sur la vielle à un ménestrel
un air nouveau ;
il était plein de joie et d'allégresse,
car il avait remporté haut la main
le prix du tournoi.
Il regarde souvent vers sa porte,
pour voir si quelqu'un lui apporte des nouvelles.
Il se demande quand arrivera enfin le moment
où on lui dira de venir ;
en fin de compte, il s'arrête de chanter,
Amour l'en empêche,
car il a autre chose en tête.

770 Atant ez vous sanz plus d'atente
   Un vallet qui en la cort entre.
   Quant il le vit, le cuer du ventre
   Li fremist de joie et tressaut.
   Cil li dist : « Sire, Dieus vous saut.
775 A grant besoing m'a ci tramis
   Li ancïens qui voz amis
   Est de pieça, bien le savez :
   Un riche palefroi avez,
   N'a plus soef amblant el mont ;
780 Mesire vous proie et semont
   Que vous par amors li prestez,
   Si que anuit li trametez.
   – Amis », dist il, « por quel mestier ?
   – Sire, por mener au moustier
785 Sa fille, nostre damoisele,
   Qui tant est avenant et bele.
   – Et ele por quel chose ira ?
   – Biaus sire, ja l'espousera
   Vostre oncle, a cui est donee.
790 Et le matin a l'ajornee
   Ert menee ma damoisele
   Laïens a la gaste chapele
   Qui siet au chief de la forest.
   Hastez vous, sire : trop arest.
795 Prestez vostre oncle et mon seignor
   Vostre palefroi, le meillor
   Qui'st el roiaume, bien le sai :
   Souvent en est mis a l'essai. »
   Messires Guillaume l'oï ;
800 « Dieus », fet il, « m'a donques trahi
   Mes oncles, en qui me fioie,
   A cui si bel proié avoie
   Que il m'aidast de ma besoingne ?
   Ja Damedieus ne li pardoingne
805 La trahison et le mesfet ;
   A painnes croi qu'il l'eüst fet ;

---

792. ms. : *Lais*

Mais voici que sans plus tarder,
un écuyer entre dans la cour.
A sa vue, le jeune homme sent son cœur frémir de joie
et tressaillir dans sa poitrine.
Le messager lui dit : « Seigneur, Dieu vous sauve !
Pressé par la nécessité,
le vieux gentilhomme qui est depuis longtemps votre ami,
vous le savez bien, m'envoie vers vous.
Vous avez un superbe palefroi,
qui a l'allure la plus douce du monde quand il va l'amble.
Mon seigneur vous prie instamment
d'avoir l'obligeance de le lui prêter,
et de le lui envoyer dès ce soir.
– Mon ami », dit le jeune chevalier, « pour quoi faire ?
– Seigneur, pour mener à l'église
sa fille, notre demoiselle,
qui est si gracieuse et si belle.
– Et pourquoi ira-t-elle ?
– Mon cher seigneur, votre oncle
va l'épouser ; il a obtenu sa main.
Demain matin, au lever du jour,
ma demoiselle sera menée
à la chapelle abandonnée
qui est située au bout de la forêt.
Hâtez-vous, seigneur ; je m'attarde trop.
Prêtez à votre oncle et à mon seigneur
votre palefroi, le meilleur
qui soit dans le royaume, je le sais bien :
l'expérience l'a souvent montré. »
Quand monseigneur Guillaume l'entendit :
« Dieu », s'écrie-t-il, « il m'a donc trahi,
mon oncle en qui je me fiais ;
lui que j'avais de tout cœur prié
de m'aider dans l'affaire qui m'importait ?
Puisse le seigneur Dieu ne jamais lui pardonner
sa trahison criminelle !
j'ai peine à croire qu'il ait agi ainsi ;

Je croi que tu ne dis pas voir.
– Bien le porrez », fet il, « savoir
Demain ainçois prime sonee,
810 Quar ja i est granz l'assemblee
Des vieus chevaliers du païs.
– Ha ! las », dist il, « con sui trahis
Et engingniez et deceüs ! »
Poi s'en faut que il n'est cheüs
815 De duel a la terre pasmez ;
S'il n'en cuidast estre blasmez
De cels qui erent a l'ostel,
Il feïst ja encor tout el ;
Si est espris de duel et d'ire,
820 Ne sot que fere ne que dire.
De grant duel demener ne cesse,
Et cil le semont et reverse,
Que qu'il estoit en cel esfroi :
« Sire, en vostre bon palefroi
825 Fetes errant metre la sele ;
S'ert portee ma damoisele
Sus au moustier, que soef porte. »
Et cil qui soef se deporte,
Quar il entent a son duel faire
830 Entrues que sa tristece maire
A porpensser quel le fera,
Savoir mon, s'il l'envoiera,
Son vair palefroi, a celui
Qu'il doit haïr plus que nului :
835 « Oïl », fet il, « sanz delaiance ;
Cele qui est de grant vaillance,
A cui j'ai entresait failli,
N'i a coupes, ce poise mi.
Mon palefroi l'ira servir
840 Et la grant honor deservir
Que j'ai souvent en li trovee,
Quar en toz biens l'ai esprovee.
Ja mes n'en porrai plus avoir,

---

1. La première heure canoniale, après les matines ; environ six heures du matin.

je crois que tu ne dis pas la vérité.
– Vous pourrez bien le savoir
demain », dit l'autre, « avant que sonne l'heure de prime[1] ;
car déjà sont réunis en grand nombre
les vieux chevaliers du pays.
– Hélas », s'écrie le malheureux, « comme je suis trahi,
abusé, trompé ! »
Peu s'en faut que la douleur
ne le fasse tomber évanoui ;
s'il n'avait craint d'être blâmé
par ceux qui se trouvaient chez lui,
il eût fait bien autre chose encore ;
il est si enflammé par la colère et le chagrin,
qu'il ne sait que faire ni que dire.
Il ne cesse de laisser éclater sa douleur,
et son interlocuteur le prie et le harcèle,
pendant qu'il est en proie à cette agitation :
« Seigneur, faites bien vite seller
votre bon palefroi ;
il portera ma demoiselle à l'église,
car son allure est douce. »
Se dominant alors, le jeune chevalier,
tout entier à sa douleur,
et remâchant son chagrin,
se demande ce qu'il fera ;
à savoir s'il enverra
son palefroi pommelé à celui
qui mérite sa haine plus que tout autre :
« Oui », dit-il, « sans retard ;
celle qui est de si grande valeur,
et que je viens de perdre, à ma grande tristesse,
n'y est pour rien.
Mon palefroi ira se mettre à son service
et se montrer digne du grand honneur
que j'ai bien souvent trouvé en elle,
car j'ai vu à l'épreuve toutes ses qualités.
Jamais je n'aurai d'elle autre chose,

Ce puis je bien, de fi, savoir.
845 Or n'ai je pas dit que senez,
Ainz sui faillis et forsenez,
Quant a la joie et au deport
Celui qui m'a trahi et mort
Vueil mon palefroi envoier.
850 Enne m'a il fet desvoier
De cele que avoir cuidoie ?
Il n'est nus hom qui amer doie
Celui qui trahison li quiert.
Molt est hardis qui me requiert
855 Mon palefroi, ne rien que j'aie.
Envoierai li dont je ? Naie.
Enne m'a il desireté
De la dousor, de la biauté
Et de la tres grant cortoisie
860 Dont ma damoisele est proisie ?
Or l'ai lonc tens en vain servi ;
Avoir en doi bien deservi
Que la tres grant souvraine honor
En eüsse bien le greignor,
865 Ne grant joie mes n'en avrai.
Comment celui envoierai
Chose de qoi puist avoir aise
Qui me fet estre a tel mesaise ?
Mes neporquant, s'il m'a cousté
870 Que cele qui tant a bonté
Mon palefroi chevauchera,
Bien sai, quant ele le verra,
Que il li souvendra de moi.
Amee l'ai par bone foi
875 Et aim et amerai toz tans,
Mes s'amor si m'est trop coustans.
Par moi tout seul serai amis,
Et si ne sai s'ele avra mis
Son cuer en la viel acointance
880 Dont j'ai au cuer duel et pesance.
Je cuit qu'il ne li soit pas bel.
Caÿn, qui freres fu Abel,

je puis bien en être certain.
Allons, ce que je dis là n'est pas raisonnable,
mais c'est le discours d'un égaré ou d'un fou,
puisque pour faire plaisir
à celui qui m'a trahi et réduit à la mort,
je veux envoyer mon palefroi.
Ne m'a-t-il pas séparé
de celle que je pensais épouser ?
Personne ne doit aimer
celui qui médite de le trahir.
Il a du toupet de me demander
mon palefroi, ou rien qui m'appartienne.
Vais-je donc le lui envoyer ? Que non !
Ne m'a-t-il pas dépossédé
de la douceur, de la beauté,
et de la très grande courtoisie
qui font le renom de ma demoiselle ?
Donc, c'est en vain que j'ai longtemps servi mon oncle ;
j'aurais bien mérité
d'en obtenir cet honneur suprême,
le plus grand qui fût,
et jamais plus je n'en tirerai grand-joie.
Comment pourrais-je lui envoyer
quelque chose qui lui fasse plaisir,
à lui qui me fait tant de chagrin ?
Pourtant, dût-il m'en avoir coûté,
quand celle qui a tant de qualités
montera mon palefroi,
je sais bien qu'en le voyant,
elle se souviendra de moi.
Je l'ai fidèlement aimée ;
fidèlement je l'aime et l'aimerai toujours ;
mais son amour me coûte bien cher.
Je serai son ami sans rien attendre d'elle,
sans savoir si elle accepte de bon cœur
les assiduités de ce vieillard
qui me peinent et m'affligent.
Je crois qu'elle ne doit pas en être ravie.
Caïn, le frère d'Abel,

Ne fist pas greignor trahison.
Mis est mon cuer en grant friçon
885 Por celi dont je n'ai confort. »
Ainsi demaine son duel fort.
Le palefroi fist enseler,
Et l'escuier fist apeler ;
Le vair palefroi li envoie,
890 Et cil s'est lues mis a la voie.

Mesire Guillaume n'a pas
De sa grant tristrece respas ;
Dedenz sa chambre s'est muciez,
Molt est dolenz et corouciez,
895 Et a toz ses serjanz a dit
Que, s'il i a nul si hardit
Qui s'esmueve de joie fere,
Qu'il le fera pendre ou desfere ;
N'a mes de joie fere cure,
900 Ainz voudra mener vie obscure,
Qu'issir ne li puet a nul fuer
La grant pesance de son cuer,
Ne la dolor ne la grant paine.
Et cil le palefroi en maine
905 A cui il l'avoit fet baillier ;
Revenuz est sanz atargier
La ou li ancïens manoit,
Qui molt grant joie demenoit.
La nuis estoit toute serie ;
910 D'ancïene chevalerie
Avoit grant masse en la meson.
Quant mengié orent a foison,
Li ancïens a commandé
A la guete, et dit et mandé
915 A trestoz que, sanz nul sejor,
Une liue devant le jor
Soient tuit prest et esveillié,
Enselé et appareillié
Li cheval et li palefroi
920 Sanz estormie et sanz desroi ;

ne commit pas de pire trahison.
Mon cœur tremble pour elle
sans que je puisse en être consolé. »
Ainsi s'abandonne-t-il à l'excès de sa douleur.
Il fit seller le palefroi,
et appeler l'écuyer,
auquel il confie le cheval ;
et l'autre se mit aussitôt en route.

Messire Guillaume ne peut guérir
de sa profonde tristesse.
Il s'est retiré dans sa chambre,
plein d'affliction et de chagrin,
prévenant tous ses serviteurs
que, si l'un d'entre eux a l'audace
de se montrer joyeux,
il le fera pendre ou abattre.
Se réjouir n'a désormais plus de sens pour lui,
mais il veut vivre dans les ténèbres
qui conviennent à son cœur
d'où rien ne peut chasser ce qui lui pèse tant,
la douleur et l'immense peine.
Et l'écuyer auquel il avait fait livrer le palefroi
l'emmène ;
il est revenu sans perdre de temps
à la demeure du vieux gentilhomme,
qui laissait libre cours à sa joie.
La nuit était très douce ;
une foule de vieux chevaliers
emplissait la maison.
Après un plantureux festin,
le vieux gentilhomme a donné ses ordres au guetteur,
et fait savoir à tous
qu'il leur fallait être, sans le moindre retard,
un bon moment avant le jour
prêts, bien réveillés,
les chevaux et les palefrois
sellés et harnachés,
sans tapage ni désordre ;

Puis vont reposer et dormir.
Cele qu'Amors fesoit fremir
Et souspirer en grant doutance,
N'ot de dormir nule esperance ;
925 Onques la nuit ne sommeilla ;
Tuit dormirent, ele veilla.
Son cuer n'estoit pas endormis,
Ainz ert a duel fere ententis,
Et, s'ele peüst lieu avoir,
930 N'atendist mie le mouvoir
Des chevaliers, ne l'ajornee,
Ainz s'en fust tost par li alee.

Aprés la mïenuit leva
La lune, qui bien esclaira
935 Tout environ l'air et les cieus ;
Et quant la guete vit aus ieus,
Qui embeüs avoit esté,
Environ lui la grant clarté,
Cuida que l'aube fust crevee.
940 « Estre deüst », fet il, « levee
Pieça la grant chevalerie. »
Il tret le jor et huche et crie :
« Levez, seignor, li jors apert. »
Fet cil, qui toz estordis ert
945 Du vin qu'il ot le soir beü.
Cil qui n'orent gueres geü
En repos, ne gueres dormi,
Se sont levé tuit estordi ;
Des seles metre sont engrés
950 Li escuier, por ce que pres
Cuident estre de l'ajornee.
Mes, ainz que l'aube fust crevee
Porent bien cinc liues errer
Et tout belement cheminer.
955 Li palefroi enselé furent,
Et tuit li ancïen qui durent
Adestrer cele damoisele
Au moustier a la viez chapele,

là-dessus, ils vont reposer et dormir.
La jeune fille qu'Amour fait frémir,
et soupirer, tant elle avait peur,
n'espérait pas pouvoir dormir ;
elle ne put, de toute la nuit, trouver le sommeil ;
tous dormirent, elle seule resta éveillée.
Son cœur n'était pas endormi ;
il était travaillé par le chagrin ;
et si elle avait pu en trouver l'occasion,
elle n'aurait certes pas attendu
le départ des chevaliers, ni le lever du jour ;
mais elle s'en serait allée bien vite toute seule.

Après minuit se leva la lune,
éclairant tout alentour
l'air et les cieux ;
et quand le guetteur,
dont le regard était embrumé par l'ivresse,
se vit enveloppé de cette grande clarté,
il crut à la venue de l'aube.
« Voilà un bon moment », dit-il, « que cette grande compagnie
de chevaliers devrait être debout. »
Il annonce le lever du jour, et s'époumone à crier :
« Levez-vous, seigneurs, le jour paraît »,
fait-il, encore tout abruti
par le vin qu'il avait bu ce soir-là.
Les chevaliers, qui n'avaient pas goûté beaucoup de repos
dans leurs lits, ni beaucoup dormi,
se sont levés, tout engourdis ;
les écuyers s'affairent
à seller les chevaux,
croyant que le jour est proche
Mais, avant que l'aube ne paraisse,
ils purent parcourir cinq bonnes lieues,
en cheminant tout à leur aise.
On sella donc les palefrois,
et les vieux chevaliers qui devaient
accompagner la demoiselle
à l'église, jusqu'à la vieille chapelle

Au chief de la forest sauvage,
960 Furent monté, et au plus sage
Fu commandee la pucele.
Au vair palefroi fu la sele
Mise, et, quant on l'amena,
Adonc plus grant duel demena
965 Qu'ele n'avoit devant mené.
Li ancïen homme sené
Ne s'en perçurent de noient,
Ne sorent pas son escient, ¹
Ainz cuidoient qu'ele plorast
970 Por ce que la meson vuidast
Son pere por aler aillors ;
Ne connoissoient pas ses plors,
Ne la tristrece qu'ele maine.
Montee fu a molt grant paine.

975 Acheminé se sont ensamble ;
Vers la forest, si com moi samble,
Alerent cheminant tout droit.
Le chemin truevent si estroit
Que dui ensamble ne pooient
980 Aler, et cil qui adestroient
La pucele par derriere erent,
Et li autre devant alerent.
Li chevaliers qui l'adestroit,
Por le chemin qu'il vit estroit,
985 La mist devant, il fu derriere
Por l'estrece de la quarriere.
La route ert longue et granz assez ;
Traveilliez les ot et lassez
Ce qu'il orent petit dormi,
990 Auques en furent amati,
Plus pesaument en chevauchoient
Que viel et ancïen estoient.
Tant avoient sommeil greignor,
Quar grant piece ot de ci au jor.

---

1. On peut aussi comprendre, avec J. Dufournet, « On la monta sur le cheval
avec beaucoup de peine. »

au fond de la forêt sauvage,
se mirent en selle ; c'est au plus sage d'entre eux
que fut confiée la jeune fille.
On sella pour elle le palefroi pommelé,
et quand on le lui amena,
elle manifesta une douleur encore plus vive
qu'elle ne l'avait fait auparavant.
Mais la perspicacité des vieillards fut prise en défaut ;
ils ne s'aperçurent de rien,
incapables de comprendre ce qu'elle ressentait ;
ils crurent qu'elle pleurait
parce qu'elle quittait la maison de son père
pour aller vivre ailleurs ;
ses larmes ne leur apprirent rien,
ni la tristesse qu'elle manifestait.
Elle monte en selle le cœur bien gros[1].

Ils se mettent en route tous ensemble ;
ils vont chevauchant, pour autant que je sache,
tout droit vers la forêt.
Mais ils trouvent le chemin si étroit
que deux cavaliers ne pouvaient passer de front ;
ceux qui escortaient la jeune fille
fermaient la marche,
les autres chevauchaient devant.
Le chevalier qui la conduisait,
voyant l'étroitesse du chemin,
la fit passer devant, et se mit derrière elle,
tant la voie charretière était resserrée.
Le cortège s'étirait sur une longue distance ;
les chevaliers étaient cruellement fatigués
par le manque de sommeil,
ils en avaient l'esprit quelque peu embrumé,
et chevauchaient d'autant plus lourdement
qu'ils n'étaient pas de la première jeunesse.
Ils avaient d'autant plus sommeil
que le jour n'était pas près de se lever ;

995 Desus les cols de lor chevaus,
    Et par les mons et par les vaus,
    Aloient le plus sommeillant ;
    Et la pucele aloit menant
    Li plus sages c'on ot eslit.
1000 Mes cele nuit ot en son lit
    De repos pou assez eü.
    Le sommeil l'a si deceü
    Qu'il a tout mis en oubliance,
    Quar de dormir a grant voillance.
1005 La pucele se conduisoit
    Si que de rien ne li nuisoit
    Fors que l'amor et la tristrece.
    Que qu'ele estoit en cele estrece
    De cele voie que je di,
1010 Toute la grant route asordi
    Des chevaliers et des barons.
    Tuit clinoient sor les arçons
    Li plusor ; li auquant veilloient,
    Qui lor penssers aillors avoient
1015 Qu'a la damoisele adestrer.
    Par mi la grant forest d'errer
    Ne cesserent a grant esploit ;
    La pucele est en grant destroit,
    Si con cele qui vousist estre
1020 Ou a Londres ou a Vincestre.

    Li vairs palefrois savoit bien
    Cel estroit chemin ancïen,
    Quar maintes foiz i ot alé.
    Un grant tertre ont adevalé
1025 Ou la forest ert enhermie,
    C'on ne veoit la clarté mie
    De la lune ; molt ert ombrages
    En cele part li granz boschages,
    Que molt parfons estoit li vaus.
1030 Granz ert la friente des chevaus.
    De la grant route des barons
    Estoit devant li graindres frons.

dodelinant sur l'encolure de leurs chevaux,
et par monts et par vaux,
pour la plupart, ils allaient sommeillant.
Pour conduire la jeune fille,
on avait bien choisi le plus sage ;
mais cette nuit-là,
il n'avait pas pris beaucoup de repos dans son lit.
Le sommeil s'est emparé si insidieusement de lui,
qu'il en a tout oublié,
tant il avait envie de dormir.
La jeune fille allait son chemin
sans se laisser troubler par rien d'autre
que son amour et son chagrin.
Tandis qu'elle était engagée dans le passage étroit
où se resserrait le chemin dont je vous parle,
sombrèrent dans la torpeur.
tous les nobles chevaliers dont se composait le grand cortège
La plupart avaient la tête inclinée sur leurs arçons ;
quelques uns restaient éveillés,
mais pensaient à autre chose
qu'à mener la demoiselle dans le droit chemin.
Ils continuaient d'avancer dans la grande forêt
à vive allure ;
grande était l'angoisse qui étreignait la jeune fille ;
elle aurait bien voulu
être à Londres ou à Winchester.

Le palefroi pommelé connaissait bien
ce vieux chemin étroit,
pour l'avoir maintes fois emprunté.
Ils ont dévalé la pente d'un grand tertre,
où la forêt était si dense
qu'elle masquait la clarté de la lune ;
les grands bois
y étaient pleins d'ombre,
car la vallée était très profonde.
Les chevaux menaient grand bruit.
Des nobles chevaliers en grand cortège,
la plupart précédaient la jeune fille.

Li un sor les autres sommeillent,
Li autre parolent et veillent;
1035 Ainsi vont chevauchant ensamble.
Li vairs palefrois, ce me samble,
Ou la damoisele seoit
Qui la grant route porsivoit,
Ne sot pas le chemin avant
1040 Ou la grant route aloit devant,
Ainz a choisi par devers destre
Une sentele, qui vers l'estre
Mon seignor Guillaume aloit droit.
Li palefrois la sente voit,
1045 Qui molt sovent l'avoit hantee;
Le chemin lest sanz demoree
Et la grant route des chevaus.
Si estoit pris si granz sommaus
Au chevalier qui l'adestroit
1050 Que ses palefrois arrestoit
D'eures en autres en la voie.
La damoisele ne convoie
Nus, se Dieus non; ele abandone
Le frain au palefroi et done;
1055 Il se mist en l'espesse sente.
Il n'i a chevalier qui sente
Que la pucele ne le siue;
Chevauchié ont plus d'une liue
Qu'il ne s'en pristrent onques garde;
1060 Et cil qui en fu mestre et garde
Ne l'a mie tres bien gardee:
Ele ne se fu pas emblee,
Ainz s'en ala en tel maniere
Con cele qui de la charriere
1065 Ne de la sente ne savoit
En quel païs aler devoit.

Li palefrois s'en va la voie
De la quele ne se desvoie,

1064. ms. : *en la c.*

Certains dorment, s'inclinant les uns vers les autres ;
d'autres, éveillés, bavardent ;
ainsi chevauchent-ils en troupe.
Le palefroi pommelé
que montait la demoiselle,
suivant le cortège,
ne connaissait pas plus avant – me semble-t-il –
le chemin sur lequel le grand cortège le précédait,
mais il aperçut, sur la droite,
un petit sentier qui menait tout droit
chez mon seigneur Guillaume.
Voyant le sentier
qu'il avait emprunté bien souvent,
le palefroi quitte sans hésitation le chemin
et la grande troupe des chevaux.
Le chevalier qui devait conduire la demoiselle
était si profondément endormi
que son palefroi s'arrêtait
de temps en temps sur la route.
La demoiselle n'a plus pour guide
que le seigneur Dieu ;
elle laisse la bride sur le cou à son cheval
qui s'engage sur le sentier tracé dans l'épaisseur des bois.
Pas un des chevaliers ne s'aperçoit
que la jeune fille ne suit plus ;
ils ont chevauché plus d'une lieue
sans se douter de rien ;
celui qui avait été chargé de veiller sur elle
ne l'a pas très bien surveillée ;
non qu'elle se soit échappée,
mais elle est partie sans savoir
où la voie charretière,
ni le sentier
allaient la conduire.

Le palefroi va toujours son chemin
sans s'en écarter,

Quar maintes foiz i ot esté,
1070 Et en iver et en esté.
La pucele molt adolee,
Qui en la sente estoit entree,
Sovent se regarde environ,
Ne voit chevalier ne baron,
1075 Et la forest fu pereilleuse,
Et molt obscure et tenebreuse,
Et ele estoit toute esbahie
Que point n'avoit de compaignie.
S'ele a paor n'est pas merveille,
1080 Et neporquant molt se merveille
Ou li chevalier sont alé :
Qui la estoient assemble.
Lie estoit de la decevance,
Mes de ce a duel et pesance
1085 Que nus fors Dieu ne le convoie
Et li palefrois, qui la voie
Avoit par maintes foiz hantee ;
Ele s'est a Dieu commandee,
Et li vairs palefrois l'en porte.
1090 Cele, qui molt se desconforte,
Li a le frein abandoné,
Si n'a un tout seul mot soné
Ne voloit pas que cil l'oïssent,
Ne que pres de li revenissent :
1095 Mieus aime a morir el boscage
Que recevoir tel mariage.
Ainsi s'en va penssant adés,
Et li palefrois, qui engrés
Fu d'aler la ou il devoit,
1100 Et qui la voie bien savoit,
A tant alee s'ambleüre
Que venuz est grant aleüre
Au chief de cele forest grant.
Une eve avoit en un pendant
1105 Qui la coroit grant et obscure ;
Li vairs palefrois a droiture
I est alez, qui le gué sot ;

car il l'avait emprunté bien souvent,
hiver comme été.
La jeune fille tout affligée,
après s'être engagée dans le sentier,
regarde à maintes reprises autour d'elle ;
elle ne voit ni chevalier ni baron ;
la forêt est pleine de dangers,
d'obscurité et de ténèbres ;
et la jeune fille est tout épouvantée
de s'y trouver sans compagnie
Est-il surprenant qu'elle ait peur ?
Cependant, elle se demande avec étonnement
où sont passés les chevaliers
qui étaient rassemblés dans son escorte.
Qu'ils aient été trompés la réjouit ;
mais elle est triste et inquiète
car Dieu seul l'accompagne sur sa route,
et le palefroi, qui avait bien souvent
suivi ce chemin ;
elle s'est recommandée à Dieu,
et le palefroi pommelé l'emporte.
Dans sa détresse,
elle lui a rendu les rênes,
sans mot dire ;
elle ne voulait pas que les chevaliers l'entendent,
ni qu'ils risquent de revenir auprès d'elle ;
elle préfère trouver la mort dans la forêt
que subir un tel mariage.
Ainsi s'en va-t-elle, plongée dans ses pensées,
et le palefroi, qui avait hâte
de se rendre où il devait,
et qui connaissait bien le chemin,
est arrivé à grande allure,
toujours à l'amble,
au bout de la grande forêt.
Au bas d'une pente courait une rivière
au courant puissant, aux sombres eaux ;
le palefroi pommelé, qui connaissait le gué,
y est allé tout droit ;

Outre passe plus tost que pot.
N'ot gueres esloingnié le gué,
1110 Qui pou estoit parfont et lé,
Quant la pucele oï corner
Cele part ou devoit aler
Li vairs palefrois qui le porte :
Et la guete ert desus la porte,
1115 Devant le jor corne et fretele.

Cele part vait la damoisele :
Droit au recet en est venue,
Molt esbahie et esperdue,
Si con cele qui ne set pas
1120 Ne le chemin ne le trespas,
Ne comment demander la voie.
Ainz li palefrois de sa voie
N'issi ; si vint desus le pont,
Qui sist sor un estanc parfont,
1125 Tout le manoir avironoit ;
Et la guete qui la cornoit
Oï desus le pont l'esfroi
Et la noise du palefroi,
Qui maintes foiz i ot esté.
1130 La guete a un pou aresté
De corner et de noise fere ;
Il descendi de son repere,
Si demanda isnelement :
« Qui chevauche si durement
1135 A iceste eure sor cest pont ? »
Et la damoisele respont :
« Certes, la plus maleüree
Qui onques fust de mere nee :
Por Dieu, lai moi leenz entrer
1140 Tant que le jor voie ajorner,
Que je ne sai quele part j'aille.
— Damoisele », fet il, « sanz faille,
Sachiez ne l'oseroie fere,
Ne nului metre en cest repere,
1145 Fors par le congié mon seignor ;

il traverse le plus vite qu'il peut.
A peine s'était-il éloigné du gué,
qui n'était ni très large, ni très profond,
que la jeune fille entendit sonner un cor
du côté où devait aller
le palefroi pommelé qui la portait ;
le guetteur, au-dessus de la porte,
sonne du cor avant le jour, et mène grand tapage.

La demoiselle s'en va de ce côté ;
elle arrive tout droit à la demeure,
tout affolée, tout éperdue,
comme peut l'être celle qui ne connaît pas la route,
ne sait par où passer,
ni comment demander son chemin.
Mais le palefroi, sans s'écarter de sa route,
parvint au pont,
jeté sur un étang profond
qui entourait le manoir.
Et le guetteur, qui sonnait du cor,
entendit résonner au-dessus du pont
le bruit que faisait le palefroi,
qui était passé par là bien des fois.
Le guetteur, cessant pour un temps
de sonner du cor, interrompt son propre tapage ;
descendant de sa logette,
il s'empresse de demander :
« Qui chevauche si bruyamment
à cette heure-ci, sur ce pont ? »
Et la demoiselle de répondre :
« A coup sûr, la plus malheureuse créature
qui naquit jamais d'une femme.
Au nom de Dieu, laisse-moi entrer
jusqu'au lever du jour,
car je ne sais où aller.
– Mademoiselle », dit-il, « soyez bien sûre
que je n'oserais le faire,
ni introduire qui que ce soit dans cette maison,
sans la permission de mon seigneur ;

Onques mes hom n'ot duel greignor
Qu'il a : forment est deshaitiez,
Quar vilainement est traitiez. »
Que qu'il parle de cel afaire,
1150 Il met ses ieus et son viaire
A un pertuis de la posterne ;
N'i ot chandoile ne lanterne,
Que la lune molt cler luisoit.
Et cil le vair palefroi voit ;
1155 Bien l'a connut et ravisé,
Mes ainz l'ot assez remiré.
Molt se merveille dont il vient,
Et la pucele qui le tient
Par la resne, a molt esgardee,
1160 Qui richement est atornee
De riches garnemenz noviaus.
Et cil fu de raler isniaus
A son seignor, qui en son lit
Estoit couchiez sanz nul delit.
1165 « Sire », fet il, « ne vous poist mie,
Une fame desconseillie,
Jone de samblant et d'aage,
Est issue de cel boscage,
Atornee molt richement :
1170 Molt sont riche si garnement ;
Avis m'est que soit afublee
D'une riche chape forree,
Si drap me samblent d'escarlate.
La damoisele, tristre et mate,
1175 Seur vostre vair palefroi siet ;
Li parlers pas ne li messiet,
Ainz est si avenanz et gente,
Ne sai, sire, que je vous mente,
Ne cuit en cest païs pucele
1180 Qui tant soit avenant ne bele.
Mien escient, c'est une fee
Que Dieus vous a ci amenee

---

1. L'« écarlate » est une étoffe de laine très fine et précieuse.

jamais personne ne fut plus affligé
qu'il ne l'est ; il est profondément affecté
par l'ignoble traitement qu'on lui a fait subir. »
Tout en tenant ces propos,
il colle son visage
contre une fente de la poterne et y glisse son regard ;
il n'avait pas de chandelle ni de lanterne,
car la lune répandait une grande clarté.
Et voilà qu'il aperçoit le palefroi pommelé ;
il l'a bien reconnu et identifié
après l'avoir longuement examiné.
Il se demande d'où il peut bien venir ;
il considère aussi longuement la jeune fille
qui le tient par la bride ;
elle est somptueusement parée,
d'élégants habits tout neufs.
Il se hâte d'aller trouver son seigneur,
qui était allongé sur sa couche
sans y trouver aucun plaisir.
« Seigneur », lui dit-il, « excusez-moi ;
une femme désemparée,
jeune, comme elle en a l'allure,
est sortie de la forêt,
somptueusement parée ;
ses vêtements sont fort élégants ;
à ce que j'ai vu, elle porte
une luxueuse cape fourrée ;
ses habits sont taillés, me semble-t-il, dans l'écarlate[1].
La demoiselle, triste et sombre,
monte votre palefroi pommelé ;
son discours ne la dessert pas,
mais elle est si gracieuse et si noble,
que, sans vous mentir, seigneur,
je ne crois pas qu'il y ait dans ce pays une jeune fille
qui soit aussi gracieuse ni aussi belle.
A mon avis, c'est une fée
que Dieu a conduite ici vers vous

Por restorer vostre domage
Dont si avez pesant corage ;
1185 Bon restor avez de celi
A cui vous avez or failli. »

Mesires Guillaume l'entent,
Il sailli sus, plus n'i atent ;
Un sorcot en son dos sanz plus,
1190 Droit a la porte en est venus :
Ouvrir la fet isnelement.
La damoisele hautement
Li a huchié en souspirant :
« Ahi ! gentiz chevaliers, tant
1195 Ai de travail eü anuit !
Sire, por Dieu, ne vous anuit,
Lessiez moi en vostre manoir :
Je n'i quier gueres remanoir ;
D'une siute ai molt grant paor
1200 De chevaliers, qui grant freor
Ont or de ce qu'il m'ont perdue ;
Por garant sui a vous venue
Si com fortune m'a menee,
Molt sui dolente et esgaree. »
1205 Mesires Guillaume l'oï,
Molt durement s'en esjoï ;
Son palefroi a conneü,
Qu'il avoit longuement eü ;
La pucele voit et avise ;
1210 Si vous di bien qu'en nule guise
Nus plus liez hom ne peüst estre.
Si la maine dedenz son estre,
Il l'a du palefroi jus mise,
Si l'a par la destre main prise,
1215 Besie l'a plus de .XX. foiz ;
El n'i mist onques nul defoiz,
Quar molt bien l'a reconneü.
Quant li uns a l'autre veü,
Molt grant joie entr'aus .II. menerent,
1220 Et toz lor dels entr'oublïerent ;

pour réparer le tort qu'on vous a fait,
et qui vous pèse tant sur le cœur ;
voilà une éclatante réparation de la perte
que vous avez subie récemment. »

Entendant ces mots, messire Guillaume
se lève d'un bond, sans plus attendre ;
il jette simplement sur son dos une tunique,
et se précipite vers la porte ;
il la fait ouvrir bien vite.
La demoiselle, sur un ton pressant,
l'a imploré en soupirant :
« Ah ! noble chevalier,
combien j'ai eu de tourments cette nuit !
Seigneur, au nom de Dieu, sans me juger importune,
laissez-moi entrer dans votre maison ;
je n'ai pas l'intention d'y rester longtemps ;
j'ai grand-peur d'être poursuivie par une troupe
de chevaliers, qui sont actuellement désemparés,
parce qu'ils m'ont perdue ;
je suis venue me mettre sous votre protection,
là où m'a guidée la fortune ;
je suis bien malheureuse et bien affligée. »
A ces mots, messire Guillaume
est inondé de joie ;
il reconnaît son palefroi,
qui était depuis longtemps en sa possession ;
il regarde la jeune fille et contemple son visage ;
je puis bien vous dire qu'en aucune façon,
personne ne peut être plus heureux.
Il fait entrer la jeune fille dans sa demeure ;
il la fait descendre du palefroi,
la prend par la main droite,
lui donne plus de vingt baisers ;
elle ne s'en défend nullement,
car elle l'a bien reconnu.
Ils fêtent tous deux ensemble
le plaisir qu'ils éprouvent à se voir ;
ils en oublient toutes leurs peines.

De sa chape est desafublee,
Sor une coute d'or listee,
D'un riche drap qui fu de soie,
Se sont assis par molt grant joie.
1225 Chascuns plus de .XX. foiz se saine,
Quar croire pueent a grant paine
Que ce soit songes que il voient ;
Et quant serjant iluec ne voient,
Neporquant molt bien aaisier
1230 Se sorent d'aus entrebesier ;
Mes je vous di qu'autre mesfet
A icele eure n'i ot fet.
La pucele sanz contredit
Li a tout son afere dit :
1235 Or dist que buer fu ore nee
Quant Dieus l'a iluec amenee,
Et de celui l'a delivree,
Si com fortune l'a menee,
Qui en cuidoit son bon avoir
1240 Por son mueble et por son avoir.
Mesire Guillaume s'atorne
A l'endemain quant il ajorne.
Dedenz sa cort est sa chapele,
Venir i fet la damoisele ;
1245 Son chapelain sanz arester
A fet maintenant apeler ;
Li chevaliers sanz trestorner
Se fet maintenant espouser
Et par bon mariage ajoindre :
1250 Ne sont pas legier a desjoindre.
Et quant la messe fu chantee,
Grant joie ont el palais menee
Serjant, puceles, escuier.

Mes il doit molt cels anuier
1255 Qui perdue l'ont folement.
Venu furent communement
A la chapele qui ert gaste.
Assez orent eü de laste

On débarrasse la jeune fille de son manteau ;
sur une couverture bordée d'or,
taillée dans un splendide tissu de soie,
ils vont s'asseoir, tout joyeux.
Chacun se signe plus de vingt fois,
car ils ont grand-peine à croire
que leurs rêves se réalisent ;
pourtant, ne voyant aucun domestique auprès d'eux,
ils savent bien en profiter
pour se couvrir de baisers ;
mais ce fut là, je vous le dis,
leur seul péché pour cette fois !
La jeune fille, sans aucune réticence,
lui a raconté toute son histoire ;
elle dit maintenant qu'elle est née sous une bonne étoile,
puisque Dieu l'a conduite en ces lieux,
et l'a délivrée,
par les jeux de fortune,
de celui qui croyait pouvoir disposer d'elle,
parce qu'il possédait des biens matériels.
Messire Guillaume se prépare
le lendemain au lever du jour.
Dans sa cour se dresse sa chapelle ;
il invite la demoiselle à l'y rejoindre,
et fait aussitôt et sans délai
mander son chapelain.
Le chevalier, aussitôt et sans retard,
se fait unir à son épouse
par les liens d'un mariage en bonne et due forme ;
ces liens ne seront pas aisés à rompre.
Quand la messe fut chantée,
on fit la fête au palais,
les serviteurs comme les suivantes et les écuyers.

Mais ils ne doivent pas le prendre à la légère,
ceux qui ont perdu la jeune fille par leur sottise !
Les voici tous rassemblés
à la chapelle abandonnée.
Ils se sont épuisés

De chevauchier toute la nuit.
1260 N'i a celui cui il n'anuit.
Li ancïens a demandee
Sa fille a cil qui l'ot gardee
Mauvesement ; ne sot que dire.
Isnelement respondi : « Sire,
1265 Devant la mis, je fui derriere,
Que molt estroite ert la charriere,
Et la forest grant et ombrage ;
Ne sai s'aillors prist son voiage,
Quar sor mon arçon sommeilloie ;
1270 D'eures a autres m'esveilloie,
Devant moi la cuidai adés,
Mes n'en est ore gueres pres ;
Je ne sai qu'ele est devenue ;
Mauvesement l'avons tenue. »
1275 Li ancïens par tout la quiert,
Et a toz demande et enquiert
Quel part ele ert, ne s'il la virent :
Molt durement s'en esbahirent ;
Ne l'en sorent dire novele.
1280 Et li vieus qui la damoisele
Devoit prendre fu plus dolenz ;
De li querre ne fu pas lenz ;
C'est por noient que il la chace,
Perdue en a la droite trace.
1285 Cil qui avoeques lui estoient
En tel esfroi, el chemin voient
Venir un escuier poingnant ;
Vers l'ancïen vient maintenant.
« Sire », fet il, « amistié grande
1290 Mesire Guillaume vous mande :
La vostre fille a espousee
Tres hui matin a l'ajornee ;
Forment en est liez et joiant.
Venez i, sire, maintenant,
1295 Et son oncle mande ensement,
Qui vers lui ouvra faussement ;

à chevaucher toute la nuit.
Tous sont consternés.
Le vieux gentilhomme a demandé
sa fille à celui qui l'avait gardée
avec si peu de zèle ; il ne sut que dire.
Hâtivement, il répond : « Seigneur,
je la mis devant moi, j'étais derrière,
car la voie charretière était très étroite,
et la forêt profonde et sombre ;
je ne sais si elle a pris une autre voie,
car je sommeillais, penché sur mon arçon.
Je me réveillais de temps à autre,
croyant toujours qu'elle était devant moi ;
mais maintenant, elle en est fort éloignée ;
je ne sais ce qu'elle est devenue ;
nous avons été des gardiens bien négligents. »
Le vieux gentilhomme la cherche partout,
il les interroge tous,
leur demande où elle est, et s'ils l'ont vue ;
ils en restent tout stupides,
ils sont incapables de lui donner le moindre renseignement.
Et le vieux qui devait épouser la demoiselle
était plus affligé encore ;
il la cherche, tout excité ;
mais de sa chasse, il revient bredouille,
il a perdu la bonne voie.
Au beau milieu de ce désarroi,
que partageaient ses compagnons,
ils voient venir sur le chemin un écuyer à force d'éperons ;
il se dirige aussitôt vers le vieux gentilhomme.
« Seigneur », lui dit-il, « messire Guillaume
vous envoie l'expression de sa vive amitié ;
il a épousé votre fille
ce matin, au lever du jour ;
il en est plein d'allégresse et de joie.
Venez chez lui tout de suite, seigneur ;
et il invite également son oncle,
qui agit avec tant de déloyauté à son égard ;

De cest mesfet li fet pardon
Quant de vostre fille a le don. »

　　　Li ancïens ot la merveille,
1300　Onques mes n'oï sa pareille.
　　　Toz ses barons huche et assamble,
　　　Et, quant il furent tuit ensamble,
　　　Conseil a pris que il ira
　　　Et celui avoec lui menra
1305　Cui de sa fille avoit don fet.
　　　Le mariage en voit desfet,
　　　Nul recouvrier n'i puet avoir.
　　　Cil, qui fu plains de grant savoir,
　　　I est alez isnelement
1310　Et tuit li baron ensement.
　　　Quant a l'ostel furent venu,
　　　Richement furent receü ;
　　　Mesire Guillaume fist joie
　　　Molt grant, con cil qui de sa proie
1315　Estoit molt liez en son corage.
　　　Graer covint le mariage
　　　A l'ancïen, vousist ou non,
　　　Et li vieus au fronci grenon
　　　S'en conforta plus biau qu'il pot.
1320　Seignor, ainsi Damedieu plot
　　　Que ces noces furent estables,
　　　Qui a Dieu furent couvenables.

　　　Mesire Guillaume fu preus,
　　　Cortois et molt chevalereus ;
1325　Ainz sa proesce ne lessa,
　　　Mes plus et plus s'en esforça :
　　　Bien fu de princes et de contes.
　　　Ainz le tiers an, ce dist li contes,
　　　Morut li ancïens, sanz faille ;
1330　Tout son avoir li rent et baille ;
　　　Toute sa terre ot en baillie,
　　　Qui molt ert riche et bien garnie.
　　　Mil livrees tint bien de terre.

il lui pardonne son forfait,
puisqu'il a obtenu la main de votre fille. »

Le vieux gentilhomme entend la plus étonnante des nouvelles ;
jamais il n'en entendit de pareille.
Il convoque et mande tous ses barons ;
et quand tous furent rassemblés,
il décide de se rendre à l'invitation du chevalier,
et d'emmener avec lui
celui à qui il avait fait don de sa fille.
Il voit bien que ce mariage
est irrémédiablement manqué.
Le gentilhomme, dans sa grande sagesse,
n'a pas fait attendre son hôte,
et il a emmené tous ses barons.
A leur arrivée,
ils reçurent un accueil splendide.
Messire Guillaume laissa éclater
sa grande joie,
en chevalier ravi de son butin.
Il fallut bien que le vieux gentilhomme
approuvât ce mariage, bon gré mal gré ;
quant au vieillard à la lippe fripée,
il s'en consola du mieux qu'il put.
Seigneurs, la volonté du seigneur Dieu fut
que ces noces se réalisent,
car elles eurent sa faveur.

Messire Guillaume était preux,
courtois et le modèle des chevaliers ;
jamais il ne renonça à prouver sa valeur,
mais il en donna des témoignages de plus en plus éclatants ;
il gagna la faveur des princes et des comtes.
Trois ans ne s'étaient pas écoulés que, nous dit le conte,
le vieux gentilhomme mourut – c'est la pure vérité –
laissant et transmettant tous ses biens au chevalier ;
le faisant maître de toute sa terre,
qui était très riche, et d'un bon rapport ;
il eut bien mille livres de sa terre.

Aprés ala la mort requerre
1335 Son oncle, qui molt estoit riches,
Et cil, qui n'estoit mie nices,
Ne de cuer povres ne frarins,
Ne blastengiers de ses voisins,
Ains tint la terre toute cuite.
1340 Ceste aventure que j'ai dite
Afine ci en itel guise
Con la verité vous devise.

Explicit du *Vair Palefroi.*

_____

1339. Nous maintenons ici la leçon du ms. *ains* et non *ainz* comme A. Langfors
l'indique dans son apparat critique.

La mort alla ensuite chercher
son oncle, qui était très riche ;
et le chevalier, qui n'était pas un béjaune,
un lâche, ni un misérable,
et qui ne semait pas la zizanie chez ses voisins,
en tint la terre en toute propriété.
L'histoire que je vous ai racontée,
prend ainsi fin,
c'est la vérité vraie.

Fin du *Vair Palefroi.*

JEAN RENART
Li Lais de l'Ombre

Ne me vueil par desaüser
de bien dire, ainçois vueil user
mon sens a el qu'a estre oiseus ;
je ne vueil pas resambler ceus
5 qui sont garçon pour tout destruire,
quar puis que j'ai le sens d'estruire
aucun bien en dit ou en fet,
vilains est qui ses gas en fet,
se ma cortoisie s'aoevre
10 a fere aucune plesant oevre
ou il n'ait ranpoşne ne lait.
Fols est qui por parole lait
bien a dire, por qu'il le sache ;
et s'aucuns fel sa langue en sache
15 par derriere, tout ce li doit ;
quar nient plus que je puis cest doit
fere ausi lonc comme cestui,
ne cuit je que on peüst hui
fere un felon debonere estre ;
20 et miex vient de bone eure nestre
qu'estre de bons, c'est dit pieça.
Par Guillaume, qui depieça

---

12. ms. *A* : *por ranposne –* **15.** *par derriere* constitue certainement une *lectio facilior* face au *par droiture* du ms. *A*, mais le sens nous paraît quand même intéressant, par sa malice *(CGDE)*

---

1. *Estruire* a le double sens d'« édifier » : construire au sens matériel, élever

JEAN RENART
Le Lai de l'Ombre

Je ne veux pas perdre l'habitude
de bien dire, car je n'ai pas l'intention
de laisser mon esprit en friche.
Je ne veux pas ressembler à ceux
qui détruisent tout, comme le feraient des voyous.
Puisque je possède assez de sagesse pour édifier
mon prochain[1] en actes ou en paroles,
c'est vilenie que de railler
si je mets toute ma courtoisie
à composer une œuvre qui n'incite pas
à la dérision ni aux sarcasmes. Bien peu raisonnable
est celui qui renonce, craignant ce qu'on pourrait en dire,
à tenir un discours édifiant, si du moins il en est capable.
Et si quelque malotru lui tire la langue
par-derrière[2], faut-il en attendre autre chose ?
Pas plus que je ne puis rendre ce doigt-ci
plus long que cet autre,
on ne pourrait aujourd'hui même, à mon sens,
rendre noble le cœur d'un malotru ;
et mieux vaut naître sous une bonne étoile
qu'être issu d'une noble lignée, c'est bien connu :
l'exemple de Guillaume, qui mit en pièces

au sens moral ; le texte joue sur l'opposition à la rime de *destruire* et d'*estruire* ;
figure que nous n'avons pu conserver. – **2.** F. Lecoy conserve dans son édition
la leçon de AB, *par droiture*, rejetée par Bédier dans son édition de 1913 ; le
sens serait en ce cas : « si quelque malotru lui tire la langue, comme son naturel
l'y porte, il n'y a là rien à quoi on ne puisse s'attendre ».

l'escoufle et art un a un membre,
si com li contes nous remembre,
25 poez savoir que je di voir ;
et miex vient a un homme avoir
eür que avoir ne amis ;
amis muert, et on est tost mis
fors de l'avoir, qui bien nel garde
30 ou qui a fol le met en garde ;
mes celui qui le gaste et use,
et aprés sa folie encuse
qu'il l'a despendu sanz mesure,
se d'iluec aprés s'amesure,
35 si lait la folie qu'a fait
et mesaventure li lait,
eürs le ra tost mis en pris.
Et por ce l'ai je si empris
que je vueil mon sens emploier
40 a bien dire, et a souploier
a la hautece de l'eslit.
Mout par me torne a grant delit
quant ma volentez est eslite
a fere ce qui me delite,
45 une aventure a metre en rime.
L'en dit : qui bien nage et bien rime,
qui de haute mer vient a rive
qui a port de bien dire arrive,
plus l'en proisent et roi et conte.
50 Or orrez par tens en cest conte
que dirai, s'anuis ne m'encombre,
en cest lai que je faz de l'Ombre.

---

25. ms. *A* : *Puet on prover* – 50. ms. *A* : *en monte*

---

1. Jean Renart fait ici allusion au passage de son roman *L'Escoufle*, où le héros, Guillaume, se précipite pour le mettre en pièces sur un malheureux volatile parce qu'il lui rappelle l'oiseau de proie qui lui a dérobé une bourse, l'entraînant ainsi à sa poursuite et le séparant de son amie Aélis (éd. F. Sweetser, Genève, Droz, 1974, v. 6898-901) – 2. Le terme désigne selon toute vraisemblance le destinataire de l'œuvre ; comme l'indique F. Lecoy dans le glossaire de son édition, il s'applique à un évêque déjà choisi, mais non encore consacré. Qui

l'escoufle[1] et le fit brûler à petit feu
(rappelez-vous ce que dit le conte),
vous prouve que je dis vrai.
Et mieux vaut pour l'homme
jouir des faveurs du sort qu'avoir du bien, ou un ami ;
l'ami meurt, et l'on est bientôt dépouillé
de son bien, si l'on n'y prend garde,
ou que la garde en soit commise à un incapable.
Mais si quelqu'un dilapide son bien et l'épuise,
puis, déplorant la sottise
qui l'a entraîné à ces folles dépenses,
revient à la raison,
répudiant sa conduite insensée,
et par là échappant à l'emprise du mauvais sort,
la chance a vite fait de lui rendre ses faveurs.
C'est en considérant cela que j'ai entrepris une œuvre
où toutes les ressources de mon esprit seront employées
à mettre le bien en valeur, rendant ainsi hommage
à la grandeur de l'évêque[2].
C'est avec grand plaisir
que je me vois dans le cas d'orienter mon propos
selon ma propre inclination,
en donnant à la matière de mon récit une forme versifiée.
On dit : à bien ramer, à bien rimer[3],
on vient de la haute mer au rivage,
on vient au port où s'ancre l'œuvre consacrée au bien,
et on s'élève dans l'estime des rois et des comtes.
Vous allez donc entendre,
si je ne rencontre pas d'écueil, ce que j'ai à vous conter,
dans ce lai que je compose au sujet de l'Ombre.

était cet évêque ? Milon de Nanteuil, évêque de Beauvais à partir du 19 Décembre
1217, auquel est dédié le roman de *Guillaume de Dole*, ou Hugues de Pierpont,
évêque de Liège au tout début du XIIIe siècle, comme le suggérait R. Lejeune
dans son étude sur « Le Roman de *Guillaume de Dole* et la principauté de Liège »,
CCM, XVIII, 1974, p. 1-24 ? Sur ce débat, voir l'Introduction de F. Lecoy à son
édition du *Lai*, p. XII à XVI, et M. Zink, *Roman rose et Rose rouge, Le Roman
de la Rose ou de Guillaume de Dole de Jean Renart*, Paris, Nizet, 1979, p. 11-
14. – **3.** F. Lecoy (p. 44, note aux vers 46-49) met ce passage du texte en relation
avec les vers 6634-37 du *Roman de la Violette* de Gerbert de Montreuil, où
l'auteur dit de lui-même *Tant a rimé qu'il est a rive.*

Je di que uns chevaliers ere
en cele marche de l'Empiere
55 de Loheraine et d'Alemaingne.
Je ne cuit pas c'uns tels en maingne
de Chaalons jusqu'en Pertois
qui si ait toutes a son chois
bones teches comme cil ot.
60 De maintes en tret au fil Loth,
Gavain, si comme nous dison ;
mes nus n'oï onques son non,
ne je ne sai se point en ot.
Proece et cortoisie l'ot
65 eslit a estre bien demaine.
De la despensse qu'il demaine
s'esmerveillent tuit si acointe ;
ne trop emparlé ne trop cointe
nel trovissiez, ne de ruistece.
70 Il n'ert mie de grant richece,
mes il se sot mout bien avoir ;
bien sot prendre en un lieu l'avoir
et metre la ou point n'en ot.
Pucele ne dame n'en ot
75 parler qui mout ne l'aint et prist ;
n'onques a nule ne s'en prist
bien a certes, qu'il n'en fut bien,
quar il estoit sor toute rien
et frans et dous et debonere.
80 Quanques chascuns en vousist fere
en peüst fere entor ostel ;
mes aus armes autre que tel
le trovissiez que je ne di :
estout et ireus et hardi,
85 quant il avoit l'elme en son chief.
Bien sot un renc de chief en chief

---

54. ms. *A : De c. ; d'Engleterre.* – **57.** *Pertois, D* ; cette leçon proposée par
Servois et P. Meyer semble préférable au *Parçois* du ms. ; elle peut faire référence
au pays de Perthes, en Haute-Marne

---

1. Nous avons suivi ici le choix d'une localisation champenoise, adopté par

J'entame ici mon récit : il y avait un chevalier
dans cette marche de l'empire
aux confins de la Lorraine et de l'Allemagne,
dont on ne saurait, selon moi, trouver le pareil,
de Châlons jusqu'au pays de Perthes[1],
qui posséderait, comme lui,
toutes les qualités qu'il pourrait souhaiter.
Nombreuses étaient celles qui l'égalaient au fils du roi Loth,
Gauvain, comme nous avons coutume de dire ;
mais son nom, personne ne le connaissait,
et je ne sais même pas s'il en avait un.
Prouesse et courtoisie
l'avaient choisi pour féal.
Il mène si grand train
que ses familiers n'en reviennent pas.
Vous l'auriez trouvé tout aussi exempt de hâblerie
que de morgue, ou encore de rudesse.
Il n'était pas des plus riches,
mais il savait fort bien y faire,
prenant adroitement l'avoir où il se trouvait
pour le mettre là où il faisait défaut.
Aucune jeune fille, aucune dame, n'entendait parler de lui
sans éprouver pour lui beaucoup d'estime et d'affection ;
et jamais il ne fit à l'une d'elles une cour en règle[2]
sans en être bien reçu,
car il était par-dessus tout
noble, affable et généreux.
Il se pliait de bonne grâce
à ce qu'on attendait de lui dans la vie domestique,
mais quand il prenait les armes,
vous n'auriez pas reconnu celui dont je vous parle :
à peine avait-il coiffé le heaume,
qu'il était plein de fougue, d'ardeur et d'audace.
Il savait bien parcourir d'un bout à l'autre un rang

F. Lecoy après P. Meyer, et rejeté par J. Bédier. Les questions de localisation
soulevées par le texte sont indubitablement compliquées, et par le flou de la
tradition manuscrite, et par l'attitude du narrateur, qui joue ici avec les topiques
du portrait introduisant le héros. On peut également débattre sur le sens exact de
l'expression *marche de l'Empire de Loheraine et d'Alemaingne*. – **2.** Nous
suivons ici l'interprétation de Bédier, soutenue par F. Lecoy contre A. Limentani.

cerchier por une jouste fere.
A ce ot torné son afere
le chevalier dont je vos di,
90　qu'il vousist que chascun lundi
qu'il estoit, qu'il en fussent deus,
n'onques chevaliers ne fu teus,
si peniu d'armes qu'il estoit.
Ce n'est mie cil qui vestoit
95　sa robe d'esté a yver ;
plus donoit il et gris et ver
c'uns autres de dis tans d'avoir,
et toz jors veut o lui avoir
set compaignons ou cinc au mains,
100　ne ja riens ne tenist aus mains,
s'on le vousist, que on n'eüst.
Deduis d'oisiaus, quant lui pleüst,
ama, que je ne mespris mie ;
il sot d'eschés et d'escremie
105　et d'autres geus plus que Tristans.
Mout bon may ot un bien lonc tans,
et mout se fist amer aus genz.
Il ert de cors et de braz genz
et franc et legier et isniaus ;
110　si ert encor plus preus que biaus ;
tout ce doit bien chevaliers estre.

Amors, qui se fet dame et mestre
de ceus dont ele est au deseure,
en cel bon point li corut seure,
115　qu'ele voult avoir le treü
del grant deduit qu'il a eü
de mainte dame en son eage
ne ainc service ne hommage
ne l'en fist, entrués qu'il li lut,
120　por ce qu'il ne se reconnut
a son homme n'a son baillieu ;

---

115. ms. *A* : *Ele vout a.*

de combattants pour trouver l'occasion de jouter.
C'était devenu une telle passion
pour le chevalier dont je vous parle,
qu'il aurait voulu qu'il y eût deux lundis
au lieu d'un[1] ;
et jamais chevalier
ne fut plus endurant que lui au combat.
Ce n'était pas lui qui aurait porté
en hiver ses vêtements d'été ;
il distribuait plus de fourrures de gris et de vair
qu'un autre qui eût été dix fois plus riche ;
et toujours il voulait avoir avec lui
sept compagnons, ou au moins cinq ;
il eût été incapable de retenir par-devers soi
quelque chose sans la donner à qui l'aurait convoitée.
Il se plaisait à chasser au vol, quand il lui en prenait l'envie,
et je ne puis que l'approuver.
Bon joueur d'échecs, habile escrimeur,
il avait plus de talents de société que n'en eut Tristan.
Il goûta pendant longtemps une vie toute semée de fleurs,
et sut se faire aimer de tous.
Ses bras, comme le reste de son corps, étaient harmonieusement
d'allure noble, il était leste et agile ;   [proportionnés ;
mais sa vaillance surpassait encore sa beauté :
il incarnait tout ce que doit être un chevalier.

Amour, qui règne en dame et en maîtresse[2]
sur tous ceux qui lui sont soumis,
jugea le moment propice pour assaillir le chevalier,
afin d'exiger le tribut
du grand plaisir que lui avaient procuré
maintes dames au cours de sa vie,
sans que pour cela il s'engage envers Amour pour le servir
et lui faire hommage, tandis qu'il en était capable,
parce qu'il ne s'avouait pas
pour son vassal ni son officier.

---

1. Cf. L.A. Vigneras, « Monday as a Date for Medieval Tournaments », *Modern Language Notes*, 48, 1933, pp. 80-82. – 2. Le mot *mestre* (forme aussi bien féminine que masculine) renvoie à un pouvoir assis sur le savoir.

se li fist en tans et en lieu
sentir son pooir et sa force.
     Onques Tristans, qui fu a force
125 tondus comme fols por Yseut,
n'ot le tiers d'ahan com cil eut
desi qu'il en ot sa pais fete.
Ele li ot saiete trete
par mi le cors jusqu'au penon ;
130 la grant biauté et le dous non
d'une dame li mist el cuer.
Or il covint a geter puer
toutes les autres por cesti.
De maintes en avoit parti
135 son cuer, que nule n'en amoit ;
mes or set il sanz doute et voit
qu'il li covient tout metre ensamble
por celi servir qui li samble
li rubis de toutes biautez.
140 Li sens, la deboneretez,
la grant douçor de son cler vis
li est, ce li est bien avis,
devant ses iex et jor et nuit.
Il n'est joie ne li anuit,
145 fors seul li penssers a cesti.
De tant li a bon plet basti
Amors qui le connissoit bien,
c'onques nule si plesant rien
qui fame fust n'avoit veüe,
150 ce dist, et s'en trait sa veüe
a garant qu'il dist verité.
     « Ahi ! » fet il, « tante averté
ai fet de moi et tant dangier !
Or veut Diex par cesti vengier
155 celes qui m'ont seules amé.
Certes, mar ai mesaesmé
ceus qui d'amors erent souspris ;
or m'a Amors en tel point mis
qu'ele veut que son pooir sache ;

---

125. ms. *A* : *c. sot.* – **148.** ms. *A* : *N'onques* – **152.** ms. *A* : *Ha ; aversité*

Aussi Amour lui fit-il sentir en temps et lieu
son pouvoir et sa force.
Jamais Tristan, qui à coups de ciseaux
se fit une tonsure de fou pour l'amour d'Iseut,
ne souffrit le tiers des peines que dut endurer notre chevalier
avant de pouvoir faire sa paix en cette occasion.
Amour lui avait décoché une flèche
qui s'était fichée dans sa chair jusqu'à l'empennage :
il lui grava dans le cœur
la grande beauté et le doux nom d'une dame.
Il ne put que rejeter
toutes les autres pour accueillir celle-ci.
Beaucoup n'avaient eu que fugitivement
part à son cœur, car il n'en aimait aucune ;
mais maintenant, il sait avec certitude et voit
que, sans rien en distraire, il lui faut mettre tout son cœur
au service de celle dont l'idéale beauté
rayonne pour lui comme le rubis.
La sagesse, la noblesse,
l'infinie douceur que reflète son clair visage
se présentent jour et nuit devant ses yeux,
en toute évidence.
Il n'y a joie qui ne lui pèse,
si ce n'est de penser à cette dame.
Amour lui a tendu un piège d'autant plus subtil
qu'il la connaissait bien,
tout en se disant qu'il n'avait jamais vu
rien de plus charmant dans la gent féminine,
prenant ses yeux à témoins
du bien fondé de ses propos :
« Hélas ! » s'écrie-t-il, « avec quelle avarice
me suis-je gardé et refusé !
Maintenant, Dieu recourt à cette dame pour venger
celles qui m'ont aimé sans retour.
Certes, j'ai eu bien tort de mépriser
ceux que l'amour tenait sous son emprise :
maintenant, Amour m'a mis dans le cas
d'éprouver son pouvoir.

160 onques vilains, qui barbiers sache
     les denz, ne fu si angoisseus. »
     Ce pensse et dit, quant il est seus,
     ne ja, son vuel, ne feïst el,
     n'onques mes en si tres cruel
165 point ne fu comme Amors l'a mis.
     « Las ! » fet il, « se je sui amis,
     que sera se ce n'est m'amie ?
     Ce ne sai je ne ne voi mie
     comment je puisse vivre un jor.
170 Deduis d'errer ne de sejor
     ne me puet mon cuer solacier.
     Or n'i a fors de tenir chier
     ceus qui la vont ou ele maint,
     quar por ce fere ont eü maint
175 de lor amor joie et solas.
     Quar m'eüst ceste fet un las
     de ses deus bras entor mon col !
     Toute nuit songe que l'acol
     et qu'ele m'estraint et embrace.
180 Li esveilliers me desembrace
     en ce qui plus me delitast ;
     lors quier par mon lit et atast
     son biau cors qui m'art et m'esprent ;
     mes, las ! qui ne trueve ne prent ;
185 c'est avenu moi et maint autre
     maintes foiz. Or ne puet estre autre :
     aler ou envoier m'estuet
     proier, puis qu'autre estre ne puet,
     qu'ele ait de moi merci en fin
190 et que, por Dieu, ainz que je fin,
     qu'ele ait pitié de ma destrece
     et que par sa grant gentillece,
     qu'ele me gart et vie et sens.
     Ele i avroit un mains des suens
195 s'ele souffroit que je perisse ;
     s'est bien droit que de son cuer isse
     douçors, et pitiez de ses iex.

---

162. ms. *A : dist* – **191-192.** manquent dans *A*

Jamais un manant auquel le barbier
arrache les dents ne souffrit de tels tourments. »
Voilà ce qu'il pense et dit quand il se trouve seul,
il souhaiterait ne rien faire d'autre ;
et jamais auparavant il ne s'est trouvé dans une situation
aussi cruelle que celle à laquelle Amour l'a réduit.
« Malheureux que je suis ! si je m'engage dans une relation
qu'en sera-t-il si elle ne devient pas mon amie ?   [amoureuse,
Je ne sais pas, je ne vois pas,
comment je pourrais survivre un seul jour.
Ni dans le voyage, ni dans le repos,
mon cœur ne trouvera de plaisir qui l'apaise.
Je n'ai plus qu'à estimer bienheureux
ceux qui vont là où elle demeure,
car c'est en faisant ainsi que beaucoup d'amoureux
ont été comblés de joie.
Ah, si celle à qui je pense avait noué ses deux bras
autour de mon cou !
Toute la nuit, je rêve que je l'enlace,
et qu'elle m'étreint et me serre dans ses bras.
Le réveil dénoue ces embrassements
au moment où j'eusse éprouvé le plus grand plaisir ;
alors, je cherche à tâtons dans mon lit
son beau corps qui me brûle et m'enflamme ;
mais, hélas ! on ne peut prendre ce qu'on ne peut trouver ;
j'en ai fait l'expérience comme bien d'autres,
et bien des fois. Allons, il n'y a rien d'autre à faire :
il me faut, soit par moi-même, soit par le truchement d'un autre,
aller la prier, puisqu'il ne peut en être autrement,
qu'elle consente à me faire grâce en dernier recours,
et que, pour l'amour de Dieu, avant que je ne meure,
elle prenne en pitié ma détresse ;
que sa grande noblesse de cœur
sauve ma vie et ma raison.
Ne perdrait-elle pas un de ses féaux,
si elle me laissait périr ?
Il est bien juste qu'elle laisse parler
la tendresse de son cœur, et la pitié se lire dans ses yeux.

Mes je cuit qu'il me venist miex
li alers que se g'i envoi ;
200 l'en dit : « N'i a tel comme soi »,
ne nus n'iroit si volentiers.
Pieça c'on dist que li mestiers
aprent l'omme, et la grant soufrete.
Puis que g'i ai reson atrete,
205 il n'i a se de l'aler non
dire qu'ele a en sa prison
mon cuer, qui de gre s'i es mis ;
ja, devant qu'il ait non amis,
n'en quiert eschaper por tristrece.
210 Gentelises, pitiez, larguece
le devroit a ce esmovoir. »

Il s'est atornez por movoir,
soi tiers de compaingnons sanz plus.
Ne sai que vous deïsse plus ;
215 il monte, et vallet jusqu'a sis.
Il chevauche liez et penssis
en son pensser et en sa voie ;
ses compaingnons oste et desvoie
de la voie de son pensser,
220 qu'il ne s'en puissent apensser
en la reson de son voiage.
il dit qu'il chevauche a grant rage,
celant son pensser souz sa joie,
tant qu'il vindrent a la monjoie
225 du chastel ou cele manoit.
Fet li sires quis i menoit :
« Veez com cil chastiaus siet bien ! »
Il nel disoit pas tant por rien
qu'il montast aus fossez n'aus murs,
230 mes pour savoir se ses eürs

---

222. ms. *A* : *dist*

---

1. Il s'agit ici du point de vue élevé d'où l'on découvre le château, qu'il soit
ou non marqué par un de ces tas de pierres qui servaient de repères, et que l'on
appelle aussi *monjoie* au Moyen Age ; d'où le sens d'accumulation, d'entassement

Mais je pense qu'il me vaudrait mieux
aller la prier en personne plutôt que d'envoyer un messager.
On dit : « On n'est jamais si bien servi que par soi-même ».
Et personne n'irait si volontiers que moi.
On dit depuis bien longtemps que l'homme apprend
par le besoin et l'impérieuse nécessité.
Puisque j'ai formé ce propos,
je n'ai plus qu'à aller lui dire
qu'elle tient captif
mon cœur, qui s'est livré de son plein gré ;
et quelle que soit sa tristesse,
il ne s'évadera pas avant de se voir accorder le nom d'ami.
Noblesse, pitié, générosité,
devraient lui valoir cette faveur. »

Il s'est préparé pour partir
avec deux compagnons sans plus.
Que pourrais-je ajouter ?
Il monte à cheval, escorté de valets au nombre de six.
Il chevauche, heureux de s'absorber dans ses pensées,
tout à son dessein et à sa route ;
il écarte et détourne ses compagnons
du chemin de ses pensées,
pour que ne leur vienne pas à l'esprit
la raison de son voyage.
Il se prétend emporté par l'allégresse dans sa chevauchée,
masquant son dessein sous sa joie,
jusqu'à ce qu'ils arrivent à la montjoie[1] d'où l'on aperçoit
le château où demeurait la dame, objet de ses pensées.
Le seigneur dit à ceux qu'il y avait conduits :
« Voyez comme ce château est harmonieux ! »
En disant cela, il n'avait pas tant à l'esprit
quelque aspect des douves ou des remparts,
que l'envie de savoir

_____

que gardera le mot jusqu'au XVIIᵉ siècle, parallèlement aux sens dérivés de la notion d'élévation ; on retrouve une telle alliance de sens dans le mot « comble ». La polysémie du terme joue pleinement dans cette première approche symbolique de la dame ; et bien que nous n'adhérions pas entièrement aux interprétations d'A. Adler (cf. Bibliographie), on ne saurait nier que les notions du proche et du lointain tiennent un rôle structurant dans l'œuvre.

l'avroit encor si amonté
qu'il parlaissent de la biauté
la dame qu'il aloit veoir.
Font il : « Vous en devez avoir
235   grant honte, quar mal avez fet,
qui ainçois nous avez retret
le chastel de la bele dame
dont chascuns dit bien qu'el roiame
n'a si cortoise ne si bele.
240   Or tout quoi ! » font il, « quar se ele
savoit com vous avez mespris,
il vous vendroit miex estre pris
aus Turs et menez en Chaaire ! »
Il dist en sorriant : « Hé ! caire,
245   Seignor, por Dieu, or belement !
Menez me un poi mains durement,
quar je n'i ai mort deservie.
Il n'est citez dont j'aie envie
ne chastiaus, se de cesti non.
250   Je voudroie estre en la prison
Salahadin cinc ans ou sis,
par si qu'il fust miens, assis
si comme est, s'en fusse seürs.
— Et quanqu'il a dedenz les murs »,
255   font cil, « si en seriez trop sire. »
Il n'entendent pas a cel dire
le sofisme qu'il lor fesoit ;
li bons chevaliers nel disoit
se por oïr non qu'il diroient.
260   Il lor demande s'i l'iroient
veoir. « Que feriemes nous donques ? »
font il. « Chevaliers ne doit onques
trespasser ne chemin ne voie
ou bele dame ait qu'il nel voie. »
265   Fet il : « Je m'en tieng bien a vous,
et si le lo et vueil que nous
i alons, quant resons l'aporte. »

─────────────

1. Interjection ; cf. le glossaire de F. Lecoy, renvoyant à M. Roques, *Romania*, 69, 1933, p. 427, note 1.

s'il serait assez chanceux
pour entendre ses compagnons parler de la beauté
de la dame qu'il allait voir.
Et ceux-ci de lui dire : « Vous avez bien mérité
qu'on vous fasse honte, car vous avez mal agi
en nous parlant du château
plutôt que de la belle dame
dont chacun dit bien que, dans tout le royaume,
elle n'a pas son égale pour la courtoisie et la beauté.
Taisez-vous donc ! » font-ils,
« car si elle connaissait vos torts,
il vous vaudrait mieux être prisonnier
chez les Turcs, et emmené au Caire ! »
Il répond en souriant : « Holà[1] ! messeigneurs,
pour l'amour de Dieu, tout doux !
Traitez-moi un peu moins rudement,
car je n'ai rien fait qui mérite la mort.
Il n'y a pas de cité dont j'aurais envie d'être le maître,
ni de château, sinon celui-ci.
Je consentirais à être prisonnier de Saladin,
pour cinq ou six ans,
si pour ce prix, il était à moi, dans son état actuel,
et que l'on ne puisse me le disputer.
– Et tout ce qu'il renferme par-dessus le marché »,
font les autres, « alors, vous ne seriez pas mal loti ! »
S'ils répliquent ainsi, c'est qu'ils ne comprennent pas
le discours à double sens de leur seigneur ;
le vaillant chevalier ne tenait ce langage
que pour savoir ce qu'ils diraient.
Il leur demande s'il leur plairait
d'aller voir le château. « Que ferions nous d'autre ? »
disent-ils. « Un chevalier ne doit jamais
poursuivre un chemin ou une route qui passe
devant la demeure d'une belle dame, sans aller la voir. »
Il reprend : « Je partage entièrement votre avis,
et je suggère, sans réserve,
que nous y allions, puisque la raison nous y incite. »

Atant guenchissent vers la porte
chascuns le regne del destrier,
270 criant : « Aus dames, chevalier ! »

A tel voiz et a tel tençon
sor frain s'en vont a esperon
tant qu'il vindrent a la ferté.
Il ont le premier baile outré,
275 clos de fossez et de palis ;
Li sires avoit devant son pis
torné son mantel en chantel,
et sorcot herminé trop bel
de soie en graine et d'escuiriex.
280 Autretel avoit chascuns d'eus,
et chemise ridee et blanche,
et chapel de flors et de vanche,
et esperons a or vermeus.
Je ne sai que il fussent miex
285 plesamment vestu por l'esté.
Il ne sont nu[l] lieu aresté
duqu'au perron devant la sale.
Chascuns vallés encontre avale
aus estriers par fine reson.
290 Li seneschaus de la meson
Les vit descendre en mi la cort ;
d'une loge ou il ert s'en cort
dire a sa dame la novele
que cil le vient veoir que ele
295 connoissoit bien par oïr dire.
N'en devint pas vermeille d'ire,
ainz li vint a mout grant merveille.
Desus une coute vermeille

---

270. ms. *A : aus armes* – **276.** ms. *A : vis* – **280-83.** manquent dans *A*.
– **286.** ms. *A : nu lieu* – **289.** ms. *A : estres ; estriers*, corr. Lecoy

---

1. F. Lecoy préfère garder ici la leçon du ms. *A*, qui est aussi celle de *E : Aus armes*. *Aus dames*, leçon de *CGDF*, se retrouve dans *Guillaume de Dole*, v. 223 ; l'empereur Conrad, abandonnant dans la forêt ceux qu'il a envoyés à la chasse, s'empresse de revenir avec deux compagnons vers les tentes où la compagnie des dames leur promet d'autres plaisirs, criant : *Ça, chevalier, as dames !* On

Sur ce, chacun oblique vers la porte du château
en tirant sur les rênes de son cheval,
criant : « Aux dames[1], chevaliers ! »

Dans une émulation soutenue par ces clameurs,
ils piquent des deux, tenant leurs chevaux bien en main,
droit sur la citadelle.
Ils ont traversé le premier enclos,
protégé par des fossés et des palissades.
Le seigneur avait rejeté son manteau
de biais sur sa poitrine,
que recouvrait un magnifique surcot de soie teinte en rouge
et de fourrures d'écureuil, aux parements d'hermine.
Chaque membre de l'escorte en portait un semblable,
ainsi qu'une chemise plissée, bien blanche ;
tous étaient couronnés de lis[2] et de pervenches,
et leurs éperons étaient de vermeil.
Je ne sais comment ils auraient pu
être mieux habillés pour la belle saison.
Ils sont venus d'un trait
jusqu'au montoir devant la salle.
Chacun des valets met pied à terre
pour tenir l'étrier aux chevaliers comme il se doit.
Le sénéchal du château
les vit descendre de cheval au milieu de la cour ;
d'une loge où il se tenait, il accourt
pour annoncer à sa suzeraine
que vient lui rendre visite celui
qu'elle connaissait bien par ouï-dire ;
elle n'en éprouva pas de contrariété qui la fît rougir,
mais une très vive surprise.
Assise sur une courtepointe vermeille,

---

note qu'on retrouve aussi dans notre texte la mention des deux compagnons admis
à escorter le héros. – **2.** Il nous a semblé pouvoir traduire *flors* par « lis », mais
c'est une approximation ; le mot *flor* peut tendre vers ce sens quand il forme
couple avec la rose, évoquant l'alliance du rouge et du blanc (cf. *Le Lai de
l'Oiselet*, note 2, pp. 428-429) ; par ailleurs, on sait que le mot *flor*, dans son
indétermination, peut faire référence à la violette ; mais ici, il fait couple avec la
pervenche, de couleur voisine. Ou faut-il penser que les couronnes des chevaliers
jouent sur les teintes de bleu ?

avoit lués droit esté trecie ;
300 ele s'est en estant drecie,
 la dame de tres grant biauté ;
 ses puceles li ont geté
 au col un mantel de samis,
 avoec la grant biauté qu'a mis
305 Nature en li. En son encontre,
 que qu'ele veut aler encontre,
 cil se hastent tant del venir
 qu'ainçois qu'ele peüst issir
 fors de la chambre, i sont entré.
310 Au samblant qu'ele lor a moustré,
 li est il bel de lor venue ;
 de tant poi comme ele ert venue
 encontre aus, se font il mout lié.
 Un chainsse blanc et deliié
315 ot vestu la preus, la cortoise,
 qui traïnoit pres d'une toise
 après li sor les jons menuz :
 « Sire, bien soiez vous venuz,
 et vo compaingnon ambedui, »
320 fet cele qui bon jor ait hui,
 qu'ele est bien digne de l'avoir.
 Si compaingnon li distrent voir
 que n'ert pas dame a trespasser.
 Sa biautez les fet trespenser
325 toz trois en lor salut rendant.
 Ele prent par la main, riant,
 le seignor, sel maine seoir ;
 or ot auques de son voloir,
 quant delez li se fu assis.
330 Si compaingnon sont bien apris ;
 assis sont, ne lor firent cuivre,
 sor un coffre ferré de cuivre
 avoec deus seues damoiseles ;
 que qu'il se delitent a eles
335 en demandant plusors aferes

---

1. La jonchée de verdure qui recouvre le sol, selon la coutume médiévale, accentue l'atmosphère printanière de la scène.

elle venait juste de se faire tresser les cheveux.
Elle se lève,
la dame rayonnant de beauté ;
ses suivantes lui ont jeté sur les épaules
un manteau de satin de soie,
rehaussant la grande beauté
dont l'avait douée Nature.
Cependant qu'elle s'apprête à aller au-devant de ses visiteurs,
ceux-ci ont mis tant de hâte à venir à sa rencontre,
qu'avant qu'elle ait pu sortir de la chambre,
ils y sont entrés.
La mine dont elle les accueille
trahit le plaisir que lui fait leur visite.
Les quelques pas qu'elle a pu faire
pour venir à leur rencontre sont pour eux d'un grand prix.
La noble et courtoise dame
portait une légère tunique blanche
dont la traîne, longue de près d'une toise,
glissait sur l'épaisse jonchée[1].
« Seigneur, soyez le bienvenu,
ainsi que vos deux compagnons »,
dit la jeune femme ; que la journée lui soit favorable !
elle mérite bien cet augure.
Les compagnons du chevalier lui dirent qu'à coup sûr,
ce n'était pas une dame à qui l'on aurait pu se dispenser de
Sa beauté rend ses trois visiteurs tout pensifs,   [rendre visite.
quand ils lui rendent son salut.
En souriant, elle prend par la main le seigneur,
et le fait asseoir.
Voilà déjà réalisée une part de ses vœux :
il prend place auprès d'elle.
Ses compagnons, qui ont l'usage du monde,
s'assirent sans faire d'embarras
sur un coffre aux ferrures de cuivre
avec deux des suivantes.
Pendant qu'ils passent agréablement le temps avec elles,
en s'entretenant de divers sujets,

li chevaliers n'i penssoit gueres
a eus, ainz pensse a son afere.
Mes la gentiex, la debonere
li set bien rendre par escole
340 reson de quanqu'il l'aparole,
qu'ele ert mout cortoise et mout sage.

Cil li met adés el visage
ses iex por mirer sa biauté ;
mout les a bien pris a verté
345 ses cuers, qui toz est en li mis,
que, de quanqu'il li ont promis,
li tesmoingnent il ore bien
qu'il ne li ont menti de rien :
mout li plest ses vis et sa chiere.
350 « Bele tres douce dame chiere »,
fet il, « por qui force de cuer
me fet guerpir et geter puer
de toutes autres mon pensser,
je vous sui venuz presenter
355 quanques je ai, force et pooir,
si en puisse je joie avoir
qu'il n'est riens nule que j'aim tant
comme vous, se Diex repentant
me lest venir a sa merci,
360 et por ce sui je venuz ci
que je vueil que vous le sachiez,
et que gentelise et pitiez
vous en praingne, qu'il est mestiers ;
quar qui en feroit aus moustiers
365 oroison, si feroit il bien,
por ceus qui n'entendent a rien
s'a estre non leal ami.
– Ha ! sire, por l'ame de mi »
fet ele, « qu'avez vous or dit ?
370 – Se Diex me lest veoir l'endit,

---

362. ms. *A* : *Que gentilises* – 370. ms. *A* : *lundit*

---

1. Foire qui se tenait près de Saint-Denis (à l'époque du texte) et s'ouvrait le

le chevalier ne pensait guère à eux,
mais bien à ce qui l'avait amené ;
cependant, son interlocutrice, noble et de bon lieu,
savait lui répondre dans les règles de l'art
sur tous les sujets qu'il abordait,
car elle était pleine de courtoisie et de sagesse.

Constamment, il attache ses yeux à son visage,
pour contempler sa beauté ;
il a bien eu raison, son cœur, de les prendre pour garants,
lui qui s'est entièrement voué à la dame ;
car de tout ce qu'ils lui ont promis,
ils lui prouvent bien maintenant
que rien n'était mensonge ;
son visage, sa figure le ravissent.
« Belle et douce dame qui m'êtes si chère »,
dit-il, « vous pour qui mon cœur me force
à oublier toutes les autres
et à en détourner ma pensée,
je suis venu pour vous offrir
tout ce que j'ai, tout ce qui fait ma force et mon pouvoir ;
puissé-je y trouver la joie,
car il n'est aucune créature que j'aime autant
que vous – je l'atteste sur l'espoir
qu'à l'heure du repentir, Dieu me fera miséricorde – ;
c'est pour cela que je suis venu ici,
pour que vous sachiez combien je vous aime,
et pour que vous m'écoutiez
avec une compassion généreuse, comme il me le faut.
Car ce serait une bonne action
si l'on priait à l'église
pour ceux qui n'ont d'autre intention
que d'aimer loyalement.
– Ah ! seigneur, sur mon âme »,
dit-elle, « que me dites-vous là ?
– Aussi vrai que je prie Dieu de me laisser voir le lendit[1],

---

mercredi avant la Saint-Barnabé (11 juin). Bédier, qui conserve la lecture *lundit*, suggère cependant dans son glossaire l'adoption de l'*endit*, en faisant référence aux vers 1593 *sq.* (1600 *sq.* dans l'édition Lecoy) de *Guillaume de Dole*.

dame », fet il, « je vous di voir.
Vous toute seule avez pooir
sor moi plus que fame qui vive. »
La colors l'en croist et avive
375 de ce qu'il dist qu'ele est toz suens.
Aprés a dit par molt grant sens :
« Certes, sire, je ne croi mie
que si preudoms soit sanz amie
com vous estes. Nus nel croiroit ;
380 vostre pris en abesseroit,
et si en vaudriiez mout mains.
Si biaus hom de braz et de mains,
de cors et de toute autre riens !
Vous me savriiez ja mout bien
385 par parole et par l'ueil a trere
la pene et ce que ne vueil fere
a entendre, par verité. »
Bien l'a en son venir hurté
par parole, et desfet son conte,
390 si com cil qui m'aprist le conte
le m'a fet por voir entendant.
Il se sueffre a mener tendant,
qu'il n'estoit rien que tant amast.
S'une autre le mesaesmast,
395 il s'en seüst bien revengier ;
mes il est si en son dangier
qu'il ne l'ose de rien desdire.

Puis li recommença a dire :
« Ha ! dame, merci, por pitié !
400 Vostre amors m'a fet, sanz faintié,
descouvrir les maus que je sent.
Mout mal s'i acorde et asent
vostre parole et vos biaus iex,
qui m'acueillirent jehui miex
405 au venir, et plus plesaument ;
et sachiez bien certainement

---

394. ms. *A : li m.*

Madame », dit-il, « je vous dis en vérité
que vous êtes la seule qui ait pouvoir sur moi,
plus qu'aucune femme au monde. »
Elle se met à rougir
en entendant qu'il lui appartient sans réserve.
Puis elle dit avec beaucoup de sagesse :
« Certes, seigneur, je ne puis croire
qu'un homme de votre valeur n'ait pas d'amie.
Personne ne le croirait ;
vous en seriez moins estimé,
et vous en vaudriez beaucoup moins.
Un homme aussi beau que vous, aux beaux bras, aux belles
au beau corps, sans parler du reste !   [mains,
Vous sauriez bien
me prendre à vos beaux discours
pour me tromper[1] et me pousser à faire
ce que je ne veux pas, en vérité. »
Par ses propos, elle l'a bien contré dans son élan,
et lui a réduit à rien sa déclaration,
comme celui qui m'a appris le conte
me l'a fait bien comprendre à coup sûr.
Le chevalier supporte de se sentir bridé,
car il l'aimait par-dessus tout.
Si une autre l'avait dédaigné,
il aurait bien su en tirer vengeance ;
mais il est tellement en son pouvoir,
qu'il n'ose en rien la contredire.

Puis il a recommencé à l'implorer :
« Ah ! madame, faites-moi grâce, par pitié !
Vous aimer m'a fait, sans mentir,
découvrir les maux que je sens.
Il n'y a guère d'accord ni d'entente
entre vos paroles et vos beaux yeux,
qui m'ont tout à l'heure mieux accueilli,
quand je suis arrivé, et de plus agréable façon.
Et soyez sûre et certaine

---

1. Littéralement : *par l'ueil... trere la pene* : « passer la plume par l'œil » ; cf.
Guillaume de Dole, v. 3473-4 : *Puis li sot bien trere par l'oel /la plume*.

que cortoisie fu qu'il firent,
quar des lors que il primes virent,
n'en virent nul, ce est la somme,
410 qui si se vousist a vostre homme
tenir, com je vueil sanz faintise.
Douce dame, vo gentelise,
quar le vous plese a otroier !
Retenez moi a chevalier
415 et, quant vous plera, a ami ;
ainz que past un an et demi,
m'avrez vous fet si preu et tel
et aus armes et a l'ostel,
et tant avrez bien en moi mis,
420 que li noms c'on apele amis,
se Dieus plest, ne m'ert ja veez.
– Li cuidiers que vous en avez, »
fet ele aprés, « vous fet grant bien.
Je n'entendoie au regart rien,
425 se cortoisie non et sens ;
mes vous l'avez en autre assens
noté comme fols, si m'en poise.
Se je ne fusse si cortoise,
il m'en pesast ja mout vers vous.
430 Por c'est fole chose de nous,
dames, qui sons mal parcevanz :
quant cortoisie et biaus samblanz
nous maine a cortoisie fere,
lors cuident tout lor autre afere
435 cil souspirant avoir trové.
Par vous l'ai je bien esprové ;
aussi l'avez vous entendu.
Miex vous venist avoir tendu
la fors une rois aus coulons
440 quar, se li anz estoit si lons,
et li demis con troi entier,
ne savriez vous tant esploitier,
por rien que vous seüssiez fere,
que je fusse si debonere
445 envers vous com je fui orainz.
Li hom se doit bien garder, ainz

qu'ils ont fait preuve de courtoisie ;
car dès leur premier regard,
ils n'ont vu personne, on peut le dire,
qui voulût s'engager à vous servir
comme j'en ai loyalement l'intention.
Douce dame, si généreuse,
s'il vous plaisait de me le permettre !
Prenez-moi pour votre chevalier,
et, quand il vous plaira, pour ami ;
avant qu'un an et demi ne soit passé,
vous m'aurez fait acquérir une telle valeur,
dans le domaine des armes comme dans la vie mondaine,
et vous aurez mis en moi tant de bien,
que le nom d'ami,
s'il plaît à Dieu, ne me sera plus refusé.
– Si vous y croyez »,
réplique-t-elle, « grand bien vous fasse !
Je ne mettais pas dans mes regards d'autre intention
que celle de me montrer courtoise et sage ;
mais vous, sans une once de raison,
y avez lu un autre sens, je le regrette.
Si je n'avais pas été aussi courtoise,
j'aurais vraiment eu conscience de manquer à ce que je vous
Voilà comment nous autres dames, nous mettons   [devais.
dans des situations absurdes, en nous montrant mal avisées :
quand la courtoisie et l'amabilité
nous dictent notre conduite,
ceux qui font métier de soupirants
croient avoir trouvé ce qu'ils cherchent, et qui est tout autre.
Je l'ai bien expérimenté avec vous :
c'est l'interprétation que vous avez faite.
Vous auriez mieux fait de tendre
là dehors un filet pour les pigeons,
car si un an et demi durait
autant que trois entiers,
vous ne sauriez trouver moyen,
quoi que vous fassiez,
de me voir être aussi généreuse à votre égard
que je le fus tout à l'heure.
L'homme doit bien prendre garde,

qu'il se lot, de qui il le fet. »
Or ne set cil, en dit n'en fet,
qu'il puist fere ne devenir.
450 « Au mains ne puis je pas faillir,
Dame », fet il, « que j'ai esté.
Pitié et debonereté
a il en vous, n'en doutez mie,
n'onques ne failli a amie
455 nus, en la fin, qui bien amast,
si me sui mis en mer sanz mast
por noier, ausi com Tristans.
Comment que j'ai esté lonc tans
sires de ma volenté fere,
460 a ce ai torné mon afere
que, se je n'ai merci anuit,
jamés ne cuit que il m'anuit
nule, quant g'istrai de cesti :
un tel plait m'a mon cuer basti,
465 qui en vous s'est mis sanz congié. »
Un petit en fesant ris : « Gié »,
fet ele, « ainc mes tele n'oï !
Or puet bien demorer issi,
puis que je voi que ce n'est gas.
470 Encore, par saint Nicolas,
cuidoie que vous gabissiez.
— En nom Dieu, nes se vous fussiez
une povre garce esgaree,
bele gentiz dame honoree,
475 ne m'en seüsse j'entremetre. »

Riens qu'il puist dire ne promete
ne li puet a ce riens valoir
que il puisse ja joie avoir
de li, si ne set qu'il en face.
480 Li vermaus li monte en la face,
et les larmes du cuer aus iex,
si que li blans et li vermiex
l'en moille contreval le vis.

---

469. ms. *A : que ce est* – **472.** ms. *A : dame se f.* – **475.** ms. *A : je e.*

avant de se glorifier, à qui lui en fournit l'occasion. »
Notre chevalier ne sait plus maintenant, en paroles ni en actes,
que faire ni que devenir.
« Au moins, ne puis-je faillir,
madame, en ce que j'ai été », répond-il.
« Il y a en vous pitié et générosité,
n'en doutez pas.
Jamais amie ne fit défaut, à la fin,
à un amant sincère ;
aussi me suis-je lancé sur la mer sans mâture,
pour me noyer comme le fit Tristan.
Si longtemps que j'aie été maître
d'accomplir ma volonté,
je me suis mis maintenant dans une situation telle
que, si je n'obtiens pas ce soir ma grâce,
je ne crois pas qu'aucune autre situation puisse m'être
un tourment, quand je mettrai fin à celle-ci :
voilà quel tour m'a joué mon cœur,
en se livrant à vous sans permission. »
La dame esquisse un sourire en disant : « Quant à moi,
je n'ai jamais rien entendu de semblable !
En ce cas, les choses peuvent bien en rester là,
puisque je vois qu'il ne s'agit pas d'une plaisanterie.
Par saint Nicolas,
je croyais encore que vous plaisantiez.
— Pour l'amour de Dieu, même si vous étiez
une pauvre fille sans secours,
vous, belle dame noble et honorée,
je ne m'y risquerais pas. »

Quoi qu'il puisse dire ou promettre,
rien ne peut lui servir
à obtenir d'elle qu'elle le rende heureux ;
de sorte qu'il ne sait que faire.
Le rouge lui monte au front,
et les larmes, du cœur lui montent aux yeux ;
elles coulent sur son visage
blanc marbré de rouge.

Or est il bien la dame avis
485 ne li fausse pas de covent
   ses cuers, ainz set bien que sovent
   l'en semont il aillors qu'iluec.
   Certes, s'or en plorast avoec
   la dame, mout li feïst bien.
490 Ele ne cuidast ja por rien
   qu'il deüst estre si destroiz.
   « Sire », fet ele, « n'est pas droiz
   par Dieu, que j'aim ne vous ne homme,
   que j'ai mon seignor et preudomme
495 qui mout me sert bien et honeure.
   – Ha ! Dame », fet il, « a bone eure !
   Par foi, ce doit il estre liez !
   mais se gentelise et pitiez
   vous prendroit de moi, et franchise,
500 ja nus qui d'amors chant ne lise
   ne vous en tendroit a pior,
   ainz en feriez au siecle honor
   se vous me voliiez amer ;
   a une voie d'outremer
505 en porriez l'aumosne aatir.
   – Or me fetes de vous partir,
   sire », fet ele, « c'estroit lait.
   Mes cuers ne me sueffre ne lait
   acorder en nule maniere ;
510 por ce s'est oiseuse proiere,
   si vous pri que vos en soffrez.
   – Ha ! Dame », fet il, « mort m'avez !
   Gardez nel dites mes por rien,
   mes fetes cortoisie et bien ;
515 retenez moi par un joiel,
   ou par çainture ou par anel,
   ou vous recevez un des miens,
   et je vous creant qu'il n'est riens
   que chevaliers face por dame,
520 se j'en devoie perdre l'ame,
   si m'aït Diex, que je ne face.

---

498. ms. *A : Se gentelises et* – **511.** manque dans *A* ; après 512 : *Se vous de moi merci n'avez*

La dame est alors bien persuadée
que le cœur du chevalier ne cherche pas à la prendre
au leurre, mais elle est certaine qu'il le presse
de penser à elle ailleurs que là où ils se trouvent.
Certes, si maintenant la dame joignait ses larmes
aux siennes, cela lui ferait grand bien.
Elle n'imaginait pas qu'il eût quelque raison
de s'affliger ainsi.
« Seigneur », dit-elle, « il n'est pas juste,
par le seigneur Dieu, que j'aime ni vous ni un autre,
car j'ai pour époux un homme de bien,
qui m'entoure de prévenances et me traite avec honneur.
– Ah ! madame », dit-il, « à la bonne heure !
Par ma foi, il a de quoi se réjouir !
Mais si la générosité, la pitié,
la noblesse de votre cœur vous disposaient bien à mon égard,
personne qui traite de l'amour, ni les poètes, ni les doctes,
n'y verrait une déchéance ;
au contraire, vous édifieriez le monde par votre exemple,
si vous consentiez à m'aimer ;
vous pourriez trouver dans cette œuvre pie
l'équivalent d'un pèlerinage outre-mer.
– Je vous en prie, délivrez-moi de votre présence,
seigneur », dit-elle, « ce serait une honte que ce que vous
mon cœur ne saurait endurer ni tolérer   [proposez ;
que j'y acquiesce en aucune façon ;
c'est pourquoi vous perdez votre temps à m'implorer,
et je vous prie de vous en dispenser.
– Hélas, madame », réplique-t-il, « vous m'avez tué !
Gardez-vous de parler encore ainsi pour quelque raison que ce
mais faites un geste courtois et une bonne action :   [soit,
prenez acte de mon engagement par le don d'un joyau,
d'une ceinture ou d'un anneau,
ou recevez un des miens,
et je vous garantis qu'il n'est rien
qu'un chevalier puisse faire pour une dame
que je ne fasse, si même je devais y perdre mon âme,
Dieu me secoure !

Vo vair oeil et vo clere face
me puet de mout poi justicier ;
je ai tout souz vostre dangier,
525 quanques je ai, force et pooir.
     – Sire, je ne vueil pas avoir »,
fet ele, « le lo sanz le preu.
Bien sai c'on vous tient a mout preu,
et s'est pieça chose seüe
530 Bien seroie ore deceüe,
se or vous metoie en la voie
de m'amor et je n'i avoie
le cuer : ce seroit vilonie.
Il est une grant cortoisie
535 d'issir fors de blasme, qui puet.
     – Dire tout el vous en estuet,
Dame », fet il, « por moi garir.
Se vous me lessiiez morir
sanz estre amez, ce seroit teche,
540 se cil biaus vis plains de simplece
estoit omecides de moi.
Il en covient prendre conroi
prochain en aucune maniere.
Dame de biauté et maniere
545 de toz biens, por Dieu, gardez i ! »

Cil bel mot plesant et poli
le font en un penssé cheïr
d'endroit ce qu'ele veut oïr
sa requeste, s'en ot pitié,
550 quar ne tint a point de faintié
les souspirs, les lermes qu'il pleure,
ainz dist que force li cort seure
d'Amors, qui tout ce li fet fere,
ne que ja mes si debonere
555 ami n'avra, se n'a cestui ;
mes ce que onques mes fors hui
n'en parla, li vint a merveille.

543. ms. A : De moi en

Vos yeux brillants et votre clair visage
peuvent sans peine me soumettre à leur loi ;
je suis entièrement en votre pouvoir,
avec tout ce que j'ai de force et de puissance.
– Seigneur », fait-elle, « je ne veux pas recevoir
d'hommages sans qu'il y ait là un profit.
Je sais bien qu'on vous reconnaît une grande valeur,
et que votre réputation ne date pas d'hier.
Je serais donc bien misérable
si je vous incitais à m'aimer,
sans y engager mon cœur :
ce serait chose vile.
C'est une grande preuve de courtoisie
que de ne rien faire qui mérite le blâme, si on le peut.
– Il vous faut tenir là-dessus un tout autre discours,
madame », dit-il, « pour me sauver.
Si vous me laissiez mourir
sans être aimé, ce serait révéler un bien mauvais fond[1],
si ce beau visage respirant l'innocence
appartenait à celle qui m'assassine.
Il faut trouver moyen
d'y remédier sans tarder.
Dame de beauté, experte en toute sorte de biens,
pour l'amour de Dieu, veillez-y ! »

Ces beaux mots plaisants et polis
l'amènent à considérer en son for intérieur
la possibilité d'acquiescer
à la requête du chevalier ; elle a en effet pitié de lui,
car elle n'a pas un instant pris pour une feinte
ses soupirs, les larmes qu'il verse,
mais elle se dit qu'il est en proie à la puissance
d'Amour, qui lui dicte sa conduite,
et que jamais plus elle ne pourra avoir d'ami
qui ait un cœur aussi noble, si elle n'a pas celui-ci.
Mais elle s'étonne vivement
qu'il n'ait jamais auparavant abordé ce sujet ;

---

1. *teche* signifie « qualité spécifique » ; ici, Jean Renart joue sur le croisement de ce sens premier avec celui de « tache » : macule.

Avoec cel penssé la traveille
Resons, qui d'autre part l'oppose
560 qu'ele se gart de fere chose
dont ele se repente au loing.
A celui qui ert en grant soing
du pensser ou ele ert entree,
a mout bele voie monstree
565 d'une grant cortoisie fere
Amors, qui en tant maint afere
a esté sages et soutiex.
Entrués qu'ele estoit, la gentiex,
el pensser la ou ele estoit,
570 cil trest erraument de son doit
son anel, si li mist el suen.
Puis fist apres un greignor sen
qu'il li desrompi son pensser,
que ainc ne li lut apensser
575 de l'anel qu'ele ot en son doit.
A ce qu'ele mains se gardoit,
« Dame », fet il, « a vo congié !
Sachiez que mon pooir et gié
est tout en vo commandement. »
580 Il se part de li esraument,
et si compaingnon ambedui ;
nus ne set l'achoison fors lui
por coi il s'en depart issis.
Il est souspirantz et penssis
585 venuz a son cheval, si monte.

Et cele a cui le plus en monte
de lui remetre en sa leece :
« Iroit s'en il a certes ? Qu'est-ce ?
Ce ne fist onques chevaliers !
590 Je cuidaisse c'uns anz entiers
li fust assez mains lons d'un jor,
mes qu'il fust o moi a sejor,
et il m'a ja si tost lessie ! »

<hr>

562-565. manquent dans *A* – 566. ms. *A* : *m. besoing* – 572-73. ms. *A* : *De ce fist il un mout grant sen/Si ert sousprise del p.* – 583. ms. *A* : *Por qu'il s'en est ainsi partis* – 591. ms. *A* : *m. cors*

de plus, ses pensées sont troublées par Raison,
qui, du point de vue opposé,
l'incite à se garder de faire quoi que ce soit
dont elle doive en fin de compte se repentir.
Le chevalier qu'inquiétaient beaucoup les pensées
dans lesquelles elle s'était absorbée,
s'est vu suggérer le moyen fort élégant
d'accomplir un geste de grande courtoisie
par Amour, qui en tant d'occasions
s'est montré sage et subtil.
Pendant qu'elle était, la noble dame,
plongée dans ses pensées,
le chevalier tira bien vite de son doigt
son propre anneau, et le passa au sien.
Puis, avec plus d'astuce encore,
il l'arracha à ses pensées,
de sorte qu'elle n'eut pas le loisir
de remarquer l'anneau qu'elle avait au doigt.
Au moment où elle s'y attendait le moins,
« Madame », lui dit-il, « je prends congé !
Sachez que vous pouvez entièrement disposer
de mon pouvoir et de ma personne. »
Il la quitte hâtivement,
suivi de ses deux compagnons ;
personne d'autre que lui ne sait
pourquoi il l'a quittée de cette façon.
Soupirant, inquiet,
il a retrouvé son cheval, et l'enfourche.

Et la dame alors, dont le principal souci
était de rendre au chevalier son allégresse :
« S'en irait-il pour de bon ? Que signifie ?
Jamais chevalier n'agit de la sorte !
J'aurais cru qu'un an entier
lui aurait duré moins qu'un jour,
à condition qu'il restât auprès de moi,
et le voilà qui me quitte aussi vite !

       Ahi ! se m'i fusse plessie
595 vers lui de parole ou de fez !
       Par les faus samblanz qu'il m'a fez
       doit l'en mes tout le mont mescroire !
       Qui por plorer le vousist croire,
       ne por fere ses faus souspirs,
600 si me conseut li Sainz Espirs,
       por ice n'i perdist il rien.
       Nus ne guilast ore si bien
       ne si bel, c'est ore du mains. »
       Atant envoie ses mains
605 un regart, si choisist l'anel.
       Toz li sans jusqu'el doit manel
       et jusqu'el pié li esfuï,
       n'onques si ne s'esvanuï
       ne n'ot de rien si grant merveille.
610 La face li devint vermeille
       puis devint trestoute empalie.
       « Qu'est ce ? » fet ele, « Diex aïe !
       Ne voie je l'anel qui fu suens ?
       De tant sui je bien en mon sens
615 que jel vi orainz en son doit.
       Ce fist mon », fet ele, « et que doit ?
       Et por qoi l'a il el mien mis ?
       Ja n'est il mie mes amis
       et si pens je qu'il le cuide estre.
620 Or est il, par Dieu ! plus que mestre
       de cest art, ne sai qui l'aprist.
       Et comment vint ce qu'il me prist ?
       A ce que je fui si sorprise
       que je ne m'en sui garde prise
625 de l'anel qu'il m'a el doit mis.
       Or dira qu'il est mes amis !
       Dira il voir ? Sui je s'amie ?
       Nenil, car ce seroit folie ;
       certes, por noient le diroit !
630 Ainz li manderai orendroit
       que il viengne parler a mi,

---

600. ms. A : c. Sainz Esperiz – **623.** ms. A : A ce que je ere si prise

Hélas ! si je m'étais engagée envers lui,
en paroles ou en actes !
Les feintes dont il m'a abusée
prouvent qu'on ne doit plus faire confiance à personne.
Qui se laisserait prendre à ses pleurs,
à l'entendre pousser des soupirs fallacieux,
se pourrait-il – le Saint-Esprit me vienne en aide ! –
qu'il n'y perdît rien ?
Personne n'aurait pu déployer si belle et bonne ruse
en cette occasion, c'est le moins que l'on puisse dire ! »
Là dessus, elle jette un regard sur ses mains,
et aperçoit l'anneau.
Tout son sang reflue vers son annulaire
et jusqu'à ses pieds ;
jamais elle n'avait été prise d'un tel vertige,
et jamais rien ne l'avait plongée dans une telle stupeur.
Son visage rougit,
puis aussitôt après perd toute couleur.
« Que signifie ? » dit-elle, « Dieu me secoure !
Ne vois-je pas l'anneau qui lui appartenait ?
J'ai d'autant moins sujet de douter de ma raison
que j'ai vu cet anneau aujourd'hui à son doigt.
J'en suis bien sûre », se dit-elle, « et qu'est-ce que cela veut
Et pourquoi l'a-t-il mis à mon doigt ?   [dire ?
Il n'est en aucune façon mon ami,
et je pense, quant à moi, qu'il s'imagine l'être.
Ah oui, vraiment, par Dieu, il est plus que maître
dans cet art, et je ne sais qui l'y a formé.
Et comment a-t-il pu me surprendre ?
Parce que j'étais si captivée
que je n'ai pas pris garde
à l'anneau qu'il m'a passé au doigt.
Maintenant, il s'en ira dire qu'il est mon ami !
Dira-t-il vrai ? Suis-je son amie ?
Absolument pas, car ce serait absurde ;
certes, s'il le disait, ce serait parler pour ne rien dire.
Mais je vais lui faire dire sur-le-champ
qu'il vienne me parler,

s'il veut que jel tiengne a ami,
se li dirai qu'il le repraingne.
Je ne cuit pas qu'il en mespraingne
635 vers moi, s'il ne veut que jel hace. »
Atant commande c'on li face
venir un vallet tout monté.
Ses puceles l'ont tant hasté
qu'il i est venuz toz montez.
640 « Amis », fet ele, « or tost, hurtez !
Poigniez aprés le chevalier !
Dites lui, si comme il a chier
m'amor, qu'il ne voist en avant,
mes viengne arriere maintenant
645 parler a moi de son afere.
— Dame », fet il, « je cuit bien fere
vostre message dusqu'en son. »
Atant s'en part a esperon
aprés le chevalier poignant,
650 qui Amors aloit destraingnant
por celi qui l'envoie querre.
En mains d'une liue de terre
l'a il ataint et retorné.
Sachiez qu'il se tint a buer né
655 de ce qu'on l'avoit remandé,
mes n'a pas au mes demandé
por qoi on remandé l'avoit.
Li aniaus qu'ele avoit el doit
ert l'achoisons del remander ;
660 ce li fist son oirre amender,
quart tart li est qu'il le revoie.
Li escuiers s'est en la voie
del retor o lui acointiez.
E ! Diex ! Comme il en par fu liez
665 del retorner, se por ce non
qu'il estoit en grant soupeçon
c'on ne li vueille l'anel rendre !
Il dist qu'il s'iroit ainçois rendre
a Cistiaus qu'il le repreïst.
670 « Ne cuit pas qu'ele mespreïst
envers moi », fet il, « de tele oevre. »

s'il veut que je le tienne pour mon ami ;
et je lui dirai qu'il reprenne son anneau.
Je ne crois pas qu'il se risque à me manquer en ce cas,
s'il ne veut pas que je le prenne en haine. »
Sur ce, elle ordonne qu'on lui fasse venir
un valet qui soit déjà sur son cheval ;
les suivantes ont tant pressé le jeune homme
qu'il s'est présenté tout prêt sur son cheval.
« Mon ami », dit-elle, « vite, vite, à force d'éperons !
Piquez des deux pour rattraper le chevalier !
Dites-lui, que, pour l'amour de moi,
il n'aille pas plus avant,
mais qu'il s'en revienne aussitôt,
pour me parler de ce qui le concerne.
– Madame », dit-il, « je pense bien
m'acquitter fidèlement de votre message. »
Là-dessus, il s'en va à force d'éperons,
piquant des deux à la poursuite du chevalier,
qui était en proie aux tourments d'Amour
pour celle qui l'envoie chercher.
Le valet n'avait pas fait une lieue de chemin
qu'il a rejoint le chevalier, et lui a fait tourner bride.
Sachez qu'il s'estime né sous une bonne étoile,
quand il apprend qu'on le rappelle ;
mais il n'a pas demandé au messager
quel était le motif de ce rappel.
L'anneau qu'elle avait au doigt
était la raison de ce rappel.
Ce fut ce qui lui fit changer de direction,
car il lui tardait de la revoir.
L'écuyer l'a escorté
sur le chemin du retour.
Eh, Dieu ! quelle allégresse il aurait éprouvée
à s'en retourner, s'il n'avait pas eu lieu
de soupçonner fortement
qu'on voulût lui rendre l'anneau !
Il dit qu'il préférerait se faire moine
à Cîteaux, plutôt que de le reprendre.
« Je ne crois pas qu'elle irait
jusqu'à me faire un tel affront », se dit-il.

La joie del retor li cuevre
le penssé dont il est en doute.

Il est venuz a tant de route
675 comme il ot vers la forterece.
La dame qui en grant destrece
estoit seur son cors deffendant,
ist de la sale descendant
pas por pas aval le degré ;
680 porpensseement et de gre
vint en la cort por li deduire.
En son doit vit l'anelet luire
qu'ele veut rendre au chevalier.
« S'il m'en fet ja point de dangier »,
685 fet ele, « et il nel veut reprendre,
por ce ne l'irai je pas prendre
par ses biaus chevex. Se je puis,
ainz le menrai ja sor cel puis,
si parlerai iluec a lui ;
690 s'il nel veut prendre sanz anui,
je romperai ci la parole.
Comment ? Je n'ere pas si fole
que je le gete en mi la voie,
mes en tel leu c'on ne le voie :
695 ce ert el puis, n'est pas mençonge ;
Ja puis n'en ert plus que d'un songe
chose dite qui me messiece.
Dont n'ai je ore esté grant piece
o mon seignor sanz vilonie ?
700 Se cis par sa chevalerie,
ou par souspirer devant mi
veut ja que jel tiengne a ami
a cest premerain parlement,
il l'avroit ainçois durement
705 deservi, se jel devoie estre. »
Atant est cil entrez en l'estre
qui de tout ce ne se prent garde.
Il voit celi que mout esgarde

_____

690. ms. *A : S'il le v.*

La joie du retour fait passer à l'arrière-plan
la pensée qui nourrit ses craintes.

Il est arrivé au bout du chemin
qui conduisait à la place forte.
La dame qui, à son corps défendant,
était en grande détresse,
sort de la salle
en descendant pas à pas l'escalier ;
délibérément, et parce qu'il lui plaisait,
elle alla dans la cour pour se détendre.
A son doigt, elle vit briller l'anneau
qu'elle voulait rendre au chevalier.
« S'il manifeste quelque résistance »,
dit-elle, « et qu'il ne veuille pas le reprendre,
je n'irai pas pour cela le prendre
par ses beaux cheveux ; si je puis,
je l'amènerai plutôt vers ce puits,
et je m'entretiendrai là avec lui ;
s'il fait des façons pour le prendre,
je mettrai là un terme à l'entretien.
Comment ? Je ne serai pas assez sotte
pour jeter l'anneau au milieu du chemin,
mais dans un endroit où on ne le verra pas :
dans le puits, sans mentir !
Après quoi, pas plus que si c'était un songe,
il n'y aura plus sujet d'en dire quoi que ce soit qui m'importune.
N'ai-je pas vécu longtemps
avec mon époux sans rien commettre de dégradant ?
Si cet homme-là veut qu'en vertu de ses qualités
ou parce qu'il vient soupirer devant moi,   [chevaleresques,
je le prenne pour ami
dès cette première entrevue,
il aurait eu d'abord à le mériter à grand-peine,
si j'avais dû être son amie. »
Là dessus, le chevalier pénètre dans la demeure,
ignorant tout ce qui précède.
Il voit celle qu'il a tant de plaisir

volentiers aler par la cort.
710 Il descent lués et vers li cort,
si com chevaliers fet vers dame.
Si dui compaingnon, ne nule ame
de l'ostel ne li font anui.
« A foi ! Bone aventure ait hui
715 ma dame, a cui je sui et iere ! »
Ne l'a ore en autre maniere
ferue del poing lez l'oïe.
Ele a hui mainte chose oïe
qui mout li touche pres del cuer.
720 « Sire », dist ele, « alons la fuer
seoir sor cel puis por deduire. »
Il n'est chose qui li puist nuire,
ce dit, puis que l'aqueut si bel ;
bien cuide avoir par son anel
725 conquise s'amor et sa grace ;
mes il n'est encor preu en la nasse,
por qoi il se doie esjoïr ;
ainz qu'il peüst lez li seïr
ot il chose qui li desplest.
730 « Sire », fet ele, « s'il vous plest,
dites moi, la vostre merci,
cest vostre anel que je voi ci,
por qoi le me lessastes ore ?
— Douce dame », fet il, « encore
735 quant m'en irai, si l'avrez vous.
Je vous dirai, ce sachiez vous,
si nel tenez pas a faintié,
de tant vaut il miex la moitié
qu'il a en vostre doit esté.
740 S'il vous plesoit, en cest esté,
le savroient mi anemi
se vous m'aviiez a ami
reçut, et je vous a amie.
— En non Dieu, ce n'i a il mie »,
745 fet ele, « ainçois i a tout el.
Ja puis n'istrai de cest ostel,

712-713. ms. *A* : *n'ont nule asme/De l'oster* — 726. ms. *A* : *Il n'est e.*

à contempler, se promener dans la cour.
Il met aussitôt pied à terre, et court vers elle,
comme il convient qu'un chevalier le fasse envers une dame.
Ni ses deux compagnons, ni personne de la maison
ne sont là pour l'importuner.
« Je le souhaite de tout cœur, que ce jour soit favorable
à ma dame, à qui j'appartiens et appartiendrai toujours ! »
Voilà sa façon
de lui donner du poing sur l'oreille !
Elle a entendu aujourd'hui bien des choses
qui lui sont allées au cœur.
« Seigneur », dit-elle, « allons nous asseoir dehors
auprès de ce puits pour passer un moment agréable. »
Il n'a pas à redouter de contrariété, se dit-il,
puisqu'elle l'accueille aussi bien ;
il pense bien avoir, par son anneau,
conquis son amour et sa grâce ;
mais il n'y a pas encore dans sa nasse une prise
dont il doive se réjouir ;
avant de pouvoir s'asseoir près d'elle,
il entend quelque chose qui ne lui fait pas plaisir.
« Seigneur », fait-elle, « s'il vous plaît,
dites-moi, par un effet de votre bonté,
cet anneau qui est le vôtre, que je vois ici,
pourquoi me l'avoir laissé tout à l'heure ?
— Douce dame », dit-il,
« quand je m'en irai vous le garderez.
Je vais vous dire, pour que vous le sachiez,
et ne prenez pas cela pour un mensonge :
sa valeur a augmenté de moitié
du fait qu'il a été à votre doigt.
S'il vous plaisait, cet été,
mes ennemis le sauraient,
si vous m'aviez pris pour ami,
et que je vous ai prise, vous, pour amie.
— Au nom de Dieu, il n'est absolument pas question de cela »,
dit-elle, « mais il en va tout autrement.
Je ne sortirai plus de cette maison,

si m'aït Diex, se morte non,
que vous n'avrez ne cri ne non
de m'amor, por rien que je voie.
750 Vous n'en estes preu en la voie,
ainz en estes mout forvoiez.
Tenez, je vueil que vous aiez
vostre anel, que je n'en ruis mie ;
ja mar me tendrez a amie
755 por garde que j'en aie faite. »
Or se despoire, or se deshaite
cil qui cuidoit avoir tout pris.
« Mains en vaudroit », fet il, « mes pris
se c'est a certes que je oi.
760 Onques mes nule joie n'oi
que si tost me tornast a ire.
— Comment donques », fet ele, « sire ?
Avez i dont anui ne honte
de moi, a cui noient ne monte
765 vers vous d'amors ne de lingnage ?
Je ne faz mie grant outrage
se je vous vueil vostre anel rendre ;
il le vous covient a reprendre
quar je n'ai droit au retenir,
770 puis que je ne vous vueil tenir
a ami, car je mesferoie.
— Diex », fet il, « se je me feroie
d'un coutel tres par mi les cuisses
ne me feroie teus anguisses
775 comme ces paroles me font.
Mal fet qui destruit et confont
chose dont l'en est au deseure.
Trop m'i cort force d'amors seure
por vous, et met en grant destrece.
780 Chose n'est qui a ce me mece
nule del mont que jel repräingne.
Ja Diex, a foi ! puis ne me praingne
a bone fin que jel prendrai !
Mes vous l'avrez, et si lerai

---

758. ms. *A : voudroit*

Dieu me protège ! sinon morte,
car vous ne serez jamais réputé ni nommé
pour être mon ami, quoi que je voie.
Vous n'êtes guère avancé sur cette voie,
mais au contraire, vous vous êtes bien fourvoyé.
Tenez, je veux que vous repreniez votre anneau,
car je n'y prétends en rien.
Il vous en cuira si vous me considérez comme votre amie,
malgré mes mises en garde. »
Voilà qu'il se désespère, qu'il s'abîme dans l'affliction,
lui qui croyait avoir tout conquis.
« Mon prix en serait bien abaissé »,
dit-il, « si ce que j'ai entendu est sérieux.
Je n'ai jamais auparavant éprouvé de joie
qui se changeât pour moi si tôt en douleur.
– Hé quoi, seigneur », dit-elle,
« y a-t-il là quelque chose de pénible ou d'outrageant pour vous
venant de moi qui n'ait rien à faire avec vous,
ni en amour, ni par le lignage ?
Je ne vous fais pas grand affront,
en voulant vous rendre votre anneau.
Il vous faut le reprendre,
car je n'ai pas le droit de le garder,
puisque je n'ai pas l'intention
de vous tenir pour mon ami, en quoi j'agirais mal.
– Dieu », dit-il, « si je me donnais
un coup de couteau entre les cuisses,
je n'en souffrirais pas aussi cruellement
qu'en entendant ces paroles.
C'est bien mal agir, que de détruire et d'anéantir
ce que l'on a en son pouvoir.
L'amour me pousse vers vous avec une force irrésistible,
et me met dans une situation désespérée.
Rien au monde ne pourrait me faire consentir
à reprendre l'anneau.
Par ma foi ! du moment que je le reprendrais,
que Dieu me refuse la grâce d'une bonne mort !
Mais vous, vous le garderez, et je laisserai avec lui

785 mon cuer avoec en vo servise,
n'il n'est rien qui a vo devise
vous serve si bien ne si bel,
comme entre mon cuer et l'anel. »
Fet ele : « N'en parlez vous onques,
790 quar vous en perderiez adonques
m'acointance et ma feauté,
se vous contre ma volenté
me voliez fere a vous entendre.
Il le vous covient a reprendre.
795 — Non fet ! — Si fet ; la n'a que dire,
ou vous estes mout plus que sire,
se vostre anuis a ce m'esforce
que vous le me vueilliez a force,
maugré mien, fere retenir ;
800 tenez ! — Ja mes nel quier tenir.
— Si ferez. — Je non ferai voir.
— Volez le me vous fere avoir
a force ? — Naie, bele amie ;
bien sai tel pooir n'ai je mie,
805 ce poise moi, se m'aït Diex !
Ja puis vilonie ne deuls
ne m'avendroit, c'est ma creance,
se vous en un poi d'esperance
me metiez por reconforter.
810 — Vous porriez ausi bien hurter
a cel perron le vostre chief
que vous en venissiez a chief ;
si lo que vous le repraingniez.
— Il semble que vous m'apraingniez »,
815 fet il, « a chanter de Bernart ;
je me leroie ainz une hart
poncier el col quel repreïsse.
Ne sai que je vous en feïsse
lonc plet ; au reprendre n'a rien.
820 — Sire », fet ele, « or voi je bien

---

1. Bernart est le nom que porte l'âne dans le *Roman de Renart* ; on connaît
d'autres emplois de locutions similaires : *parler d'autre Bernart, chanter, parler,
plaidier d'autre Martin*, avec le sens de « changer de ton ». Ici, l'absence de
autre et le contexte nous ont amenée à considérer que l'expression établit une
similitude entre le cri de l'âne (son effet d'écho en hi-han) et le discours du

mon cœur à votre dévotion ;
et il n'est rien qui puisse témoigner
d'une parfaite soumission à vos volontés
aussi bien que mon cœur et cet anneau. »
Elle réplique : « Plus un mot là-dessus,
car vous y perdriez toute chance de pouvoir
me fréquenter et de me voir accepter votre hommage,
si vous vouliez me contraindre
à m'intéresser à vous.
Il vous faut reprendre cet anneau.
– Que non pas. – Oh que si, inutile d'ergoter ;
ou serait-ce que vous jouissez d'un pouvoir si absolu
que, pour ne pas vous contrarier, il me faille souffrir
que vous me contraigniez
à garder cet anneau, malgré moi ?
Tenez ! – Jamais plus il ne sera à moi.
– Que si. – Que non, je vous le garantis.
Voulez-vous me le faire avoir
de force ? – Non, certes, ma chère amie ;
je sais bien que c'est en-dehors de mon pouvoir,
et j'en suis bien marri, Dieu me secoure !
Mais aucun affront ni aucun chagrin
ne pourrait plus m'atteindre, je le crois fermement,
si vous me laissiez un peu d'espoir,
pour me réconforter.
– Vous pourriez aussi bien vous cogner la tête
contre la pierre du seuil,
vous n'arriveriez pas à vos fins.
Je vous invite à reprendre l'anneau.
– On dirait que vous m'apprenez », dit-il,
« à chanter la chanson de l'âne[1].
Je me laisserais plutôt passer
la corde au cou que de le reprendre.
Je ne vois pas l'utilité de m'étendre là dessus :
reprendre l'anneau est hors de question.
– Seigneur », dit la dame, « je vois bien

---

chevalier ; voir aussi le lien entre l'âne et la folie ou entre l'âne et la luxure.
Mais l'interprétation reste conjecturale, le ms. *E* proposant la variante *Renart*,
retrouvée dans les deux exemples de *parler d'autre Bernart* (cf. glossaires de
Bédier et Lecoy).

que ce vous fet fere enresdie,
quant parole que je vous die
ne vous puet au prendre mener ;
or vous vueil je aconjurer,
825 par cele foi que me devez,
vous proi que vous le reprendez,
si chier com vous avez m'amor. »

Or n'i a il en ceste error
tor c'un seul, qu'il ne li coviegne
830 a reprendre ou qu'ele nel tiegne
a desleal et a gengleus.
« Diex ! » fet il, « li quels de ces deus
m'est or partis li mains mauvais ?
Or sai je bien, se je li lais,
835 qu'ele dira je ne l'aim mie.
Qui tant estraint crouste que mie
en saut, ce est par grant destroit.
Cil seremenz m'a si destroit
que li lessiers ne m'i est preus ;
840 ainçois cuit je que li miens preus
et m'onors i soit au reprendre
se je ne vueil de mout mesprendre
vers ma douce dame honoree,
qui s'amor m'a aconjuree
845 et la grant foi que je li doi.
Quant je l'avrai mis en mon doi,
si sera il siens ou il iert.
Se je faz ce qu'ele me quiert,
je n'i puis avoir s'onor non.
850 N'est pas amis qui dusqu'en son
ne fet la volenté s'amie,
et sachiez que cil n'aime mie
qui rien qu'il puist en lest a fere.
je doi atorner mon afere
855 del tout a son commandement,
quar il ne doit estre autrement
s'a la seue volenté non. »

---

850. ms. *A* : *N'est pas sages*

que c'est pur entêtement de votre part,
puisque je ne puis, quoi que je vous dise,
vous persuader de prendre l'anneau.
Je me résous donc à vous conjurer :
par la foi que vous me devez,
je vous prie de le reprendre,
si vous attachez quelque prix à mon amour. »

Dans l'embarras où il se trouve alors,
le chevalier n'a qu'une seule façon de se retourner :
ou bien il lui faut le reprendre, ou bien passer
aux yeux de la dame pour déloyal et trompeur.
« Dieu ! » s'écrie-t-il, « lequel de ces deux partis
est-il pour moi le moins mauvais ?
Je sais bien, maintenant, que si je le lui laisse
elle dira que je ne l'aime pas du tout.
Serrer la croûte du pain de telle sorte que la mie
en jaillisse, c'est faire grande violence.
Et cette conjuration exerce une telle pression sur moi
que laisser l'anneau à ma dame ne serait pas à mon avantage.
Au contraire, je pense que mon avantage
et mon honneur m'imposent de le reprendre,
si je ne veux pas manquer gravement
à ce que je dois à ma douce dame que j'honore,
elle qui m'a conjuré au nom de son amour
et de l'irréprochable fidélité que je lui dois.
Quand je l'aurais mis à mon doigt,
il lui appartiendra quand même, où qu'il soit.
Faire ce qu'elle me demande
ne peut être qu'à mon honneur.
Ce n'est pas être un ami que de ne pas faire jusqu'au bout
la volonté de son amie ;
et sachez qu'il aime bien peu,
celui qui néglige d'en faire autant qu'il le peut.
Je dois régler entièrement ma conduite
sur ses exigences,
car il ne peut en être autrement
qu'elle le veut. »

Il nel nomma pas par son non,
quant il dist : « Dame, jel prendrai
860 par covent que je en ferai
aprés la vostre volenté,
la moie, encor ait il esté
en cel doit que je voi si bel.
— Et je vous rent donques l'anel,
865 par covent que vous l'en faciez. »

N'ert enviesis ne esfaciez
li sens del gentil chevalier ;
toz esprendanz de cuer entier,
le prist tot porpenseement,
870 si le regarde doucement ;
au reprendre dist : « Granz merciz !
Por ce n'est pas li ors noirciz »,
fet il, « s'il vient de cel biau doit. »
cele s'en sorrist, qui cuidoit
875 qu'il le deüst remetre el suen ;
mes il fist ainz un mout grant sen,
qu'a grant joie li torna puis.
Il s'est acoutez sor le puis,
qui n'estoit que toise et demie
880 parfonz, si ne meschoisi mie
en l'aigue, qui ert bele et clere,
l'ombre de la dame qui ere
la riens el mont que miex amot.
« Sachiez », fet cil, « tout a un mot,
885 que je n'en reporterai mie,
ainz l'avera ma douce amie,
la riens que j'aim plus aprés vous.
— Diex ! » fet ele, « ci n'a que nous,
ou l'avrez vous si tost trovee ?
890 — Par mon chief, tost vous ert moustree
la preus, la gentiz, qui l'avra.
— Ou est ? — En non Dieu, vez le la,
vostre bele ombre, qui l'atent. »
L'anelet prent et vers li tent.

---

881. ms. *A* : *L'a. q. e. et b.* — **885.** ms. *A* : *rependerai m.*

Il ne nomma pas ce dont il était question par son nom,
quand il dit : « Dame, je le prendrai,
à condition qu'après en avoir fait
ce que vous voulez, je le ferai à mon tour,
quand bien même il a orné ce doigt
que je trouve si beau.
– Et moi, je vous rends donc l'anneau,
étant entendu que vous pouvez en faire ce que vous voulez. »

L'esprit du noble chevalier
n'était pas affaibli ni obscurci comme celui d'un vieillard ;
le cœur tout enflammé d'amour,
il prit l'anneau avec circonspection,
et le regarda tendrement ;
en le reprenant, il dit : « Grand merci !
l'or, à coup sûr, ne s'est pas terni,
d'avoir orné ce beau doigt. »
La dame sourit, pensant
qu'il allait le remettre au sien ;
mais alors, il agit avec beaucoup de subtilité,
ce qui lui valut par la suite une grande joie.
Il s'est accoudé au bord du puits,
qui n'avait qu'une toise et demie[1] de profondeur,
et ne manqua pas d'apercevoir
dans l'eau, qui était limpide et claire,
l'ombre de la dame qui était
ce qu'il aimait le mieux au monde.
« Sachez », dit-il, « en un mot,
que je ne le remporterai absolument pas avec moi,
mais que c'est ma tendre amie qui l'aura,
elle qui est ce que j'aime le plus après vous.
– Dieu ! » fait-elle, « nous sommes seuls ici ;
où l'aurez-vous donc si tôt trouvée ?
– Par ma tête, vous n'allez pas tarder à la voir,
la vertueuse et noble dame qui l'aura.
– Où est-elle ? – Au nom de Dieu, la voilà,
votre belle ombre, qui l'attend. »
Il prend l'annelet et le lui tend :

---

1. Soit environ trois mètres.

895 « Tenez », fet il, « ma douce amie ;
     puis que ma dame n'en veut mie,
     vous le prendrez bien sanz meslee. »
     L'aigue s'est un petit troublee
     au cheoir que li aniaus fist,
900 et quant li ombres se desfit :
     « Veez », fet il, « dame, or l'a pris.
     Mout en est amendez mes pris,
     quant ce qui de vous est l'en porte.
     Quar n'eüst il ore huis ne porte
905 la jus, si s'en vendroit par ci,
     por dire la seue merci
     de l'onor que fete m'en a. »

     E ! Diex, si buen i assena
     a cele cortoisie fere !
910 Onques mes rien de son afere
     ne fu a la dame plesanz ;
     toz reverdiz et esprendanz
     li a geté ses iex es suens ;
     mout vient a homme de grant sens
915 qu'il fet cortoisie au besoing.
     « Orainz ert de m'amor si loing
     cis hom, et ore en est si pres !
     Onques mes, devant ne aprés
     n'avint, puis qu'Adam mort la pomme,
920 si bele cortoisie a homme ;
     ne sai comment il l'en membra.
     Quant por m'amor a mon ombre a
     geté son anel enz el puis,
     or ne li doi je ne ne puis
925 plus veer le don de m'amor ;
     ne sai por qoi je li demor :
     onques hom si bien ne si bel
     ne conquist amor par anel
     ne miex ne dut avoir amie. »
930 Sachiez qu'ele n'en bleça mie
     quant ele dist : « Biaus dous amis,
     tout ont mon cuer el vostre mis
     cist douz mot et li plesant fet

« Tenez », fait-il, « ma tendre amie,
puisque ma dame n'en veut pas,
vous le prendrez bien sans qu'on vous le dispute. »
L'eau s'est un peu troublée
quand l'anneau y est tombé,
et, quand l'ombre perdit ses contours :
« Voyez, madame, » dit-il, « elle vient de le prendre.
Voilà qui rehausse sensiblement ma valeur,
quand ce qui vous doit l'existence l'emporte.
N'y aurait-il par en bas ni passage ni porte,
qu'elle s'en viendrait quand même par ici,
pour s'entendre remercier
de l'honneur qu'elle m'a fait en le prenant. »

Eh ! Dieu, comme il a touché juste
en faisant ce geste courtois !
Désormais, rien ne plaît plus à la dame
dans la façon dont elle s'est conduite ;
saisie d'un grand retour de flamme et d'ardeur,
elle a plongé son regard dans le sien.
Il faut beaucoup d'intelligence,
pour trouver l'occasion d'agir courtoisement dans la nécessité.
« Tout à l'heure, il était si éloigné de m'inspirer de l'amour,
ce même homme qui en est maintenant si près !
Jamais, ni avant ni après,
depuis qu'Adam mordit la pomme,
un homme n'eut une inspiration aussi courtoise ;
je ne sais comment elle lui est venue à l'esprit.
Puisque, pour l'amour de moi, il a jeté à mon ombre
son anneau dans le puits,
je ne dois plus, ni ne puis,
lui refuser le don de mon amour.
Je ne sais pourquoi je le lui fais attendre :
jamais homme n'employa de moyen meilleur ni plus beau
pour conquérir l'amour par un anneau,
ni ne mérita autant d'avoir une amie. »
Sachez qu'elle ne lui causa aucune blessure
en disant : « Mon ami très cher,
mon cœur a été entièrement gagné au vôtre
par ces tendres mots, et la bonne grâce de vos actes,

et li dons que vous avez fet
935 a mon ombre en l'onor de moi.
Or metez le mien en vo doi.
Tenez, jel vous doing comme amie ;
je cuit vous ne l'amerez mie
mains del vostre, encore soit il pire.
940 – De l'onor », fet il, « de l'Empire
ne me feïst on pas si lié. »
Mout se sont andui envoisié
sor le puis, de tant comme il peurent.
Des besiers dont il s'entrepeurent
945 vait chascuns la douçor au cuer.
Lor bel oeil ne getent pas puer
lor part, ce est ore del mains.
De tel geus com l'en fet des mains
estoit ele dame et il mestre ;
950 mes du geu qui or ne puet estre,
de celui lor couvendra bien.
N'i covient mais baer de rien
Jehan Renart a lor afere ;
s'il a nule autre chose a fere,
955 bien puet son penser metre aillors,
quar puis que lor sens et Amors
ont mis andeus lor cuers ensamble,
del geu qui remaint, ce me samble,
vendront il bien a chief andui,
960 et or me tais atant meshui.
Ici fenist li *Lais de l'Ombre* ;
contez, vous qui savez de nombre.

Explicit li *Lais de l'Ombre*.

---

950. ms. *A : Fors de celui qui ne puet estre –* **956.** ms. *A : Puis ; et lor a.*
– **957.** ms. *A : Et qu'il o. m. l.*

et le don que vous avez fait
à mon ombre en mon honneur.
Mettez donc mon anneau à votre doigt.
Tenez, je vous le donne en tant que votre amie.
Je crois que vous ne l'aimerez pas moins que le vôtre,
même s'il a moins de valeur.
 — Si l'on m'avait élevé à la dignité impériale », dit-il,
« je n'éprouverais pas une aussi grande joie. »
Tous deux ont pris du bon temps
au bord du puits, autant qu'ils le purent.
Des baisers dont ils se repaissent mutuellement,
chacun ressent la douceur au fond du cœur.
Leurs beaux yeux ne dédaignent pas ce qui leur revient,
c'est le moins qu'on puisse dire.
Pour ce qui est du jeu des mains,
elle pouvait agir en souveraine et lui en maître ;
quant au jeu qui ne pouvait alors avoir lieu,
faisons leur confiance pour en trouver l'occasion.
Jean Renart n'a plus
à s'occuper de leurs affaires ;
s'il a autre chose à faire,
ses pensées sont bien libres de prendre un autre tour.
Car après que leur intelligence, ainsi qu'Amour,
ont accompli l'union de leurs deux cœurs,
pour ce qui est du jeu auquel il leur reste à se livrer,
ils sauront bien, me semble-t-il, s'en tirer tout seuls ;
donc, je me tais pour aujourd'hui.
Ici s'achève *Le Lai de l'Ombre*.
Contez, si le nombre n'a pas pour vous de secret.

Fin du *Lai de l'Ombre*.

C'est d'Aucasin et de Nicolete

I.

Qui vauroit bons vers oïr
del deport du viel antif
de deus biax enfans petis,
Nicholete et Aucassins,
5   des grans paines qu'il soufri
et des proueces qu'il fist
por s'amie o le cler vis ?
Dox est li cans, biax li dis
et cortois et bien asis.
10   Nus hom n'est si esbahis,
tant dolans ni entrepris,
de grant mal amaladis,
se il l'oit, ne soit garis
et de joie resbaudis
15   tant par est douce.

II. OR DIENT ET CONTENT ET FABLENT

que li quens Bougars de Valence faisoit guere au conte Garin de
Biaucaire si grande et si mervelleuse et si mortel qu'il ne fust
uns seux jors ajornés qu'il ne fust as portes et as murs et as
bares de le vile a cent cevaliers et a dis mile sergens a pié et a
5 ceval, si li argoit sa terre et gastoit son païs et ocioit ses homes.
   Li quens Garins de Biaucaire estoit vix et frales, si avoit son

---

1. Suchier proposait de supprimer le *que* qui semble, dans cette première partie
en prose, enchaîner avec les verbes *dient et content et fablent* ; comme nous

Aucassin et Nicolette

Qui voudrait bons vers entendre –
jeu d'un vieux de l'ancien temps –
sur deux beaux adolescents
Nicolette et Aucassin,
sur les tourments qu'il souffrit,
et les prouesses qu'il fit
pour son amie au clair visage ?
Douce est la mélodie et plaisant le récit,
il est plein de courtoisie et bien composé.
Personne n'est si égaré,
si souffrant, si angoissé,
accablé par une grave maladie,
qui, s'il l'entend, ne soit guéri,
et ne retrouve son allégresse,
tant l'œuvre est douce !

II. PARLÉ : LE NARRATEUR ET SES PERSONNAGES.

On raconte que[1] le comte Bougars de Valence livrait au comte
Garin de Beaucaire une guerre si farouche, si effroyable et si
mortelle qu'il ne se levait pas un seul jour sans qu'il fût aux
portes, aux remparts et aux barrières de la ville avec cent chevaliers et dix mille hommes d'armes à pied et à cheval ; il brûlait
la terre de son adversaire, dévastait son pays et tuait ses hommes.

Le comte Garin de Beaucaire était vieux, et ses forces

---

avons opté pour une forme participiale indéfinie, nous pensons pouvoir la
reprendre par une formule introductive qui en développe le caractère oral.

tans trespassé. Il n'avoit nul oir, ne fil ne fille, fors un seul
vallet : cil estoit tex con je vos dirai.

Aucasins avoit a non li damoisiax. Biax estoit et gens et grans
10 et bien tailliés de ganbes et de piés et de cors et de bras ; il avoit
les caviax blons et menus recercelés et les ex vairs et rians et le
face clere et traitice et le nes haut et bien assis. Et si estoit
enteciés de bones teces qu'en lui n'en avoit nule mauvaise se
bone non ; mais si estoit soupris d'Amor, qui tout vaint, qu'il ne
15 voloit estre cevalers, ne les armes prendre, n'aler au tornoi, ne
fare point de quanque il deüst.

Ses pere et se mere li disoient :

« Fix, car pren tes armes, si monte el ceval, si deffent te terre
et aïe tes homes : s'il te voient entr'ex, si defenderont il mix lor
20 cors et lor avoirs et te tere et le miue.   .

— Pere », fait Aucassins, « qu'en parlés vos ore ? Ja Dix ne
me doinst riens que je li demant, quant ere cevaliers, ne monte
a ceval, ne que voise a estor ne a bataille, la u je fiere cevalier
ni autres mi, se vos ne me donés Nicholete me douce amie que
25 je tant aim.

— Fix », fait li peres, « ce ne poroit estre. Nicolete laise ester,
que ce est une caitive qui fu amenee d'estrange terre, si l'acata
li visquens de ceste vile as Sarasins, si l'amena en ceste vile, si
l'a levee et bautisie et faite sa fillole, si li donra un de ces jors
30 un baceler qui du pain li gaaignera par honor : de ce n'as tu que
faire. Et se tu fenme vix avoir, je te donrai le file a un roi u a
un conte : il n'a si rice home en France, se tu vix sa fille avoir,
que tu ne l'aies.

— Avoi ! peres », fait Aucassins, « ou est ore si haute honers
35 en terre, se Nicolete ma tres douce amie l'avoit, qu'ele ne fust
bien enploiie en li ? S'ele estoit enpereris de Colstentinoble u
d'Alemaigne, u roine de France u d'Engletere, si aroit il assés
peu en li, tant est france et cortoise et de bon aire et entecie de
toutes bones teces. »

---

1. *Les ex vairs et rians* : il s'agit d'un cliché, attendu dans ce portrait topique ;
le qualificatif *vair*, appliqué aux yeux, évoque la lumière qui brille par ces
« fenêtres de l'âme » (vieille image que l'Occident doit à saint Augustin).

l'avaient abandonné ; son temps était bien passé. Il n'avait pas d'héritier, fils ou fille, à l'exception d'un seul garçon : je vais vous faire son portrait.

Le jeune seigneur s'appelait Aucassin. Il était beau, de tournure élégante, grand, bien proportionné, des pieds et des jambes jusqu'au buste et aux bras ; il avait les cheveux blonds, tout frisés, des yeux brillants, au regard enjoué[1] ; un visage au teint lumineux, de forme allongée ; le nez haut et bien planté. Il était si bien pourvu de bonnes qualités qu'elles ne laissaient place à aucun défaut ; mais Amour, auquel rien ne résiste, s'était si bien emparé de lui, qu'il ne voulait pas être fait chevalier, ni prendre les armes, ni aller au tournoi, ni accomplir le moindre de ses devoirs.

Son père et sa mère lui disaient :

« Fils, prend donc tes armes, monte à cheval, défend ta terre et viens au secours de tes hommes ; s'ils te voient dans leurs rangs, ils mettront plus d'ardeur à se défendre eux-mêmes, à défendre leurs biens, ta terre et la mienne.

– Père », dit Aucassin, « que me dites-vous là ? Que Dieu reste sourd à toutes mes demandes si, quand je serai chevalier, j'enfourche mon cheval, je prends part à un combat ou à une bataille, pour y frapper un chevalier ou recevoir les coups des autres, sans que vous me donniez Nicolette, ma douce amie que j'aime tant !

– Fils », répond le père, « il ne saurait en être question. Renonce à Nicolette ; c'est une captive, qui fut amenée de l'étranger ; le vicomte de cette ville l'acheta aux Sarrasins, et la ramena ici ; il l'a tenue sur les fonts baptismaux, l'a fait baptiser, et elle est devenue sa filleule ; il lui donnera un de ces jours pour époux un jeune homme qui lui gagnera honnêtement son pain ; ce n'est pas ton affaire. Si tu veux prendre femme, je te donnerai la fille d'un roi ou d'un comte ; il n'est homme si riche en France dont tu ne puisses avoir la fille, si tu veux l'épouser.

– Allons donc ! mon père », dit Aucassin, « où y a-t-il actuellement, sur terre, une dignité assez éminente pour n'être pas assumée à bon droit par Nicolette, ma très douce amie, si elle était sienne ? Si elle était impératrice de Constantinople ou d'Allemagne, ou reine de France ou d'Angleterre, cela serait encore trop peu pour elle, tant elle est noble, courtoise, de bonne race, et parée de toutes les vertus. »

III. OR SE CANTE.

Aucassins fu de Biaucaire,
d'un castel de bel repaire.
De Nicole le bien faite
nuis hom ne l'en puet retraire,
5 que ses peres ne l'i laisse
et sa mere le manace :
« Di va ! faus, que vex tu faire ?
Nicolete est cointe et gaie ;
jetee fu de Cartage,
10 acatee fu d'un Saisne ;
puis qu'a moullié te vix traire,
pren femme de haut parage.
— Mere, je n'en puis el faire :
Nicolete est de boin aire ;
15 ses gens cors et son viaire,
sa biautés le cuer m'esclaire ;
bien est drois que s'amor aie,
que trop est douce. »

IV. OR DIENT ET CONTENT ET FLABLENT.

Quant li quens Garins de Biaucare vit qu'il ne poroit
Aucassin son fil retraire des amors Nicolete, il traist al visconte
de le vile qui ses hon estoit, si l'apela :
« Sire quens, car ostés Nicolete vostre filole ! Que la tere soit
5 maleoite dont ele fu amenee en cest païs ! C'or par li pert jou
Aucassin, qu'il ne veut estre cevaliers, ne faire point de quanque
faire doie ; et saciés bien que, se je le puis avoir, que je l'arderai
en un fu, et vous meïsmes porés avoir de vos tote peor.
— Sire », fait li visquens, « ce poise moi qu'il i va ne qu'il i
10 parole. Je l'avoie acatee de mes deniers, si l'avoie levee et
bautisie et faite ma filole, si li donasse un baceler qui du pain li
gaegnast par honor ; de ce n'eüst Aucassins vos fix que faire.

III. CHANTÉ.

Aucassin était de Beaucaire,
un château d'agréable séjour.
De Nicole la bien faite
personne ne peut le détourner ;
son père lui refuse son accord,
et sa mère le menace :
« Eh bien, espèce de fou, que vas-tu faire ?
Nicolette est pleine de grâce et de gaieté,
mais elle a été arrachée à Carthagène,
et achetée à un Saxon ;
puisque tu veux prendre femme,
prends une femme de haut rang.
– Mère, je ne puis faire un autre choix ;
Nicolette est de bonne race,
son corps charmant, son visage,
sa beauté réjouissent mon cœur ;
il est bien juste que j'obtienne son amour,
elle est si douce ! »

IV. PARLÉ : LE NARRATEUR ET SES PERSONNAGES.

Quand le comte Garin de Beaucaire vit qu'il ne pourrait arracher son fils aux sentiments amoureux que lui inspirait Nicolette, il alla trouver le vicomte de la ville, qui était son vassal, et l'interpella en ces termes : « Seigneur comte, expédiez-moi loin d'ici votre filleule Nicolette ! Maudite soit la contrée dont elle fut amenée dans notre pays ! Car maintenant, à cause d'elle, je perds mon Aucassin, qui ne veut pas être chevalier, ni remplir le moindre de ses devoirs ; et sachez bien que si elle me tombe entre les mains, je la ferai périr sur le bûcher, et vous même aurez tout à craindre de moi.

– Seigneur », répond le vicomte, « cela ne me plaît guère qu'il lui rende visite, et s'entretienne avec elle. Je l'avais achetée de mes deniers, et tenue sur les fonts baptismaux, faisant d'elle ma filleule ; je pensais lui donner pour époux un jeune homme qui aurait assuré honorablement son existence : ce ne saurait être l'affaire de votre fils Aùcassin. Mais puisque telle est votre

Mais puis que vostre volentés est et vos bons, je l'envoierai en
tel tere et en tel païs que ja mais ne le verra de ses ex.

15   – Ce gardés vous ! » fait li quens Garins, « grans maus vos en
porroit venir. »

Il se departent. Et li visquens estoit molt rices hom, si avoit
un rice palais devers un gardin. En une cambre la fist metre
Nicolete en un haut estage, et une vielle aveuc li por conpaignie
20 et por soisté tenir, et s'i fist metre pain et car et vin et quanque
mestiers lor fu ; puis fist l'uis seeler c'on n'i peüst de nule part
entrer ne iscir, fors tant qu'il avoit une fenestre par devers le
gardin assés petite dont il lor venoit un peu d'essor.

V. OR SE CANTE.

Nicole est en prison mise
en une cambre vautie
ki faite est par grant devisse,
panturee a miramie.
5   A la fenestre marbrine
la s'apoia la mescine :
ele avoit blonde la crigne
et bien faite la sorcille,
la face clere et traitice ;
10   ainc plus bele ne veïstes.
Esgarda par la gaudine
et vit la rose espanie
et les oisax qui se crient,
dont se clama orphenine :
15   « Ai mi ! lasse moi, caitive !
por coi sui en prison misse ?
Aucassins, damoisiax sire,
je sui jou vostre amie,
et vos ne me haés mie ;
20   por vos sui en prison misse
en ceste cambre vautie

---

1. On ignore le sens du mot *miramie* qui est un hapax ; on peut évidemment
le rapprocher de la racine de *mirari, mirabilis*, comme le suggère l'article de

volonté, et selon votre désir, je l'enverrai dans une terre et un pays où elle sera désormais soustraite à ses regards.

— Veillez-y bien », dit le comte Garin, « sans quoi cela pourrait tourner très mal pour vous. »

Ils se séparent.

Le vicomte était très fortuné ; il possédait un palais somptueux qui donnait sur un jardin. Il y fit installer Nicolette dans une chambre située à l'étage, tout en haut, avec une vieille chargée de lui tenir compagnie ; il fit mettre dans la chambre pain, viande, vin et tout ce dont elles pouvaient avoir besoin ; puis il fit sceller la porte, de sorte que l'on ne puisse d'aucun côté entrer ni sortir ; la seule ouverture était une fenêtre donnant sur le jardin, toute petite, d'où leur venait un peu d'air.

V. CHANTÉ.

Nicolette est prisonnière
dans une chambre voûtée,
ingénieusement agencée,
décorée avec un art merveilleux[1].
A la fenêtre de marbre
s'accouda la jeune fille :
elle avait les cheveux blonds,
les sourcils bien dessinés,
le visage clair, les traits harmonieux,
jamais vous ne vîtes plus belle !
Elle promena ses regards sur le jardin,
elle vit la rose épanouie,
et les oiseaux qui chantent à pleine voix :
elle ne pouvait, elle, que dire son malheur :
« Hélas ! pauvre de moi, qui suis captive,
pourquoi m'a-t-on mise en prison ?
Aucassin, mon jeune seigneur,
il est bien vrai que je suis votre amie,
et que vous ne me haïssez pas !
c'est pour vous que je suis mise en prison,
dans cette chambre voûtée,

K. Rogger cité par J. Dufournet (éd. Paris, Garnier-Flammarion, 1984, p. 168 note 2).

u je trai molt male vie ;
mais, par Diu le fil Marie,
longement n'i serai mie,
25   se jel puis far[e].

VI. OR DIENT ET CONTENT ET FABLENT.

Nicolete fu en prison, si que vous avés oï et entendu, en le
canbre. Li cris et le noise ala par tote le terre et tot le païs que
Nicolete estoit perdue : li auquant dient qu'ele est fuie fors de
la terre, et li auquant dient que li cuens garins de Biaucaire l'a
5 faite mordrir. Qui qu'en eüst joie, Aucassins n'en fu mie liés,
ains traist au visconte de la vile, si l'apela.

« Sire visquens, c'avés vos fait de Nicolete ma tresdouce
amie, le riens en tot le mont que je plus amoie ? Avés le me vos
tolue ne enblee ? Saciés bien que, se je en muir, faide vos en
10 sera demandee ; et ce sera bien drois, que vos m'arés ocis a vos
deus mains, car vos m'avés tolu la riens en cest mont que je plus
amoie.

– Biax sire », fait li quens, « car laisciés ester. Nicolete est
une caitive que j'amenai d'estrange tere, si l'acatai de mon
15 avoir a Sarasins ; si l'ai levee et bautisie et faite ma fillole, si
l'ai nourie, si li donasce un de ces jors un baceler qui del pain
li gaegnast par honor : de ce n'avés vos que faire. Mais prendés
le fille a un roi u a un conte. Enseurquetot, que cuideriés vous
avoir gaegnié, se vous l'aviés asognentee ne mise a vo lit ?
20 Mout i ariés peu conquis, car tos les jors du siecle en seroit vo
arme en infer, qu'en paradis n'enterriés vos ja.

– En paradis qu'ai je a faire ? Je n'i quier entrer, mais que
j'aie Nicolete ma tresdouce amie que j'aim tant ; c'en paradis ne
vont fors tex gens con je vous dirai. Il i vont ci viel prestre et
25 cil viel clop et cil manke qui tote jor et tote nuit cropent devant
ces autex et en ces viés creutes, et cil a ces viés capes ereses et
a ces viés tatereles vestues, qui sont nu et decauc et estrumelé,

---

1. La *faide* est le droit de vengeance qui compense le sang versé ; le mot et
la chose sont d'origine germanique. – **2.** Nous rendons par « vénérés » et « vénérables », avec l'effet d'écho, la valeur topique des démonstratifs – valeur qui
participe à l'effet de dérision.

où je mène une vie de misère ;
mais par Dieu, le fils de Marie,
je n'y resterai pas longtemps,
s'il m'est possible.

VI. PARLÉ : LE NARRATEUR ET SES PERSONNAGES.

Nicolette, comme on vous l'a bien fait entendre, était retenue captive dans la chambre. Le bruit et la rumeur coururent dans tout le comté et dans tout le pays que Nicolette avait disparu : certains disent qu'elle s'est enfuie hors du comté, d'autres que le comte Garin de Beaucaire l'a fait mettre à mort. A supposer qu'il y en eût pour se réjouir de la nouvelle, Aucassin fut loin d'en être heureux, mais il alla trouver le vicomte de la ville, et l'interpella :

« Seigneur vicomte, qu'avez-vous fait de Nicolette ma très douce amie, qui était ce que j'avais de plus cher au monde ? Me l'avez-vous enlevée ou dérobée ? Sachez bien que, si j'en meurs, il vous en sera demandé raison[1] ; et ce sera bien juste, car vous m'aurez tué de vos propres mains, puisque vous m'avez enlevé ce que j'aimais le plus au monde.

– Cher seigneur », dit le vicomte, « cessez donc de vous en inquiéter. Nicolette est une captive que j'ai amenée de l'étranger, après l'avoir achetée sur mes propres fonds à des Sarrasins ; je l'ai tenue sur les fonts baptismaux, faisant d'elle ma filleule, j'ai pourvu à son éducation, dans l'intention de lui donner un de ces jours pour époux un jeune homme qui puisse assurer honnêtement son existence : ce n'est pas là votre affaire ; mais prenez la fille d'un roi ou d'un comte. Et, pour tout dire, croiriez-vous avoir gagné grand-chose, si vous l'aviez prise pour maîtresse, et mise dans votre lit ? Vous n'y auriez pas grand profit, car votre âme serait condamnée à l'enfer pour l'éternité, sans que vous puissiez jamais entrer en paradis.

– En paradis ? qu'ai-je à y faire ? Je me soucie peu d'y entrer, pourvu que j'aie Nicolette, ma très douce amie que j'aime tant ; car en paradis ne vont que ceux que je m'en vais vous dire. Ceux qui y vont, ce sont ces vieux prêtres, ces vieux éclopés, ces manchots, qui jour et nuit restent à croupetons devant les autels vénérés et les vieilles cryptes vénérables[2], et ceux qui portent de vieilles capes râpées, et se couvrent de vieux haillons,

qui moeurent de faim et de soi et de froit et de mesaises ; icil
vont en paradis : aveuc ciax n'ai jou que faire. Mais en infer voil
30   jou aler, car en infer vont li bel clerc, et li bel cevalier qui sont
mort as tornois et as rices gueres, et li buen sergant et li franc
home : aveuc ciax voil jou aler ; et s'i vont les beles dames
cortoises que eles ont deus amis ou trois avoc leur barons, et s'i
va li ors et li argens et li vairs et li gris, et si i vont herpeor et
35   jogleor et li roi del siecle : avoc ciax voil jou aler, mais que j'aie
Nicolete ma tresdouce amie aveuc mi.

— Certes », fait li visquens, « por nient en parlerés, que ja
mais ne le verrés ; et se vos i parlés et vos peres le savoit, il
arderoit et mi et li en un fu, et vos meïsmes porriés avoir toute
40   paor.

— Ce poise moi », fait Aucassins ; se se depart del visconte
dolans.

VII. OR SE CANTE.

    Aucasins s'en est tornés
    molt dolans et abosmés :
    de s'amie o le vis cler
    nus ne le puet conforter,
5   ne nul bon consel doner.
    Vers le palais est alés ;
    il en monta les degrés,
    en une canbre est entrés,
    si comença a plorer
10   et grant dol a demener
    et s'amie a regreter.
    « Nicolete, biax esters,
    biax venir et biax alers,
    biax deduis et dous parlers,
15   biax borders et biax jouers,

---

1. En fait, la *fin'amor* n'est nullement favorable aux amours multiples ; de
Bertran de Born à André le Chapelain, la même condamnation se fait entendre.
On est ici dans un registre de fabliau. – 2. Ces fourrures très précieuses étaient
le symbole du luxe ; Guillaume IX, dans la perspective de la mort, dit adieu aux

qui sont nus, sans souliers, les chausses en lambeaux, qui meurent de faim et de soif, de froid et de misère ; ceux-là vont en
paradis ; avec eux, je n'ai que faire. Mais c'est en enfer que je
veux aller, car en enfer vont les beaux clercs, et les beaux
chevaliers qui sont morts aux tournois et aux vaillantes guerres,
et les valeureux hommes d'armes, et les nobles hommes : voilà
ceux auxquels je veux me joindre. Y vont aussi les belles dames
qui ont la courtoisie d'avoir deux ou trois amis en plus de leurs
maris[1] ; en enfer vont l'or et l'argent, et le vair et le gris[2], y vont
les harpeurs et les jongleurs, et les rois de ce monde ; avec eux,
je veux aller, pourvu que j'aie Nicolette, ma très douce amie,
avec moi.

— En vérité », dit le vicomte, « en parler ne vous servira de
rien, car jamais plus vous ne la verrez ; et si vous lui parliez, et
que votre père le sache, il nous ferait périr sur le bûcher, moi
comme elle ; et vous même auriez tout à craindre de lui.

— Voilà qui me désole », dit Aucassin, et, bien affligé, il
quitte le vicomte.

VII. CHANTÉ.

Aucassin s'en est allé,
bien triste et bien abattu :
au sujet de son amie au clair visage,
personne ne peut le rassurer
ni lui être de bon conseil.
Vers le palais il retourne,
il monte les escaliers,
entre dans une chambre
et se met à pleurer,
donnant cours à son grand chagrin,
et regrettant son amie :
« Nicolette, belle en repos,
belle au venir, belle à l'aller,
beau plaisir et doux parler,
belle dans l'entrain du jeu,

---

vair e gris e cembelis ; Tristan lui fait écho, dans le roman de Béroul, quand le
philtre cesse de faire oublier aux amants l'âpre vie du Morrois ; *Tot m'est falli
et vair et gris*. Le luxe lui même est le symbole du superflu aristocratique, d'une
vie accueillante au désir et non régie par le besoin.

        biax baisiers, biax acolers,
        por vos sui si adolés
        et si malement menés
        que je n'en cuit vis aler,
20   suer douce amie. »

VIII. OR DIENT ET CONTENT ET FABLENT.

Entreusque Aucassins estoit en le canbre et il regretoit Nicolete s'amie, li quens Bougars de Valence, qui sa guerre avoit a
furnir, ne s'oublia mie, ains ot mandé ses homes a pié et a ceval,
si traist au castel por asalir. Et li cris lieve et la noise, et li
5 cevalier et li serjant s'arment et qeurent as portes et as murs por
le castel desfendre, et li borgois montent as aleoirs des murs, si
jetent quariax et peus aguisiés.

Entroeusque li asaus estoit grans et pleniers, et li quens
Garins de Biacaire vint en la canbre u Aucassins faisoit deul et
10 regretoit Nicolete sa tresdouce amie que tant amoit.

« Ha ! fix », fait il, « con par es caitis et maleurox, que tu vois
c'on asaut ton castel tot le mellor et le plus fort ; et saces, se tu
le pers, que tu es desiretés. Fix, car pren les armes et monte u
ceval et defen te tere et aiues tes homes et va a l'estor : ja n'i
15 fieres tu home ni autres ti, s'il te voient entr'ax, si desfenderont
il mix lor avoir et lor cors et te tere et le miue ; et tu ies si grans
et si fors que bien le pués faire, et farre le dois.

– Pere, » fait Aucassins, « qu'en parlés vous ore ? Ja Dix ne
me doinst riens que je li demant, quant ere cevaliers, ne monte
20 el ceval, ne voise en estor, la u je fiere cevalier ne autres mi, se
vos ne me donés Nicolete me douce amie, que je tant aim.

– Fix », dist li pere, « ce ne puet estre : ançois sosferoie jo
que je feüsse tous desiretés et que je perdisse quanques g'ai que
tu ja l'eüses a mollier ni a espouse. »

25 Il s'en torne ; et quant Aucassins l'en voit aler, il le rapela :

---

    1. Il nous paraît plus conforme à la représentation des bourgeois dans une
œuvre à tonalité courtoise, même parodique, de leur attribuer un armement de
fortune plutôt que de leur faire manier l'arbalète ; mais il est possible aussi que
quariax désigne les carreaux d'arbalète.

belle dans les baisers et les étreintes,
pour vous je souffre une douleur si vive,
et un sort si cruel
que je ne crois pas y survivre,
mon aimée chérie. »

VIII. PARLÉ : LE NARRATEUR ET SES PERSONNAGES

Pendant qu'Aucassin se tenait dans la chambre, regrettant son amie Nicolette, le comte Bougars de Valence, qui avait à mener sa guerre, ne se laissa pas distraire de son propos, mais ayant battu le rappel de ses combattants à pied et à cheval, il s'avança vers le château pour l'assaillir. Le cri d'alarme retentit ; chevaliers et soldats s'arment et courent aux portes et aux remparts pour défendre le château, et les bourgeois montent au chemin de ronde, et, du haut des remparts, lancent pavés[1] et pieux aigus.

Au plus fort de l'assaut, au comble de sa violence, le comte Garin de Beaucaire vint à la chambre où Aucassin se lamentait et regrettait Nicolette, sa très douce amie, qu'il aimait tant.

« Ah ! mon fils », dit le comte, « quel malheur pour toi, quelle infortune, quand tu vois qu'on donne l'assaut au meilleur, au plus fort de tes châteaux ; sache que, si tu le perds, tu peux dire adieu à ton patrimoine. Allons, mon fils, prends les armes, enfourche ton cheval, défends ta terre, aide tes hommes, entre dans la mêlée ; à supposer que tu n'y donnes ni ne reçoives de coup, si tes hommes te voient au milieu d'eux, ils défendront mieux leurs biens et leurs personnes, ta terre et la mienne ; tu es assez grand et assez fort pour agir vaillamment, et tu le dois.

– Père », réplique Aucassin, « que me dites-vous là ? Que Dieu reste sourd à toutes mes prières, si, en tant que chevalier, je monte à cheval, et me jette dans la mêlée pour y donner ou recevoir des coups, sans que vous consentiez à me donner Nicolette, ma douce amie que j'aime tant.

– Fils », dit le père, « il n'en est pas question ; je préférerais être dépouillé de mon patrimoine, et perdre tout ce que j'ai, plutôt que tu l'aies jamais pour femme et pour épouse. »

Il tourne les talons ; et quand Aucassin le voit s'en aller, il le rappelle :

« Peres », fait Aucassins, « venés avant : je vous ferai bons couvens.

— Et quex, biax fix ?

— Je prendrai les armes, s'irai a l'estor, par tex covens que,
30 se Dix me ramaine sain et sauf, que vos me lairés Nicolete me
douce amie tant veïr que j'aie deus paroles u trois a li parlees et
que je l'aie une seule fois baisie.

— Je l'otroi », fait li peres.

Il li creante et Aucassins fu lié.

IX. OR SE CANTE.

    Aucassins ot du baisier
    qu'il ara au repairier :
    por cent mile mars d'or mier
    ne le fesist on si lié.
5   Garnemens demanda ciers,
    on li a aparelliés :
    il vest un auberc dublier
    et laça l'iaume en son cief
    çainst l'espee au poin d'or mier,
10 si monta sor son destrier
    et prent l'escu et l'espiel ;
    regarda andex ses piés,
    bien li sissent es estriers ;
    a mervelle se tint ciers.
15 De s'amie li sovient,
    s'esperona le destrier ;
    il li cort molt volentiers :
    tot droit a le porte en vient
    a la bataille.

X. OR DIENT ET CONTENT.

Aucassins fu armés sor son ceval, si con vos avés oï et
entendu. Dix ! con li sist li escus au col et li hiaumes u cief et li
renge de s'espee sor le senestre hance ! Et li vallés fu grans et
fors et biax et biens fornis, et li cevaus sor quoi il sist rades et
5 corans, et li vallés l'ot bien adrecié par mi la porte.

« Père », dit Aucassin, « venez donc ; j'ai un bon accord à vous proposer.

— Et lequel, mon fils ?

— Je prendrai les armes, j'irai au combat, à condition que, si Dieu me ramène sain et sauf, vous me laisserez voir Nicolette, ma douce amie, le temps de lui dire deux ou trois mots, et de lui donner un seul baiser.

— J'y consens », dit le père.

Il le lui promet, et voilà Aucassin tout content.

IX. CHANTÉ.

Aucassin entend promettre le baiser
qu'il aura à son retour ;
pour cent mille marcs d'or pur
on ne le rendrait pas si heureux.
Il demanda un équipement somptueux,
et on le lui tint prêt ;
il revêtit un haubert à mailles doubles,
et laça le heaume sur sa tête,
ceignit l'épée au pommeau d'or pur,
enfourcha son destrier,
prit l'écu et la lance,
vérifia que ses deux pieds
étaient bien assurés dans les étriers ;
il fut merveilleusement content de lui même.
En pensant à son amie,
il éperonna son destrier ;
le cheval galope avec ardeur ;
il s'en vient tout droit à la porte,
à la bataille !

X. PARLÉ : LE NARRATEUR ET SES PERSONNAGES.

Aucassin chevauchait en armes, comme vous l'avez bien compris. Dieu ! comme il portait bien l'écu au col, le heaume sur la tête, et le baudrier de son épée sur la hanche gauche. Le jeune homme était grand et fort, beau, élégant et bien bâti ; et le cheval qu'il montait était vif et rapide ; et le jeune homme l'avait bien conduit au beau milieu de la porte.

Or ne quidiés vous qu'il pensast n'a bués n'a vaces n'a civres
prendre, ne qu'il ferist cevalier ne autres lui. Nenil nient !
onques ne l'en sovint ; ains pensa tant a Nicolete sa douce amie
qu'il oublia ses resnes et quanques il dut faire ; et li cevax qui
10 ot senti les esperons l'en porta par mi le presse, se se lance tres
entre mi ses anemis ; et il getent les mains de toutes pars, si le
prendent, si le dessaisisent de l'escu et de la lance, si l'en
mannent tot estrousement pris, et aloient ja porparlant de quel
mort il feroient morir.

15   Et quant Aucassins l'entendi :

«Ha ! Dix », fait il, « douce creature ! sont çou mi anemi
mortel qui ci me mainent et qui ja me cauperont le teste ? Et
puis que j'arai la teste caupee, ja mais ne parlerai a Nicolete me
douce amie que je tant aim. Encor ai je ci une bone espee et siec
20 sor bon destrir sejorné : se or ne me deffent por li, onques Dix
ne li aït se ja mais m'aime ! »

Li vallés fu grans et fors, et li cevax so quoi il sist fu
remuans ; et il mist le main a l'espee, si comence a ferir a destre
et a senestre et caupe hiaumes et naseus et puins et bras et fait
25 un caple entor lui, autresi con li senglers quant li cien l'asalent
en le forest, et qu'il lor abat dis cevaliers et navre set et qu'il se
jete tot estroseement de le prese et qu'il s'en revient les galo-
piax ariere, s'espee en sa main.

Li quens Bougars de Valence oï dire c'on penderoit Aucassin
30 son anemi, si venoit cele part ; et Aucassins ne le mescoisi mie :
il tint l'espee en la main, se le fiert par mi le hiaume si qu'il li
enbare el cief. Il fu si estonés qu'il caï a terre ; et Aucassins tent
le main, si le prent et l'en mainne pris par le nasel del hiame et
le rent a son pere.

35   « Pere », fait Aucassins, « ves ci vostre anemi qui tant vous a
gerroié et mal fait : vint ans ja dure ceste guerre ; onques ne pot
iestre acievee par home.

N'allez pas croire qu'il pensait à s'emparer de bœufs, vaches ou chèvres ; ni qu'il échangeait des coups avec un chevalier ennemi. Absolument pas ! il n'en eut même pas l'idée, mais il pensa si fort à Nicolette, sa douce amie, qu'il oublia de tenir ses rênes, et tout ce qu'il avait à faire ; et son cheval, qui avait senti les éperons, l'emporta au cœur de la mêlée ; il se jette au beau milieu de ses ennemis, qui de toutes parts mettent la main sur Aucassin, le prennent, le dépouillent de son écu et de sa lance, et l'emmènent prisonnier après l'avoir prestement capturé ; et ils discutaient déjà entre eux du genre de mort qu'ils allaient lui infliger.

Et quand Aucassin s'en rendit compte :

« Ah ! Dieu », dit-il, « douce créature ! sont-ce bien mes ennemis mortels qui m'emmènent, et qui s'en vont me couper la tête ? Et une fois que j'aurai la tête coupée, je ne parlerai jamais plus à Nicolette, ma douce amie que j'aime tant. J'ai encore une bonne épée au côté, et je monte un bon destrier vigoureux ; si je ne me défends pas maintenant pour l'amour d'elle, que Dieu ne lui vienne jamais en aide, si elle continue de m'aimer !

Le jeune homme était grand et fort, et le cheval qu'il montait était impétueux ; mettant la main à l'épée, Aucassin se mit à frapper à droite et à gauche, tranchant les heaumes et les nasaux, les poings et les bras, et faisant un grand massacre autour de lui, comme fait le sanglier quand les chiens l'attaquent dans la forêt ; tant et si bien qu'il abat dix chevaliers de ses ennemis, en blesse sept, se dégage prestement de la mêlée, et s'en retourne au galop, l'épée à la main.

Le comte Bougars de Valence avait entendu dire qu'on allait pendre Aucassin, son ennemi ; aussi s'en venait-il de ce côté ; Aucassin ne le manqua pas : brandissant son épée, il le frappa en plein sur le heaume si fort qu'il le lui brisa sur la tête. Complètement étourdi par le coup, le comte tomba de cheval ; Aucassin n'eut qu'à tendre la main pour le prendre, l'emmener prisonnier en le tenant par le nasal du heaume, et le livrer à son père.

« Mon père », dit Aucassin, « voici votre ennemi qui vous a si longtemps fait la guerre, et causé tant de mal ; il y a vingt ans que dure cette guerre, sans que personne ait pu y mettre fin.

– Biax fix, » fait li pere, « tes enfances devés vos faire, nient baer a folie.

40 – Pere », fait Aucassins, « ne m'alés mie sermonant, mais tenés moi mes covens.

– Ba ! quex covens, biax fix ?

– Avoi ! pere, avés les vos obliees ? Par mon cief ! qui que les oblit, je nes voil mie oblier, ains me tient molt au cuer. Enne 45 m'eüstes vos en covent que, quant je pris les armes et j'alai a l'estor, que, se Dix me ramenoit sain et sauf, que vos me lairiés Nicolete ma douce amie tant veïr que j'aroie parlé a li deus paroles ou trois ? Et que je l'aroie une fois baisie m'eüstes vos en covent. Et ce voil je que vos me tenés.

50 – Jo ? » fait li peres, « ja Dix ne m'aït, quant ja covens vos en tenrai ; et s'ele estoit ja ci, je l'arderoie en un fu, et vos meïsmes porriés avoir tote paor.

– Est ce tote la fins ? » fait Aucassins.

« Si m'aït Dix », fait li peres, « oïl.

55 – Certes », fait Aucassins, « je sui molt dolans quant hom de vostre eage ment.

Quens de Valence », fait Aucassins, « je vos ai pris.

– Sire, voire fait ; aioire ? » fait li quens.

« Bailiés ça vostre main », fait Aucassins.

60 « Sire, volentiers. » Il li met se main en la siue.

« Ce m'afiés vos », fait Aucassins, « que, a nul jor que vos aiés a vivre, ne porrés men pere faire honte ne destorbier de sen cors ne de sen avoir que vos ne li faciés.

– Sire, por Diu », fait il, « ne me gabés mie ; mais metés moi 65 a raençon : vos ne me sarés ja demander or ni argent, cevaus ne palefrois, ne vair ne gris, ciens ne oisiax, que je ne vos doinse.

– Coment ? » fait Aucassins, « ene connissiés vos que je vos ai pris ?

– Sire, oie », fait li quens Borgars.

70 « Ja Dix ne m'aït », fait Aucassins, « se vos ne le m'afiés, se je ne vous fac ja cele teste voler.

---

58. Plusieurs éditeurs ont ici corrigé la répétition de *fait* en ne conservant qu'une occurrence, c'est le cas de M. Roques dans l'édition de 1936, qui conserve la leçon *Sire, voire, fait li quens*, alors qu'il s'était déjà penché sur la signification de *aioire* ; nous suivons ici le manuscrit, comme l'a fait J. Dufournet.

– Mon cher fils », dit le père, « voilà comme il vous faut vous initier au métier des armes, au lieu de poursuivre des chimères.

– Mon père », dit Aucassin, « je vous dispense de me faire la morale, mais tenez les engagements que vous avez pris à mon égard.

– Allons bon ! et quels engagements, mon fils ?

– Ça alors ! père, les avez-vous oubliés ? Par ma tête ! les oublie qui voudra, moi, je n'ai pas l'intention de les oublier, mais je les porte gravés dans mon cœur. Ne m'avez-vous pas promis, quand j'ai pris les armes et suis allé au combat, que si Dieu me ramenait sain et sauf, vous me laisseriez voir Nicolette, ma douce amie, le temps de lui dire deux ou trois mots ? Et que je lui prendrai un baiser, vous me l'avez promis ! Et ces engagements, je veux que vous me les teniez.

– Moi ? » dit le père, « que Dieu me refuse son secours, si jamais je tiens un pareil engagement ; et si elle était ici, je la ferais périr sur le bûcher, et vous même auriez tout à craindre de moi.

– Est-ce là votre dernier mot ? » dit Aucassin.

« Que Dieu me vienne en aide, oui », dit le père.

« Certes », dit Aucassin, « je suis fort affligé de voir mentir un homme de votre âge.

Comte de Valence », dit Aucassin, « je vous ai fait prisonnier.

– C'est vrai, seigneur ; eh bien ? » dit le comte.

« Donnez-moi votre main », dit Aucassin.

« Volontiers, seigneur ». Il met sa main dans celle d'Aucassin.

« Jurez-moi », dit Aucassin, « que, chacun des jours qu'il vous reste à vivre, vous ne laisserez passer aucune occasion de honnir ou de léser mon père, dans sa personne ou dans ses biens.

– Seigneur, au nom de Dieu, ne vous moquez pas de moi, mais exigez de moi une rançon ; vous ne saurez rien me demander, or ou argent, destriers ou palefrois, fourrures de vair ou de gris, chiens ni oiseaux, que je ne vous les donne.

– Comment ? » dit Aucassin, « ne reconnaissez-vous pas que je vous ai fait prisonnier ?

– Oui, je le reconnais, seigneur », dit le comte Bougars.

– Que Dieu ne me vienne jamais en aide », dit Aucassin, « si, à moins que vous ne me juriez ce que je vous ai demandé, je ne vous fais pas voler la tête.

– Enondu ! » fait il, « je vous afie quanque il vous plaist. »

Il li afie ; et Aucassins le fait monter sor un ceval, et il monte
sor un autre, si le conduist tant qu'il fu a sauveté.

XI. OR SE CANTE.

Qant or voit li quens Garins
de son enfant Aucassin
qu'il ne pora departir
de Nicolete au cler vis,
5   en une prison l'a mis
en un celier sosterin
qui fu fais de marbre bis.
Quant or i vint Aucassins,
dolans fu, ainc ne fu si ;
10   a dementer si se prist
si con vos porrés oïr :
« Nicolete, flors de lis,
douce amie o le cler vis,
plus es douce que roisins
15   ne que soupe en maserin.
L'autr'ier vi un pelerin,
nes estoit de Limosin,
malades de l'esvertin
si gisoit ens en un lit,
20   mout par estoit entrepris,
de grant mal amaladis ;
tu passas devant son lit,
si soulevas ton traïn
et ton peliçon ermin,
25   la cemisse de blanc lin,
tant que ta ganbete vit :
garis fu li pelerins
et tos sains, ainc ne fu si ;
si se leva de son lit,
30   si rala en son païs
sains et saus et tos garis.
Doce amie, flors de lis,

— Au nom de Dieu », répond-il, « je vous promets tout ce
qu'il vous plaît. »

Il lui fait sa promesse, et Aucassin le fait monter sur un
cheval, monte sur un autre, et l'escorte jusqu'à ce qu'il soit en
sécurité.

XI. CHANTÉ.

Puisque maintenant le comte Garin a compris
que son enfant Aucassin
ne pourra se détacher
de Nicolette au clair visage,
il l'a mis en prison
dans un cellier souterrain,
qui était fait de marbre bis.
Quand Aucassin s'y trouva,
il fut plus malheureux que jamais ;
il se mit à se lamenter
comme vous allez l'entendre :
« Nicolette, fleur de lis,
douce amie au clair visage,
tu es plus douce que raisin,
ou que pain trempé dans un hanap de bois veiné.
Je vis naguère un pèlerin,
natif du Limousin,
rendu fou par l'avertin,
il gisait au fond d'un lit,
il était en bien triste état,
c'était une grave maladie qui le rendait malade ;
tu passas devant son lit,
tu soulevas ta traîne,
ta pelisse fourrée d'hermine,
et la chemise de lin blanc,
si bien qu'il vit ta jolie jambe ;
le pèlerin fut guéri,
et plus sain que jamais ;
il se leva de son lit,
et s'en retourna dans son pays
sain et sauf, tout à fait guéri.
Douce amie, fleur de lis,

```
        bias alers et bias venirs,
        biax jouers et biax bordirs,
35      biax parlers et biax delis,
        dox baisiers et dox sentirs,
        nus ne vous poroit haïr.
        Por vos sui en prison mis
        en ce celier sousterin
40      u je fac mout male fin ;
        or m'i convenra morir
        por vos, amie. »
```

XII. OR DIENT ET CONTENT ET FABLOIENT.

Aucasins fu mis en prison, si com vos avés oï et entendu, et
Nicolete fu d'autre part en le canbre. Ce fu el tans d'esté, el
mois de mai que li jor sont caut, lonc et cler, et les nuis coies et
series.

5   Nicolete jut une nuit en son lit, si vit la lune luire cler par une
fenestre et si oï le lorseilnol center en garding, se li sovint
d'Aucassin sen ami qu'ele tant amoit. Ele se comença a porpenser del conte Garin de Biaucaire qui de mort le haoit ; si se
pensa qu'ele ne remanroit plus ilec, que, s'ele estoit acusee et li
10 quens Garins le savoit, il le feroit de male mort morir. Ele senti
que li vielle dormoit qui aveuc li estoit ; ele se leva, si vesti un
bliaut de drap de soie que ele avoit molt bon, si prist dras de lit
et touailes, si noua l'un a l'autre, si fist une corde si longe
conme ele pot, si le noua au piler de le fenestre ; si s'avala
15 contreval le gardin, et prist se vesture a l'une main devant et a
l'autre deriere, si s'escorça por le rousee qu'ele vit grande sor
l'erbe, si s'en ala aval le gardin.

Ele avoit les caviaus blons et menus recercelés, et les ex vairs
et rians, et le face traitice, et le nes haut et bien assis, et lé
20 levretes vremelletes plus que n'est cerisse ne rose el tans d'esté,
et les dens blans et menus ; et avoit les mameletes dures qui li
souslevoient sa vesteure ausi con ce fuissent deus nois gauges ;
et estoit graille par mi les flans qu'en vos dex mains le peüsciés
enclorre ; et les flors des margerites qu'ele ronpoit as ortex de

belle à l'aller, belle au venir,
belle dans les jeux et les ris,
beau parler, belles délices,
doux baiser, douceur des sens,
nul ne pourrait vous haïr.
Pour vous je suis emprisonné
dans ce cellier souterrain ;
qui résonne de mes plaintes
il va m'y falloir mourir
pour vous, amie. »

XII. PARLÉ : LE NARRATEUR ET SES PERSONNAGES.

Aucassin fut mis en prison, comme vous l'avez bien compris, et Nicolette était de son côté retenue dans la chambre. C'était à la saison d'été, au mois de mai, où les jours sont chauds, longs et clairs, et les nuits calmes et sereines.

Une nuit que Nicolette était couchée dans son lit, elle vit la clarté de la lune luire à travers une fenêtre ; elle entendit le rossignol chanter dans le jardin ; alors, il lui souvint d'Aucassin, son ami qu'elle aimait tant. Elle se mit à réfléchir à la haine mortelle que lui vouait le comte Garin de Beaucaire ; elle décida de ne pas rester plus longtemps dans cet endroit, car si elle était dénoncée, et que le comte Garin fût au courant, il la ferait mourir d'une mort cruelle. Elle constata que la vieille qui était sa compagne dormait ; elle se leva, choisit parmi ses vêtements une tunique de soie très précieuse, prit des draps de lit et des serviettes, les noua bout à bout, en fit une corde aussi longue que possible, qu'elle noua au pilier de la fenêtre ; elle descendit ainsi dans le jardin, et, retroussant son vêtement d'une main par-devant, de l'autre par-derrière, à cause de la rosée dont elle vit l'herbe tout emperlée, elle gagna le bas du jardin.

Elle avait les cheveux blonds et tout frisés, les yeux brillant d'un éclat rieur, le visage fin et allongé, le nez haut placé et bien proportionné, et ses lèvres mignonnes étaient plus vermeillettes que n'est cerise ou rose à la saison d'été ; elle avait de petites dents blanches, et ses petits seins fermes se renflaient sous ses vêtements comme l'eussent fait deux grosses noix ; sa taille était si mince que vous auriez pu l'enserrer de vos deux mains ; et les fleurs de marguerites qu'elle foulait de ses orteils, et qui lui

25 ses piés, qui li gissoient sor le menuisse du pié par deseure,
estoient droites noires avers ses pies et ses ganbes, tant par
estoit blance la mescinete.

Ele vint au postic, si le deffrema, si s'en isci par mi les rues
de Biaucaire par devers l'onbre, car la lune luisoit molt clere, et
30 erra tant qu'ele vint a le tor u ses amis estoit. Li tors estoit faelee
de lius en lius ; et ele se quatist delés l'un des pilers, si s'estraint
en son mantel, si mist sen cief par mi une creveure de la tor qui
vielle estoit et anciienne, si oï Aucassin qui la dedans plouroit
et faisoit mot grant dol e regretoit sa douce amie que tant amoit.
35 Et quant el l'ot assés escouté, si comença a dire.

XIII. OR SE CANTE.

    Nicolete o le vis cler
    s'apoia a un piler,
    s'oï Aucassin plourer
    et s'amie regreter ;
5   or parla, dist son penser
    « Aucassins, gentix et ber,
    frans damoisiax honorés,
    que vos vaut li dementer,
    li plaindres ne li plurers,
10   quant ja de moi ne gorés ?
    car vostre peres me het
    et trestos vos parentés.
    Por vous passerai le mer,
    s'irai en autre regné. »
15   De ses caviax a caupés,
    la dedens les a rués.
    Aucassins les prist, li ber,
    si les a molt honerés
    et baisiés et acolés ;
20   en sen sain les a boutés ;
    si recomence a plorer,
    tout por s'amie.

retombaient sur le cou-de-pied, étaient vraiment noires à côté de ses pieds et de ses jambes, tant la fillette éclatait de blancheur.

Elle parvint à la poterne, qu'elle ouvrit, et s'échappa dans les rues de Beaucaire, restant du côté de l'ombre, car la clarté de la lune était vive ; et elle finit par arriver au pied de la tour où se trouvait son ami. La tour était lézardée par endroits, elle se blottit contre un des piliers, s'enveloppa de son manteau, et passa la tête dans une crevasse de la tour, qui était d'une antiquité vénérable ; elle entendit Aucassin qui, à l'intérieur, pleurait et s'abandonnait à son chagrin, regrettant sa douce amie qu'il aimait tant. Après l'avoir longtemps écouté, elle prit la parole.

XIII. CHANTÉ.

Nicolette au clair visage
s'appuya contre un pilier ;
elle entendit Aucassin pleurer
et regretter son amie ;
elle prit alors la parole pour dire sa pensée :
« Aucassin, rejeton valeureux d'un vaillant lignage,
jeune seigneur noble et riche d'honneurs,
à quoi bon vous lamenter,
vous plaindre et verser des larmes,
puisque jamais je ne serai vôtre ?
Votre père, en effet, me hait,
et tous vos parents comme lui.
A cause de vous, je passerai la mer,
j'irai dans un royaume étranger. »
Elle a coupé une mèche de ses cheveux,
et les a jetés à l'intérieur de la tour.
Aucassin s'en saisit, le vaillant seigneur,
il leur a rendu de grands honneurs,
les a couverts de baisers et tendrement étreints,
il les a mis dans son sein,
puis se remet à pleurer,
et tout pour son amie !

XIV. OR DIENT ET CONTENT ET FABLOIENT.

Quant Aucassins oï dire Nicolete qu'ele s'en voloit aler en autre païs, en lui n'ot que courecier.

« Bele douce amie », fait il, « vos n'en irés mie, car dont m'ariis vos mort ; et li premiers qui vos verroit ne qui vous
5 porroit, il vos prenderoit lués et vos meteroit a son lit, si vos asoignenteroit. Et puis que vos ariiés jut en lit a home, s'el mien non, or ne quidiés mie que j'atendisse tant que je trovasse coutel dont je me peüsce ferir el cuer et ocirre. Naie voir, tant n'atenderoie je mie ; ains m'esquelderoie de si lonc que je verroie une
10 maisiere u une bisse pierre, s'i hurteroie si durement me teste que j'en feroie les ex voler et que je m'escerveleroie tos : encor ameroie je mix a morir de si faite mort que je seüsce que vos eüsciés jut en lit a home, s'el mien non.

— A ! » fait ele, « je ne quit mie que vous m'amés tant con
15 vos dites ; mais je vos aim plus que vos ne faciés mi.

— Avoi ! » fait Aucassins, « bele douce amie, ce ne porroit estre que vos m'amissiés tant que je fac vos. Fenme ne puet tant amer l'oume con li hom fait la fenme ; car li amors de le fenme est en son oeul et en son le cateron de sa mamele et en son
20 l'orteil del pié ; mais li amors de l'oume est ens el cué plantee, dont ele ne puet iscir. »

La u Aucassins et Nicolete parloient ensanble, et les escargaites de le vile venoient tote une rue ; s'avoient les espees traites desos les capes, car li quens Garins lor avoit conmandé
25 que, se il le pooient prendre, qu'i l'ocesissent. Et li gaite qui estoit sor le tor les vit venir, et oï qu'il aloient de Nicolete parlant et qu'il le maneçoient a occirre.

« Dix ! » fait il, « con grans damages de si bele mescinete, s'il l'ocient ! Et molt seroit grans aumosne, se je li pooie dire, par
30 quoi il ne s'aperceuscent, et qu'ele s'en gardast ; car s'i l'ocient, dont iert Aucassins mes damoisiax mors, dont grans damages ert. »

XIV. PARLÉ : LE NARRATEUR ET SES PERSONNAGES.

Quand Aucassin entendit Nicolette dire qu'elle voulait s'en aller dans un autre pays, il s'abandonna sans réserve au chagrin.

« Chère et tendre amie », dit-il, « vous ne vous en irez pas, car ce serait me condamner à mort ; et le premier qui vous verrait et qui en aurait la possibilité, aurait vite fait de s'emparer de vous et de vous mettre dans son lit, faisant de vous sa maîtresse. Et quand vous auriez couché avec un homme autre que moi, n'allez pas croire que j'irais attendre de trouver un couteau pour m'en percer le cœur et me tuer. Ah non, certes, je n'attendrais pas tant ; mais je m'élancerais d'aussi loin que je verrais une muraille ou un rocher de granit, et j'y frapperais ma tête si violemment que j'en ferais voler les yeux, et jaillir toute la cervelle. Et je préférerais encore mourir d'une mort aussi cruelle que de savoir que vous avez partagé la couche d'un homme autre que moi.

— Ah ! » fait-elle, « je ne puis croire que vous m'aimez autant que vous le dites ; mais je vous aime plus que vous ne m'aimez.

— Comment ! » fait Aucassin, « chère et tendre amie, cela ne pourrait être que vous m'aimiez autant que je vous aime. La femme ne peut aimer l'homme autant que l'homme aime la femme ; car l'amour de la femme siège dans son œil, et à la pointe du bouton de son sein, et au bout de son orteil ; mais l'amour de l'homme est enraciné dans son cœur, et ne peut en sortir. »

Pendant qu'Aucassin et Nicolette échangeaient ces paroles, la patrouille du guet s'avançait tout le long d'une rue ; ils tenaient leurs épées nues sous leurs capes, car le comte Garin leur avait ordonné de tuer Nicolette, s'ils pouvaient l'attraper. Or le guetteur qui veillait tout en haut de la tour les vit venir, et les entendit parler de Nicolette, menaçant de l'occire.

« Dieu ! » fait-il, « quel malheur ce serait s'ils allaient tuer une si belle jeune fille ! Ce serait vraiment une bonne action que de la prévenir, si je pouvais le faire sans leur donner l'éveil, et qu'elle puisse se garder d'eux ; car s'ils la tuent, Aucassin, mon jeune seigneur, en mourra, et ce sera un terrible malheur. »

XV. OR SE CANTE.

Li gaite fu mout vaillans,
preus et cortois et saçans ;
il a comencié un cant
ki biax fu et avenans.
5 « Mescinete o le cuer franc,
cors as gent et avenant,
le poil blont et reluisant,
vairs les ex, ciere riant ;
bien le voi a ton sanblant,
10 parlé as a ton amant
qui por toi se va morant.
Jel te di et tu l'entens :
garde toi des souduians
ki par ci te vont querant,
15 sous les capes les nus brans
forment te vont maneçant,
tost te feront messeant,
s'or ne t'i gardes. »

XVI. OR DIENT ET CONTENT ET FABLOIENT.

« Hé ! » fait Nicolete, « l'ame de ten pere et de te mere soit en
benooit repos, quant si belement et si cortoisement le m'as ore
dit. Se Diu plaist, je m'en garderai bien, et Dix m'en gart ! »
Ele s'estraint en son mantel en l'onbre del piler, tant que cil
5 furent passé outre ; et ele prent congié a Aucassin, si s'en va tant
qu'ele vint au mur del castel. Li murs fu depeciés, s'estoit
rehordés, et ele monta deseure, si fist tant qu'ele fu entre le mur
et le fossé ; et ele garda contreval, si vit le fossé molt parfont et
molt roide, s'ot molt grant paor.
10   « Hé ! Dix », fait ele, « douce creature ! se je me lais caïr, je
briserai le col, et se je remain ci, on me prendera demain, si
m'ardera on en un fu. Encor ainme je mix que je muire ci que
tos li pules me regardast demain a merveilles. »

XV. CHANTÉ

Le guetteur était un vrai brave,
preux, courtois, et plein de sagacité ;
il a entonné une chanson
belle et plaisante à entendre.
« Jeune fille au noble cœur
ton corps est plein de grâce et de charme,
tes cheveux sont blonds et brillants,
tes yeux vifs, ton visage enjoué ;
je le vois bien à ta mine,
tu as parlé à ton amant
qui se meurt d'amour pour toi.
Fais bien attention à ce que je te dis :
garde-toi des traîtres
qui sont lancés à ta recherche dans ces parages,
cachant sous leur capes leurs lames nues ;
ils profèrent de terribles menaces contre toi,
ils ne tarderont pas à te causer des ennuis,
si tu n'y prends garde. »

XVI. PARLÉ : LE NARRATEUR ET SES PERSONNAGES.

« Ah ! » dit Nicolette, « que l'âme de ton père et de ta mère reposent dans la paix du Seigneur, puisque tu viens de me prévenir avec tant de galanterie et de courtoisie. S'il plaît à Dieu, je me garderai bien des traîtres ; que Dieu lui même m'en garde ! »

Elle s'enveloppe de son manteau à l'ombre du pilier, jusqu'à ce que ses poursuivants soient passés outre ; elle prend ensuite congé d'Aucassin et chemine jusqu'à ce qu'elle arrive devant le rempart du château. Le rempart présentait des brèches colmatées par un grossier maçonnage ; elle y grimpa, jusqu'à ce qu'elle parvînt au sommet du rempart donnant sur le fossé ; regardant en bas, elle vit le fossé bien profond, ses bords bien escarpés ; elle en fut terrifiée.

« Ah ! Dieu », dit-elle, « douce créature ! si je me laisse tomber, je me casserai le cou, et si je reste où je suis, on me prendra demain, et l'on me fera brûler sur le bûcher. Je préfère encore mourir ici plutôt que d'être exposée demain aux regards de la foule avide de sensations. »

Ele segna son cief, si se laissa glacier aval le fossé, et quant
15 ele vint u fons, si bel pié et ses beles mains, qui n'avoient mie
apris c'on les bleçast, furent quaissies et escorcies et li sans en
sali bien en dose lius, et ne por quant ele ne santi ne mal ne
dolor por le grant paor qu'ele avoit. Et se ele fu en paine de
l'entrer, encor fu ele en forceur de l'iscir. Ele se pensa qu'ileuc
20 ne faisoit mie bon demorer, e trova un pel aguisié que cil dedens
avoient jeté por le castel deffendre, si fist pas un avant l'autre,
si monta tant a grans painnes qu'ele vint deseure. Or estoit li
forés pres a deus arbalestees, qui bien duroit trente lives de lonc
et de lé, si i avoit bestes sauvages et serpentine : ele ot paor que,
25 s'ele i entroit, qu'eles ne l'ocesiscent, si se repensa que, s'on le
trovoit ileuc, c'on le remenroit en le vile por ardoir.

XVII. OR SE CANTE.

Nicolete o le vis cler
fu montee le fossé,
si se prent a dementer
et Jhesum a reclamer :
5   « Peres, rois de maïsté,
or ne sai quel part aler :
se je vois u gaut ramé,
ja me mengeront li lé,
li lion et li sengler,
10   dont il i a a plenté ;
et se j'atent le jor cler,
que on me puist ci trover,
li fus sera alumés
dont mes cors iert enbrasés ;
15   mais, par Diu de maïsté,
encor aim jou mix assés
que me mengucent li lé,
li lion et li sengler,
que je voisse en la cité :
20   je n'irai mie. »

Elle se signa, puis se laissa glisser dans le fossé, et quand elle arriva au fond, ses beaux pieds et ses belles mains, qui n'étaient pas habitués à souffrir de blessures, étaient meurtris et écorchés ; le sang en jaillissait en plus de douze endroits, et pourtant, elle ne sentit ni mal ni douleur, tant elle avait grand-peur. Et s'il lui avait fallu prendre de la peine pour s'engager dans le fossé, il était plus pénible encore d'en sortir. Elle se dit qu'il ne faisait pas bon s'attarder en cet endroit ; trouvant un pieu aiguisé que les assaillis avaient jeté pour défendre le château, elle progressa pas à pas et, au prix de grands efforts, elle arriva à gravir le fossé jusqu'en haut. Or la forêt était proche, à deux portées d'arbalète. Elle s'étendait bien sur trente lieues en long et en large ; et elle était hantée de bêtes sauvages et de reptiles ; Nicolette eut peur que ces bêtes ne la tuent, si elle y entrait ; mais d'autre part, elle se dit que si on la trouvait là, on la ramènerait en ville pour la brûler vive.

XVII. CHANTÉ.

Nicolette au clair visage
avait gravi le fossé ;
elle se mit à se lamenter,
et à invoquer Jésus :
« Père, souverain roi,
je ne sais où aller maintenant :
si je vais dans le bois touffu,
je serai mangée par les loups,
les lions et les sangliers,
qui le peuplent en abondance ;
et si j'attends que paraisse l'aube,
et qu'on puisse me trouver ici,
on mettra le feu au bûcher
qui réduira mon corps en cendres ;
mais, par le Dieu de majesté,
je préfère encore de beaucoup
être mangée par les loups,
les lions et les sangliers,
plutôt que de regagner la cité :
je n'irai pas ! »

XVIII. OR DIENT ET CONTENT ET FABLOIENT.

Nicolete se dementa molt, si con vos avés oï ; ele se
commanda a Diu, si erra tant qu'ele vint en le forest. Ele n'osa
mie parfont entrer por les bestes sauvaces et por le serpentine,
si se quatist en un espés buisson ; et soumax li prist, si
5 s'endormi dusqu'au demain a haute prime que li pastorel isci-
rent de la vile et jeterent lor bestes entre le bos et la riviere, si
se traien d'une part a une molt bele fontaine qui estoit au cief
de la forest, si estendirent une cape, se missent lor pain sus.
Entreusque il mengoient, et Nicolete s'esveille au cri des oisiax
10 et des pastoriax, si s'enbati sor aus.

« Bel enfant », fait ele, « Damedix vos i aït !

— Dix vos benie ! » fait li uns qui plus fu enparlés des autres.

« Bel enfant », fait ele, « conissiés vos Aucassin, le fil le conte
Garin de Biaucaire ?

15   — Oïl, bien le couniscons nos.

— Se Dix vos aït, bel enfant », fait ele, « dites li qu'il a une
beste en ceste forest et qu'i le viegne cacier, et s'il l'i puet
prendre, il n'en donroit mie un menbre por cent mars d'or, non
por cinc cens, ne por nul avoir. »

20   Et cil le regardent, se le virent si bele qu'il en furent tot
esmari.

« Je li dirai ? » fait cil qui plus fu enparlés des autres, « dehait
ait qui ja en parlera, ne qui ja li dira ! C'est fantosmes que vos
dites, qu'il n'a si ciere beste en ceste forest, ne cerf, ne lion, ne
25 sengler, dont un des menbres vaille plus de dex deniers u de
trois au plus, et vos parlés de si grant avoir ! Ma dehait qui vos
en croit, ne qui ja li dira ! Vos estes fee, si n'avons cure de vo
conpaignie, mais tenés vostre voie !

— Ha ! bel enfant », fait ele, « si ferés. Le beste a tel mecine
30 que Aucassins ert garis de son mehaing ; et j'ai ci cinc sous en
me borse : tenés, se li dites ; et dedens trois jors li covient cacier,

XVIII. PARLÉ : LE NARRATEUR ET SES PERSONNAGES.

Nicolette se lamenta beaucoup, comme vous venez de l'entendre. Elle se recommanda à Dieu, et chemina jusqu'à la forêt. Elle n'osa pas s'y enfoncer profondément à cause des bêtes sauvages et des reptiles, mais elle se blottit dans un buisson touffu ; le sommeil la prit, et elle s'endormit jusqu'au lendemain, l'heure de prime bien passée, au moment où les petits bergers sortirent de la ville pour mener leurs bêtes entre le bois et la rivière. Les pastoureaux se mirent à l'écart, près d'une source très belle qui jaillissait à l'orée de la forêt ; ils étendirent une cape sur le sol, pour y poser leur pain. Pendant qu'ils mangeaient, voilà que Nicolette s'éveille au bruit que faisaient les oiseaux et les pastoureaux, et elle surgit au milieu d'eux.

« Mes enfants », dit-elle, « le Seigneur Dieu vous vienne en aide !

— Dieu vous bénisse ! » dit l'un d'entre eux, qui avait la langue mieux pendue que les autres.

— Mes enfants », dit-elle, « connaissez-vous Aucassin, le fils du comte Garin de Beaucaire ?

— Oui-da, nous le connaissons bien.

— Dieu vous garde ! mes enfants », dit-elle, « dites-lui qu'il y a une bête dans cette forêt et qu'il vienne l'y chasser, et que s'il peut la prendre, il n'en donnerait pas un membre pour cent marcs d'or, ni pour cinq cents, ni pour tout l'or du monde. »

Et les bergers la regardent, et la voient si belle qu'ils en sont tout éperdus.

« Moi, je lui dirai ça ? » fait celui qui avait la langue mieux pendue que les autres, « maudit soit qui jamais en parlera, ni le lui dira ! C'est pur mirage que vos histoires, car il n'y a pas de bête qui ait tant de valeur dans cette forêt, ni cerf, ni lion, ni sanglier, dont un des membres vaille plus de deux deniers, trois tout au plus ; et vous parlez d'une telle fortune ! Maudit soit qui ajoute foi à vos paroles, ni qui les lui dira jamais ! Vous êtes une fée, nous ne nous soucions pas de votre compagnie, mais passez votre chemin.

— Ah ! mes enfants », dit-elle, « vous le lui direz. La bête a une telle vertu qu'Aucassin sera guéri de ce qui le fait souffrir ; et j'ai là cinq sous dans ma bourse, tenez ; dites-lui ce que je

et se il dens trois jors ne le trove, ja mais n'iert garis de son mehaig.

– Par foi », fait il, « les deniers prenderons nos, et s'il vient
35 ci, nos li dirons, mais nos ne l'irons ja quere.

– De par Diu ! » fait ele.

Lor prent congié as pastoriaus, si s'en va.

XIX. OR SE CANTE.

Nicolete o le cler vis
des pastoriaus se parti,
si acoilli son cemin
tres par mi le gaut foilli
5   tout un viés sentier anti,
tant qu'a une voie vint
u aforkent set cemin
qui s'en vont par le païs.
A porpenser or se prist
10   qu'esprovera son ami
s'i l'aime si com il dist.
Ele prist des flors de lis
et de l'erbe du garris
et de le foille autresi,
15   une bele loge en fist,
ainques tant gente ne vi.
Jure Diu qui ne menti,
Se par la vient Aucasins
et il por l'amor de li
20   ne s'i repose un petit,
ja ne sera ses amis,
n'ele s'amie.

---

1. Nous adoptons ici le parti de Jean Dufournet ; les herbes aromatiques de la garrigue (n'est-on pas du côté de Beaucaire ?) semblent tout à fait appropriées à la construction de la loge telle que Nicolette la veut pour accueillir Aucassin.

vous ai dit ; et qu'il lui faut se mettre en chasse avant trois jours ; et s'il ne trouve pas la bête dans les trois jours, il ne sera jamais guéri de ses souffrances.

— Ma foi », dit l'orateur de la troupe, « nous prendrons les deniers, et s'il vient par ici, nous lui dirons le message, mais nous ne nous mettrons pas à sa recherche.

— A la grâce de Dieu ! » dit-elle.

Alors elle prend congé des pastoureaux, et s'en va.

XIX. CHANTÉ.

Nicolette au clair visage
quitta les petits bergers,
elle se mit en chemin
à travers le bois touffu,
tout le long d'un vieux sentier de l'ancien temps,
jusqu'à ce qu'elle arrivât
au carrefour de sept chemins,
qui s'en vont par le pays.
L'idée lui vint alors
d'éprouver si son ami
l'aime autant qu'il le dit.
Elle prit des fleurs de lis,
et des herbes de la garrigue[1],
ainsi que du feuillage,
elle en fit une belle hutte,
je n'en vis jamais d'aussi jolie !
Elle jure, au nom de Dieu qui jamais ne mentit,
que si Aucassin vient à passer par là,
sans prendre, pour l'amour d'elle,
quelques instants de repos dans sa hutte,
il ne sera jamais plus son ami,
ni elle son amie.

XX. OR DIENT ET CONTENT ET FABLOIENT.

Nicolete eüt faite le loge, si con vos avés oï et entendu, molt
bele et mout gente, si l'ot bien forree dehors et dedens de flors
et de foilles, si se repost delés le loge en un espés buison por
savoir que Aucassins feroit.

5   Et li cris et li noise ala par tote le tere et par tot le païs que
Nicolete estoit perdue : li auquant dient qu'ele en estoit fuie, et
li autre dient que li quens Garins l'a faite mordrir. Qui qu'en
eüst joie, Aucassins n'en fu mie liés. Et li quens Garins ses
peres le fist metre hors de prison, si manda les cevaliers de le
10   tere et les damoiseles, si fist faire une mot rice feste, por çou
qu'il cuida Aucassin son fil conforter.

Quoi que li feste estoit plus plaine, et Aucassins fu apoiiés a
une puie tos dolans et tos souples ; qui que demenast joie,
Aucassins n'en ot talent, qu'il n'i veoit rien de çou qu'il amoit.
15   Uns cevaliers le regarda, si vint a lui, si l'apela.

« Aucassins », fait il, « d'ausi fait mal con vos avés ai je esté
malades. Je vos donrai bon consel, se vos me volés croire.

– Sire », fait Aucassins, « grans mercis ; bon consel aroie je
cier.

20   – Montés sor un ceval », fait il, « s'alés selonc cele forest
esbanoiier ; si verrés ces flors et ces herbes, s'orrés ces oisellons
canter ; par aventure orrés tel parole dont mix vos iert.

– Sire », fait Aucassins, « grans mercis ; si ferai jou. »

Il s'enble de la sale, s'avale les degrés, si vient en l'estable
25   ou ses cevaus estoit ; il fait metre le sele et le frain ; il met pié
en estrier, si monte, et ist del castel ; et erra tant qu'il vint a le
forest, et cevauca tant qu'il vint a le fontaine, et trove les pastoriax au point de none ; s'avoient une cape estendue sor l'erbe, si
mangoient lor pain et faisoient mout tres grant joie.

---

1. Ce *locus amoenus* correspond à l'espace (romanesque) de l'amour, qui
échappe aux contingences du quotidien, et ce depuis le roman grec ; c'est vraiment
un autre monde purement poétique, et, comme tel, propre à offrir une évasion à
Aucassin.

XX. PARLÉ : LE NARRATEUR ET SES PERSONNAGES.

Quand Nicolette eut fini de construire sa hutte, toute belle, toute jolie, comme vous l'avez bien entendu dire, et qu'elle l'eut bien tapissée de fleurs et de feuilles, au-dehors et au-dedans, elle se cacha tout près, dans un épais buisson, pour savoir ce qu'allait faire Aucassin.

Le bruit et la rumeur coururent dans tout le comté et dans tout le pays que Nicolette avait disparu ; certains disent qu'elle s'est enfuie, d'autres que le comte Garin l'a fait mettre à mort. S'il y en eut pour se réjouir de la nouvelle, Aucassin fut bien loin d'en être heureux. Aussi le comte Garin, son père, le fit-il libérer de sa prison ; il invita les chevaliers du comté et les nobles demoiselles, et donna une fête somptueuse, dans l'espoir de consoler son fils Aucassin.

Alors même que la fête battait son plein, Aucassin restait appuyé à une balustrade, tout triste et tout abattu ; s'amuse qui veut, Aucassin n'en avait nulle envie, car il ne voyait dans cette fête rien qui appartienne à ce qu'il aimait. Un chevalier, remarquant son attitude, vint le trouver et lui adressa la parole.

« Aucassin », dit-il, « j'ai souffert de cette même maladie qui vous éprouve. Je vais vous donner un bon conseil, si vous voulez m'en croire.

– Seigneur », dit Aucassin, « grand merci ; j'attacherais du prix à recevoir un bon conseil.

– Prenez un cheval », dit il, « et allez faire un tour en lisière de la forêt là-bas ; vous verrez l'herbe émaillée de fleurs, vous entendrez chanter les oisillons[1] ; il se pourrait que vous appreniez quelque chose qui vous réconforterait.

– Seigneur », dit Aucassin, « grand merci ; je vais faire comme vous dites. »

Il quitte la salle, descend les escaliers, s'en vient à l'écurie où était son cheval ; il le fait seller et brider, met le pied à l'étrier, monte, et sort du château. Il s'en éloigna, parvint à la forêt et chevaucha jusqu'à la source ; il rencontra les pastoureaux juste sur l'heure de none ; ils avaient étendu une cape sur l'herbe, mangeaient leur pain et se donnaient du bon temps.

XXI. OR SE CANTE.

Or s'asanlent pastouret,
Esmerés et Martinés,
Fruelins et Johanés,
Robeçons et Aubriés.
5   Li uns dist : « Bel conpaignet,
Dix aït Aucasinet,
voire a foi ! le bel vallet ;
et le mescine au corset
qui avoit le poil blondet,
10   cler le vis et l'oeul vairet,
ki nos dona denerés
dont acatrons gastelés,
gaïnes et coutelés,
flausteles et cornés,
15   maçueles et pipés,
Dix le garisse ! »

XXII. OR DIENT ET CONTENT ET FABLOIENT.

Quant Aucassins oï les pastoriax, si li sovint de Nicolete se
tresdouce amie qu'il tant amoit, et si se pensa qu'ele avoit la
esté ; et il hurte le ceval des eperons, si vint as pastoriax.
« Bel enfant, Dix vos i aït !
5   – Dix vos benie ! » fait cil qui fu plus enparlés des autres.
« Bel enfant », fait il, « redites le cançon que vos disiés ore.
– Nous n'i dirons », fait cil qui plus fu enparlés des autres.
« Dehait ore qui por vous i cantera, biax sire !
– Bel enfant », fait Aucassins, « enne me conissiés vos ?
10   – Oïl, nos saviiens bien que vos estes Aucassins nos damoi-
siax, mais nos ne somes mie a vos, ains somes au conte.

---

1. *Esmerés*, dans le texte original, signifie « pur » ; les diminutifs (Aucassinet)
appartiennent au registre de la pastorale, sans être toujours ressentis comme
mièvres ; il y aurait beaucoup à dire sur l'association du diminutif à l'innocence
idyllique et rustique ; en tout cas, s'il y a ici un sourire de l'auteur, il reste discret,
et un peu ambigu. *Corset*, *infra*, v. 8, nous semble pouvoir être un diminutif de
corps (à l'inverse, le « corset », pièce d'habillement, pourra se nommer *corps*),
créant une symétrie avec *Aucasinet... le bel vallet*.

XXI. CHANTÉ.

Les voilà réunis, les bergerots,
Emeret[1] et Martinet,
Fruelin et Johannès,
Robechon et Aubriet.
L'un dit : « Mes bons petits compagnons,
Dieu protège Aucassinet,
oui, pour de bon ! le beau garçon ;
et la jeune fille au joli corps,
toute blondinette,
au clair visage, au regard espiègle,
qui nous donna de beaux petits sous,
dont nous achèterons de bons petits gâteaux,
de petits couteaux dans leurs fourreaux,
des flûtiaux et des cornets,
de petites massues, des pipeaux,
que Dieu la sauve !

XXII. PARLÉ : LE NARRATEUR ET SES PERSONNAGES.

En entendant les pastoureaux, Aucassin pensa tout de suite à Nicolette, sa très douce amie, qu'il aimait tant, et il se dit qu'elle était passée par là ; éperonnant son cheval, il s'approcha des petits bergers.

« Mes enfants, Dieu vous soit en aide !

– Dieu vous bénisse ! » dit celui qui avait la langue mieux pendue que les autres.

« Mes enfants », dit Aucassin, « répétez la chanson que vous disiez il y a un instant.

– Nous n'en ferons rien », dit celui qui avait la langue mieux pendue que les autres ; « maudit soit qui la chantera pour vous, mon cher seigneur !

– Mes enfants », dit Aucassin, « ne me connaissez-vous pas ?

– Que si, nous savons bien que vous êtes Aucassin, notre jeune seigneur, pourtant, nous ne sommes pas à votre service, mais à celui du comte.

— Bel enfant, si ferés, je vos en pri.

— Os, por le cuerbé ! » fait cil ; « porquoi canteroie je por vos, s'il ne me seoit, quant il n'a si rice home en cest païs, sans le
15 cors le conte Garin, s'il trovoit mé bués ne mes vaces ne mes brebis en ses pres n'en sen forment, qu'il fust mie tant herdis por les ex a crever qu'il les en ossast cacier ? Et porquoi canteroie je por vos, s'il ne me seoit ?

— Se Dix vos aït, bel enfant, si ferés ; et tenés dis sous que
20 j'ai ci en une borse.

— Sire, les deniers prenderons nos, mais ce ne vos canterai mie, car j'en ai juré ; mais je le vos conterai, se vos volés.

— De par Diu », fait Aucassins, « encor aim je mix conter que nient.

25 — Sire, nos estiiens orains ci entre prime et tierce, si mangiens no pain a ceste fontaine, ausi con nos faisons ore, et une pucele vint ci, li plus bele riens du monde, si que nos quidames que ce fust une fee, et que tos cis bos en esclarci si nos dona tant del sien que nos li eümes en covent, se vos veniés
30 ci, nos vos desisiens que vos alissiés cacier en ceste forest, qu'il i a une beste que, se vos le poiiés prendre, vos n'en donriiés mie un des menbres por cinc cens mars d'argent ne por nul avoir : car li beste a tel mecine que, se vos le poés prendre, vos serés garis de vo mehaig ; et dedens trois jors le vos covien avoir
35 prisse, et se vos ne l'avés prise, ja mais ne le verrés. Or le caciés se vos volés, et se vos volés si le laiscié, car je m'en sui bien acuités vers li.

— Bel enfant », fait Aucassins, « assés en avés dit et Dix le me laist trover ! »

XXIII. OR SE CANTE.

Aucassins oï les mos
de s'amie o le gent cors,
mout li entrerent el cors.
Des pastoriax se part tost,

— Mes enfants, vous chanterez bien, je vous en prie.

— Entendez ça, corbleu ! » fait l'autre ; « pourquoi chanterais-je pour vous, s'il ne me plaît pas, alors qu'il n'y a pas dans ce pays d'homme si puissant soit-il, à l'exception du comte Garin, qui, s'il trouvait mes bœufs, mes vaches ou mes brebis dans ses prés ou dans ses blés, serait assez hardi pour les en chasser, au risque de se faire crever les yeux ? Et pourquoi chanterais-je pour vous, s'il ne me convenait pas ?

— Dieu vous aide, mes enfants, vous chanterez ; et, tenez, voilà dix sous que j'ai ici dans une bourse.

— Seigneur, nous prendrons les deniers, cependant, je ne saurais vous chanter ce que vous voulez, car j'en ai fait le serment ; mais je vous le raconterai, si vous voulez.

— A la grâce de Dieu, je préfère encore que vous racontiez plutôt que de ne rien faire du tout.

— Seigneur, nous étions ici tout à l'heure, entre prime et tierce, et nous mangions notre pain auprès de cette source, comme nous le faisons maintenant ; survint alors une jeune fille, la plus belle créature du monde, au point que nous l'avons prise pour une fée, et que tout le bois alentour fut rempli de clarté. Elle se montra si libérale envers nous, que nous lui avons promis que, si vous veniez par ici, nous vous dirions d'aller chasser dans cette forêt, qu'il y a dedans une bête telle que, si vous pouviez la prendre, vous n'en donneriez pas le moindre membre pour cinq cents marcs d'argent, ni pour tout l'or du monde ; car la bête a une telle vertu que, si vous pouviez la prendre, vous seriez guéri de votre mal ; et il vous faut l'avoir prise avant trois jours, faute de quoi, vous ne la verrez plus jamais. Maintenant, prenez-la en chasse si vous le voulez, et si vous le voulez, renoncez-y ; en tout cas, j'ai bien tenu la promesse que je lui avais faite.

— Mes enfants », dit Aucassin, « vous en avez assez dit ; Dieu fasse que je puisse la trouver ! »

XXIII. CHANTÉ.

Aucassin entendit les paroles
de son amie au corps gracieux ;
elles se gravèrent profondément dans son cœur.
Il quitte en hâte les pastoureaux,

5   si entra el parfont bos ;
      li destriers li anble tost ;
      bien l'en porte les galos.
      Or parla, s'a dit trois mos :
      « Nicolete o le gent cors,
10   por vos sui venus en bos ;
      je ne cac ne cerf ne porc,
      mais por vos siu les esclos.
      Vo vair oiel et vos gens cors,
      vos biax ris et vos dox mos
15   ont men cuer navré a mort.
      Se Diu plaist le pere fort,
      je vous reverai encor,
      suer douce amie. »

XXIV. OR DIENT ET CONTENT ET FABLOIENT.

Aucassins ala par le forest de voie en voie et li destriers l'en
porta grant aleüre. Ne quidiés mie que les ronces et les espines
l'esparnaiscent. Nenil nient ! ains li desronpent ses dras qu'a
painnes peüst on nouer desu el plus entier, et que li sans li isci
5 des bras et des costés et des ganbes en quarante lius u en trente,
qu'aprés le vallet peüst on suir le trace du sanc qui caoit sor
l'erbe. Mais il pensa tant a Nicolete sa douce amie, qu'i ne
sentoit ne mal ne dolor ; et ala tote jor par mi le forest si faitement que onques n'oï noveles de li ; et quant il vit que li vespres
10 aproçoit, si comença a plorer por çou qu'il ne le trovoit.
    Tote une viés voie herbeuse cevauçoit, s'esgarda devant lui
en mi le voie, si vit un vallet tel con je vos dirai. Grans estoit et
mervellex et lais et hidex ; il avoit une grande hure plus noire
q'une carbouclee, et avoit plus de planne paume entre deus ex,
15 et avoit unes grandes joes et un grandisme nes plat et unes grans
narines lees et unes grosses levres plus rouges d'une carbounee
et uns grans dens gaunes et lais, et estoit cauciés d'uns housiax
et d'uns sollers de buef fretes de tille dusque deseure le genol,

et s'enfonce dans l'épaisseur du bois ;
son destrier presse l'allure à l'amble,
il l'emporte au grand galop.
Aucassin ne peut alors retenir quelques mots :
« Nicolette au corps gracieux,
c'est pour vous que je suis venu dans ce bois ;
je ne chasse ni cerf ni sanglier,
mais ce sont vos traces que je suis.
Vos yeux brillants et votre corps gracieux,
votre gaieté charmante, vos douces paroles,
ont blessé mon cœur à mort.
S'il plaît à Dieu, le Père tout-puissant,
je vous reverrai encore,
ma douce bien-aimée.

XXIV. PARLÉ : LE NARRATEUR ET SES PERSONNAGES.

Aucassin parcourut la forêt, de chemin en chemin, et son
destrier l'emporta à grande allure. N'allez pas croire que les
ronces ou les épines l'aient épargné. Pas le moins du monde !
Mais elles lui déchirent ses vêtements si bien qu'on aurait eu de
la peine à faire tenir un nœud sur le plus entier, et que le sang
lui jaillit des bras et des flancs et des jambes en quarante
endroits, au moins en trente, de sorte qu'on peut suivre le jeune
homme à la trace de sang qu'il laissait sur l'herbe. Mais il pensa
tant à Nicolette sa douce amie, qu'il ne sentait ni mal ni douleur ; et tout le long du jour, il parcourut ainsi la forêt sans
jamais en apprendre aucune nouvelle ; et quand il vit que le soir
approchait, il se mit à pleurer parce qu'il ne la trouvait pas.

Il chevauchait le long d'un vieux sentier envahi par les
herbes, quand, regardant devant lui sur le chemin, il aperçut un
jeune homme tel que je vais vous dire. Il était grand, étrange,
laid et hideux ; il avait une grande hure plus noire que la nielle
des blés, et plus d'une pleine largeur de main entre les deux
yeux ; il avait une grosse paire de joues, un immense nez tout
aplati, de grosses narines béantes, de grosses lèvres plus rouges
qu'une grillade, et de grandes dents jaunes et répugnantes ; il
portait des jambières et des souliers de cuir de bœuf, que des
lanières d'écorce de tilleul maintenaient jusqu'au-dessus du

et estoit afulés d'une cape a deus envers, si estoit apoiiés sor une
20 grande maçue.

Aucassins s'enbati sor lui, s'eüt grant paor quant il le sorvit.

« Biax frere, Dix t'i aït !

– Dix vos benie ! » fait cil.

« Se Dix t'aït, que fais tu ilec ?

25 – A vos que monte ? » fait cil.

« Nient », fait Aucassins ; « je nel vos demant se por bien non.

– Mais porquoi plourés vos », fait cil, « et faites si fait duel ?
Certes, se j'estoie ausi rices hom que vos estes, tos li mons ne
me feroit mie plorer.

30 – Ba ! me connissiés vos ? » fait Aucassins.

« Oie, je sai bien que vos estes Aucassins, li fix le conte, et
se vos me dites por quoi vos plorés, je vos dirai que je fac ci.

– Certes », fait Aucassins, « je le vos dirai molt volentiers :
je vig hui matin cacier en ceste forest, s'avoie un blanc levrer,
35 le plus bel del siecle, si l'ai perdu : por ce pleur jou.

– Os ! » fait cil, « por le cuer que cil Sires eut en sen ventre !
que vos plorastes por un cien puant ! Mal dehait ait qui ja mais
vos prisera, quant il n'a si rice home en ceste terre, se vos peres
l'en mandoit dis u quinse u vint, qu'il ne les eüst trop volentiers,
40 et s'en esteroit trop liés. Mais je doi plorer et dol faire.

– Et tu de quoi, frere ?

– Sire, je le vous dirai. J'estoie luiés a un rice vilain, si casoie
se carue, quatre bués i avoit. Or a trois jors qu'il m'avint une
grande malaventure, que je perdi le mellor de mes bués, Roget,
45 le mellor de me carue ; si le vois querant, si ne mengai ne ne buc
trois jors a passés ; si n'os aler a le vile, c'on me metroit en
prison, que je ne l'ai de quoi saure : de tot l'avoir du monde n'ai
je plus vaillant que vos vees sor le cors de mi. Une lasse mere

genou ; et il était vêtu d'une cape sans endroit ni envers, et s'appuyait sur une grande massue.

Aucassin se précipita sur lui, et il eut grand-peur en le voyant de plus près.

« Mon frère », dit-il, « Dieu te vienne en aide !

– Dieu vous bénisse ! » fait l'autre.

« Par la grâce de Dieu, que fais-tu ici ?

– Ça vous regarde ? » réplique l'autre.

« Non », dit Aucassin ; « si je vous le demande, c'est dans une bonne intention.

– Mais vous, pourquoi pleurez-vous », fait l'inconnu, « et vous désolez-vous de la sorte ? Certes, si j'étais aussi riche que vous l'êtes, le monde entier ne pourrait me tirer une larme.

– Allons donc, me connaissez-vous ? » dit Aucassin.

« Oui, je sais bien que vous êtes Aucassin, le fils du comte, et si vous me dites pourquoi vous pleurez, je vous dirai ce que je fais ici.

– Certes », dit Aucassin, « je vous le dirai bien volontiers : je vins aujourd'hui chasser dans cette forêt ; j'avais un lévrier blanc, le plus beau du monde, et je l'ai perdu : c'est pourquoi je pleure.

– Que faut-il entendre ! » réplique l'autre, « par le cœur que Notre-Seigneur eut dans sa poitrine, vous vous êtes mis à pleurer pour un chien puant ? Qu'il aille au diable, celui qui vous accordera désormais la moindre estime, alors qu'il n'y a pas d'homme si riche dans ce comté qui, si votre père le lui demandait, ne puisse en fournir dix, quinze ou vingt, et encore trop content de le faire ! Mais moi, j'ai de bonnes raisons de pleurer et de me désoler.

– Et pourquoi, mon frère ?

– Seigneur, je m'en vais vous le dire. J'étais loué à un riche paysan, je menais sa charrue, il y avait quatre bœufs attelés. Il y a trois jours maintenant qu'il m'arriva un grand malheur : j'ai perdu le meilleur de mes bœufs, Rouget, le meilleur de mon attelage ; je suis à sa recherche, sans manger ni boire, depuis trois jours ; je n'ose pas aller en ville, car on me mettrait en prison, parce que je n'ai pas de quoi le payer : de tous les biens du monde, je n'ai rien de plus que ce que vous voyez sur moi. J'avais une pauvre mère, qui n'avait pour tout bien qu'un misé-

avoie, si n'avoit plus vaillant que une keutisele, si li a on sacie
50 de desou le dos, si gist a pur l'estrain, si m'en poise assés plus
que de mi ; car avoirs va et vient : se j'ai or perdu, je gaaignerai
une autre fois, si sorrai mon buef quant je porrai, ne ja por çou
n'en plouerai Et vos plorastes por un cien de longaigne ? Mal
dehait ait qui ja mais vos prisera !

55 — Certes, tu es de bon confort, biax frere ; que benois soies
tu ! Et que valoit tes bués ?

— Sire, vint sous m'en demande on ; je n'en puis mie abatre
une seule maaille.

— Or tien », fait Aucassins, « vint que j'ai ci en me borse, si
60 sol ten buef.

— Sire », fait il, « grans mercis, et Dix vos laist trover ce que
vos querés. »

Il se part de lui ; Aucassins si cevauce. La nuis fu bele et
quoie, et il erra tant qu'il vin[t a la voie u li set cemin aforkent],
65 si v[it le loge que] Nicolete avoit [fete, et le loge estoit tote
forree] defors et dedens et par deseure et devant de flors, et
estoit si bele que plus ne pooit estre. Quant Aucassins le perçut,
si s'aresta tot a un fais, et li rais de le lune feroit ens.

« E ! Dix », fait Aucassins, « ci fu Nicolete me douce amie, et
70 ce fist ele a ses beles mains ; por le douçour de li et por s'amor
me descenderai je ore ci et m'i reposerai anuit mais. »

Il mist le pié fors de l'estrier por descendre, et li cevaus fu
grans et haus ; il pensa tant a Nicolete se tresdouce amie qu'il
caï si durement sor une piere que l'espaulle li vola hors du liu.
75 Il se senti molt blecié, mais il s'efforça tant au mix qu'il peut et
ataca son ceval a l'autre main a une espine, si se torna sor costé
tant qu'il vint tos souvins en le loge ; et il garda par mi un trau
de le loge, si vit les estoiles el ciel, s'en i vit une plus clere des
autres, si conmença a dire.

64-66. Le manuscrit présentant une déchirure qui ne laisse subsister que quelques lettres de la colonne 77b, nous avons adopté la restitution proposée par Bourdillon (édition et traduction, Londres, 1887), plutôt que celle de Suchier (éd. revues et corrigées de 1878 à 1913) ; la première nous semble en effet plus proche du texte de la section XIX auquel le passage se réfère.

rable matelas ; on le lui a arraché de sous le dos, et la voilà couchée à même la paille ; j'ai plus de peine pour elle que pour moi, car l'avoir va et vient ; si j'ai perdu pour ce coup, je gagnerai une autre fois ; je paierai mon bœuf quand je le pourrai, et ce n'est pas ça qui me tirera des larmes. Et vous, vous avez pleuré pour une saleté de chien ? Au diable qui vous accordera désormais la moindre estime !

— Certes, tu t'y entends à réconforter les gens, mon cher frère ; béni sois-tu ! Et que valait ton bœuf ?

— Seigneur, c'est vingt sous qu'on m'en demande ; je ne puis en rabattre une seule maille.

— Allez, tiens », dit Aucassin, « en voilà vingt que j'ai dans ma bourse ; paie ton bœuf.

— Seigneur », dit-il, « grand merci, et que Dieu vous permette de trouver ce que vous cherchez ! »

Il le quitte, et Aucassin reprend sa chevauchée. La nuit était belle et sereine, et il chevaucha jusqu'au carrefour des sept chemins ; il vit alors devant lui la hutte qu'avait faite Nicolette, comme vous le savez, toute tapissée de fleurs dehors et dedans, et par-dessus et par-devant, et d'une beauté insurpassable. Quand Aucassin l'aperçut, il s'arrêta net ; la hutte était baignée par les rayons de la lune.

« Eh ! mon Dieu, dit Aucassin, elle est venue ici, Nicolette, ma douce amie, et elle a fait cette hutte de ses belles mains ; en hommage à sa douceur et pour l'amour d'elle, je vais mettre ici pied à terre, et je m'y reposerai pour la nuit. »

Il dégagea son pied de l'étrier pour descendre, or son cheval était grand et de haute taille ; et Aucassin pensa tant à Nicolette, sa très douce amie, qu'il tomba sur une pierre si brutalement qu'il se déboîta l'épaule. Il se sentit gravement blessé, mais il prit sur lui autant qu'il le put, et, de l'autre main, attacha son cheval à une aubépine, puis, se tournant sur le côté, il arriva à pénétrer dans la hutte en rampant sur le dos ; et, regardant par un trou de la hutte, il vit les étoiles luire au ciel, et, remarquant l'une d'elles qui brillait plus que les autres, il se mit à dire :

XXV. OR SE CANTE.

« Estoilete, je te voi,
que la lune trait a soi ;
Nicolete est aveuc toi,
m'amïete o le blont poil.
5 Je quid Dix le veut avoir
por la lu[mier]e de s[oir,
que par li plus bele soit.
Douce suer, com me plairoit
se monter pooie droit]
10 que que fust du recaoir
que fuisse lassus o toi :
ja te baiseroie estroit.
Se j'estoie fix a roi,
s'afferriés vos bien a moi,
15 suer douce amie. »

XVI. OR DIENT ET CONTENT ET FABLOIENT.

Quant Nicolete oï Aucassin, ele vint a lui, car ele n'estoit mie
lonc ; ele entra en la loge, si li jeta ses bras au col, si le baisa et
acola.

« Biax doux amis, bien soiiés vos trovés !

5 — Et vos, bele douce amie, soiés li bien trovee !

Il s'entrebaissent et acolent, si fu la joie bele.

« Ha ! douce amie », fait Aucassins, « j'estoie ore molt bleciés
en m'espaulle, et or ne senc ne mal ne dolor, pui que je vos ai. »

Ele le portasta et trova qu'il avoit l'espaulle hors du liu ; ele
10 le mania tant a ses blances mains et porsaca, si con Dix le vaut
qui les amans ainme, qu'ele revint a liu ; et puis si prist des flors
et de l'erbe fresce et des fuelles verdes, si le loia sus au pan de
sa cemisse ; et il fu tox garis.

« Aucassins », fait ele, « biaus dox amis, prendés consel que

_____

4. ms. *les* ou *leb.* — **5.** ms. *quid que* ; en accord avec les précédentes éditions,
nous supprimons le *que* qui fait un vers hypermètre. — **6-9.** La déchirure du
manuscrit précédemment signalée a mutilé le vers 6 et supprimé les vers 7 à 9.
Différentes restitutions ont été proposées ; nous adoptons celle de Suchier, pré-
férant la seconde à la première pour les vers 8-9 : *Vien amie, je te proi !/Ou
monter vaurroie droit.*

XXV. CHANTÉ.

« Etoilette, je te vois,
que la lune veut pour compagne ;
Nicolette est avec toi,
ma petite chérie aux blonds cheveux.
Je crois que Dieu veut l'avoir avec lui,
pour que la lumière du soir
reçoive d'elle une clarté plus belle,
tendre amie, comme il me plairait
de pouvoir monter tout droit,
au risque même de retomber,
pour être là-haut avec toi :
je te couvrirais de baisers !
Si j'étais fils de roi,
vous seriez bien digne de moi,
ma chérie, ma douce ! »

XXVI. PARLÉ : LE NARRATEUR ET SES PERSONNAGES.

Quand Nicolette entendit Aucassin, elle vint à lui, car elle
n'était pas bien loin ; elle entra dans la hutte, lui jeta les bras
autour du cou, lui donna un baiser et le serra contre elle.

« Mon ami très cher, soyez le bienvenu !

– Et vous, ma douce amie très chère, soyez la bienvenue ! »

Ils s'embrassent et s'étreignent, au comble de la joie.

« Ah ! ma chérie », dit Aucassin, « je m'étais cruellement
blessé à l'épaule, et maintenant, je ne sens ni mal ni douleur,
depuis que je vous ai. »

Elle explora son épaule en la tâtant, et trouva qu'elle était
déboîtée ; elle manœuvra si bien de ses blanches mains tout en
tirant qu'avec l'aide de Dieu, qui aime les amants, elle lui remit
l'épaule en place ; prenant ensuite des fleurs et de l'herbe
fraîche et de vertes feuilles, elle lui en fit un pansement avec le
pan de sa chemise ; et il se trouva tout guéri.

« Aucassin », dit-elle, « mon ami bien-aimé, réfléchissez à ce

15 vous ferés : se vos peres fait demain cerquier ceste forest et on
me trouve, que que de vous aviegne, on m'ocira.

— Certes, bele douce amie, j'en esteroie molt dolans ; mais,
se je puis, il ne vos tenront ja. »

Il monta sor son ceval et prent s'amie devant lui, baisant et
20 acolant, si se metent as plains cans.

XXVII. OR SE CANTE.

Aucassins li biax, li blons,
li gentix, li amorous,
est issus del gaut parfont,
entre ses bras ses amors
5   devant lui sor son arçon ;
les ex li baise et le front
et le bouce et le menton.
Ele l'a mis a raison :
« Aucassins, biax amis dox,
10   en quel tere en irons nous ?
— Douce amie, que sai jou ?
Moi ne caut u nous aillons,
en forest u en destor,
mais que je soie aveuc vous. »
15   Passent les vaus et les mons
et les viles et les bors ;
a la mer vinrent au jor,
si descendent u sablon
les le rivage.

XXVIII. OR DIENT ET CONTENT ET FABLOIENT.

Aucassins fu descendus entre lui et s'amie, si con vous avés
oï et entendu ; il tint son ceval par le resne et s'amie par le main,
si conmencent aler selonc le rive.

[Et Aucassins esgarda par devers la mer, si vit une nef de
5 marceans qui nageoient pres de le rive.]

---

1. Il faut – peut-être – suppléer à l'apparente lacune du récit : les marchands
qui vont prendre à leur bord les amoureux doivent être introduits. Nous adoptons
la restitution proposée par Bourdillon.

que vous allez faire : si demain, votre père fait faire une battue dans cette forêt, et qu'on me trouve, quoi qu'il advienne de vous, moi, on me tuera.

— Certes, ma douce et tendre amie, j'en serais bien marri ; mais, si je le puis, ils ne vous attraperont pas. »

Il se mit en selle, plaçant son amie devant lui, et, tout en échangeant baisers et étreintes, ils s'engagèrent en terrain découvert.

XXVII. CHANTÉ.

Aucassin, si beau, si blond,
si noble, et amoureux,
est sorti du bois profond,
tenant entre ses bras l'objet de ses amours,
devant lui sur son arçon ;
il lui baise les yeux et le front,
et la bouche et le menton.
Elle lui a posé cette question :
« Aucassin, mon ami bien-aimé,
en quelle terre irons-nous ?
— Douce amie, comment le savoir ?
Peu m'importe où nous allions,
dans une forêt, dans un lieu écarté,
pourvu que je sois avec vous. »
Ils passent vallons et montagnes,
villes et bourgs,
au lever du jour, ils arrivent au bord de la mer,
et descendent sur le sable,
au bord de l'eau.

XXVIII. PARLÉ : LE NARRATEUR ET SES PERSONNAGES.

Aucassin et son amie avaient mis pied à terre, comme vous l'avez bien compris ; il tenait son cheval par la bride, et son amie par la main ; les deux jeunes gens commencent à longer le rivage.

Et Aucassin promena son regard sur la mer, et vit un navire de marchands qui naviguait près de la rive[1]. Il leur fit signe, et

Il les acena et il vinrent a lui, si fist tant vers aus qu'i le
missen en lor nef ; et quant il furent en haute mer, une tormente
leva, grande et mervelleuse, qui les mena de tere en tere, tant
qu'il ariverent en une tere estragne et entrerent el port du castel
10 de Torelore. Puis demanderent ques terre c'estoit, et on lor dist
que c'estoit le tere le roi de Torelore ; puis demanda quex hon
c'estoit, ne s'il avoit gerre, et on li dist : « Oïl, grande. »

Il prent congié as marceans et cil le conmanderent a Diu ; il
monte sor son ceval, s'espee çainte, s'amie devant lui, et erra
15 tant qu'il vint el castel ; il demande u li rois estoit, et on li dist
qu'il gissoit d'enfent.

« Et u est dont se femme ? »

Et on li dist qu'ele est en l'ost et si i avoit mené tox ciax du
païs ; et Aucassins l'oï, si li vint a grant mervelle ; et vint au
20 palais et descendi entre lui et s'amie ; et ele tint son ceval et il
monta u palais, l'espee çainte, et erra tant qu'il vint en le canbre
u li rois gissoit.

XXIX. OR SE CANTE.

En le canbre entre Aucassins,
li cortois et li gentis ;
il est venus dusque au lit,
alec u li rois se gist ;
5　　　pardevant lui s'arestit,
si parla ; oés que dist :
« Di va ! fau, que fais tu ci ? »
Dist li rois : « Je gis d'un fil ;
quant mes mois sera conplis
10　　　et je sarai bien garis,
dont irai le messe oïr,
si com mes ancestre fist,
et me grant guerre esbaudir
encontre mes anemis ;
15　　　nel lairai mie. »

ils s'approchèrent, il les convainquit de les embarquer sur leur
navire ; et quand ils furent en haute mer, il s'éleva une grande
et horrible tempête qui les poussa de terre en terre, si bien qu'ils
arrivèrent dans un pays étranger et entrèrent dans le port du
château de Torelore. Ils demandèrent alors quelle était cette
contrée, et on leur répondit que c'était le domaine du roi de
Torelore ; Aucassin demanda alors quelle sorte d'homme
c'était, et s'il menait une guerre ; on lui répondit : « Oui, une
guerre terrible. »

Il prend alors congé des marchands, qui le recommandent à
Dieu ; il enfourche son cheval, l'épée au côté, son amie devant
lui sur la selle ; il chevaucha jusqu'à ce qu'il arrive au château ;
il demanda où était le roi ; on lui répondit qu'il gardait le lit
après un accouchement.

« Et où est donc sa femme ? »

Et on lui répondit qu'elle était à l'armée, à la tête de tous les
habitants du pays. Entendant cela, il en fut stupéfait ; il se rendit
au palais, et mit pied à terre ainsi que son amie ; et elle lui tint
son cheval, cependant qu'il montait les marches du palais,
l'épée au côté, et gagnait la chambre où le roi était couché.

XXIX. CHANTÉ.

En la chambre entre Aucassin,
si courtois, si noble,
il est venu jusqu'au lit,
là où le roi se tient couché ;
il le regarda bien en face
et lui dit :
« Allons, espèce de fou, que fais-tu ici ? »
Le roi lui répondit : « Je viens d'avoir un fils ;
quand mon mois sera passé,
et que je serai bien rétabli,
j'irai entendre la messe,
comme le fit mon ancêtre,
et me jetterai avec fougue dans la grande guerre
que je mène contre mes ennemis ;
d'y renoncer, pas question ! »

XXX. OR DIENT ET CONTENT ET FABLOIENT.

Quant Aucassins oï ensi le roi parler, il prist tox les dras qui sor
lui estoient, si les houla aval le canbre ; il vit deriere lui un baston,
il le prist, si torne, si fiert, si le bati tant que mort le dut avoir.

« Ha ! biax sire », fait li rois, « que me demandés vos ? Avés
5 vos le sens dervé, qui en me maison me batés ?

— Par le cuer Diu ! » fait Aucassins, « malvais fix a putain, je
vos ocirai, se vos ne m'afiés que ja mais hom en vo tere
d'enfant ne gerra. »

Il li afie ; et quant il li ot afié :

10 « Sire », fait Aucassins, « or me menés la u vostre fenme est
en l'ost.

— Sire, volentiers », fait li rois.

Il monte sor un ceval, et Aucassins monte sor le sien, et Nicolete
remest es canbres la roine. Et li rois et Aucassins cevaucierent tant
15 qu'il vinrent la u la roine estoit, et troverent la bataille de poms de
bos waumonnés et d'ueus et de fres fromages ; et Aucassins les
conmença a regarder, se s'en esmevella molt durement.

XXXI. OR SE CANTE.

Aucassins est arestés.
sor son arçon acoutés,
si coumence a regarder
ce plenier estor canpe
5 il avoient aportés
des fromage[s] fres assés
et puns de bos waumonés
et grans canpegneus campés ;
cil qui mix torble les gués
10 est li plus sire clamés.
Aucassins, li prex, li ber,
les coumence a regarder,
s'en prist a rire.

---

1. Voir à ce sujet l'article de P. Le Rider, « La parodie d'un thème épique :
le combat sur le gué dans *Aucassin et Nicolette* », *Mélanges René Louis*, 1982,
pp. 1226-1233.

XXX. PARLÉ : LE NARRATEUR ET SES PERSONNAGES.

Quand Aucassin entendit le roi parler ainsi, il prit tous les draps qui le recouvraient, et les lança par terre dans la chambre ; il vit derrière lui un bâton, s'en saisit, se retourna, et donna au roi une telle rossée qu'il faillit le tuer.

«Ah ! mon cher seigneur», dit le roi, «que me voulez-vous ? Avez-vous perdu l'esprit, pour venir me battre dans ma propre maison ?

— Corbleu !» fait Aucassin, «lâche fils de pute, je vous tuerai, si vous ne me promettez pas que jamais plus dans votre royaume un homme ne s'alitera pour la naissance d'un enfant.»

Le roi le promet ; et quand il eut fait sa promesse à Aucassin :

«Sire», dit Aucassin, «menez-moi donc là où votre femme dirige l'armée.

— Bien volontiers, seigneur», dit le roi.

Il monte sur un cheval, Aucassin sur le sien, cependant que Nicolette reste dans les appartements de la reine. Et le roi et Aucassin chevauchèrent jusqu'à l'endroit où se tenait la reine, et tombèrent au milieu de la bataille, livrée à coups de pommes sauvages blettes, d'œufs, et de fromages frais ; et Aucassin ouvrit grand les yeux à ce spectacle, dont il resta complètement ébahi.

XXXI. CHANTÉ.

Aucassin est arrêté,
accoudé sur son arçon,
il ouvre tout grand ses yeux
devant cette violente mêlée sur le champ de bataille ;
les combattants s'étaient munis
de fromages frais en abondance,
de pommes sauvages blettes,
et de grands champignons des champs ;
celui qui trouble le mieux les gués[1],
est proclamé le prince des combattants.
Aucassin, le preux, le vaillant,
ouvre sur eux ses yeux tout grands,
et se met à rire.

XXXII. OR DIENT ET CONTENT ET FLABENT.

Quant Aucassins vit cele mervelle, si vint au roi, si l'apele.
« Sire », fait Aucassins, « sont ce ci vostre anemi ?
– Oïl, sire », fait li rois.
« Et vouriiés vos que je vos en venjasse ?
5　　– Oie », fait il, « volentiers. »
Et Aucassins met le main a l'espee, si se lance en mi ax, si
conmence a ferir a destre et a senestre, et s'en ocit molt. Et quan
li rois vit qu'i les ocioit, il le prent par le frain et dist :
« Ha ! biax sire, ne les ociés mie si faitement.
10　　– Conment ? » fait Aucassins, « en volés vos que je vos
venge ?
– Sire », dist li rois, « trop en avés vos fait : il n'est mie
costume que nos entrocions li uns l'autre. »
Cil tornent en fuies ; et li rois et Aucassins s'en repairent au
15　castel de Torelore. Et les gens del païs dient au roi qu'il cast
Aucassin fors de sa tere, et si detiegne Nicolete aveuc son fil,
qu'ele sanbloit bien fenme de haut lignage. Et Nicolete l'oi, si
n'en fu mie lie, si conmença a dire.

XXXIII. OR SE CANTE.

« Sire rois de Torelore »,
ce dist la bele Nichole,
« vostre gens me tient por fole
quant mes dox amis m'acole
5　　et il me sent grasse et mole,
dont sui jou a tele escole,
baus ne tresce ne carole,
harpe, gigle ne viole,
ne deduis de la nimpole
10　　n'i vauroit mie. »

XXXII. PARLÉ : LE NARRATEUR ET SES PERSONNAGES.

Quand Aucassin vit cette scène ahurissante, il vint vers le roi, et l'interpella :

« Sire », dit Aucassin, « voici donc vos ennemis ?

– Oui, seigneur », dit le roi.

« Et voudriez-vous que je vous venge d'eux ?

– Oui », répond-il, « bien volontiers. »

Et Aucassin mettant la main à l'épée, se lance au milieu d'eux, commence à frapper à droite et à gauche ; et il en tue un grand nombre. Voyant qu'il les tuait, le roi le saisit par la bride de son cheval, et lui dit :

« Ah ! cher seigneur, ne les tuez donc pas comme cela !

– Comment ? » dit Aucassin, « ne voulez-vous pas que je vous venge ?

– Seigneur », dit le roi, « vous en avez trop fait ; il n'entre nullement dans nos coutumes de nous entre-tuer. »

Les ennemis s'enfuient, et le roi, en compagnie d'Aucassin, s'en retourne au château de Torelore. Les gens du pays disent alors au roi de chasser Aucassin de son royaume, et de garder Nicolette aux côtés de son propre fils, car elle semblait bien être une femme de haute naissance. Peu réjouie d'entendre cela, Nicolette se mit à dire :

XXXIII. CHANTÉ.

« Sire roi de Torelore »,
a dit la belle Nicole,
« vos sujets me prennent pour une folle ;
quand mon doux ami m'étreint,
et qu'il sent mon corps tendre et potelé,
ce que j'éprouve alors est tel
que bal, farandole ni ronde,
harpe, violon ni viole,
ni quelque jeu de société,
ne pourraient avoir plus d'attrait. »

XXXIV. OR DIENT ET CONTENT ET FLABOIENT.

Aucassins fu el castel de Torelore, et Nicolete s'amie, a grant
aise et a grant deduit, car il avoit aveuc lui Nicolete sa douce
amie que tant amoit. En ço qu'il estoit en tel aisse et en tel
deduit, et uns estores de Sarrasins vinrent par mer, s'asalirent au
5 castel, si le prissent par force ; il prissent l'avoir, s'en menerent
caitis et kaitives ; il prissent Nicolete et Aucassin, et si loierent
Aucassin les mains et les piés et si le jeterent en une nef et
Nicolete en une autre ; si leva une tormente par mer que les
espartist.

10 Li nes u Aucassins estoit ala tant par mer waucrant qu'ele
ariva au castel de Biaucaire ; et les gens du païs cururent au
lagan, si troverent Aucassin, si le reconurent. Quant cil de Biaucaire virent lor damoisel, s'en fisent grant joie, car Aucassins
avoit bien mes u castel de Torelore trois ans, et ses peres et se
15 mere estoient mort. Il le menerent u castel de Biaucaire, si
devinrent tot si home, si tint se tere en pais.

XXXV. OR SE CANTE.

Aucassins s'en est alés
a Biaucaire sa cité
le païs et le regné
tint trestout en quiteé.
5   Jure Diu de maïsté
qu'il li poise plus assés
de Nicholete au vis cler
que de tot sen parenté
s'il estoit a fin alés.
10   « Douce amie o le vis cler,
or ne vous ai u quester ;
ainc Diu ne fist ce regné
ne par terre ne par mer,
se t'i quidoie trover,
15   ne t'i quesisce. »

XXXIV. PARLÉ : LE NARRATEUR ET SES PERSONNAGES.

Aucassin se trouvait donc au château de Torelore, ainsi que son amie Nicolette, jouissant d'un séjour confortable et fertile en plaisirs, car il avait avec lui Nicolette, sa douce amie qu'il aimait tant. Au milieu de ces agréments et de ces plaisirs, voilà qu'apparaît sur la mer une flotte de Sarrasins ; ils donnèrent l'assaut au château, et le prirent par force ; ils le pillèrent, et emmenèrent captifs des hommes et des femmes ; ils prirent Nicolette et Aucassin, lièrent à Aucassin les mains et les pieds, et le jetèrent dans un bateau, et Nicolette dans un autre ; alors il s'éleva sur mer une tempête qui les sépara.

Le navire sur lequel se trouvait Aucassin, livré au caprice des flots, dériva jusqu'au château de Beaucaire ; les gens du pays accoururent pour exercer leur droit d'épave ; ils découvrirent Aucassin et le reconnurent. Quand les habitants de Beaucaire virent leur jeune seigneur, ils furent pleins d'allégresse, car Aucassin était bien resté trois ans au château de Torelore, et son père et sa mère étaient morts. Ils l'emmenèrent au château de Beaucaire, où tous lui firent hommage ; et il gouverna sa terre en paix.

XXXV. CHANTÉ.

Aucassin s'en est allé
à Beaucaire sa cité ;
le pays et le comté,
il les gouverne sans être inquiété.
Par le Dieu de majesté,
il jure qu'il est bien plus affligé
du sort de Nicolette au clair visage,
que si toute sa parenté
était à sa fin allée.
« Douce amie au clair visage,
je ne sais maintenant où vous chercher ;
Dieu ne fit pas de royaume,
où je n'aille, par voie de terre ou par mer,
si je pensais t'y trouver,
en quête de toi. »

XXXVI. OR DIENT ET CONTENT ET FABLOIENT.

Or lairons d'Aucassin, si dirons de Nicolete.

La nes u Nicolete estoit [estoit] le roi de Cartage, et cil estoit
ses peres, et si avoit dose freres, tox princes u rois. Quant il
virent Nicolete si bele, se li porterent molt grant honor et fisent
5 feste de li, et molt li demanderent qui ele estoit, car molt sanbloit bien gentix fenme et de haut lignage. Mais ele ne lor sot a
dire qui ele estoit, car ele fu pree petis enfes. Il nagierent tant
qu'il ariverent desox le cité de Cartage, et quant Nicolete vit les
murs del castel et le païs, ele se reconut, qu'ele i avoit esté norie
10 et pree petis enfes, mais ele ne fu mie si petis enfes que ne seüst
bien qu'ele avoit esté fille au roi de Cartage et qu'ele avoit esté
norie en le cité.

XXXVII. OR SE CANTE.

Nichole li preus, li sage,
est arivee a rivage,
voit les murs et les astages
et les palais et les sales ;
5 dont si s'est clamee lasse :
Tant mar fui de haut parage,
ne fille au roi de Cartage,
ne cousine l'amuaffle !
Ci me mainnent gent sauvage.
10 Aucassin gentix et sages,
frans damoisiax honorables,
vos douces amors me hastent
et semonent et travaillent.
Ce doinst Dix l'esperitables
15 c'oncor vous tiengne en me brace
et que vos baissiés me face
et me bouce et mon visage,
damoisiax sire. »

XXXVI. PARLÉ : LE NARRATEUR ET SES PERSONNAGES.

Laissons maintenant Aucassin pour parler de Nicolette.

Le navire où elle se trouvait appartenait au roi de Carthagène, qui était son père ; et elle avait douze frères, tous princes ou rois. Quand ils virent Nicolette si belle, ils lui rendirent de grands honneurs, et fêtèrent sa venue, et lui demandèrent avec insistance qui elle était, car elle semblait bien être noble et de haute naissance. Mais elle ne sut leur dire qui elle était, car elle avait été enlevée toute petite. Ils firent voile jusqu'à ce qu'ils abordent sous les remparts de la cité de Carthagène, et quand Nicolette vit les murs du château et la contrée, elle se reconnut, car elle y avait été élevée, puis capturée, dans sa prime enfance ; mais elle n'était pas, cependant, d'un âge si tendre qu'elle ne sût bien être la fille du roi de Carthagène, et avoir été élevée dans la cité.

XXXVII. CHANTÉ.

Nicole, pleine de vaillance et de sagesse,
est arrivée au rivage,
elle voit les remparts, les habitations,
les palais et les salles d'apparat ;
elle exprime alors toute la douleur de son infortune :
« Quel malheur que j'aie été de si haute naissance,
fille du roi de Carthagène,
cousine de l'émir !
Me voilà aux mains de gens barbares !
Aucassin, vous si bien né, plein de sagesse,
jeune seigneur plein de noblesse et d'honneur,
vos douces amours m'obsèdent,
me harcèlent et me tourmentent.
Puisse Dieu, le Père spirituel,
faire que je vous tienne encore dans mes bras
et que vous baisiez ma face,
ma bouche, mon visage,
mon jeune seigneur. »

XXXVIII. OR DIENT ET CONTENT ET FABLOIENT.

Quant li rois de Cartage oï Nicolete ensi parler, il li geta ses bras au col.

« Bele douce amie », fait il, « dites moi qui vos estes ; ne vos esmaiiés mie de mi.

5 — Sire », fait ele, « je sui fille au roi de Cartage et fui preee petis enfes, bien a quinse ans. »

Quant il l'oïrent ensi parler, si seurent bien qu'ele disoit voir, si fissen de li molt grant feste, si le menerent u palais a grant honeur, si conme fille de roi. Baron li vourent doner un roi de 10 paiiens, mais ele n'avoit cure de marier. La fu bien trois jors u quatre. Ele se porpensa par quel engien ele porroit Aucassin querre ; ele quist une viele ; s'aprist a vieler, tant c'on le vaut marier un jor a un roi rice paiien. Et ele s'enbla la nuit, si vint au port de mer, si se herbega ciés une povre fenme sor le 15 rivage ; si prist une herbe, si en oinst son cief et son visage, si qu'ele fu tote noire et tainte. Et ele fist faire cote et mantel et cemisse et braies, si s'atorna a guise de jogleor ; si prist se viele, si vint a un marounier, se fist tant vers lui qu'il le mist en se nef. Il drecierent lor voile, si nagierent tant par haute mer qu'il 20 ariverent en le terre de Provence. Et Nicolete issi fors, si prist se viele, si ala vielant par le païs tant qu'ele vint au castel de Biaucaire, la u Aucassins estoit.

XXXIX. OR SE CANTE.

A Biaucaire sous la tor
estoit Aucassins un jor,
la se sist sor un perron,
entor lui si franc baron ;
5   voit les herbes et les flors
s'oit canter les oisellons,
menbre li de ses amors,
de Nicholete le prox
qu'il ot amee tans jors ;
10   dont jete souspirs et plors.

XXXVIII. PARLÉ : LE NARRATEUR ET SES PERSONNAGES.

Quand le roi de Carthagène entendit Nicolette parler ainsi, il lui jeta les bras autour du cou :

« Chère et tendre amie », dit-il, « dites-moi qui vous êtes ; n'ayez pas peur de moi.

— Sire », dit-elle, « je suis la fille du roi de Carthagène ; et j'ai été enlevée alors que j'étais toute petite, il y a bien quinze ans de cela. »

En l'entendant parler ainsi, ils surent bien qu'elle disait vrai ; ils la fêtèrent dans l'allégresse, et l'introduisirent dans le palais avec de grands honneurs, comme il sied à la fille d'un roi. Ils voulurent lui donner pour époux un roi païen, mais elle ne se souciait pas d'être mariée. Elle passa bien trois ou quatre jours ainsi. Elle cherchait dans sa tête un moyen pour se mettre en quête d'Aucassin ; elle se procura une vielle, apprit à en jouer ; mais vint le jour où l'on voulut la marier à un puissant roi païen. La nuit, elle prit la fuite ; arrivée au port, sur la mer, elle se logea chez une pauvre femme qui habitait sur le rivage. Avec le suc d'une plante qu'elle avait cueillie, elle s'enduisit la tête et le visage, pour se rendre toute noire et sans éclat. Et elle se fit faire une tunique, un manteau, une chemise et des braies, et se déguisa en jongleur. Prenant sa vielle, elle alla trouver un marin, et le convainquit de la prendre à son bord. Ils hissèrent la voile, et cinglèrent en haute mer tant et si bien qu'ils arrivèrent en Provence. Nicolette débarqua, prit sa vielle, et chemina, jouant de la vielle, à travers le pays, jusqu'au château de Beaucaire, où se trouvait Aucassin.

XXXIX. CHANTÉ.

A Beaucaire, au pied de la tour,
était Aucassin, un jour ;
assis sur la pierre du seuil,
entouré de ses nobles barons ;
voyant l'herbe émaillée de fleurs,
entendant chanter les petits oiseaux,
il lui souvient de ses amours,
de la vaillante Nicolette,
qu'il a si longtemps aimée ;
il pleure et soupire.

Es vous Nichole au peron,
trait viele, trait arçon ;
or parla, dist sa raison.
« Escoutés moi, franc baron
15   cil d'aval et cil d'amont ;
plairoit vos oïr un son
d'Aucassin, un franc baron,
de Nicholete la prous ?
Tant durerent lor amors
20   qu'il le quist u gaut parfont ;
a Torelore u dongon
les prissent païen un jor.
D'Aucassin rien ne savons,
mais Nicolete la prous
25   est a Cartage el donjon,
car ses pere l'ainme mout
qui sire est de cel roion.
Doner li volent baron
un roi de païens felon :
30   Nicolete n'en a soing,
car ele aime un dansellon
qui Aucassins avoit non ;
bien jure Diu et son non,
ja ne prendera baron,
35   s'ele n'a son ameor
que tant desire. »

XL. OR DIENT ET CONTENT ET FABLOIENT.

Quant Aucassins oï ensi parler Nicolete, il fu molt liés, si le
traist d'une part, se li demanda :

« Biax dous amis, fait Aucassins, savés vos nient de cele
Nicolete dont vos avés ci canté ?

5   — Sire, oie, j'en sai con de le plus france creature et de le plus
gentil et de le plus sage, qui onques fust nee ; si est fille au roi
de Cartage, qui le prist la u Aucassins fu pris, si le mena en le
cité de Cartage, tant qu'il seut bien que c'estoit se fille, si en fist
molt grant feste ; si li veut on doner cascun jor baron un des plus

Voilà Nicole arrivée devant le seuil,
tirant sa vielle et son archet,
elle prend alors la parole, et tient ce discours :
« Ecoutez-moi, nobles barons,
ceux qui siègent en bas et ceux d'en haut,
vous plairait-il d'entendre une chanson
sur Aucassin, un noble seigneur,
et Nicolette, la vaillante ?
Ils s'aimaient avec tant de constance,
qu'il alla la chercher au plus profond de la forêt ;
à Torelore, dans le donjon,
des païens les firent un jour prisonniers.
D'Aucassin, nous ne savons rien
mais la vaillante Nicolette
est au donjon de Carthagène,
car son père l'aime beaucoup,
lui qui règne en ce royaume.
Ils veulent la marier
avec un méchant roi païen :
Nicolette n'en a cure,
car elle aime un jeune seigneur,
dont le nom était Aucassin ;
elle jure par Dieu et son saint nom
que jamais elle ne prendra de mari,
si on ne lui donne pas celui qu'elle aime,
qu'elle désire tant. »

XL. PARLÉ : LE NARRATEUR ET SES PERSONNAGES.

Quand Aucassin entendit parler ainsi Nicolette, il en fut très heureux ; il la prit à part, et lui demanda :

« Mon cher ami, savez-vous quelque chose sur cette Nicolette dont parlait votre chanson ?

– Seigneur, oui, je sais qu'elle est la plus noble créature, issue du meilleur lignage, la plus sage qui naquit jamais ; elle est la fille du roi de Carthagène, qui la fit prisonnière en les mêmes circonstances qu'Aucassin ; elle fut menée dans la cité de Carthagène, tant et si bien qu'il s'aperçut que c'était sa fille, et fêta ces retrouvailles avec une grande allégresse ; chaque jour on veut la marier avec un des plus puissants rois de toute

10 haus rois de tote Espaigne ; mais ele se lairoit ançois pendre u
ardoir qu'ele en presist nul tant fust rices.

　　– Ha ! biax dox amis, » fait li quens Aucassins, «se vous
voliiés raler en cele terre, se li dississçiés qu'ele venist a mi
parler, le vos donroie de mon avoir tant con vos en oseriez
15 demander ne prendre. Et saciés que por l'amor de li ne voul je
prendre fenme tant soit de haut parage, ains l'atenc, ne ja n'arai
fenme se li non ; et se je le seüsce u trover, je ne l'eüsce ore mie
a querre.

　　– Sire », fait ele, «se vos çou faissiés, je l'iroie querre por
20 vos et por li que je molt aim. »

　　Il li afie, et puis se li fait doner vint livres. Ele se part de lui,
et il pleure por le douçor de Nicolete ; et quant ele le voit
plorer :

　　«Sire, fait ele, ne vos esmaiiés pas, que dusqu'a pou le vos
25 arai en ceste vile amenee, se que vos le verrés. »

　　Et quant Aucassins l'oï, si en fu molt liés. Et ele se part de
lui, si traist en le vile a le maison le viscontesse, car li visquens
ses parrins estoit mors. Ele se herberga la, si parla a li tant
qu'ele li gehi son afaire et que le viscontesse le recounut et seut
30 bien que c'estoit Nicolete et qu'ele l'avoit norrie ; si le fist laver
et baignier et sejorner uit jors tous plains. Si prist une herbe qui
avoit non esclaire, si s'en oinst, si fu ausi bele qu'ele avoit
onques esté a nul jor ; se se vesti de rices dras de soie, dont la
dame avoit assés, si s'assist en le canbre sor une cueute pointe
35 de drap de soie, si apela la dame et li dist qu'ele alast por
Aucassin son ami. Et ele si fist, et quant ele vint u palais, si
trova Aucassin qui ploroit et regretoit Nicolete s'amie, por çou
qu'ele demouroit tant ; et la dame l'apela, si li dist :

　　«Aucassins, or ne vos dementés plus, mais venés ent
40 aveuques mi et je vos mosterai la riens el mont que vos amés
plus, car c'est Nicolete vo duce amie, qui de longes terres vos
est venue querre. »

　　Et Aucassins fu liés.

---

　　1. L'éclaire est un des noms vulgaires de la chélidoine (*chelidonium maius
L.*) ; la tradition antique expliquait son nom grec par le fait qu'elle rendait la vue
aux petits des hirondelles. Le suc jaune de la chélidoine teignant la peau en brun,
c'est sans doute à cause du nom d'éclaire, en rapport avec ses vertus ophtalmo-
logiques supposées, que la plante est censée rendre sa beauté à Nicolette.

l'Espagne ; mais elle préférerait se faire pendre ou brûler vive, plutôt que d'accepter quelqu'un de ces partis, si riche soit-il.

– Ah ! mon très cher ami », dit le comte Aucassin, « si vous vouliez bien retourner dans ce pays, et lui dire de venir me parler, je vous donnerais autant de ma fortune que vous oseriez le demander ou en prendre. Et sachez que, pour l'amour d'elle, j'ai refusé de prendre aucune femme pour épouse, si haute que soit sa naissance ; mais je l'attends, elle, et c'est elle, et pas une autre, qui sera ma femme. Si seulement j'avais su où la trouver, je n'en serais plus à la rechercher maintenant.

– Seigneur », répond-elle, « si vous deviez faire comme vous le dites, j'irais la chercher, dans votre intérêt et le sien, car je l'aime beaucoup. »

Il le lui promet, puis il lui fait donner vingt livres. Elle le quitte, et il se met à pleurer en pensant à la douceur de Nicolette ; et quand elle le voit pleurer :

« Seigneur », dit-elle, « ne vous inquiétez pas, car j'aurai vite fait de vous l'amener dans cette ville, et vous pourrez la voir. »

En entendant ces mots, Aucassin fut tout plein de joie. Elle, de son côté, après l'avoir quitté, se rend en ville à la maison de la vicomtesse, car le vicomte, son parrain, était mort. Elle s'y fit héberger, et trouva le moyen de parler à la vicomtesse tant et si bien qu'elle lui raconta son histoire, et que la vicomtesse la reconnut, et sut que c'était là sa Nicolette, qu'elle avait élevée. Elle la fit laver, baigner, et se reposer huit jours entiers. Nicolette cueillit une herbe qu'on appelle « éclaire »[1], s'en frotta, et redevint aussi belle qu'elle le fut jamais ; elle se vêtit alors de riches étoffes de soie, que la dame possédait en abondance, puis elle s'assit dans la chambre sur une couverture de soie brodée, appela la dame, et lui demanda d'aller chercher son ami Aucassin. La dame y alla, et, arrivée au palais, elle trouva Aucassin pleurant et regrettant Nicolette son amie, parce qu'elle était bien longue à venir ; alors, la dame l'interpella, et lui dit :

« Aucassin, ne vous lamentez plus, mais venez-vous-en avec moi, et je vous montrerai la chose au monde que vous aimez le plus, c'est Nicolette, votre tendre amie, qui est venue de bien loin pour vous rejoindre. »

Voilà Aucassin tout joyeux !

XLI. OR SE CANTE.

Quant or entent Aucassins
de s'amie o le cler vis
qu'ele est venue el païs,
or fu liés, ainc ne fu si.
5   Aveuc la dame s'est mis,
dusqu'a l'ostel ne prist fin;
en le cambre se sont mis,
la u Nicholete sist.
Quant ele voit son ami,
10   or fu lie, ainc ne fu si;
contre lui en piés sali.
Quant or le voit Aucassins,
andex ses bras li tendi,
doucement le recoulli,
15   les eus li baisse et le vis.
La nuit le laissent ensi,
tresqu'au demain par matin
que l'espousa Aucassins:
dame de Biaucaire en fist;
20   puis vesquirent il mains dis
et menerent lor delis.
Or a sa joie Aucassins
et Nicholete autresi:
no cantefable prent fin,
25   n'en sai plus dire.

XLI. CHANTÉ.

Quand Aucassin entend dire
que son amie au clair visage
est arrivée dans le pays,
il est plus joyeux qu'il ne le fut jamais.
Il accompagne la dame
tout d'un trait jusqu'à sa maison ;
ils entrent dans la chambre
où Nicolette avait pris place.
Quand elle voit son ami,
elle eut plus de joie qu'elle n'en eut jamais ;
elle se leva d'un bond à son approche.
Aucassin, dès qu'il la vit,
tendit les deux bras vers elle ;
l'attira tendrement sur son cœur,
lui baisa les yeux et le visage.
Ils s'en tiennent là pour cette soirée,
jusqu'au lendemain matin,
où Aucassin la prit pour épouse.
Il la fit dame de Beaucaire ;
longtemps ensuite ils menèrent
une vie de plaisirs partagés.
Aucassin a maintenant trouvé la joie qu'il cherchait,
et Nicolette la sienne.
Notre chantefable prend fin,
que dire de plus ?

Table

NOUVELLES OCCITANES

Introduction 11

Le mot *novas* et ses emplois 11
Unas novas contar : du mot au genre 14
Vidas et *razos* : à la naissance d'un genre 16
   Qu'appelle-t-on *vidas* et *razos* ? 16
   Le temps et la personne, de l'histoire au discours. 17
   La *meravilha* 19
Razos et *novas* en Italie 20
   Les *Cento Novelle Antiche* ou *Novellino* 21
   Francesco da Barberino 23
   Le *Decameron* 27
Les *novas* provençales, une poésie narrative 29
   Poésie narrative et poésie lyrique 29
   Des auteurs qui ont un nom 30
   Des couleurs diverses 34
   La construction narrative 47
La morale de l'histoire 57
   Les valeurs courtoises et l'*auctoritas* 57
   Le rôle du poète 62

Les éditions 65
Bibliographie 67

Razos 73
   GAUSBERT DE POICIBOT ET DE CE QU'IL VIT
   DANS UN BORDEL D'ESPAGNE 74
   GUILLEM DE LA TOR ET DE SON ÉPOUSE MORTE 78

PEIRE VIDAL : I. LE BAISER VOLÉ 82

              II. LA DAME LOUVE 88

RAIMON DE MIRAVAL OU LE TROMPEUR TROMPÉ 92

GUILLEM DE CABESTANH LE CŒUR MANGÉ

(Traduction par Stendhal) 102

RIGAUT DE BARBEZIEUX OU LA FOURBERIE PUNIE........ 116

Novas rimadas 123

ROMAN DE LA REINE ESTHER 124

CASTIA GILOS 158

LAS NOVAS DEL PAPAGAY 186

FRAYRE DE JOY E SOR DE PLASER 206

EN AQUEL TEMPS C'OM ERA GAIS 260

LAI ON COBRA............................. 354

NOUVELLES FRANÇAISES

Introduction 387

L'essentielle nouveauté de la nouvelle 387

Les voies du sens : l'intime et le regard..................... 396

Le manque et le secret 398

Le bon sens n'est pas celui qu'on croit 403

Aimer, rêver peut-être 405

Les ambiguïtés électives 407

Présentation des textes 411

Bibliographie 419

LE LAI DE L'OISELET 426

LA CHÂTELAINE DE VERGY 450

LE VAIR PALEFROI 504

LE LAI DE L'OMBRE 578

AUCASSIN ET NICOLETTE 632

Achevé d'imprimer en septembre 2010, en France sur Presse Offset par
Maury-Imprimeur - 45330 Malesherbes
N° d'imprimeur : 158342
Dépôt légal 1re publication : février 1997
Édition 03 - septembre 2010
LIBRAIRIE GÉNÉRALE FRANÇAISE - 31, rue de Fleurus - 75278 Paris Cedex 06

30/4548/1